中国文学佳作选

中篇小说卷

王晓君 主编

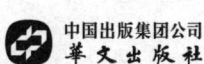

图书在版编目（CIP）数据

中国文学佳作选．中篇小说卷 / 王晓君主编．— 北京：华文出版社，2022.7
ISBN 978-7-5075-5646-9

Ⅰ．①中⋯ Ⅱ．①王⋯ Ⅲ．①中国文学－当代文学－作品综合集 ②中篇小说－小说集－中国－当代 Ⅳ．①I217.1

中国版本图书馆CIP数据核字（2022）第100637号

中国文学佳作选·中篇小说卷

主　　编：	王晓君
策　　划：	胡　子
责任编辑：	寇　宁
封面设计：	李琳琳
出版发行：	华文出版社
地　　址：	北京市西城区广外大街 305 号 8 区 2 号楼
邮政编码：	100055
网　　址：	http://www.hwcbs.cn
投稿信箱：	hwcbs@126.com
电　　话：	总编室 010-58336239　责任编辑 010-58336195
	发行部 010-58336267
经　　销：	新华书店
印　　刷：	三河市航远印刷有限公司
开　　本：	710mm×1000mm　1/16
印　　张：	19.75
字　　数：	360 千字
版　　次：	2022 年 7 月第 1 版
印　　次：	2022 年 7 月第 1 次印刷
标准书号：	ISBN 978-7-5075-5646-9
定　　价：	56.00 元

版权所有　侵权必究

目 录

1	杨少衡	狼来了
48	叶兆言	通往父亲之路
93	蒋 韵	我们的娜塔莎
130	胡学文	内 吸
168	程永新	我的清迈，我的邓丽君
201	杨晓升	阴差阳错
244	陈 武	上青海
280	王昕朋	万户山

狼来了

杨少衡

1

那天晚上非常冷，据说是本市半个世纪以来最冷的一个夜晚。午夜一时三十分，徐真被惊醒，是手机铃响，"半夜鸡叫"。

"对不起，徐副。"手机那边是林焕新，"请马上到小会议室。紧急会议。"

徐真下意识直起身，准备起床，紧接着立刻又停下动作。

"没搞错吧？"她问。

林焕新是市委办主任，他当然不会搞错。

"马书记定的，请您参加。"他解释，"已经通知司机去接您。"

"这样啊。"徐真问，"天这么冷，我还是免了吧？"

林焕新顿时结巴："这个，这个，徐副。"

"哦，为难你了。"徐真笑笑，"既然司机都叫了，那就只好听命。"

"谢谢，不好意思。"林焕新如释重负。

十几分钟后，徐真到达市委大楼九楼小会议室。她穿了件黑色羽绒服，加了条红围巾。市长张应全一见，指着她的围巾打趣，表扬徐真赶来开会还不忘美容。徐真表示该围巾主要功能是御寒。冷死了，寒流这么凶，半夜鸡叫，惊心动魄。

没有谁搭腔，因为有些敏感。其实鸡叫没那么敏感，机关里那些家伙暗地调侃是"半夜马叫"，那话在这里才是不能说的。

小会议室也叫常委会议室，这会议室一点不冷，角落里有暖风机呼呼响。该"鸡"原本就是个摆设，以本市的纬度，以及众所周知的地球变暖，根本用不上。不料没留神间强寒流不期而至，人家不管地球怎么想，说来就来，一来就是半世纪之最，一时间北风呼啸，气温急降，只好让暖风机一显身手。

徐真的位子与张应全相邻，坐下后她侧头轻声问一句："市长，什么情况？"

张应全低声回答："狼来了。"

"啊。"

"他们没告诉你？"

徐真笑笑，没吭声。

这时会场忽然安静，各种杂乱声响戛然而止，马百川从一旁侧门走进会议室，身后跟着秘书长等人。马百川是市委书记，一把手，比较矜持，气场强劲。他的办公室在小会议室另一侧，通常情况下，他会在办公室里处理要务，等与会人员到齐后，秘书长才去请他到场，此刻这里似乎还有若干空位，他就现身了，异乎往常。马一向不苟言笑，不怒而威，此刻更是紧板着一张脸，以其表情，可知情况不寻常。

他眼光一扫："哪个先说？"

紧急会就此开始。

饶士元报告情况。饶是市卫健委副主任，主持工作。以其身份，本来轮不上在这个会议上担纲"先说"，免不了底气不足，气喘，下意识干咳，神色不定像草丛边一只支起耳朵的兔子。在场上众多领导紧盯下，他头也不抬，只是看着手中几张汇报稿纸，舌头绕来绕去，说的就是一件事：狼来了。

这是比喻，所谓"狼"实指疫情——新冠肺炎病毒。这头狼其实已经来过本市，且不止一次。早在武汉暴发疫情那段时间，本市市区有一位刚从湖北返回的大学生发现症状，其家人立刻将其送医，这孩子成了本市第一起新冠疫情确诊病例。后来孩子的母亲于隔离中发现症状、确诊。所幸母子均属轻症，经医生治疗，相继痊愈。由于是首例且发生传染，全市震动，上下紧张，严加防范，疫情得以有效控制，狼给赶跑了，包括与孩子有过密切接触的其他家人均安然无恙。此后本市下属县区陆续发现零星病例，有外地人员带入，也有国外输入，多为无症状，均及时发现处置。入夏之后，随着温度升高，这头狼终于消停，本市新冠疫情各主要数据降为"零"，经济社会活动基本恢复正常。历经数月，到了这个寒风凛冽之夜，狼又来了。

这回被袭的是个老者，六十三岁，姓刘，居住于东海小区，该小区位于本市主城区东南侧。刘老人于今日下午由家人陪同到市医院就诊，老人自述于上月下旬开始咳嗽，历时大约三星期，曾服用若干药物，未曾见效，咳嗽随天气变化，时好时差。本月16日也就是前天起病情加重，咳嗽不止，出现腹泻、食欲减退等症状，用药亦不见效，家人不放心，于今日送他到医院就诊。直到送医院之际，老人都没有出现发烧症状。接诊医生认为老人可能是患了流感，气候变化导致病情反复，本次病情加重主要是因为寒流降温。由于老人发病历时较长，症状有些特别，出于稳妥起见，医生要求他留院观察，做一下核酸检测，以防万一。不料核酸检测结果竟是阳性，于是迅速隔离收治并上报。市卫健委接报后，按照处置预案连夜组织几个小组，分别进入医院、病人家庭和小区，紧急安排隔离、消毒等事务，排查密切接触人员的工作也已经开展。

当晚紧急会议由市疫情防控工作领导小组召集，该小组由马百川兼组长。马是工作狂，精力充沛，睡眠于他似乎可有可无，半夜开会或叫下属前来问事很寻常，所以有"半夜马叫"之笑。就徐真所记，马百川开会虽多，夜半研究疫情防控却是首次，原因当是以往疫情平稳而此刻突显严峻。就目前已知情况，刘姓患者如何被新冠病毒感染尚不得而知，姑且不论他的感染源除了感染他，还感染了其他多少人，仅就他本人而言，从身体不适到核酸检测阳性，其间长达二十几天，这就足够令人紧张。如果他一开始的咳嗽症状是新冠病毒引起，那就是说此前他已被感染，病毒在他身上的潜伏期加上咳嗽发作以来这二三十天，他所接触的每一个人都可能被他的咳嗽击中，而那些人亦可能感染其他人。这意味着在人们悄然不觉中，病毒正以一种几何级数在本市暗地里迅速传播，时候到了便会集中暴发。此刻寒流强劲，气温低迷，于它正是时候。如果不幸如此，这老人便成了超级传播者，本市疫情防控将进入极其紧张的状态。

会议室里，市长张应全是领导小组副组长兼防控指挥部总指挥，徐真以常务副市长身份也兼副组长、副总指挥，以往还是具体负责领导，抗疫这一块工作主要是她在抓，但是今晚她被召到会场上才知道狼来了，这里边有些特殊原因。徐真自认为已不合适再出现在这个会场，但是依然半夜鸡叫，且是马亲自下的命令。想来也可理解，毕竟此刻她的副组长身份还未去除，叫她来也没错，程序性需要。

会上，马百川特地问一句："徐副呢？有什么意见？"

徐真感慨："来得不是时候。"

"什么？"

"天气这么冷。"

这话似乎缺乏水平。就目前所知，这头狼四季奔突，尤偏爱天寒地冻。

徐真不做解释，只说："没有其他意见。"

此刻疫情突发，其实也不足为奇。本市前段时间疫情平稳，是得益于全省以及全国的防控形势良好。但是地球上很多地方情况不好，这国那国疫情此起彼伏，输入性病例不时传入，形成威胁。入冬以来国内一些地方发生疫情，出现若干中、高风险地区，各地防控戒备升级，短时间内还难以完全阻绝病毒流传，新冠病毒再次传入本市有很大概率。谁都希望狼不要来，但是没有谁可以侥幸指望狼绕道而行，当然也别指望它选在大家方便的时候前来。

　　当晚会议研究了各种应急对策，所有措施都印在几张A4打印纸上。一二三四，面面俱到，滴水不漏，严密而周全，早已写在相关预案里，此刻根据具体情况再做提法斟酌和词句增减，提交讨论前由马百川亲自审阅过。马在会上了解大家意见属于惯例询问，会场上没有谁多嘴，包括徐真。眼下她是这里最多余、最不需要发表意见的人，但是马百川一丝不苟，还要点名询问，有如决定通知她到会。

　　紧急会开了一个来小时。马百川宣布散会时说了句："徐副请留下。"

　　徐真感觉异样。莫非马百川通知她来还另有讲究？

　　马百川问："你接到通知了？"

　　"谢谢书记关心。"

　　徐真告诉他，按照省里的通知，再过几个小时她就该动身了。赵守礼谈话确定在今天上午十点，她必须在那个时间到达省委办公大楼。从本市到省城，高速公路得跑三个来小时，加上一点提前量，早晨六点必须出发。

　　"不急。"马百川说，"不必去了。"

　　徐真大吃一惊："书记说什么？"

　　马百川说，徐真昨日接到的通知此刻已经变更，由他负责告知徐真：赵守礼决定谈话另行安排，时间再作通知。

　　"为什么？"

　　"突发疫情需要。"马百川说。

　　徐真不吭声，笔直坐在靠背椅上，好一会儿。

　　"你回去休息吧。这段时间按照以往安排，防控指挥部由你坐镇，具体负责督促落实刚才会议上定的这些。"马百川交代。

　　"谢谢书记重视。"徐真开腔，"但是合适吗？"

　　"你觉得不合适？"

　　"我觉得很合适。"徐真说，"但是恐怕不行。"

　　"谁说的？"

　　"不是宁副市长吗？"

　　"他去省里开会。"

　　"好像明天就该回来了？"

　　"他有点情况，而且还不熟悉。"

　　徐真清楚了，显然事出于马百川。一定是马百川亲自给赵守礼打电话，以"突发疫情"为由，紧急请求赵改变计划，推迟与徐真的谈话，让徐去处理眼前疫情。

马百川如此行事不容易，不表明他对徐真多么信任，更多的是表明他对本次疫情来袭非常不放心，必须留着徐真。问题是这仅为应急临时安排，对徐真没有任何意义。徐真口气似乎很柔软，感谢关心，感谢重视，其实句句绵里藏针，态度非常明确。

"感谢书记信任。"徐真说，"事关重大，还是交给宁副市长合适。"

"这个安排已经报省领导同意了。"

"不需要省领导，马书记就足够。"徐真说，"只是我确实不合适。我会尽我所能给宁副市长提供建议，供他参考。"

马百川脸色变了，双眉紧皱结成个"一"。他很恼火，可以理解。徐真眼睛直视他，面带微笑，很平静。

"徐副。"马百川忽然感叹，"还有谁拿你有办法？"

"当然就是马书记啊。"

"病毒呢？新冠肺炎？"

徐真一时无语。

"现在它来了，别说你不行。"马百川摆摆手，"真不行你就走吧。"

徐真不说话，好一会儿，回答："我要一个人。"

"什么？"

徐真说，她已经一再表明态度，觉得自己不合适。但是如果马百川坚持，她必须服从。如果确实需要她来应急处置当前疫情，她需要用一个人。

马百川表情迅速放松："可以给你十个、一百个。"

"我只要一个。"

她要的是陈小萌，女性，市疾控中心原主任。

马百川眉头即又收紧："为什么要她？"

"长得好，看了顺眼。"

"徐副！"

徐真马上补充："懂行，务实，任劳任怨，不讲大话。现在特别需要。"

马百川回答，斩钉截铁："这个人现在不行。"

"那么就算了。"徐真说。

就这么一句，似乎轻飘飘的。徐真不再多说，即起身告辞。所谓"算了"指什么？不需要陈小萌了？或者徐真自己也不需要了？至少到目前为止，她还有理由选择推辞。那样的话，相信不出两三天，省里又会通知她去谈话，一了百了。

司机把她送回所住小区，那时整个小区所有住宅楼几乎都是从上到下一片黑，只有路灯在寒风中打着哆嗦。徐真进家门，刚把门反锁上，手机响铃了。

是马百川。

"徐副，你该知道这种事很严肃，不能朝令夕改。"马百川说。

他说什么呢？当然是陈小萌。一周前，马百川主持市委常委会，决定免去陈疾控中心主任职务，另加党内严重警告处分。通知刚刚下发，怎么可以转眼起用？那是什么意思？搞错了，平反？怎么可能！徐真身为领导不懂吗？提这种要求是故意要挟，或者是当挡箭牌推托，大疫当前，拒不履行职责？

徐真说："我没要求朝令夕改。我知道不可能。"

"那么你要她干什么？"

徐真要一个助手。饶士元那些人当然也需要，此刻最需要的还是陈小萌。

"离了她地球不转了？"

"马书记说得对。离了我地球一样转。"

马百川问："你认为她可以以什么身份参与？"

徐真说："协助工作吧。"

马百川不表态，直接把电话挂了。

徐真看看客厅墙上的挂钟，已经是凌晨四点来钟。夜深人静，寒风呼啸，家里没其他人，仅她自己形单影只。此刻虽感觉疲倦，却睡意全无。

她坐在客厅沙发上按手机，料理家务，鸡毛蒜皮。先给女儿孙佳发一条短信，女儿在上海，此刻当在睡梦中。徐真交代女儿起床后务必喝一杯牛奶、吃一个鸡蛋以保证营养。不能只顾苗条，健康比什么都重要，体质足够强，任它新冠病毒多厉害，再怎么变种都奈何不了。然后再发孙鹏程。称情况有变，今天不去省城了。今后几天不仅无法离开，可能还会非常忙，电话打不了，短信发不了，老人的事情只好全部拜托，具体情况有空再说。她还让孙鹏程注意跟孙佳联络，帮助孙佳保持平静、乐观。

几分钟后电话响了，是孙鹏程，人称"徐副家属"，本宅男主人，市医院外科主任医生，此刻在广州。

"怎么没睡？"徐真查问。

"今晚我陪。"

"啊，辛苦了。"

孙鹏程在医院住院部陪床，病房里那位老人刚动过心脏搭桥手术。老人今年八十岁，是徐真的父亲。徐真与孙鹏程在北京上大学时相识，读研时结婚，之后徐离乡背井，随夫落脚本市。徐真的母亲前几年因病去世，父亲一直住在广州，由徐的大姐照料。前些时候父亲入院，徐真夫妇请假到广州探望看护，实际上徐只待了两天即匆匆返回，因为市里事多，孙鹏程笑她是"不孝领导"。幸好该领导有个丈夫可以接手尽孝，毕竟女婿顶半子，孙本人还是外科医生，其专业背景于病人有利。孙鹏程号称主任医生，其实业务一般，一大好是心宽体胖，性情随和，对妻子女儿上心，跟徐父和徐姐一家人相处得也很好，代替妻子参与亲属轮班陪床看护，比徐真有用。只不过堂堂孙主任、"徐副家属"在那里啥都不算，就是个病人亲属，轮到陪床过夜时只能靠在病房沙发上打个盹，嘴巴大张像被钓上岸的鱼。昨日徐真曾给他打电话，告知自己的事已经了了，待赵守礼谈过话后，立刻动身去广州接手，让孙鹏程松口气。没想到寒夜里情况突然生变，孙鹏程一看徐真短信就跑到病房外打电话询问究竟。

  徐真把情况简要说了一下。孙鹏程在那边叫："不要答应他！"

  徐真说："别紧张，呼吸。"

  她告诉孙鹏程，刚刚结束的紧急会让她感觉很不好。狼来了，来得很不是时候。有什么办法？这东西缺乏教养，不知礼貌，会吃人，总是不请自来，来者不善。本市有可能遭遇新冠疫情暴发以来最严重的病毒袭击，她心里非常不安。

  "是他们的事，不是你的。"孙鹏程说。

  "现在归我了。"徐真说，"连我自己都想不到。"

  她知道自己接手的其实是个大麻烦，疫情严峻，风险巨大，一旦处置不当，肯定重重追责，新账老账一起加倍算。即便累死累活千方百计有效控制住疫情，对她也没什么好。决定已经做出，谈话不过是推延而已，处理不可能改变。

  孙鹏程说："明摆的，这个事不要接。"

  "你知道的。它跟我有仇。"

2

  此刻一大急迫事项是流调，流行病学调查，这种事有时可比福尔摩斯办案。

  刘姓老人已经确诊，他是怎么染上新冠？谁是他的上源？长达二三十天时间里，除了家人，还有谁与老人有过密切接触，也就是患者的下线如何延伸？这里边的每一个环节都可能出现感染者，他们可能感染更多的人。当务之急，必须溯上下两线，把所有相关人物、地点统统找到。这个事情需要患者及其家属配合。

  市疾控中心有一支流调队伍，集中了一批"福尔摩斯"。昨日下午市医院报告发现疑似病例后，相关信息立刻传到疾控中心，流调人员迅速赶到医院。这时患者已经进入隔离治疗区域，流调人员向负责医生了解情况，查看患者就诊病历记录，并用电话与患者沟通，就其患病情况作初步了解。根据目前掌握，患者叫刘群，退休前是一家银行营业部会计。与患者共同生活的家人包括妻子、儿子、儿媳和一个两岁孙女。这些密切接触人员已经在第一时间送隔离点做医学观察。除患者外，其他家人目前核酸检测都是阴性，未发现被感染。患者的其他密切接触者名单还在摸查，这方面遇到一点困难，主要是患者很内向，言语极少，似乎很为自己担忧，精神负担重重，回答流调人员问题时很谨慎，似有提防，有时耳聋一般听不见，赶上耳朵忽然通了，也是问一答半，总是以"记不清了""想不起来"推托。以他年纪，本不至于记忆衰退至此。

徐真下令："陈小萌，先去解决这个。"

陈小萌坐在徐真对面，一声不吭。

当着她的面，徐真给市医院院长打了个电话，查问患者刘群的治疗情况。院长报告说，刘群进入隔离病房后，已经组织了会诊并确定了治疗方案。刘尚属轻症，目前最重要的是防止发展成重症。刘有糖尿病，加上年龄因素，一旦成为重症很危险。

"给你一个死命令：治好他，确保生命无虞。"徐真下令，"无论如何，上最好的医生，用最好的药，想一切办法，尽一切可能。"

徐真强调，刘群是本市本轮疫情中发现的第一个确诊病人，掌握疫情还需要他配合，治好他对本市当前抗疫非常重要。目前这个人似有精神负担，不甚合作，要靠做工作解决，包括确保救治到位。即便他什么都不说，作为不幸受到病毒侵害的患者，他也应该得到尊重、理解与同情，得到最好的治疗。人最重要，生命无价。

"明白，明白。"

放下电话，徐真又盯着眼前的陈小萌。市防疫中心前主任如徐真评价"看了顺眼"，长得不错，三十来岁，个子小巧，五官精致，戴一副眼镜，穿着得体。这柔弱小女子却有个性，她不想说的时候，拿铁锤也砸不开那两片嘴唇。徐真主管抗疫这年把时间里，与这位陈小萌时有工作接触，印象不错。徐不惜冒犯马百川，绵里藏针，强使马不得不最终同意让陈小萌出来"协助工作"，人家却不领情。徐命人通知她到办公室谈话，她遵命来了，却一直咬着嘴唇，不说话。

徐真问："你还觉得不公平，是不是？"

她不回答，睁着两眼看徐真。

"北大公共卫生学院毕业，十几年的卫生防疫工作经历，多年业务骨干，一年半疾控中心主任，传染病疾病控制主任医师，本市防疫专业头号专家，身上光环一圈叠一圈。这种人真是不该受冤枉。是这样吧？"

陈小萌还是默不作声。

"要我说，便宜你了，你还不知足！"

徐真并不抬高声调，话却极重。她告诉陈小萌，市里研究处理意见时，她帮陈小萌说了一些话，但是表决时还是举手同意。一方面是需要与集体决定保持一致，另一方面是陈小萌确实也需要被处理。既然陈是疾控中心主任，出了问题就有责任，大疫当前尤其不能放过。徐真自己也一样，该承受就必须承受。所谓"守土有责，救命有责"不是大话空话。但是她也为陈小萌感觉痛惜，不希望这么优秀的一位专业干部就此一蹶不振，突发心梗一般软塌塌躺在地上，所以她才会竭力要把陈重新带进抗疫现场。如果陈只知道自怨自艾，满心里只有自己的不公平，对眼前重大疫情不管不顾，责任意识、专业精神丝毫不存，那还有什么用！

陈小萌"哇"一声，当场落泪。

徐真喝道："哭什么！要我哭给你看吗？"

陈小萌抽泣，在眼睛上抹了一把。

"徐副，"她终于开了腔，"那些事现在不是我的了。"

"不当主任，你不还是流行病专家吗？"

陈小萌说不出话。徐真再施压力，让陈小萌不要逃避责任，别说什么主任不主任，专家不专家，只要还拿一份工资，只要还在本市生活，狼来了，陈小萌抓根筷子也得去打狼，责无旁贷。别的人也一样，包括徐真自己。

"徐副，我听你的。"她终于认了。

"身体怎么了？"徐真问，"就这些天，瘦成这样？"

陈小萌回答是肠胃问题，她有胃溃疡、植物神经紊乱。

"精神因素。"徐真要求，"不就是掉一顶漂亮帽子吗？坚强点，你必须得撑住。"

她让陈小萌务必调整好心态，注意身体，陈太柔弱了。所谓何以承受，陈小萌拿什么去承受呢？这两个肩膀得扛这几件衣服，扛一个处分，还得扛起工作。

半小时后，徐真带着陈小萌到了市疾控中心，直接去了会议室。已经有十几个人坐在里边等候，包括卫健委的饶士元、疾控中心书记邱任。陈小萌被免职后，邱主持该中心工作。会场上还有市属两个城区的疾控中心负责人，以及市、区两级流调队伍的负责人，他们奉徐真之命被紧急召集到这里。

徐真宣布说，经马百川书记同意，决定让陈小萌出来协助徐真工作，参与应对本市当前疫情。她要就此强调：她授权陈负责疫情的流行病学调查，以及其他相关事务。讲得直接一点,陈小萌本是疾控中心主任,现在不是了,但是当前疫情处置期间,由于工作需要,作为临时应急加强措施,陈小萌可以像原先当主任时那样行使职权,同时也要承担责任。疾控工作队伍要像以往那样听她指挥,主管部门卫健委也要立足本市抗疫大局,给予全力支持。

"我说得不清楚吗?"徐真问。

没有人表示。徐真说:"那么就抓紧部署。"

她命陈小萌即刻接手工作安排。陈小萌本来就是这里的头头,无须去熟悉情况与人员,直接就分派起事务,在已有安排基础上调整布局,市、区两级流调队各自任务是什么,有何具体要求,必须注意几点,一一提出,逐个明确,没有一句空话。在专业领域她相当大胆,没有那种见风就倒的柔弱感,一接手就集中、收缩、圈定重点,强化效率也提升了潜在风险。

她划出一条时间线,以本月16日为一个点,往上推两周,也就是从2日开始到16日截止,作为流调重点,其中又以9日之后的一周时间为重中之重。要找到这个重点时间段的所有密切接触者,特别是从中寻找感染源,即把新冠病毒传染给患者刘群的那个人。陈小萌认为感染源应该出现在这个时间段里,应该于近期到过中、高风险地区,或者是由某个相关途径被感染,并把病毒从外边带入本市,感染刘群。找到这个人是控制病毒蔓延需要,也是掌握本次新冠病毒侵入来龙去脉的关键环节。

这个时间线似可斟酌。按照已经掌握的情况,患者刘群上月下旬即发现咳嗽等症状,二十余日后新冠病毒核酸检测阳性,怀疑当初咳嗽时已经受到感染。如果人家早在二十天前就给传染了,在陈小萌的所谓"重点时段"还去找什么感染源?那样的话岂不是集中力量扑空,却让真正的感染源逍遥法外,祸害本市人民?

陈小萌认为有把握。为什么以16日为一个时间点?因为患者在这天病情加重。根据目前试行诊疗方案,新冠病毒潜伏期为1—14天,多为3—7天,可以据以确定重点时段。确实有资料表明新冠病毒格外阴险,可以不吭不声在若干患者身上潜伏长达二十余日,刘群会不会类似?可以具体分析。昨日疫情发生后,疾控部门流调中从患者家属那里了解到,刘群有慢性咽炎,不时发作,特别在秋、冬时节,一旦受凉就会发病,反复咳嗽,时好时坏,有时一拖十天半月。流调人员已经从刘所居小区附近的一家药店查到其数次购买相关药品的记录,近一两个月里他一直在那里买罗汉果、枇杷止咳糖浆等。因此可以考虑将刘群患病过程分成两个阶段,前一段只是普通流感、咽炎、咳嗽,然后才接触感染源,成为新冠肺炎患者。

徐真态度明确:"陈小萌是专家,按她说的做。"

徐也不动声色做了点微调，要求患者所在社区配合做好工作，协助了解流调专业队伍一时顾及不到之处，例如上月下旬以来一段时间患者的接触情况，以防万一。一旦发现问题即迅速报告，及时调整处置。

此刻流调的一大关键是患者本人。这段时间里，他去了哪里，接触了哪些人，身体情况有何变化，无疑他自己最清楚，问题却在配合度。从昨日流调人员初步接触情况看，患者的态度并不理想。

陈小萌说："这种事不能靠电话，必须直接接触。"

患者已经作为确诊病人住院隔离，除了专职医护人员，无关者不能靠近。根据疫情防控需要，经过医院方面同意，流调人员有权进入病房与患者见面交谈，其前提包括患者身体状况许可、流调人员防护齐备，等等。问题是患者在电话里"记不清了"，未必见面时忽然便"记起来了"。患者正在接受隔离救治，流调人员不可能一而再再而三不断前去探访调查。一旦其病情变化，身体不适加重，更是难以接近。因此与患者的第一次见面调查必须解决问题，必须让患者合作，尽可能地提供其近日活动、接触等情况，哪怕涉及隐私。要在其提供情况的基础上，汇总从各方面掌握的信息，迅速形成一份尽可能完整的密切接触者名单，据以进行隔离防控。这一任务可谓"急难险重"，一旦搞砸了，未能说服患者很好合作，哪怕是仅仅漏掉一点重要信息，都可能造成战机贻误，任谁都会吃不了兜着走。这个事该谁呢？所谓"重赏之下必有勇夫"，没有重赏那就四散而逃？当然不行。那么该谁？

陈小萌说："我吧。"

徐真说："赶紧。"

陈小萌是业务出身，经验丰富，即便当了主任，也是所谓"动口又动手"，既指挥调度，也做具体工作。新冠疫情发生以来，她已经多次直接参与过流调。徐真很清楚，此刻情况紧急，让她上也属必要。

"需要什么帮助，随时告诉我。"徐真交代。

陈小萌带一组人匆匆前往医院。

饶士元向徐真汇报情况。饶拿出一份打印材料，是他们草拟的本市疫情防控指挥部紧急通知稿，按照马百川要求，这份通知必须在今天内发布，包括疫情最新情况以及相关防疫要求。饶请徐真过目，特地说明，几条措施都是根据原有预案，以及上级最新要求和兄弟地区做法来确定的。

徐真把稿纸推回去："直接提交给马书记吧。"

"马，马书记说，请徐副先过目。"饶士元顿时口吃。

"不太需要吧？"

"昨晚那是、那是……"

徐真笑笑："那是什么？"

饶士元说不出话，徐真不再敲打："算了。"

她接过那几张稿纸，浏览了一遍。而后放下，抬眼看看窗外。

"徐副，是哪里不对？"饶士元紧张，小心翼翼。

"这一条算什么？"她从里边挑出一条，找了个茬，"加时赛？"

应急措施第九条涉及境外入境人员，要求在入境隔离十四天，核酸检测阴性之后，还须居家隔离七天。居家隔离场所必须符合条件，经社区防疫部门检查核准同意方可。

饶士元说明："我们市这个情况不多，但是也得防备。"

"不是已经隔离十四天，而且核酸检测阴性？"徐真问，"那不算数？还得加时？"

"多一重保险，以防万一啊。"饶士元说，"外地也都这样定。"

"你们可别乱加码。弄不好哪一条，把你们自己都够进去。"

这是开玩笑。饶士元忙解释不是层层加码，原本预案也是这样定的。

徐真笑笑："我想起来了。"

她掏出笔，在文稿上签了意见："拟同意，请报马书记、张市长审定。"

"谢谢徐副。"饶士元连连点头。

徐真了解东海小区的核酸检测准备如何。饶士元称已经基本就绪，按照紧急会议要求，将于明日全面展开，坚决落实"守土有责，救命有责"，动员市、区两级防疫、医疗力量，以最快速度将小区所有居民全部检测完毕。

"不必多说，给我实效。"徐真警告，"我要你亲自落实，不许漏掉一个。"

"明白，明白。"

这时有一个电话打到徐真手机上。是郑国栋，市公安局副局长。郑报告称，市局奉指挥部之命，为疾控部门排查患者密接人员提供相关技术支持。技术人员已经从道路、区域监控资料中提取大量影像资料并进行初步识别，其中若干密切接触人员身份有必要请患者辨别，他们拟派两名干警与患者接触，需请示领导后再与医院联系。

"很好。"徐真说，"疾控中心的陈小萌已经带人去医院接触患者，让你们的人去找她，一起把任务完成。"

随后徐真用手机联络陈小萌，陈没有接，估计是正在病房工作，联络不上。徐真与医院领导联系，请他们设法通知陈小萌，让陈给她来个电话。几分钟后陈小萌的电话到了，声音略低沉，显得疲惫。

"情况怎么样？"徐真了解。

"不顺。"陈回答，"患者性格有问题，抵触，还有恐惧感。"

"耐心点。"

"明白，会的。"

徐真把公安局的情况告诉她，她说："好的。以前也配合过。"

徐真听到她在那边"呃"地干呕一声，问："你怎么样？"

"没事。"

"累了就休息一下。"

陈小萌是穿着防护服接电话的，不太方便。外边很冷，里边却很闷，几个流调人员都是满头大汗，浑身尽湿。患者目前身体状况尚好，接受调查问询不存在问题，但是对方毕竟是患者，流调中既要他尽量合作，也还必须充分照顾。因之虽然大家心里都着急，却得保持耐心，反复劝导，一点一点挤牙膏，把情况从他嘴里挤出来。

"辛苦了。"徐真慰问，"我知道你行，韧性超过牛筋。"

"您这么说，我脚心都出汗。"

徐真笑笑："放松。"

徐真密切关注陈小萌的进展。病房有监控装置，院长亲自守在机房监控，随时向徐真报告。调查过程确实不顺利，患者性格内向，寡言少语，除了恐惧，询问自己会不会死，基本没有其他主动语言。对流调人员的问题，患者提供了若干简单情况，讲得最多的还是"记不清了"。他还抱怨，称自己不舒服，快死了，求陈小萌放过他。

而后警察来了，一男一女，也都穿上防护服进入病房。患者起初有抵触，称自己生病并不犯法，为什么还叫警察。陈小萌告诉他们，两位警察与流调队做的是同一件事情，要控制疫情，保护百姓，首先最直接就是保护患者及其家人、亲友。患者提供的情况越多，保护就越及时有效。警察用他们带来的一台设备播放提取的监控资料给患者看，都是其近期活动的影像和照片，陈小萌让患者据以回忆每一天的外出活动，以及遇到的人员。患者还是不甚合作，任陈小萌耐心劝导，只管半闭其眼，老僧入定一般。一旁男警察看不过去，插进嘴来，向患者介绍了不久前外地发生的一起案例，说明相关人员蓄意隐瞒病情和行踪，查明后将负法律责任。警察还称，医生、护士和流调人员这么辛苦，耐心操劳，患者也该体谅，否则好意思吗。陈小萌马上接过话，告诉患者这几位警察为了帮助患者回忆完整，昨晚通宵达旦搜索影像。全市上下，像他们这样工作的还有许多人。大疫当前，大家都必须负起责任，无论警察、医生还是患者。大家配合好，疫情就能很快消灭。不知是这些话起了作用，患者感觉不好意思了，或者是警察提供的资料唤起了记忆，其后患者态度有变，很多事情渐渐想起来了。

下午二时许，陈小萌带队撤离医院，两位警察奉命一起到达疾控中心。

徐真在门厅等着他们。马百川和张应全也在这里。

马百川是徐真请来的。徐真建议他在第一时间亲临疾控第一线看望流调人员，表现市委的关心鼓励和迅速控制疫情的决心。马百川认可，临时决定将下午开的一个汇报会推迟，通知市长张应全和几名大员随他先赶到疾控中心，恰赶上陈小萌率队从医院归来。当着他们的面，徐真表扬陈小萌等几位不懈努力，有所突破。徐真说，她了解到由于隔离房环境、防护服封闭和疲劳，几位同志工作期间都感觉身体严重不适，但是都坚持到最后。听说刚出医院之际，她们几位都跑到路边呕吐，陈小萌最丢脸，几乎连胆汁都吐出来，有如海上晕船。

马百川立即表示："辛苦了！全市人民感谢你们！"

他还感叹了一句："都是女将啊。"

陈小萌指着身边男警察："这位男同志帮助特别大。"

徐真命令："陈小萌向书记市长汇报，简要点。"

这时饶士元带着一批媒体人员匆匆赶到。媒体为本市新闻单位和中央、省新闻单位驻本市记者站人员。本市发现新疫情，市委领导到达抗疫一线，此刻是重要突发新闻，媒体自会蜂拥而至。只因事情临时决定，通知稍迟，致略有延误。

徐真看到那些照相机、摄像机，悄悄走到一旁，离开大厅。

她到楼后院子里给女儿发了一条短信："天寒地冻，疫情起伏，情况多变。无论如何，保持好心情。"

女儿马上回复："想妈妈。"

徐真笑笑，再回复："咱们一起熬过去。"

徐真没有回到前厅，就在楼后小院子里待着。这儿摆着一张长椅，可供静坐休息。过一会儿，陈小萌也从楼后门走了出来。

"怎么往这边跑？"徐真查问。

陈小萌称已经汇报完毕。接下来陪同领导是饶士元、邱任他们的事，她不合适。

徐真说："本来就是要你在那里待着。"

"徐副呢？为什么自己走开了。"

"我不喜欢。"

"以前好像不是这样。"

徐真承认，以往她总是往镜头前站，那是需要。现在情况不同。

"听说您……"

"无风不起浪。"徐真打断她，"不说那个。告诉我你的感觉。"

陈小萌一张脸顿时显得疲惫。她告诉徐真，以她直觉，患者有可能并未提供全部情况。这位患者不是活跃型的，加上年纪因素，一向以自家住宅为中心，社交并不广泛。他所提供的活动轨迹与公安局技术部门提取的资料相当吻合，并不复杂，也没有太多意外之处。如果只是这样，为什么一开始配合度那么低呢？陈小萌怀疑他有所隐瞒，心里捂着个黑洞，只怕他捂着的恰就是最要紧的，感染源就藏在那个黑洞里。如果真如所疑，患者该有点数，知道可能是谁把病毒传染给他，但是说出去的话会给那个人造成麻烦，也给自己惹麻烦。整个调查询问期间，陈小萌忍着胃里一阵阵翻腾，以百倍耐心跟患者磨，正面追询，旁敲侧击，总想解开心里这个疑问，却始终感觉不踏实。可惜不能一直问到感觉踏实，对方那种情况，不能磨过极限。

徐真听罢，静悄悄一声不响。

"如果真的漏掉要紧的，那就糟糕了。"陈小萌说。

"怎么就不能给我几句响亮点的话？"徐真生气，质问道，"守土有责，救命有责，保证完成任务什么的？"

"徐副喜欢听？"

"当然。"

陈小萌叹气："有些话我会放在心里，可我总也不是声音响亮的那一个。"

3

半年多前，随着入夏升温，国内疫情整体趋向平缓，本市报表上早是一串"零"，感觉疫情似乎已经烟消云散，除了国外依然令人揪心地"如火如荼"。

有一天市里开会研究干部，徐真在一份拟提拔干部的考核材料里找了个茬儿，提了条意见，认为该材料表述自相矛盾。

这个拟提拔干部叫龚庆扬，考核材料在描述优点时称赞其"注重实效"，而描述不足之处时则说："求真务实精神需要进一步加强。"徐真抓住两个相关字眼发难，称考核材料表述有问题。从优点看这位干部很务实，讲实效；从缺点看这位干部务实精神不足，需要加强。这到底说的是一个人，还是两个？这个人到底是实的还是虚的？

市长张应全开玩笑、打圆场："人家有虚有实，该虚就虚，该实就实。"

马百川问："组织部说说，这什么意思？"

考核干部、形成考核材料是组织部的事情，在会上就干部事项做汇报的一个副部长承认："提法确实不够严谨。"

他提请各位领导把考核材料里"求真务实精神"的"务实"删除。也就是该干部的该缺点为"求真精神需要进一步加强"。避免与前边"注重实效"提法直接形成矛盾。

"这是文字游戏吗？"徐真问。

对方说不出话。

这时马百川发问了："除了材料表述不准确，徐副还有什么意见？"

"没有。"

其实有，且已经说了。

拟提拔的这位龚庆扬时任县委副书记，在本市北边一个县任职三年多，此前是市政府办副主任。徐真初任副市长时，龚还在政府办，因分管工作没有重合，接触很少，只知道龚擅长文字，能搞材料，妙笔生花，是市直机关一大笔。龚下派县里任职，与徐交集不多，只在新冠疫情发生之后，徐以常务副市长身份负责防控指挥部日常工作，龚在县里也管这一块，彼此才有较多接触。徐真对龚的印象不好，主要是感觉这个人不实在。龚所在县在疫情期间一直是零纪录，没有发现任何一例新冠病例，其周边相邻的三个县也是这种状况，这里边有若干客观因素，龚却在多种场合视为己功，似乎是他抓得特别有成效，才把新冠病毒成功地隔阻于县界之外。实际上此人说多做少，很多事情流于开会布置，懒于下力气落到实处，唯一比别人略胜一筹之处在于特别会拟标语与刷标语。他负责该县疫情防控后，全县大小路口特别是进出主要通道抗疫标语林立，比其他县多出数倍，令人应接不暇，以致有人讥笑他是拿标语当口罩，"吓病毒于县界之外"。说来这位龚也是"福将"，别人累死累活，为疫情此起彼伏疲于奔命，他稳坐钓鱼台，只用口水与标语，狼便望风而逃。

不料该福将竟让马百川有感觉。此时马百川刚从省税务局局长任上下派，接替到龄退休的前书记主政本市。马百川到任之初布置工作时，提到不能因为疫情平稳而掉以轻心，全市上下务必持续做好防控。他没有太多斟酌，随口说了一句，强调各级各部门"守土有责，救命有责"。几天后他下去视察，猛然发现某县遍地都是这两句大标语，颇觉震撼。认真一查，不是书记、县长干的，是龚庆扬。

不久，组织部长找徐真，就相关干部任职预做沟通。当时市卫健委主任任职已满十年，拟交流到其他部门，准备把龚庆扬提起来接任。由于徐真负责疫情防控，组织部想听听徐的意见。徐感觉意外，问了一句："为什么是他？"

组织部长笑笑："徐副，你知道的。"

类似干部事项的提出，很大程度上出于书记的考虑，徐真当然明白，但是她还是表达了自己的看法，尽量说得委婉一点。她表示对龚庆扬不太了解，如果组织部门经考察认为龚符合提拔条件，她没有异议，但是建议最好安排到其他部门，不要放在卫健委。原因是那个部门比较特殊，管着人民健康、救死扶伤那些事，不说得挑个菩萨一般特别有爱心，格外热爱生命、热爱生活的人，至少要求其有点专业素质。当前防控疫情任务这么重，龚庆扬没有丝毫专业背景，干这个恐怕不算人尽其才。

"他在县里管抗疫还是卓有成效的。"

徐真认为那是另一个情况。以她感觉，龚似乎不够务实。

徐真并不分管干部，就工作而言，只能点到为止。她相信自己这些意见会反馈到马百川那里，但是马未必会改变主意。果然没多久龚庆扬的提任事项就提交上会，位置正是卫健委主任。此刻如果徐真依然坚持自己的看法，就不再是酝酿过程中个别征求意见时表达己见，而是常委会研究决定时公开表态反对，凸显自己与其他大多数领导特别是第一把手的不一致。通常情况下，这是大家都会努力避免的。徐真自称"比较成熟"，她是社会学硕士，出自中国人民大学，当年来到本市，在"公考"中以总分第一成绩考入市委政研室，作为培养对象下到基层任职，从乡长干起，一直到县委书记、常务副市长，有此丰富阅历，她当然清楚应该掌握有度。

徐真只在龚庆扬的考核材料里挑了点毛病，以此略表看法，没有固执己见。班子里研究干部不时有这种情况，对某个人某个任职意见有看法，不好直截了当提出来时，有人会从其他地方挑毛病，找一些小纰漏，鸡毛蒜皮，例如考核材料里标点符号错误等等提意见，以此曲折表达感受。徐真未能免俗。但是她盯着"务实"与否，也实属有的放矢，表现出她对龚庆扬的基本看法。

龚庆扬当上卫健委主任后动作很多，声音也特别大。他总能创造性地把马百川所思所言化成重大声音，让马百川自己都感觉震撼。龚所主政的卫健委屡受马表扬，特别是新冠疫情于本市基本销声匿迹，福将似乎果真名不虚传。

不料很快便出了件事：市区一条重要通道进行拓宽改造，有一家位于城乡接合部的中低档酒店被列入征用拆迁。这家酒店叫"南湖"，已经老旧，其貌不扬，在新冠疫情中却有一个特殊地位,是经市、区两级确定的集中隔离医学观察点,为市区最大的一个点,疫情发生以来隔离观察过几批次百余名密切接触者。由于疫情被有效控制,该观察点已基本停用,拆除不存在问题,只是在疫情彻底平息前,依然需要保留足够的观察点和床位,拆旧必须补新,有如老百姓拆迁补面积。这个事由区防控指挥部负责,由于位处市政府所在地且是市区主要集中隔离点,市卫健委亦负责督促检查。

有一天,市疾控中心主任陈小萌接通知到徐真办公室,汇报相关工作。汇报中陈提到近期受命带一个专家组去区里检查集中隔离医学观察点,徐真随口问了几句,发觉陈回答有些迟疑。徐感觉奇怪,穷追不舍,问清了情况。原来陈小萌他们是去了一家"凯歌宾馆",区里拟拿该宾馆顶替南湖酒店,作为新的集中隔离医学观察点。市卫健委主任龚庆扬命陈带专家组去检查以便最后确定。检查中陈感觉有些疑问,了解为什么选了这家宾馆,有技术人员偷偷告诉她,起初他们曾提出多个选择,其中有的比这家"凯歌"好,区里领导却确定首选这一家,不知道为什么。陈小萌把情况报告给龚庆扬。龚庆扬让陈别管,给谁不给谁自有原因,派专家组去也就是技术需要,不要节外生枝,无事生非。陈不服,认为既然去了就得负责,结果被龚臭批一顿。

"那家凯歌'唱'不起来吗?"徐真问。

陈小萌承认该宾馆作为医学观察点也无不可,只是从交通、医疗、环境等技术需要看不如南湖,也不见得比曾提出备选的其他几家强。特别是该宾馆位于南郊一座小山间,门前有一个回头弯,坡大弯大,只怕到时候两部救护车对开交会会比较困难。

"隔离条件呢?"徐真了解。

"隔离不存在问题。"陈小萌表示。

隔日恰好龚庆扬找徐真汇报工作,徐真问起了医学观察点选址事项,龚庆扬称情况他知道,都在掌握中。

"听说选了一家什么凯歌?"

龚庆扬表示还在进行中,如果确定,打算叫它"凯歌医学观察点"。

"听起来很响亮。"徐真笑笑,"名字有那么重要吗?"

龚庆扬称主要还是条件不错。据他了解,这家宾馆周边污染源少,空气和水质都特别好,选择那里做集中隔离点,也是出于落实徐真"善待隔离人员"的要求。

"我有那么说过吗?"徐真问。

"我们可不敢忘。还有'人最重要',徐副反复强调。"龚庆扬说。

徐真了解是不是有些不同意见，龚庆扬表示，市、区两级卫健部门看法很一致，隔离人员在那里确实可以得到善待，优势很明显。另外就是主要领导也很关心。

"什么？"

龚庆扬略支吾，末了低声报告，称马百川有些交代。

徐真没再多问，只强调一条，无论如何要确保新选的点符合条件，安全可靠，这是最重要的。龚庆扬连称明白。

几天后龚庆扬给徐真打来一个电话，称区防疫指挥部基本选定凯歌宾馆为新医学观察点，请示徐要不要抽个时间去视察。徐真回答："再说吧。"

她没有去。通常情况下，尽管那个点由下属区主管，作为具体负责疫情防控的市领导，徐真去关心一下也属应该。但是当时她还不想去，日后有需要再说。为什么？一来即便如陈小萌反映，这个点不如南湖，也属基本符合条件，没有缺胳膊少腿之类根本性问题，不外就是有个回头弯不利车辆交会。如果龚庆扬所称空气水质特别好属实，确实也算善待隔离人员。二来既然马百川已经过问，她还能说什么？唱反调吗？

那时候徐真心里有个结。马百川接任书记之际，省里对本市领导班子进行过一次考核，拟做相应调整，据说按原本方案，市长张应全因年龄切线，将转到市政协当主席，由徐真接任市长。有消息称马向省领导建议张暂留，将徐调到其他市任职，理由是徐虽不是本市人，却是从本市一步步升起来，易地任用可避免受地方、人物关系过多牵扯。这么说言之成理，其实更多的还是表面上的理由，真实情况不外是马不看好徐，有如徐不看好龚庆扬。为什么会呢？马百川有个性，话不多，不苟言笑，却是不怒而威，说一不二，有时突然拉下脸，批评起人毫不留情，班子成员皆难幸免，唯徐真常被网开一面，主要是性别因素，并非看好。徐真作为女干部，如果身段特别放软，嗓音特别加甜，也许人家的感觉会好得多，可惜徐并不以此见长。徐看起来亲切随和，绝无人们印象中的母夜叉女强人状，实心气颇高，很有主见，做事情绝不含糊，从不只会"是是是"，认为该表达的，她总会设法表达。马百川到来后，她称得上努力配合工作，但是这不妨碍她在一些重要问题上提出自己的看法，即便笑笑，也还话中有话。这方面略得益于性别，如果是别的男性同僚，像她那么跟马百川绵里藏针，马可能早拉下脸了，于她则不好多计较，马可以骂别人，不好骂徐真，毕竟所谓男女有别，只要徐真自己掌握好度。以马百川的性格，他会喜欢服服帖帖那种类型的搭档，不是徐真。省里在酝酿市长人选时，马表明态度无可厚非。徐真本人并不是特别放不下的人，但是知道自己出局，心里也会纠结、不舒服。

因此她不想去干预凯歌宾馆事项，随马去吧。

不久市防控指挥部开例行会议，市长张应全到北京跑项目，例会由徐真主持。当时本市没有疫情，例会内容平淡，与会有关部门各自汇报情况，区防控指挥部汇报时提到了"凯歌医学观察点"确定，没有人提出异议。

一周之后，这个医学观察点登上了国内各大媒体版面，在网络上红极一时。

它失火了，一把火烧得满天通红。大火这种场景于媒体总是非常耀眼，众多记者如飞蛾扑火般聚集凯歌。一问，居然这是一处待启用的新冠疫情集中隔离医学观察点，这就严重了。凯歌宾馆失火只属一般新闻，凯歌医学观察点失火可就是重大新闻了。它为什么会给点着？它是不是一项豆腐渣工程？它又是怎么成为医学观察点的？它给疫情防控带来什么严重影响？所有这些问题都被炒了个遍。几天内，网络上、媒体上一片声响，各级领导的批示一层层传递下来，如巨石般砰砰坠落。

根据事后调查，该宾馆失火是因为应急装修。宾馆设施已经陈旧，由于疫情以及经营方面的问题，有近一年时间没有正常营业。被确定为医学观察点，于宾馆可谓一次起死回生良机，但是必须迅速整修，将损坏设备补齐，才能担负重任。由于整修任务重，工程队伍加班加点，日夜赶工，这支工程队施工安全规范一套一套非常完整，却是说得好听，做得马虎。失火当晚，几个值班人员于库房打牌、抽烟，不经意间竟把一块窗帘点着，此时装修正在加紧，库房里外堆着许多易燃材料，火起后迅速蔓延，值班人员扑救不及，四散而逃，终导致整座楼烧毁，一个值班人员逃跑不及，死于火中。该医学观察点还未正式启用，没有入住隔离人员，也属不幸中之万幸。

马百川震怒，这位领导下起手来一点不含糊。凯歌医学观察点是区里主管，受市卫健委等部门业务指导与监督，现在出事了，谁都跑不掉。龚庆扬是马百川一眼看中、一手提携，此刻马对他丝毫没有留情。出事后不久，龚庆扬于办公室被市纪委干部带走，留置调查。同时被带走的还有疾控中心主任陈小萌。区里也是从分管副区长以下关了十几个人，宾馆所有者、经理、工程公司负责人更是早早被控制，交有关部门调查。在上级和外界的广泛关注下，案件的调查进展迅速，挖出来的情况令人震惊：原来凯歌宾馆的所有者是通过贿赂成为医学观察点，贿赂金额二十万，受贿者为龚庆扬的小舅子，该小舅子还介绍施工工程队，从中收取十万元回扣。龚庆扬受小舅子之托，直接给区长和分管副区长打电话，提出要他们关照凯歌，市卫健委将提供更多支持。龚坚称自己没有受贿，也不知道小舅子拿了人家的钱，其直接操纵、干预选点却是事实。更严重的是龚庆扬居然胆敢假冒马百川之名，或暗示,或明言,或含糊其词如"马书记有交代",弄得似乎这家凯歌姓马,龚只是在落实书记交办事项。马百川得知情况后怒不可遏,痛下重手,办案人员翻起龚庆扬老账,一查竟查出在县里任职时几个与土地、项目审批有关的问题,受贿金额达百余万。

  陈小萌幸运一点,很快就"出来"了。她没有收受贿赂,而且她从一开始就以技术原因,对凯歌宾馆提出疑问,遭龚庆扬训斥。徐真证实陈小萌曾向她反映过问题,却不能让陈免受处理,因为陈曾带专家组对凯歌点进行检查,并最终代表专家组签字认可。尽管是迫于龚庆扬压力,责任她还是要负。马百川强调,凯歌火灾影响极大、极坏,处理必须从重,任何责任人都不能轻饶,陈小萌因此给免了职,受了党纪处分。

  这里边还有一个人跑不掉,就是徐真。作为具体负责疫情防控的市领导,责任无可推卸。不同的是徐是省管干部,怎么处理是省里的权限。由于事件关乎抗疫,疫情平稳之际最需提防丧失警惕,医学观察点失火无疑是一大警示,省领导非常重视。省里主管部门迅速派出调查组下到本市,徐真被约谈数次。徐提供了所知情况,强调自己曾要求新选医学观察点符合条件、安全可靠。她也对发生的事件表示痛心,承认自己没有深入了解内情,主持防控指挥部会议时让凯歌宾馆得以确定为医学观察点。事实上这两个问题于她都有些冤,前者她实无法深入了解,因为可能与马百川有涉。后者她只是代替市长张应全召集,如果市长没出差,那就是市长的事了。

  她得到的处理也是免职。免职不是撤职,不算行政处分,却也属对相关干部过错行为的组织措施。决定在省委常委会上做出,恰就在强寒流来袭,气温骤降,号称本市半个世纪以来最冷的前一天。而后徐真接到通知,让她于隔日上午十点到省委大楼,省委副书记赵守礼要跟她谈话。通常情况下,干部履新需要做一次领导谈话,干部免职却未必需要,一纸通知下来就可以。徐真被特殊对待,加了领导谈话这个项目,估计因为她是女性,表现一贯优秀,原本前程似锦,突然遭遇波折,领导们感觉痛惜,认为不能仅是"挥泪斩马谡",有必要做点劝导,鼓励她正确对待,目光放远,经受考验,等待机会,等等。这些话其实不必领导费口舌,徐真自己就会说,问题是再怎么自我排解,心里难免还是有挫败感与不平,以及懊恼。谈话前夜情况突变,狼来了,徐真被"半夜鸡叫"唤醒,她在到达小会议室之前没有得到疫情报告,其实可以理解。省里一做免职决定,本市机关内外不说家喻户晓、人人皆知,也差不到哪儿去。决定已成现实,板上钉钉,不再是传闻,也不再属于保密事项,难免随风四起。在凯歌事件调查期间,经马百川提议,已确定增加宁坤副市长管抗疫工作，谁都知道那就是徐副备胎，此后饶士元直接向宁报告即可，无须多叨扰徐真，那些事她实已管不了了。

理论上说，此刻徐真已经不是本市领导。无论拖到什么时候离任，她被免职的时间都以省委开会决定这一天为准，因而她确实已不合适参加本市领导小组会议，更别说去负责处置当前疫情。她有足够理由推辞不接，特别是面对马百川。马百川是市委书记，省领导在斟酌如何处理徐真时，肯定要听一听马的意见，看来他是坚持认为只重重处理下边几人，不触及徐真"不足以平民愤"。既然如此，此刻徐真有何必要听从他？接手处置本市当前疫情对徐有何意义？即便处置得非常好，也不可能改变自己已被免职这一现实。而如果处置不当，则麻烦大了。

徐真却让自己一头陷了进去，她不能不。

4

"徐副！徐副！"

"说。"

饶士元在电话里上气不接下气，急切之至。他很激动，或称兴奋，他也确实可以兴奋并激动：感染源找到了，一块高悬的石头终于落地。

感染源不是在流调中发现，是得益于小区全员核酸检测。患者刘群被确诊后，其所居东海小区在第一时间封闭，市卫健委迅速派出一支专业队伍，紧急进入小区对所有居住者进行核酸检测，从小区千余居民中测出了一例阳性。这位千里挑一者属新冠病毒无症状感染，他叫韩生龙，四十七岁，住东海小区7号楼，与刘群所住的2号楼间隔数幢楼房。韩生龙是黑龙江人，做大米生意，也兼营其他土特产贸易。数年前业务顺畅，收益较好，韩在本市东海小区购买一套精装商品房，接连几年于冬季携妻及老人、孩子到本市小住，以避家乡之寒。本月他又来了，这一回只有夫妻俩，且因为临时业务耽误，他推迟了几天，其妻先于他到达。他本人于本月9日从哈尔滨飞上海，转机飞到本市机场，从机场坐出租车回到东海小区家中。韩到达后曾接到小区物业防疫人员问询电话，了解其旅行及身体情况，韩如实报告。由于其并未进入高风险地区，健康码没有问题，也没有发烧或感觉不适，工作人员只是做了相关登记，未予特别注意，直到他于核酸检测中"中标"。而后韩氏夫妻立刻被送到集中隔离医学观察点，流调人员即对他进行调查。此人性格爽朗，头脑清楚，合作度很好，流调记录非常完整。根据他的描述，其感染新冠病毒可能是在南来前的一次朋友聚餐上，一桌五人，都是老哥们儿、酒友，其中一个是特意从老家乡下赶过来跟他喝两杯。韩本人到达本市后才从新闻里得知，那位酒友的老家乡下发生疫情，被列为高风险地区。他还特地打电话问候，让对方留意。酒友没在意，连说没事。现在看恐怕事就是从那里出的。聚餐后韩在东北还有若干活动记录，到达本市却相对较少，因为是所谓"候鸟"，主要生活、工作地还在东北，在本市没有太多关系人，活动范围不大，密切接触者也少。韩到来的这几天恰逢寒流降温，夫妻俩很少外出。韩抱怨说本地冷起来真恐怖，零度比东北零下二十度还要命。他们那里供暖，在家穿件单衣就够，哪像这里开了空调还得穿毛衣。受疫情影响，其生意不太好做，近日在家无所事事，夫妻俩上网看片打发时间，天天拿东北野生猴头菇炖鸡汤，客观上减少了密切接触者。奇怪的是与韩接触最密切的是其妻，其妻的核酸检测却为阴性，并未受感染，几十米外小区另一幢楼上的陌生人刘群却被韩一个过山炮隔空击中，感染了并发展成新冠确诊病例，这怎么会呢？流调人员初步判断二者存在密切接触，是因为取快递。小区内有一处"丰巢"快递柜，附近住宅楼居民的快递件通常给送到那里，凭短信通知取件码自取。韩本人自述，10日10时左右，也就是他到达本市的第二天上午，曾到快递柜为其妻取件，是一盒东北猴头菇。患者刘群提供的活动记录里，恰也有当天上午取快递一项，时间也在十点左右，是网购的一副老花镜。那个快递柜附近区域有一个道路监控探头，流调人员特意核对该监控资料，确认两人所说无误。当天上午大约十点十二分，两人相继出现在监控里，相差二十秒，刘先于韩。这二十秒差距完全可以在按码取件中缩减至零，供两人发生直接接触。从监控上看，刘群戴了口罩，但是拉到下巴，失去防护意义。韩生龙没戴口罩，可能是嫌麻烦。本市早已没有疫情，人们的防备意识有所松懈。据此可判断两位当事人于取快递过程中，在未有有效防护下于不经意间发生了接触，给了远道而来的新冠病毒悄然传播之机。

　　徐真追问："流调结果可靠吗？"

　　"是陈小萌亲自带队做的。"饶士元回答。

　　"报告马书记没有？"

　　"已经报告了。马书记很高兴。"

　　马百川对防控进展极度关注，频繁过问，甚至十几分钟就电话追一次情况。此刻终于有结果了，所有人都很高兴，包括徐真自己。但是这个结果必须确切无误。

　　徐给陈小萌打电话核实。陈小萌确认，检测队发现韩生龙后，饶士元立刻通知陈安排流调队跟踪，陈感觉事关重大，亲自带队到集中隔离点与韩交谈。而后也是她命手下队员到东海小区取证，查到了两个当事人相继出现的监控资料。尽管还只是从道路监控探头取得的间接证据，却已经最为接近真相。那个快递柜本身没有监控,不可能留下两人密切接触的镜头。

"那么可以确定了?"徐真问。

"感觉有点悬乎。"陈小萌承认。

因为感觉悬乎,陈小萌特别小心。从目前情况看,所有环节都合理,天衣无缝,没发现什么破绽。事情就是这样,凑巧得悬乎。新冠病毒本身就特别悬乎,其传染性之强大尤其悬乎,却是现实。陈小萌原本怀疑患者刘群有所隐瞒,没把该说的都说出来,尤其担心刘刻意隐瞒的是关于感染源的信息。韩生龙的出现打消了她这种疑虑。即便刘有所隐瞒,只要不是与感染源有关,那就比较好应对。从韩生龙与刘群发生接触的时间到刘群发病的时间,也就是从本月10日到16日一共七天,与陈小萌原来划定的七天重中之重期吻合,符合新冠肺炎流行病学特征,从技术角度看可以成立。韩生龙的发现意味着本市本次疫情流调中原缺的一环,也就是感染源已经找到。

"那么我可以松一口气了?"徐真问。

陈小萌苦笑:"当然不行。"

徐真笑笑:"你这么说我就放心了。"

感染源找到之后,有许多急迫事项必须马上进行。韩生龙在本市虽然活动面不宽,却也有若干接触,从机场到小区,必须把所有密切接触者找到并隔离。韩在东北以及旅途中的接触也是一大重点,相关情况必须立刻报告给省疫情防控指挥部,省里再向上报告,这将引发一场跨省范围的感染源以及密切接触者查核隔离。其中许多工作在本市之外,本市也需要做好配合。

这时候电话来了。林焕新。

"徐副,马书记请您马上来一下。"林通知,"王副省长一行就到。"

徐真略迟疑:"我不合适吧?"

"马书记请您务必过来。"

半小时后,徐真在小会议室参加了防控工作汇报会,以目前自身情况,她觉得自己或应称为"列席"更合适一些。

副省长王源泉是省政府分管疫情防控的一位领导,以往徐真就是对应他。他当然清楚徐真碰到的事情,走进会议室时,看到人群中鼓掌欢迎他们的徐真,他还伸手与徐握了握,说了一句:"徐真同志辛苦了。"

一旁市长张应全插嘴介绍:"徐副他们已经有了重大进展。"

"我听说了,很好。"王源泉点头。

马百川抽个空低声问徐真:"那个东北人没搞错吧?"

徐真回答："看来是他。"

"确定吗？"

"可以确定。"徐真说，"这个韩身手不凡。"

"什么？"

徐真说了过山炮和快递柜，还提到韩生龙配合很好，她特地交代隔离点多加关照、善待，隔离期间他们夫妻做不了小鸡炖蘑菇了，想办法帮助他们弄点东北手工水饺也好。城区里有好几家东北饺子店，据说挺地道。

马百川要求徐真到来的真正原因，可能就是当面核实。在向省领导报告前，他需要从徐真这里得到一个确认。王源泉一行来得很急，王的随行人员有省政府一位副秘书长和省卫健委主任，一行人奉书记、省长之命，下来就本市当前防控工作进行检查督促。仅从他们匆匆而来，可知省主要领导对本市疫情骤发相当担心。

"请省领导放心，目前初战告捷。"马百川说。

他郑重其事报告了发现疫情以来的防控措施及各项主要进展，特别提到了刚刚确定的感染源以及与之有关的各项跟进。徐真能够听出他嗓音里的快慰。公允而言，到目前为止，本市本轮疫情防控进展基本顺利，反应速度和实效都还符合要求。

汇报会时间不长，马百川报告后王源泉讲了几条，肯定，亦提出若干要求。而后省领导一行即往市医院看望、慰问抗疫第一线医护人员。徐真没跟去，自知不合适。

下午三时，陈小萌给徐真挂来一个电话："徐副，我需要立刻见您。"

徐真一惊，预感不好："什么事？"

"可能搞错了。"

"什么？"

"感染源。不是那个韩。"

徐真脱口道："瞎说！"

"可能，可能……"

"你是怎么搞的！"

陈小萌在电话那头"哎呀！哎呀！"急切而沮丧。

徐真怒喝："哎呀什么！快来！"

十分钟后陈小萌赶到徐真的办公室。她脸色苍白几无血色，看得出疲倦与紧张。

有如此前她向徐真报告，从一开始她就感觉韩生龙成为刘群的感染源比较悬乎，似乎过于偶然。但是流调结果偏偏又与双方提供情况吻合，特别是查到的监控资料，让两个当事者只剩可以轻易逾越的二十秒时差，可以说基本没跑了。陈小萌就此断定感染源就是韩生龙，这个结论让她自己都松了口气。但是她心里的不踏实感没有就此消失，越发感觉悬乎、捉摸不定。尤其是韩生龙的流调过程比较急促，饶士元不停地电话追赶，称王副省长要来检查，马百川催要最新情况。急促中会不会有所缺漏？千万不要搞错了贻误大局。为了保险起见，也是让自己心安，陈小萌安排一组人员继续跟踪查核，切入点还是小区道路监控资料。两个当事人一前一后走向快递柜的时间已被查实，他们当然不是一去不回，他们返回的情况在监控里当然也留有记录，不妨查一下。流调队员听命去查了，查到的情况有些古怪：韩生龙是在十三分钟后出现在监控资料里，手捧一个纸箱回家。刘群则晚得多，于半小时后才出现在资料里。正常情况下，从他们各自住宅到快递柜取件，单程五分钟就足够了，两个当事者似乎都走得过于"龟速"。流调人员查了刘群的调查记录，发觉这个人尽管拖时较长，却属正常：那天上午刘群除了下楼取快递老花镜，还去给一张公交卡充值，充值点在小区大门外的一家店铺。这个情况他已经提供给流调队员了。韩生龙呢？为什么五分钟的路他走了十几分钟？流调队员即打电话核实，韩在集中隔离点接电话做了说明：原来他是在外边抽了支烟。他妻子怕烟味，他不在屋子里抽，借出来取快递之机过一下烟瘾。抽烟的时间他记得很清楚：取件之前，在快递柜旁边一棵树下，那地儿有点气味，像是刚有狗撒过尿。抽完烟他就去取快递，而后回家。

　　陈小萌呆若木鸡。她记得两个当事人经过顺序为刘前韩后，相差二十秒。这二十秒原本非常容易逾越，刘群取完件转身刚要离开，韩生龙从后边走过来，彼此就一对一成了密切接触者。但是情况却不是这样，显然韩生龙在那棵被狗尿过的树下抽烟时，刘群已经取完快递去给公交卡充值了。流调队员为了确保证据充分，迅速联系快递柜经营公司，费老大劲，提取了快递取件时间记录，确认刘群的快递取走六分钟后，韩生龙才取走他的件。因此这两个人当时不可能，也没有在快递柜边密切接触。在后面几天里他们更没有接触机会，两人实不相干，韩生龙并非身手不凡会打过山炮，他根本就不是刘群的感染源。

　　"你确定？"徐真追问。

　　"基本上。"陈小萌回答。

　　"到底是不是？"

　　"不是。"陈斩钉截铁。

　　徐坐在椅子上一声不吭。

事情大了。几小时前马百川言之凿凿，要省领导放心，称本市初战告捷，感染源的迅速发现为一大战果。报告之前马还让徐真予以确认，徐回答得非常明确。此刻突然情况生变，感染源又成悬案不说，领导那里如何交代？疫情如火，工作却如此粗疏，这么重要的事项都会搞错，居然还大言不惭报告省领导，这还了得！且如果韩生龙不是刘群的感染源，那么就还有另一个感染源存在，深藏不露，其危险不言而喻。在几乎同一个时间里，竟有两个外来感染源同时袭击本市，或许不仅这两个，还有更多？

徐真手心里全是汗。

"你说吧，陈小萌。"她开腔了，"怎么办？"

陈小萌说："是我的错，徐副处分我吧。"

"那是以后的事。现在呢？"

"现在得纠错，想尽一切办法重新追查感染源。"

"你没考虑过将错就错？"

陈小萌略迟疑，回答称她也想过，但是绝对绝对不行。感染源不找到、不找对都不行，那是一颗疫情炸弹。

"很好，这是我要的。"徐真说。

她立刻在办公室给市长张应全打电话报告情况。张在下边县里调研，听到情况后挺着急："马书记知道了吗？"

徐真无奈道："他还高兴着呢。"

"你千万小心，先别说死。"张应全说。

张应全人不错，徐真跟他合作多年，彼此很默契。此刻他为徐真着急，因为马百川哪容得下这种事。所谓"先不说死"指的是口气缓和一点，让马有个接受过程，"可能有点疑问""需要进一步核实"等等，别惹得马百川一下子炸了。问题是徐真一向是就是，不是就不是，她能那么含糊其词吗？

"这一套我真不行，不像宁副市长。"徐真叹气，"这家伙躲哪儿去了？不赶紧回来，任我们在这里让狼咬。"

"他有点事。"张应全说。

宁坤副市长在班子里人缘好，精明过人，有时会含糊其词、躲闪，好比聪明的鸟儿闪避猎枪子弹。这一回他迟迟不归却不是在逃避疫情，是出了情况：他在省城开会后即住院手术，肺里有个东西，疑为肺癌。手术由北京来的一个专家做，听说还算成功。尽管是微创，却也至少得躺上一两个月。这个事除本人和家属，本市仅马百川、张应全知道。徐真之所以被马百川强留下来，宁坤不能履职是一大原因。

张应全把情况告诉徐真，让她心里有个数，别指望宁坤从天上掉下来接管疫情防控，所有事情笃定归徐真，包括责任与风险，狼咬与马骂。

徐真还能怎么办？她带着陈小萌出办公室，立刻赶到马百川那边。到了市委值班室，徐真忽然停住脚，让陈小萌留在值班室待命，她自己先去见马。陈听命留下。而后徐真穿过小会议室，去了另一头马百川办公室。马在办公室里听市环保局长汇报工作，徐真不客气，一进门就告诉那位局长，有一件紧急事项需要向马百川报告，让局长先回避一下。那局长拿眼睛看马百川，马百川两眼一瞪："你听谁的？"

局长张口结舌。

马百川把手一摆："听徐副的没错。"

原来是开玩笑。虽然依然严肃，能开玩笑亦表明心情不错。可惜他的好心情转眼被徐真几句话打到了九霄云外。

"你说什么？"他难以置信，"搞错了？"

"是的。很大可能。"徐真没把话说死，却也差不多了。

马百川看着徐真，好一会儿，突然抬手，用力在桌上"砰！"地拍了一下。

"你们怎么搞的！"他怒不可遏，"不可以！"

徐真检讨，出现这样的问题，她要负责任。

"你让我跟省领导怎么说！"马百川怒斥，"不是故意的吧？"

徐真不吭声，很平静。她有足够心理准备。

"敢拿这种事开玩笑！"马百川喝道，"简直是犯罪！"

"没开玩笑。"徐真笑笑，"我在第一时间向马书记报告了。"

还是绵里藏针。马百川立刻平静下来。

"告诉我，是谁干的？陈小萌？"他问。

徐真认为陈小萌应当表扬。务实、负责、细致，有专业能力还有专业精神，敢于发现错误、承认错误，不顾个人得失，不去患得患失。如果不是她，此刻大家还陶醉在初战告捷中，疫情炸弹却还深埋在人群里，时候一到便会轰然爆炸。

"她在哪里？给我马上叫过来！"

陈小萌就在外边值班室待命。徐真不敢贸然把陈带进来，怕马百川大发雷霆，把人家吓着了。这个陈小萌神经已经高度紧张，弄不好"砰"一下就断成两截。马百川想骂人就骂姓徐的好了，她承受得起。这么大的事情，她知道后必须立刻报告。假如害怕对自己不利，装不知道，捂着不说，那才真是犯罪。如果马百川不同意这个见解，尽管严厉批评，但是别冲着陈小萌。此刻还得依靠陈这样的专业人员去做工作，以最快的速度把感染源找到，这个最重要。

马百川发怒道："离了她就不行吗？"

"离了谁都一样行。"徐真说，"现在必须争分夺秒。"

几分钟后她从马百川办公室出来，去了值班室。陈小萌坐在屋角沙发上一动不动，神情疲惫，惴惴不安。

"咱们走。"徐真和颜悦色。

她带着陈小萌离开市委大楼，有一辆轿车已在楼下守候。上车后徐真告诉陈，马百川批评陈小萌工作失误，同时也肯定陈自己发现错误，迅速报告，精神可嘉。陈小萌还记得"何以承受"吧？原来只说要她拿两个肩膀去扛，现在看还得加上这种精神。没有它人会给压得扁扁的，好比西餐馆盘子里一块煎牛排。

此刻陈小萌已经把手中可用的流调力量全部派出去应对。所谓"解铃还须系铃人"，感染源问题关键还在患者刘群。陈小萌一直感觉刘有所隐瞒，只是因为韩生龙出现，没再深究。此刻要从这个位置重新开始，从刘身上找线索。有一组流调队已经到了市医院隔离病房外，待陈赶到后，一起再接触病人。刘群目前状况还好，有糖尿病并发症，医生正在治疗，身体状况还允许再接受流调问询，医院方面已经同意。

徐真立刻对驾驶员下令："先送陈小萌去市医院。"

轿车转弯，直奔市医院。

"告诉我，凭什么你觉得刘群有所隐瞒？"徐真问陈小萌。

"只是一种直觉。"

"讲具体。有什么细节最让你产生疑问？"

陈小萌提到了两只温度计。流调人员发现，有一天上午，刘群在其常去的东海小区大门外药店先后购买了两支温度计。先买了一支红外体温计，就是疫情监控中大量使用的那种手枪式温度计，十几分钟后他又进店买了一支常规体温计，是腋下使用的那种。这件事发生在刘群病情加重的一周前。流调人员曾向刘本人了解，刘称买温度计是家里备用，红外那种用起来简便，腋下那种量得准，所以各买一支。但是陈小萌注意到刘的家人在流调中曾说明，刘咳嗽加重后，他们给他量体温，每天量一次，都没有发现发烧。从家人说的情况看，刘家备有温度计。温度计这种东西纵不算耐用消费品，也算基本耐用，一个家庭备有一支就够了，不需要更多，除非摔坏了。如果摔坏了需要补购，刘群在接受调查时应该会提到，却没说，家人流调也都没提及，因此陈小萌感觉有疑问。这两支温度计会不会藏着一个面目不清的人？是不是有些隐情？

徐真点点头："总有个原因。"

到了医院。徐真让驾驶员去停车场等候，她要顺便探望一下流调队员。于是陈小萌带着她到了隔离病房楼下的装备间，有三位流调队员正在那里等候陈小萌，也巧，又是三"女将"。徐真跟她们一一握手，看她们穿防护服。

"这像什么时装？"徐真调侃，"蜘蛛侠吗？"

她们都笑，蜘蛛侠那身也算时装？在这里什么侠装都不行，只有防护服管用。

"还有吗？"徐真问。

什么呢？防护服。徐真也要穿。

"看你们穿着还挺好看。"她说。

陈小萌大惊："徐副，您不能进去。"

"我是市领导。市领导要探望病人。"

"您可以通过视频探望。"

"我要当面。"

"危险！那是确诊病人！"

"别废话。"

徐真坚持，下令必须让她进去。没有哪一条规定禁止领导穿防护服。陈小萌再三苦劝无果，无奈，只能服从，让部下给徐换上防护服。严格按照换装程序，从戴一次性工作帽开始，到喷淋消毒，过程相当复杂且耗时间，徐真听凭摆布。

"徐副，在里边您得听我的。"陈小萌提了个条件。

徐真答应了。

她们进了隔离病房。三个进去工作，留一位在外边待命。病房里很闷，穿着防护服尤其闷，此刻谁也顾不着。患者刘群躺在病床上，被子一直蒙到下巴，右小臂伸出被子，正在接受输液。他的精神状态还好，流调队再访事前已有预告，他有思想准备。让他意外的是徐真，一听来的这位竟是常务副市长，以前只在电视上见过的领导亲自进入病房探望慰问，刘情不自禁要坐起来，被陈小萌按住了。

"让徐副市长先跟你说几句。"陈小萌说。

徐真告诉患者，她代表市防控指挥部来探望、关心病人，也要向病人保证，在这里他会得到最好的救治。大疫之中，人最重要，每一个生命都必须珍视，刘群当然不例外。有领导的关心，医护人员的用心，相信他一定会战胜新冠病毒。眼下除了希望刘群配合医生治疗，早日康复，她还希望刘群配合流调人员工作。刘群提供的情况对本市防控疫情非常重要。据她所知刘群有些事没说出来，可能有些顾虑。其实说出来无妨，不说才会真正成为顾虑。当前疫情防控是非常大的事。把所知道的都说出来，帮助全市抗疫，刘群就不只是一个不幸遭到病毒袭击的新冠病人，还是一个为抗疫、为保护其他受到病毒威胁的人做出贡献的有功人士，人们都会记住他、感谢他。

她还直接提到两支温度计。她说，流调人员关心各种细节，包括两支温度计等等，都是为了防控疫情。她们需要知道情况，她们有很多技术手段查出那些情况，只是时间紧迫，希望让刘群自己来说。如果涉及个人隐私，她们会非常注意保护。作为市领导，她要求她们特别注意这个，刘群可以放心。

陈小萌问："刘老师都听到了吧？"

刘群点头。

陈小萌看看徐真："徐副，让我们跟刘老师谈吧？"

徐真点点头，伸手在刘群伸出被子的右手背上轻轻拍拍。

"谢谢领导，谢谢。"刘群喃喃。

徐真离开，出隔离病房，脱防护服，程序同样复杂耗时。折腾许久终于出了隔离区域，徐真上车，直奔防控指挥部。

路上，孙鹏程来了电话。

"孙佳情绪不好。"他说。

孙鹏程刚与女儿通过视频。女儿说着说着就对着手机哭起来，埋怨妈妈到底怎么了。她现在什么都不想，只是非常非常想徐真。

"昨天刚视频过啊。"徐真说，"我让她别操心，好好的，快快活活的。"

"她说了。你就是这几句话。"

徐真叹气："她不知道穿防护服是什么滋味。"

"怎么了？"

"算了，拜托你管好老人的事。女儿我来想办法。"

当晚徐真在防控指挥部吃快餐，一边密切关注各方面防控动态。晚饭期间有集中隔离医学观察点报告，两位刘群的密切接触者核酸检测阳性，已经转入医院。相关小区立刻着手进行封锁和全员核酸检测。下边一个县防控指挥部报告，一位失去联络的密切接触者已找到、隔离，正在排查"密接的密接"。韩生龙的所有密切接触者也已经按名单全部找到并送医学观察点，相关防控措施随即跟进。韩即便不是刘群的感染源，也可能会是其他人的感染源，丝毫放松不得。

陈小萌那边一直持续努力。至八时许，电话来了。

"徐副，发现了一个人。"陈小萌报告。

5

  有一位年轻女子叫李荞,现年33岁,天津人,自由职业者,毕业于首都一所音乐专科院校,曾入职一家大剧院乐团,后自谋职业,目前为一支乐队的电子琴手。其所在乐队在京、津及周边城市参与各种演出,辉煌时上过中央电视台节目,低落时栖身酒吧舞厅演奏,人员时合时散。

  本月6日,李荞从河北石家庄正定机场登机,经上海转机来到本市,住进城北教师新村32幢402室。教师新村为老旧住宅区,建于20世纪90年代初,多为六层住宅,没有电梯,内外环境较差。李荞住在退休中学老师黄金山家中,黄是李的姨父,黄妻是李的大姨。这家人的儿子已婚,小夫妻俩都是区政府公务员,在区政府附近一小区买了一套房,平时住在那里,节假日才带着他们的儿子到教师新村看看父母。新村这套住宅日常只住黄老师夫妻俩,眼下加上到来暂住的外甥女李荞,一共三人。

  李荞入住后,曾由其大姨陪同到教师新村物业管理处登记,出示了身份证、健康码。李荞称其所在乐队前些时候到石家庄商演,由于疫情原因,演出合同难以履行,乐手们无所事事,闷得慌。与其在那里耗着,不如出来走走,于是便请了假,飞到本市探望大姨,拟住一段时间。由于李荞近期内没有进入中、高风险地区,健康码正常,身体状况也正常,社区工作人员没有加以特别关注。几天后,有一份协查名单由省、市防疫单位转下来,李荞列名其中,原来前些天她所搭乘的石家庄到上海航班上有一位新冠确诊患者,同机所有乘客都需要核查,其中与确诊患者座位相近,即前后三排乘客列为密切接触者。李荞的座位与患者相距较远,不属密切接触,却也列名协查。为了确保安全,社区防疫人员要求李荞做一次核酸检测。李听命去了医院,所幸检测结果为阴性,没有问题。李荞对社区工作人员表示,她到达本市后非常注意身体情况,每日测体温。她有两支温度计,一支是老式的腋下测温,一支是新式的红外测温计。红外的使用方便,老式的量得准。两支温度计搭配用,体温错不了。

  这两支温度计就是患者刘群在东海小区门外药店里购买的那两支。东海小区与教师新村相距六公里,刘群与李荞怎么会碰到一起?刘群购买的温度计怎么会落到李荞手里,且刘的家人一无所知?刘与李到底是什么关系?这都是问题。

  李荞身材高挑,面容清秀,一口京腔,举手投足透着一种大地方人见多识广的从容,其根底却在本市。李出生在本市城区,三岁时父母因性格不合离异,李归其母。五岁时李母再嫁,丈夫是本市一家电子企业的工程师。后企业被兼并,李的继父因技术拔尖，被调到天津总部搞研发，隔年李母与李荞也去了天津。李荞小学、中学都是在天津上的，她已经自认为是地道的天津人，笑称只差没去说相声。偶尔她还会回到出生地，这里有她的大姨，还有生父，就是刘群。李荞是父母离异后才改随母姓。

　　由于年岁日久，特别是李荞母子早已离开本市去了北方，人们大多不记得刘群有一位前妻，还有一位长女。刘比其前妻晚一年再婚，后妻也是一位银行职员，他们生了一个女儿，人们大都以为该女为刘的独女，岂知还有一个李荞，远在北国。刘群与李荞本人当然是最知道的，他们有自己的联络方式，不为人所知。李荞于本月6日回到本市后即与刘群联系，父女相约见面。9日，即李荞到达本市的第四天上午，他们在东海小区大门外一家茶馆谈了近两个小时。谈话中，李荞告诉刘群自己有些不舒服，路途辗转，感觉疲劳，可能感冒了。刘群询问发烧没有，李摇头，她不知道，她大姨那里有一支温度计，不能用，似乎坏了。刘群也不多说，让李荞稍候，即起身出茶馆，到附近药店买温度计。店员推荐刘买红外测温计，他便买了一支，拿到茶馆即启封，给李荞测温，没发现发烧。刘担心这种新武器测温不准，再次去药店买一支老式腋下温度计，吩咐李荞带回去再测一下，情况如何务必告诉他。李荞于第二天给他打了个电话，报称一切正常。

　　这段过程没有出现在刘群的流调记录里，关于那一天长达两小时的外出，刘群称自己去了小区附近的小公园，坐在一个亭子边，听老年合唱队唱歌。刘群之所以隐瞒真相把自己描绘得像个不吭不声的文艺青年，主要因为李荞是刘家敏感话题。刘的后妻清楚刘有一位前妻，生有一个长女，后妻心眼小，听不得那些事，曾因李荞上大学时刘群汇的一笔钱跟丈夫要死要活的。李荞的母亲也就是刘群前妻已经在去年因心脏病离世，这并没有减轻敏感度。李荞与刘群的本次见面有特殊事项，尤其不能让刘妻知道：李荞已经渐入未婚大龄女青年之列，她决定今年内当新娘，把自己嫁了，准新郎是本乐队一个鼓手，比她小三岁，两人已经交往两年。李荞觉得这事总得告诉个谁，母亲已经死了，继父只认李的同母异父弟弟，不太管李荞，那么还有谁可以告诉？只有生父和大姨。刘群与前妻也就是李荞的母亲离婚后，从不拖欠李荞的生活费，即便是李荞有了继父后依然不变。李荞上高中时，刘群曾借出差之机，约李荞出来见一面，带李去了一家高档西餐馆。李荞对生父的印象其实是在那时才真正形成，感觉他性格内向，言语很少，表达不畅，人也固执，但是对她始终有一种亲情，没忘记自己的长女。他们父女时有联络，着意避开其他家人。去年底李荞曾把一张乐队照片发给刘群，称照片中的鼓手是她的男友。刘群很高兴，让李结婚务必要说。此次李荞来本市见他，便是如约相告。那天在茶馆见面，刘群除了给李买了两支温度计，还给了她一张银行卡，卡上有十万元，作为他送女儿的嫁妆。如今十万元不算巨款，却也难得刘群有心，在妻子的严密监管下还能暗中藏下这笔钱。但是这笔钱也让刘群在接受流调时难以启齿，有所隐瞒，不愿如实报告所有行踪与密切接触者，直到徐真出现。

陈小萌说："徐副走后他掉眼泪了。"

原来患者刘群不仅在电视上看到过徐真，他还知道徐真曾过问他的病。他入院后心情沉重，怕自己过不了这个坎，主管医生让他要有自信，坚定求生意志。医生还说，市领导给院长打电话下了死命令，强调这个患者很重要，一定要治好，不惜一切代价。刘群了解是哪个领导对他这么好，一问才知道是徐真。

"如果不是徐副，只怕现在他还咬着嘴。"陈小萌说。

徐真笑笑："我说过他很重要吗？"

"您打电话时我在场。人最重要谁都会说，难得的不是嘴上说，是真心实意。"

"陈小萌什么时候学会表扬领导了？"

陈小萌称自己也是真心实意。徐真穿上防护服那时，她心里特别着急、特别担心，但是也忍不住想掉眼泪。刘群终于开口，徐真的帮助太大了。

应当说除了当初徐真对刘群治疗的关心，她探望时开导刘群的话确实也起了作用，包括她有意提到的技术手段。眼下谁也离不开各种电子产品，使用中都会留有痕迹，只要下决心查，刘群及其长女那些事不可能查不出来。对此刘群本人也是清楚的。

流调队员于第一时间在教师新村找到李荞，掌握了若干情况，推断李荞在石家庄至上海的航班上，有与已知的新冠确诊患者密切接触的可能。飞机上李荞的座位与该患者隔得较远，本不该有接触，只是李上机后自行更换了座位：她原有座位相邻的两个位子都有乘客，恰又是两个胖子，她坐中间，感觉很挤。她注意到该航班未满员，后排是空的，于是便自行挪到最后排，坐在靠窗位置，身边另两个位置是空的。本来这一挪离那位确诊患者的座位还要更远，却因为后排之后就是洗手间，分列于过道两侧。经济舱乘客上洗手间时常排队，特别是餐食过后，如厕人多，排队者经常临时坐在最后排靠过道的空位等候，也就是坐到李荞那排，与李荞仅间隔一个空位。如果那位患者上洗手间，排队时就近坐于后排空位，李荞便成了他的密切接触者。眼下乘客在飞机上是应该戴口罩的，但是不可能戴着口罩用餐，这种情况下，李荞有可能被感染。

"可是她的核酸检测并没有问题，不是吗？"徐真问。

"有可能是检测误差。"陈小萌判断。

在流调队员找到李荞之前，李已经因为所乘航班协查缘故被要求进行核酸检测，当时她与刘群的关联还不为人所知，检测结果表明她没有问题。但是陈小萌坚持认为，在已知的刘群所有密切接触者中，只有李荞最可能成为其感染源。她是从外地进入本市，此前同已知的确诊病人有交集。她与刘群见面后第七天，刘群发病，时间对得上，特别是她本人与刘群见面时身体感觉不适，似有发烧，以致需刘群为她连买两支温度计，这非常值得注意。当时是李荞飞到本市的第四天，如果她在飞机上被感染，这个时候发病亦符合该流行病特征。后来李荞给刘群报称正常，更多的是怕刘群担心，并非完全属实。她对流调队员承认当时其实有点低烧，只是当晚睡觉时出了点汗，第二天上午一量，体温正常了。根据这个情况，有理由怀疑她是受了病毒感染，出现轻微症状，得益于年轻、体质好、抵抗力强，病毒无奈她何，转眼给压制住了。所有迹象都表明她应当就是刘群的感染源，确认的唯一问题就是她的核酸检测没有问题。她本人没有感染病毒，哪里可能成为感染源？哪怕存心传销一般要把刘群和刘的密切接触者发展为"下线"，也属"心有余而力不足"。这一条足以否决所有怀疑，陈小萌却坚持认为自己的判断合理，因为当前核酸检测还有一定误差。

　　李荞及其大姨、姨父已经作为密切接触者被集中隔离，于当晚进入医学观察点。三个人目前都没有发现症状。陈小萌安排对他们做流调，三人都很配合，特别是李荞。在流调队员找到李荞之前，她已经得知本市发现疫情，东海小区封锁。她曾给刘群打电话，刘未接，她感觉忐忑，怀疑是不是自己给生父惹麻烦了，可又感觉自己好好的，都检测过了，不可能有问题。她还曾考虑主动与防疫部门联系，报告自己与刘群的关系，又担心刘妻知情后跟刘群过不去，一时左右为难，负担很重。流调人员找上门来，让她说情况，倒让她感觉放松了许多。这位李荞与东北人韩生龙相似，在本市没有太多人际关系，其大姨、姨父属深居简出一类，密切接触者不多。李的表弟，也就是其大姨儿子一家原本双休日回家，因本市发现新疫情，公务人员取消放假，因之避开了成为病毒传播下一环的危险。李相关三人被隔离后，陈小萌即安排进行核酸检测，这于李荞是第二次核酸检测。确定刘群感染源，成败在此一测。

　　徐真把情况用电话报给了马百川。

　　马百川追问："你是说，你们排除了那个东北人，但是找到了一个天津人？"

　　"如果核酸检测阳性，那就可以确认。"徐真说。

　　"如果还是阴性呢？"

　　徐真迟疑一下："如果那样，感染源就不是她，必须接着找。"

"准备找到什么时候?"

"找到为止。"

马百川把电话挂断。

他很焦虑,徐真何尝不是。此前,由于徐真坚持,马百川同意以市防控指挥部名义向省里急报,称根据掌握的最新情况,本市新冠无症状感染者韩生龙与确诊患者刘群未确定有过直接接触,刘群的感染源还在紧张排查中。马百川自己还给王源泉副省长打电话报告情况并口头检讨。如此亡羊补牢很不得已,相当于自己打脸,"啪啪啪"很难受,却又不得不打,隐瞒或者拖延都不行,任谁都承受不起。在发生这样的"乌龙"之后,最好的处理方式就是在承认失误的同时,又将真正的感染源找到。错的及时排除,对的迅速找到,曾经有过的失误就会成为一个无足轻重的小插曲。反之,如果迟迟不能找到,失误便愈显突出,问题成倍放大。

可惜世事往往难如人愿。晚十一时检测结果出来了,阴性,马百川不幸而言中。不仅李荞,其大姨与姨父也同为阴性,这个感染源可以排除,不是她。

陈小萌半天说不出话。

徐真下令:"振作起来,继续。"

"不可能啊。"陈小萌声音里有一种绝望,"怎么会呢!"

"不要慌,镇定。"徐真问,"会不会还是检测误差?"

"我想不出有其他可能。"

徐真说:"需要的话可以再做一次。"

哪怕再做,按规定也得在二十四小时之后了。

徐真把检测结果报告给马百川,他已经知道。

"马书记有什么指示?"徐真问。

马百川不说话,挂了电话。

这不表明他没有指示,只表明不满之至。

徐真守在防控指挥部调兵遣将,此刻另起炉灶,寻找新线索、新方向成为一个现实而急迫的事项,有多项应急措施立刻进行,包括患者刘群在本月2日之前,也就是陈小萌划定的流调重点时段之前的密切接触也被纳入调查范围,以防缺漏发生在原本不受注意的时段。陈小萌依然放不下李荞,提出将李的密切接触者作为疑似对象,全部做核酸检测。教师新村防控升级,必要时做全员核酸检测,以防万一。徐真认可。她给陈小萌鼓劲,让她无须焦躁,放下一切杂念,一心一意考虑工作。需要什么支持,包括调用更多力量,徐真来帮助解决。晚十二点,徐真命陈小萌暂停,回去睡一觉,让头脑清醒一下,明天继续。陈小萌摇头,称还需要理一下头绪。

"不行。"徐真说，"跟我走，帮我个事。"

帮什么呢？她不说明，领着陈小萌上了车。

"去南湖。"徐真交代司机。

南湖是什么地方？就是南湖酒店，本市市区新冠疫情集中隔离医学观察点。这个点设置已有一年多，前段时间停止运行，拟拆除，不料"凯歌医学观察点"不幸失火烧毁，连带着把曾经的卫健委主任龚庆扬等人"烤"进班房，南湖拆除被紧急延后，迅速重启，此刻集中了市区需要隔离观察的大部分密切接触者。

陈小萌诧异："徐副，这么晚了，做什么呢？"

徐真不吭声。

深夜车少，交通顺畅，二十分钟后她们到达南湖宾馆。该观察点一位值班领导听说徐真来了，匆匆从楼下值班室跑到门厅迎接。

徐真和颜悦色："打搅了。请给我们安排两套防护服。"

那人吃了一惊："徐副市长是……"

徐真笑笑："不行吗？"

"我去安排，就去。"

陈小萌立刻出面干涉："徐副，您要做什么？"

"看看。"

陈小萌明确反对，因为现在不是时候，于徐真也不应该。

徐真拉下脸："我可以看望病人，为什么不能看望隔离观察人员？"

陈小萌说，徐真是领导，不是医疗专业人员，除非非常特殊，万不得已，必须尽量避免进入隔离区域。这是有风险的。防护服不能解决所有问题。

"我害怕吗？"徐真问。

"您自己有风险，您探望的人也会有。"陈小萌坚持，"您要看谁呢？难道李荞？"

"不行吗？"徐真说，"也许可以聊聊她的婚事。"

"您真是吗？"

此刻李荞就在南湖隔离，但是她与其生父刘群情况多有不同。刘在面对流调时有所隐瞒，需要开导，李荞却十分合作，根本无须徐真再去复制探望情节。对此徐真比谁都清楚，她不可能挑这个时候穿上防护服去隔离房间跟李荞聊什么婚事。这么晚了，隔离人员都在休息，不应该受打扰。人是最重要的，他们应当得到善待。

"不要学我说话，给我防护服。"徐真不听。

陈小萌固执起来，坚决反对，称领导可以下命令，进入现场却必须由专业负责人员决定。没有得到同意，任何人无权进入，哪怕再大的领导。

徐真看着陈小萌，气坏了："我真不该叫你。"

"守土有责，救命有责，是您自己说的。"

"哇，你也会这么响亮。"

"我跟您学的。"

徐真转身。她是真生气了，上车就命司机开走，把陈小萌丢在南湖不管。这里是陈小萌一个主要工作点，她有办法自行离开。

第二天上午，徐真在防控指挥部接到电话通知：请徐真于后天，也就是星期五上午十时到省委大楼，省委副书记赵守礼办公室，赵副书记安排与她谈话。

徐真回答："我会按时到达。"

放下电话，她在座位上一动不动，看着窗外的天空。

寒流终于过去，本市正在升温，她离开的时候已经到了。它为什么说来就来？应该还是出于马百川的看法，他一定很不满意，痛感让徐继续"具体负责"已经没有必要，经报省领导同意决意让徐正式离开。在徐真所能想到的各种结果里，这无疑是最坏的一个结果。如果当初徐真没有接下任务，拱手"拜拜"，那么所有事情都跟她无关。如果徐真指挥下一切顺利，包括及时查到感染源，本轮疫情没有缺环，风险可控，那也不存在更多问题。事实上经过这么多努力，疫情防控其他方面没有大的问题，尚未查获的感染源极大可能也已经到了眼皮底下，有如那位李荞，只差眨一下眼就能一把抓住。徐真却在这当儿被请出局去，留下的最重要记录就不是基本顺利，而是凸显失手，特别是先后将感染源锁定韩生龙、李荞，均失误，确认韩随即推翻，无疑影响极坏。徐真离开后，如果感染源被迅速找到，那只是更突出徐的无能，如果感染源继续深藏不露以致引发疫情蔓延，徐真指挥的失误及所造成的时机延误将成为一大问题，日后必受追究。大疫面前，未能负起责任或者没有负好责任以致严重损失，任谁都插翅难逃，无论你曾经多么勤勉，并无懈怠。

这是徐真应得的吗？

徐真伸出手，抓起桌上的电话机开始拨号，一个键一个键按，按到最后一个号码又放弃，把电话听筒放了回去。

这天晚上，在间隔二十四小时之后，李荞接受她进入集中隔离医学观察点后的第二次，同时也是她近期的第三次核酸检测，结果还是阴性。李荞小姐确实经得起考验，不管有多少人会为之黯然神伤。徐真已经估计到这个结果，事实上，从李荞通过上次检测起，寻找的重点已经悄然转向，只是苦无立时重大进展。

午夜时分，有人敲响徐真办公室的门，声响急促。

"进来。"徐真说。

是陈小萌。脸色苍白，眼圈发黑，该是从昨晚到现在未曾合眼。

"对不起，徐副。"她哑着嗓子说。

"哪里对不起了？"徐真问。

"昨晚的事您别生气。"

"我生气了吗？"徐真笑笑，"你是对的，我谢谢你。"

陈小萌阴着脸，表情沉重。

"说正事，发现什么没有？"徐真问。

陈小萌有一个意外发现，是一位入境者，从南美洲辗转飞来本市。本市机场是小机场，航班少，目前仅开通北京、上海、广州等航线，每周各两个航班，没有国际航线，从国外来的人都是通过转机才到达本市。陈小萌发现的这位入境者从南美回国，入境后即被送往当地的集中隔离医学观察点，住了两周，经核酸检测，确定没有感染新冠病毒后获准离开。由于航班的原因，入境者在隔离点多待了两天，然后才上飞机来到本市。根据本市现行防控要求，境外入境人员在隔离十四天，核酸检测阴性之后，还需要居家隔离一周。如果不能提供经检查核准的可靠居家隔离条件，则需要到医学观察点集中隔离，费用自理。由于居家隔离要求很高，一般家庭难以满足，进入本市的入境者基本都去了医学观察点，完成那一周的加时隔离。这位南美来客也一样，不能回家，不能接触家人，从机场直接给送进了隔离点。

这也是一位女子，年轻姑娘。她是刘群感染源吗？不是。刘群于本月16日病情加重，18日送院确诊，这姑娘在两天后，20日当天才飞到本市，她即便有问题也够不着刘群，因此不入陈小萌法眼。此刻陈为什么会注意她？因为昨晚徐真在南湖宾馆执意要穿防护服，被制止后拂袖而去。陈小萌感觉诧异。今天白天，在处理各急迫工作之余，她查看了隔离在南湖宾馆里的现有人员资料，意外发现了这个年轻姑娘。她叫孙佳，生于本市，其父孙鹏程，市医院外科医生，其母亲的资料没有填写。

"是我女儿。"徐真说。

孙佳毕业于北京外国语大学，主修西班牙语，大学毕业后考入一家央企，前年外派秘鲁，在他们公司的办事处当翻译，已经一年多没有回国。今年公司给了孙佳一个月休假，她听说外公身体不好，决定先去广州探望，再回本市与父母相聚。不料受疫情影响，国际航班不正常，原定的回国航班取消，好不容易更换到上海的航班，时间延后了几天。到了上海，一隔离就是两周，每天只能关在宾馆里，靠视频、短信与家人联络。孙佳在上海改了主意，决定解除隔离后先回本市，因为"想妈妈"，实际是担心。孙佳注意到"凯歌医学观察点"那个事件，非常不安。听父亲说妈妈可能会给免职，她很着急，觉得妈妈需要她。由于上海到本市的航班不是每天有，她在上海隔离酒店多住了两天，回到本市又给送到南湖宾馆。算一算，隔离结束后出来，她的一个月休假就差不多了，必须立刻返回秘鲁。好不容易才有的休假在隔离辗转中耗光，已经到了本市还不能得见家人，她情绪非常不好。当初徐真得知疫情发生时说："来得真不是时候。"既说自己刚给免职，也指女儿正在归途，这只狼就像是故意来给徐真找碴儿。徐真在饶士元提交的《紧急通知》稿中注意到涉及入境人员的第九条，也是因为孙佳就在其列。那份通知报马、张认可后，最终由徐真签发，她可以不遵守规则，要求防疫部门对孙佳破例吗？当然不行。昨晚徐真忽然感情冲动，想穿上防护服，进入隔离区，实与李荞无关，是想与女儿见上一面。陈小萌出来阻拦，致未遂，她能不生气吗？

"我不知道……"

徐真笑笑："知道就放我进去了？"

"徐副，很对不起，但是真的不好。"

徐真说她得感谢陈小萌。如果昨晚真的进去，只怕日后就讲不清了。特别是疫情这些事还像山一样压在头上，韩生龙、李荞一个接一个不是，徐真任由时间一再拖延，居然以权谋私，跑到南湖宾馆去要防护服穿，这怎么可以！

"那么说才没良心！"陈小萌不平，"徐副最难得了。"

"陈小萌越来越能说我爱听的。"

陈小萌称自己是真心感佩，满心里全是。

"把你的心弄宽敞点。"徐真没让她再说，"留点位置多装些更响亮的东西，比如热爱生命、热爱生活什么的。"

她提到自己非常希望继续跟大家一起，把本市这次疫情迅速处理了结，尽早让疫情为零。可惜她已经没有机会，只能拜托了。

"徐副什么意思？"陈小萌惊讶。

徐真把情况告诉她。她大惊："这怎么可以！"

徐真平静道："少了谁都可以。"

"我们怎么办！"

徐真离开后，马百川、张应全会直接过问工作，还会迅速指定新的领导接替徐真具体负责。领导力量只会加强，不会减弱。大家目标都是一致的，此刻都需要倚重专业人员，陈小萌无须担心。

陈小萌眼泪落了下来。

"怪我无能。"她哽咽。

6

那时候已经接近省城,在高速公路上。

陈小萌给徐真挂来一个电话,报告了最新流调进展。如徐真所担心,感染源方面依然没有大的发现。

"我把主要的数据理了理,"陈小萌语音里透着疲惫,"最符合目标特征的还是只有李荞,几乎就是唯一,没有第二。"

"你是陷进去了,不能自拔?"

"我是专业人员。我从来没有像现在这样怀疑自己的专业能力。"陈小萌说,"我不知道自己怎么啦。"

徐真问:"你的韧性呢?都给冻僵了?"

她沉默片刻:"徐副能容许我再试一次吗?"

她想给李荞再做一次核酸检测。李荞做过三次检测,都是阴性,按照规定已经足够,可以确定未受感染。陈小萌不死心,还想再测。这么做超常规,需要领导同意。

徐真问:"如果还是阴性呢?"

陈小萌无奈:"那我只好去跳楼。"

"禁止做。"徐真毫不含糊,"把注意力移过来,脑子里不要只有一个李荞。"

陈小萌不说话。

"还要我再说一遍吗?"徐真问。

"明白。"陈小萌终于回答。

十分钟后轿车驶出高速公路收费口,徐真吩咐司机在路旁暂停,她下了车,走到一边给陈小萌回挂了一个电话。

"你是不是还想着那个李荞?"徐真问。

"我知道徐副下禁令是为我好,不想她了。"

"真的一刀两断?"

陈承认没那么容易。她就是放不下那些念头。

徐真了解李荞此刻情况如何,陈小萌报告说,她一直密切注意李荞及其大姨、姨父的身体状况。说来不知道是有幸还是不幸,他们在隔离点身体状况始终正常,甚至可以说好得出奇。不像刘群。这么冷的天，他们仨加起来一声咳嗽都没有。

"既然这样，为什么你就是盯着她不放？"徐真问。

"这是因为新冠病毒不同寻常，可以通过无症状者传播。"

"但是她不是。她并没有受到感染，几次检测都表明。"

"这方面也有例外。"

"这样吧，"徐真下了决心，"你马上给我写一份报告。"

眼下做一次核酸检测已经很容易，但是对一个密切接触者反复做检测，必须考虑当事人及其亲属的情绪和反映，还有外界的质询和上级的查究。如果最终结果表明感染源并不是李荞，那么对其紧盯不放，一而再再而三检测便会成为问题，如果被谁揪住，往小里说是涉嫌伤害当事人权益，往大里说便是涉嫌坚持错误方向以致贻误战机。因此陈小萌想做也得报领导批准。正常情况下，这种事口头报告取得同意足矣，无须写一份书面报告，搞得那般正式，毕竟就是做个检测那么一点事。但是徐真觉得眼下情况特殊，必须留下依据，需要的话可以为陈小萌提供一点保护，减少日后麻烦。徐真其实已经出局，她还能批准这种事吗？她认为可以。理论上说，在省领导谈过话，正式通知她被免职之前，她还可以按照原定安排，"具体负责"本市抗疫工作。一旦谈话完成，权限就不属于她了。

她命陈小萌立刻写份报告，简要几句即可，说明疫情严峻，需要尽快找到感染源，考虑到新冠病毒的特殊性，根据实际情况，有必要对李荞再做一次核酸检测，请求批准，等等。这份报告写好后立刻用传真发到本市驻省城办事处，徐真会先赶到那里审阅签字，然后再传真回去给陈小萌。

"谢谢徐副。"陈小萌说，"真是太支持了。"

"不如说是让你彻底死心。"徐真直截了当，"帮你把注意力集中起来。"

"徐副放心，无论如何我会按您要求去热爱，不去跳楼。"

徐真上了车，命驾驶员立刻出发，先到办事处，然后再去省委大院。此刻时间已经偏紧，幸而办事处与省委大院相距不远。

赶到办事处时，陈小萌的传真件已经到达，徐真匆匆一阅，即掏出笔签了"同意"两字，还有自己的名字。那时她突然意识到，这可能是她在本市抗疫，也是本市工作中的最后一次签字了。

时间紧迫，容不得多感慨，徐真匆匆上车赶往省委大院。由于这一耽误，原本预留的时间给全部用掉。紧赶慢赶，走进赵守礼办公室前，徐真看了下手机：十点零二分，迟到两分钟。这从来不是徐真的风格，特别是见领导，她总会提前到位，只有本次例外。考虑到这一次与以往不同，免职谈话，不是提拔那种好事，需要兴冲冲上赶着吗？当然这是调侃。

赵守礼于徐真不陌生，领导班子考核时，是赵带队到的本市，他对徐的情况十分了解。谈话如徐所料，就是那些内容，但是赵讲得很实在，无论批评、肯定、要求，都是直接而具体。他的意思实际上就两条：一是对徐真的适当处理是必要的，尽管很可惜。二是徐真应当正确对待，来日可期。

徐真表现平静。赵谈话时，她拿出本子和水笔，低头记录，基本记下赵谈的要点。然后表示态度，检讨错误，服从决定，正确理解，等等，都是这种场合必须讲的，这段日子里她已经在心里默述过无数次。

赵守礼问："有什么要求吗？"

她笑笑："没有。"

"没有？"

"是的。谢谢赵书记。"

"你要经得起。"

"会的。谢谢。"

赵守礼起身与徐真握握手，谈话就此结束。

离开赵守礼办公室，徐真下楼。省委大楼楼下门厅很宽敞，大门两侧摆有木制沙发、茶几，此刻右侧沙发上空无一人。徐真走过去在沙发上坐下，选了一个背朝大门的位子。这里比较隐蔽，通过大门口进出的人最多只能注意到她的背影。她从自己随身携带的公文包里取出一份简报，放在长茶几上看了起来。

这简报只是道具，供过往人员看了不至于感觉奇怪而已。这个时候她哪里看得下简报，她只觉浑身乏力，手脚发颤，需要让自己停一停。她在赵守礼办公室始终平静得体，纹丝不乱，那是强撑的、必须的。

被正式免职，徐副市长不再存在，于她当然并不快乐，感觉痛苦。但是作为一个重大挫折与打击，早在得知消息之初，她已经经受过了，此刻不外瓜熟蒂落，实至名归，没有更多冲击力和新鲜感。她在赵守礼面前表示自己会正确理解，那是真心话。她曾经斥责陈小萌，说陈确实需要被处理。既然陈是疾控中心主任，出了问题就有责任，大疫当前尤其不能放过。她还说自己也一样，该承受就必须承受。这也是真心话。徐真从不认为自己冤如窦娥，她心里有一种无法言说的、深深的懊恼。凯歌宾馆失火后，她曾对调查组承认自己没有深入了解情况，在所主持的指挥部会议上通过其成为集中隔离医学观察点。事实上那些都不算什么，真正让她感觉懊恼的是龚庆扬嘴里的"善待"，那是她的话，也是她心里想的，龚投其所好，把它搬还给她，好比拿数不清的大标语去"震撼"马百川。龚知道她爱听什么，以空气、水质等等做幌子，弄得像是果然很热爱生命、热爱生活且很用心于善待，她居然就听信了。她不是一直对这个"求真精神需要进一步加强"者有看法吗？还有一重更深的懊恼是她当时的纠结。如果不曾受制于情绪，不因为马百川没支持她上就心存纠结，以她的个性，必会把陈小萌提起的问题弄个明白，可能就没有后来那些事了。类似纠结虽属人之常情，能多放下一点不是更可取吗？大疫当前，自己那点事算个啥呢？

所谓"如人饮水，冷暖自知"，懊恼只能自己承受，难以分享平复，在那个最冷的夜晚，徐真接下抗疫任务，很大程度却是因为这些懊恼。自新冠疫情暴发以来，徐真受命在本市负责抗疫，防备狼肆意伤人。在毫无疫情之际，本市却出了事，狼虚晃一枪，或者说只在千万里外吹一口气，远程发威，就先声夺人，让她扑倒于地。这头狼真是气势凶猛，除了伤人无数，还特别伤害帽子。疫情以来，各地因处置不当被问责、被免职、撤职的大小官员多了去了，徐真无法想象自己居然也会列名其中，而且是在疫情平稳之际。想来惭愧，甚至是屈辱，也极其不服。这头狼像是真的跟她有仇，她刚给免职，它就突然现身到来，在本市袭击伤人，有如洋洋得意公然嘲弄。这时有机会再去打狼，于她实为一种弥补。徐真接下任务时表现有些勉强，其实只是有意为之，所谓仇人相见分外眼红，无论如何徐真不会袖手旁观。如果能干脆利落迅速扑灭新疫情，一雪屈辱，洗去挫败感，减轻曾经有过的懊恼，不好吗？徐真不指望因此改变处境，却可以就此心安。可惜的是事情并不尽如人意，她没能如愿以偿，得到的是最坏的结果，懊恼未去，还让自己更深地陷入自责。难道她只是空言人最重要，实则任狼肆虐，让人们陷于危险，所为不过如此吗？她认为不是，也不服。接到赵守礼谈话通知后，她曾试图打一个电话，却在按最后一个号码键时放弃。那个电话就是打给赵守礼的，她想直接请求赵再次推迟谈话，给她几天时间，完成当前抗疫紧迫事项，也就是确定感染源。她确实极不心甘，终还是放弃了，因为自知已经不可能改变。大疫面前，个人感受并不重要。无论如何，苦果只能自己品尝。

都结束了。很遗憾。没有办法。

徐真在沙发上坐了也不知多久，手机"滴"一响，有一条短信，是孙鹏程，发来的是一个航班号，以及起飞时间等等。

徐真收起茶几上的简报，放回公文包里，轻轻喘口气，让自己平静下来。而后她拿起手机，给马百川挂了一个电话，简要报告了赵守礼谈话的情况。

"免职文件今天就会下达。"她说，"我需要向马书记请个假。"

马百川问："你在哪里？"

"在省委大楼。"

"等我一下。"

十几分钟后马百川赶到。今天下午省委有一个中央会议精神传达，下边各市书记、市长必须参加。马百川另有工作需要联系，提早到了，此刻也在省委大院。

他与徐真在楼下门厅的沙发上匆匆谈了谈。徐真告诉马，省城机场今天中午有一个航班到广州，她已经订了机票。她父亲近期做心脏手术，目前还在住院。此前由于疫情防控，她无法脱身，一直拖到现在。这个事需要报马百川同意。

徐真原本是常务副市长，有事外出必须向书记、市长请假。此刻她不是了，可以自由自在，想去哪儿去哪儿，高兴了就玩失踪，藏得不见人影吗？不可以。一旦离开，该说还是要说。目前没有明确指定她该向谁请假，那就找马百川吧。

马百川表示同意。他没有理由不同意。虽然本市疫情并未结束，徐真却不宜继续介入，她已经不能再负责，无论用什么方式参与，都可能造成问题，弄不好会干扰新的决策与部署。徐有自知之明，此刻远远走开肯定也是马所乐见。

"有什么需要吗？"马百川问了一句。

"谢谢书记，不需要。"徐真说，"那么就这样？"

马百川忽然说了句："实话说，我不希望这样。"

什么意思？应当是表示他并不希望徐真如此结果。

"我也不希望。"徐真笑笑，"真的。"

马百川表示，尽管徐真与他个性不同，工作上有些不同看法，其实合作得不错。他这个人对工作要求高，对时间要求也高，但是也注意到徐真是最不需要他操心的班子成员之一，于工作是特别需要、特别难得。现在不说这些了。他知道徐真不容易，省领导那里他会帮助反映，争取尽快有个安排。

"谢谢。"徐真说，"我自己不敢劳烦马书记，有一个人倒是希望马书记关心。"

她提到陈小萌，讲了李荞再次核酸检测的事情。这个检测是她批准的，她判断结果会与上三次一样，不可能改变，但是即便如此仍然也有意义。排除李荞后，有助于把注意力集中到其他方面，尽快实现突破，已经做过这么多努力，应该也到了瓜熟蒂落的时候。此刻徐真最不放心的是陈小萌的承受力，人的承受力都有极限，专业人员也同样，尤其是陈小萌刚被处理，原本情绪比较低落。徐真建议马百川回去后抽空接见一下陈小萌和她的团队，亲自听听汇报，加以鼓励，不计较韩生龙、李荞得失，只要求汲取经验教训不懈努力。这样的话会有巨大促进，他们精神振作起来，难题就有望尽可能快地得到破解。

马百川问："你为什么总是提这个人？"

"人是最重要的。"徐真回答。

她认为抗疫是要保护人们免受新冠病毒侵害，人是最重要的。抗疫也得依靠人，人还是最重要的。她希望能给陈小萌一点帮助，此刻最好的帮助莫过于让人家可以去做事情，发挥其作用。

"但是她没有如你所望。"

徐真认为陈小萌非常努力，专业能力、工作投入之外，品质好，精神难得，其心难得。面对所有这一切，说到底要以心承受。

"现在不要空话，她必须拿出实效。"马百川强调。

"给她支持，她会的。"

马百川表示会再给陈小萌一点时间。

徐真笑笑："马书记金口一开，我就感谢了。"

她跟马百川握手，起身离开。

驾驶员把她送到了省城机场。这里航班多，每天都有几班到广州。

在机场候机室，女儿孙佳来了一个电话。她知道徐真被叫去谈话，她想知道结果。

"就是那样。"徐真道，"咱们说过。"

"没什么大不了的。"孙佳说，"妈，你有我呢。"

"好孩子真贴心。"徐真说，"现在你是最重要的。"

"谁都很重要，妈自己呢？"

徐真笑笑："你说呢？"

"听说那天半夜你差点穿上防护服闯进来看我？像蜘蛛侠？"

是陈小萌告诉她的。陈小萌特地到南湖集中隔离医学观察点看望孙佳，跟孙佳讲了很多话，除了徐真探望未果，还有其他事情。

"她说的那些都是真的吗？"孙佳问。

"应该是。"

"你怎么知道她跟我说什么？"

徐真当然不知道陈小萌跟孙佳说了什么，不过她知道陈从不作假。

女儿突然说："妈，我挺佩服你的。"

"是吗？"徐真问，"不为妈担心了？"

"为妈妈骄傲。"

"啊，孙佳。"徐真说，"有你这一句真值，感觉妈重要了。"

她告诉孙佳，此刻她在省城机场，不到两小时她就在广州了。孙佳在本市隔离点,近在咫尺却没办法探望,徐真只能自己先去广州。她会告诉外公,孙佳从秘鲁飞回国,想去看他,因为旅途耽搁,加上疫情防控,至今还在隔离中,时间已经不及,这一次只能让妈妈代为探望。徐真在广州会待两天,然后与孙鹏程一起飞回本市,那时孙佳隔离期满,可以解脱,只可惜假期差不多耗光了,必须动身返回。也许这一次他们一家三口得在机场见面。徐真打算与孙鹏程一起陪孙佳飞上海,全家团聚于飞机上,然后在上海机场为孙佳送行。

"听起来挺无奈。"孙佳说。

"你可以把它当作趣闻告诉你的朋友。"徐真说。

"小陈阿姨讲,他们还没找到感染源,你很着急?"

徐真承认她确实很着急,只是已经管不着了。不过她相信陈小萌,还有所有那些人能不负所托。有这些人,春天一定会到来,狼一定会给赶跑。

她登机起飞。

到达广州天河机场,她打开手机,意外发现有十几个未接电话,陈小萌就有七八个,还有几条短信。

"李荞检测阳性!"

她不敢相信,情不自禁把手机屏幕按灭,然后再点亮,确认无误。

那一刻百感交集。

原载《北京文学》2021年第10期

通往父亲之路

叶兆言

1. 张左

张左这名字，是他妈魏明韦给取的。魏明韦生下张左不久，赶上"反右"运动，她是共产党员，1949年前就参加革命的地下党，心直口快，愤世嫉俗，大大咧咧地给上级领导提意见，说了些什么，结果被打成右派。送到农村去劳改一年，用张左外公魏仁的话来说，共产党专门治病救人，这一年的劳动改造，还是挺管用，魏明韦显然意识到自己的错误，也开始改正错误，决心重新做人。但是张左的父亲张希夷，他的思想认识有问题，既不能谅解妻子犯的错误，觉得她不应该反党反社会主义，又在某些方面，仍然要比魏明韦的政治觉悟还要低，反正两个人经常说不到一起去，于是就离婚了。

魏明韦后来和一家军工厂的陆师傅结婚，婚后又生了三个孩子，两儿一女。这位陆师傅所在的工厂，"文革"前夕整体搬迁去四川，魏明韦带着她和魏师傅生的两个孩子也去了。张左自从懂事，到上大学，也就见过魏明韦三次，上小学前见过一次，外婆和外公过世，她赶过来奔丧，又各见过一次。他和母亲魏明韦的关系，完全可以用陌生来形容。她好像从来就不知道要关心这个儿子，对他的事不闻不问。张左对她也没什么印象，或者说没好感。

张左自小与外公外婆一起生活，自小他就知道，母亲和另外一位叔叔住在一起，父亲和另外一个阿姨住在一起。这是一种非常奇怪的感觉，母亲还有别的孩子，父亲也有别的孩子，他们都有他们自己的生活。和张左同学的父母不一样，张希夷和魏明韦都无暇顾及张左的生活，他们完全忽视了他的存在。张左知道自己和他那些同学家庭不一样，作为人之子，张左也有母亲，张左也有父亲，很多年里，有和没有差不多，有跟没有一样，他觉得自己天生就是个孤儿。

小学五年级的时候，学校里写作文，让同学们把自己心里最想说的话，写出来，献给最伟大的领袖毛主席。张左用心写了一篇作文，作文的题目是当时最流行的一首歌曲，《爹亲娘亲不如毛主席亲》。张左写得非常投入，老师的批语是"情真意切，文字流畅"，给他打了一个全班的最高分。这篇作文也成为全年级的优秀范文，抄在黑板报上，张左因此大出风头，几乎可以用轰动来形容。其实大家能够叫好，不只是作文内容，还有张左的一手好字。

张左外公魏仁的书法在当地很有名气，上世纪九十年代开始，收藏名家书法变得时髦，魏仁的字陡然升值，突然行情大涨。南京一些书法家，谈起师承，都喜欢说自己受过张左外公影响，或标榜入门学生，或自称私淑弟子。然而这都是后话，事实上，在张左记忆中，过去的很多年里，并没太多的人来向外公请教毛笔字。外公喜欢教人写字，他一手好字无处发挥，便督促还是小学生的张左练字，让他每天必须临写颜真卿的《多宝塔碑》，开始一天一张，后来便是一天三张。当时这么做，也不是觉得未来有什么用，只是不想让张左出去闯祸，那段时候"武斗"很厉害，外面的世界太乱了。

能写毛笔字，用粉笔直接在黑板上写，自然也就可以写好。语文老师知道张左的字好，让他将自己那篇作文抄在学校的黑板报上。黑板报位于学校的大门口，非常显眼，每一期新黑板报出来，都会有很多同学围着看，尤其是女生，三个一群五个一伙，站在黑板报前评头论足。张左仿佛听见她们在夸他，在夸他的作文写得好，夸他的字写得好。记忆中，那是张左小学时最光辉的日子，他那篇作文很长，将近五六米长的黑板都被写满了。

正好文教部门的军代表到学校视察工作，负责接待的工宣队曲师傅，笑容满面地领着军代表参观新挖好的防空洞。军代表皱着眉头看了，一言不发，然后去参观食堂，临走时，对校门口的黑板报产生了深厚兴趣，看了又看，问曲师傅是谁写的。曲师傅说是同学的作文，军代表说知道这是作文，我问是谁写的，这个字谁写的，这字很不错。军代表是"文革"期间文教系统最高领导，工宣队差不多就是学校的最高领导，曲师傅是工宣队队长，一时回答不了，他也弄不清是谁写的，立刻派人去问。很快有答案，五年级的张左的作文，黑板报上那粉笔字，也是他写的。

军代表提出要见见这个学生，于是把正在上课的张左叫了出来。军代表笑着问他，这是你写的，真是你写的？张左不明白这位穿着军装的人为什么会这样问自己，怯怯地点点头。军代表说："我是说这字也是你写的？你竟然能写这么漂亮的粉笔字？"张左又点点头，这时候有人递了一截粉笔给他，军代表还是有些不相信，说"你再写几个字我看看"。张左接过粉笔，想了想，见黑板报上没地方可写，便在水泥地上把那篇作文的题目，又写了一遍：

"爹亲娘亲不如毛主席亲。"

军代表据说还是个战斗英雄，抗美援朝时受过伤，一条腿被打折了，有块弹片镶在骨头里没取出来。他是个书法爱好者，平时最大乐趣，就是临帖，对颜字尤其入迷，显然懂得字的好坏，说"看不出你小小年纪，写这么一手好字，谁教你的，功夫挺深呀，你爸爸妈妈是干什么的"。张左一时不知道应该怎么回答。曲师傅说问你话，为什么不回答。张左想了想，说跟我外公学的，外公天天教我写字。军代表说你外公的字一定很好，张左点点头，说外公天天都要写毛笔字。军代表就对曲师傅说，看见没有，为什么这个小同学字写得好，原因是要天天练习。

陪同军代表视察的工作人员掏出小本子，将军代表的话记了下来，同时关照曲师傅，立刻派人抄一份这篇作文。曲师傅当场布置下去，让语文老师执行。最后这篇作文不仅送到了文教委，还在当地报纸上发表了。这一下，影响非同小可，平时在学校并不怎么起眼的张左，顿时成了全校著名人物，成了活学活用毛泽东思想的先进分子，被安排到各个班级去做先进人物演讲。具体说了些什么，他很快就忘了，形式大于内容，也就是到各个班上去做做样子，把自己的作文照本宣科念一遍，然后再简单说说自己是怎么想的，这个"怎么想"，都是当时的套话，也不知从哪抄来的，讲了跟没讲一样。

张左的同学胡大军，成了他的作文受害者。胡大军私底下询问张左写好作文的秘密，他说我知道你也是抄的，抄一点人家的文章，再加上一点自己的东西，就是不知道这自己编的故事，应该是占多少。胡大军后来成为一名作家，出过好几本书，喜欢写些情感类文字，经常被《读者》选载。在当时，他虽然是调皮捣蛋的孩子，可远比张左更有写作才华，是语文老师心目中的红人，经常被表扬，作文分数一直高于张左，因此心里很不服气。语文老师讲解张左的作文，夸赞得语无伦次，说写作文就要像张左一样，要有想象力，要大胆，要把自己的爱和恨，淋漓尽致地表达出来，说世界上最好的文章，无非是写出爱和恨。

张左写了自己对伟大领袖的挚爱，胡大军决定要和大家不一样，要独出心裁，要别出机杼。老师既然说过，好文章不是写爱就是写恨，他便选择了写恨，恨谁呢，当然是恨阶级敌人，当然是恨坏蛋。这个阶级敌人又是谁，这个坏蛋又是谁，不是别人，就是他自己的爹。胡大军父亲是国民党起义人员，过去只知道他是中国人民解放军，因为一直穿着解放军军装，在一所军事学校当教官，"文革"开始了，胡大军父亲被批斗，定性为反动军官，胡大军因此感到特别失落。正好为了一件不大不小的事，他那个当过反动军官的爹，竟然将他狠揍了一顿，于是他就把他爹写进了作文，把他爹狠狠地糟蹋了一通。

在胡大军那篇作文中,他爹罪大恶极,是一个反动军阀。胡大军编造了一个耸人听闻的故事,这就是他爹不仅血债累累,干尽坏事,而且在他们家阁楼上,还藏着秘密向苏联发报的电台。这个作文这么一写,不再是普通的作文,老师看了吓得不轻,立刻向工宣队汇报,工宣队又向派出所汇报。派出所领导对胡大军家情况有所了解,一看就知道是胡说八道,可是也不敢掉以轻心,不能不过问一下,便派人去胡大军家核实,发现他们家根本就没有阁楼。

张左最初的童年记忆,胯下骑着一根竹竿,到巷口小卖部去取牛奶。当时还都是玻璃瓶,要拿着空瓶去,换上有牛奶的瓶子回来。外婆怕他打碎牛奶瓶,不让他去,他就一直闹,闹来闹去,外公嫌吵,外婆只好让步。牛奶是给张左外公喝的,只订一瓶奶,为了保证外公的营养,因为外公是这个家的支柱。外婆说牛奶不能给小孩子喝,小孩子喝了要拉肚子。外婆又说,张左妈妈小时候,那还是在抗战期间,在四川成都避难,外公经常把自己的牛奶省给魏明韦喝,那时候牛奶可不便宜,她几个哥哥也想喝,可是外公偏心,只给女儿喝。

张左母亲魏明韦是魏家的唯一女儿,上面还有三个哥哥。外公最疼这小女儿,对三个儿子管教极严,动辄打,开口就骂,偏偏对魏明韦百依百顺。外婆对张左说起他母亲,最喜欢的一句话,就是你那个妈呀,活生生地是让你外公给惯坏了。外婆最疼张左的小舅,对魏明韦总是有怨言,喜欢把"不听老人言、吃苦在眼前"挂在嘴上,说你妈这一辈子,要是肯听我的话,只要能听进去一点点,怎么也不会吃那么多的苦,受那么多的罪。

外婆有点重男轻女,她对小舅最照顾,经常偷偷地给小舅寄钱。大舅和二舅都在国外,具体在哪个国外,张左也弄不清楚。那年头,国外不是什么好词,不是帝国主义,就是资本主义,因此大舅二舅仿佛都不存在,多少年来全无音讯。小舅在陕西宝鸡,外婆总说那地方苦,没有大米吃。张左上小学二年级,小舅全家来看外公外婆。那时候,只知道宝鸡很远,坐火车要几天几夜,小舅有个儿子比张左大一岁,外婆对这个孙子,远要比对张左这个外孙好,有点什么好吃的,都留给了他。为这事,张左一直记在心上,觉得外婆不是很喜欢他。

外婆一直是和外公分房睡,张左记忆中,外婆和外公从没在一张床上睡过。直到小学二年级,张左才开始单独在小床上睡觉,这之前,他一直都是和外婆睡。外婆对张左总有点不冷不热,经常抱怨这抱怨那,她喜欢给张左讲故事,讲狐狸精和女鬼如何勾引人。外婆说,这些故事你听多了,长大就不会再怕女鬼,就不会受狐狸精诱惑。张左后来才知道,外婆床头柜上常放的那本书,是蒲松龄的《聊斋志异》，因为"斋"和"异"是繁体字，很长时间不知道这是什么字。

外公家是一栋小楼，平时都住在楼下，楼上房子间很矮，大人站直了，一伸手可以摸到顶。小时候，外婆知道张左胆子小，让他一个人上去拿东西。楼上有个房间，里面放着好几个大樟木箱，张左常常怀疑那里面藏着人。夏天开始的时候，要晒霉，要把樟木箱里的东西，都搬出来暴晒。一晒就是好几天，家中立刻狼藉，乱成一团。他们家有个小晒台，到了日子，小晒台上琳琅满目，放满各式各样衣服，有些衣服的样式非常奇怪，只有电影上的人才会穿。

外婆年纪越来越大，到后来，晒霉基本上成了张左的事，老太太只是在一旁指挥，这个应该放那，那个应该怎么放。晒台太小了，张左就爬到房顶上去，在房顶上铺上报纸和凉席，这样一来，晒霉效率大大提升。外婆为了这个，不止一次夸张左，这是让她最满意的一件事，平时她很少表扬张左。对外婆来说，晒霉是一年中的大事，每年晒霉，外公和外婆都会有场口角之争，外公嫌麻烦，说她收藏了太多破烂，说她把钱都花在了这些破烂上。

2. 外公魏仁

外公魏仁在张左印象中，一直是个有点派头的老头。在家里，喜欢戴个很滑稽的瓜皮帽。电影上的地主老财才会戴那样的帽子，平时很少说话，不是戴着老花镜在看书，就是在写毛笔字。到了晚年，眼神不济，他更多的时候，在听收音机。什么都听，新闻、评书，还有越剧和京剧。和外婆一样，外公很喜欢看戏，剧场里演样板戏，电影上放样板戏，只要有，都会去看。

张左对外公的生平所知很少，他们之间的交流并不多，事实上，虽然在一起生活，外公不怎么跟张左说话，他和外婆也没太多交流。外婆有一次对张左发牢骚，说你外公这一辈子就像地主，就是个不知道劳动的地主，年轻时是少爷，以后就是老爷，天生要人侍候，我呢，就是地主家的长工，年轻时是供他使唤的丫鬟，老了就是保姆一样的老妈子。嘴上这么抱怨，对外公仍然无微不至，穿什么衣服，喝什么茶，什么时候休息，每一样事情都要安排布置。

离外公家不远处，有一家信托商店，也就是旧货店。"文革"中抄家物资会放在这里寄卖，外婆喜欢去这里淘宝，家中有两个樟木箱就是在这儿买的。还有这样那样的绫罗绸缎，各式各样的金属餐具，奇形怪状的盘子、杯子。外公常穿的那件紫红长袍睡衣，也是在这儿买的。当年在成都避难，外公在中央大学兼课，外婆和几位教授太太打麻将，有位西班牙留学回来的教授，经常会顶替太太打上几圈，他当时穿的就是这样一件丝绒睡衣，他太太说价格非常贵。

外婆从旧货店买回来的这件睡衣，只花了两块钱人民币。外公先是不肯穿，说死人穿过的，他不能穿。外婆说什么叫死人穿过，真要是从死人身上硬扒下来，那才叫死人穿的，这衣服干干净净，一看就没怎么穿过，搁在当年，得要花多少钱呀，花多少钱你都不一定能买到，我是一直都想给你买这么一件，你又有什么好讲究，家里穿穿多好，现在这件等于白送的。张左一直觉得戴着瓜皮帽，穿着紫色丝绒睡衣的外公打扮太滑稽，再加上一副老花镜，显然与时代格格不入。不过外公似乎也喜欢这件睡衣，很快习惯了，天天都神气十足地穿着它。

不管天气如何，冷或热，只要是出门，外公必定是穿那件非常古板的中山装，上衣口袋必定要插上一支钢笔。张左印象中，外公除了看样板戏，几乎不出门。外婆说外公年轻时，穿衣服相当讲究，很挑剔的，不照镜子不出门。外公的爷爷开丝绸坊，城南有一爿很不错的门面，太平天国时遭到破坏，以后又东山再起，不仅恢复了往日的门面，还在上海开过一家分店。外公小时候确实是个少爷，不愁吃不愁穿，他开始读书识字之际，科举取消了，因此，虽然出生在晚清，上的却是新式学堂。

张左对于外公的故事所知甚少，他老人家有记日记的习惯，他的日记都是用毛笔书写，是繁体字，经常都是草书，而且还是竖着写的，看上去有些像日文，张左看不太明白。大学毕业，张左自学过一年日语，断断续续，学了最基础的发音，几句简单的对话，最后也就跟没学差不多。张左发现自己对外公的了解，也就和他对日语的掌握差不多。外公的生活十分单调，除了写字，就是看书，除了看书，就是写字。

到最后几年，外公不仅要戴老花镜，无论看书还是写字，还要借助放大镜。写字桌上全是书，书太多了，外公从来不在写字桌上写字，是在一张茶几一样的小桌上写。张左记得小时候，外公就是让他站在这张小茶几前临帖。茶几太小，外公平时很少写大字，偶尔要写，也是在吃饭的方桌上写，铺上几张旧报纸。不像后来那些书法家，字写得好不好，都会有张豪华气派的大写字桌，铺上白的或黑的毛毡。在张左记忆中，外公从没用过毛毡，他写字总是很随意，有时也会让张左为他磨墨，为他牵纸，张左不会想到，外公随手写下的这些字，以后会非常值钱。

张左外公说起来也算上过大学，也是大学生，只是没毕业，没拿到毕业文凭。教会大学的农学院畜牧系，学着学着，觉得没意思，不再继续读下去。作为一名有钱人家的公子哥，外公不愿意继承家业，对做生意毫无兴趣。上个世纪初，有钱人家都相信教育救国，出资办学很时髦，外公家也曾投过银子，不过这钱都打了水漂，好在外公得到历练，从最基础的教员开始做起，从小学教员，渐渐做到了中学校长。

南京国民政府时期，外公是一所国立中学的代理校长。那年头，中学校长必须要有点学问才行，要货真价实，外公的英文比专职的英文教师好，国文比专职的国文教师好，用外婆的话来说就是，你外公年轻时，真是神气得不得了。在外公房间，有一个大镜框，里面放着大大小小的照片，外公外婆的结婚照，外公穿着西装，打着领带，外婆披着白色婚纱。外公年轻时真潇洒，外婆年轻时真漂亮。

外公和外婆的结婚照下面，还有他们夫妇与孩子的合影。照片上张左母亲魏明韦还在襁褓中，无法想象这个婴儿就是他妈。魏明韦与外婆很像，脸型和眼神都像，结婚照上的外婆与张左母亲就像是同一个人。尽管很相似，张左并没感到一种亲切感，心里没有一点涟漪，外婆曾经问过张左，想不想你妈，张左很认真地想过，发现他是真的不想，一点都不想。照片上外公年轻时的模样，经常会让张左想起父亲张希夷，这是一种很奇怪的联想，事实上，张希夷与外公外貌并不相似，穿的衣服也不像。

或许跟父母的初次见面有关，张左自小和外公外婆一起生活，一直到懂事后，才开始有母亲和父亲的印象。第一次见到魏明韦，这个当妈的就没和张左说几句话，那时候她还在哺乳期，怀里抱着的婴儿还在吃奶。她告诉张左，这是你妹妹，她是你妹妹。张左摇了摇妹妹的小手，魏明韦说你轻一些，别弄疼了妹妹。记忆中，好像就说过这些，还有点不耐烦。所谓妈妈就是她来了，她来过，她又走了，然后什么也没留下，张左觉得很受伤。

张希夷第一次来看张左，送给他一把塑料水枪。当然，这只是印象中的第一次，此前听说也来过，张左太小了，没有记忆。同样是对他不闻不问，为什么对父亲的印象要好过母亲，张左也说不清楚，反正他看到镜框里外公年轻时的模样，首先联想到的，不是现实生活中白发苍苍的老外公，是父亲张希夷，他觉得自己父亲就应该那个样子，穿着西装打着领带。张希夷送给张左的塑料水枪质量低劣，玩了没两天就坏了，就射不出水来。

张希夷第一次来看张左，还带来一位阿姨，外公和外婆对她很客气。这位阿姨就是吴姨，一位有名的话剧演员，拍过电影，当时很火的一部话剧正在南京上演，剧名就叫《千万不要忘记》，吴姨在戏中扮演一个老太太。外公和外婆曾带张左去看过这个话剧，他完全不明白戏里面说了什么，留下的唯一印象，就是吴姨扮演的老太太是个坏女人。剧院回家的路上，外婆外公坐在三轮车上，一路都在议论这个戏，都在议论吴姨的表演。外公觉得这个戏很好，吴姨演得也不错；外婆觉得戏不好，吴姨演得也不好。张左听着听着，睡着了。

接下来的一次，张希夷不仅带着吴姨，还有一个比张左大两岁的小女孩素素。外婆和外公热情接待，外婆让张左叫素素为姐姐，关照他跟她一起玩，要听小姐姐的话。那一天很梦幻，时空有些颠倒，张希夷是来接他出去玩，他们一起去了中山陵，坐在一辆三轮车上。一开始，张左坐张希夷腿上，素素坐吴姨腿上，后来不知怎么就交换了，张左记得吴姨穿着裙子，还有长的玻璃丝袜。去中山陵要爬坡，上坡时，张希夷跳下车帮着推车，车夫说三轮车的链条有些问题，吃不上劲。

登中山陵台阶，素素跑得飞快，给人的感觉，她好像是一路飞跑上去。对父亲和吴姨的关系，张左当时也不是很明白，他还不知道什么叫结婚，不知道他们已经是夫妻。对于素素更莫名其妙，她就是个天上掉下来的小女孩，有些任性，有些好强，总是指使张左做这做那，不允许张左这样或者那样。一路上，都是素素带着张左玩，玩得很开心。到了中山陵台阶的最高处，素素吓唬他，说张左你信不信，我只要轻轻一推，你就会从这里滚下去，一直滚到最下面。素素以为他会害怕，张左一点都不害怕，他看着脚下一层层没完没了的台阶，觉得真要能从高处滚下去，可能还是挺好玩的。

张左已记不清那天是怎么结束，好像还上了馆子，天黑了以后，他被送回去。外婆追着问玩了什么地方，那个叫吴姨的女人对他怎么样。当面外婆对吴姨很客气，在背后说起她，也就没什么好话。张左后来才知道，那天张希夷夫妇带他出去玩，主要是在考察他，因为他们正在商量，要不要把张左接过去。考察的结果是吴姨不太愿意，她不答应，就仿佛外婆对吴姨一样，吴姨表面上对张左很不错，可是在感情上，并不愿意接受张左，觉得自己当不好后妈。

也就是在那段时间，外婆经常会问张左，想不想去你爸爸那里，想不想跟他们一起住。张左明知道外婆不愿意他去张希夷那里，他不想说谎，不愿意说谎，很老实地回答说想，回答说愿意和他爸在一起。外婆顿时不高兴，悻悻地对外公抱怨，说张左是黑心肠，白把他养这么大了。外婆说张左你不要太高兴，跟后妈在一起，没你的好日子过。

无论外婆在背后怎么说坏话，外公对张希夷这个前女婿，一直都很客气。外公是个非常骄傲的人，他有脾气，脾气很大，有名士风度。张希夷的爷爷，也就是张左曾祖父张济添，是外公的恩师。张济添是前清的进士，学问很大，民国后成了旧朝遗老，在家开业授徒，外公是他的入室弟子。外公身上那点旧学功夫，都来自恩师张济添。一日为师，终身为父，外公与张左的爷爷，也就是张希夷的父亲以兄弟相称，张魏两家结为儿女亲家，本是件很美好的事，可惜劳燕分飞，半道上分了手，让双方大人都很失望。

外公可以说看着张希夷长大，对这个前女婿有过失望，生过气，仍然把他当作半个儿子看。这也是魏明韦要和外公闹翻的原因之一，外公不喜欢女儿后来嫁的那位陆师傅，不愿意接受这个女婿。有些历史纠纷，张左也弄不清楚，都是他有记忆之前的旧账，他人太小了，大约当初魏明韦闹着要和陆师傅结婚，外公坚决反对，不同意这桩婚事。不同意也没用，魏明韦自小任性，陆师傅同样脾气倔，说你们看不起我这个工人，我也就不跟你们来往。因此去四川前，虽然也生活在南京，同一个城市居住，陆师傅这女婿采取的基本策略，就是干脆不上门。

张左五岁时，魏明韦跟着陆师傅去了四川，再次见到，就是那次带着还在吃奶的小女儿回来。这时候，张左是小学二年级学生，轰轰烈烈的"文化大革命"已经开始。魏明韦夫妇也有了三个孩子，时过境迁，拖儿带女，不远万里来南京探亲，往日的种种不愉快，烟消云散，冰解冻释。生米煮成熟饭，木早已成舟，外公也不再像过去那么古板，不像过去那么生硬，女儿毕竟是女儿，这个女婿不认也得认。女婿从四川带过来两瓶好酒，外公本是好酒之徒，平时也没人能陪他喝酒，现在开怀痛饮，川酒又便宜又好喝，勾起了外公抗战期间在成都的许多美好回忆。

喝酒容易话多，话多了必失，当时正好"文革"初期，外面很乱。外公退休多年，红卫兵小将懒得来找麻烦，他倚老卖老，基本上算是清闲。陆师傅是工人，工人阶级领导一切，说话难免气粗，喝了酒更有点自以为是。喝着喝着，谈到了共产主义的公平，话便有些不投机，外公当然是发牢骚，说如今世道真变了，那天坐三轮车去医院，与车夫一路随便说话，车夫问老头子退休了，一个月工资多少。外公听对方毫无礼貌，直呼自己为老头子，心里有点不快，也不敢发作，将自己退休工资打了折扣说出来。没想到车夫听了依然不乐意，说你想想公平不公平，你一个坐车的资产阶级，比我一个拉车的无产阶级都多得多，要多这么多，这是不是有些不像话。外公说我听了这话，就笑着说，你说得不错，应该是你坐在车上，我拉着你才对。

外公当时只是把这事当作笑话讲，陆师傅听了也笑，不只是他笑了，大家都觉得好笑。接下来气氛就不对了，陆师傅说这话听着，也不能说没一点道理，说到底，还是劳动人民，养了不劳动的人。外公听了心里很是不爽，一时也不知如何反驳。然后你一句，我一句争起来，陆师傅不是个会说话的人，他一开口，不是你不懂，你不对，就是我不是这个意思，我不是这么说的。外公最烦这些话，说说来说去，就是我不懂我不对，就是你不是那个意思，你不是那么说；我也真是老朽了，真不懂你是什么意思，无非就是冤枉你了。

双方都是喝了酒，分歧越来越大，声音越来越高。最后火上浇油的是魏明韦，她好不容易把小女儿哄睡着了，大家可以太太平平一起吃顿团圆饭，外公与陆师傅这么声音一大，把小孩给弄醒了，哇啦啦哭个没完，便指责外公，说外公就是顽固，太顽固了，就是思想没改造好。外公听了不能不生气，勃然大怒，说我是顽固不化，我就是个老顽固，接在这后面还有个词，是死不瞑目，我就是死不瞑目。

外公差一点就把饭桌掀掉，他显然被气得不轻，气得把酒杯砸在了地上。魏明韦也不让步，说有理讲理，你扔酒杯干什么，好好的一个酒杯，就被你砸碎了。外公说我跟你们没理可讲，你们都是对的，我都是错的，说完离桌而去，气鼓鼓地回自己房间。魏明韦继续喋喋不休，火气比外公更大。她此次回南京，不只是要看望年长的父母，还有更重要的事。当年她是因为给领导提意见，被打成了右派，现在这个前领导被打倒了，被检举揭发，证明是走资本主义道路的当权派，是打压革命群众的凶手。魏明韦此次回南京，就是要为革命群众提供炮弹，同时也要为自己当年被打成右派平反。

在张左的记忆中，这次风波，主要是外公和魏明韦在争论，在吵。外婆说外公这是自作自受，几个孩子中，只有你妈敢跟外公顶嘴，这都是外公太宠她的缘故，换作你几个舅舅，你外公这么发脾气，吓都要吓死了。自始至终，外婆都是在劝，都是在充当和事佬，让外公不要说了，不要再说了，让女儿住嘴，赶快住嘴。陆师傅像没事人一样继续喝酒，杯子空了，他拎起酒瓶，给自己斟酒，斟满，然后一边喝酒，一边给自己两个大点的孩子搛菜，他突然冷冰冰地看了张左一眼。

多少年以后，张左仍然还能记得陆师傅那冰冷的一眼。说起来，这个人也算是自己的继父，可是无论是张左，还是陆师傅本人，似乎都没把这层关系当回事，他们之间实在是太陌生了。魏明韦还在说，她说外公看不起陆师傅，就是看不起工人阶级，就是看不起没有文化的大老粗。魏明韦说她就是因为这个，所以不能原谅外公，她年轻时参加革命，参加共产党的地下活动，就是因为相信共产党最后会战胜国民党，相信工人阶级最后会领导一切。魏明韦又说，毛主席他老人家怎么说的，毛主席说高贵者最愚蠢，卑贱者最聪明，所以"文化大革命"，就是要好好地改造你们这些人的思想。

张左记得自己母亲当时一口气理直气壮说了很多。不过他永远忘不了的，还是外公反驳时说的一句话，说你魏明韦思想那么好、那么进步，还不是一样犯错误。外公指的是她被打成右派这件事，事实上，魏明韦这次回南京，本想为自己平反，她满怀希望去原单位，结果不仅没达到目的，还被原单位造反派狠狠地训斥了一顿，说她是痴心妄想，说党和人民绝不可能为反动的右派分子翻案，命令她立刻回四川接受监督和批判。魏明韦这是自取其辱，在南京碰了钉子，头破血流，回到四川后，罪加一等，又被继续批斗，关进牛棚劳动改造。

也就是在发生吵架的那天晚上，外公写了很长的一封信，写给女儿和陆师傅。这是一封绝交信，在信中，外公说江山易改，本性难移，为父之顽固不化改不了，你们之时髦新思想也改不了，大家不必勉强。明韦是女儿，回家看望老母，于理不应阻隔，至于姓陆的同志，话不投机半句也多，思来想去，以后还是不见面为佳。民谚有生不来去，死不吊孝，为父觉得这样挺好。

3. 张希夷

张希夷八十岁的时候，他的弟子为他举办了一场书法文献展。晚年的张希夷成了著名教授，有着许多美誉，被称为国学大师，被称为学术泰斗。虽然经历了"文化大革命"的抄家，损失不小，张希夷的个人收藏仍然还算丰富。他的世家身份经常被拿出放大和吹捧，张希夷的祖父进士及第，名列第三，是所谓的探花郎。张左大学学的是化学，大学毕业后一直在中学教化学，他对中国封建时代的科举不太了解，只知道排名第一的状元才厉害，他的曾祖父只是个探花，探花又有什么了不起呢。

然而在对张希夷的介绍上，曾祖父的探花身份，会被一再提起。在那次书法文献展上，张希夷的弟子竟然还找到了他老人家当年的考试试卷，复印了一份，放在了展厅最显眼的位置上。说老实话，张希夷自己的书法也就那么回事，他的强项是古文字，写的都是些大家不认识的古汉字，看上去就像是甲骨文，或者说像蝌蚪文，很难评价好坏，反正裱出来就不难看，挂在那就像回事，一被评论就有学问。刚开始，张左对许多古汉字也是不认识，在展厅展现的，不仅有张希夷的书法作品，还有他的收藏，许多收藏在"文革"初期都被抄走了，好在"文革"以后，差不多有一半又归还，也算是不幸中的万幸。

开幕式很隆重，嘉宾胸前戴着鲜花，领导应邀说话，代表热情发言，张希夷很激动地致谢。然后开始参观，放在最前面的，是一篇张希夷的自述。在这篇自述中，他谈到了自己做学问的历史，谈到了自己的书法渊源。更多的是谈到自己的前老丈人，张左外公对他的学术生涯有着非常大的帮助。展品中既有与张左曾祖父有过交往的名人书法，也有他曾祖父的两副对联，更多的还是外公魏仁的字，有条幅，有对联，还有大量的书信。外公的字确实是好，张左看了十分震撼，他没想到它们挂在展厅里，竟然会那么显眼，那么熠熠生辉。时光正在倒流，站在展览大厅里，张左仿佛又回到了从前。

　　由于这篇自述很长，张希夷老眼昏花，结果便是让张左用小楷抄出来。在张希夷弟子中，其实也有能写毛笔字的，大家一致认为，让张氏后人张左来抄写，显得更有意义。张左的小楷马马虎虎，拿得出手，毕竟小时候在外公督促下，写过许多年《多宝塔碑》。张希夷的女弟子，一位女博导，看了他抄写的"自述"赞不绝口，说你爸爸曾对我们说过，说他儿子的字比我们都好，尤其是小楷精妙，还是有点功夫，可惜他后来学了什么化学，没有继续写下去。

　　张左听了这番话，心里有些说不出的滋味。张希夷很少表扬儿子，他们父子之间，在过去的多少年，接触机会并不多。小时候，张希夷根本不管他，到了晚年，名声越来越大，地位越来越高，也就越来越看不上自己儿子。现如今的张希夷，桃李满天下，名声十分显赫，学生中有做大官的，光省一级的领导就有两个，非常有地位的学术掌门人也有好几位。学生沾了老师的光，老师也反过来沾学生的光。张左只是一名普通中学老师，上大学前，当过四年营业员，恢复高考后，考上了大学，七七届，是第一批大学生，当时也算是有出息，然而在张希夷眼里，在他那些功成名就的学生弟子心目中，像张左这样书香门第的名人之后，混成这样，多少有些平庸。

　　张左一手漂亮的小楷，为自己挣了些面子。张希夷当面也表扬过，说你那字写得比我还好，还有点功夫，可惜就是没文化含量。张希夷告诉张左，说你外公的字才是真的好，我那字其实很一般、很狗屁，现在人都不懂字，什么书法不书法，古人从来不说书法两个字，中国古代人就没有什么书法家，人真要是有了学问，书法自然会好。张左觉得张希夷明面上表扬他小楷写得好，实际上还是嫌儿子没学问，不光是没学问，更是嫌他没出息。与张希夷相比，张左太默默无闻。

　　也正是在这次为张希夷举办的书法文献展上，张左第一次意识到他外公的字，是真的好，越看越好。难怪父亲会极力推崇，张希夷的字虽然不算第一流，甚至是不入流，但是他的眼光，却没有任何问题，真的懂书法之道。他告诉张左，自己的字没有根基，因为他也是个新派学人，上新式的学堂，小学、中学、大学都受五四运动的影响，最后还能写几笔，与外公的指点分不开。

　　张左因此回想起自己外公，想起他当年怎么写毛笔字。说起来也没什么，就是天天一定要写。写多了，自然就好了，外公曾经说过，过去的账房先生都能写一笔好字，为什么呢，因为他一直要写。外公最喜欢写信，只要有人给他写信，一定要回。张左记得外公喜欢在别人来信的背面给人回信，说这样可以节省纸张，写字的人必须爱惜纸张，砚台倒上几滴茶水，用墨轻轻磨上几下，就能一口气写下去。作为二十世纪的同龄人，外公喜欢说自己也曾经是新派人物，五四运动时，也参加过示威游行，那时候他还是一名学畜牧的大学生，他们抬着一口棺材在南京大街上游行，誓死要保卫青岛。

张左只知道五四口号是科学和民主，不明白外公当年为什么要抬着棺材游行。有些事张左永远都搞不明白，为什么一个学畜牧的外公，最后成了一名中学校长，成了一个古文字学家，死后又成了著名的书法家。张左曾收到过一封来信，外公一个学生的后人寄给他的，说手里有两幅外公不同时期的作品，一幅写于四川成都，抗战时期外公自己的一首诗，还有晚年抄写的毛主席诗词《送瘟神》，有行家看过，说这两幅字绝对是外公的书法精品，非常值得收藏，已经有卖家开过价，愿意以很高的价格收购。这个学生的后人写信要表达的意思，就是问张左家人想不想收藏，毕竟物归原主才是最好选择。

张左没回信，来信附了两张照片，其中外公写的那张《送瘟神》，当年张左曾看着外公怎么写。当时他还帮着磨墨牵纸，然后又到邮局去寄。张左不知道对方说的高价是多少，决定不予理睬，一来自己没钱收购，二来他们家外公的字太多，不在乎多此一张。张左小时候练过字，对于书法好坏，说穿了也不是很懂。外公的书法作品有了价格，经常有人上门淘宝，张左也卖过几张，张希夷知道了不太高兴，让他以后不要再这么做。

或许童年和少年时期，与张希夷接触太少，张左想不太明白，为什么父亲晚年，会有那么显赫的学术地位，会有那么高的声誉。隔行如隔山，张左确实不太懂那些学问，后来他又做了将近二十年编辑，编过太多张希夷的文稿，还是茫然不解，仍然不甚了了。事实上，小学毕业前，张左与父亲一共也没见过几次，印象深刻的，无非是送给他那把玩了没几天就坏掉的塑料水枪，与吴姨一起带着他和素素去中山陵玩，还有就是他与吴姨分手，跑来跟外公外婆哭诉。

张左永远也不会明白父亲为什么会与吴姨分手，张希夷是美国回来的留学生，"文革"一开始，被打成了美国特务。这是个很严重的罪名，好在张希夷性格逆来顺受，认罪态度诚恳，说他什么都承认。特务这种罪名也不是说是就是，雷声虽然很大，也没吃太大的实质性苦头。所在的单位南京博物院，收藏文物的地方，有学问的老家伙多，年轻人中书呆子多，运动自然要搞的，造反派的队伍也一样会拉起来，像张希夷这样有留学背景的中年专家，更多的只是陪斗，斗过就拉倒。

吴姨不一样，她是著名演员，1949年前已出名，拍过电影，脾气又不好。对她的斗争可以说是轰轰烈烈，疾风暴雨，张希夷后来告诉张左，"文化大革命"开始时，他和吴姨商量过，要把张左接到身边抚养。正在很认真地商量这事，"文革"开始了，很快张希夷被打倒，吴姨也接着被打倒。大家都被关进牛棚，接张左到他们身边的想法也就没办法再实现。张希夷的描述，与外婆的说法大相径庭，张左更愿意相信外婆，因为后来的回忆，难免添油加醋，他清楚地记得当时的现实，说白了，张希夷和吴姨就是不想接受张左。

事隔多年，想到当初盼望能到张希夷身边，想和父亲在一起，想和吴姨和素素同住，最终又被拒绝，张左心里便不痛快。张希夷自己也忘了有这事，在吃饭桌上，曾亲口对外公和外婆说过，"吴姨这人气量很小，非常霸道，她这后妈肯定是当不好的，她根本不同意我把张左接过去"。那时候，张希夷刚和吴姨分手，他们刚离婚，马上就要出发去"五七"干校，临走前，过来看望外公外婆，一起吃了顿饭。吃饭的时候，说着说着就哭起来。他说吴姨很可能外面有人了，说她刚被造反派宣布解放，也就是刚刚结束隔离审查，就一定要跟张希夷分开，说当初跟他结婚就是个错误。

张希夷那天唠唠叨叨说了很多，外公外婆不想让张左知道得太多，催他赶快吃饭，吃完了，又让他赶快离开。那天张希夷只顾着说自己的事，只知道哭诉，从头至尾，没问过一句张左的情况，没与儿子说过一句话。事实上，他当时心目中，根本没有张左这个儿子。外婆在不断地安慰张希夷，外公大部分时间不说话，皱着眉头听张希夷说他的事。张左知道大人不想让他听见他们在说什么，自己也装着什么没听见，什么也听不懂，但是或多或少，还是听到了一些。他听见张希夷说吴姨和前面的那个男人还有来往，说他知道他们偷偷地见过面，不止见了一次。

那时候，张左已经知道前面的那个男人，就是吴姨前夫。他当时对这个前夫是谁并无兴趣，张左想到的只是那个叫素素的小姐姐，吴姨的前夫自然就是她父亲。张左想到他和素素一起往中山陵台阶上爬，想到素素当时说的那些话，说要把他从高高的台阶上推下去。一想到素素，张左就会有种自己即将会从台阶上滚下去的兴奋，无数级台阶要滚很长时间，他想象自己在空中翻滚，一阶接着一阶，仿佛骑在马上，或是坐在火车上，咯噔咯噔，感觉颠得很舒服。

张左小学五年级了，张希夷哭得像个小孩子，让他觉得十分奇怪。在张希夷的自述文章中，写到了这次他为什么会痛哭流涕。那时候"文革"到了一个新的历史时期，中央下达了"一号命令"，博物院的工作人员，全部要去"五七"干校。张希夷对去"五七"干校没意见，坚决服从党的安排，听毛主席的话，他感到最痛苦的是一种中断，当时正在偷偷地写一本书，很快就可以完稿，这本书必须要用到博物院中收藏的资料，离开这些资料，张希夷的研究就进行不下去。想到过去的这些年，作为一名被打倒的对象，他忍辱负重，借着打扫和整理库房名义，一直躲在博物院的仓库里偷偷地写文章，这样的日子说结束就要结束，张希夷不由得悲从中来，泣不可抑。

外公过世后，在外公的书架上，张左看到很多张希夷那期间写给他的信。这些信封和信笺，张左非常熟悉，当年正是他从邮递员手中，将这些信接下来，转交到外公手上。"文革"中的信笺，上方都印有毛主席语录，张希夷的信是钢笔横着写的，还不觉得突兀，外公的书写习惯是竖着写，因此看上去非常特别。从数量上看，外公寄给张希夷的信更多一些，有时候是一天一封，这些信，同样都是经张左之手才寄出去。收信或者寄信，是那个特殊的年头中，张左做得最多的一件事。外公生前，外婆经常忍不住抱怨，说外公在邮票上花的钱太多了。

三十年以后，张希夷让学生整理他与外公的通信，没想到这段时期的来往通信，竟然可以编成一厚一薄的两本书。一本厚书专门讨论古文字，主要是张希夷向魏仁请教，某个汉字的金文与篆体如何演变，它们的源流是什么，和甲骨文有何对照关系。这方面内容十分丰富，外公的恩师张济添，也就是张左的曾祖父，属于国内最早注意到甲骨文的前辈。甲骨文被发现的历史并不长，张济添对古文字有深厚兴趣，属于第一代甲骨文学者，他告诉自己的弟子魏仁，甲骨文的出现，对他来说已经太晚了，他已到了垂暮之年，这种文字的秘密，应该由外公这辈人来探讨。

事实上，外公对于甲骨文研究的兴趣，一直处于业余阶段，在恩师引导下，也只是刚刚入门。在与张希夷的通信中，外公表达了对不住前辈的遗憾，把自己多少年来的一些研究心得，毫无保留地告诉张希夷。古文字研究是一种非常专门的学问，甲骨文又是古文字中的一个重要分支，张希夷在博物院工作，接触的东西多，可谓得天独厚。青出于蓝而胜于蓝，外公与张希夷通信，与其说是给他指导，还不如说是给他鼓励。外公知道张希夷在"五七"干校没有很好的研究条件，或者说根本没有研究条件，他告诉张希夷，条件的有无，都不该成为放弃的借口。无论如何都要坚持下去，外公以自己的人生经验告诫张希夷，他就是因为没能坚持，一辈子也没有把学问做好。

在给张希夷的信中，外公讲到了自己人生中的放弃，他本是学畜牧的，因为没兴趣，大学没念完就不学了。正式入门拜师，他开始跟张济添学习古文字学。这以后，当教员，当校长，断断续续没有放弃研究。可惜世道渐乱，他当了国立中学校长，收入略有增加，又要忙于俗务，又要养家糊口，最后不得不放弃。再以后，艰苦的抗战期间，外公以一篇谈甲骨文的论文，名动海内，当时的中央研究院史语所所长傅斯年拍案叫绝，写信与之约谈，并推荐至中央大学教书。外公大学没毕业，没有一纸文凭，不是科班出身，没有出国留洋，能跻身大学课堂，按说是很不容易。

可惜古文字学在大学不受学生欢迎，同行之间又多有排挤，研究条件有所改善，心情并不痛快。当时某著名教授，故意将外公所需要的书籍资料，全部从图书馆借走不还，到考试时，又煽动学生与外公作对，打小报告。文学院院长和教授是好友，只知道一味袒护，结果外公一气之下便离开了。这次离开，索性拖儿带女，从国统区回到了沦陷区，回到家乡南京。对当年的这次负气出走，外公相当后悔，毕竟是白璧微瑕清誉有损，他总结自己人生经验，告诫张希夷，不管时局如何，不管人事怎样，做学问之人，唯有坚持再坚持，鞠躬尽瘁，死而后已，一条道路走到黑。

张希夷后来对学生弟子谈及外公的古文字学问，评价非常之高。他说先师魏仁是个极度谦虚的人，一辈子默默无闻，并不知道自己有多优秀，不能因为他为人低调谦虚，就掩盖其学术成就的光辉。以张希夷在学术界的"大佬"地位，他的这番话很有分量。外公在死后多年，经常还会被人不断提起，他的文稿可以整理出版，他的书法开始在网上被拍卖，与张希夷的推崇有着直接关系。

张左注意到，外公与张希夷的通信中，常常也会提到自己，虽然都是闲笔，他读到时感觉十分亲切。譬如说张左睡觉打呼噜，小小年纪，竟然有地动山摇之势。又说刚上中学的张左，追求进步，学校新近又开始有了红卫兵组织，此"红卫兵"与前些年颇有不同，必须成绩好老师喜欢的学生，才可以参加，仿佛当年之遴选品行优良学生，说张左因为没有被选上，嘴上尽管不说，而心中颇不快乐。

时间应该是1970年，外公与张希夷的通信，除了讨论古文字，就是谈养牛、谈自己的身体。外公身体越来越差，人生七十古来稀，他觉得自己岁数不小了，迁延蹉跎，来日无多，常会发出一些哀叹。外公说外婆时常抱怨，抱怨儿女皆不在自己身边，虽然有张左在一旁可以跑腿，毕竟还是个孩子，还需要大人照顾。外公也说到了自己的担心，担心他们二老离开人世，而张左仍未成年，谁会来负责他的生活。

阅读张希夷与外公的通信，张左感到最有趣的部分，是关于怎样养牛。张希夷到了"五七"干校，最初安排在炊事班，炊事班油水足，他告诉外公，说自己正在开始发胖，感觉肚子大了一圈，没想到烧饭和做菜那么简单，他不但学会发面做馒头，还学会做豆腐。不久，又被分配去了养牛班，张希夷所在的"五七"干校，一共养了九头水牛，还有一条很瘦的毛驴。这地方前身是部队的一个农场，不止是博物院，省文化系统的许多单位，都安排在这儿劳动学习。

张希夷作为强劳力被调到养牛班，刚开始，都觉得养牛班轻松，安排的都是五十五岁以上老同志。没想到看似轻松的喂牛放牛，实际上非常辛苦，与炊事班相比，有过之无不及。先说喂牛，要把稻草切短，把黄豆磨碎，再掺和在一起喂，这是在牛棚里干。切稻草很累人，把黄豆磨碎了，也很累人。牛食量大得惊人，慢吞吞一直在吃，每头牛一顿要一大桶饲料。放在野外让牛自己找草吃，这要轻松一些，但是花时间，草长的时候，一口气吃两个多小时，才能吃饱。草要是还没长长，很短，牛必须慢慢地啃，啃了三四个小时，还没有吃饱。不管在牛棚，还是在野外，牛吃饱了，会在原地躺下来反刍。牛肚子很大，饿的时候能看见一根根肋骨，一旦吃饱，肚子会鼓起来，像充足了气一样。为了让牛吃饱，养牛班的同志不辞辛苦，一直处于体力透支状态，眼看着坚持不下来，便向师部回报，请求支援。当时套用军队编制，具体到某个单位，又称之为几连几排几班。张希夷到养牛班报到的时候，离自己五十岁生日只差两个月。

刚到养牛班，张希夷几乎一个人，把铡草的任务都承包了。他写信告诉外公，没说累，只是谈到了铡草，谈到铡草的具体时间，谈到烦扰人的气味。从炊事班到养牛班，最大的不同是气味，说自己资产阶级思想还没完全改造好，竟然会觉得牛圈太臭。养牛班的其他同志，早就习惯了，他们住在牛圈旁边的小屋里，土坯墙茅草顶，到处漏风，一个个睡觉都很香。年龄最大的一位同志已快七十岁，博物院的元老，古瓷器专家，喜欢写诗，专门写了一首白居易《琵琶行》那样的长诗，其中有两句让张希夷过目不忘，"牛矢气熏柴火味，陋室从此叫延芳"。

张左不知道什么叫"牛矢"，查字典才知道，牛矢就是牛屎，"酷无文采如我辈，牛矢鸡栖当结邻"。对张希夷"五七"干校养牛这段经历，张左特别有兴趣，有一段时间，外公对如何养牛也十分有激情，他让张左陪他去新华书店，找跟养牛有关的书籍，自己先研究一番，然后写下心得体会，再与书一起寄给张希夷。外公的口气俨然是科班出身，毕竟他年轻时，大学里学的就是这个。张希夷则回信解释，外公说的这些都严重脱离现实，养牛最烦人的事，书上根本不会说，譬如值夜班，冬天太冷了，要把牛棚封堵严实，然而再冷，半夜里也得起来给牛把屎把尿，要挨个地把过来，水牛一泡尿足足能有半脸盆，要非常耐心把它们牵出来，牵到一个专门拉屎撒尿的地方，要不然，整个牛棚很快就成了尿池粪坑。

那一年国庆节，"五七"干校组织了一次颇具规模的家属慰问活动，外公外婆年岁太大，有心想参加，想到干校去看看，组织上也不会批准。批准的是他们的外孙张左，张左是张希夷儿子，他可以去。张希夷在干校表现出色，工作态度认真，劳动改造成绩显著。张左很幸运地被选中了，多少年后，谈及此次家属慰问，张希夷说了一个不为人知的秘密，就是与外宾的参观访问有关。当时与中国最紧张的敌对关系是苏联，到处挖防空洞，城市人员大量下放到农村。与以美国为代表的西方国家，表面上仍然敌对，紧张关系已在悄悄改善。有个欧洲友好代表团来江苏访问，参观了南京长江大桥，去了中山陵，看了小红花的演出，突然提出要到"五七"干校看看。

究竟是这代表团主动要求参观，还是当时的外事人员刻意安排，有着不同的文字记录。对于张希夷来说，就是有一天，突然干校来了几个外国人，来了几个"老外"。师部领导十分紧张，工宣队军代表手忙脚乱，几个老外提出要分头看看，翻译人手不够，突然想到张希夷是美国留学生，于是先把他们带到了养牛班。张希夷多年不说外语，看到这些"老外"，有些发呆，"老外"是欧洲人，他们的英语也没好到什么程度，大家一边说一边比画，很快这些老外发现张希夷的英语，比他们还好。

这件事让张希夷很露脸，也让"老外"知道，在中国的"五七"干校，藏龙卧虎大有人才。张希夷向"老外"介绍怎么养牛，如何给水牛把屎把尿，"老外"听得目瞪口呆。他还告诉"老外"，怎么给新生的小牛穿鼻孔，说这个大有讲究，到什么时候应该穿孔，应该在什么位置穿孔，绝对不能马虎。穿鼻孔的位置，必须是牛的敏感部位，这样绳子穿在里面，轻轻一拉，牛会很痛，于是牛也就老实了，就听话了，乖乖地听人使唤。如果穿的位置不恰当，牛不听话犯了脾气，你就是把它鼻子拉豁了，也还是没有用。

张左一生中，第一次有这样的机会，能够如此近距离地接近张希夷。出发地点是在鼓楼广场，前一天就打探好了，什么时候集合，什么时候出发，能够带什么，不要带什么。外婆不放心，毕竟张左第一次出远门，为张左煮了五个鸡蛋，在商店买了六个油球——一种有馅的面食，外表用油炸过，让张左路上肚子饿的时候吃。还有五包奶糕，一包有许多小块，当时是给婴儿吃的食物，这是为张希夷值夜班准备的。除此之外，还应张希夷的要求，又为他带了一个搪瓷脸盆、一个热水瓶，张左的小军用书包已装满，只好用一个网线袋装脸盆和热水瓶。

因为有热水瓶，张左一路上非常小心，怕不留神碰碎了。坐车时，干脆把脸盆垫在屁股底下，把它当作了小凳子，热水瓶小心翼翼地抱在怀中。车上人已经挤满，搁了几条长板凳，那种敞篷的军用大卡车，人挤着人，大家或站或坐。前后一共开了将近八个小时，到目的地，天都黑了。

一共两辆大卡车，每辆车上都搁一个大汽油桶，那年头公路上没加油站，跑长途必须要自己带汽油桶。有个老头就坐在汽油桶旁边，一路都在抽烟。公路是石子路，坑坑洼洼，颠簸得很厉害。半途中加过一次油，大家正好下车休息。路边有个茶水摊，顺带卖白面炝饼，大家都吃东西，张左也把油球和鸡蛋拿出来吃，一边吃，一边看司机给卡车加油。到了"五七"干校师部，张希夷已在等候，事先有通知，大家都在等慰问团的到来。人接到了，在食堂匆匆吃点东西，然后各自分开。

张左跟着张希夷去养牛班，预先准备好了一盏风灯，这玩意张左过去只是在电影上见过，看了觉得新鲜，张希夷便让他提着。幸好有这盏灯，要不然摸黑在田埂上走，一不小心就会跌到水田里去。养牛班离师部不算太远，快到时，张希夷对张左说："牛棚很臭的，不过，时间长了，你就不会觉得，时间长了，也就习惯了。"

在张左记忆中，此前张希夷一共也没跟他说过几句话，因此这段话印象特别深刻。牛棚的确是臭，一种很奇怪、很难闻的味道，张左跟张希夷挤一张小床，一人睡一头，刚睡下，张希夷突然坐起来，说不行，你得洗脚，又是球鞋又是尼龙袜，肯定臭得不行，我最怕脚臭。他爬起来烧水，烧热了，倒脸盆里，又兑了冷水，让张左洗。脸盆是新带过来的，张左心里就想，脸盆是用来洗脸，怎么先让他洗脚。洗完脚，继续上床睡觉。牛棚里的气味呛鼻子、辣眼睛，在这样的环境里，张希夷竟然还会嫌儿子脚臭，张左感到有点不痛快，觉得父亲在嫌弃自己，并不是很欢迎他的到来。这么想着想着，觉得挺委屈，因为路上太辛苦，很快也就睡着。

第二天醒过来，张希夷正在牛棚外拌饲料，见张左醒了，让他过去帮忙，所谓帮忙，就是将饲料桶拎去喂牛；关照张左，不要喂太多，千万不要倒多了，今天还要牵出去放。喂完牛，张希夷带张左去打早饭，食堂里人来人往，大家拿着茶缸饭盒，都是打好了回去吃，也有的一边在走，一边已经啃起馒头。那天早上食堂不仅有馒头，还有菜包子，张希夷买了菜包子和稀饭，回去的路上，问张左饿不饿，让他可以先吃菜包子。张左于是开始吃包子，那包子很好吃，吃完一个，又吃了一个。

张左在干校一共待了三天，整整三个白天，他喜欢这个地方，既好玩，又有趣，见识也多。第一天上午召开大会，展示劳动改造的辉煌成果，表扬先进人物，表扬先进事迹。张左听到张希夷也在表扬名单中，念到名字时，他很天真地笑了，眉开眼笑。很少看到张希夷会这么笑，日常生活中，张希夷给人印象比较严肃，有点一本正经，他在《自述》中说，当年在干校一边养牛，一边偷偷地做学问，研究古文字，还写了不少古体诗。年轻时，张希夷写新诗，曾梦想成为一名诗人。他写的古体诗后来也出了书，不是很厚的一本书，张希夷有个学生在古籍出版社当老总，这个学生不仅是这本书的责任编辑，而且还亲自写序，在序中，对张希夷古体诗的最高评价，就是别出机杼、独辟蹊径。

张希夷此时还翻译了一本厚厚的传记《卡尔·马克思》，英国当代哲学家以赛亚·伯林的著作。早在"文革"前就开始着手准备，因为搞运动耽误了。当时刚开始恢复工作，分管全省文艺的革命委员会某副主任，让张希夷继续这项工作。翻译这本《卡尔·马克思》，据说也是中央某领导的批示。可惜两位"文革"中春风得意的领导，与林彪和"四人帮"都有些说不清的关系，"文革"后遭到清算，张希夷的译稿完成，交给有关部门，最后不了了之，很长时间里音讯全无。

在"五七"干校的三天，张左并没看见张希夷研究古文字，也没看见他写古体诗，更谈不上看到他在翻译外国书。三天的时间太短，在张希夷枕头边，张左看到了一本翻得很破烂的英文辞典、几本英文原版书。张希夷的确是一有空就在看书学习，张左不明白他在看什么书、学什么习。这三天，张左大开眼界，看到了太多的前所未有。第一天开完大会，张左跟着张希夷走出会场，一位白发苍苍的老农在会场门口等候，与张希夷说着什么，然后一起去牛棚，一路走，一路还在说。事后张左才知道，这位老农是给牲口看病的兽医，对于水牛配种，有着非常好的经验。

张左第一次看到给水牛配种，这一年，张左十三岁，朦朦胧胧也有点明白怎么回事。早晨给水牛喂食，张希夷特别关照，要他离最顶端的那头小母牛远一些，说小母牛正在发情，会攻击人。张左不知道张希夷说的发情是什么意思，不明白为什么这头看上去要小许多的小母牛反而会攻击人。回到了牛棚，张希夷带着老农直接去看小母牛，老农看了看小母牛的屁股后面，用手指戳了戳，点点头，对张希夷说差不多了，现在这个时间点最好，把它牵出去吧。

张希夷便把这头小母牛往牛棚外牵，小母牛果然是不太听话，把它往外牵的时候，竟然主动攻击那些比它还大的水牛。它显得很兴奋，到处挑衅，用牛头顶了这头牛，又去顶另一头牛。小母牛终于被牵到了外面空地上，老农接过牛绳，绕在手上，又让张希夷去把最强壮的那头公牛牵出来。公牛刚被牵出牛棚，小母牛就向它直冲过来，老农差点被它拉个跟头。接下来发生的事，让张左莫名其妙，既看不明白，也想不通为什么要这样。

公牛牵到了空地上，老农让张希夷放开牛绳，他也把绕在手上的绳子放开，小母牛立刻奔向公牛，用牛角去顶公牛。情形像是在斗牛场上，只是两头牛的体型相差太大，公牛差不多有小母牛两个大。好在公牛态度很温顺，面对小母牛的进攻，基本上没什么反应，它像个威武雄壮的大将军，站在那儿一动不动，等候小母牛冲过来。小母牛并不是真发力，它冲到公牛面前，会有一个刹车一样的动作，然后又撒开蹄子，围绕公牛打转，转了一圈，再次发动攻击。

老农对张希夷解释，说：

"第一次都这样，它这是在挑逗公牛，先让它们玩一会儿。"

与张左一样，张希夷似乎也不知道接下来会怎么样，小母牛跑过来，跑过去，最后竟然从后面袭击，骑跨到了公牛背上。这个动作把张希夷引笑了，他对着老农摊开双手，绝望地问着：

"这怎么办？"

老农成竹在胸，说：

"不着急，再让它们玩一会儿。"

自始至终，公牛都显得特别沉着、特别冷静，它一动不动地忍受着小母牛的挑衅。渐渐地，小母牛好像也累了，不怎么折腾了，老农又去看它的屁股，看见它屁股上像尿尿一样在淌水，便让张希夷抓紧牛绳，一定要抓紧，让小母牛掉转身子，让它的屁股对着公牛鼻子。公牛开始闻小母牛的屁股，它慢条斯理地闻着，舔了几下，小母牛变老实了，然后又是一动不动地僵持着，老农就说：

"你看看，真是沉得住气。"

老农的话音刚落，公牛突然上前一步，骑跨在小母牛身上。公牛的身躯很大，张左正在担心小母牛会被大公牛压垮，没想到小母牛的四条腿颤颤巍巍，居然也挺住了。事情发生得太突然、太快，刚正式开始，已经匆忙结束。老农对小母牛的屁股一番研究，很有把握地说：

"我看没问题，肯定行。"

张希夷似乎还有些不相信，看着老农，说：

"肯定行？"

"肯定。"

接下来，先把公牛牵回牛棚，再把小母牛牵回去。张希夷叹了口气，想不明白地问老农，说这个公牛很有意思，一直都是这么不急不慢，看过公猪和公羊，遇到这事，都是急吼吼的，一看见母猪、母羊，跟疯了一样，难怪小公猪小公羊都要骟了。老农听了便笑，说是这道理，俗话都这么说，南劁北骟，猪不劁不肥，牛不骟不壮，其实公牛大都是不骟的，根本用不着动刀子，你看这头公牛多沉得住气。

吃完中饭，张希夷告诉张左，他要认真地午睡一会儿。这一点是必须的，因为晚上起来照顾那几头牛，没睡多少时间，中午必须补个觉。这一觉基本上是倒头就睡，呼噜声惊天动地。睡了足足一个多小时，醒来便带张左去放牛。他本应该轮到铡草，放牛班张伯伯为了张左到来，主动提出要代替张希夷铡草，让他们父子去放牛，顺便也让张左这孩子到周围去看看，看看干校的田园风光。水牛很听话，将绳子解了，吆喝几声，都会主动往牛棚外走。除了今天配种的小母牛留在牛棚里，其他几头牛都要赶出去放。

季节虽然已入仲秋，天气还是有些闷热。张希夷把牛群赶到一片干枯河滩上，让它们自由自在吃草，然后就跟张左聊天。在张左印象中，这也是他们父子有史以来的第一次，第一次这么面对面从容地说话。因为是第一次，好像大家都不知道要说什么，张希夷问张左上学的事，问学不学外语，外语课上都教些什么，都会些什么。张左胡乱背了几句英语，都是标语口号，张希夷听了很不屑，说没想到外语还能这么学，问他还会什么。张左被问住了，觉得自己就会这个，就知道这么几句，其他想不起来，已经没词了。

就在这时候，张左又一次想起张希夷和老农说的那个"骟"字，当时因为有老农在，没有来得及开口问，后来也就把这事忘了。现在突然想起来，便让张希夷解释什么是骟，他当时只知道读音，也不知道这个字怎么写。张希夷就开始给张左上课，捡了根树枝，在河滩上写字，告诉他骟应该怎么书写，马字边旁，加上一个扇子的扇，与扇的读音相同，字形与骗人的骗很像，意思是把动物的睾丸给割了。还有个字叫劁，意思差不多，都是给动物去势。在中国古代，所谓骟马，宦牛，羯羊，阉猪，镦鸡，善狗，净猫，都是同一个意思。

干枯的河滩仿佛天然大黑板，正好可以用来写字，写大字，张希夷似乎很来劲，一说一大套。很多话张左根本不明白，有个意思他是懂的，无非是把那玩意给割了，给动物做，叫作骟，叫作劁，给人叫作阉，叫作宦。汉代写《史记》的司马迁，就让皇帝把那玩意儿给割了。张希夷告诉张左，为什么叫阉党，为什么叫宦官，因为这些人生理不健康，所以心理会特别变态。张希夷诲人不倦，一说就没完，根本不管张左听懂了多少，越说越来劲，张左听着听着，有点不耐烦，晚上睡觉时做噩梦，老是觉得有人在追他，追上了，就把他按在了地上。他觉得自己下面凉凉的，用手摸了摸，那玩意还在，一切都还完好。

4. 还是张希夷

张希夷生于1919年的5月4日，这日子特别好记。介绍他的这个生日，喜欢说自己这一生有五四的两个口号伴随，本质上是爱国的，或者说天生就是爱国，不只是爱国，而且还讲科学、讲民主。当然这种自我介绍是在张希夷的晚年，都是冠冕堂皇的后话，事实上，他年轻时并没觉得自己生日有什么特别。张家是世家，计算生日用的是阴历，张希夷生于己未年戊辰月丙辰日的午时，也就是阴历四月初五，过生日从来都按照这个日子，直到1949年后，一个偶然机会，才查到自己生日跟五四运动竟然是同一天。

张希夷晚年被尊为国学大师，他很不喜欢这个头衔，因为国学二字，常会被一些别有用心的人利用。国学之门槛听上去很高大，很名正言顺，最容易被不学无术的人拿来蒙事，拿来招摇撞骗。张希夷一再表示，作为五四运动熏陶出来的一代人，自己的一生都是新派，他喜欢新生事物，喜新不厌旧，不愿意让年轻人觉得他保守，觉得他陈旧和顽固。类似的话，张左也听外公说过，上了年纪的人都这样。外公和张希夷如出一辙，一辈子都不愿意说自己保守，最恨别人说自己落后。再往前看，张左曾祖父张济添也是著名的新派，虽然是旧朝遗老，当年也属于维新人士，名列新党之榜，遭到朝廷弃用，郁郁不得其志。

后之视今，亦犹今之视昔，无论张希夷如何强调、如何反对，一次次标榜自己从不落伍，在别人眼里，他就是代表着传统，早就已经掉队。好在他晚年的时代风气，是尊重传统，讲资历看资格，越老越吃香，越老越值钱。古语说寿则多辱，这话用在他身上，正好反过来。张希夷这一辈子，越活地位越高，越活越有身份，用他自己的话调侃，老而不死是为贼，三千宠爱在一身。八十岁为他举办了书法文献展，九十岁是关于他的学术道路回顾周，整整研讨了一个星期。一百岁还没到，张希夷的弟子和学生，为如何隆重庆祝，已经讨论过好多回。

张左与张希夷几乎同时进入同一所大学，在此之前，他是一家小烟酒食品商店营业员。1975年中学毕业，街道办事处以张左不是独子为由，要安排他下乡。那时候外公已过世，外婆身体也不太好，居委会派人上门了解，向街道汇报情况，如果让张左去农村插队，外婆由谁来照顾。知识青年上山下乡到了尾声，不像前些年一刀切，只要能找到理由，就可以逃避下乡，获得留城名额。最后张左被分配到小巷中的烟酒食品商店，一干就是三年。当年在南京城区，类似的小店很多。恢复高考以后，张左参加了考试，最后被金陵大学的化学系录取。

对张左来说，考上大学属于非常幸运，录取化学系，是心想事成。当时还填报了数学专业，并不是他对数学有兴趣，根据要求，必须填写两个志愿。张左高考分数还可以，他担心会被数学系录取，随着录取越来越近，对数学兴趣越来越远，担心也越来越重。事实上，不仅对数学兴趣不大，对化学也是自以为有爱好。中学化学老师是隔壁班的班主任，他喜欢她班上的一位女生。吴姨女儿素素是工农兵大学生，学的正好也是化学，张左对她一直有些暗恋。于是阴差阳错，化学纯粹成了一种情结。

与张左一同进入大学的张希夷，当时也面临同样困惑。粉碎了"四人帮"，高校迫切需要引进一些人才，张希夷同时被中文系和历史系看中，也就是说，那时候中文系和历史系都想要他，或者说都可以要。张希夷有些为难，一方面，两个系都要他，另一方面，两个系老教授都还在，和真正有学问的老先生相比，他知道自己远不如他们。张希夷的诉求并不复杂，在博物院他只是普通职员，这时候，已经五十九岁，第二年就要退休回家。进入高校，意味着还可以再干几年，可以延迟退休。最后同样是阴差阳错，他选择了历史系，选择了考古专业。

说起考古专业，张希夷也算正牌的科班出身，当年在中央大学学的就是这个，留学美国，学的也是这个。然而他知道，在过去的二十多年，大多数时间所做的学问，与考古基本上没关系。当时中文系的一号老先生与张左外公是好朋友，年纪比魏仁都大，学问也更好，已经八十多岁，对张希夷知根知底。张希夷登门求教，虚心聆听意见，老先生力主他先去历史系，具体落实在哪个专业，并不重要。先进了高校再说，尺有所短寸有所长，取长补短相得益彰，时不我待，真要有心想做学问，在哪儿都行，只要能做就行。

时间退回到四十年前，1937年的初夏，十八岁的张希夷中学毕业了。他当时绝对想象不到，接下来会发生一些什么样的事，六月初，通过了自己学校的毕业考试，紧接着七月初，参加"教育部"举办的全国会考，会考及格，领取中学毕业证书。有了这一纸证书，才能获得报考大学的资格。在这个节骨眼上，张左的曾祖父张济添逝世了，张济添有过功名，张家是世家，就算是有些破败，丧事也不能从简。张希夷是长房长孙，这个规矩那个礼数，一样也不能少，磕了无数头，烧了无数纸，续了无数香，最后自己也生病了。请医生来看，说是受了风寒，中了邪气，需要服中药。

这一年，国立中央大学，国立北京大学，国立清华大学，国立浙江大学，国立武汉大学，在全国进行统一招生考试，也就是俗称的"五大名校联考"。虽然是在病中，联考本身并不紧张，还能够对付，张希夷对考试内容很快就忘了，可是所服食中药的那个苦，却一直牢记在心头。做试卷的时候，他喉咙口全是残存的药味，那种苦涩让人作呕。后来在自述中回忆这次联考，张希夷用了一个十分形象的比喻，说自己当时的状态，活脱像个新婚后害喜的孕妇。

如果不是后来教科书上反复提到，作为土生土长南京人，张希夷对发生在北方的"七七卢沟桥事变",完全不知晓。会考终于结束,他的风寒也好了,喉咙口连绵不断的苦味,那种动不动想吐的感觉,不再让他烦恼。天气非常热,热得让人无法睡觉,这是一年中最热的日子,仿佛生活在火炉之中。会考后的各地试卷,集中在中央大学评阅,就在这时候,抗战突然开始了。对于南京人来说,真正的抗日战争,从上海的"八一三"抗战开始。这是真刀真枪地打,很快,日本人飞机到南京来轰炸,一时间死伤无数,群情激昂,人们纷纷上街,游行、示威、募捐、呼喊口号。

那是个动荡和激动人心的年代,就在这时候,张希夷被中央大学历史系录取。这也是预料之中。他的英文和古文成绩很好,与其他同学相比,不只是很好,是相当突出。张希夷父亲是大英帝国留学生,学习法律,谈不上有多大出息,但对儿子的英文一直抓得很紧。张希夷的古文受教于祖父,老人家从小就让他背古文,背了一篇又一篇,张济添相信只有背诵,才是最有效的学习方法。进了历史系,张希夷攻读的是考古专业,这也是他爷爷张济添生前的遗愿。

录取的是中央大学,这所大学校址在当时的首都南京,可是张希夷没在南京上过一天课。刚报到,学校便西迁重庆,一路颠簸,到达重庆不久,南京沦陷了。大学四年,张希夷算不上用功的好学生,也不能算是不用功的坏学生。国难当头,大家心思很难用在学习上,有一段日子,张希夷兴趣完全不是考古,他更想研究中国的改朝换代,对农民起义兴致盎然。当然也只是脑子里想得多,或者因为老师的课讲得好。大学毕业前,一度还想报名参加远征军,他外语好,可以当翻译,为盟军服务,结果去报名的途中,遇上抓壮丁的国民党军队,看见壮丁像螃蟹一样被捆绑着,就果断地放弃了从军的念头。

这以后,断断续续干过许多事,张希夷当过中学教员,当过银行职员,在一家制造肥皂的工厂,给老板当文书,一度还升级做过襄理。没有一件差事干得长久,终于熬到抗战胜利,国民政府胜利还都,西迁的难民纷纷东归,张希夷没有选择跟着人流返回故乡南京,而是参加留美升学考试,获得了留学美国的资格。在美国一待就是四年多,眼看要拿到了博士学位,学位论文已经准备得差不多,张希夷忽然又有了归国的决定。

张希夷的归国与失恋有关,在美期间,他与一位叫卡戴珊的美国姑娘有了恋情。六十岁之前,张希夷从不主动跟人谈及这段异国之恋,除非向组织汇报,除非向造反派交代。向组织汇报,张希夷强调了自己的爱国,控诉美帝国主义对中国人民的不友好,歧视亚洲人。向造反派交代,除了以上两点,张希夷还增加了两点,一是卡戴珊有狐臭,人又太风骚,他很难接受,适应不了。二是卡戴珊个子太高,人太健壮，比他高出半个脑袋，对此也不是很喜欢。这两点说得都有些轻薄，在后来的自述中，张希夷做了检讨，说他当时这么说，只是为了讨造反派喜欢，只是觉得造反派希望他这么说。

在自述中，张希夷几乎用了完整的一章，叙述卡戴珊的故事。他纠正了此前对卡戴珊的不实之词，强调与卡戴珊的那段恋情，其实是非常美好。卡戴珊很漂亮，非常善良，出生于一个比较保守的美国家庭，父母不赞成女儿嫁给一个中国人。上世纪八十年代初期，张希夷在美国读书时的一位中国同学回国探亲，老友相聚，出示了一张当年拍摄的照片。照片上不仅有老同学与自己女友，还有张希夷和卡戴珊。当时是四个人一起去郊游，从照片上看，卡戴珊确实很漂亮，确实比张希夷个子要高一些。老同学与女友结婚了，此次回国也一起同行，卡戴珊因为与张希夷分手，再也没有任何消息。

张希夷说他与卡戴珊的恋情，是人生第一次真正意义的初恋。此前也短暂交过一个女朋友，那是大学毕业在四川，肥皂厂老板的女儿看中了他，或者换句话说，只是老板夫妇看中自己。交往时间很短，大家都有些勉强，很快觉得不太合适。老板女儿也是受过新式教育，对包办婚姻抱有反感，交往了一些日子，和平地分了手，张希夷也离开那家肥皂厂，两人之间并没有实质性接触。与卡戴珊则不一样，他们在一起同居一年，后来有了孩子，正式去教堂结婚。

导致分手的真正原因，是孩子夭折，张希夷忙于博士论文，无法理解卡戴珊的过度悲伤。他觉得孩子可以再生，可以再生一个健康婴儿。意外夭折并不是张希夷的过错，他们的孩子是个早产儿，生下来后，一直都是病歪歪的，虽然不幸夭折，未尝就是什么特别糟糕的事情。人算不如天算，他这样说，本来也只是想安慰卡戴珊，希望她从痛苦中解脱出来，没想到却火上浇油，成了分手的导火索。贫贱夫妻百事哀，那段日子是张希夷手头经济最窘迫的时候，他自小是个公子哥，在抗战期间也有过几天苦日子，可是一旦手上有钱，花起来就是大手大脚，完全不考虑以后怎么过。

张希夷从美国回来时，中美关系已经很糟糕，有人好心劝过他，让他不要回国，让他再观察观察。时间是1951年春天，这时候，轰轰烈烈的抗美援朝战争打响了，也就是美国人说的韩战，正打得不可开交，如火如荼。张希夷说他当时多少还是有些爱国之心，既然中美如此敌对，为什么非要赖在敌国不走呢。况且自己已与卡戴珊离婚，美利坚合众国并没有什么值得他太留恋。张希夷在美国学的仍然是考古，论文说的是中国地底下的文物，他的导师威尔逊也赞成他回中国去做学问。

回国买的是美国到香港的船票，从香港到广州，坐火车到上海，从上海回南京。一转眼，离开家乡十四年。离开南京的那一年，祖父张济添过世，这次回来，母亲也过世了。父亲还健在，已经续弦，也就是为他找了个后妈。到家与家人相聚，老老少少，先一起上馆子聚餐，然后弟弟妹妹分别向张希夷告状，诉说后妈种种不是，说她在经济上如何克扣，对老爷子如何照顾不周。回国前，张希夷曾写信与父亲商量，问及找工作事宜，父亲回信说，你一个堂堂美国留学生，回来报效祖国，还害怕找不到工作，他忘了自己就是学习法律的大英帝国留学生，忘了自己一辈子都没找到过合适的工作。

一年以后，经历了十分严格的政治审查，反复地甄别，张希夷总算入职南京博物院。这个博物院，前身是国立中央博物院，创建于民国二十二年，也就是1933年。和北京故宫博物院一样，其中很多精华，已被国民党带到台湾去了。不过瘦死的骆驼比马大，即便有这样那样的损失，馆藏依然足够丰富。接下来，听到最多的词语是思想改造，是劳动锻炼。运动一个接着一个，要让知识分子洗澡，要让资产阶级知识分子，变成无产阶级知识分子。博物院的生活相对平静，张希夷从来就是喜静不喜动，因为美国留学生的身份，很容易被怀疑成美蒋特务。审查来审查去，交代完再交代，玩到最后有点荒诞，审查的人相信他不可能是美国特务，张希夷则怀疑自己是不是真有问题。

张左的母亲魏明韦早在十四岁，就参加过南京地下党领导的寒假生活营。那时候，还是汪伪时期，魏明韦还是一名初中生。在生活营里，与同学们一起，歌唱进步歌曲，阅读进步书籍。她积极向上，一直都在追求进步，在地下党组织的引荐下，十八岁时正式参加了共产党。入党的第二年，南京解放了，共产党得到天下。当时的魏明韦可以说是前途似锦，她根正苗红，又光辉又灿烂。张希夷回国，与魏明韦初次见面，她问的第一句话就是：

"从黑暗的资本主义社会，来到光明的社会主义社会，你不会感到后悔吧？"

听上去很像是一句玩笑，又不太像。张希夷有些哭笑不得，不知道如何应答。事实上，这句话对于魏明韦来说，既是玩笑，又不是玩笑，既大大咧咧，又一本正经。当时是在吃饭桌上，张希夷去张左的外公家做客，外公留他吃晚饭，两人正喝着酒，魏明韦穿着列宁装，从外面下班回来，弄明白张希夷是谁，互相招呼，很不客气地问了这么一句。张希夷心里不由格登一下，暗想这个小妹妹怎么会变得这么厉害。说起来也是老相识，小时候见面不能算，那时候她还是小黄毛丫头，谁想多少年后初次见面，刚二十二岁的魏明韦，竟然这么咄咄逼人。

张希夷比魏明韦大十一岁，他们的婚姻有点像火星碰地球，本应该是个非常小概率的事。两人性格中有太多不和谐，太多的难以理解。他们的结合从一开始就是错误，魏明韦热情似火，心直口快，嫁给张希夷，用她自己的话说就是，要改造好他的思想，要让张希夷建立工人阶级的正确立场，要让他建立正确的观点和方法，只有这样，才能很好地为人民服务。年龄虽然要小许多，然而在张希夷面前，更像一个革命的老大姐。张希夷在自述中，说起这一段婚姻，也是说他当时思想比较落后，与她结合，成为革命伴侣，更有利于自己的思想改造。

魏明韦后来承认，自己当时看中张希夷，不是因为他是美国留学生，那时候的女孩子，思想都很进步，并不觉得留洋回来的男人有什么了不起，不过张希夷人长得很精神、很帅气，女人难免会喜欢帅气的男人。她已经二十二岁，在那个年代，女孩子到这岁数，也不能算太小，关键在于张左的外公和外婆，都还喜欢张希夷。1949年后实行新婚姻法，男女婚姻自由，父母之命可以不从，媒妁之言可以不听，男大当婚女大当嫁，这个谁也拦不住。

魏明韦与张希夷之间有太多的不应该，她觉得自己与张希夷的关系，她可能更主动一些，两人很相爱算不上，很相恨更算不上，只是有些遗憾，有缘而无分，注定不能白头到老。1978年落实政策，给右派平反，魏明韦又一次回到南京，回到了市机械局，她就是在这个单位被打成右派，事过多年，仍然坚持认为当年自己是被错划，不应该把她打成右派。不是因为她当时思想有什么问题，完全是个人恩怨的打击报复，也就是说，是当时有关领导的错误决定。

婚后的张希夷和魏明韦，似乎一直都处在运动之中。他们属于不同的单位系统，各自上班，张希夷和魏明韦经常会好多天不见面。博物院的库房动不动就是搬家，一会儿往东搬，一会儿往西挪。有一段时候，张希夷上班只做两件事：搬家，为搬动过的文物写卡片、填登记表。魏明韦则是没完没了地集中学习，学习一结束，又立刻深入基层工厂，指导这个指导那个，即便已经怀孕了，仍然还是这样。在轰轰烈烈的反右运动中，魏明韦突然被打成了右派，回到家中，向张希夷诉说委屈，发牢骚，张希夷安慰说：

"你应该好好地想一想，要想明白自己为什么会犯错误？"

"我犯什么错误了？"

"你反党了。"

"谁说我反党了？"

魏明韦在婚后始终处于强势，她想到自己在单位里受委屈，回到家里，居然还会被思想落后的丈夫质疑，心中顿时怒火万丈。让魏明韦更加难以接受的，是张希夷不仅质疑，而且还主动检举揭发，说自己的思想觉悟不够高，一直都以为魏明韦思想进步，没想到她竟然会是个反党分子。多少年以后，魏明韦成了一名离休干部，她回忆当年，说当时要离婚也是她的意思，张希夷并不想离，魏明韦坚决要离。她觉得被张希夷这样的书呆子质疑，被他检举揭发，是不能容忍的，是可忍，孰不可忍。

5. 张左和张希夷

　　1982年1月初，张左大学马上就要毕业，临毕业，辅导员挨个找大家谈话。轮到张左，辅导员说你这情况比较复杂，可以留在南京，也可以不留南京。情形和中学毕业后该不该下乡的遭遇相似，张左并不能算是独子，他母亲再婚，又生了三个孩子，他父亲也再婚，虽然没生育，可是有个继女，由于长期在一起生活，从法律上来讲，也可以等同亲生子女。因此他没有资格享受独子留在父母身边的待遇。张左对自己是不是要留南京，并不是很在乎，不过当时他已经有了对象，对象是南京人，她对张希夷是不是留在南京，非常在乎，觉得这并不是小事。

　　张左的对象叫卞敏霞，一直到离婚，他都是叫她"小卞"。小卞与张左同系，低一级，是历史系78级的学生。她听说张左毕业分配，有可能不留在南京，便让他去找自己父亲张希夷。张左也就是在那时候，发现对父亲的了解，还不如自己对象小卞。小卞告诉张左，张希夷是历史系这次评上的唯一一名博导，这个博导含金量非常高。能评上"文革"后第一批博导的人数非常少，当年在申报时，历史系的著名教授排名第一的老先生已经过世，正处于青黄不接之际，校方反复平衡，精心设计，最后为张希夷量身定制了考古史。在考古学方面，张希夷有影响的论文并不多，可是他是国外名校的留学生，在同年龄教授中，有这资历的绝无仅有。

　　第一批博导的光辉，奠定了张希夷此后的显赫身份和地位。有时候，机会就这么来了，天上突然掉块大馅饼下来。历史系一号老先生不在了，二号三号四号老先生还在，二号老先生岁数太大，比一号老先生都大，身体也不太好，不能进入评定名单。三号老先生很有学问，毫无疑问比张希夷更有资格、更有学术地位，可惜批林批孔运动中，表现太过积极，跟"四人帮"走得太近，竟然给江青同志写过几封信，在学界名声极坏，就算是报上去，肯定也会被评委淘汰。毕竟"文革"结束不久，大家记忆犹新，这种事情是不太肯原谅。四号老先生的学问，与张希夷旗鼓相当，只比张希夷大一岁，他与当时的校长是儿女亲家，据说为避嫌，内部讨论时，校长投了张希夷一票。

　　都说张希夷最初是沾了年龄的光，最后也是这样。一开始，是因为年轻，顶替了二号老先生。三号老先生后来再评，已经是第二批，说是过七十岁，不能再评，讨论了半天，连报上去的资格都不允许。四号老先生第二次报上去没评上，直到七十岁退休前，第三批才赶上一个末班车。这以后，张希夷成了当仁不让的第一号人物，在这个位置上越坐越稳，他活得又长久，年龄越大，资格越老。刚评上博导，还会有人不服气，觉得名不副实，渐渐地，别人想不服气都不行，能称为老先生的，包括比张希夷年轻的，一个个都不在了，都走了，张希夷仍然还是很健康，精力充沛。

张左与小卞去见张希夷，他刚评上博导，刚在学校分配了新房子。这已经是他第二次调整新居，进校不久，学校分过一个小套给他。原来在博物院分配的房子，腾出来让继女素素结婚。张左他们去的那天，吴姨正在为素素整理嫁妆，沙发上堆的都是新的绸被面。张希夷见张左带着一个女孩子来，有些诧异，问他有什么事。张左怔了怔，开门见山地问张希夷，能不能跟校长打个招呼，让他可以留在南京。

当时是在客厅谈话，张希夷没听明白，张左又说了一遍，张希夷直截了当地拒绝了：

"这怎么行，校长那么忙，有太多的事要做，才不会管你一个大学生应该如何分配。"

张左立刻哑口无言。

张希夷看了看吴姨，回过头来，对张左说：

"大学分配这种事情，应该服从组织安排。"

张左无话可说。

小卞也有些尴尬，没想到他们父子之间，会是这样的对话。而且张左傻乎乎的，也不介绍小卞是谁，这样一来，她傻傻地站在张左旁边，说话也不是，不说话也不是。还是吴姨解了围，问张左这位是不是他女朋友，问明白了以后，吴姨又主动与小卞敷衍，小卞也因此从尴尬中解脱出来。张希夷听说小卞是历史系的学生，脸上开始有了笑容，问她有没有听过自己的课。张希夷给本科生开的是选修课，小卞并没有选，不过她听过他的讲座。

胡乱地聊了几句，小卞解释说张左想留在南京，目的也是为了以后和将来，对家中的老人可以有所照顾。吴姨听了这话，顿时不乐意，冷笑着，说这个倒也用不着，用不着你们操心，我们呢，确实是年纪越来越大，不过我们的女儿素素很懂事，她会照顾我们，我们有她照顾就行了。说着，似笑非笑地看着张希夷，让他表态：

"老张，你说我说的对不对？"

离开时，张左心里很不痛快。今天只是自己碰壁，只是自己出丑出洋相，也就罢了，没想到会害得小卞跟着一起受委屈。小卞倒是一副无所谓的样子，走出来很远，才安慰张左，说我总算明白后妈是怎么回事，总算明白你为什么不太愿意找你爸，没关系，我们另想办法。小卞说到做到，她父亲是某机关不大不小一位领导，小卞让他为张左的分配想办法，未来的岳丈嘴上说不一定有办法，说开后门不太好，可是立刻就打了电话，托人去打招呼。结果，张左还是留在了南京，有两个选择，去化工局搞行政，去中学当老师。张左不愿意搞行政，选择了去中学。

　　小卞比张左低一级，时间上只相差半年，他去中学报到，不久小卞也毕业，去了省级机关事务管理局。张左说你一个学历史的，去那个地方干什么，有什么意思。小卞说我也知道没意思，不过跟你说实话，学历史更没意思，我从来也没觉得学历史有什么好玩，女孩子学历史，从一开始就是错误。小卞承认自己上大学只是为了混个文凭，这一代人中小学没好好地上课，数理化程度一塌糊涂，考文科是没办法，像张左这样，居然还考上了化学系，真是太不容易。

　　大学毕业了，自然要考虑结婚，婚房倒是现成，就是原来外公的房间。外公过世，张左搬进了这个房间，这是小楼中最好的一间房子。有一段时候，一直都是张左一个人住。右派平反，魏明韦先回来，很快陆师傅和三个孩子也一起过来，住进了小楼。张左上大学，住学校宿舍，他的房间一直空关着。魏明韦听从前同事的意见，以无房户身份回原单位，先取得了一间单身宿舍，这样就有了新房的分配资格。根据当时公房政策，有私房的不可以参与分配。陆师傅带着三个孩子回来，户口也落在魏明韦单位，就是机械局宿舍，因此虽然住小楼里，户口并不在这儿。

　　因为地处市中心，早在上世纪八十年代初期，就有风声要拆迁。当时城建拆迁很野蛮，主要是看户口，私产保护几乎不存在，也就是大概估价，三钱不值两钱地就打发了。因此最好的办法，先找买家出手，卖掉房子。旁边一家福利好的单位，正准备盖房子，看中了这块地皮，可是公家不可以买卖私房，就请懂行的人帮着操作，借张希夷的名头，买下这个小楼，当时作价一万人民币，钱是福利好的那家单位出的，张希夷不过出个人名，然后再搞转赠手续，将房屋捐赠给福利好的单位，双方签字盖章，私转公便告成功。

　　本来很简单的一件事，当时也绝对程序合法，福利好的单位许诺，在原址新建公房后，按户口，每户给一个小套。对张左夫妇来说，这是件好事，老房子卫生设备早就不能使用，能搬进新房子求之不得。但是陆师傅不干了，他已经住在这儿，虽然户口不在此处，按照现在这样的操作，岂不是要把他们赶走吗。魏明韦不吭声，她在机械局新分了房子，有了公房，不能再说话。陆师傅的态度很坚决，他可以和魏明韦离婚，离了婚，他和三个孩子没地方住，怎么办。这有点胡搅蛮缠，当时社会风气，就吃这一套，福利好的单位也没办法，只好答应再拿出两个小套，给张左的两个异母兄弟。

张左的大舅二舅在国外，对卖房子不发表意见。小舅在宝鸡，对卖房子也没什么意见，毕竟也是迫不得已，可他有意见的是卖房子那一万块钱。一万块钱进出与张希夷无关，最后应该落实到谁的手里，总不能让魏明韦一家，得了那么多套房子，又不声不响地把卖房款独吞了。大舅二舅发表意见，说小妹吃了很多苦，只有他们家生活在南京，这钱就给小妹吧，外公在世，最疼小妹，这钱给了她，老人家也不会有意见。小舅坚决不答应，那年头，一万块钱对国内的人来说，不是小数目，他提出来要打官司。

真的差点闹上法庭，闹到最后，经过多方调解，这钱一分为二，小舅和魏明韦各得五千元。魏明韦从此不与小舅来往，所得的五千元重新进行分配，她和陆师傅得一半，剩下的二千五，四个孩子平分。

外公在张希夷结束干校劳动不久后过世，从干校回来，过一段日子，他就会过来看望外公，谈谈读书做学问的体会，留下来吃顿便饭。也正是在那段时候，外公身体突然就变得不好了，去医院看病，也查不出有什么太大问题，医生说岁数大了，建议吃些中药。外公过世，张希夷匆匆赶过来，脸色阴沉，跪在地上，给外公磕了三个头。

这以后，有相当长时间，张希夷没再露过面。外公有退休工资，他老人家在的时候，日子还好过。外公走了，外婆没了生活来源，靠存款过日子，岁月立刻开始变得艰辛。刚开始的怨言，还是觉得多了张左一张嘴，毕竟两个人花销，要比一个人大，因此她动不动会冒出来一句，你为什么不跟你爸去过，他是你爸，为什么他就不能养你呢。这些话从来只是嘴上说说，外婆并没有真赶他走过。

过了也就一年多，外婆身体也开始走下坡路，先是一条腿变得僵硬，走路必须要用拐杖。于是许多家务事，不得不交给张左去做，譬如买菜，又譬如倒马桶。张左家小楼原本挺不错，有卫生间，有抽水马桶，外面的下水道年久失修，张左记忆中，自他懂事后，好像从未畅通过，老是要堵塞，最后是绝对不能再使用，只好与周围老百姓一样，不得不用马桶，天天要去倒。刷洗马桶向来被认为是女人做的事，张左为此非常难为情，时间久了，也就习惯成自然。

外公的一位学生，过来看过外婆几次。这位学生对外公十分敬重，不过外公生前并不是很喜欢他，觉得他太笨。每次来，对外婆都有所接济，会留个五块钱十块钱，外婆感到难为情，说怎么可以用你的钱呢，老头子要是知道，会怪我的。这位学生走了，外婆便会忍不住嘀咕，说知人知面不知心，要说天下最黑良心的，就是你的那个爸爸，这个张希夷吃了我做的多少顿饭，我们帮他养儿子，帮他这样，帮他那样，他呢，唉，不说他了。

晚年的外婆全靠张左照顾，张左中学毕业，上班当营业员，下了班忙这忙那，尽心尽力。外婆感到欣慰，常对人说，我这个外孙，真是没白养。有时也对张左发出感叹，说外婆拖累你了，我还是死了算了。张左也不知说什么才好，他不太会安慰人，没觉得这是一种拖累，反正是应该要做的，他不照顾外婆，谁来照顾呢。好在他上班的商店离家不远，一起上班的同事，都知道他家里有个瘫痪的老太太要照顾，对他也是网开一面，他要请事假或病假，迟到或者早退，都是睁只眼闭只眼。

外婆逝世前，吴姨来过一次，空着手来的。那时候外婆已卧床不起，吴姨说来看看外婆，其实是来告状，那时候，她刚从下放的地方重新回到南京，见了外婆，先诉说这几年吃的苦，诉了一会儿苦，又说在下面也不算特别苦，工资照发，乡下东西还便宜，当地老百姓尊重她，知道她是著名演员。如果不是想到以后南京看病方便，不是想到女儿素素的前途，在乡下一直待着也没关系。聊了半天，话才转入正题，原来她回南京后，与张希夷又有了联系，大家都吃过苦受过罪，又有了破镜重圆的意愿，又住到了一起。吴姨说当初就不应该离婚，说他们还是有感情基础。

吴姨说她和张希夷同居后，才发现他还有别的女人。外婆听她这么说，便让张左离开，吴姨说张左不要走，他也不小了，让他也听听，让他知道知道张希夷是个什么样的货色。吴姨说张希夷与一个姓胡的女人不干不净，这个姓胡的女人是博物院一位老先生家的保姆，这个保姆很厉害的，1949年前是上海一位著名画家的女佣，能烧一手好菜。张希夷是单身，在老先生家尝到了她的手艺，便也约她每周为自己做几个菜，改善一下伙食，一来二去，就那个了。

时隔多年，张左再次看到吴姨，他首先想到的是素素，想到张希夷和吴姨带他们去中山陵玩，他与素素往高处爬，站在高处往下看。那以后，他就没有再见过素素。现在，张左当然知道吴姨说的"就那个了"是什么意思，他不明白的是她为什么要跑来说这个。吴姨说不仅有这个姓胡的女人，张希夷还和一位有着三个孩子的年轻女人不清不白，这年轻女人的丈夫是造反派，武斗时把小命给送了。

外婆听了，摇着头说：

"想不到他会是这样一个东西，会这么不要脸。"

吴姨脸上表情很夸张地说：

"说给人听都会不相信，他就是这样不要脸。"

吴姨走了，外婆咬牙切齿地对张左说，"过去我和你外公，总觉得你妈太要强了，总觉得你妈也有点不对，现在想想，你那个爸爸张希夷真不是东西，一脑子资产阶级坏思想，一脑子资本主义"。外婆说，"我死了，你也不要去告诉他，我生不想见他，死了也不想见到他"。外婆是带着对张希夷的怨恨离世的，这一点张左始终不能想明白，为什么她老人家临终前，没有想到大舅，没有想到二舅，没有想到小舅，也没有想到魏明韦，外婆总是在喋喋不休地念叨张希夷，恨他对张左不闻不问，恨他对张左没尽到抚养的义务。尽管张左已经成人，已经可以独立生活，外婆仍然还当他是个孩子，对他的未来不能放心。

外婆过世，魏明韦和小舅都赶回来奔丧，魏明韦是独自来的，小舅带着两个儿子，匆匆来去，也没什么说话的机会。大家都走了以后，张左第一次感受到了孤独。突然发现原来独栋的小楼，居然会是那么大，那么空旷，有那么多房间，阁楼上有那么多灰尘。多少年来，他一直与外公外婆生活在这儿，外公死后，张左与外婆相依为命，现在，他将开始真正意义的独自生活，好在已工作了，有一份不太高的薪水，衣食已经无忧，可以这么浑浑噩噩地过下去。

如果不是恢复高考，未来的生活会是什么样子，无法想象。张左并不是一个积极向上的人，他从来没觉得自己应该要求上进，恢复高考，能够考上大学，最要感谢的是烟酒食品商店的无聊。那年头当营业员很清闲，因为物质极度匮乏，买什么都要票，烟票、酒票、酱油票，连肥皂和卫生纸都要票。当时每家每户都会发一种豆制品附票，上面是编了号的，到时候会发出通知，具体什么号码，能买什么样的物品，遗失不补过期作废。

张左的同事是两位中年妇女，她们的年纪可以当他的母亲。本来还有个老头，张左上班不久便退休。营业员的工作实在无聊，上班除了等待下班，并没有太多的事需要他去做。两位女同事对张左都很好，其中一位同事长得特别像吴姨，尤其是眼神像，看人时眼睛会闪闪发亮。都说女儿会像妈，无聊的时候，张左便会联想到吴姨的女儿素素，想到她小时候的样子，想到她以后很可能也会像吴姨一样，也就是眼前中年妇女的这个模样，便忍不住要笑。

事实上，吴姨在那次上门告状后不久，就正式与张希夷复婚了。外婆过世的第二年，她带着素素又一次上门，听说外婆已走了，大吃一惊，眼睛顿时红了，很伤心地流出眼泪。素素默默看着张左，不说话。自那次去中山陵游玩，这是第一次又见到她，此时的素素已二十岁，美丽动人，是一所师范学校的工农兵大学生。工农兵大学生是"文化大革命"的产物，素素跟吴姨下放农村，初中毕业插队，不久因为普通话说得好，成为公社广播员，以后又借调到县人民广播电台，再以后，便被推荐上了大学。

与素素再次见面，张左激动不已，平静的生活立刻变得不再平静。他忘不了那次玩中山陵，那时候张左和素素都很小，他还只是小学一年级。这件事久久不能忘怀，与童年和少年时太多的寂寞有关，魏明韦从未带张左出去玩过，张希夷基本上也没有。那次玩中山陵之外，张左与他在一起相处，也就是干校那几天。因此对素素的记忆，其实就是对家庭的记忆，就是对父亲的记忆，它意味着一种对正常家庭生活的渴望。张左常会有一种错觉，觉得吴姨才是他妈，而素素则是他姐姐，与这个姐姐相比，父母更喜欢女孩子，他们不喜欢男孩子，所以张左被扔给了外公外婆。

素素大学学的是化学，怎么就谈到这个话题，怎么就有滋有味地开始讨论，张左已回想不起来。这显然不重要，重要的是他和素素从此有了联系，然后就连绵不断，一直都保持。他们都默认了那种不同父不同母的姐弟关系，都对对方怀有好感。吴姨那时候刚拍完一部电影，她扮演了一位农村妇女，可惜内容与反击右倾翻案风有关，最后并没有能够公映。吴姨告诫张左，不能满足于一直当个营业员，应该抽空读些书，看些好的外国小说，他毕竟还年轻，要积极向上。素素则是鼓励他，希望他能像她一样上大学，学什么不重要，关键要不断地学习。这次见面，她们好像就是专程过来为张左打气的。

对张左来说，粉碎"四人帮"，最大好处是恢复了高考。不恢复高考，永无出头之日，永远都是个站柜台的营业员。不恢复高考，不可能离开小巷深处的商店，不可能有上大学的机会。与当营业员相比，他毫无疑问更愿意上大学，更愿意当化学老师。很长时间，他一直觉得自己对化学有兴趣，一直觉得自己喜欢化学。渐渐地，张左开始有所怀疑，开始厌倦，想改行，想干些别的什么事。作为一名中学老师，他最多也只能算称职，反反复复教同样的课程，始终面对同样的高考升学压力，这与当年的站柜台一样无聊。

高考改变人生，调整了命运，也促成了张左和小卞的姻缘。不恢复高考，他们不可能走到一起。都说干一行讨厌一行，与张左情况相仿，小卞对自己的工作也不满意。机关事务管理局干的活，全都是婆婆妈妈，什么破事都管。"文革"后最初毕业的两届大学生很吃香，各单位青黄不接，急需用人，无论张左还是小卞，即使对自己的工作不太满意，仍然不影响成为业务骨干。张左是教研组长，小卞没几年提了副处。他们有个儿子，小卞单位又分了新房，原来的小套，换成两室半的中套。

小卞突然动了要读在职博士的念头，张左觉得这不太可能，她根本不是个读书人，也不喜欢历史。结果还是考上了，小卞说在职博士就是蒙人，凭我这外语水平，凭我这管理局的副处头衔，最关键一点，还是张希夷的儿媳妇，他们说什么也得录取吧。小卞并没有去找谁，并没有动用张希夷这块金字招牌，她只是嘴上这么说说。这时候，张希夷在历史系的地位，在学界的影响，已经无人可以撼动，她根本不用再托人去打招呼。

接下来，小卞的人生开始步入辉煌，博士还没读完，她就跟着历史系同学辞职下海做房地产。改革开放后，文科生中敢在商海打拼，最后又获得成功，绝对是学历史的居多。用小卞的话说，我们学历史的人，更具有超前眼光。当然只是一句玩笑，历史系出身的，还真是人才济济，小卞一连报了几个房地产大亨的名字，说谁谁谁是学历史的，谁谁谁也是学历史的。隔行如隔山，张左并不知道这些谁是谁。小卞成了人生的赢家，说起来是在做房地产，其实是房地产公司里的高层，分管人事和财务，拿非常高的年薪，忙得不可开交。

1999年的秋天，张左和小卞分手了，离婚的导火索是儿子的中考。儿子张卞性格有些叛逆，初中升高中没考好，小卞决定让儿子去英国留学。平时张卞的学习都是由张左负责，儿子没考好，责任当然在张左。小卞因此很自责，说没想到你就是这样管儿子的。接下来，前前后后都是小卞做主，联系学校，送儿子出国，都是她一手操办。最后，儿子安顿好了，小卞很认真地与张左摊牌：

"张左，你我的缘分到头了，我们离婚吧。"

张左很吃惊，虽然心里已经有所准备，还是觉得很突然。说分手就分手了，自从下海经商，小卞变得越来越难以捉摸，她变得有些神秘，张左根本不知道她成天在忙些什么。有些事是阻拦不了，张左并不想离婚，强扭的瓜不甜，小卞要离，他也就只能随她了，张左只是想要一个答案。

"为什么？"

"不为什么，就是缘分到头了。"

小卞不愿意解释，她只强调了一点：

"我没有做任何对不起你的事情，这个，你用不着多心。"

小卞把房改房留给了张左，又留了不小的一笔钱给他，然后净身出户。张左有些莫名的惆怅，倒不是感情上的依依不舍，而是不习惯那种久违的孤独。儿子不在了，老婆也没了，他好像又重新回到了外婆过世后的那段日子，心情变得非常不好。这样懵懵懂懂过了三年多，儿子在英国高中毕业，选了一家仅次于牛津和剑桥的名牌大学读书。小卞突然打电话给张左，约他一起去英国看望儿子。张左喜出望外，儿子出国，三年中只回来过一次，与张希夷不一样，张左心中一直惦记儿子，毕竟在国内时，儿子都是由他照顾，张左真的很想念儿子。

出国探亲这事，都是由小卞手下的人代办，当然是很顺利。这是张左第一次出国，乘坐的竟然是公务舱。三年多不见，小卞没什么变化，依然那么精干，办事更利索，说话更干脆。到了伦敦，有一位女司机来接，这是小卞事先雇好的专职导游。见面前，小卞白了他一眼，说：

"我没跟导游说我们的事，你就装糊涂好了。"

张左立刻明白，小卞是不想让导游知道他们夫妻已经离婚。从伦敦直接驱车，去儿子所在的城市，先入住一家五星酒店，然后去看张卞，把儿子接到酒店一起住。订了三间房间，有一间是为女导游预订的，没想到她在这个城市有相好的情人，当晚要住到他那里去，儿子傻乎乎地说：

"这样也好，我们可以一人住一间房。"

吃完晚饭，海边散了一会儿步，回房间说话。儿子说学校里的情况，小卞听着听着，睡着了，她显然是太累，没有休息好。接下来，由导游陪同游览英伦三岛，这一路，都是住最好的酒店，张左和小卞住一间，儿子单住一间，导游另住，因为旅游公司有规定，会安排导游的住宿。儿子嫌张左睡觉打呼噜，不愿意跟他一间，小卞就让张卞跟自己住，儿子说，你是女的，我才不会跟你住呢。张左和小卞知道，儿子其实是希望他们复合，故意这么说的。

与小卞在一起，很有些鸳梦重温，既陌生，又熟悉。张左说，我现在睡着了，可能会打呼噜，会影响你睡觉。小卞便说，你真要是打呼噜影响我，我就给你另开一间房。结果张左没有什么呼噜，呼噜声更响的，反而是小卞。她好像平时太缺睡觉，只要有机会，就一直睡，一直在睡。在床上，在浴缸里，在旅途中，一连昏睡了几天，终于变得清醒，开始愿意跟张左说说话、聊聊天，问他这些年有没有别的女人，有过几个。张左说没有，真的没有。小卞说你用不着瞒我，有也很正常，没有呢，也正常。小卞又说，当初提出来要分手，并不是说她有了别人，并不是觉得张左有什么不好，是觉得像她这样，确实不太适合有家庭，不适合当别人老婆，太耽误人家，她如果不提出分手，这是不对的。

小卞非常诚恳地向张左表示歉意，当初提出离婚，她很纠结、很难受，因为张左父母是离婚的，她知道张左很在意家庭的完整。事实也证明，张左其实是一个非常不错的男人，一个很称职的丈夫。小卞父母刚开始不赞成他们谈恋爱，理由是父母离婚家庭的孩子，心理会有阴影，以后很可能会重蹈父母覆辙，没想到最后提出来要分手，竟然是小卞，她觉得自己这么做，真的很对不住张左。

小卞与张左相约，如果到六十岁，她还是单身，他也还是单身，他们两人就一起养老。到那时候，把第三代也接过来，让他们也好好地享受享受，享受一下当爷爷奶奶的清福。小卞说到时候我会主动来找你，我们先说好，先这么说好，如果你愿意等，如果你还是一个人，大家就真的在一起，再不分开。

张左对张希夷一直有这么个童年记忆，他与吴姨结婚后，怕老婆，什么事都是吴姨说了算。传说张希夷可怜兮兮地到处跟别人讨香烟抽，理由是吴姨在经济上控制，不让他抽烟。又说他穿衣服，穿来穿去，总是一件四个口袋的中山装，上衣口袋永远插着两支钢笔，也是因为吴姨对人民币的管控，没钱买新衣服。这都是"文化大革命"前的旧事，外婆经常会当笑话讲给张左听。由此也得出一个简单结论，因为怕老婆，所以张希夷也不敢去看儿子。童年记忆中的张希夷，一直是个懦弱男人，一个书呆子，别人说起他，难免都带有一些取笑的意思。

男孩子不会喜欢一个文弱父亲，童年记忆让张左对张希夷的感情，打了一个大大的折扣。相比较而言，虽然没血缘关系，儿时的张左更喜欢吴姨，首先外公和外婆喜欢她，她拍过电影，是个有名的演员。其次她强悍，就像在舞台上扮演的那个坏女人一样，男孩子有时候会觉得坏女人挺好玩，譬如说女特务。小时候见面不多，吴姨并没给张左留下太坏印象，起码每次遇到，表面上都还算客气。如果说后来有过不愉快，就是那次与小卞为工作去找张希夷，那一次，吴姨真是太不客气，太不给面子。从那以后，她的态度完全改变，对张左始终抱有一种莫名其妙的戒心。

张希夷的形象也被吴姨那次登门告状，彻底颠覆了。根据吴姨的描述，张希夷简直就是个大流氓，一个不折不扣的下流坯，他和姓胡的保姆有过私情，还和有了三个孩子的年轻寡妇有过一腿。张左从小接受正统教育，这种事照例都是非常无耻，只有坏人才会这么干，才可以这么做。更让张左感到吃惊，与张希夷有过苟且的那个保姆，那个胡阿姨，在张家当保姆，一直干到七十多岁。也就是说，吴姨与张希夷复婚，明知道曾发生过那样的故事，这位善于做一手地道南京菜的胡阿姨，依然还能泰然自若，依然还能在女主人吴姨满怀妒意的眼皮底下，继续做她的保姆工作，一直干到再也做不动。

张左有时候也怀疑，传说中这事那事，其实很可能是捕风捉影，根本就没事。曾与小卞讨论过父亲可能有过的风流，她对这事倒是很看得开，说你爸首先是个男人，年轻时应该还是个很帅的男人，有点这有点那，也不奇怪。小卞见过姓胡的保姆，吃过她做的菜，对她印象并不坏。小卞说女人漂亮不漂亮，有时候也无关紧要,有时候,能做一手好菜,比漂亮更讨男人喜欢。小卞还说你爸这人,很可能是个直截了当的男人,根据我的判断,不太可能在女人身上花太多时间,有出息的男人都这样。

张希夷晚年成了他所研究领域的祖师爷,他的弟子和学生,遍布各大高校,占据重要位置。学界有种种传闻,说张希夷是一棵大树的根,根深则叶茂。都说他做学问擅于布局,能够开风气,他的学生只要肯学、肯下功夫,按照他设计的思路深入研究下去,发扬光大,便能够曲径通幽,前途无量。名师出高徒,强将手下无弱兵,张希夷太厉害,在学术上没有点成就,没有点江湖地位,都不好意思称自己是他的学生。在声势浩大的学术道路回顾周活动中,高龄九十的张希夷神采奕奕,做了一个多小时的演讲。他回忆了自己的人生,总结成功经验,无非是干活,一直都在干活。张希夷强调他一生的经验,在于坚持不懈,在于不浪费时间,没有浪费时间。

张希夷回忆人生,说自己这一辈子,也浪费过三次时间。一是大学毕业,没找到正经工作,东一榔头西一棒,活活糟蹋了一段日子。再就是回国,在博物院里打杂,动不动搬家,整天搬箱子,没完没了登记卡片。三是在干校养牛,吃辛吃苦把牛养健壮了,为了什么,为了让它在春耕时可以犁地,结果呢,要过年了,先把牛拉出一条来杀了吃了,水牛肉又不好吃,杀它干什么。说起干校这段日子,张左已开始有印象,毕竟在那里待过,虽然短短三天,隔着时间长河,重新回想都不太真实,然而张希夷半夜起来,在风灯下看书学习的情景,记忆犹新,历历在目。

张希夷的用功,确实有过人之处。他一生中只要有时间,一定是在读书学习,能不放弃绝不放弃。这也是外公喜欢他的原因,外公曾十分后悔负气离开高校,放弃了一个做研究的好机会。在张希夷的演讲中,他又一次说到这个故事,有时候,负气出走并不能解决问题,关键还是要把学问坚持做下去。张希夷的学生经常会跟学生谈到忍辱负重,这是他们导师传授的制胜法宝。做学问靠的就是一个熬字,熬了才可能出头,熬了才会有机会。一个人不可能一辈子都顺心,都事事如意,总会有些沟沟坎坎。

张希夷的学术道路回顾周活动,在他学生的学生建造的私人山庄进行,这学生下海经商,赚了很多钱,是这次活动的重要赞助商之一。听了张希夷的演讲,学生的学生大发感慨,说自己生意虽然做得风生水起,可是最后把学问丢了,这个实在是有辱师门。他的博士论文是《中国农民起义中的经济原因》,非常好的一个选题,可惜写到一半,这样那样的原因,并没写完。有人劝他找枪手帮助完稿,他也确实动过这念头,最后想想也没必要,做学问就跟娶老婆一样,本来是自己的事,自己不做，让别人去做，何苦呢。

整个回顾活动就像一个大party，或者说是师门的大聚会。为了这次活动，筹备小组一个多月前就成立。领衔挂名的是张希夷大弟子严群峰，他是学界领军人物，是文科教授中的资深教授。具体操办人是历史系支部书记徐丽华，也是张希夷的在职博士。还有就是素素，早在十多年前，素素已调到历史系资料室工作，资料室是挂名，实际干的活是张希夷的秘书。为了素素的调动，还发生过一些小小不愉快，最初是想调张左，起因是他借调在出版社，参加了张希夷文集的编辑工作，活干完了，不想再到中学去教书，便与当时一起参加编书的徐丽华商量，能不能调到他们系里去，徐丽华一口答应。

眼见着事要办成，让吴姨知道了，正好素素在机关里很不开心，也想调换工作，说既然是要调人，为什么不调我们家素素呢。系里只好再征求张希夷本人意见，张希夷连想都没想，一锤定音，说当然是应该调我女儿。于是张左的调动就黄了，煮熟的鸭子顿时飞了，他跟自己单位领导都打过招呼，告别酒也喝过了两次，没脸再回到中学去，便赖在出版社不肯走。最后也是张希夷的弟子出面，跟出版社老总疏通，才解决了工作调动。这以后，张左一直在出版社上班，不仅为张希夷编书，也为他的学生编书。他是学化学出身，编史学方面的学术著作难免吃力，不过吃力归吃力，下点笨功夫，还是能凑合。他的一手小楷帮了大忙，大家看了，都说他家学渊源，书香门第出来的就是不一样。

这事弄得素素有些歉意，过去多少年，她与张左很少接触，随着张希夷名声越来越大，打交道也越来越多。在张希夷晚年，张左和素素作为张希夷的家属，做事基本上都是围绕张希夷。素素成了张希夷的专职秘书，跟老先生有关的事都要管，都得过问。张左略好一些，只是阶段性地参加一些活动，筹备一些会议，做一些事务性工作，主要还是编书，为张希夷的著作分门别类。张希夷一生中涉及的学问太杂，他当年在干校翻译的以赛亚·伯林的《卡尔·马克思》手稿，竟然也被发现了。徒子徒孙很兴奋，一个学生自告奋勇，愿意把它整理校对出来。以赛亚·伯林前些年刚过世，是当代西方著名思想家之一，国内知道的人并不多，张希夷能在"文革"中就注意到他，就能翻译他的著作，真是不容易，太不容易了。

张希夷在张左心目中，变得越来越神秘，越来越高大，也越来越陌生。张希夷渐渐成为一个现象，成了一门学问，他的学生把他塑造成一尊神像。吹捧和宣传还是有用的，张希夷的一名弟子做总结，说我们导师这一生思想上是自由的，厉害就厉害在想成为什么样的杰出人物，能够做到绝对的自由，随心所欲。换句话说就是，张希夷有那个能耐，想成为什么样的人，想在哪方面做出成就，都可以做到。学术已经被他打通了，他是古典诗人，他是考古学者，他是古文字专家，他是书法家，他是南北朝历史研究的绝对权威，他是翻译家，他有思想，他在很多方面，都足以成为我们的楷模。

离婚后的张左形单影只，老婆没了，儿子在英国念书。下班回家，孑然一身，除了看电视，还是看电视。那段日子，正好开始流行DVD，张左收集了许多盗版碟，主要是欧洲电影，还有一些色情片，也就是所谓黄色影碟。卖碟片老板知道他的爱好，每有新碟，会向他隆重推荐。过去小卞在，经常骂张左下流，她害怕儿子会看到这些东西。现在反正没人管了，想怎么看就怎么看，担心邻居听见，又专门配了一副无绳耳机。随着张希夷名声越来越大，张左难免自惭形秽，觉得自己越来越没出息。

张左与吴姨母女的关系，也大大改善了。张希夷生前立了遗嘱，他死后，收藏的名人字画、古书善本，以及自己手稿，统统要捐献给国家。多少年来经济都是吴姨一手控制，她并不担心张左会跟素素争遗产。张希夷发过话，他的房子以后要留给素素，因为她对他照顾更多。社会上房改已开始，大学教师的房子暂时不参加，只有居住权。晚年的吴姨经常会想到要关心张左，张左离婚后，家里没人收拾，她便让家中的保姆小聂，每周半天去张左那里，帮他把房间收拾一下，好在他住的也不远。

小聂来自南京郊区，与素素同岁，人高马大，很健壮，相貌也就那样，挺普通的那种。通常是周六下午，过来里外收拾一通。或许因为孤男寡女，张左有时也会产生不健康的念头，怀疑吴姨派小聂来，有些别有用心。但是他不敢出格，至多就是把色情DVD碟片东一张西一张乱放，这么做非常猥琐，通过碟片盒上的封面图片，小聂应该知道那是什么。张左很想知道她看了这些碟片后，会有什么样的反应，当然只是这么乱想，没胆子深入。有一次，挑了部有裸体镜头的欧洲艺术片，故意在小聂打扫卫生时播放，电视上女主人光着身子走来走去，小聂看到了，立刻停下手上的活，很认真地跟着张左一起看，看完了，若无其事继续干活。她若无其事，张左心里却咚咚乱跳。

张左知道自己不仅猥琐，有贼心没贼胆，而且还假正经。他从来都不是争强好胜的人，从没想过要与不同父不同母的姐姐素素争什么。眼见调动就要成了，活生生地被她挤掉了位置，张左也没觉得怎么样。他没有一点记恨，如果要考虑照顾张希夷，素素确实也比他更合适。素素比张左更像是张希夷的亲生骨肉，或许自小不在一起，张左始终觉得张希夷这个父亲难于接近，除了见面喊一声，平时是能躲就躲,能不喊就不喊,素素不一样,她叫爸爸叫得非常亲热。

儿时印象一辈子都不会忘,张左对素素有种特别的好感,真心希望有个像她那样的姐姐。他小时候一直以为素素就是自己亲姐姐,外婆喜欢骗人,说张左不乖,不听话,所以爸爸妈妈就不要他了。素素说她也遇到过同样的威胁,吴姨和张希夷结婚时,她还小,还没有记忆,只知道自己有个弟弟,因为调皮不听话,就搁在外婆家了。吴姨警告她,如果不听话,也要把她送外婆家去。张希夷很喜欢素素,对她就像亲生女儿,知道他不是自己亲生父亲,那也是后来的事,这事曾让素素很伤心。

在张希夷晚年,张左和素素因为工作关系,经常要碰面。小时候,素素是姐姐,当然要比张左个子高。后来才发现,她其实很矮,非常矮,比他矮一个头都不止。与张左的性格内向不同,素素生得小巧,为人雷厉风行,说一不二。她酒量非常大,自称从来没醉过。俗话说女将上场,必有妖法,都知道她能喝,别人轻易也不敢跟她喝。她呢,仗着自己酒量好,经常在酒桌上逞能。张希夷八十岁寿宴,弟子中有一位能喝酒的不服气,说是想与师妹见个底,看看究竟是谁能喝。喝到最后,这位弟子钻到桌肚底下去,吐得到处都是。

素素最后也出过洋相,能喝的名声在外,迟早都会翻船。一晃又是十年,张希夷的一位弟子评上了博导,一定要请帮过他忙的人喝酒。选择的时间是在学术道路回顾周结束之际,会已经开了好几天,很多人离开了,剩下的都是具体办事的。这位弟子说,好吧,我要请的就是你们这些办事的人,筹备这么一个活动不容易,我一定要请你们喝酒。于是就喝,大家确实也累了,学术道路回顾周办得很成功,参会者一致叫好,张希夷的弟子之一,参会的一位省领导倡议,以后类似的活动,最好每年都能搞一次,这样的聚会很有意义。

那天剩下的也就一桌多人,买单请客那位、徐丽华、张左、素素,还有几个在读的张希夷学生的学生,有男有女,加上山庄两位副老总。中午喝过一轮,请客的那位特别能闹酒,盯住素素不放,说我知道师姐酒量,今天一定要跟姐姐好好喝,给人感觉是早就喝高了,一会儿师姐,一会儿姐姐,一会儿又喊起了吴姐,颠来倒去乱叫,说你干吗是吴姐,不是张姐。素素不把他的酒量放在眼里,说我姓吴,跟我妈姓,你当然应该叫我吴姐。没想到这是个越喝越清醒的家伙,一开始,他老是要说,我不行了,今天真不行了,素素还跟他说笑,说男人不能说自己不行,不行也要说行。喝到最后,真正不行的是素素,素素喝高了。

这可能是素素平生第一次喝醉,是大醉,她不承认自己喝多了,一个劲地说没事。本来说好要与徐丽华一起连夜赶回南京,看她走路东倒西歪,徐丽华便说还是在山庄再住一夜吧。开回南京要三个小时，徐丽华怕她在路上会吐，让张左留下来陪她。山庄副老总立刻表态，说这没问题，房间反正都是空的，就安排老先生住的那间豪华套房，我们明天派专车送好了。素素便闹，嚷着非要一起走，她越是要闹，嚷得越凶，徐丽华越是不敢让她走。结果一辆面包车把大家都拉走了，剩下素素和张左姐弟，加上两个女学生。

面包车刚离开，素素就吐了。她依然觉得没什么事，说吐了就好，吐了就轻松了，说还真从来没吐过。张希夷住过的豪华套房确实够气派，有两个卫生间不说，大沙发大电视，竟然还有小书房。素素依然疯疯癫癫说自己没事，拉着副老总的手要聊天，引得两位女学生不住地暗笑。张左也是第一次看素素这样，站都站不稳了，说话颠三倒四。终于副老总找到了借口脱身，说我有点事，一会儿再来吧，或者这样，有事你们打电话给我。副老总走了，素素对两位女学生说，哼，他是骗我，以为我不知道，他不会来了，你们也走吧，我没事，有我弟弟陪就行，你们走好了。

说着站起来，作势要轰那两位女学生走，刚站好，又跌坐下去。然后就是想吐，张左赶紧扶她去卫生间，两位女学生也跟着一起照应。到了卫生间，素素仍然说我没事，没事，憋了一会，又翻江倒海吐起来。这次吐得有些难受，坐在地上，抱着抽水马桶，折腾了半天，终于平静下来，对两位女学生说，不好意思，吓到你们了，其实我没事，我好了，你们走吧，我没事了。两位女学生早就被她闹得吃不消，听她这么一说，也不客气，说吴老师你要没事，我们就真走了，有事给我们打电话。

素素吐的时候，张左也不知道怎么帮忙，只能一直帮她揉背，一把一把给她搓毛巾，换毛巾。她坐在地上不能起来，一动就吐，吐到最后，竟然趴着马桶沿要睡着。张左说我抱你到床上睡，素素说好吧，到沙发上去躺一会儿。于是张左就将她抱起，她死死地勾住他脖子，说想不到你还有点力气。到沙发上，素素又没了睡意，人也清醒多了，闻了闻自己，说不行，我得洗个澡，身上难闻死了，必须得洗，要洗一洗，去帮我放一浴缸热水。

张左去为素素放热水，一边放，一边担心，怕她会跌倒在浴缸里。水放得差不多，素素洗澡。张左打开电视，一边看电视，一边胡思乱想，担心她洗澡时睡着，浴缸很大，弄不好会淹死人。因此隔一会儿，张左便到浴室那边去敲门，问候一声。素素回答说没事，看来是真没事，泡了一会，开始改洗淋浴，哗啦啦的冲水声。再过一会儿，她穿着浴衣，湿漉漉摇摇晃晃走了出来，跌坐在沙发上，与张左一起看电视，身上依然带着酒气。张左先以为她没穿内衣，瞄了一眼，不由得心惊肉跳，忍不住又瞄几眼，弄明白了，原来是一条黑色内裤。电视里正在播放情感类综艺节目，素素很吃惊，说你怎么喜欢看这种节目，真是没有档次，其实张左平时从来不看这个。

6. 通往父亲之路

张希夷直到九十八岁，才真正显露出了老态，开始老态龙钟。他令人惊叹的记忆，开始出现了严重问题。这一年，张左正好六十岁，说起来也是年过花甲，可能是老父亲还在的缘故，他似乎感觉不到自己正在衰老，虽然办理了退休手续，张左的实际工作状态并没有改变。张希夷的书还是他在编，编不完地编，他属于返聘性质，工资还是和原来一样，还是要上班，还是原来的那张办公桌。

变化只是张左当了爷爷，两年前就当上了。张卞结婚了，娶了个英国的混血女孩，祖上有黑人血统，还有拉丁人和斯拉夫人的血统，皮肤有点黑，人很漂亮，非常像一位电影明星。张卞去英国之前，一直都是张左在照顾，儿子去英国读高中，张左刚开始很不习惯，总觉得生活中少了什么。再后来，他终于习惯了一个人，一个人自由自在，也没什么特别的不好。中途和小卞一起去英国看过一次儿子，儿子回国，也过来看过他。现在，有孙子的感觉十分奇特，小孩出生后，张卞给他传过照片，张左想象不出这孩子长大，会是什么模样。他可能是有些返祖，既不像张卞，也不像母亲，比他妈黑得多，完全像个小黑人，张卞夫妇给他取了个英国王子一样的名字，叫查尔斯。

张左带着回国的儿子和英国媳妇，抱着小孙子查尔斯，一起去看望张希夷。张希夷一会儿清醒，一会儿糊涂。素素大声地告诉张希夷，这是他的重孙，他老人家当老太爷了。张希夷便很认真地问什么是重孙，谁的重孙，这外国人是谁呀。大家都笑，素素让小查尔斯开口叫太爷，小家伙不会说中国话，用英文叫张希夷，张希夷一听到英文，立刻来劲，竟然也用英文与小查尔斯对起话来。大家都说了不得，太厉害了，老爷子的英文真棒。

素素叹了一口气，说：

"唉，完了，我们家外语都不行，就老太爷能和小查尔斯说话。"

张卞一时不知道查尔斯应该怎么叫素素，素素说：

"叫什么，叫姑奶奶！"

这时候，吴姨过世也好几年，保姆小聂还在，不过也可以算是老聂了。除了她，还有一位中年男护工帮着照料张希夷。房子足够大，张希夷又分到了一套院士和副省级干部享受的住房,二百多平方,离张左与素素住的地方都不远,他们要过来还算方便。当然,素素对老爷子的照顾,肯定要更多一些,她远比张左更负责任。

过去二十年里,张左所做的一切,都与张希夷分不开。但是对张希夷还是会有那种陌生感,那种陌生感与生俱来,好像永远不会改变。他们在一起,常常找不到话说,张左觉得张希夷距离别人更近,距离素素和他的学生,要比他这个儿子近得多。张左觉得他与张希夷始终隔得很远,不知道儿子张卞与自己,张卞的儿子小查尔斯与张卞,是不是也有同样感觉。通往父亲的道路太漫长,张左发现他从来就没有真正走近过张希夷,有时候走得越近,感觉越远。张左现在只剩下一个身份,这就是国学大师张希夷的儿子。与父亲有关的书编得越多,他越觉得不了解张希夷。

最后是拍照和录像,除了张左,除了张希夷,大家都用手机不停地拍。张希夷颤颤巍巍坐在轮椅上,提出要抱着查尔斯认认真真照张相。素素便把小查尔斯抱到张希夷膝盖上,张希夷搂着查尔斯,查尔斯因为害怕,怕摔下来,也搂着张希夷,紧紧地搂着。一时间,站在父亲身后的张左,感到了一种从未有过的亲切,他印象中,父亲从未这么抱过自己,也从未这么抱过张卞,他们父子从未有过这样的待遇。

负责拍照的是小聂,她的头发也都已经开始花白了,兴高采烈地让大家看着她的镜头,扯开了嗓子,大喊了一声:

"茄子——"

原载《钟山》2021 年第 2 期

我们的娜塔莎

蒋 韵

一、城市童话

安同志带着他的妻子娜塔莎来到这个北方城市落户的时候,是1958年。那一年,杜若刚满四岁,是幼儿园小班的学童。杜若的生活,照说,和他们没有丝毫的瓜葛。

杜若家,住城南,安同志和娜塔莎家,确切住在哪里,地址不详。

安同志叫什么,他们都不知道。这个他们,指的是长大后的杜若和她的伙伴们,是这个城市里所有那些不安于小城生活的时尚青年。那时,人们把这样的青年称为:思想意识不健康。

安同志叫什么,一点不重要,重要的是他很勇敢和浪漫,在莫斯科或者列宁格勒学习的时候,爱上了一个叫娜塔莎的俄罗斯姑娘。这样的恋爱或者婚姻,在当时,据说有很多,但往往都在中国男生回国时宣告分手。安同志却没有松开他的手,他紧紧地拉着他的娜塔莎,坐了九天九夜火车,穿过俄罗斯广袤的土地,无边的白桦林,穿过秋色迷人的西伯利亚,把这个穿布拉吉、吃面包黄油酸黄瓜的姑娘,还有他们四岁的儿子和两岁的女儿,带回到了我们的土地上。带回到了大陆深处这个吃五谷杂粮的北方城市。

透过车窗,安同志指着蓝天之下两座并立高耸的古塔,说道:"亲爱的,我们到家了。"

那是这城市的标志,双塔。它们一千多岁了。安同志搂住了娜塔莎的肩膀,说:"你听到它说什么了吗?它说,好小子,你真有本事啊,带回一个这么美丽的好媳妇。"

这像是一个童话的结尾,"从此他们过上了幸福的生活"。而真实的生活才刚刚开始。

接下来,是1960年,共和国历史上的饥馑之年来到了。

再接下来，就是安同志的祖国和娜塔莎的祖国交恶。后来，在一个叫珍宝岛的小岛上，两个国家终于刀兵相见。

那时，这个城市刚刚"复课闹革命"不久，那些自1966年之后，在"江湖上"浪荡了三年的小学毕业生们，一拥而入，走进了这城市各个中学的大门。教育革命了，也不需要考试，也不看成绩，只看你家庭住址，就近入学。杜若非常幸运，她的家，和这城市曾经最好的中学，华北地区重点学校，仅隔一条马路。一抬头，就能看到那学校晚自习时璀璨的灯光。母亲常对杜若说："杜若，你将来一定要考到那里去啊，那是你的学校。"杜若说："那杜仲呢？怎么就是我的学校，不是杜仲的？"母亲不说话了。

杜若家姐弟三人，她最大，老二是弟弟杜仲，最小的是妹妹叫杜茯苓。姐弟三人的名字，都是中草药。

三个孩子中，最聪明的，是杜若。母亲一直这样认为。

这下，聪明的杜若和不够聪明的杜仲，不费吹灰之力，都进了这所全省最好的中学。但母亲却高兴不起来。这个世道，不是读书的世道了。再好的学校又能怎样？果然，开学没有多久，杜若就被选进了学校的宣传队，跳舞唱歌去了。接下来，竟是全体停课，备战备荒，挖防空洞，防止"苏修"的进犯。

整个城市，进入战时状态，各家各户，每一扇玻璃上都用裁开的纸条贴了米字，怕的是"苏修"的飞机轰炸。甚至做好了战争疏散的准备。一旦局势吃紧，有很多人将会离开城市，疏散、撤离到安全的后方去。

报纸、广播，都是战争的论调。

全市举行了战备汇演，杜若的学校排演了一个类似活报剧又类似音乐剧的节目，名字叫《珍宝岛的胜利凯歌》。里面有歌有舞，有说有唱，有解放军，有老渔民，有女民兵，有反坦克火箭弹，也有三八大盖和红缨枪，总之慷慨激昂、起伏跌宕，以破竹之势，一路披荆斩棘，杀进决赛圈直至获奖。另一边，挖战备防空洞的也不示弱，往昔的操场，如今沟壑纵横，像战壕，像掩体。土方工程比预期提前完成，全校同学又马不停蹄去砖窑拉砖，去河边拉沙、烧石灰，不到半年，防空洞大功告成。别说，还真是漂亮。红砖、螺旋吊顶，处处有巧思，俨然就是个地下王国。有许多人来参观，也同样获得了表彰。

不过，也付出了代价。那是在挖土方时，曾出过一次事故，有一天，一个男同学不知怎么失脚掉进了三米多深的壕沟底，受了重伤。有人说是他和人打架，推推搡搡，没站稳栽进去的。有人说他是遭人暗算，趁他不备被一把推下去的。奇怪的是现场居然没人看见发生了什么，人人似乎都有不在场证明，没人说得清楚真相。出事后，女同学们都为他难过，担心他是否会落下残疾。男生们则说，这就叫报应，为什么掉下去的偏偏是这个二毛子？谁让他们来侵略我们的？

这摔伤的同学，叫安向东。从前，他不叫这个名字，他叫安德烈。

是个中苏混血儿。高大、英俊、迷人。

摔伤后的安德烈再也没来过学校，他退学了。谁也不知道他去了哪里，只听说他的腿落下了残疾。一个美男子，有了残缺。那时学校采用军事化的管理，班级用军事术语"连、排"来命名。杜若和他不同排、不同连，没有过任何的交集。只有一次，某个黄昏，放学后，杜若有事耽搁了，出来时，昏暗的走廊上静悄悄，一个人迎面走来，杜若不禁停下了脚步，她以为自己产生了幻觉：这是什么？是从希腊神话中跑出来的男神吗？她错愕地闪过这念头。好美啊。她觉得呼吸不畅。第一次，她被美伤害。原来，"美"和帝国主义一样是霸道、不讲理、有侵略性的。

后来她知道了，这个美男子，叫安向东。

安向东或者安德烈出事后，杜若难过了许久。为一个陌生人难过，杜若自己也觉得匪夷所思。她不能想象看见一个瘸了腿的安向东从走廊里迎面走来，她觉得那是冒犯。对什么冒犯，对谁冒犯，她说不上来。多年之后，杜若似乎想明白了，那是对造物、对生命最神秘秩序的冒犯吧？一件如此完美的杰作毁了。

这个安向东，或者安德烈，是不是安同志和娜塔莎的儿子？应该是吧。这城市，莫非还有隐藏的娜塔莎或者玛莎、柳芭不成？不过杜若也不能确定。谁又能确定呢？安同志和娜塔莎一直像传说一样活在这个城市，杜若从不知道有谁真正认识他们。反正杜若身边没有这样的人。杜若的父母身边也没有一个这样的人。

姜友好是北京人，在山西这个内陆省份当兵。复员后分到了省人民医院，做了一名眼科护士。

姜友好是个喧哗的漂亮女人。她走到哪里，哪里就不会有安静。她来到这个内陆城市没有几年，就有两个男生为了争夺她打架斗殴伤人进了局子，还有一个自杀未遂。还没等那个切腕的人养好伤口，姜友好女士就又有了新的恋情。周而复始。后来，毫无征兆地，就突然结了婚。用今天的话说，她是闪婚。她丈夫是现役军人，在海军服役。姜友好回北京探亲时，偶遇了也是回京探亲的年轻的海军军官，看到他的第一眼，姜友好就叹气了，在心里对自己说："友好啊，你玩够了，疯够了，可以歇歇了。"

他们的新婚之家，就安在姜友好工作的城市。她供职的医院在集体宿舍的筒子楼里分给了她一间屋子，足有十六七平方米，向阳，通风，四壁洁白。从前，姜友好的好客是出名的，朋友、朋友的朋友、朋友的朋友的朋友，最终都成了姜友好的座上客。有很多四处招摇说是她朋友的人，其实，她连对方的名字都记不住。婚后，她一反常态，安静了下来。从前，那么喜欢热闹，其实，是心里空虚孤单；现在，有了海军军官，她觉得自己有力量可以对付这个沉闷的城市和生活了。

她开始认识一些新的人、新的朋友，和从前的那些朋友渐渐断了联系。杜若就是这时候认识了她。杜若从铁路建设兵团回来，分配到了一家集体所有制的小工厂上班，被飞进的铁屑伤了眼睛。她中学的同学带她去了省立医院的眼科，说："我认识那里的一个护士，她能想办法给你多开几天假条。"杜若就这样认识了姜友好。

杜若的同学叫夏莲。夏莲是列车员，跑北京。她常常会替姜友好从北京带东西回来。友好的家人把东西送到月台上，他们像地下工作者一样三下五除二完成交接。那些东西，几乎都是吃的，糕点、花生米、腊肉、炼好的猪板油、芝麻酱，有时干脆就是一大块冷冻的五花肉，或者一袋大米。这个城市，物质奇缺，供应的口粮以粗杂粮为主，肉、蛋、食油，则少得可怜，每人每月的份额以"两"为单位来计算。所以，像夏莲这样跑北京、郑州、上海的列车员，真是抢手啊。他们源源不绝往自己的城市输送着紧俏的物资，像曾经的"飞虎队"。

所以，姜友好怎么能驳夏莲的面子呢？她很痛快地帮了她们的忙。

真正让杜若和友好熟识起来，是因为后来的一件事。

有一天，杜若自己很冒失地跑去医院找友好了。那是一大早，医院还没上班，她挂了号，等在眼科门诊前。一看见姜友好，她就迎了上去。

"你好，你不记得我了吧？"她说，"我是夏莲的朋友。"

"我记得。"姜友好说，"有事吗？"

杜若脸红了："真不好意思，能帮我开个病假条吗？"她说："单位在搞会战，赶活儿，一律不准请事假，我是真没办法了。夏莲跑车，不在，我只好厚着脸皮来找你，能帮忙吗？我急需要两天的时间。"

"什么事？"

"一个朋友借给我一本书，只给我两天时间，那书是大部头，太厚了，我要是白天上班，晚上看，就是一分钟不睡觉也看不完。"杜若回答，"可是我太想看那本书了，想了很久，好不容易才借到手——"

"我知道了。"姜友好打断了她，"没问题，我可以帮你忙。"

杜若没想到，她答应得如此爽快。假条到手，她骑着自行车飞奔而去，都不记得自己是否说了谢谢。可她心里真是感谢啊。她听夏莲说过，这个姜友好，有个不一般的出身，父亲是京城的高官，二十年代的老布尔什维克。如今虽然"靠边站"，但《红楼梦》讲话，瘦死的骆驼比马大。原以为她会很傲娇，没想到，竟如此的不搭架子。

到下个星期天，杜若在家掌厨，顺势做了一些蛋饺。她把蛋饺装到饭盒里，去找夏莲，说："这个，你送给姜友好吧。你不是说她这个人就好吃吗？我家没什么稀罕东西，这蛋饺的肉馅里，我掺了点莲菜，味道还细致。"对自己的厨艺，杜若还是自信的。

又一个休息日，夏莲来找杜若，说："姜友好请咱们去她家吃饭。"杜若还没回答，夏莲又说："不过她请你来掌勺。"

这下，杜若自然没法推辞。

姜友好的家，明亮、清爽。白色亚麻补花床单，花朵也是白色的，同款的桌布、窗帘，遮盖住了公家分配的千人一面的家具。一色白亚麻中间，只有一只花瓶是猩红如血的。那是一只水晶花瓶，后来杜若知道，那花瓶是她父亲早年从捷克带回来的。

"我从来没有见过这么素净的婚房。"杜若深觉意外地这么说，心里其实还补了一句"雪洞一般"。

"我也从来没有见过，因为一本书跑来找我开假条的。"姜友好这样回答。

杜若愣了一愣，脸红了。

"哎，是什么书？"姜友好笑着问，"那天没顾上问你是什么书你就跑了，弄得我心里直痒痒，痒到现在。我就想知道，到底是什么书值得你费那么大劲？"

杜若也笑了："《罪与罚》。"她回答。

"哦——"姜友好长长地哦了一声。

她听说过这本书。也知道作者。但这个人写的书她一本也没看过。从前，她的那些朋友们，也几乎没有一个人看过这个人的书。他们顶多看《娜娜》、看《俊友》、看《小酒家》，或者看《德伯家的苔丝》，这个人的书，他们不碰。她也不碰。

"你有点儿特别。"她说，"喜欢看布道的书。"

"你是不是觉得，我特别乏味？"杜若笑着问。

"不啊。"姜友好笑了，"我觉得你这人特有趣，为了看一本布道的书而撒谎，你不觉得有罪呀？还有，你身上有两点正是我最喜欢的。"

"哪两点？"杜若好奇地问。

"一，爱脸红；二，会做菜。"姜友好回答，"真是完美的朋友。"

她们都笑了。杜若想，这个人，也有趣。

夏莲说："杜若，今天给友好露一手，她这里有好东西，你猜我昨天给她捎回来什么？一块牛肉！"

那一天，杜若用这块珍贵的牛肉，做了好几道菜：一道酱牛肉、一道咖喱土豆牛肉、一道经典的红烧牛肉；还炝炒了一道醋溜白菜，做了一个冬瓜火腿汤，焖了一小锅米饭。杜若对姜友好说："酱牛肉我们不动了，留着，你自己吃方便。卤汤你明天可以用来下面条。"

姜友好笑着说："不，汤我要留着，好好保存，留一百年，就是百年老汤。"

杜若笑了，知道姜友好这么说，是委婉地赞美她的厨艺。

那天，她们喝了酒，酒是竹叶青，本地的名酒。杜若把酒倒在了一只小瓷壶中，将小壶坐在了一只钢精盆里，里面蓄了热水，权当温酒器。杜若说："天冷，酒要温了喝才好。"

姜友好说："杜若，你好精致。"

杜若说："这不是我说的，是薛宝钗说的。"

姜友好回答："所以呀，你是活在书里。我们，是活在这个浊世上。"

杜若认真地望着姜友好，说："正因为是浊世，才想逃进书里啊。"

窗外，下雪了。是这个冬天的第一场雪。三个人，围坐在一张折叠桌旁，喝着温过的竹叶青。外面的世界，渐渐白了，屋顶、马路、树，都被雪遮盖、包裹。听不到雪落的声音，可杜若知道，雪落在大地上是有声的。她有时会在落雪的夜晚一个人站在雪地中央，静静地，听雪落的声音。时间久了，那细微的、细碎的沙沙声会渐渐变得扎耳朵。这种时候，杜若会觉得世界在她心里醒了。

姜友好说："下雪真好，真适合这样吃吃喝喝啊。"

夏莲说："冬瓜汤要不要再热热？"

姜友好说："杜若，你的厨艺是跟谁学的？真厉害！你会做西餐不会？你知道红菜汤怎么做吗？"

杜若摇摇头，说："不知道。红菜汤我只听说过，在小说里看见过，可我不会做。"她笑了："我没吃过西餐。"

姜友好说："真的？我有个朋友，做西餐很拿手，你没听说过她吗？她叫娜塔莎，是个苏联人。"

杜若一下子瞪大了眼睛："娜塔莎？当然听说过。"她回答："这个城市，谁没听说过娜塔莎？可我一直不确定，娜塔莎是个真实的人还是个传说？"

"怎么会不是真实的人？"这下轮到姜友好吃惊了，"她已经在这个城市生活了十多年了呀！"

"你认识她？她是你的朋友？"

"对呀。"

原来真有娜塔莎这样一个人啊。杜若终于、终于遇到了一个认识她，还是她朋友的人。她忽然觉得一阵心跳：

"那，安向东是娜塔莎的儿子吗？你认识安向东不认识？"她问。

"你是说安德烈吧？"姜友好沉默一下，回答，"当然认识了，你认识安德烈？"

"我认识安向东，他是我同学。"杜若说，"我们初中时一个学校，算不上认识。"是的，算不上认识。没有说过一句话，可是，这么多年过去了，提起这个人，还是脸热心跳。

姜友好望着杜若，望了一会儿，说："你又脸红了。"

杜若说："不是，是你家暖气太热了。"

姜友好笑了："好吧好吧，就算是我家暖气的问题。"这个过来人，什么没见过。她忽然问："哎，你既然都认识安德烈，怎么会不相信有娜塔莎这样一个人？没有娜塔莎，哪来的安德烈或者安向东？"

杜若不知道该怎么回答。娜塔莎也好，安德烈也好，对于杜若来说，他们遥若星辰。杜若在这个世界，而他们在星空，都不是她生活里的人。

"你听说过安德烈的事吗？后来？"姜友好关切地问。

她摇摇头。

"安德烈失踪了。"姜友好轻轻说。

"失踪？"杜若完全没听明白她在说什么，"谁失踪了？"

"安德烈呀！"姜友好回答，"安德烈失踪好几年了。"

失踪？这听来简直就更像是……小说。杜若愣愣地望着姜友好，姜友好说道：

"是真的。安德烈残疾了，这你知道吧。他瘸了一条腿，这件事对他的打击特大，他是个特别自恋的人，我们有朋友说他就像希腊神话里面的那个水仙花少年……"

纳喀索斯，也叫塞纳西斯。杜若知道这故事。这个美少年纳喀索斯有一天在水中看见了自己的影子，可他不知道那是他自己，他太爱那个水中的少年了，终于有一天，他纵身投入水中向那个自己的影子求爱，溺水而亡，死后，化身为水仙花。

那天，杜若听姜友好讲了另一个水仙花少年的故事。

二、安德烈或者安向东

姜友好是先认识安德烈，后来才认识娜塔莎的。安德烈比姜友好小许多岁，认识他是在北京一个朋友的家里。那时她还在部队，回京探亲，去这朋友家玩儿，一进门撞上了安德烈。她倒吸一口气，惊住了，想，这是哪里？不是北京吗？怎么会跑出这么一个古怪的小妖？

可是，真好看啊。

那时安德烈也就十三四岁，个子已经很高了。从外形上看，他几乎就是母亲的翻版，唯一不同的，是他头发和眼睛的颜色。母亲的金发碧眼，在他这里，变成了某种奇妙的棕色，说不出的一种灵动和神秘。朋友介绍说："这是我表弟安德烈。"

姜友好失声叫起来："你怎么配有这样的表弟？"

"嗨嗨怎么说话呢？"朋友说。

这朋友五大三粗，外号"李逵"。

安德烈应该是从小就习惯了这样的眼光，他知道在别人眼里自己是个异类。他平静地望着姜友好，说道："我叫安向东。我是哪儿哪儿人。"他说的是那个北方省城。

"巧了，我就在那儿当兵。"姜友好说，"你家住哪儿？"

安德烈说了。

"不过，姐姐，我说了你也不能到我家去，你是军人，你不能去我们家。"

姜友好说："现在不能去，复员转业就可以了呀。"她望着那个美少年笑了："安德烈，就冲着你，我也得复员。"

安德烈有点慌了："你是在开玩笑吧？"

姜友好哈哈大笑："我当然是在开玩笑。"

可是她真的复员了，还没有服役期满。当然不是因为安德烈。是她实在不适合军人的生活，她天性太自由放浪。起初，当兵是父亲的意志，而复员，则是她自己的主张。父亲没有拗过她，暗地里还是帮了忙，尽管他还未"解放"，但总还是有人脉。结果，姜友好虽然没能回到北京，但毕竟分配到了那个城市最好的医院里。很快地，在这个城市，她就拥有了自己生活的圈子，有了一群朋友。

是她把安德烈拉进了这个圈子里。

当然，这城市不算大，这圈子里，原本也有认识安德烈的人。就像滚雪球一样，你认识我，我认识他，渐渐地，大家就滚成了一团。

安德烈家里没有电话，她写信约他见面，他来了，看见穿便服的她，安德烈说："姐姐你真的复员了？"

姜友好回答："当然是真的。"她指指身后医院的大门："要不你进去问问？"安德烈笑了。这是他们认识后，她第一次看见这个美少年的笑容。她觉得突然像是被阳光晃了眼睛。

"喂，你猜我下一步计划干什么？"她笑着问他。

"干什么？"

"等你长大，嫁给你。"她说，"让你娶我。"

她以为安德烈会大惊失色，会惊慌不已。可是没有。安德烈听了，认真地看着她，摇摇头："不行，姐姐。"他说："我不会娶你的，你千万不要等我。"

姜友好"哈哈哈"大笑，推了他一把。"逗你玩呢！"她说。不过她马上感到了好奇："哎，你为什么不娶我呀？我不算漂亮吗？拒绝我的人，你可是第一个呀！你是不是觉得自己特好看啊？"

安德烈笑了："我是好看啊。很多人想当我的女朋友。可我已经有女朋友了。"

"你才多大就有女朋友了？"姜友好板起了脸，"不能这么早谈恋爱知不知道？"

"你这么说话像我妈妈。"安德烈说。

姜友好笑了："你女朋友是谁啊？说给我听听？"

"不告诉你。"安德烈说，"但我可以告诉你的是，不管将来我女朋友是谁，我都不会娶。我不结婚。"

这下轮到姜友好吃惊了："为什么呀？安德烈？"

"我不说。"安德烈回答，"不想说。"过了一会他强调："叫我安向东，这是我的名字。"

这美少年，他不快乐。姜友好想。她其实有点懂得他不快乐的原因。那就让他快乐起来吧。

当天她就带他去了一个聚会，是在一个住在省府大院的朋友家。那天的来人中还真有认识安德烈的，果然是个女孩儿。他们说起学校的事，挖防空洞什么的，那女孩儿的妹妹和安德烈在同一所学校。

"我妹说，你们班男生欺负你，是吗？"女孩儿忽然这么问。

"没有。"安德烈从容地否认。

这个朋友的父母都不在家，刚刚去了"中办学习班"，那学习班在外地。家里没有家长，完全由着他们这些孩子折腾。那天他们煮了一大锅西红柿挂面，开了几个午餐肉罐头，炒了一大盘醋溜土豆丝，戳了两瓶白酒在桌上。大家又吃又喝又吵又闹，但安德烈始终是安静的，滴酒不沾。有人硬把酒杯塞给他，姜友好拦住了，说：

"他还是学生，不能喝酒。"

"靠，咱哪个不是当学生的时候就喝酒了？姜友好你敢说你不是？"

姜友好回答得斩钉截铁："他不一样。"

"他是不一样。"那人嘻嘻笑着回答："哪个老毛子不喝酒？"

姜友好顺手把自己杯中的酒泼到了对方脸上。

"姑奶奶说不能喝就不能喝。"

回家的路上，安德烈对姜友好说："姐姐，其实你不用替我拦着我也不会喝，我答应过我妈妈，我妈说我外公就是一个酒精中毒的酒鬼，那是她的噩梦。我妈说她为什么嫁给我爸和他跑这么远来到这里，很大的一个原因就是，中国男人不像俄国男人那样酗酒，尤其是那些在苏联的留学生、培训生什么的，他们有纪律管着，更是模范。我爸就是没有纪律管着也不喝，他不爱酒。"他停顿了一下："我也不爱。"又停一下："我不能爱。"

"安德烈——"

"我是安向东，"他打断了她，"我叫安向东，姐姐。"

姜友好的心里，真的涌起了怜惜。城市的夜晚，黑暗而荒凉，他们同骑一辆自行车，他带着她。她默默地从后面搂住了他的腰，把脸贴在了他完美到无懈可击的脊背上。那一刻，她真觉得自己有了一个弟弟，这个非亲非故的城市给了她一个混血的、身份难堪的弟弟。她会保护他，她想。安德烈，不，安向东，我会保护你。

可是他出事了。掉进了防空洞里。是被人推下去的。股骨粉碎性骨折。伤愈后，瘸了。

瘸了一条腿的安德烈，变了一个人。

起初，出事时，学校把他送进了附近的一家医院，做了手术，打了钢钉。那医院从前骨科很强大，但时逢动乱，一切都不正规，手术不成功。情急之下，姜友好帮他转到了自己供职的医院，重新做了第二次手术。

这仍然不算是一次完美的手术。

姜友好天天去病房看他。就是这时候她认识了娜塔莎，也认识了安德烈的妹妹安霞。安霞比安德烈小两岁，和安德烈截然相反的是，猛一看，就是一个肤色白皙的中国女孩儿，五官轮廓完全是父亲的轮廓，认真看，才能看出她眼睛的颜色是深棕色的，那种接近黑色的、本分的棕，让人踏实和安心。

她没有见过安同志。安同志在"学习班"，不能自由行动。

安德烈的腿打了石膏，高高吊着，固定在病床上。他沉默，一天也说不了几句话。来探望他的，也都是女同学，姜友好想从她们中间找出那个"女朋友"，却一无所获：她看不出异常，他对她们一样地礼貌和漠然。没人的时候，姜友好忍不住八卦地问道："哎，哪个是你女朋友？告诉我呗。"

"姐姐你还真信啊？"安德烈冷冷地回答。

那神情和语气，让姜友好感到怪异和陌生。

窗外，麻雀喳喳叫着。树叶开始飘落，秋凉了。安德烈望着窗外的天空，忽然问道：

"姐姐，我会不会变成一个瘸子？"

姜友好回答说："想什么呢？你见过谁骨折了变瘸子的？现代医学治不了癌症还治不了骨折了？"

他嘴角轻蔑地翘翘。

"我有不好的预感。"过了一会儿他这么说，"要是我真瘸了，我宁愿死。"

姜友好一把捂住了他的嘴。

"安德烈你听好了，你要再敢说这些话，你要敢这么想，我——"她恶狠狠地瞪着他，"你信不信我现在就掐死你？"

他慢慢移开了她的手。

"听我讲个故事。"他说，"就是那年，去北京的时候，在一辆公共汽车上，我遇到一个女孩儿。那天车上，人不多，我一上来，就看见了她。"他微微笑了："没有人会看不见她，真美啊！我从来没见过这么美丽的姑娘，穿一件蓝印花布中式上衣，脑后梳一根独辫，神态就像仙女。以往，走到哪儿，我都是那个被注目的人，可是那天，她的一双黑眼睛就像蛊术一样把一车人的魂儿都吸进去了。这是我第一次遇到了一个比我美丽的人，一个让我呼吸不畅的人……车到了一个站上，停了。她站起来，朝车门走。一车的人这时都倒吸一口气。她摇摇摆摆走着，腿有严重的残疾，一看，就是小儿麻痹后遗症，瘸得非常厉害。她在一车人的注视下走完了那几步路，一切都毁灭了，真残忍呐，也真羞耻。我就站在车门那里，因为惊愕，我都忘了给她让路，我永远忘不了她对我说'请让让'时那种羞惭的神情……姐姐，你愿意让我变成那样？"他望着姜友好说。

姜友好拼命摇头："你怎么会那样？瞎说，你根本不会变成那样。"但姜友好知道自己是色厉内荏，因为，事情很可能"是那样"，他的状况，不乐观。可她仍然嘴硬："就算瘸了也不会那样——"

"那是什么样？"他笑了，"你告诉我。"

"你当然还是你——"

"安德烈吗？"他犀利地看着她，"你总是忘了我是安向东，我一直努力做一个安向东，可是我永远做不成。假如有一天我回到我母亲的故乡，在那里，恐怕也没有人把我当成一个纯正的安德烈。我只是个二毛子,对吧?好在我这个二毛子还算好看、漂亮,那是我仅有的一点东西,假如我连这个也没有了,变成一个残疾,那你让我靠什么活?"

姜友好眼睛渐渐湿了,她握住了安德烈的一只手,把它贴在自己脸上:"我不知道,安德烈。"她轻轻说:"我从来不追问,我不思考这些,为什么要思考?为什么不尊重生活的神秘感,非要破解它?你破解得了吗?傻孩子,你学学我,活得就容易了。"

半年后,八个月后,一年后,最后一次复查终结了,所有人终于放弃了幻想,承认了那个不好的结局。

股骨干严重受伤缺损,加上手术的失败,安德烈一条腿无可挽回地变短了。比起小儿麻痹后遗症那一类残疾,他瘸得不能算厉害,可是,他不是别人,他是水仙花少年。

他把自己关到了房子里,不见人。

医院组织巡回医疗队,上山下乡。姜友好跟着医疗队去了南部的中条山。临行,她去了一趟他家。可是,他不见她。任凭她怎样敲他家的门,他也不开。只是说:"你走吧,姐姐。"声音平静而冷漠。

他母亲娜塔莎追出来,说:"友好,怎么办?他要毁了。"娜塔莎突然迸出了哭声:"他开始问我要酒喝了。"

她们站在拥挤狭窄的楼道里,对望着,没有谁来救她们。门里,是那个绝望和无辜的、正在放弃自己的孩子,她们束手无策。她们都没有办法还给那孩子完美,神没有应许她们。楼梯旁一小扇肮脏的玻璃窗外,是彩霞满天的黄昏,流金溢彩,美如梦境,一束光涌进来,网住了轻轻哭泣的娜塔莎。姜友好默默地上前,拥抱了一下她,转身离去,她不想让那个母亲看见自己眼里的泪水。

一年后,等到姜友好从南部乡下回城,再见到安德烈时,她几乎没有认出他来。那是朋友们为她接风的聚会,他来了。姜友好一抬眼,看到眼前站了个陌生人:又高,又臃肿,皮肤粗糙,眼睛浑浊,满脸的粉刺,红肿着,浓浓的、不洁的络腮胡须,满身的酒气。姜友好惊得半天合不上嘴,许久,她小心翼翼问:

"我该叫你什么?安德烈还是安向东?"

"随便。"他笑着回答,"哪有那么多事,爱叫啥叫啥。"

他用水杯喝酒,是那种玻璃水杯。满满一大杯白酒几口就光了。和人叫板时,咕嘟咕嘟一口闷,喝得凶猛而贪婪。他就这样无可救药地朝着那个酒鬼的宿命坠落。还没终席，人就像一摊烂泥一样瘫倒在了地上。姜友好想把他拖起来、拽起来，朋友们就说：

"别管他了，每次都是这样。"他们若无其事地说："开始大家还送他回家，时间长了，就烦了。哎，这次又是谁叫他来的？谁吃饱了撑的把他叫来了？"大家你看我，我看你，都摇头。

没人叫他来，没人找麻烦。可是这不大的城市，他们这些人相聚的地方也就这几处，他总能循着酒味儿而来，来了，就赶不走他。一个酒鬼的自尊心算什么呢？早就让人踩成一堆烂泥了。姜友好听他们你一言我一语描述，低头望着地上的那个人，慢慢问道：

"不管他，就是说，就让他这么躺着？"

"对，就躺着呗。"

"那你们走了呢？你们都走了，他也一个人躺在那儿？躺在这脏地上？"

"那倒不会，这几个地方的服务员都认识他，他们有办法吧？大不了把他抬到门外躺着，风吹着酒醒得快。"

姜友好不说话了。她沉默一会儿，然后抬起胳膊指着大门，轻轻说道："滚！"

他们没听清："什么？"

"滚！"她大吼一声，"滚——"

"你疯了姜友好？"做东的主人，她父亲老部下的儿子，也喊起来，"为了这么一个二毛子，你六亲不认了？"

她随手抄起一只饭碗，朝地上狠狠一摔，碗碴儿飞溅，"我以后要是再和你们这群王八蛋交往，我就和这碗一样不得好死！滚！"

"疯子！花痴！你也不看看，他还是以前那个小白脸吗？就这死狗眉竖，你也稀罕？"

"啪"一声，一只碗就飞到了他脸上，登时，那额头上就见红了。血顺着眉骨流下来，流到他眼睛里，虽说店堂里除了他们这桌没几个客人，却也引起一片尖叫、惊呼，乱成一团。姜友好跳到了凳子上，居高临下，指着他鼻子骂道："满嘴喷粪！你瞎眼了敢欺负我弟弟！告诉你们，谁以后敢欺负我弟，姑奶奶我活剥了他——"

那天的结局，是她的眼睛也变得一团乌青。父亲老部下的儿子一拳砸到了她的眼睛上。人们拉开了他。他也知道对一个女人动粗胜之不武。他们一群人裹挟着那受伤的人走了，去医院包扎。她就坐在那一堆狼藉之中，等着安德烈醒来。

天黑了。就快打烊了。店堂里一片寂静。外面，偶尔有汽车驶过的寂寞的声音。这城市的夜晚,有种比自然更深邃的荒芜。

一个服务员壮着胆子走到了姜友好身边。

"同志,我们快下班了。"服务员说,"你试试能不能叫醒他?"

就在这时,一个人进来了。姜友好看见那人,"哎呀"一声,得救似的叫起来:"安霞!是你呀,你怎么来了?"

安霞说:"我来找我哥。"

"你怎么知道你哥在这儿?"

"我不知道。"安霞安静地回答,"我一家一家找。这个时间,他还不回来,我妈就让我们出来找他。他常去的那几家,我一家一家找,总能找到。"她望着睡在地板上的哥哥:"找到了,就是这个样子……"

姜友好一阵鼻酸。

"嗨,你进来吧!"安霞冲着外面喊了一嗓子。一个大男孩儿应声而入,是个像运动员似的健壮的孩子。"这是我朋友。"安霞对姜友好说,"他会骑三轮车。"

那天,他们几人合伙把他抬到了三轮车上。安霞抱着她哥坐在车斗里,对姜友好说:"我们走了,谢谢你。"

一辆借来的、载货的三轮车,两个孩子,经常,在这城市的夜晚,载着一个沉醉不醒的酒鬼,一个酒精中毒者,穿街过巷。男孩儿在前边骑,女孩儿则把那酒鬼抱在怀里坐在后边的车斗。有月亮或者没有月亮,下雨或者天晴,情愿或者不情愿,没有选择。那是她哥哥,她不幸的亲人。她抱着他就像一个小母亲。

一周后,安德烈来了,来找姜友好。那天是星期天,姜友好在家,她开门看到门外站着的安德烈时,并没有吃惊。她默默地闪身让他进来,她知道他会来。

这天的安德烈,看上去,清爽了一些,至少,衣服是洁净的。他望着坐在对面的姜友好,说的第一句话是:"我七天没碰酒了。"

姜友好没说话。

"可我不知道我能坚持多久。"他说。

姜友好还是没说话,因为她也不知道。

"他们说,你为我打架了。"他看着姜友好那只淤青还没退净的眼睛,说道,"抱歉——"

姜友好摇摇头:"安德烈,你该说抱歉的人,不是我。"她回答:"你最该说抱歉的,是安霞。"她这么说的时候,鼻子突然酸了。

"我知道。"安德烈闷闷地说,"每次去找我的,去把我弄回来的,都是安霞。

我爸不在，我妈不敢去找，她说，她一个苏联女人，满城跑，让别人看见，会给我添更多的麻烦。所以，也就只剩下我妹了……"

"安德烈，"姜友好说，"你不知道那有多让人难过……为了她，戒了吧。"

安德烈沉默不语。

隐隐地，听见了鸽哨的声音，细碎，悠扬。这城市最美的季节到了，秋天到了。天变高了，有了一种别的季节没有的空净澄明。姜友好起身，泡了两杯绿茶，端了来，说：

"喝茶吧，我们家乡的茶。"

他笑了笑，说："不喝了，我就是来跟你道个歉，走了。"这一笑，隐约地，有了一点从前那个安德烈的影子："不再打扰了。"

她没有挽留他，她真不知道该跟他说些什么，她仍然没有足够的准备来接受这样一个安德烈。他跛着腿，走到门前，那一跛一跛的姿态，让她心痛。他握住门把手，停了一停，回头说道：

"这些日子，我一直在想，不知道我妈妈的家乡是个什么样子。"他又一笑，说，"那茶的颜色真漂亮，再见——"

他走了。

姜友好后来想，那天，自始至终，他没有叫她姐姐。

那是姜友好最后一次见他。

"他是去跟你告别。"杜若说。

"是。"姜友好回答，"可我当时没意识到。不久，他跟他妈妈说，想出去散散心，想去爬华山。他妈妈答应了，给了他钱。这一走，从此就没了音信。"

菜凉了，酒也凉了。少年的故事告一段落。杜若起身，热菜，温酒。她端着热好了的冬瓜汤回到桌前坐下，姜友好举起了酒杯说：

"添酒回灯重开宴。"

杜若举起杯来，回了一句："相逢何必曾相识？"

"杜若你这句不对，"夏莲也举起了杯子，"姜友好可不是天涯沦落人啊。"

杜若笑笑，望着姜友好，说："骨子里是。"

姜友好把杯中的酒一饮而尽，重新斟满了，郑重地举到了杜若脸前："杜若，从今天起，不管你愿不愿意，我是交定你这个朋友了。"

杜若没有回答，只是把杯中的酒，一口饮干了。酒使她的眼睛里波光粼粼："姜友好，我能像安德烈一样，叫你姐姐吗？"

"当然可以。"姜友好说。

"姐姐。"杜若叫了一声，突然热泪满盈。

许久，姜友好轻轻说："杜若，你喜欢安德烈吧？"

雪还在下。纷纷扬扬。天渐渐黑了。她们没去开灯。窗外别人屋顶上厚厚的积雪，闪着微光。杜若望向了窗外，说："冰天雪地，他会在哪儿？"

"不知道。"

"我喜欢安德烈，姐姐，"杜若说，"是那种遥远的喜欢。就像我喜欢星星，喜欢流云，喜欢江河，喜欢黄山的云雾和古希腊雕像，一句话，我喜欢美。我并不想拥有它们，只是远远地喜欢着，就很满足。但那是今天之前，今天之后，一切都不同了，从今往后，这世界上，多了一个让我牵挂和心疼的人，我心疼他，姐姐……"

姜友好懂。

她们就这样成了朋友。

几乎每个星期天，杜若都要来姜友好家，来了，就一起做好吃的。夏莲如果不跑车，也会过来凑热闹。姜友好家是杜若最好的舞台。夏莲从北京输送来的那些肉、蛋之类的食材，正好让杜若大显身手。面对着一桌佳肴，姜友好常常惊叹。

"杜若，你小小年纪，这厨艺是跟哪个大师学的？"

"赵佩兰大师，"杜若玩笑地回答，"在下的母亲。"

"好羡慕啊！"姜友好说，"有个厨艺如此了得的妈妈，太幸福了。"

"是。"杜若说，"我妈热爱烹饪，而我爸又是个吃货，他的味蕾天生比别人丰富，他俩堪称珠联璧合。所以我妈就是炒一个白萝卜丝，也尽心尽意，比别人炒的好吃太多。就像现在，什么都缺，什么都没有，可我妈总会绞尽脑汁让每一顿饭都尽量可口，因为我爸的人生信条就是：吃饭无小事。"

"听你这么说，我都惭愧了。"姜友好说，"要不，也让我家人帮你家采买东西？让夏莲一块儿带回来？"

"那怎么可以？绝对不行！"杜若郑重地拒绝，"我爸的另一个信条就是：不给别人添麻烦。"

"那你就把我这里的东西带回去些，咱们分享。"

"更荒谬了。"杜若回答得斩钉截铁，"我爸还有个信条，就是：君子不吃嗟来之食。"

"你爸怎么有那么多信条？"姜友好笑了。

杜若也笑了。

"其实，我爸妈南方老家那边也有家人偶尔会接济我们，给我们寄些腊肉、腊肠、梅干菜、笋干之类，而且我们南方人，每人还多供应几斤大米，比起这城市的许多人，已经好太多了。"杜若说，"我妈常说，好日子谁都会过，能把匮乏的、困难的日子过得有尊严又有滋味，才是了不起。"

"你家的人简直都是哲学家。"夏莲笑着说，"简直太恐怖了！"

"你妈这话，我听另一个人也说过类似的。"姜友好若有所思地说。

"谁？"

"娜塔莎。"姜友好回答。

哦，安德烈的母亲。杜若想。那个传说中的女人。

下一个星期天，在姜友好家里，意外的事情发生了。杜若进门来，看见一个丰硕的、有些臃肿、远远谈不上美丽的异国女人，正端着一只碗，在搅拌着什么。姜友好说：

"杜若，这是娜塔莎。"

走了这么远的路，从1958年，到现在，她们遇见了。

几年前，安同志去世了。死于脑溢血。那时他还在学习班，不能回家。据说他早晨就剧烈头疼，中午没吃饭，下午就昏迷了。夜里，传呼电话找她，是他们单位的人，通知她去某某医院。她去了，看见他躺在急救室的床上，人已经不行了。

火化时，送行的除了殡仪馆的工作人员，只有娜塔莎和安霞。安同志的问题，还没有"定性"，为了避嫌，没人敢来吊唁。在火葬炉前，娜塔莎最后亲吻了安同志，没有哭。

之前，她曾不止一次对安同志说："你要答应我，不能走到我前边，你要走我前边，我会恨你。"

安同志回答说："我答应你。"

她又说："你还要答应我，将来，我死了，你要送我回去。"

安同志说："我答应你。"

这样的一问一答，信誓旦旦。可实际上，他们都知道，那是多么得不靠谱和渺茫。他们躺在床上，他搂着她，心里一阵一阵苍凉。安同志知道，在遥远的她的故土，妻子也早已没有亲人了。她的父亲和哥哥，都死于卫国战争。母亲则是在战后不久病逝。安同志认识她时，她就已经是一个孤儿，也因此，安同志当初才非常自信和意气风发地对她说：

"跟我回中国，我会给你一个最幸福的家。"

显然，他食言了。他没能使她感到"最幸福"。他也没能做到，走到她后面，送她魂归故里。

她把安同志的骨灰盒抱回家，安放在他们的卧室里。她说："我知道你不舍得走，你在等安德烈回家。"夜深人静，有时，她会听到房间里传出轻轻的叹息声，她问道："是你吗？"听不到回答，她就在黑暗中坐起来，一支接一支吸烟。

她想念他们，安同志，还有亲爱的，亲爱的安德烈。

安霞也去插队了。安霞插队的地方，不算太远，属于这城市的远郊区，家里，就只剩下了娜塔莎一个人。现在，她想念的人里，又多了一个。

几乎没什么人和她来往。她曾经在这个城市的图书馆上班，工作就是翻译一些外文资料，但多年前她就因为身体的原因办了"病退"，吃劳保。她得了肺结核。那时中苏交恶，报纸连发"九评"，发《某公三哭》，她病退的也正是时候。多年来，她蜗居家中，做主妇，从前的同事早已断了往来，邻居们也都是点头的交情，谁愿意和一个苏联女人扯上关系呢？曾经，有一个女教师，是中俄混血儿，她们有过几年的友谊，后来，1966年之后，这友谊就戛然而止。

在这城市，她举目无亲。

后来就认识了姜友好。

当然是因为安德烈。是她的安德烈，让她认识了这个热情、冲动、有古道热肠的姑娘。她猜，那是上帝对她这个流落异乡的母亲的怜悯。

这城中，只有这一个人，敢来敲开她寂寞的房门，和她谈安德烈，听她讲安德烈种种的故事。起初，她来，会问娜塔莎："有消息吗？"渐渐地，时间长了，就不再追问。不是不想，是不敢。她们彼此都顽强地、坚韧地相信着一件事，就是：她们的安德烈，娜塔莎的儿子和姜友好的弟弟，一定还活在这个世界上。她们嘴里不说，但其实心里都在猜测着一个最大的可能，那就是，他越过了国境线，回到了他母亲的故国。

这种猜测，让她们有一种罪恶的、隐秘的安心。

她来，常常会带一些吃的，有时是一块牛肉，有时则是一盒咖啡。总之都是雪中送炭。娜塔莎会留她吃饭，给她做她喜欢的俄式菜肴，她也会把自己的事讲给娜塔莎听，她一次次热闹的恋情，那些呼啸的、死去活来的追求者，等等。终于，她安静了，安静地、走心地爱上了一个人，把自己嫁出去了。

娜塔莎送了她一块琥珀吊坠和一条银链做结婚贺礼。那是她从故国带出来的不多的几件纪念物。她对姜友好说：

"友好，结婚后，你就别再来了。"

"为什么？"

"你丈夫是现役军人，为了他，你要避嫌。"娜塔莎郑重地回答。

姜友好愣住了，显然，她没想到这个。她认真思索了片刻，说：

"娜塔莎，你早入了中国籍，早就是中国人了。我为什么不能和一个中国人做朋友啊？"

可是，话虽如此，姜友好自己也知道，娜塔莎的话，是有道理的。她不是真的不懂轻重利害。婚后，她不再去看娜塔莎，不再和她有任何联系。可她心里却有着愧疚，觉得自己和所有人一样，抛弃了娜塔莎。

那是对安德烈的背叛。

她永远记着那个孤独迷惘的少年，站在阳光下，叫她姐姐。仅此一声呼唤，就是一世的亲人。她甚至猜想，那最后一次见面，他其实是隐晦地、曲折地，把娜塔莎托付给自己了。记得他临出门时，他说的最后一句话，是他的妈妈，以及妈妈的故乡……

她和她的海军军官郑渡江说起过娜塔莎，也说起过她的愧疚。郑渡江是某部的作训参谋，他安慰妻子说："友好，就先听娜塔莎的，等过两年我转业了，咱俩一块儿去看她。"

娜塔莎明白了。她不能给丈夫惹麻烦。

但是冥冥中一定有什么在帮忙，杜若来了。

婚后一年多来，姜友好第一次联系了娜塔莎，她给娜塔莎写了一封短信说，一个朋友，特别想学做俄式菜肴，不知道娜塔莎能在这个星期天来家里教授一下吗？她在信的末尾写道："娜塔莎，这个小朋友，你一定会喜欢，因为我喜欢她，哦，对了，她是安德烈的同学。"

她知道，有了最后这句似乎是轻描淡写的话，娜塔莎一定会来。

姜友好说："杜若，这就是娜塔莎。娜塔莎，这是杜若。"

杜若一时手足无措。

星辰似的娜塔莎，月光似的娜塔莎，不应该是这样一个肉身的人，一个气味浓烈的人，有着结实的下巴和硕大无朋的胸部，系着围裙，站在她面前，手里捧着一只碗。她觉得有一种压迫感，如山的肉身对她的压迫。她感到自己呼吸都变得急促。

"杜若。"只听姜友好叫她，说，"娜塔莎来，是来教你做西餐的。"

"哦——"杜若慌乱地回答，"谢谢您。"又补一句："太谢谢您了——"

娜塔莎看看她，没有寒暄，说道：

"来，洗手，我先教你做蛋黄酱。"

原来她正在搅拌蛋黄酱。那是做土豆沙拉必备的酱料。将新鲜鸡蛋磕进碗里，只取蛋黄，加一点花生油进去，用筷子不停地朝着一个方向搅拌，等到蛋黄和油充分融合，再继续添加食油，接着搅拌，再加油，再搅拌，如此循环往复，直到蛋黄变成如奶油般浓稠缠绵，蛋黄酱就算是大功告成。做法简单，但要有耐心，也要有一些技巧。

杜若接过了娜塔莎递过来的瓷碗，渐渐地，她的心静了。一切，有了真实感。置身于厨房、食材、炊具这些日常的场景中，杜若如鱼得水。搅拌这点小技巧，她一点就通。但她觉得奇妙，蛋黄、油，如此简单，却能催化出另一种物质，犹如新生命。这让她心生喜悦。

"人真是聪明。"她忍不住这样说。

"这算什么？"姜友好笑道，"人都登上月球了，一个蛋黄酱还值得感叹？"

杜若回答："那种聪明和我无关。太大了。我只能被小聪明、小收获感动。"她回头望着那个师傅说："娜塔莎，谢谢你。"

她脱口叫出了她的名字，也没有再说那个敬语：您。她真心地喜欢这样有收获的一天。

娜塔莎说："今天教你土豆沙拉和红菜汤，你要是还想学别的，就到我那里去，我那里厨具齐全。"她望着她微微一笑："当然，你要是不介意的话。"

杜若收敛了笑容。她想，这个苏联妇女，这个壮硕的俄罗斯母亲，这就是安德烈的妈妈啊。安德烈的妈妈在教她做菜，多么不可思议，简直有天方夜谭般的奇幻。她忽然觉得幸福来得太突然："介意？"她回答，"我当然不介意，我很荣幸。"

姜友好笑了。她知道事情成了。

那天的土豆沙拉和红菜汤，是杜若的西餐启蒙。正确地说，是不算纯粹的俄式西餐。娜塔莎的红菜汤，早已因为照顾安同志的口味，被不知不觉改造过了。就像几十年后遍布世界各地的宫保鸡丁、咕咾肉一样，早已不是原本的滋味。可杜若不知道，就是知道了，又有什么关系？她仍然会认为，这是世界上最好吃的红菜汤。

娜塔莎那天并没有留下吃饭，她执意要走。她说："友好，饭我就不吃了，我家里还有事。"姜友好知道她家里没事，却也知道她是不想逗留太久，一是避嫌，二是逗留越久，越难以割舍。特别是几杯酒入肠，怕是会更加伤感。姜友好笑笑，说："行，你走吧，娜塔莎，千里搭长棚，没有不散的宴席。"姜友好那天，特地，戴上了娜塔莎送她的琥珀项链，那是一块古老的波罗的海琥珀。娜塔莎伸手摸了摸那晶莹剔透的宝贝，说：

"它真适合你。亲爱的。"

姜友好一下把她抱住了，红了眼圈。她紧紧搂着她，说："对不起，对不起，对不起娜塔莎——"

许久，娜塔莎说道："友好，你是我见过的最善良的人。你已经为我们做了太多太多，又不是生离死别，我们总还会见面的不是吗？"

姜友好松开了手。说："再见！"

娜塔莎努力地微笑，说："再见！"

那一刻，杜若有些明白了，她们其实是在"生离"。

还明白了一件事，姜友好，是把娜塔莎托付给自己了。

三、杜若与娜塔莎

杜若是普通人家的孩子。

杜家一家五口人，住在父亲单位的宿舍公房里，是两间青砖灰瓦的平房。生活谈不上富足，也绝不算清苦。父母的薪水，不高，不丰裕，却也不很低，再加上母亲善于持家，所以，他们的日子，过得衣食无忧，在那个年代，几乎算得上是小康了。

杜若父亲供职的这家研究所，叫"中医研究所"。但杜若的父亲并不是中医，他毕业于南方的某个医学院，一毕业则被分配到了这个严寒干旱、物产不丰的北方城市。那时，这家研究所刚刚成立，设立了附属医院，是新中国的新事物，提倡中西医结合，病理、化验、影像这些现代医学手段一样也不能缺，于是，杜若父亲就被分配到了这家新医院的放射科，做了影像学医生。

命运真是奇怪，杜医生不信中医，却将要在一个中医院里度过未来的岁月。他不吃中药，却几乎是在第一时间就喜欢上了晾晒在太阳下的那些草药的气味。他也很喜欢看人将草药在碾槽里碾碎的那种劳作，喜欢那些中草药的名字，淡竹叶、六月雪、茵陈、钩吻，念起来，意境悠远，像一个个曲牌、词牌，有诗意。总之，杜医生是有些文艺气质的，他以审美的态度看待着这个他将要贡献一生的地方。

孩子们出生后，他给他们起名，都是草药：杜若、杜仲、茯苓。

杜若妈说："怕人家不知道你在哪上班啊？你是有多喜欢这里？"

杜若母亲赵佩兰女士，是内科大夫，也是杜医生的同学。但赵大夫真正热爱的不是医生这个职业，她不热爱任何职业，她热爱家庭生活。她的理想，是做一个有知识的家庭主妇。

杜医生说:"你呀,当初该去读家政系。"

赵女士说:"那我还怎么嫁给你?"

杜医生说:"你本来就不该嫁给我,你应该嫁给一个大教授,住在清华园或者北大的什么园里,做太太。嫁给我,委屈你了。"

"下辈子吧。"赵女士宽宏大量地说,"这辈子就这么凑合吧。也就这么几十年,一眨眼就过完了。"

赵女士善烹饪,厨艺一流。杜医生则天生味蕾丰富敏感,是美食家的胚子。两人也算高山流水的知音。赵女士是钟子期,杜医生则是俞伯牙,一个会做,一个会吃。而他们寄居的这个北方内陆城市,在许多时候,是贫瘠的,样样都缺,俗语说,巧妇难为无米之炊啊。可不是还有另一句话吗:沧海横流,方显英雄本色。说的就是赵女士了。

在艰难的日子里,赵女士绞尽脑汁,使他们家的餐桌,尽可能不显贫乏、粗陋。二毛钱的猪肉,也能变出花样,肥的切片,煸成金黄色,煸出油来,加酱油加糖,红烧小萝卜;瘦的切丝,炒蒜苗、炒青椒、炒芹菜或者炒榨菜,再烧一个冬瓜粉丝虾皮汤,或者西红柿土豆浓汤,就是一顿有荤有素、有菜有汤、色香味俱全的正餐。每月供应的猪肉,再少,也要将一部分肥膘炼一些猪油,存起来,没肉的时候,猪油就是救场的法宝:一碗素面,加小小一勺猪油进去,哦,天地变色,换了人间。

杜医生常常感慨:"一箪食一瓢饮,回也不改其乐。"

杜若就说:"备注,这一箪食一瓢饮,得是我妈加料的,否则,您也照样不堪其忧。"

杜医生就笑,说:"是我运气好啊。"他看着大女儿,说:"杜若,将来,谁娶到你,也是福分啊!我可不舍得让你像你妈一样,为一日三餐这样呕心沥血。你要跟那个混小子说,你不会做饭。"

杜若夸张地叹口气,回答说:"爸,可我和我妈一样,就喜欢做饭啊。"

是耳濡目染,杜若得到了母亲的家传,在这城中,有她这样厨艺的年轻人,怕是鲜见,而像她这样热爱烹饪的,就更是凤毛麟角了。

下一个星期日,杜若就去了娜塔莎家。

看上去,也是一栋普通的三层楼房,红砖到顶,陈旧的楼梯,一门两户。娜塔莎家在三层,从前,安同志还是这家设计院总工的时候,这一层中的两户被打通了，住了他们一家，十分宽敞。如今，打通的房间早已被封闭，另外一边，搬进了别人，割让出去了一半。可尽管如此，在这个城市，也算是优渥的居住环境了。

两间房屋向阳，背阴的一面是厨房和卫生间，以及一间没有窗户的小杂物间。那两间向阳的房间，一间大，一间略小。大的那间，用一排书柜隔断，一边做了客厅和餐厅，一边则是娜塔莎的卧房。客厅里，有一只深枣红色丝绒双人沙发，有波斯铜盘做桌面的小茶几，有铺着亚麻台布的餐桌，有胡桃木雕花的玻璃餐具柜。柜子里，陈列着一些漂亮的瓷盘，而柜子上，则摆放着家人的照片。一眼，杜若就看到了安德烈。

那是一张单人照。背景是天空。天空下，站着一个忧郁的少年。他穿着最平常的白衬衫，风吹乱了他头发，微眯着眼睛，像是眺望。呼之欲出的美啊。杜若望着他，想，原来你是生活在这样的地方，可你，偏说自己是安向东。

她忽然就感到了一阵刺痛。

"你们是同学？"身边响起了娜塔莎的声音。

"是。"杜若点点头，"不一个班，他不认识我。"杜若微微一笑："可我认识他。"

"他好认，"娜塔莎说，"特殊。"

"他美。"杜若说。

娜塔莎愣了一愣，有些惊讶她的直率，还有她的措辞。她不说好看，不说漂亮，她说美。

"是。"娜塔莎说，"我也曾经为这个骄傲。"她伸手抚摸一下照片上那张无懈可击的脸庞："可是也太容易被摧毁。"

"不，那要看怎么说，至少我记住的，就是这样的安向东，照片上的安向东。"杜若回答，她还是不习惯叫他安德烈，"永远的大卫，永远的纳喀索斯，永远的……美少年，不会变。"

她在安慰一个母亲。娜塔莎知道。善良的姑娘，她想。在沙漠般广漠的敌意和冷酷之中，这一点善意，就是绿洲。阳光洒满房间，从厨房里飘出了一股浓郁的香气，娜塔莎说："哦，面包烤好了，跟我去看看。"

那是杜若第一次看到一只面包的诞生。从烤箱里取出，皮色油亮焦黄，热气腾腾，芳香四溢。她惊喜地问道："这就是俄罗斯大列巴吗？"

"是。"娜塔莎回答，"本来想烤一只黑面包，怕你吃不惯。其实，配牛肉或者鱼，黑面包才更正宗。"

就这样开始了。杜若和娜塔莎之间的故事。厨房里的故事。那厨房很宽敞，远非杜若家的小厨房可比。有稀罕的电烤箱。灶台阔大，房间中央安放一张大方桌，既是操作台，也是主妇休憩喝茶的地方。墙角处，整齐地码放着一堆劈好的果木柴和蜂窝煤，这个城市，还没有煤气和天然气，家家户户烧煤做饭。墙壁上挂着几只黄铜的煎锅，擦得光亮如镜。那煎锅，真是古朴漂亮。

那天，娜塔莎教了杜若做炸猪排，以及酸黄瓜的腌制方法。她留杜若吃饭。说，一个好大厨，要亲自检验自己的劳动成果呀。杜若也就没有客气。娜塔莎一边在餐桌前摆放刀叉餐具，一边说："这餐桌，好久不用了，家里的男人们不在后，我和安霞，就不在这餐桌上吃饭了。"

她们俩，正式地，一个桌头，一个桌尾，对席而坐。镶金边的白瓷盘，沉甸甸的银餐具。菜式却是简单的，酸黄瓜配小小一块炸猪排。盘子硕大，越显得猪排瘦小伶仃。新烤的面包在筐子里，切了片，放在餐桌正中央。没有奶酪、奶油，却配了一小碟中国的豆腐乳。鲜红的腐乳，白瓷碟，鲜明如画，却有一种挣扎在里面似的感觉。

"安德烈的爸爸，喜欢吃腐乳。他喜欢用新烤的面包配腐乳酱吃。"娜塔莎这么说，"时间长了，我也喜欢上了。"

娜塔莎凝视着碟子又说："安德烈也喜欢。"

原来是这样，杜若想。她伸手取来一块面包，无师自通，用手边的黄油刀切下一小块腐乳，涂抹在面包上，咬了一口，微酸的面包和咸香的腐乳，以及酥脆的面包皮，搭配起来，果然，是好吃的。杜若笑了，说：

"我中有你，你中有我，妙。就像——"她想想，"友好的名字。"

娜塔莎也笑了，说："杜热，你真是个有趣的人。"她汉语很流利，不知为什么却总是发不好"若"这个音。"我天天吃，也想不出这样的形容。怪不得友好一定要让我们认识。其实原本我有顾虑，后来想，是友好的朋友，一定是和友好一样好的人，果然。"

"友好是女侠。"杜若认真地说，"江湖最后的侠客，我比不了。"

"快尝尝猪排，冷了，就不好吃了。"娜塔莎说，一边举起刀叉，向杜若示意，"来，看我怎么切。"

猪排裹了蛋液和面包糠，外焦里嫩，颜色金黄，咬下去，一声脆响之后，肉香四溢。只可惜，没有几口，盘子就光了。她们几乎同时从盘子上抬起头。

"太好吃了。"杜若说。

"太少了。"娜塔莎说。

都笑了。

"前些天，安霞回来一趟，给她买肉做了些吃的带走了，肉票就剩这些了。"娜塔莎抱歉地说,"好怀念能够大大方方慷慨宴客的时光……"

"娜塔莎,酒海肉山就不珍贵了。"杜若说,"这块炸猪排,我想我会记一辈子。"

"谢谢你,杜若。"娜塔莎深深地看着她,"谢谢你这么说。"

那天,从娜塔莎家出来,杜若就去找夏莲了。

"夏莲,你北京那边,有关系吧?"她问。

"有啊,干什么?"

"能帮我买点牛肉、猪肉,或者排骨吗?"杜若说。

"这事啊。"夏莲回答,"你找姜友好不就行了?你让她家人帮你买,到时候和她的东西一块儿交接,多省事。"

"不,不找友好。"杜若说,"这事别告诉友好。你能找到别人吗?"

"行吧。"夏莲说,"可是,你干嘛这么神秘?"

"可能的话,能买点黄油就更好了。"杜若避而不答。

"黄油?"夏莲更加地好奇,"你买黄油干什么?你发烧了?你怎么不买鱼子酱?"

"哦,你提醒我了。"杜若拍拍脑门,"要是有鱼子酱罐头,就买一盒。"

夏莲怀疑地打量着她,半晌说道:"不对,杜若,你坦白吧,到底怎么回事,你不说,休想让我为你服务。"

夏莲和杜若,住同院。她们从幼儿园起,就是同学。夏莲家和杜若家,一个住前排,一个住后排。夏莲的父亲,是药剂师,而她母亲,则在煎药房煎汤药。那些年,中学没复课时,夏莲常带杜若去煎药房那里玩,拣药渣里的莲子和大枣吃。

"我在学做西餐,我得自己备料。"杜若只好回答。

"天哪!和谁学?这你哪儿学得起?"夏莲叫起来,"哎,我可告诉你杜若,到时候你可别让我垫钱,咱们亲姐妹明算账!"

杜若从口袋里,掏出几张十元的钞票,往桌子上"啪"一拍,说:"50块,我预存你这儿,行了吧?"

夏莲惊得眼珠子都要掉出来了。杜若出徒不久,一级工,月薪30块出头,这破釜沉舟的架势,是不活了吗?

"你疯了?"夏莲说,"还是失恋了?这是受了多大的刺激?"

杜若笑了,说:"你不想让我成一个西餐大厨啊?等我学好了,你上我家来,你想吃啥我给你做啥。"

"我对西餐没兴趣。"夏莲回答,"不过我对教你西餐的人有兴趣。"夏莲笑了,头一歪:"坦白吧,是谁啊?在哪儿上班?比你大几岁?让我见见他,我就帮你买。"她猜想,许是杜若交男朋友了。

杜若一推她:"想哪儿去了?"她说:"与风花雪月无关。一个女师傅,和我妈差不多大,行了吧?你要不想帮忙,直说!我去找别人。"

杜若的忙,夏莲不帮谁帮?于是,这一周,牛肉、排骨,下一周,猪肉、黄油,一样样地,陆续地,买到了。杜若自备食材上门,学做菜,自然是不想给娜塔莎增添负担。听姜友好说,多年来,娜塔莎一直领着劳保工资,只有四五十元钱,从前,有安同志,自然不是问题,如今,安同志走了,这钱养活她和安霞两人,远谈不上富足。杜若自备食材,娜塔莎因材施教,带牛肉来,就做罐焖牛肉、土豆烧牛肉、罗宋汤(也就是红菜汤);带猪肉来,就做炸猪排、肉饼、肉冻……

但是这让娜塔莎深深地不安。她知道这些东西来之不易。几周后,她对杜若说:"杜热,你要再带这些东西来,我就不让你进门了。"她说得斩钉截铁,杜若想了想,回答说:

"那我们订君子之约,我不带东西来,你也不能准备,我还不算笨,咱们纸上谈兵,你讲,我用笔记录下来,怎么样?"

娜塔莎笑了,说:"好。"然后她说了一句中国的成语:"君子一言,驷马难追。"

杜若准备了一个笔记本,红色的塑料皮,上面印着"备战备荒为人民"这样一行语录。里面,洁白的扉页上,杜若郑重地写下了题目:《娜塔莎菜谱》。写下这行字,杜若笑了,自己也觉得不很合适。想再换个本,找出来,一看,封面上印的是:要斗私批修。更不合适了。想想,算了,就用"备战备荒"吧。国家在敌对,人民在修好啊。杜若开玩笑想,笑了。

从此,娜塔莎口述,杜若记录。第一道菜式,就是土豆沙拉。杜若在后面做了这样的备注:"这是我认识娜塔莎的开始,她跟我说的第一句话是,来,我教你做蛋黄酱。在这之前,我以为,娜塔莎只是一个传说。蛋黄酱也就是美乃滋,不过我们的美乃滋是改良过的,因地制宜,用普通食油代替了橄榄油,里面,除了盐,不加任何香料。"

那些她们一起做过的菜,一样一样,杜若都详细记下了。没做过的,娜塔莎想起什么,就随口讲出来。常常,这些菜肴,都伴随着一个故事。或者,是在讲述一件旧事时,忽然想起一个菜品。她和安同志第一次约会,安同志点了一个什么菜啦,她怀安德烈时,特别想吃的一种甜品啦,诸如此类。现在,她们彼此都没有了负担,杜若说来就来,说去就去,来了,娜塔莎不过是一杯热红茶或者一杯咖啡款待。咖啡是速溶的,固体的一块,包着纸,叫"咖啡糖"。偶尔,她会做一些叫作

"欧拉季益"的俄式松饼来做茶食。自然,这欧拉季益的烘焙方法,也被杜若原原本本记录了下来。

"我吃过的最好吃的欧拉季益,是我妈妈做的。"一次娜塔莎这样说,"我妈妈年轻时非常美丽,安德烈长得就像我妈妈,她在一家餐厅做服务员,认识了我父亲。我父亲那时在大学里做助教,年轻,英俊,朝气蓬勃,他们是一见钟情,如烈火干柴,还没结婚就有了我哥。"娜塔莎笑笑。说,一个老故事而已。无非是,婚后,并不幸福。先是父亲在大清洗中被小小地牵连,出了问题,被迫离开了莫斯科。几年后回来就变成了一个毫无廉耻的酒鬼。"就像,后来的安德烈。"娜塔莎迟疑一下,这么说。

"我父亲几乎没有一天是清醒的,永远醉醺醺回家,身上沾满呕吐的污渍,臭烘烘一头栽倒在地板上、沙发上、床上,有时彻夜不归,我妈妈就彻夜不眠……她心疼他。可我,我记不住我母亲嘴里那个英俊的、帅气的父亲,他离开莫斯科时,我才五岁,所以,我以这个酒鬼父亲为耻,我恨他,我甚至诅咒他死。果然,战争来了,他死了,德国飞机轰炸莫斯科,一颗炸弹落在了我们家住的那幢楼上,而在炸弹爆炸的瞬间,我父亲扑上来护住了我,把我压在了他的身子下面。他死了,我活着,他的血流了我一脸……上帝听到了我的诅咒。"娜塔莎无声地笑笑。

"后来,我妈妈告诉我,我父亲也最喜欢吃她做的欧拉季益,她说,你知道吗?你和爸爸一样,你们都喜欢咸味的欧拉季益,特别是牛肝口味的。"娜塔莎说。

那天回到家里,杜若在这道菜谱的后面,记下了娜塔莎的这一番话。她很感慨,想,活到娜塔莎那么大,活到父母那么大,活到更老,这一日三餐中,该有多少的故事?

四、丽人行

那已经是春天了。这个城市的春天,总是来得很晚,又短。清明过后,谷雨过后,才姗姗来迟。飘柳絮了,飘杨絮了,杨花落了一地,几乎一眨眼,就是夏天。这个季节,杜若喜欢在休息日骑自行车去城外挖野菜。河滩、野地、田地旁,绿意盎然,到处生长着新生的蒲公英、荠菜、苦菊、马齿苋等等。杜若最爱的当然是荠菜。她一早踏着露水出发,中午之前,就会有满满的收获。这样,晚餐的餐桌上,就有新鲜的荠菜饺子吃了。

她约娜塔莎去郊外挖荠菜。

她骑车去和娜塔莎汇合,意外的是,竟看见了姜友好。姜友好推着一辆红色的坤车，26的大链盒"凤凰"，和娜塔莎并排站在路边。

"友好，你怎么也来了？"杜若十分惊讶，"你怎么知道的？谁告诉你的？"

"我听夏莲说的。"友好笑笑，"她说你要和你的师傅去挖野菜，我忍不住跑来了。"

有一年没见了，友好看上去清减了许多。"你瘦了，友好。"杜若望着她脱口说，"你没事吧？"

"我能有什么事？"姜友好豪迈地反问。

也是，姜友好能有什么事呢？杜若笑了，说："太好了，三人行。"姜友好说："丽人行。"

天气晴好，天空湛蓝。树叶是初生的新绿，鲜嫩得让人心软。她们三人骑行，姜友好的红"凤凰"十分招摇，比它更招摇的，是金发白肤的娜塔莎。三人三骑，被人看了一路。杜若多少有点不习惯，姜友好却全然不在意，大声笑道："田汉先生塑造，三个摩登女性。说的就是我们呢！"那是被批判的毒草电影《丽人行》的题记。杜若心里咯噔一下，她觉得姜友好的举止有点夸张，这让她有些不安。好在城不大，朝西，过桥，再朝南，渐渐有了郊野的风景。她们来到一片野草滩，抬头就是烟蓝色的西山。支好自行车，杜若用手一指说："这是我的宝地，这里的荠菜，又多又好。"

娜塔莎和姜友好，都不认识荠菜，杜若教她们辨识。果然，这里的荠菜一丛丛一片片，四处可见，鲜绿水灵，三个人分头寻找，没用太久，她们的大网兜就装满了。杜若说："够了，足够我们吃饺子了。歇歇吧。"

她们席地而坐，手被野菜的汁液染绿了。各自都带了军用水壶，也不顾卫生，拧开就喝，仰着脖子，咕嘟咕嘟喝得十分欢畅。草滩上，有些不知名的小野花开了，这里一片，那里一片，静静地，开得又寂寞又热闹。阳光照在她们脸上、身上，天地静谧得如同没有人类。许久，姜友好说：

"真好。都不想回去了。"

"是啊。"娜塔莎说，"就像在梦里，不想醒来。"

"我爱田野。"杜若说，"来了，就不想走。"

"以前，安德烈还小的时候，夏天，我常常带他和安霞去采蘑菇。我知道一个地方，有松林，有榆树和槐树林，夏天，下过雨之后，树下到处都是新鲜的刚出生的松蘑、榆蘑。采回来，我给他们烧蘑菇汤，安德烈闻着蘑菇汤的香气，会说：真幸福啊——"娜塔莎望着烟蓝色的西山，这么说。

"那是什么地方？"姜友好神往地问，"我们也去好不好？"

飞来一只喜鹊，倏地落在了草地上，歪着头，冲着她们，喳喳喳激愤地叫着，对峙着，杜若笑了。

"鸟听到我们的话了，这里是它们的天地，你看，它不满意了。"她这么说，"走吧，我想让你们尝到最新鲜的荠菜。"

这城中的习惯，休息日吃两顿饭，那天的正餐，是荠菜猪肉馅饺子。杜若原本计划包纯素馅的，但是姜友好说："荠菜猪肉才是在论的呀。"她执意骑车跑回家拎来一块猪肉，说是夏莲昨天才给她捎回来的，刚好派上用场。"有肉大家吃！"她说得兴高采烈。杜若想，友好这是怎么了？有点不太对劲，不避嫌了吗？想问她，又没问出口，是真心不舍得破坏这难得的欢乐。于是三个人，择菜、剁肉馅、和面、包饺子，干得热火朝天。拌饺子馅负责调味的，自然是杜若，剁肉时，她仔细地剔除了所有的筋络血管，剁好后，用生姜水打馅，使肉变得鲜嫩无腥。荠菜则切得细碎均匀。菜和肉的比例也恰到好处。调味料却极简单，除了肉馅需要少许酱油煨起，就是一点盐、一点白糖和一勺的熟食油锁水，其余的，葱、香油、味精、五香粉之类一概不用。这样，杜若说，才不干扰和毁损荠菜的清鲜。

果真，太好吃了。

娜塔莎说："杜热，这是我这么多年吃的最好吃的饺子。"

姜友好说："杜若，你真是个宝藏，认识你这么久了，居然还能给人带来惊喜。"

杜若笑而不答。

娜塔莎又说："我要是早认识你就好了，安德烈的爸爸和安德烈都很喜欢吃饺子，可惜我的饺子总也做不好。"她盯着盘子里的饺子说："现在我就是学会了，他们也吃不上了。"她笑笑："我就不学了。"

"娜塔莎，不是还有安霞吗？"姜友好说。

"安霞不一样，安霞从不挑剔，我做的任何东西她都说好，真心赞美，我想，这大概是因为她刚懂事就遇到了三年困难时期吧？她知足。"娜塔莎回答。她大概也觉得这回答有点言不由衷："好吧，友好，别这样看我，我承认，上帝也知道，我爱安德烈可能更多一点……吃到他喜欢吃的东西，做他喜欢做的事情，我就有罪恶感：我的儿子不知道在哪里流浪、受难，我却在享受——"

"又来了，娜塔莎，"姜友好打断了她，"你没有做错任何事，亲爱的，不对的是他。不过今天我不想说安德烈，就今天一次，原谅我……今天我只想说快乐的、高兴的事。你这里有酒吗？哦，抱歉我忘了，你家里怎么会有酒？这么美味的饺子，焉能无酒？此刻有杯竹叶青就好了。"

杜若起身，说："我去买。"娜塔莎叫住了她。说："我有威士忌，我去拿。"

杜若和姜友好对视一眼，愣住了。

片刻，娜塔莎捧着一个托盘过来了，上面有酒瓶和三个酒杯。酒瓶是打开的，里面的酒只有大半瓶。她一边倒酒一边说：

"安德烈的爸爸走后，我一个人太寂寞，偶尔会喝一杯。"她笑笑，"不过你们放心，我不是安德烈，不是我父亲，我还有安霞。来——"她举起了杯子，问："为什么干杯？"

杜若说："为春天，为田野，为慈悲的荠菜，为我们爱的人。"

姜友好说："还有，为自由，为无牵无挂。"她嫣然一笑："为——为我重新变成一个自由的单身女人——"

什么？娜塔莎和杜若以为自己听错了。

"我离婚了。"姜友好笑着说。

杜若惊住了。

"为什么？"娜塔莎心慌意乱地问，"是因为我的缘故？"

"怎么会因为你？"姜友好回答，"当然不是。是因为我父亲，我父亲的问题至今没有结论，而我丈夫他遇到一个千载难逢的好机会，出使国外，做武官。这机会不是什么时候都能遇到……"

年轻的海军军官十分为难，也不能怪父母逼他，在锦绣前程和扯后腿的倒霉女人面前，有几人不势利？何况这二老原本就不喜欢那个名声不好的儿媳妇，不满意这门婚事，他父亲说，爱美人不爱江山，那得是皇帝，你哪有那个资格！海军军官痛苦不堪。姜友好出手了，说，不就离个婚吗？成全你！成全你们家！于是找了人托关系，很快办了离婚手续。临别时，姜友好对他说：

"记住，不是你做了陈世美，是我先休了你的。你走你的阳关大道吧，我回江湖了。"

此刻，姜友好举着酒杯说："我回江湖了，干！"

娜塔莎和杜若，谁都不举杯。

姜友好放下了酒杯："怎么了？不欢迎我回来啊？"

许久，杜若说道："姜友好，姐姐，你难过、伤心，就别撑着了，要朋友是做什么用的？"

姜友好哈哈笑了："小杜若啊，你太清纯了，太幼稚、太罗曼蒂克了，我早跟你说过，我是浊世里的人，遵从的是浊世里的规则，有什么可伤心的？"她举杯一饮而尽："娜塔莎，姐姐，你来，你陪我喝一杯。"

娜塔莎举杯，一饮而尽，说："友好，知道吗？我很想你，非常想。"

杜若眼圈红了，也举起来杯子："你说的，田汉先生塑造，三个摩登女性。"她咕咚咽下一大口，呛得直咳嗽，"我们三人，丽人行，不分开。"

娜塔莎说："二十年前，我还称得上是丽人，现在可不是了。现在是丽人的妈妈了！"

姜友好笑道："谁说的？丽人永远都是丽人，外表不是了，骨子里也是。美人在骨不在皮。"

三个"丽人"都笑了。

姜友好说："娜塔莎，你家里有照相机吧？来，我们拍张合影，留个纪念，题记就写：丽人行。"

果然有相机，"海鸥135"。果然就照了。咔嚓一响，留下了这个春天温情的瞬间。胶卷是相机里几年前没拍完的，也不知是否过期，也不知能否成像。她们不能确定。就像她们不能确定明天会发生什么一样。

那天，姜友好没有回家，几杯威士忌竟然使她醉倒了。她吐了酒，头晕，娜塔莎安顿她在安霞的床上躺下了，说："你歇会儿，醒醒酒。"她顷刻就睡着了，睡得很沉。现在，她没有什么可顾忌的了，她不再需要为了她的爱人、她的丈夫忍痛和朋友疏远绝交。活了这么多年，她只做过这么一件违心的事，上天就惩罚了她。

半夜里，她忽然醒了。一盏床头小灯昏黄地亮着，许久，她才想起自己是置身何处。她爬起来，开门，穿过走廊，来到了娜塔莎的房间。也有一盏灯微微地亮着，但娜塔莎却和衣睡着了。她走过去，站在了娜塔莎的床前。娜塔莎睁开了眼睛，说："醒了你？"她没有回答，蹲下来，把脸埋进了娜塔莎的臂弯里："怎么办啊娜塔莎，我舍不得他……"说完，她无声地哭了。

当晚，杜若回到家里，发现夏莲在等她。她母亲说："你可回来了，夏莲等了你一晚上。"

她拉着夏莲进了里屋。

"你太不够意思了。"夏莲一进屋就喊，"说，你的师傅，是不是娜塔莎？"

"你知道了？"杜若说，"姜友好告诉你的，是吧？"

"你还好意思问？"夏莲很委屈，"杜若啊杜若，你居然瞒着我、欺骗我，害我还以为你有了男朋友！天天让我为你们服务，却不让我知道真相，你是不信任我还是有了新朋友就不要我这老朋友了？"

"不是的，夏莲，是友好托付我的事，她没让我和别人讲，所以我还没敢告诉你——"

"姜友好更不够意思。"夏莲不容杜若细说，打断了她，"她认识我在先，认识你在后，结果她倒把你当朋友，把我当她的交通员了，天天给她传递这传递那，有了好事，一点也想不起我来！"

杜若笑了："好事？夏莲，原来你觉得这是好事啊？友好可是因为顾忌她的丈夫——"杜若顿了一下，想，是前夫了："因为那个现役军人海军军官，才不和娜塔莎来往了。你不怕别人说你和苏联人交往啊？"

"你怕不怕？"夏莲反问，"你不怕我怕什么？娜塔莎是克格勃吗？我一个列车员，你一个小集体工人，克格勃吃饱了撑的找咱们啊？"

"不是啊，夏莲。"杜若说，"安德烈——安向东是克格勃吗？当然不是，可是你当初退学了，没看到那些人欺负他、孤立他，谁要是敢跟他来往，就骂他和'苏修'穿一条裤子，最后，还把他推到了防空洞底……就拿昨天说吧，我们骑车去郊外，一路上，路人看我们的眼光，千奇百怪。你不在乎？"

"不在乎。"夏莲回答，"我只在乎，你们拿不拿我当朋友。"

杜若觉得心里一热。

"娜塔莎说，等夏天到了，她带我们去树林里采蘑菇，她知道有个地方下了雨，蘑菇很多。到时候，我们一起去，浩浩荡荡的。"她笑了，"然后，我来负责，给你们做鲜蘑饺子或者蘑菇汤。那味道一定美极了！"

但是她们没有等到这一天。

先是夏莲，忍不住在饭桌上说起了采蘑菇的事。她妈说："蘑菇可不能瞎采，小心中毒。你问你爸是不是？"

她爸是药剂师。

夏技师说："可不是，年年都有人死于蘑菇中毒。"

夏莲说："没事，我们有专家，娜塔莎年年都去采。"

夏技师"嗯？"了一声，竖起了耳朵。夏技师这人，历史上，有点小污点，本来就胆小怕事，如今，有了这污点的阴影，活得就更加谨小慎微、战战兢兢："娜塔莎是谁？"他警惕地问道。

"就是我从前同学的妈妈，你们应该听说过吧？"夏莲回答，"那个中苏混血儿，安向东，娜塔莎就是他妈。"

夏技师差点被一口窝头噎住："你，你怎么会和一个苏联女人搞到一起？你怎么会认识她？"他说，紧张得脸都绿了。

"紧张什么呀。"夏莲回答,"是杜若,杜若在和她学做西餐,她是杜若的师傅。"

"杜若!"夏技师愤怒了,"我早就跟你说过,别总和杜若混在一起,她思想意识不健康,太复杂,和你不是一路人,他们家和我们家也不是一路人,看看,看看,出事了吧?"

"出什么事了?"夏莲反问,"能出什么事?"

"和苏联人都混到一起去了,和头号敌人混到一起了,你还要出什么事?"夏技师声音像蝉鸣一样变得尖利。

"什么叫混到一起?我又不认识娜塔莎,我还没见过她呢!"

"谢天谢地!"夏技师双手合十拜了拜,说,"你喊什么,你怕人听不见啊?告诉你夏莲,马上和杜若断绝来往,你听见没有?马上和她断绝一切关系!她爱惹什么祸是她的事,千万不要让她再来招惹咱们家,听懂没有?咱们这个家,能平平安安到今天,知道有多不容易吗?你让一家人过两天安生日子行不行啊?啊?"

他眼里几乎迸出泪光,夏莲忽然觉得不忍心。她只好说道:"知道了,我不理杜若就是了……"这句话一出口,她心痛了。

可是夏技师还是不放心,思来想去,第二天傍晚,他去了杜家。两家大人,几乎从无往来,夏技师登门,这让杜医生和赵女士感到非同寻常。果然,是棘手的事。夏技师窃窃低语和杜医生交涉了十分钟后离开了杜家。出门,正好和下班回家的杜若打了个照面。杜若叫了一声"夏叔叔",他没理,径直而去。

杜若感到奇怪。

杜医生说:"杜若,你惹事了。"

"怎么了?"

"你知道夏技师来干什么?他来给我下最后通牒来了。"杜医生回答,语气平静,"他说,以后,不许你和夏莲往来,他要夏莲和你划清界限,他们家和我们家也要划清界限,假如,你执意不听的话,他会采取革命行动。"

"采取什么行动?"杜若很好奇。

"他会去革委会揭发我,罪名是,纵容你里通外国。还有,"杜医生顿了一下,"去公安局告发你。"

杜若倒吸一口冷气。

"他还算君子,明人不做暗事。"杜医生说。

"杜若,你在和一个苏联女人学做西餐?"杜若的母亲赵女士疑惑地问,"真的假的?夏技师胡说吧?"

"真的。"杜若回答,"他没胡说。她是我同学的妈妈,就是那个——小时候就听说的娜塔莎。"

"你?"赵女士愣了一愣,"你可真胆大包天啊——"

"杜若。"杜医生说,"刚才,夏莲爸爸有一句话说得不错,他说,他们一家能平平安安过到今天,不容易,咱们家又何尝不是?"他叹口气:"多事之秋,杜若啊,别怪我们胆小怕事,未雨绸缪,就不要再去学做什么西餐了,这是多奢侈的事。"

父亲语气平静,但杜若还是听出了深深的悲凉。她心里一痛。

"也不要再去找夏莲了,"赵女士迟疑一下,歉疚地说,"就当你失忆了,不认识这个人了。我知道你们两个好,夏莲也是个好孩子……只是,她爸那个人,真要去告发你们,不是闹着玩的。"

这一晚杜家的餐桌上,气氛沉闷压抑。杜仲去乡下插队了,不在家。四口人,围着一张折叠桌,沉默不语地吃着简单的晚餐。杜若低头扒拉着碗里的饭粒,食不下咽,一双筷子伸了来,一块腊肠落进了她的碗里,她一抬头,是父亲。

杜若心里翻江倒海。

第二天早晨,杜若推车走出小区大门,就看见夏莲站在路边,她知道她在等她,但她没有理睬,刚要蹬车,夏莲过来挡住了她的去路。

"杜若。"夏莲喊。

杜若说:"夏莲,你别来找我了,你再来,你爸就会去告发我里通外国了。"

"对不起,杜若。"夏莲咬了下嘴唇,"我爸太过分了——"

"不,我不怨夏叔叔,"杜若平静地回答,"他是为了保护他的家人,我父亲也一样。他也不让我和娜塔莎来往了。"

"都怨我。"夏莲说。

"我想了一夜。"杜若说,"我们没有权利任性,没有资格任性,没有权利让我们的亲人,为我们担惊受怕,受我们牵累……夏莲。"她冲朋友笑笑,"就此别过,从今往后,我就不认识你了!"

说完,她蹬车而去。

夏莲望着她的背影,看她沐浴在新鲜的朝阳里,渐行渐远。她们差不多从有记忆起就相识,做了这么多年的朋友,如今,将成为路人。夏莲哭了。她在心里喊,亲爱的,亲爱的,亲爱的,再见了。

杜若心里,也在告别。

和还没来得及抄录的菜谱,和那些菜式后面的故事,和互为知音的那种默契与欢喜，和期待的采蘑菇、野游，和一诺千金的承诺，和不畏惧人言，和不掺杂任何杂质的友谊、情义，和对被欺凌者的悲悯，和坦荡、骄傲、崇尚自由、特立独行的那个自己，——告别。

仅仅是一点小风浪，她就现了原形。杜若含着眼泪微笑。现在，她是她曾经鄙夷的那些人中的一个了，是滚滚洪流中的一个了。怯弱、自私、猥琐、不敢承担、人云亦云。

再见了，她在心里说，那个昙花一现的美好的杜若。

再见了，美好的"丽人行"……

最后一次，夏莲去给姜友好送北京邮包。夏莲说："姜友好，以后，我不能再来了。不能再给你带东西了。"

"怎么了？"姜友好奇怪地问："不跑北京了？"

"杜若也不能来了。"夏莲说。

姜友好愣了一下，问道："出什么事了？"

"能不问吗，友好？"夏莲悲伤地笑笑，说，"友好，也许，我们本来就不该认识。抱歉。"

沉默许久，姜友好笑笑，说："懂了。"

杜若也做了一件必须做的事情。她跑了许多家文具店，终于买来一本她还满意的笔记本。牛皮纸质的封面，很干净，很空旷。内页没有格子，纯净而洁白，有一种深沉悲哀的寂静，如同被积雪覆盖的俄罗斯大地。杜若在这个本子上，工工整整地，重新抄录了一份她的"娜塔莎菜谱"，连同那些说明和备注。在最后一页上，她写了这样一些话：

"亲爱的娜塔莎：

"抱歉我食言了。我没有勇气看着你的眼睛，面对面与你道别，更没有勇气说出那个道别的理由。那让我羞耻。这本菜谱，我重新抄录、整理了一份，里面，记载着我们曾经拥有过的一段珍贵时光，点点滴滴，都是我的回忆，以及，你的……

"原谅我不能像姜友好那样无畏和勇敢。我说过，她是一个仗剑独行的侠客，而我，只是万千庸众中怯懦、卑琐的一员。别了，娜塔莎！珍重！珍重！珍重！这样说的时候，我心里在落雪……"

她最后一次，来到了那幢红楼里，站在了三层那扇门前。她把装着笔记本的一只网兜，挂在了门把手上。她依恋地摸摸门把手，站了一会儿。终于，敲敲门，然后，掉头"蹬蹬蹬"跑下了楼梯。

几天后，杜若收到了一封本阜来信。寄信人是姜友好，里面有一张照片和一封短信，只有几句话：

"本来不想给你了，可还是没忍住。就算是临别纪念吧。不知道具体发生了什么，但还是大致可以猜到。照片拍得不错，你想留着，还是怕受牵连，烧了，撕了，毁了，一切由你。"

没有署名。

是那张合影。三个人，坐在地毯上，漂亮的波斯地毯。姜友好搂着娜塔莎，娜塔莎则搂着杜若。三个人都在朝着镜头笑，可看得出来，只有杜若一人的笑，是春天般的微笑，少女的微笑，明朗、明净、毫无提防和心事，不知道生活的厉害。

照片上，印着白色的题记，真的写的是：丽人行。

杜若低头，亲了亲照片，亲了亲照片上的自己。多么明媚啊，她怜悯地想。哭了。

一年后，姜友好的父亲复出，姜友好也被调回了北京。

这城中，娜塔莎再没有一个朋友了。安霞在乡下一直没能回来，娜塔莎也无可挽回地染上了酒瘾。有一天，醉酒后，诱发了急性胰腺炎，剧痛使她站不起来，她挣扎地爬着打开了房门，却昏倒在了家门口。邻居发现她的时候，人已经不行了。送到医院，没能抢救过来。

终年四十二岁。

她跟随安同志来到这城市时，是二十五岁，清新如一棵小白桦树，眼睛像天空般蔚蓝。

古老的双塔，悲悯地俯瞰着罪孽的城市。

五、我们的娜塔莎

许多年后，这个城里，有了一家俄罗斯餐厅，餐厅的名字有点拗口，叫作：我们的娜塔莎。

不少人提议，干脆就叫"娜塔莎"算了，简单明了上口。但是老板不同意。

老板说："娜塔莎就是我们的。"

谁也不明白这话的意思。不明白就不明白吧。老板不解释。

菜肴是常见的俄罗斯菜式，没有花式噱头，但是品质无可比拟。鱼子酱和一些主要调味品都来自俄罗斯。主厨也是从俄罗斯聘请来的，但老板本人兼副主厨。有几道菜，副主厨一定要亲自动手或者把关，一道是红菜汤，一道是咸味的欧拉季益，还有一道叫"丽人行"，这是所有菜品中的一个异类，不算传统也不算纯粹的俄式，发明者是老板本人。那是一道鲜菌菇汤，汤里煮有饺子。假如是春天，这饺子的馅料必定是荠菜主打。虽然，这道菜名不见经传，但是，味道极其鲜美，口感丰富，颇受顾客欢迎，几乎成为这家餐厅的代表作。

餐厅的装修，格调不俗，有俄罗斯乡村的风情。裸露的原木的梁架，石墙，烧果木的大壁炉，铁艺的风灯。迎门的主墙壁上，挂着一幅大大的照片。是一幅老照片，做了特殊的处理，看上去，颇有古典油画的效果。那是一张合影，三个女人，坐在一块波斯地毯上，望着镜头微笑。其中一人，是个丰满的异国女人。只不过，照片上的这三人，既不是明星、名士、名人，也不是首长官员，亦非摄影名家所摄，毫无出处，但它挂在那里，却非常醒目，有一种岁月的惊心动魄和隐约的神秘感。

老板在等待能认出这张照片的人。

等待一个跛腿的男人。一个曾经的美少年。

等待一个叫姜友好的女人。

从二十世纪九十年代开业，几十年过去了。餐馆从最初的火爆到后来的平淡甚至是萧条，老板依旧坚守着，她还在等。

杜若还在等。

或许，杜若并不等什么，并不等谁。她坚守着，只是让这个城市记住，曾经，有一个叫娜塔莎的女人，在这里活过、爱过、死过。

清新如白桦树的苏联姑娘。

原载《收获》2020 年第 6 期

内 吸

胡学文

1

我通常叫不上工人的名字，也不在意他们叫张三或李四，那两口子是例外。

夜里没睡好，我起得晚了点。家里没饭，我踱到小区门口的早点铺，要了碗羊杂汤，一个烧饼。羊杂汤里浮了几粒葱花，一撮芫荽，绿茵茵的，很招摇的样子。我慢条斯理地搅拌着，一瓣黑乎乎的瓜子露出肚皮。老板娘兼服务员正用抹布擦桌子，她个子高，弯腰时两肩前伏，肥臀后撅，鸵鸟一般。我收回目光，将瓜子皮夹放在桌上。吃到一半，老边打电话说快到了。我估摸怎么也得十点，没想这么快。我吃饭一向慢，而且喜欢边吃边想事，就是有人催也快不到哪儿去。但老边不同。我不敢怠慢，放下筷子，结账离开。

我返回小区，开了金杯车，直奔车站。

那一队人站在广场上，当然不那么整齐。男男女女的脚下堆放着鼓鼓囊囊的编织袋、行李、脸盆、提包，孩娃在哭闹，远远望去，像一群逃难者，但他们的脸是亮的，看不出流浪的疲惫和狼狈。看见我，一旁抽烟的老边喊了什么，他们挪动腿脚，齐整了许多。正在吞咽干粮的汉子停止咀嚼，腮边凸起两个大包。那一束束目光藤蔓般伸过来，缠绕住我。车站嘈杂，这一处却异常安静，似乎掉根针都听得见。老边凑过来，说十六个人，加上娃十八个。然后冲那一队人用不标准的普通话说，这是马老板。藤蔓又伸长了一截。

我不是老板，虽然别人背后叫我二老板，黄萍不在时，工长也向我汇报，但我知道自己不是。哪怕二老板，我也不够资格。可这话不能逢人就解释，尤其这种场合。

不是选演员，无须面试，只要胳膊腿健全，能干活就行，何况他们是老边选出，千里迢迢带来的。老边让我过目，表面是让我拍板，其实更像炫耀。在这高原小城，能有本事从他乡带人，且不止一拨的，没几人。已经不是第一次了，我粗粗一扫,就想让老边带他们上车,而老边的手已经举起,那是发号施令的意思。

这时,我注意到队伍的那两口子。其实,我刚到广场就注意到了。男的细瘦,女的矮胖,好像没站稳,她一肩高一肩低。两个孩娃都是他们的,小的在丈夫的背上,大的也没多大,也就四五岁的样子,由妻子紧紧牵着。外来工常有带孩子的,并不稀奇。但我没料那女的是个瘸子。男娃抽脱手,她去追,还好,男娃跑出五六米。否则,就她那瘸腿,根本追不上。

我看老边,老边噢了一声,说原打算一会儿再和你说的,她有点儿特殊,但干活麻利,我亲眼见的,而且——老边眼睛扫扫队尾,压低声音,她同意不挣满工的钱,你看着给。我没吱声,不是不同意,而是寻思着要不要给黄萍打个电话。去年新建了冷库,电力那儿没协调好,断了几次电,这些日子她在跑这个事,没准这会儿正跟某个头头谈呢。头头未必多大官,但只要能管着你,就是头儿,就得把腰弯下去。又怕影响了黄萍,我犹豫着,不知该不该打。

老边招了招手,那两口子走到我面前。男的面皮发黄,女的肤色微黑,颧骨处有几粒雀斑。丈夫还算镇定,妻子极为不安,似乎不敌高原的风,身体左右摇摆。她的手倒利落,掏出身份证让我看。我捏着瞧了瞧。花玉兰,蛮好听的。花玉兰冲丈夫使眼色,他慢吞吞地拿出来,冲我笑了笑,小心翼翼的。与妻子同姓,叫花小春。显然,他清楚叫什么并不重要,我还给他的同时,他用央求的口吻说,留下我们吧,她干活不疲。

老边说,工钱由你定,没二话。花小春立刻点头,对对,咋都行。说到这个份儿上,我再说别的就不近人情了。留就留下,想来黄萍也不会责备。但规矩还是要有的。事先不说好,难免揪扯不清。我说日工一百二,给你一百,行吧?花小春和花玉兰异口同声说行。我瞟瞟老边,老边说那就这么定了,又对那两口子说,碰上这样的老板,是你们的福分。花小春和花玉兰感激又讨好地冲我笑笑。

金杯车是十五座的,除了驾驶座和副驾驶座,全拆了,放一堆马扎,人货两运。依黄萍的意思,副驾驶座也要拆的,我没同意。某些时候,我说话还是起作用的。十八个人,加上他们的行李、提包,结结实实塞了一车。我不跑客运,不走长途,从县城到野马镇也就三四十里,不用担心这个拦那个查的,别人也这么干。

花玉兰和她的两个娃坐在副驾座,她揽一个抱一个。小的先前在花小春的背上,她坐在副驾后,他递给她的。我没看清,想必不到一周岁。花玉兰上车时,我特意观察了一下。她没用花小春扶,先将大娃抱上去,然后伸腿斜肩,麻利地钻进驾驶室。倒是花小春或是细瘦的缘故,早就挪到车门口,但一次又一次被胳膊肘或行李挤开。他是最后一个上的。

县城不大，车却不少。算不上富庶之乡，但有钱人挺多，据说上百万的私家车不下二百辆。不怎么宽的街道从早到晚都是吃撑的样子。穿过半个县城，花了二十多分钟。

咳嗽、低语、咀嚼，还有说不清楚的气味，使车厢胀了许多。我摇下半个车窗，冷风扑进来，右侧的花玉兰马上把小娃的头盖住。我顿了一下，玻璃升上去，只剩筷子宽的缝隙。花玉兰扫见了，想说什么，但又没说。大娃对悬挂在车内的吊坠很感兴趣，几次伸手欲摸，都被花玉兰拽住。但大娃不死心，目光粘连，身子歪倾，伺机挣脱她的牵拽。花玉兰自是明白他的心思，低喝一声，抓得更紧了些。她怕大娃闯祸。看得出来，她非常紧张。

吊坠是桃木的，蝴蝶状，年头久了，灰暗无光。下部已经开裂，车内看不清楚，阳光下还是很清晰的。如果是别的，我可以摘下来给他，但这个桃木吊坠不行。如果他挣脱花玉兰，我伸手就可将他拦住。这时，花玉兰往后缩了缩，用力一扯，将大娃夹在两腿中间。他再无可能够着，但她没放松戒备，双臂环围，箍着孩子的腰。

四月的南方已是草木葱茏、百花绽放了吧，而在塞外高原，虽然五月初了，冷风依然呼啸。杨柳绿了，但叶片没完全展开。花朵更是稀少得可怜，偶尔能看见几朵黄色的蒲公英、蓝色的马莲花。

当然，高原有高原的好，季节虽迟，却不会缺席。时间的错位，使宽城成为京北重要的蔬菜基地。与种小麦、莜麦的稳妥不同，种菜有点赌运的意思。有的一年暴富，成为宽城的人上之人，有的倾家荡产，巨债缠身。这么说吧，每年都有买宝马的，但每年都有寻短见的。

运的因素很多，比如市场价格，比如虫害，比如菜的品相，太多不确定性。金枝玉叶，未必嫁得好，黄毛丫头，也有可能坐八抬轿。黄萍算不错的，她种了十几年蔬菜，只有一年入不敷出，其余皆有盈余，不然怎么可能建冷库？运气好，倒不如说她脑瓜灵活，虽然她初中还没毕业。

在宽城，有那么一些人，不种菜，却依附种菜人生活。比如卖农药、化肥、地膜、水管的，比如跑运输的，比如打井的。如果说这些还有成本，另一些只靠嘴皮子就有不菲的收入，比如像老边这样专职领工的。种菜，特别是蔬菜密集采摘上市时期，需要大量的人手。黄金期就那么几天，耽误了，菜可能就烂在地里。宽城劳力不足，而且要价也高。于是催生出老边这样的专职中介。不知他们有什么门路，能从各地招揽。老边常跑南方，招的多半是边境省份的。老边在宽城很抢手呢。他是黄萍的远房舅舅，多远我不清楚，反正黄萍叫他舅。因而，他带来的第一拨人定给黄萍。按人头数，黄萍每天付给老边十块。而工人每天的收入，黄萍交给老边，由老边分发。当然不是转手发放，有提成的。就是说，老边这样的专职领工，两头得利。这也不是秘密。当然，老边也不是白提成，若有纠纷，他要处理。

快到野马镇时，金杯从公路拐下去，往北也是柏油路，不怎么宽，但来回错车足够了。七八里后便到了地点，地头的平房皆是砖墙、石棉瓦。长的那一溜是给外来工住的，旁侧两间是厨房，对面三间，东间是守夜人住的，西间是办公室。车未停稳，黄果便跑出来。他是黄萍的叔伯弟弟，帮我干些杂七杂八的活。我简单交代过，然后指指花小春一家，让他们住在角上。如果他们愿意，可以从中间拉个布帘。我能照顾的只有这些了。黄果瞅瞅花玉兰，怎么是个瘸子？我说，又不是跑步比赛，手利索着呢。黄果问，和我姐说了？他个儿不高，圆脸，宽肩，身板瓷实，相比之下，他的目光就虚多了。我盯住他，你现在请示一下？黄果的圆脸立刻绽开，姐夫别误会，我就是提醒你一下，免得她——我说，管好你自己吧，别动不动绷断裤带。黄果马上说，听姐夫的。笑意缩拢回去，像突然间被剃掉了，光秃秃的。

晚上，我向黄萍汇报。培训了一下午，明天就可以打垄。这拨人不错，最大的也只有四十几岁。黄萍说，没白叫他舅。我说有一个腿有些残疾，但干活比别人还快，也是奇了。黄萍问，残得厉害吗？我说厉害你舅怎么会带出来，而且，每天给一百就行。黄萍斜我。我故意那么说的，平时当着她也叫老边舅的。我不紧不慢的，当然是你舅，然后才是我舅，亲有远近。黄萍的目光投向窗外，没忘了调侃，酸！

2

我拧开门，彭小莲正给母亲喂饭。母亲坐在那把特制的、无论怎么摇晃都不会歪斜的白木椅子上，她戴的围裙下摆长，几乎到膝盖了，两根背带没拴捆，从腰部垂悬到地上。围裙是绿色的，背带是粉色的，去年赶会彭小莲给母亲买的，还哄母亲，戴上这个，你要多美有多美，可惜我没娘，要不才舍不得给你呢。母亲看我，她不喜欢，我知道。彭小莲说，看他没用，你现在听我的指挥！我没吱声，母亲乖乖戴上了。

现在，彭小莲又在指挥母亲。张大嘴，我拿出勺子你再嚼，哎呀，你咬住了，就剩七八颗好牙了，崩掉你就只能喝粥了。彭小莲立在母亲面前，穿着和母亲一模一样的围裙。彭小莲冲我扬了扬眉，示意我别出声。等她喂完再说话。我轻手轻脚地坐到沙发上。

母亲还是听见了,我常常怀疑她不是凭借耳朵,而是靠直觉。老年痴呆,未必第六感官也失灵。她欲扭头,被彭小莲扳住。彭小莲板着脸,安心吃饭,别扭来扭去的!母亲或是被她吓住了,乖乖转回去。彭小莲从碗里舀米饭,母亲突然转身。准确地说,只转了三分之一,头肩往左倾,这使她整个人像要斜倒了。明知她不会摔倒,我还是迅速站起。母亲的计谋得逞,她看到了我。

马屈!我就知道是你!母亲惊喜而得意,米粒和饭菜喷出来,有的掉到地上,有的溅到围裙上,下唇也粘了几粒。

彭小莲砰地将碗撂在桌上,没好气地,瞧瞧,洒了不是?母亲不理她,或是这会儿她听不见训斥。她问,赶了老远的路吧,吃饭了吗?然后对彭小莲说,给我儿盛一碗。彭小莲用湿毛巾擦掉她唇边的饭粒,气哼哼地,你不听话,我就不给他吃。又半真半假地瞪我一眼,就饿着他!我笑了笑,端起小碗,佝下腰,对母亲说,我来喂你。母亲摇头,她满是渴望地盯着我,见到你弟了吗?我说见到了,先吃饭!喜悦如烟花在母亲眼底绽放,很快熄灭、混浊。她急切地,他挨打了吧?我说,没,他待得好好的,天天吃肉包子。母亲忽然变凶,别哄我,我不是傻子,监狱那么好,早撑破了!

母亲的神态、语气与之前一样,有时我天真地想,她彻底清醒了,这世上的奇迹那么多,为什么就不能发生在母亲身上?

你得管,马伸再糊涂也是你弟,卖房卖地,也要救他出来。母亲的喝令如冬日的冰水凌空泼下,我浑身发冷,满腹酸楚,回应说,我记住了。

母亲说,那就别在这儿磨蹭了,赶紧去!被皱纹覆盖的脸缀满了冷硬和坚定。

每次看到她这种神情,内疚便如毒蛇咬着我。父亲粗通文墨,我和哥的名字带了那么一点儿文艺。哥叫马屈,我叫马伸。母亲以为我还在监狱,总是把我认作马屈。

去呀!母亲提高声音,还戳着干什么?

母亲的头发已然如雪,头顶掉得多,盖不住了,灰粉的头皮显露着岁月的残酷。我的心又痛了一下。对自己的仇怨突然袭来,我缩了缩肩,用近乎残忍的声音说,他自作自受,活该他受罪!

母亲被惊着,那横七竖八的纹路也被劈断,一截截的,几乎要掉落下来,她像不认识我似的,目光僵硬而陌生。你说什么?她小心翼翼,生怕谁听见,但突然间,她大嚷起来,与咆哮无异。我说了半天,你当耳旁风了?他是你弟弟,你怎么能这么说?

我凝固着。也许激一激，气一气，她就会放弃。她已经失忆，为什么不把马伸从脑里彻底抹去？

你救也得救，不救也得救！你是当哥的，就得这么做！母亲叫。米粒和菜叶早就喷干净了，此时只有冷飕飕的风。

我没那个本事，你以为我是什么人？我的声音弱下来，毕竟这有点儿冒险。

但母亲被激着了，她浑身颤抖，脸色铁青。她要站起来，也许她还想抽我。站了两次也未能立起。她的一只脚踩到围裙的背带，她的脖子半缩着，被折了似的。

一直未说话的彭小莲瞪我一眼。这次是真瞪，她生气了。她一生气就翻白眼。没见过你这样的，不帮忙，还添乱！说着，她扶住母亲的肩，他逗你玩呢，他是你儿子，除了听老婆的，就听你的。

我终是害怕了，接着她的话说，我也就是说说，他是我弟，我当然要管。

母亲盯住我，凌厉而又带着怀疑，你说真的？

我笑笑，有些酸，当然是真的，卖骡卖马也要救他！

母亲说，那你快去吧，还愣着干什么？

彭小莲抢先道，他刚回来，你得让他喝口水再走吧，渴昏了，他就救不了马伸了。

母亲惭愧的，瞧我，差点糊涂了，吃饱喝足，你再上路。

彭小莲倒了杯水，放到茶几上。

这下你满意了吧？来，接着吃饭。你得听话，你儿子听你的，你得听我的，别扭来扭去！这么好的饭，都洒了！

我踱进卧室，来到阳台，点了一支烟，然后将窗户半推开。这栋楼是银行的家属楼，与后来拔地而起的商品楼相比，显得破旧，窗户小，不怎么敞亮，尤其一楼。但优点是暖气烧得好，在寒冷的北方，这特别重要。别的楼四月底就停暖了，银行家属楼供到五月中旬，虽然只是清早供一会儿，屋里一整天都暖烘烘的。老人住这样的楼再合适不过。楼是黄萍买的。我进去不到半年，母亲就痴呆了。黄萍把母亲接到县城，专门雇了保姆。那时，我和黄萍已离婚数年，她完全可以不管。

院不大，墙不高。一棵白皮杨被砌进墙中，彼时应该还是细弱之身吧，此时已有碗口粗了，墙体被撑开拇指宽的缝隙。它比路边的树绿得早，叶片已彻底舒展。墙角处长了些杂草，还有开着黄花的苣荬菜。看到苣荬菜，我心里一动。

手机突然响了。我瞄了瞄，快步走过去，将门关了，然后接通。先生，您好。这样的电话接得太多，卖楼的、售药的、推销保险的，但我并没有马上掐断。我沉默着，任由那端鼓舌。我等待奇迹发生，也许是故意装扮，玩笑一番就会露出真容。数分钟后，我按了关停键。点起第二支烟，手机又响了，我接通，没有任何犹豫。再次挂断，我并不恼，心如无风的水潭。

我出来时，原先的电话号码已被移动卖给他人，是个乡村老太太，为了赎回这个号码，我花了一部手机的钱。并不是我对这个号码有多少感情，而是因为记住这组数字的不只是我。方便旧友打，这有些滑稽，可对我异常重要。空等了三年，我并没有失去信心。依然在等，我就不信！

彭小莲推开门，夸张地用手掌扇了扇，怎么又抽烟了？你跑过来就是为了抽烟吧？我将剩下的三分之一捻灭，丢出去，正要关窗，彭小莲制止，你抽一次，要走大半天呢，大娘最烦烟味了，这么大一个人，不长记性！作为保姆，彭小莲自然是越权了，但我不在乎，而且还喜欢她这种傻咧咧的直性子。

彭小莲是黄萍雇的第三个保姆，前两个我没见过，据黄萍说干了几个月就被她辞了。一个太馋，整日变着法打着母亲的幌子为自己做好吃的，另一个太懒，屋里迈不进脚。彭小莲在菜地打短工，被黄萍相中。黄萍自诩有识人之才。确实，彭小莲侍候母亲，我是放心的。

吃过了？我没话找话地问，语气带了那么一点点讨好。

彭小莲说，我做的饭，大娘哪次都吃得干干净净。

彭小莲从小没娘，半路地儿父亲去世，她跟随哥嫂，什么活都干过。厨艺多么好那是胡说，不过日常的饭食还说得过去。莜面窝窝推得厚了点儿，倒也整整齐齐。现在像她这个年龄的女孩，别说推窝窝，能把莜面和好就不简单了。

我说，多谢你呀。

彭小莲说，谢什么？我把她当自个儿的娘呢。

一句话说得我眼睛发潮，她可不是嘴巴讨巧的人。彭小莲问中午在这儿吃不，她要包饺子。我摇头，说有卖苦菜的顺便买点。彭小莲说有是有，就是太贵了，二十块钱一斤，还不是顶芽菜，叶子宽得能喂猪了。我说别管价钱，让你买你就买。彭小莲说你们的钱也不能乱花呀，大娘睡午觉的时候，我自个儿去地里挑，在村里，谁都挑不过我。我不得不沉下脸，告诫她绝不能将母亲一个人抛在家里。我掏出一百块钱，叫她单买苦菜。彭小莲说月初留了钱，再拿没法算账，坚决不要。她死心眼儿的时候，实在让人没办法。我不敢硬塞，怕引起误会。

母亲靠在沙发上，头微微垂着，眼睛半睁半合，吃过饭，母亲就犯困。听到动静，她马上仰起头。我脚步极轻，自己都听不见的。

你弟弟呢？母亲往我身后瞅了瞅，又盯住我，混沌的目光挂满钩子。

快了，就快回来了，你别担心，我说。

彭小莲推我，走你的吧，哄人的话，还说个没完了。

彭小莲的话如同伤口撒盐，但我不计较，更不羞恼。许多时候，伤口是需要盐的。我这就去，你等着。我推门的时候，母亲叮嘱，路上小心。我知道，当年母亲也是这么嘱咐哥的。我咬了下嘴唇，闪出去。

已经十点了，我不敢耽误，直奔菜市场。不管本地工还是外地工，都要管一顿饭。这是规矩，哪家种菜的都这样。对外来工，还要多一顿，当然这多出的一顿需他们花钱买。伙食上不挣钱，几块钱就可吃个肚饱。我除了拉人拉货，还负责买菜买米。黄萍不信任别人，哪怕是她的叔伯兄弟。当然，对我的信任也是有限度的。已经很不错了，毕竟我曾经伤害过她。她不计前嫌，和我复了婚，还让我成为她的总管。

半小时后，我将金杯车停在银行家属楼小区门口。我买了三斤苦菜。确如彭小莲所言，苦菜的叶子宽大，二十块实在是太贵了。但母亲喜欢吃，我能做的也就这些了。

我拧开门，将苦菜丢到地上，立即合住。我怕母亲看到我，她一成不变的询问和催促更像是审判。

3

那些外来的短工像候鸟一样，五月来，九月底返回老家，来年春日又飞过来。他们比本地打工的吃苦能干，工钱要得低，哪家都愿雇用这样的人。其实冬天也能寻上活计，薯粉厂、薯片厂、麦片厂、奶粉厂都需要工人，或许受不了高原的寒冷，极少有冬日留下来的。当然不是没有，某个后生相中本地一姑娘，做了倒插门女婿，把自己变成高原人。

黄萍让我管理，我当过厂长，管过百十号人，这是我的长项。只是说起来有些脸红，那百十号人同情我的屈指可数，多半人恨不得吃了我的肉。其实没什么好管的，凌晨三四点就起床干活，直到黄昏，一个个累得腰酸腿软，吃过饭早早就睡了。我曾想弄台电视，也算有个娱乐的，黄萍不同意。她说他们出来是为了挣钱，不是为了看电视，若弄一台电视摆进去，难免有个别不自觉的乱捣鼓，搞得想睡觉的人也睡不好，无端制造矛盾。黄萍看问题比较透，她说得有道理。睡不好觉，自然影响干活，她没说，但我明白。

我准备了一些药品，当然都是常用药，感冒胶囊、肠炎宁、布洛芬什么的，有个头疼脑热就不用跑了，菜地到镇上有段距离，来回耽误时间。除此，没有需要我操心的。

那个午后，我拉着水泵去县城修理。老地方，老关系，我把水泵卸下，问多长时间修好，师傅问着急吗？我说当然着急，他让我两小时后去拉。该采购的都购了，这多出的两个小时也没什么事。上午刚去了母亲那里，我可不想一天被她审判两次。回我和黄萍的家？也没多大意思。经过大桥，看见河边那一长溜垂钓的人，便将车停在桥头停车场。有那么几年，我迷上了钓鱼，也结识了一帮钓友，有时还跑到邻县的水库。那是老皇历了。钓具多半抵了账，买的时候花一万多块钱呢。

钓鱼是心情，也是乐趣，只有痴迷其中才能够体会。看别人钓鱼傻乎乎的。其实，我也不纯粹为了观看。河边适合想事。黄萍说我酸，是有道理的，胡思乱想还要选个环境。我等待的电话一直没有来。但昨日不来不代表今日不来，今日不来不代表明日不来。也许，坐在河边，就等来了呢。

神游八荒，两小时被偷了似的，转眼就过了。我返回修理部，拉了水泵，直奔菜地。开车从不走神，我发誓。中午犯过一会儿困，这阵儿清醒得很，我向老天保证。那路我一天跑好几趟，熟得就跟自己的手掌似的。连路边的野花野草，我都熟。刚出镇那一段尽是独行草，再往前就是一丛丛的蓝羊茅，还有青蒿、灰蒿、艾蒿，地头则是一片片的车轴草。五月蒲公英、马莲开花，一黄一蓝，六月飞廉和漏芦开花，粉嘟嘟的，七月翠雀开花，八月蒲公英、飞廉、毛茛絮便开始飞了，任风这个媒婆带着。我承认自己酸，管他呢，老天造就，改不了啦。

这么熟的路，我怎么会出差错呢？

如果我直接将车停在生活区，不会有任何问题，可车上拉着水泵，得送到井口。左边的田垄已经打好，这一百亩即将种白萝卜，工人们正在右边插种白菜秧。押宝不押孤定，可以降低风险。萝卜没收成，靠白菜回本儿，白菜赔了，用土豆找补。黄萍从不将蛋放在一个筐里。

地边儿放置着工人的衣服、水壶、水瓶，还立了一把铁锹。有一孩娃在打了垄的地里玩，那是花小春和花玉兰的大娃，我老远就瞥见了。看见我，准确地说，是看见金杯车，他挥了挥手，然后向我跑过来。几日前，我参加婚宴，带回来一包糖，给了他，因此他见到我就喊老板。未必是花小春夫妇教的，小家伙天生嘴甜。

我开得并不快，所以并不担心什么。倒是小家伙快到近前了，不但没有放慢，反拉大了步子。我摁了摁喇叭，提醒他。可他没有停，连连向我挥臂，还喊着什么。看着只剩几米远，我不由慌了。如此，他非钻钻辘下不可。我由慌而恼，猛摁喇叭，并朝右打方向盘。我该立刻停住的，事后回想，那一刻大脑彻底木了。一偏一转，车拐出地头，我才刹住。尖细的哭叫响起，我酥软如渣，推了两次才将门打开。

　　我没站稳，突然扑过一股风，我被挟裹着，摇摆着跳了几下，才立定。正好站在车尾，距男娃几米远，我看得清清楚楚。他瘫在地上，一边呜噜一边叫喊。我吓坏了，脑袋嗡嗡乱响，风停了，我拽了几次才将自己拽到他身边。我蹲下，触摸着他，试图发现他被碾压了胳膊还是腿。男娃挥舞着胳膊，叫喊声更高了。腿很细，但完好无损，他没受伤！车轱辘、车的任何一个部位都没挨着他。我稍稍松了口气。可他哭喊得更凶了，我有些纳闷，这娃似乎被什么吓着了。我正要问他，神经突然又绷紧了。然后，顺着他手指的方向，我看到衣服旁边的那个包裹。车轱辘正是从包裹上碾压过去的。心像被踩裂的冰面，发出巨大的持续不断的声响。我瞅瞅男娃，又盯住包裹。我小心翼翼地移过去，蹲伏下身子，慢慢撩开，整个人彻底傻掉了。

　　我没做任何挽救的措施。眼前黑影乱飞，耳朵隆隆作响，直到花小春将我撞开，抱起包裹，直到花玉兰撕心裂肺的哭喊响起，我似乎才醒悟过来，意识到自己闯了大祸。那些人围过来，像牢笼一样将我囚在中间。

　　不知黄萍在冷库还是别的什么地方，不知谁给她打了电话。没多久她就过来了。那时，花玉兰已与花小春挤在一处，花小春抱着小娃，她抓着花小春的肩，两人头抵头，互相支撑着，仿佛他们被抽去了骨头，不这样就会成为流沙。有个声音对黄萍说人已经没得救了，黄萍仍试了试鼻息。立起时，她的脸僵硬如铁。围在这儿干什么？干活去！她凶巴巴的。那些人便回到地里，只剩下花小春一家、黄萍、黄果和我。黄萍给黄果使眼色，黄果抓住我的肩将我拽起，扶进屋。我不想让他搀扶，但没甩脱。所谓的木偶，就是这个样子吧。

　　我坐在床沿，黄果合上门离去，临走没忘了警告：别出来，除非我姐叫你！我不怎么喜欢他，他总拿黄萍压我。他算老几？我人落魄了，心上那团气还在呢。即便他偶尔露个苗头，我也会冷语还击。但在那个黄昏逼近的春日，我机械地点头，任黄果指挥。

　　门合窗闭，我置身于密闭的空间，耳边仍有嘤嘤的哭声。头顶的某个地方苍蝇在飞。似乎还有风，脸颊能感觉到吹拂的凉意。我惊愕地抬起头，环顾了一圈，又垂下来。

　　我看着自己的双手，如果那个孩娃不朝我奔跑，我就不会打方向盘。那么，花小春和花玉兰就不会失去他们的小娃。要不要向他们两口子还有黄萍道明原委和过程？那不怪我，至少不完全是我的责任。我搅翻着那个场面，并没有动，屁股被吸住了。我压死了人，这是事实，怎么辩解都不能改变。我知道黄萍在和花小春夫妇谈判，先让她谈好了。黄萍的损失不会小。按县城这几年的肇事案，少说也要四五十万。我没钱，这钱只能黄萍出。这会儿，她一定为和我复婚后悔死了。

薄暮纱幔一样垂落时，黄果推门进来，让我跟他走。我问去哪儿，他说送我回家。我没反应过来，回家？黄果说，姐让我现在送你回去。她呢？我问。这很愚蠢，我轻轻咬了嘴唇。黄果说，姐让你好好休息，那事处理了。我吁了口气，但又有些怀疑，这么快？黄果说，姐是谁！

那些外来工正在打饭，井然有序。我四下睃睃，没看见黄萍，也没看见花小春夫妇。我甚是疑惑，目光乱扫，黄果催促我快点，说再黑他就开不了车了。

我问黄果怎么处理的，黄果说该怎么处理就怎么处理，你放心好啦。这个马屁精，竟然和我玩太极。我斜着他的脸，恨不得在那上面抓几把。老边正往这赶呢，其实他来不来都可，黄果没有任何征兆地摁了下喇叭，那刺耳的响声让我倏然一惊，目光从车窗扑出老远。灯光将黑暗凿出梯形的豁口，看不到别的车，也看不到飞鸟走兽什么的。黄果未必故意吓唬我，是我的神经变得脆弱。

到了县城边儿上，黄果终于憋不住，说黄萍几千块钱就摆平了。怕我不明白，解释，姐和那个男人谈的。我确实不是很明白，停了几分钟，追问，她对你说的？我甚至想，也许黄萍是怕我内疚，故意将数字后边的零略去。黄果反问，你说呢？我就不明白了，像我姐这么厉害的人，你怎么舍得——我突然喊出来，掉头！我要回菜地！黄果说你这是干什么？还没进家呢。我没好气地，让你掉头你就掉！黄果将车停在路边，熄了火，拔了钥匙，说你给我姐打电话，她让你回，我没二话。我冷笑，我去哪里，还得她批准？说着就要推门。黄果说，她正替你擦屁股，你还是少给她添乱为好。我便犹豫了。黄果压低声音，推心置腹又带了些警告，那孩娃的父母见到你，情绪肯定不好，搞不好……我没再吱声。

我和黄萍住在凤凰城，这是宽城第一个高层住宅小区。住的是顶楼，带一个小阁楼。夜晚，尤其深夜，难以入眠时，我喜欢站在窗前凝望。我喜欢夜空的深邃，常常幻想化作一颗流星，从这端滑到那端，哪怕付出化为灰烬的代价。

那一整夜，我立在窗前。仰望星空，满脑子都是花小春和花玉兰。我不知黄萍怎么和他们谈的，可几千块实在是……我无法形容自己的心情。也许黄果听错了。我急于弄个明白，但再急也只能站在这里，等待黎明。

次日一早，没等黄果来接，我打了出租车赶到菜地。黄萍和衣缩在床上，听见动静，她坐起来，揉了揉眼窝。脸色晦暗，眼圈泛黑。睡眠差，她就这个样子。

黄萍没有详述谈判过程，简要说了重点，她让花小春提，他要了五千。她以为自己听错了，愣愣地瞅着他。他误会了她的意思，那会儿他已经平静下来，花玉兰也停止了哭泣。他问是不是要得多了，说还可以商量。黄萍连忙说不多，她当场数了八千给他。黄萍从床板下拿出已经打印好的协议，让我签字。花小春已经签了，歪歪扭扭的。我签完，黄萍折好，放进包里。我问老边来过？黄萍点头，说花小春签了字，他就回了。然后，她的目光横扫过来，你近视了吧，该去配一副镜子。我想解释，又觉得没必要。还好，两口子都是老实人，没有狮子大张口，不然，这一年就白忙活了，黄萍说。她似乎松了口气，但我还是捕捉到她眼底的忧虑。她想得远，自然担心。

　　你今天买一顶帐篷，能用得住那种，黄萍说，让花小春和花玉兰单独住吧，也算照顾他们，挤在大屋，想也睡不好。黄萍舀了水，准备洗脸。她从镜子里发现我盯着她看，猛一回头，有什么问题吗？我说没有，这就去买。我出了屋，日头才刚刚冒出，蘸了血一般红。

4

　　帐篷的位置是黄萍选的，在厨房的另一侧，在我和黄萍"住所"的对面。傍晚收工，花小春和花玉兰便搬过来了。也没什么东西，他们自带了两床被褥，一个放置衣物的编织袋。帐篷里的床具是用木板支起来的，脸盆和暖壶是我新买的。另外，还添置了一套被褥。黄萍问我干吗买被褥，我没正面回答，说不贵。大娃想必原是和花小春合睡，这样就可以单独睡了。黄萍皱了皱眉，没说什么。

　　两口子搬东西时，我站在帐篷门口，准备搭把手。花小春固执地扭转了肩，背对着我将行李拖进去，没让我碰。他眼底并无敌意，但这一动作说明他是怀了些怨恨的，毕竟是我压死了他的婴孩。除了昨天那一撞，他没动过我一指头。他隐忍克制，或许与我的二老板身份有关。花玉兰拎着编织袋，我抓住另一端，她说，我自己能行，老板。我没松开。她低着头，眉宇间含着丝丝缕缕的哀伤。

　　有什么需要，尽管和我讲，我说。花小春埋头铺床，没吱声，花玉兰看看他，小声说不用了。她没正眼看我。虽然达成了赔偿协议，我还是有些内疚。而协议也成了另外的重负，仿佛那不是两页纸，而是厚厚的枷锁。

　　我想把手机号告诉他，又想没啥必要，站了站，便出来了。

　　黄萍回县城了，我留下来值班。黄萍叮嘱我看着点儿，别让他们的老乡随便进帐篷，胡说一气，容易生乱。我明白黄萍的意思，不以为然。老乡若想撺掇，白天也可以啊，何必等到晚上？虽有工长，但说句话还不是分分钟的事？但我保持沉默。她是老板，她说了算。

晚饭是炒葱头、馒头。我比平时多吃了一个馒头。昨夜没合眼，我困得要命，但太困反而睡不着。而吃得太饱，眼皮黏合特别容易，屡试不爽。我想狠狠睡一觉，太想了。多出的一个馒头发挥了效力，我躺下不久便进入梦乡。

半夜被噩梦惊醒，我摸起手机看看，没有短信，没有未接电话。每年初冬，我会离开宽城半月二十天的。黄萍不喜欢旅游，从不与我一起。其实，我不只是为了旅行，而是寻找那个人。如果有可能，我想走遍世间的每一个地方。大部分时间，我只能等待，即使深夜，也经常拎出手机瞅瞅。

再无睡意，屋里有些闷，我轻轻推开窗户。看见帐篷门口一明一暗的烟火，我怔了怔，推门出去。

他是蹲着的，烟火闪亮时，能照见他紧皱的眉头。我停住，他没任何反应，我便蹲在他旁侧。我摸了摸兜，烟在桌上，忘带了。他递给我一支，并给我点上。烟味很冲，我轻咳了一声。然后，便陷入寂静。

高原的夜空，繁星如织，与在楼上凝望不同，虽是蹲着，星星反而更近了。

我犹豫着要不要把昨日的过程说出来。终是打消。任何解释都没有意义。

花小春又点了一支，显然，他不想回去睡觉。如我一样，他睡不着。也许，花玉兰也如此。我想还是说点儿什么。

对不起！我听出声音里的虚。

花小春没接，烟火更亮了一些。许久，他才说，都过去了。他的声音有些哑，有些浮。

起风了，我瑟缩了肩。又一支烟吸完，花小春一言不发地钻进帐篷，我也快步回屋。

清早，黄萍问我没什么事吧，我说都在各自的屋睡觉呢。黄萍说这几天你留在这里，别大意了，像是担心有人偷听，她压低声音，未必就这么过去了，我不踏实。我盯着她，试图剜出更多的东西，她的手机响了。她声音甜腻地叫了声舅，边说边出了屋。

我值守了八个晚上。每天午夜，我都会坐起，习惯性地朝帐篷门口瞭一瞭。烟火再没闪亮。确如花小春所言，都过去了。花小春与花玉兰准点出工，准时打饭，神色淡然，好像什么事都没有发生过。他们还年轻，或许过几个月就能怀上，我妄自推测。

第九天，黄萍说我不用再留在那里了。其实，睡觉在哪儿都一样。但黄萍说不用，我赖在那儿不回家也不妥，况且，她说要请老边吃饭，我无论如何要陪的。每年年根与开春，黄萍都要请老边吃饭。这不时不节的，她突然要请老边，自然与我的闯祸有关。黄萍谈判如此顺利，想必老边也做了工作。人是他带出来的，他说话还是有分量的。

仍然是涮肉馆，黄萍点了一堆，连菜谱都不用看。老边爱吃的就那几样，猪脑花、鸭血、羊肚、尖椒，其他的都是配菜。老边也是从地里赶过来的，头发乱糟糟的，就如他的牙齿，没几个整齐的。看相貌没人把他当回事，但只要张嘴说话，谁也不敢小觑。

这顿饭我请了，先说好，我来就是为了请客，不然我就不来了，老边重重强调过，然后吐出大大一个烟圈，轻轻一吹，那烟圈没散，旋转了两下，才慢慢散开。老边有些不被人注意的本事，极为奇异，比如这吐烟圈。独自抽烟，我多次想模仿，但没一次成形。据说老边找小姐从不花钱，有时小姐还倒贴。他两片嘴唇磕碰起来，她们便醉了。确实，他有把人说醉的本事。

瞧舅说的，你这不是骂我和马伸吗？你这么忙，能抽空过来我们就很感激了，再说，自家人吃个便饭，谁请还不一样？黄萍接得也快。种了十几年菜，她修炼得伶牙俐齿。

老边嘿嘿一笑，我请是有理由的，昨儿玩了个通宵，都是头面人物，虽说退了休，不能呼风唤雨，掀几个巨浪还是不在话下，若他们在位上，也不会和咱这种人打牌呀。退了才放下身架，但也不是什么人都交往，他们自己有个圈子，吃饭喝酒打牌，连买房都要结伴。他们在海南的房子同一座城市同一个小区，就是为了方便玩。他们麻将打得大，不然我也没机会结识他们。昨天我把他们割了。老边得意地伸出二个指头。

我问，两千？

老边喊了一声，亏你还是当过厂长的人，太没想象力了。黄萍与我对视一下，说他哪能与舅比？但凡……也栽不了跟头。老边冲我笑笑，少说也得加个零。我暗暗吃惊，看来老边这几年收入很可观呢。

所以，这饭得我请。行内有规矩，赢了钱要破一破，图个吉利，保持手旺。他们，老边停顿一下，带着淡淡的失落，我能参加他们的牌局，饭局是不可能的，毕竟咱不是大老板，挣的是辛苦钱，连暴发户也算不上。这已经很不错了，没你们这些种菜的，我恐怕还在亚麻厂看大门呢，哪有机会和他们混，挣他们的钱？

黄萍会意一笑，恭敬不如从命，今儿吃舅的、喝舅的，祝舅的手气长好，运气长旺，你好了，我们也能沾光。

老边连声说，互沾互沾，没你们我就喝西北风了。我说请你们，也有为你们压惊的意思，说实话，那天一听到消息，我吓得不轻。马伸，你这祸闯得不小！

突然被蜇，我抽搐了几下。我想起忽明忽暗的烟火，想起那个清瘦的身影，脸上立时糊了浆，皱皱巴巴的。黄萍仍然笑盈盈的，没有丝毫的变化。

　　多亏了舅，那会儿我急得头晕目眩的，黄萍举起杯，又看看我，我随着把酒杯端起。老边也不客气，一饮而尽。夹一块滚烫的猪脑花，蘸了蘸，塞进嘴巴，才慢吞吞地说，这是你的功劳。老边瞟着我，你娶了个能干的媳妇。我努力地挤出些颜色，不让自己的脸变得更难看。这么快就处理干净，像没发生一样，宽城以前没有过，以后也不会有，我敢肯定。马伸，你该敬你媳妇一杯。

　　黄萍说，还是敬舅，我是先锋，舅是统帅，先锋要是有什么麻烦，还得要烦统帅出马。

　　老边哈哈一笑，爽快地干了。说你这文词一串一串的，快赶上马伸了。他盯住我，听说你过去给工人开会，古诗顺口就来？没等我回答，老边就转了方向，那几个牌友，我寻思着他们成天在台上坐着，定是满肚墨水，出口成章，嘿，哪想他们说起脏话，比下水道还下水道，让我这个粗人开了眼界。然后感慨道，都说戴面具，一点儿不假，这还是当我的面，单他们，不知是什么样儿呢。

　　黄萍说，管他呢，舅能赢钱就行了。

　　老边说，这倒没错，来，喝杯压惊酒。

　　黄萍识人察色的本领不比老边差，但论气场，老边远强于她。老边引领话题，一会儿天一会儿地，接着讲去年街头的一次车祸。一个人喝醉酒被撞死了，家属硬赖车主赔了五十万。另一出更稀奇，某人看邻居房屋装修，结果被木板砸残了，邻居并未邀请，是他自己去的，但闹得凶，邻居只好赔了几万医疗费。这个世界没道理的，怎么讲都行。老边又点了支烟，连吐三个烟圈，颇像个哲学家。他不看我，也不看黄萍，什么是理？谁霸道谁就是理，谁难缠谁就有理，我他妈算看透了。

　　黄萍附和，舅说得对，再敬舅一杯。

　　酒是黄萍带的，草原王，喝完一瓶，老边摆手说不喝了，吆喝服务员买单。黄萍说算舅请客，账还是让马伸结了吧。如果需要我结账，黄萍会给我眼色，绝不说话。她这样说，我就没动。老边摆摆手，说好的，别和我争。黄萍说，那就让舅破费了。老边说，哪里话，你舅我高兴。

　　黄萍从挂在椅子上的黑包里抓出一个大信封，鼓鼓囊囊的。这是早就准备好了的，我清楚。这就是今晚请客的用意。就厚度和宽度，少说也有两万。她往老边手里塞，老边好像很吃惊很不解，这是干什么？黄萍说，这是谢舅的。老边生气道，这钱我不能拿，你把你舅看成什么了？黄萍说，不拿才见外，舅不是嫌少吧？那改天登门谢你？她这样说，老边也就顺水推舟，好吧，那就谢谢你和马伸。

送走老边，黄萍将她的车钥匙给了我。她的座驾是白色现代，平时我是不碰的，除非她喝了酒。可现在我也喝了酒，虽然没她多。我强调，我也喝了啊，还开？黄萍问，怎么办？放在这儿？我说，听你的。黄萍说，那就走回去。

黄萍走在前面，我跟在她身后，相距五六米。如果我是个称职的丈夫，该与她并排才对，她喝了酒，难免摇晃，需要我搀扶。可我不称职。还因为，我心里有气，我想让她发觉我的不满。要说，我该愧疚的，我不闯祸，她就不用给老边钱，可我就是有气。那张协议在脑里晃，还有那一明一暗的烟火。这是怎么个理？毫无道理可言的世界？

黄萍自然觉出来，她似乎也生我的气。她先进屋，砰地合上门。我打开门，将她的车钥匙放在茶几上，她已经进了卫生间。后来，我听到放水的声音。我坐在沙发上，摆弄着手机。她是老板，一向都是她说了算，但在这件事上，我要亮出态度。

二十余分钟后，黄萍穿着睡衣，踢踢踏踏走出来。她的头发还在滴水，空气弥漫着杏仁的香气。八九天没洗澡，浑身皱巴巴的，我早就想洗个澡。可我没动，我的心比后背还皱巴。

黄萍没看我，在沙发的另一侧坐定，边用毛巾揉头发边说，问吧。她仍然没看我，目光瞟着茶几上的车钥匙。我准备好的开场白略去，直接说，我不明白。黄萍这才与我对视，不明白什么？我问，老边……敲诈你了？黄萍皱眉，以你的了解，他会么？我说，那就没必要给他！黄萍说，他是什么人？非要他提出来？我说，这不公平，给老边倒比赔得还多。黄萍问，那依你的意思，我再加赔点儿，还是跟老边要回来？我回答不上来，哪种选择都不妥。黄萍说，实话说了吧，我谁都不愿意给，挣钱不容易，花一分钱我都心疼，可……这是你的过，你倒怪我了。我立时哑然。一切由我造成，我是罪魁祸首。黄萍说，协议是签了，但并不代表没有纠纷没有麻烦，可以枕着枕头睡大觉，不把可能的因素排除掉，我不踏实，这么做，不仅仅是为了我，你该比我明白。

我并没被黄萍说服，可头不知不觉地勾了。

拔了捻子，炮就没那么容易点了，黄萍说。她用心之深，令我吃惊。多个心眼儿并无坏处，如果你当初……何至于弄成现在这样？不过，我倒是感激，不然，你也不会回到我身边。她的嘲讽已经扎不疼我，但我还是不适。我不回应，这样她的挖苦也就到此为止。

没捻子的炮也是炮，是炮就有炸的可能，黄萍说，别以为过去了。

她的话有深意，我不是很明白。我无意掩饰自己的疑问，有些吃力地望着她，有那么一点紧张。

黄萍慢悠悠的,把婚离了吧。我被彻底惊着,再说不出话。

5

雨是从半夜开始下的,清早仍没有停的意思。活儿不能干了,饭是要吃的。我将两捆菠菜、一袋土豆、一袋萝卜、两兜馒头送到厨房。我的水杯摔了,昨天去超市买杯,顺手买了一个变形金刚,与曲奇饼干装在一个袋里。我靠近帐篷时,听见花小春在训斥他的娃。他说话快,用的是方言,我听得不是很清楚,但听懂了。那娃顶雨玩耍,弄湿了衣服鞋子。

帐篷的门帘是撩着的,但依然昏暗。那娃赤脚站在地上,双腿裸着,上身披着粉色的褂子,肯定是他母亲的。鞋就在门口丢着,裹满了泥,已经看不出颜色。花玉兰蹲在地上,正揉搓脸盆里的衣服。

看见我,花小春立即住嘴,只是愠色没完全褪去,如云翻卷。花玉兰反应快些,叫了声老板,站起来,甩着手上的水滴泡沫,完全是等待指令的恭顺。我说歇着吧,这雨一时半会儿的停不了。花玉兰问雨什么时候停。她大概实在找不出话了。我说难讲,天气预报也不一定准。我扬了扬手,冲娃说,给你的。那娃眼睛一亮,就要来拿。花小春猛地抓了他的肩,那娃朝后倾仰,差点摔倒。挺贵的吧,花小春说,那不行!那娃的目光像长满了嫩芽的柳条。我说从朋友那儿拿的,一个玩具而已。我走过去,塞给那娃,雨天出不去,正好在屋里玩。那娃倒机灵,说,谢谢老板。我佯沉了脸,你可不能这么叫,叫伯伯好了。那娃马上说,伯伯好!我摸摸他的头,说还没告诉我名字呢。那娃说花社。花玉兰让我坐,我说还有事呢。花玉兰推了花小春一把,但花小春只是嚅了嚅嘴。没等他发出音儿,我便离开了。空气阴湿,帐篷如瓮,实在憋闷。

我返回县城,买了箱水果,割了几斤肉,直奔赵庄乡。赵庄与野马镇不在一个方向,是距县城最远的乡镇。虽不像去野马镇那么频,但这条路也常走。我知道路边有几处农家酒店,有几个加油站,还知道哪个路口有牌子。路面泥泞,我开得小心翼翼,目光像标尺一样,直视着前方,未有半毫偏移。可是……眼睛并不任人指挥,想装作看不见,根本办不到。牌子不大,白底黑字:宽城殡仪馆。下面有一个粗黑的箭头,指向岔路。我稍踩了一下油门,呼啸而过。

那处院子在赵庄乡的最北端,院里有个盖着塑料布、四周压着砖头的大包。塑料布下是羊粪球,虽然盖着,空中仍弥漫着臭气。院内没铺砖,隔一米垫着一块石头。我踩着石头走到门口，将肉和水果放下。屋内也有一股羊粪味，比外面好些。堂屋没人，里屋也没有。但我知道赵月红肯定在。里屋的东墙有扇门，直通羊圈。门是后开的，丢过一次羊，赵月红和她现在的丈夫恨不得日夜搂着羊睡觉。羊圈的正门只填饲草的时候用，平常都锁着。

　　我推开，浓重的气味卷过来，几乎将我掀倒。没等我喊，赵月红便从角落立起，朝我走过来。她穿着高帮鞋，戴着套袖和手套，脸湿而红。套袖尚能看出灰蓝，手套已经看不出颜色。

　　她是个少言的人，说声来了，合上那扇特殊的门，搬了两个小凳放在堂屋门口。她问我喝水不，我说不喝。来过多次了，我没碰她家的水杯。我不是多么讲究的人，但也不是随时随地都可以端杯，何况我又不渴。我和赵月红分头坐了，她知道我待不长，所以仅仅是将手套摘了。院里的空气与她身上的气味差不多，门口是她招待我的最佳地点了，至少她是这么认为的吧。隔一段时间，我就想来，但来了就想走。

　　我问销路还行吧，赵月红说上个月出了不少，我说那就好。赵月红问今年种的什么，我说还那样。都是没话找话，可有可无。但坐下来，总不能什么都不说。这短暂的时间也需要打发。时间这玩意就这样，眨眼数年就没了影子，有时每一秒都如蜗牛爬行。

　　马屈在医院抢救那些天，赵月红基本没合眼。我不在现场，别人告诉我的。肇事司机跑了，医药费均是赵月红负担。她的钱多半是借的，后来，她嫁给现在的丈夫，只有一个条件，帮她还债。两人养了百十只羊，头几年没挣多少钱，近年收入才好了一点儿。也不是卖羊肉，而是卖羊粪。她丈夫的侄儿帮他们在网上出售，一小包十块钱。那些散发着臭味的羊粪于她如同宝贝。

　　也就十几分钟吧，我起身，顺手将一个信封放在锅台上，不多，两千块钱。钱是黄萍挣的，我不能随便花。说老实话，黄萍不是吝啬的人，就她为母亲买楼，并雇人侍候这一项，就使我感激不尽。她完全可以不管的。我和她都分开那么久了，不管也没人说她什么。让黄萍连赵月红也管了，那说不过去。

　　赵月红每次都推拒，但终会留下。而这次她坚决不要，说债还清了，用不着了。我强调最后一次，她说以后不要跑了。我看她，她立即道，没别的意思，大老远的。我笑笑，说嫂子放心。我来不仅仅是为送那两千块钱。心上垒着比城墙还高的石头，我常常喘不上气，跑一趟，多少能卸掉几块。我来，不全是为她。她要将这条路堵住吗？

　　雨似乎小了些，我摇下车窗，冷风透进来，发出鸭掌扑打水面的噗噗声。桃木蝴蝶似乎不抵寒意,瑟瑟地抖。有雨丝吹到脸上,后颈凉凉的。我伸手摸摸蝴蝶,它抖得没那么厉害了。但稍稍松手,它就来回晃荡。我略略往上摇摇车窗。车内太闷了,我不敢关死。

雨刮器不停地摆,那块白底黑字的牌子如一把利剑老远就刺入眼中。什么时候立在路边的,没人说得上,至少我不知道。无论多么醒目,和你没关系,你不会在意,自然无视其存在。一旦和你有了某种联系,即使蒙住眼睛,也难以忽视。

我在路口停住,没下车,点了支烟,静静地吸着。拐进去,沿水泥路走几公里就是终点。每到清明,这条路忙忙碌碌,此时没有一辆车,没有一个人,只有朦胧的树影及逆雨飞行的燕子。每次经过,我都对自己说,别想了,没人能让时光逆流。但我忍不住,只要经过,记忆就如铁链抽打着我。我做不了什么,就如现在,停一停,抽支烟,唯此而已。这不是什么仪式,谈不上庄重与肃穆,只是这样做了,那堵高墙又能掉下两块石头,我会舒服一些。我很自私,不是吗?

县城的街道没因下雨而空荡,反而更挤了。车像蜗牛,一个红绿灯要等老半天,举着伞的行人不顾喇叭的鸣叫,在蜗牛缝里挤来拐去。或是汹涌而至的人间烟火的诱惑,我突然饿了。不到十二点,还能赶上彭小莲和母亲的午饭。只是想到要向母亲复命,我又发怵。我其实挺想陪她一起吃饭,但只要我去,还没等站稳,她就催我救她的马伸。她吃不好,我也咽不下去。彭小莲性子直,若我吃得没滋没味,就会问我咸盐是不是又放多了。她很用心,既想合母亲口味,又想让我满意。她不懂我的心思,那与口味无关。

还是吃过了再去,我这么想着,拐进卫生局对面的巷子。金杯车不好停,我又从另一个口出来,将车停在药店门口,步行入巷,走进通常去的莜面馆,要了块牛骨头,一笼莜面窝。服务员拎过一壶茶,端来两碟小菜。一碟是酸菜,一瞧就是刚腌好的,酸气清爽,若是老酸菜,汤是混浊的;另一碟是咸菜,芥菜丝,拌了鲜红的辣椒。这家莜面馆的饭食与他处没什么区别,但这两碟小菜让我有归家的感觉。每次饭上桌前,母亲也这般先上两碟菜,一酸一咸。我爱吃酸的,马屈偏咸,嗜辣,所以那一碟必定夹拌着辣椒粉或辣椒丝。

刚啃了一口,手机响了。我匆忙放下,擦擦手接听。黄萍问我在哪儿,我说在外面吃口饭。她不轻易给我打电话,我问怎么了。她没回答,问和谁一起。我说没别人。我没撒谎,没必要,也许她就在街对面,看见了金杯车。黄萍说你吃完赶紧回来,我头皮一紧,再次问她怎么了。黄萍说电话说不清,你回来就是了。

我催服务员上饭,接着啃牛骨头。

三天前,我和黄萍办了离婚手续。与上次不同,这次是假离,我和她仍住在一起。离婚是为了规避风险。没人统计过中国假离婚的夫妻有多少，想必那是个庞大的数字。有的为买房，有的为转移财产。我和黄萍属于后者，只是因花小春和花玉兰而起，是我没想到的。如果花小春夫妇索赔几十万，就不会有后边这些事了。在请老边吃饭的那个晚上，黄萍大加分析。何以只要五千元？黄萍认为可能之一是他们久在偏远村寨，不知外面的"行情"；之二，那个小娃可能有什么残疾，碾压致死，虽也伤心，但也帮了他们。这很残忍，很无耻，很不地道，我强忍着，没让狠话出口。我还得仰赖她，母亲更是。其实，黄萍不坏，远比我好。包地时，她被一村民讹诈过，心有余悸。她心底有防线，或与此有关。我不赞成她的说法，但不得不同意她的决定。万一呢？我的一个失误会让她白白损失大几十万。房子，轿车，金杯，冷库，所有财产都在黄萍名下，离了婚，完全归她所有。找我索赔，单身一人，只有身上这套不值钱的皮。花小春夫妻做梦都不会想到吧。

我隐隐有预感，她催我回去，仍与花小春夫妇有关。防火墙已经竖起，黄萍还不踏实吗？她还担心什么？那块牛骨头被我啃得干干净净，我没丢掉，翻来覆去，寻找着可能的遗留。不是我多么馋，就是想咬点什么。

6

黄萍坐在转椅上，肩往前倾，从我站的角度望过去，脸与电脑屏幕不足半尺，似乎里面有巨大的力量，要将她吸进去。她的双臂撑着电脑桌，绷硬如弓，似乎连吃奶的劲儿都使上了，整个人呈搏击的架势。

我心里一沉。黄萍喜欢看电视，极少上网。那台电脑虽是她买的，却属于我。电脑里有些秘密，当然也不是多么机密，可我不想让人知道，尤其是黄萍。我猜黄萍发现了那些文字和视频。暴风雨就要来了，我一时想不出应对之策。也许沉默是最好的选择，随她去！我倚住门框，故作镇定。

贪夜蛾就要来了！黄萍背对我说的，然后才站起来，或是坐的时间久了，她有些站立不稳，扶了下椅背。

我不由愣住，使劲地瞅着她。她的脸不怎么好看，晦暗中透着隐隐的青。她往旁边挪挪，指了指电脑，你赶紧瞅瞅。我听出了紧张和忧虑。

这个阴雨天，黄萍没出门。吃过早饭，打了几个电话，睡了个回笼觉。她原本要洗衣服。她习惯边洗衣服边看电视。贪夜蛾的消息是从电视上看到的，她再无心思洗衣服，赶紧上网查。

贪夜蛾是外来昆虫，吞噬能力强，可寄生玉米、莜麦、水稻、花生、高粱、大豆、番茄、马铃薯、白菜等八十余种植物；繁殖能力强，单头雌蛾最高产卵两千余粒；迁飞能力强，每晚可飞一百公里；适生范围广，从11℃—30℃，都是适生温度。贪夜蛾一月份入侵云南，一路北上，五月份已侵入十三个省份。更糟糕的是，现有的杀虫剂难以杀死贪夜蛾，据说专家正在筛选，目前尚无有效农药。

难怪黄萍抽皮剥骨般。不与植物打交道，那就是个消息，如风过耳。可对黄萍这样的种菜人，就是悬在头上的利剑，这么说并非夸张，虽是小小的昆虫，如果不能有效杀灭，就可能颗粒无收，一年的辛苦付之东流。

黄萍不是窥看我的秘密，可我没有如释重负的轻松。我理解黄萍的焦忧，甚至惶恐。

怎么办？黄萍问，声音透着无助。

我笑一笑，将窗户打开。黄萍缩缩肩膀，说太冷了。我将窗户拽了拽，留了一道窄缝儿。屋里太沉闷了。别担心，坝上风大，不等飞到，就刮回老家了，我试图用玩笑缓解她的紧张。黄萍不悦，我和你正经说话呢。我说，我也是正经话，你没必要太担心，专家都没办法，你能怎么办？况且不是还没飞过来吗？杞人忧天，有什么用？黄萍说，专家靠不住。我说，如果专家都靠不住——黄萍打断我，那年种香菜，若不是我坚持换药，就完蛋了。那倒是，黄萍文化不高，但在使用杀虫剂、杀螨剂、除草剂方面极有悟性，全靠自己摸索。我问，你想怎么办？黄萍摇摇头，我不知道。忽然想起什么，说出去一趟。我问她是否吃过午饭，她说不饿，头也不回地走了。黄萍就这样，一旦执着于什么，非弄出个子丑寅卯不可。

傍晚，黄萍回来，拎了一袋油炸黄米糕，另一个塑料袋里是她新选的杀虫剂。这一下午，黄萍冒雨跑遍了全县的农用物质商店。我炒了盘鸡蛋，拌了个黄瓜丝。吃的是油炸糕，谈的却是农药。黄萍决定采取预防措施，"不能坐以待毙"，她说。这个词很大，大得有点吓人。她并非故意，就是那么认为的。

需要说明一下农药的杀灭方式。常用的有胃毒、触杀、内吸、熏蒸几种，黄萍惯用内吸。药剂在植物体内具有传导性能，由根茎叶传导全株。内吸法受降雨影响小，能有效杀死隐蔽处的害虫。但使用须有度，如果用得多，蔬菜毒性大，甚至将自己毒死；如果剂量不够，不但杀不死昆虫，反使昆虫具有抗毒性，就如曹操吃砒霜一样。这个度很难把握，好在黄萍在这方面极有悟性，虽然请了技术员，但用什么药、多大量，都是她自己掌握。只是已经施过一次，若因预防贪夜蛾再施一次，会不会防卫过当？敌人还在路上，这阵势大了点儿。

我抛出自己的疑虑，黄萍说你不懂。确实，我没她懂，但提醒还是必要的。我和她离了，依然绑在一起。就这么着吧，黄萍说，这就是不让我再多说。那就不说好了，谁让她是老板呢。吃过饭，我去看母亲了。

五天时间，数百亩蔬菜被药喂了一次。也许贪夜蛾能飞到坝上，也许飞不到；也许这防火墙会起作用，也许毫无用处。但至少缓解了黄萍的紧张与焦虑，她的脸不那么青了。

那天，我正从金杯车往厨房搬东西，黄萍从地的另一头走过来。她戴了顶草帽，挽着双袖。她不是只说不干的老板，许多时候她亲力亲为。我说葱头便宜得不敢相信，今年种葱头的怕是要赔死了。纯属没话找话。这不能说明什么，蔬菜的价格诡异得很，现在便宜，也许两月后能蹿上天。黄萍没接茬，说你进来一下。她的脸不怎么好看，难道又有别的昆虫入侵了？贪夜蛾夜行百公里已经让黄萍如临大敌，若杀出个夜行千里的，叫人怎么活呀。我没卸完，尾随她进屋。

你给那孩子买玩具了？黄萍劈头问。她的目光像刚刚吸食了农药。

原来是为这事，我甚是不快，但没显露在脸上。我顿了顿，反问，怎么了？不就是一个玩具嘛。

黄萍毫不掩饰恼火，你怎么就不动脑子想想！

我说，没几个钱。她不是心疼钱，我明白，但我故意往这上面扯。

黄萍狠狠地抿了抿嘴，如果我是一个萝卜什么的，她怕是早就把我嚼了。这不是钱的事，她说，如果没出那样的事，你就是买两个三个，也没什么。可现在不同，你这么做，他们难免往别处想。

小题大做，我感到好笑。没必要这么设防吧，我说，已经过去的事了。

黄萍说，如果像你说得那么简单，那当然好，但你能百分百保证么？

我说，我保证，拿我的脑袋担保。这是气话。

黄萍显然听出来，她的脸又青了一些，你以为你的脑袋那么值钱？

我说，已经买了，你说怎么着吧。破网是不在乎身上有几个口子，那几个口子会不会扯得更大。

黄萍又抿了下嘴，她在克制。她不愿把破网扯得更烂。买就买了，还能怎么着？但愿这几个月平安过去，她说。她瞟瞟我，目光转向窗户，其实那孩子挺招人喜欢的，看见他，我就想起豆豆小时候，你不着家，顾不上陪他，大半时间他都一个人玩，孤僻不是生来的。

黄萍拐到这上面，我便如扎了窟窿的轮胎。

喜欢归喜欢，有些事还是要想得长远一些，考虑得周全一些，这没坏处，如果你有防人之心，也不至于……黄萍停住，等我的反应。我没任何反应。那是我的死穴，她使出一指禅，我便立时气绝。效果达到，黄萍没有再说下去，改口，上午老犯晕，也不知怎么了。我劝她找医生瞧瞧，黄萍说也没大事，稍躺一会儿。

我打算把车上的东西卸完，出屋便看见花社蹲在车侧，正用树棍抠轮胎纹路里卡的石子。他腿如麻秆，胳膊也瘦。嘿，干什么呢？我问，他指了指。我摸摸他的头，叫他离车远点儿。他说，很多的。我唬了脸，听话，不然我弹脑门了！他勾了头，往帐篷方向走去，仍抓着棍子。我拉开车门，从副驾座上拿起绿柄红筒的塑料水枪。刚买不久，枪匣下端的孔里还吊着纸牌呢。我掂了掂，又放下了。合上车门，花社已经不见了。

那个夜晚，我留在了菜地。种菜如怀胎，须精心呵护。菜长出来，就离不开人了。要么我，要么黄萍，要么黄果，有时我和黄萍都得住在地里。那天，本应黄果当值，他临时有事，我只好留下。住在地里也蛮好的，听风入睡，有扎入泥土的感觉。我常常想，做一棵草也挺好的，生生世世长在那里，秋枯春生，恬静，自然。

不过，睡觉并不那么容易，越想睡越不得。脑子乱得很，我决定出去走走。这时，听见敲门声。

竟然是花小春。他站在门口，略有些不安。我见亮着灯，估摸你没睡呢。我说，睡不着，正想出去转转，有事吗？花小春望望身后黑漆漆的夜，似乎以为我在说梦话，问，现在？他肯定是有事的，我想起黄萍的警告，难道真如她预料的那样？我说，进来说吧，风这么大。花小春没动，说也没什么事。迟疑了一下，问歇工日能不能带他进趟县城，他想把那些钱存了。我说没问题哇，哪天都行。他说还是歇工日吧。我说随你。他说麻烦老板了。我说没啥麻烦的，一天来回好几趟呢。

几天后收工早了点儿，三点钟，银行五点才关门呢，我拉花小春，还有另外两个工人去了趟银行。工人们的钱有的在身上装着，自己缝的袋子，装个两三万没有问题，有的会存到银行或汇到老家。我管不着，钱是他们的，想怎么弄都和我没关系。花小春夫妇除了工钱，还有那笔赔偿，想来带在身上不大方便。

我让花小春坐在副驾，另外两个人如先前一样坐马扎。那把水枪在他前面的台上放着，他没碰，甚至没看。下车时，我叫他拿给花社，他连连摆手，那可使不得。我没再说别的。

黄萍知道我拉花小春几个存钱了，这并不是花小春专有的礼遇，哪个工人有需求，我都会拉。她没怎么担心，但还是问，存完就回来了？没去别的地方吧？

7

我回过头，母亲紧张得似乎气都不敢出了，枯树皮般的脸涂了一层蜡色，想看我又不敢，目光躲闪、游弋。我甚是奇怪，母亲刚刚还在训斥我，怎么我接了两个电话，突然就变了一个人？难道她的耳朵灵敏到可以听到电话里的声音？

你怎么了？我盯住母亲。母亲不答，五指叉开护着膝盖，双腿紧紧并拢，完全是守护的架势。我的目光扫过去。母亲的腿角已经湿了，尿液顺着脚踝淌到鞋上，再流到地上。她一定是忍了太久，憋不住了。

难怪母亲这个样子！我哎呀一声，皱眉道，你怎么不说话？母亲的目光没再躲闪，却比先前更加紧张，头顶没有被白发盖住的那一处暗粉更加醒目。她的嘴唇嚅动了数次，只是嚅动。心中便有瓷器碎裂似的，我蹲下去，她下意识地往后藏，被我摁住。我把裤脚往上挽了挽，鞋、袜、内裤基本湿透了。来，站起来！我抓住她的胳膊，她问去哪儿，我说还能去哪儿，给你换干净的。母亲叫，我不去，等小莲！她往后缩着，如果身后有洞，她肯定会钻进去。我说你会闹病的，母亲仍然不肯配合。我又疼又气，不由分说将她拽起来，搀架住她。她身体僵硬，但没再违拗。

经过卫生间门口，我问她还想尿不，她说不了；问她要不要拉，她说不，便搀扶着她进了卧室，让她坐在床沿，将她的鞋袜脱下来，丢到一边。袜子是红色的，袜口各有一个黄色的福字。彭小莲喜欢大红大绿，给母亲挑选的衣服都是喜气洋洋的。

我拉开衣柜，翻了几下，拽出一条红花粉底的秋裤，一条镶着绿边的黑色长裤。母亲不肯脱，比刚才坚决。她死死抓着裤子，与我对抗，力气大得出奇。我拽了半天，愣是没拽下去。我慢声劝她，不能穿湿裤子，换上干爽的舒服，还吓唬她不听话就不给她吃饭。母亲要么不言，要么就说等小莲。

我的耐性终于耗光，左手抓住她的胳膊，右手猛扯。母亲又抽又甩又摇晃，但没能阻止我，我终是将她的裤子脱下来，近乎粗暴。母亲脸色大变，她躬了腰，双臂交叉，护住自己的下腹。几滴泪垂到赤裸的腿上，发出爆裂般的声响。

我惊呆了。不是因为母亲哭，也不是因为她仓皇无助的遮护，而是因为她的腿实在是瘦得超过我的想象。好像没有皮肉，只有骨与骨连接着，用螺丝拧在一起。如果螺丝掉下去，骨节就会散架。

我眼睛酸涩，低低地叫了声娘。母亲似乎没听见，依然保持着防护的姿势。她裸着的腿已经湿了。脱也脱了，咱们换上干净的吧，这么晾着容易感冒，感冒了就得给你输液，我说。她绷得更紧了些。我又哄又劝，她不为所动，我只好扯过毛毯盖在她腿上。她躬得不那么厉害了。但这么坐着不是法子，我和她商量，往里坐坐，靠在床头。她没说等小莲，我便揽住她的腰，托起她的双腿。她死死抓着毛毯，仿佛她的腿有什么秘密。

彭小莲村庄搬迁，她回去签字。我看看表，有心给她打电话，又觉得太过分了。她极少请假。她说中午前赶回来，还有一个多小时呢。彭小莲已经到了婚嫁年龄，迟早要嫁人的。母亲已经离不开彭小莲了，我不敢想那一天来临，母亲是何反应。

我问母亲喝水不，母亲摇头。她不掉泪了，但眼睛仍然透着红。我为刚才的粗暴而内疚，母亲这病与我有极大关系。想致歉，终是说不出口。

你别在这儿晃来晃去的，好不好？我头晕。母亲用的是商量口气，但眼神不再发虚，已经没了紧张。我说我在外面坐会儿。她立即道，你不用管我，救你弟弟出来！我说我也是你儿子，你怎么不心疼心疼我，老惦记着马伸那王八蛋干吗？母亲先是惊骇，继而愠怒万分，满脸的"网"要飞起来的样子，不准你这么说！他是你弟弟，他有难，你不帮，谁帮？我说，他是自作自受。母亲猛挥胳膊，如果手里有东西，肯定会扔到我身上。你有个当哥的样儿！母亲喝道。我说，他有什么好，你这么偏向他！母亲说，他是马庄第一个考上大学的。我怔了怔，声音突然稀软，那好吧，等彭小莲回来我就走，快步走出卧室。

差一刻十二点，彭小莲进屋，放下包，就忙着给母亲换衣服，自然少不了数落。母亲有些怕她，却又那么依赖她。我去菜店买了一袋馒头、一个茄子、两个西红柿、一块豆腐。回去，母亲已经坐在她的专属白茬椅子上。

彭小莲看到我手里的东西，哎呀一声，忘"安顿"你了，中午要吃面条呢。我说为什么非得中午吃，晚上吃不一样吗？彭小莲说那怎么能一样，面条看似软，其实不好消化，适合中午吃；馒头喧乎，适合晚上吃。我说中午和晚上都吃馒头好啦。彭小莲比我想象的拧巴，说那不行，一天吃两顿馒头，谁受得了？彭小莲给母亲撑腰，母亲也给彭小莲帮腔，说就要吃面条。彭小莲得意地，听见了吧。我没再争执，跑出去买面条。

彭小莲边做饭边数落我，就让你照看半天，还让大娘尿了裤子。她离开的时候叮嘱过我。我讪笑着，说一直留意着呢。彭小莲哼了哼，拉倒吧，你的心根本不在这儿。这个丫头心直口快，一下就说中了。我干笑着，不再辩解。

我吃饭磨蹭，那日着了火似的，热气腾腾的面条，不足一刻就吞咽进肚里，而彭小莲才将晾凉的面条端到母亲跟前。母亲穿着大围裙，大约是饿了，早早地张开嘴。我可警告你哦，不能吃快了，别像上次再呛着了，彭小莲沉着脸。母亲点头，但并不听话，一嘬一吸，面条便进了肚。让你慢点，你咋当耳旁风？小心我罚你！彭小莲冲母亲瞪眼。母亲露了怯，却不忘张嘴，甚至更大了。我不知该欣慰还是该难过。正要走,彭小莲问我能不能再待会儿,她想让我帮着拿个主意。母亲听见了,插话,他要救他弟呢。彭小莲叫,你别打岔!她佯装撤碗,母亲便噤了声儿。我问着急不,彭小莲说急是不急。我说那就改天,我还有事。

确实有事,不过也没那么当紧。赵月红给我打电话,说老宅柜底有两双雨鞋,如果我回村,拿上捎给她,不回就算了。赵月红不轻易打电话,更别说帮忙了,我颇为意外。但我没有回村的打算,因为两双雨鞋,太不值了。我从商店买了两双男式的,两双女式的。老板找不开钱,我又各要了一双,然后直奔赵庄。不知赵月红怎么记起老宅的雨鞋,她离开好几年了,可能是雨季快到了吧。

赵月红各留了两双,还是我硬塞给她的。她与我哥有些相像,死倔死倔的。

来回两个多小时,我返到菜地,近四点,刚刚收工。我接的两个电话中,有一个是黄萍的。香菜、油菜、芹菜之类的,不能及时卖掉的,都要存到冷库。她今天在冷库那边,让我早点回菜地。黄萍两头跑,哪边都不放心。出了那档子事,再加上贪夜蛾的消息,她神经紧绷着,如拉满的弓。

通完电话,我又去了趟冷库,拉了些菜回来。那是不花钱的,或者说几乎不花钱。黄萍的菜也快下来了,基本能接住的。食堂的菜自然单调,但如黄萍所言,他们从老家出来,也不是为了吃喝。况且是免费的,从未有人提出异议。

晚饭后,我躺在床上摆弄手机。每天不知要接听多少电话,但始终听不到等待的声音。我会一直等,等到我离开世界那一刻。并非我有什么奢望,也不是为了报复,只想弄个明白。我不为自己曾经的作为后悔,但是糊里糊涂进棺材那才遗憾呢。

听到吵闹,我起身出去。帐篷外站了三四个人,边朝里张望边叽咕着。数声号叫,是从帐篷传出来的。我头皮一紧,快步过去,问他们出了什么事。一个汉子指了指,我缩头进去,顺手扯了门口的灯绳。

号叫的是花玉兰,她披头散发,边叫边掐脑门。花小春试图摁她,但每次号叫时,花玉兰的身体如鳗鱼摇摆,花小春根本摁不住。显然,她折腾有一会儿了,花小春的黄面皮像从水里捞出来的,精湿。他慌张却没乱了阵脚,花玉兰快滚至床边了,他立马跳下地,死死护住。只是他的麻秆腰未必经得住花玉兰撞击,他自己也明白。这时,他冲旁边的花社叫喊,花社早吓得变了脸色,抖抖地靠过去,与花小春一同护住。又一声号叫,花玉兰滚向床的另一端。

我连问怎么了,花小春没应。我急了,大喊,你他妈说话呀!花玉兰号叫的间隙,花小春说花玉兰的老毛病了,疼得厉害,但不会有大事。我问没带药吗,赶紧吃啊。花小春说带是带了,但不大管用,疼过劲儿就没事了。竟用的是自然疗法!

我说赶紧送医院吧，这要疼坏的。花小春立即摆手，用不着，真的用不着。花玉兰也听见了，虚喘着，没……事儿。我火了，想爆粗，又忍住，冲门口那几个人招招手，钻进来两个，将花玉兰抬进金杯。

花玉兰的号叫弱了许多，或许她在强忍。我不敢大意，有事没事，医生说了算。我努力保持着沉稳，比平时还是快了许多。

到了县医院，花玉兰偶尔呻吟一下，花小春与一同来的老乡欲抬她，她不用，只由花小春搀着，一瘸一拐，走得却极快。花社也跟着来了，蹦蹦跳跳的，仿佛到了什么好玩的地方。

值班医生简单问了问，开了个CT的单子。没一会儿结果就出来了，当真没什么事。我问要不要做别的检查，花玉兰抢先说不用了。医生问要不要开几盒药，花玉兰与花小春一同摇头。但我坚持，医生就开了三盒正天丸。

回去的路上，花小春说好几年没犯了，可能是累了，花玉兰当即道，累什么累，比家里可轻松多了。花小春马上改口，说这儿能早早歇着。这话无疑是让我听的。花玉兰腿不利索，反应倒比花小春快。

他们下车后，我叫住花小春，把那两双雨鞋给了他，水枪则塞给花社。我留着没用，不就一把塑料枪么。黄萍顶多责备几句，反正不是第一次了，我不在乎。

8

窗外传来洗漱、说话、咳嗽声，我睁开眼，看了看表，不到四点，屋里还暗着呢。我躺了躺，竭力回想做的梦，能记起一些，绝大部分则如烟雾飘荡，紧抓慢抓，消散得干干净净。

这么个工夫，窗帘上方的玻璃已经发白，我迅速爬起，打开柜子，抓起电动剃须刀，边刮边将窗帘拽开。我没洁癖，但绝不让他人染指我的私人物品，特别是牙膏、牙刷、搽脸油这些。黄果用我的剃须刀刮胡子，可把我气坏了。自那之后，我就将洗漱用具、拖鞋锁起来。

打水回来，我看到花小春站在帐篷门口。他没吸烟，缩膀立着。我点了点头，他快步过来，说昨天多亏了老板。我说夜里没疼吧，他说没疼，回来就睡了。我说那就好。花小春将卷成筒状的钱给我，我说算了。花小春叫，那怎么行？麻烦你够多了。县医院不大，但左一个走廊右一个走廊，很容易转晕。来回交费，都是我跑的。昨夜花小春要去收费条，一早等在这里就是为还钱吧。

花玉兰也钻出了帐篷。让她歇一天吧，我小声劝花小春。花小春笑笑，说没事了，疼一次，半年都犯不了。他回头瞅瞅花玉兰，加重语气，老板放心，不影响干活。像是丈夫发了什么信号，花玉兰径直走到我面前，躬了个躬，说，我刚刚吃过饭，一大碗呢，比好人还好。我被她逗笑了，说你觉得自己行，我不拦你。花玉兰甩了甩胳膊，下颌朝向花小春，不会比他差。

半晌午，我回到县城。昨天拉回的免费菜足够吃三四天，但馒头、麻饼、面条还需要采购。面食容易坏，坝上虽然凉爽，也不经搁的。现吃现买，一脚油门的事。

我还惦记着彭小莲的事，她让我拿主意，也不知是什么主意。不是有人给她提亲了吧？心忽然就沉下去。

在向母亲复命、保证后，我将彭小莲叫到一边。刚说几句话，电话响了。催要化肥钱的。农药、化肥都是赊欠，一般要等到卖完菜才结。那边说了一堆难处，用商量的口吻，希望先结一部分。现在资金紧张，这得向黄萍请示。总算把电话挂了，我冲彭小莲点头。彭小莲刚接过话，电话又响了。真是邪了，往日的电话没这么频。我抛出一个歉意的眼神，彭小莲哼了哼，抓起水壶浇花去了。

黄萍问我在哪里，我说买馒头，同时瞟瞟彭小莲的背影。她一定听见了。电话那边没应，这不大正常，也许她猜出我在撒谎。也没什么秘密，我想，随即道，进来瞧瞧娘，什么事儿？黄萍说见面再说，我在菜地呢。我说好吧，这就回去。黄萍不大高兴，我自然听得出来，也猜出个大概。

我没马上离开，和彭小莲说了会儿话。

果然是为花玉兰的事，黄果昨天不在，她的耳目可真不少呢。黄萍并非因为送花玉兰去医院而不悦，而是我没告诉她。唉，区区小事，她也要操心。

我的话音还飘着，她马上反击，这怎么是小事？她比以前注意保养，冬闲的时候，常敷着面膜走来走去。肤色倒是白了些，那些年她推着小车在街上卖饮料、矿泉水、花生、瓜子，风吹日晒，脸色褐红，如风化的砖头。旁边的商贩日落就收摊，她要坚持到九点，冬夏如此。她那么拼，是因为心里憋着气。可不是晒黑脸那么简单，因为怕上厕所，她白天极少喝水，夜晚则不停地喝，一趟趟起夜，睡不好，遗留了黑眼圈。所以她敷着面膜来回晃荡，我就有被抽打的感觉。此时，她的脸更白了，额头的疙瘩如绾结过紧的麻绳，随时断裂的样子。

为什么别人不犯头疼病，就她犯？黄萍目光带着挠钩。

我吃惊地看着她。这可不是一个正常人该说的话，太无理，太没水平了。

黄萍显然意识到了，语气缓下来，我不是故意往别处想，但你不觉得蹊跷么？如果……她顿了一下，多个心眼儿总是对的。

我说，她怎么干活你肯定留意了吧，不比别人差，拿的钱却少多了。

黄萍的目光横扫过来，那不是说好的吗？

我说，说好也可以再议的，两口子没一个张过嘴。

黄萍问，你是不是觉得我的心比煤球还黑？

老实说，我从来没那么想过。她这样问，令我不快。

黄萍说，如果你当初有防人之心，也不会落到这个地步。别人逍遥，你坐牢。

她甩出撒手锏，我如同残破的城楼，立时土崩瓦解，唯有脸硬得跟果壳一样。我忽然想起一句话：马蹄飞踏，花泥四溅。

黄萍没继续讨伐，也许是因为我脸色太难看了。你说她不是装出来的？真的犯了病？黄萍犹有不甘，忧心忡忡的。

自贪夜蛾入侵，黄萍的脑袋上就顶了雷，时刻警惕。你说贪夜蛾飞到哪儿了？她数次问我，就像我是贪夜蛾的领队，我带着蛾群飞行似的。以前她不怎么爱看电脑，现在有空就杵到电脑前。虽然她提前施了药，冒着菜带毒性的风险，但还是不踏实。而花小春夫妇又像根刺扎在肉里。不，用她的话说，那就是颗炸弹。她眉间的疙瘩怕要长得更大了。

如果他们想动心思，早就跳起来，何必等到现在？我说，这算什么？

黄萍说，亏得有协议。

我说，是啊，有协议，你又担心什么？

黄萍说，国与国之间的协议还说撕就撕，跟擦屁股纸一样。那两页纸还能变成铁板？这世道，没什么是不变的。

这倒是。国与国的协议撕毁了多少，我不清楚，但年年有。电视上经常听到看到。我不再劝说，她扯出大"旗"，我还有什么说的？

要是开始不雇他们就好了，黄萍说，明年带小孩的坚决不要。

我一直这么想呢，那样，我就不会成为肇事者了。

舅也是，为什么带他们出来？黄萍这枪口，逮谁都要瞄一瞄。

我说，如今说这个没用，以前有过的。

黄萍思忖着，若是现在辞掉他们呢。

我有些紧张。临时工，说辞马上就可以，一句话的事，不受任何法律制约。我不敢硬劝，怕适得其反。我极小心地说，那两口子可是没藏奸耍滑呢，你这么做，不大合适，况且，本来他们没想法，没动别的心思，要是被惹恼，恐怕就不好说了，你让他们单住帐篷，不就是怕别人在他们耳边乱嘈嘈么？

黄萍嘲讽，琢磨我，你倒蛮下功夫的。

我干笑一声，语带双关，不琢磨领导意图，我怎么往上爬？

黄萍脸带红晕，斜我一眼。末了说，先搁搁，看他们还出不出幺蛾子，你留心一点儿，别大意了。

我刚想松口气，黄萍说，必要时，也只能……

9

七月中旬卖掉甘蓝，距收白萝卜还有十多天时间，我把一半工人借了出去。这也是黄萍的意思。借出去的工人当然要借方支付工钱。这样，黄萍能少一些开销，对哪方都合适。待白萝卜成熟了，立即将人撤回。卖菜期需要大量人手，除了现雇，也常向别家借工。

每天清早我将借出的人送到那边菜地，收工时再将他们接回来。自然我不会白跑，这里面的道道挺多的，还是不说了吧。

某天，我把人送到，帮了会儿忙，返回时看见不远处的干枝梅，便将车停在路边。我喜欢花花草草，从小就这样，相比乡村淘气的男娃，有点儿娘们儿。诸葛菜、委陵菜、天仙子、野决明、南芥、飞廉、独行菜、毛茛、翠雀、沙参、老鹳草，村庄周边的花草，我识得七八十种。以前每次回村，我要在田野上转一大圈，就为了看那些花草。我极少摘花，看到别人把开得正艳的花朵扯断，甚至连根拔起，很是难过，目光的温度也会升高许多。那天，我也说不上为什么，本是为了观赏。在干枝梅旁边蹲了一会儿，离开时，我掐了半把。干枝梅花期长，插在水瓶里可绽放三五个月。

我没回菜地，径直开往县城。车停在楼下，我才意识到，干枝梅是折给母亲的。她越来越不爱动，让她出一趟楼，彭小莲连哄带吓唬的。母亲的话也越来越少，见了我还好些。用彭小莲的话说，每次看见我，母亲都像通了电。

母亲正在打盹。她坐在她的专座上，白发垂顺，两臂交叉，大围裙仍在颈上吊着。想必她吃完就困了，摘都来不及。母亲白日睡觉的时间越来越长，夜晚越来越少，这样，彭小莲就得陪着她。我对彭小莲说过，趁母亲犯迷糊，她抓紧补个觉。彭小莲一句话就呛回来，你以为我是猪呢，说睡就睡！她说话直，但从不抱怨。

我敛气屏声，冲拖地的彭小莲扬扬干枝梅。彭小莲将拖把靠在墙上，把干枝梅接过去。我走进卧室，掩了门，来到阳台，点了支烟。少顷，彭小莲进来，警告我少抽一支。老半天才能走掉烟味呢，她不高兴地说。我有心问她怎么回复哥嫂的，又怕说多了惊醒母亲，便点了点头，紧吸几口，将烟头掐灭。突然听到母亲的叫声，我和她同时往外跑。

母亲站立起来，颤颤巍巍，抖抖瑟瑟，目光则焊住了一样，牢牢地凝视着电视柜上的干枝梅，间或有零散的火星溅起，噼噼啪啪地炸响。彭小莲奔过去，抓了她的胳膊往下摁，同时训斥，不好好睡，发啥癔症？母亲没理会她，目光转向我，你弟回来了？没等我回答，她就笃定地说，他肯定回来了！这花是他弄的对不对？他就喜欢个花草，他在哪里？母亲目光弯折，竭力朝我身后瞅，仿佛他惦念的人被我藏起来了。

风暴席卷，我摇了摇，竭力站定。我不知说什么。彭小莲急了，瞪着我，你说话呀，怎么哑了？我咬咬牙，往前靠了靠，这样母亲的巴掌就可以扇到我脸上。我就是马伸，你好好看看。一根根刺从母亲眼里射出来，转瞬便化成一缕缕烟雾。你就是？母亲摸摸我的脸，那马屈在哪里？我说马屈他……我哽咽起来。母亲突然叫，胡说！你是马屈，不是马伸，我还没糊涂呢，你别想哄我！母亲连珠炮似的，与刚才判若两人。我不管不顾地，我就是你该死的马伸，你怎么就不明白？母亲被激怒，她扬起手，但并没挥向我，而是在空中乱劈，少胡说！你少胡说！彭小莲及时揽住她的腰，急赤白脸地，她可是病人呢，你和她较个什么劲儿？犹如冰水浇下，我顿时清醒，说不出的沮丧。可是，我不想就此放弃，诱导母亲，干枝梅是我采的，你想，谁爱采这个？母亲叫，一束花就想糊弄我？拿走！彭小莲劝，留下吧，挺好看的。母亲狂躁地，我不要花，我要马伸，他在哪里？我终于泄气，说，他在监狱呢，不能见你。母亲哼了哼，我就知道！救他出来呀，愣着干什么？我说，好吧。母亲催促，去呀，怎么不走？彭小莲再次训斥，有点儿耐性，他跑了大半天的路，总得让他歇歇呀，他也是你儿子，你也心疼心疼他！彭小莲提高声音，母亲的声音马上弱下去，我是急呀。彭小莲说，驴马还得吃草呢。母亲四处瞭望，饭做好了吗？让我儿吃饭！彭小莲说，你坐好了，你这个样儿，我咋做饭？母亲乖乖地坐了。彭小莲忙活时，我试图摘掉母亲的围裙。母亲双手紧护，要吃饭呀，不能洒在身上。母亲轻轻摇头，又指着彭小莲的背影，压低声音，她会罚的！我本来想再陪她一会儿，顺便喂喂肚子。眼底泛潮，就坐不住了。

彭小莲追出来，将干枝梅和花瓶一并塞给我。我看她，她说还是别刺激大娘了。我没再说什么，回了趟黄萍的家，把花放在餐桌上。香气弥散，屋子顿时清亮许多。

黄昏，我将工人拉回来，正要回屋，花小春迎上来，问能不能把他也"借"出去。他满脸的恳切。借出去的工人每天能多挣二三十块钱，但劳动强度也大。我沉吟着，说也就八九天。花小春说，干几天算几天。我说，明天我问一下，看他们需要多少人。花小春喜形于色，黄面皮顿时被染，谢谢老板。花社从帐篷跑出来，将水枪对住我和花小春，射出一道水柱。花小春呵斥花社，同时对我赔着笑，没弄湿你吧，他看见你可亲了。那倒是真的，他偷偷抠轮胎纹里的石子，以为我不知道。

要说花小春的要求不是个事，但因为他的特别，我不敢轻易答应。这要和黄萍商量。我给黄萍打电话，她掐断了。过了几分钟，她又打过来，说正请人吃饭呢，问我有什么事，当紧不。我说不当紧，她说那就回家说。她没说在哪里吃饭，没说请什么人。我知道她一会儿还要打电话，她喝了酒，我得接她。我简单和黄果交代过，驱车回城。

晚间新闻结束，黄萍也没来电话。手机倒是响了两次。我有些躁，翻弄着手机，不知该不该拨过去。来回走了几步，忽然盯住干枝梅，说不出的惊骇。不知因为灯光的缘故还是我的眼睛出了问题，原本粉白的花朵变成了红色，几乎要滴出血来。我晃晃脑袋，使劲眨了眨眼。仍然是红的，灯光也被传染了，耀眼，灿烂。正要去摸，听到开锁声。

黄萍满面通红，浑身酒气，歪趔着，随时要摔倒的样子。我快步过去，扶住她，将松滑到臂弯的包摘下来。黄萍说恶心，我便搀她往卫生间走。我原本要扶她到马桶边的，到了门口，她推我一把，将门合住。

黄萍呕吐时，我去厨房倒了杯白水。干枝梅又成了粉白色，我刚才经历的似乎是梦境。

黄萍在卫生间折腾了许久。我问她没事吧，她说就是头有点胀，歇歇就好。稍后，听见洗漱的声音，我松了口气。我入狱前，黄萍滴酒不沾。和我重新生活在一起，她的酒量大得惊人，醉成这样，极罕见。

从卫生间出来，黄萍的脸仍然红红的，但步态稳了许多。看见餐桌上的干枝梅，问我谁送的。我说回来的路上采的。黄萍说你还是没变。我没接茬，说晾了杯白水，问要不要加点蜂蜜。黄萍说不要，我去睡了。

走到卧室门口，她立住，觑着我，目光滚烫，你不来吗？我一声不响地走向她。

我和黄萍许久没有做爱了，二十天，也可能一个月，我记不大清了。时间久了，抚摸都变得生疏，不像缠在一起的身体，更像两棵被砍伐后叠压在一起的树。过了一会儿，才进入状态。在这方面，黄萍一向克制，哪怕成了老板。那一晚可能酒喝多了，黄萍彻底换了个人，我几次都想捂她嘴巴。她的冷让我扫兴，但她如此狂烈，我又犯嘀咕。去他娘的，想那么多干什么？我不在乎。我调整姿势，呼应着黄萍。干枝梅在脑里炸开，像碎裂的霞光。

确实是喝多了,也折腾累了吧,黄萍转过身便打起鼾。花小春的事自然提不成了,只能明早再说。

我睡觉没那么容易,不是一天两天了。黄萍的鼾声让我生出隐隐的嫉妒。翻滚了几十遭,刚刚有了点睡意,手机振动起来。是的,即便睡觉,手机也是开着。宁可被骚扰,也不能错过。其实毫无意义,于我而言,这无意义或许就是意义。

黄萍是不会被惊醒的,我还是不敢大意,赤身躲到厨房。那边不说话,但我能听到她的呼吸。我的心跳骤然加快,声音颤抖得失真,我知道是你。没等我再说话,那边挂了。我一遍又一遍地回拨,几近疯狂。但提示都在关机状态。我盯着手机黑下去的屏幕,喘了好一阵子,走到阳台,凝望着夜空。不知过了多久,回到床上才感觉到冷。

这一夜肯定要泡汤了,我想躺到天亮,没料竟然睡着了,而且睡得死沉,黄萍什么时候起床都不知道。睁开眼睛,快八点了。再拨昨日的电话,通了,是冰冷的男人声音,我说了半句话,他立即恼火地说打错了。我愣怔了足有一刻钟,如同血红的干枝梅一样,难道昨夜听电话也是幻觉?

我抱着验证的心理来到餐厅。干枝梅不见了,连同花瓶也没了影儿。

我抹了把脸,就往菜地赶。外借的工人等老半天了吧,地上扔了不少烟头。花小春也在其中。他的目光轻轻在我脸上扫了扫,和别人一样往金杯车门口拥。我正要拽他,他收束麻秆腰,极快地钻进去。

10

我把工人送到,抽了支烟便往回返。开出也就两三公里,黄果打来电话。他平时不喊我姐夫,叫姐夫准没好事。我的心直往下沉。他着急起来,舌头就短了半截,说话那叫费劲,但我还是听清了。电话里隐约传来哭号和杂乱的喊叫,知道黄果就在边儿上。我掉转车头,恨不得让金杯飞起来,到了地边,我跳下车,边跑边扫视。花小春扛了一袋菜,双脚生风,飞快地移往菜车方向。他身材细瘦如竹竿,那袋菜足抵他三个粗壮,然而他步态稳健,没有丝毫摇摆。我奔过去,他正好走到车旁边。他抓住菜袋的两个角,往上一抛,车上的人稳稳接住。我扯他,他直往后甩。我喊声高,他意识到了,紧跟我身后。

怎么了?尚未坐稳,他再次问。

我阴着脸叫,抓牢了!

花小春斜过身,如针的目光扎着我。我没理他,紧紧握着方向盘。上了公路,花小春的电话响了。没说两句话，黄面皮彻底转白，额际也冒出冷汗。目光再转向我，已经泛着血红色。他催我快点，眼睛紧紧盯着前面。我一言不发，已经够快了。我还想飞呢。

黄果再次打来电话。挂断，我大出一口气，发现后背已经湿透。救过来了！我腾出右手，狠狠抓花小春一把。花小春的细胳膊比铁棍还要硬。天！他叫了一声。又打一通电话，目光没那么血了，他抹一下额头，在腿上擦擦；再抹一下，再擦擦。

已经在去医院的路上，你……放心，我安慰道，不会有事的。他仍不停抹额头，仿佛突然间长出个喷泉，但脸已经由白转黄，透着隐隐的不安。给你们添麻烦了，他低声道。岂止是麻烦！我心想。斜斜他，皱眉道，你也是，一天一百二也不少了，非要跟别人跑，你留在菜地，看住他，哪会发生这事？幸亏旁边有人，及时救上来了，这要有个意外……那个黄昏闪出来，我忍住了。花小春惴惴的，嚅嚅嘴唇，什么也没说出来。

上午是县医院看病的高峰期，车辆行人出出进进，喇叭声此起彼伏，比菜市场还喧闹。足有五分钟，才从门口挪进院里，却找不到停车位。我让花小春先下车，他倒利索，插进人流，一闪一跳便没了影儿。转了一圈，我又将金杯开出医院，停在马路边。

黄萍、黄果在走廊里站着，两个人都板着脸。花玉兰则坐在地上，头发有些乱，脸带泪痕，花小春蹲在她身侧，小声劝慰着。

黄果叫声姐夫，我说人呢，他看看黄萍，指了指门。我欲进去，发现门插着。不是救过来了吗？怎么回事？我问黄果。黄果又看看黄萍，似乎说话都需要黄萍批准。没少灌，医生建议洗胃。黄果的声音低得不能再低。

每样蔬菜在不同的生长期要施不同的农药和化肥，黄萍钟情的内吸法，须把农药和化肥用水搅拌稀释，再浇灌。刚抽上来的水温度低，直接浇不利于植物生长。黄萍别出心裁，挖了两个大水池，既可晒水又可溶药。花社在给水枪灌水时滑进了水池。药水毒性轻于农药，但终是有毒。而且，出于对贪夜蛾的恐惧，黄萍用药比往年猛。想到此，我的心又吊起来，水枪是我送给花社的，唉，我怎么想得到呢？

临近中午，洗胃结束，花社算是彻底脱离了危险，医生要求住院，观察三五天。黄萍和黄果先后离去，我帮着办了住院手续，买了午饭，又拉花小春取了行李。花小春说花玉兰一个人陪床就可以，我硬劝他也留下。花玉兰腿不方便，两个人照料毕竟好一些。

我没顾上看母亲，一天折腾下来，身心疲惫，脑袋像灌了糨糊，开车时记得还有一桩事，停了车却怎么也想不起来。我想回黄萍的高楼好好睡一觉，黄萍打电话让我回菜地，我明白她要住在那里了。那张床是临时搭的，床板翘着，翻个身咯吱咯吱响，一个人睡还好，两个人挤在一起，耳边一整夜都不消停。但黄萍让我去，绝不是睡一夜那么简单。她考虑事情远比我长远，或是又想到什么吧？

黄萍坐在床边，神色凝重。我触见桌上的水枪，突然明白在脑里摆来摆去，却模糊不清的东西是什么了。水枪在黄萍这里，她自然把一切都搞清楚了。难怪在医院的走廊，她一句话都没和我说。

你干的好事！黄萍毫不掩饰自己的愠怒。

我勾了头，谁能想到呢，那孩子——这是个意外。

黄萍冷笑，意外？没那么简单。

我吃惊地看着她，怎么会呢？

黄萍说，动动你的脑子。

我动不了，那一堆糨糊要胀破头皮了。好半天，我才艰难地说，谁会拿自己的孩子……不会的……绝不会。

黄萍说，你坐了五年牢，白坐了。

那是我的软肋，也是我的疮疤。未能随时间流逝而愈合，有风吹草动就钻心地痛。我紧紧咬着嘴巴，生怕自己说出难听的话。

黄萍轻轻瞄瞄我，缓了语气。不是我多疑，实在是太蹊跷了。你前脚把花小春送走，那孩子就掉进了水池。我问过，他可不是第一次去汲水了。听黄果说，花玉兰干活心神不定，直朝水池瞭。如果担心，她就不该让他去那里。

我终于缓上口气，你别乱猜疑了，如果他们有什么想法，完全可以——何必——

黄萍说，如果没有那份协议，你以为呢？

我说，不至于。

黄萍哼了一声，眉间的疙瘩宛若青杏，这件事不会就这么结束，你等着瞧。

那一夜，我没睡好，她也是。她总在我以为她睡着的时候，冷不丁地抛出疑窦。清早起床，她眼窝发青，脸皮枯干。她对着镜子照了照，拔掉一根白发，同时咕哝，昨天还没有呢。

三天后，我将花小春一家接回菜地。两口子都有些衰，花社还是那么不安分，几次想摸那个桃木挂件，均被花小春拽住。花小春冲花社瞪眼，低声吓唬。如果是别的，我早就给他了。见他仍一眼一眼地瞭，我说改天送你个别的。那把水枪被黄萍扔了。我不会再买水枪给他。别的也许会买，也许不会，就那么一说。花社眼睛发亮，花小春却有些慌，娃不识惯，老板千万别再破费了。花社说他想要，花小春举手佯打，花社躲了一下，缩进花玉兰怀里。

隔了一日，夜已深了，我和黄萍正要睡觉，花小春敲门进来。这些天我和黄萍都住在菜地。花小春冲黄萍笑笑，望着我，问我能不能帮个忙。我问什么事？他从兜里摸出一卷纸递给我。我觉得算错了，咋这么多呢，也就住了三天，他有些紧张，说话时麻秆腰一抖一抖的。那是叠在一起的药费条子，我刚展开，黄萍就夺了过去。她一一翻过，极其干脆地说，没问题呀，三千二百九十八。黄萍学历不高，但在数学方面极有天赋。花小春说，我不是说没加对——黄萍嘴极快，那就是算对了，你怎么说错了？花小春被噎着，脖子抻了抻，才略显艰难地说，不是数字不对，是医院算得太多了，就三天，我寻思着——黄萍说，什么费用，每项费用多少钱，写得清清楚楚，医院就这么规定的，不是为你单设的标准，这还算少的呢，一天花几十万的都有。花小春显然被黄萍震了，或者说，吓住了，黄面皮僵僵的。如果就这个事，你不必说了，我很负责地告诉你，绝对错不了。黄萍将药费条卷住，塞给他。花小春说，我还是想去问问，万一算错呢。黄萍皱眉，我说了半天，你怎么听不懂呢？花小春甚是不安，他求救地望着我，灯光下，他的目光和他的面皮一样灰黄。我说既然有怀疑，抽空带你去趟医院。花小春生怕我反悔，说那就谢谢老板，风一样飘出去。

我说什么来着？黄萍目光如锥。我说他没进过医院，有疑虑很正常。黄萍冷哼一声，有疑虑结账的时候就该问，何必拖到现在？询问医院不过是虚晃一枪，这小伎俩能哄谁？

期间我给花社买过一箱牛奶、两盒曲奇饼干、几斤桃。住院费黄萍事先就严厉指示过，所以我没结。三千块钱不多，但对花小春和花玉兰，要干半个月才能挣回来。我和黄萍商量，钱也不多，要不给他结了吧。黄萍仍如先前一样坚决，不行！这不是多少钱的问题，我没那么抠，你给他医药费，性质就变了。我说未必有你想得那么复杂，黄萍的目光就有些凶狠，你敢保证？我说如果真如你想的那样，那协议他绝对不会签的。黄萍说没有前边的，这后边的事怕也不会发生呢。我还想劝，黄萍突然来了火，她让我扪心自问，她是不是黑心的人？她当然不是。替我照料母亲就不说了，每年她都给野马镇敬老院捐款，五千、一万的都有。

我不吱声了。黄萍的感觉令人刮目。比如在用什么农药及量比上，她说不出理论依据，只凭感觉，连技术员都佩服。在识人方面，她更是胜我一筹。万一，真如她猜测的那样呢？

第二天收工，我拉花小春去了医院。自然白跑一趟。收费的姑娘三言两语就把花小春打发了。花小春的黄脸蒙了一层灰，一路上不停地絮叨，咋这么贵呢？跟吃人差不多了。若是本地人，可报销一部分，他不在报销范围。我和他说了，他沮丧地，看来没指望了。我兜里倒是有千把块钱，那是攒下来，准备给赵月红的。脑里翻腾了一会儿，我放弃了。

一周后的凌晨，我和黄萍起床时，花小春已经候在门口，神色焦灼、不安。花社半夜直叫肚疼，天亮才消停。他问能不能送他去趟医院，他想给花社查查。我立即答应。没有理由不答应。花小春感激地，又给老板添麻烦了，快步跑向帐篷。

戏开场了，你等着瞧！黄萍拍打着浮肿的脸，目光却有些游移，老婆头疼孩子肚疼，哪会这么巧？

也是从那个清早，我犯了嘀咕。

抽血、化验、检查，折腾了一上午，医生说可能吃了不合适的食物，并无大碍。花小春连声道，那就好那就好，他就怕花社中毒。做父亲的担心很正常，来的时候四口人，现在成了三个，谁碰到这事儿不担心呢？只是，或许被黄萍灌多了的缘故，我心里打了个不大但也不小的问号。

那晚半夜，我刚迷糊着，床板咯吱了几声，黄萍碰碰我，说花小春在打听花社掉入的水池里掺的是什么农药，还捡了几个农药袋子。为提防贪夜蛾，黄萍下药虽然猛了些，但也在安全范围。这本来不是问题，与花小春联系起来，恐怕真有些复杂。不过，花小春忧心花社中毒，也没错，可以理解。我劝她别乱想，黄萍说，该下决心了。我听出话外有音，问她想怎样。黄萍说，还没想好，不早了，明天再说吧。

一早，黄萍发现自己的车胎被扎了。她非常生气，指着车，大声叫骂。发生得突然、蹊跷，谁会和黄萍过不去呢？扎她的车胎又有什么益处呢？那天，我没往外借人。黄萍报了警，警察来了一趟，挨个询问，气氛紧张极了，像发生了什么要案。警察临走，单独和黄萍谈过话。

那天下午，老边把花小春一家接走了。他给他们找了新的雇主。花小春不愿离开，因为他的老乡都在这边。他指天发誓，轮胎不是他扎的，更不是花社。黄萍没说是他扎的，也没说不是他扎的。她没提轮胎，说去哪里都一样挣钱，有老边的面子，哪里都好。老边也打劝，花小春没再说什么。临时工，没有合同，辞退就是一句话的事，辞退花小春两口子有些小波折而已。

傍晚，黄萍问我多久没去看母亲了，我说两天了。她说，明天我和你一块儿去。

11

九月底，最后一拨土豆收完，黄萍的精力全部放到冷库那边。我做了两天扫尾工作，到冷库帮忙。其实扫尾用不了半天，工人已经全部离开，或返乡或去他处谋活，只须打扫一下工棚，挂锁即可。看护的老两口常年住在菜地，清扫之类的活儿用不着我，但我硬是在菜地耗了两天。我有时地里走走，有时蹲在空了的水池边发会儿呆，就如我在村里那样。深秋，花草枯衰，还不如菜地有生气。偶尔还能看到一两棵绿油油的白菜。那是弃掉的，长势差，卖不上价。

十月中旬天气转冷，某个下午还飘了阵雪，落地即化成水。路面湿滑，好几对车发生了剐蹭。黄萍的车被蹭了，我赶过去，已经处理完，那个男人赔了她二百块钱。钱是小事，主要是影响心情。吃饭时，黄萍随口说，听老边讲，姓花的夫妇没回老家。我一怔，问，找上啥活儿了？黄萍说，谁知道呢，我没问，反正和咱没关系了。我夹了块白萝卜，塞进嘴巴。黄萍忽然皱眉，怎么这么咸？菜是我炒的，忘了已经放过盐，又放了一次。我大口嚼着，黄萍推了碗筷，走进卧室。没那么忙了，她又可以天天做美容了。

我没向黄萍提出旅行计划，还去不去，去哪里，我一直拿不定主意。没往年那么迫切，也许过些日子就特别想去了。再者，母亲的身体每况愈下，我挺担心的。

某天中午，我替朋友拉了趟货，经过福瑞超市门前，街的拐角处围了些人，我瞟了瞟，看见一辆白色尼桑，知道又出了车祸。我没有观瞧的意思，想尽快离开。但走不动，摁了几声喇叭，也只挪了几米。不知什么人竟然将三轮车横在路上。我下车将三轮车推至路边，往人群扫了扫。脑门的筋突然被烫着，突突直跳。我往里挤了挤。没错，斜躺在地上的是花小春，他的麻秆腰似乎更细了，一把就能掐断。旁边倒了辆旧自行车，几个土豆散落开，一颗几乎挨着穿皮裙的女人的脚。她是车主，显然吓坏了，脸色煞白，声音有些走调，我明明踩了刹车的，没碰着他呀。

有人叫她报警，她没听见似的，重复着，我没碰着他呀，又让围观者给她做证。花小春一声不吭，仿佛这一切与他无关。偶尔，他会抽搐一下。

我站了不到一分钟，便退出人群。我有些紧张，生怕花小春看到我。我一点点挪着，终于驶离街口。从后视镜窥了窥，围观的人更多了。

原载《花城》2020 年第 5 期

我的清迈，我的邓丽君

程永新

一

阿格从坐上飞机那一刻起，耳畔就一次次地回响着温和甜美的曼妙歌声。那歌声如吴侬软语般婉转清澈，如雨如雾，如泣如诉，阿格依稀记得，那是从一台手摇唱机发出的，手摇唱机带着一只古铜色的喇叭，从底座侧面插入一个手柄，上下使劲转动几十圈，贴着圆形红标签的黑色唱片便开始缓缓转动，曲柄唱针转一个身轻轻放在唱片上，那由庞大乐队伴奏的前奏就汩汩流淌出来，音乐起始是无力的，变调走音的，慢慢才转入正常，变得悦耳和顺畅。

波音737头等舱一共四个座位，大胖与建国坐一起，阿格一个人坐，他选择靠近走道的位子。阿格有恐高症，他拉下遮阳板，不敢去欣赏舷窗外飘浮的大片大片的流云飞彩。

步入中年以后，有一阵阿格不敢坐飞机，与朋友聚会时闲聊，他怯生生地吐露自己的恐惧小秘密，岂料一桌的人都附和，竟然有那么多人怕坐飞机。当时有位研究《易经》的大师，很神秘地传授他的个人经验：从登上飞机那一刻起，闭上眼睛，不停地默诵阿弥陀佛，一直念到飞机降落为止。谁也不知道大师说得对不对，但估计谁下次坐飞机，都会试一试这个法子。

机票是建国在携程上订的，飞泰国航线中型机居多，头等舱唯一的好处就是服务，脸上挂着迷人微笑的空姐不停地来倒水送毛巾，就餐时铺了餐垫，刀叉餐巾一应俱备，中西餐搭配，还有红酒水果，食物格外丰盛。

三个好友相约出游已约了半年，大胖希望去马尔代夫，建国和阿格都嫌太远，坐飞机的时间长，想想都累。建国说想去越南，唯独阿格提议去清迈。建国去过清迈，那次他是带着女友去的，当他讲述清迈的所见所闻时，阿格的眼睛里发出一道道神奇诡异的光，在阿格一而再再而三的坚持下，三人终于成行，说好所有的开支消费AA。

阿格没有告诉两位朋友自己执意要去清迈的真实原因，这是一个秘密，藏在他内心深处许久的秘密。暗地里，阿格为这次出行做了详尽周密的准备：他去银行兑换两万泰铢，从网上下载了清迈地图，把去各个景点的路线都研究一遍，还储存了清迈当地警局的地址和电话。

　　建国拿着一本时尚杂志在翻阅，阿格的座位与建国间隔一条过道，时尚杂志上的一条黑体字吸引了阿格的眼神：

　　"著名导演李安正在筹拍电影《邓丽君传》。"

　　阿格转身一把抢过时尚杂志，眼睛直勾勾地盯着那条新闻看，建国僵在那里，一脸懵，无奈地摇摇头，对阿格的举止甚为不解。时尚杂志上的黑体字标题下面这样写着：

　　"李安筹拍《邓丽君传》的消息传出，没有引起太大波澜，似乎所有人都认同，李安是最合适的导演人选。拍摄筹备期之所以如此漫长、慎重，是因为邓丽君早已成为神话。三千多首歌，四十年间的反复流传渗透，她已经成为中国人久远年代里心灵和精神的诠释者。"

　　飞机降落在清迈国际机场，机身还在跑道上滑行，后面经济舱的人已经纷纷起身站起来拿行李，不顾不管地簇拥在两边的过道。

　　阿格一动不动，手中紧紧攥着那本杂志："唉，可以醒醒了！清迈到了。"建国用手掌在阿格的面孔前面上下滑动。

　　阿格缓过神来，见建国皱起眉头，一脸的不爽，阿格能够猜到他这位大学同学现在的想法。按建国的说法，欧洲人飞机降落停稳，只要机舱的灯不全部打开，是没有人会从座位上站起来的。建国毕业于国内名牌大学，工作几年后去了欧洲，现在是法国久居身份，愤世嫉俗，一谈起国人在国外的所作所为，满腔的愤懑。建国的抱怨说多了，大胖就会跟建国说，你那么看不惯国人，你去法国生活呀，干嘛还要在国内烦心呢？这话其实是揶揄，建国只能鼻子里出气，但又找不到怼回去的话。

　　建国的表情显示的是大人不记小人过。他的父亲是国内著名工程设计院的设计师，九十年代末建国从国外回来开公司经商，倒卖过土地，代理过家具，做过演员经纪，没一笔生意挣钱的，全靠父亲的设计费置换成十几套房子，来维持公司的经营。他父亲给多个房地产公司设计图纸，公司付不出设计费，就给一套房子，2010年以后，这十几套房子升值十倍，建国从此衣食无忧，关了公司，成了游手好闲的新上海"小开"。他不愿去法国，说在巴黎没有朋友，没有乐趣，可在国内这也看不惯那也看不惯。

三个人在转盘处提了行李，走出机场。

清迈的机场很小，与浦东机场无法比。快走到出口的地方，大胖突然不见了，阿格与建国回头一望，只见大胖宽阔的身板晃来晃去，在用中文标识"兑换"招牌的小亭子前踟蹰徘徊，眼睛圆瞪，死死盯着牌价表。

建国拖着行李箱走过去，拍拍大胖的肩膀说："不要看了，清迈市区到处都有兑换店，机场的牌价肯定要比市区贵。"

大胖闻言，连忙拉起行李箱，转身扭着屁股随两人大步朝出口处走去。出口处人头攒动，建国掏出手机拨了一个号码，手机响了，面对面站着的一个皮肤黝黑的女子拿起手机，建国马上反应过来，用手机指着她说："你就是惠子啊？"

导游惠子迎上来："汪先生吗？我就是惠子。一路辛苦了！"惠子的中文带着浓重的广东口音："车子停在那边，辛苦大家要走几步。"

惠子引领三人朝停车场走去。在一辆丰田面包车前，惠子用手背敲了敲司机座的车窗，车门打开，只见一个黑皮肤的泰国小伙子灵巧地跳下车，双手合十，笑眯眯地说："萨瓦迪卡！"小伙子说话间露出一口洁白的牙齿。

大胖大大咧咧上去，用力拍拍小伙子的肩膀，大嗓门吼了一声："萨瓦迪卡！"大胖身材魁梧，声如洪钟，那泰国小伙子显然被他的举止吓了一跳，脸色微微有些发红。

建国在一旁觑觑阿格，把头摇得像拨浪鼓："你别这样好吗？这里是国外。"

"没事没事，他中国人见多了。"惠子微笑着出来打圆场。这话听起来多少带一点讽刺。

"你看，惠子说没事。"大胖尴尬地说，"你们法国佬啊，就是规矩多！"

上车后惠子落座副驾驶位子，建国低头钻进后排，把前面两个座位让给阿格和大胖。建国随即系上安全带，用沪语硬邦邦地提醒两个同伴："系上安全带！"

"坐后排也要系安全带吗？"大胖大声问。

"要的要的，不然被警察逮到要罚款的。"惠子居然能听懂沪语，这让大胖很惊诧，他眨巴眨巴眼睛，嘴里支支吾吾，欲言又止。

面包车驶入一条小街，左拐右拐转了几个圈，开始沿着梅宾河的宽道疾驶。路上的街景散发着一种旧时光的古典韵味，与车水马龙的现世境况形成很大的反差。穿梭流动的有红色的轿车，有飞驰的摩托车，还有来来往往敞篷的黄色摩托车，这种车的车厢放着木椅，可以坐六七个人。路上红绿灯很少，车速都很快，路况貌似有些凌乱，尘土在空中飞扬。

"梅宾河是清迈最大的一条河。"惠子转过头来，向客人介绍说。

"惠子小姐,那是什么车?"大胖指着满大街跑的敞篷车问道。

"那是嘟嘟车,你们这几天在清迈,出门的话就可以坐嘟嘟车,很便宜,不管去哪里,二十泰铢一个人。"惠子说。

面包车驶进拉提兰纳酒店门口的圆形花园,酒店坐落在兰纳河边,因而得名。惠子待面包车停稳后下车,她的几位客人也纷纷下车提行李。进入庭院,迎面而来的是大屋顶的凉亭,屋檐下的铁皮风铃随风叮咚。通往凉亭的甬道铺了绛红色的地砖,两边是探头探脑的再力花及在微风中摇曳的倒挂金钟。庭院中央有个游泳池,碧水潋滟,几个度假的白人老外在水中嬉戏打闹。沿河是一排高大的热带树木,酒店的庭院掩映于一片灌木丛中,入口处有一个神龛,摆放着香炉和紫色的醋栗。醋栗是一种与佛教有关的花果,寓意平安和招财进宝。

在惠子的一路陪同下,三个人办好入住手续。在酒店门口,惠子叮嘱明天九点早餐,然后她来接大家去参观景点。

"明天我们去哪里?"阿格问道。

"双龙寺,素贴山。"惠子说。

"美萍酒店什么时候去?"阿格斜刺里冒出一句。

"后天。大后天我陪你们去金三角。"惠子答道。

阿格迟疑了片刻,吞吞吐吐地说:"可不可以明天去美萍酒店啊?"

"可以呀,那就后天去双龙寺。"惠子微笑着,一副客随主便、非常好说话的样子。

惠子说完,正准备与三人告辞,谁知大胖突然冲过来,冷不丁地问道:

"人妖呢,什么时候看人妖表演?"

"我会安排的,你们放心好了。"惠子笑吟吟地说。

"那泰国浴呢?"大胖不依不饶,故意夸张地问。

"这个么……要问我老公。"惠子朝面包车努努嘴,很自然地回答,没有任何障碍与神秘感。

"你对女人又没有什么兴趣,还关心这个?"建国咧着嘴用一种不屑的神情朝大胖说。

大胖推开建国,冲着惠子大声嚷道:"你说你老公?他在哪儿?"

"喏。"惠子朝面包车指了指,身体倚在车上的泰国小伙子司机笑嘻嘻站直了身体,竖起大拇指朝向自己的胸脯,意思是包在他身上。

"啊?他是你老公?"大胖简直不敢相信,那泰国小伙子长得很帅,皮肤黝黑,有点像刘德华,但看上去比惠子足足要小了十几岁。

二

美萍酒店的门口耸立着一棵大榕树，榕树的藤蔓像胳膊那么粗，它们缠绕延伸，自由生长，仿佛在诠释大自然的奥秘。松鼠爬在榕树的枝干上，一只只硕大无比，左顾右盼，丝毫不畏惧游客。

酒店大堂门口站着身着泰国民族服饰的侍者，他们双手合十，恭迎来宾。一排盛开的蝴蝶兰成为背景，洁白的花蕾雍容华贵，烘托热闹的气氛。大堂左侧竖立着一对鸟人铜像，大胖转着圈，围着铜像上上下下打量，惠子过来说鸟人铜像与泰国历史上的一段民间传说有关，惠子很耐心地讲故事，但她似乎也不甚了解泰国历史，只能语焉不详地说出一个大概，令大胖听得云里雾里。

建国挥挥手，显露不耐烦的样子。惠子属于那种特别乖巧机敏的女人，很会察言观色，应该是职业熏陶使然，见客人对她的故事不感兴趣，立马刹车，领着大家来到酒店一楼餐厅，门票包含自助午餐，餐厅里游客如梭，人头攒动，惠子抢到一张桌子，她说她帮看着座位，让大家去拿食物。

早上建国与阿格睡到九点才起，没吃早餐，大胖习惯早起，把酒店周围转了个遍，用手机拍了酒店庭院和兰纳河边的植物照片，一条条全发在朋友圈，获得不少点赞。坐在面包车上，他不停地夸奖兰纳酒店的免费早餐，摸着鼓起的腹部，一副满足自得的神态，似乎很为阿格和建国没能享用到早餐的美味而惋惜。

美萍酒店的自助餐比较简陋，就一些三明治、泰式小点以及水果，即便如此，大胖还是拿回来两大盘堆成小山的食品。阿格端着的盘子里放了几块糕点和水果芭乐，一小碟糖拌红辣椒是用来蘸芭乐的；建国拿的是一片三明治和一杯清咖，他斜睨着大胖面前的"小山"，脸上满是讥讽地说"真是服了你了"。

大胖不乐意了，眉头皱成一团纸。三人中大胖年龄最大，阿格最小，被比自己小得多的建国如此奚落，大胖非常不爽。他歪过头去朝阿格诉苦道："又不是没付钱，吃自己的都要被骂！这什么世道！"

惠子见状，赶紧说："你们慢慢用，我在餐厅门口等着。"就径直离开了。

大胖三下两下消灭了面前的两座"小山"，见建国还在慢悠悠地品酌咖啡，站起身说：

"我先让座给别人，这样比较绅士吧？"说完大摇大摆走到了餐厅门口。其实他是烟瘾犯了，要去门口抽烟。

酒店门口一侧放着圆柱体的烟筒，几个烟民围成一堆吞云吐雾。大胖掏出一包

中华,点着了猛吸一口。抬头看到前面有个国内来的小伙子在抽电子烟,大胖随即大声嚷嚷道:

"唉唉,兄弟啊,泰国禁抽电子烟的,你不知道啊?抓住要罚款的!"

那小伙连忙拔出电子烟的白色烟蒂,扔进了烟筒。大胖从口袋里往外掏出中华,抖动一下,给小伙递过一支烟。小伙接过烟,连声说谢谢。

建国和阿格走出餐厅,惠子正在大堂一侧教大胖泰语:"忽托卡布,意为对不起,泰语男性说的,女性说忽托卡。谢谢称之为好布卡布。"

"好布卡布!"大胖双手合十,毕恭毕敬地朝两个朋友显摆。

惠子转身迎上来,招招手,引领大家来到一楼电梯口,电梯窄小,已有些老旧,电梯内的四壁都挂着邓丽君的照片和画报。惠子摁了按钮,电梯缓慢上升,发出迟滞的声响,一直到酒店顶楼15层,电梯门打开,一位戴着领结,穿着白衬衣的中年男人恭敬地候在电梯口,操着一口流利的中文说:"欢迎光临,我是比利,很高兴为大家服务。"

"你就是当年侍奉邓丽君的服务员比利?"阿格突然问。

"就是我。"比利笑吟吟地把众人引向大厅。面对电梯约有十几平方米的走廊大厅,摆着一张三人沙发和茶几,透过几扇绛红色木质窗户,正对美萍酒店就是著名的素贴山,云山雾绕之中,双龙寺就掩藏其间。一眼望去,映入眼帘的景物里见不到一栋高大建筑,清迈,仿佛是一座拒绝高楼大厦的城市。它散发着一种迷人的原始气息,美丽的风景和植物遍布城市的每个角落。

"我们明天就去素贴山,泰国国王曾经在那里居住过。那里的双龙寺供奉有佛祖的舍利子。"惠子说。

大家都聚集在窗前远眺,唯独阿格一人在大厅四周踟蹰往返,寻寻觅觅,一副若有所思的样子。

比利带着大家沿右侧走廊朝前走,1502房间门口竖立着邓丽君的等身画像,一米六五左右,画像里的邓丽君微笑着,娇嗔甜美,貌若仙人,散发着无限的魅力。

进门是大客厅,客厅摆放着餐桌,米黄色花格图案的沙发及淡棕色的脚凳,比利介绍说,房间里除了地毯和电视机换过,其他都保留着当年邓丽君入住时的原貌。邓丽君平时就喜欢坐在这张沙发上看书、听音乐。沙发和脚凳上都放着一块牌子,用中文写着:不准坐在椅子上。客厅还有一把黑色摇椅,也是邓丽君饭后喜欢坐的。从邓丽君的立像边上进入,就是卧房,转角处放着邓丽君与法国男友的照片。卧房里的家具蒙上一层岁月的尘埃,床头墙上挂着蝶形的布帷,白色的床单上白毛巾折成一对接吻的鸳鸯,一面梳妆镜泛着黄斑,阿格站在镜子前,恍恍然发现镜子里出现一张欧洲人的脸,长头发,又高又尖的鼻子,你是谁?你是保罗吗?你就是那个邓丽君在世上最后相伴的男友吗?

良久,阿格才从臆想的幻觉中缓过神来。他移步走向茶几,茶几的果盘上放着几只芒果,那是邓丽君生前最喜欢的水果。徘徊至靠近窗台的地方,阿格凑近花盆偷偷摘下一片花瓣,那是他异常熟悉的百合花,放在鼻翼下闻了闻,悄悄塞进口袋。

这一切都被不远处的建国看在眼里。

阿格走进洗漱间,像一名侦探似的在地上仔细辨认,仿佛在寻找故人的踪迹。他的眼神循着浴缸一点点往外移动,再循着过道、房门,一直朝卧房外的大客厅逡巡过去。他的眼光停留在电梯右侧的L形的VIP服务台上,服务台的后面站着一个穿着泰式服装的年轻女子,她双手合十,朝阿格欠欠身,微笑颔首。

比利还在热情详尽地介绍,香槟轿车、芒果、保罗、哮喘等词语频频显现,像烟雾一样蒸腾离散,从身后弥漫而来,在阿格的思绪中久久环绕⋯⋯

大胖围着比利不停询问,他的问题好像永远问不完。建国的眼光时不时地偷觑着阿格。

三

上午九点未到,惠子已等在酒店大堂。临出门,睡眼惺忪的建国提着一个礼物袋匆匆走下楼,他对惠子说他不去素贴山了,约好要去见一个朋友。建国在酒店门口挥手叫了辆出租,扬长而去。

左等右等,不见阿格下楼,惠子朝总台走去,往阿格的房间打了个电话,话筒里传出阿格慵懒的声音。惠子放下电话,对大胖说,你们另外一个朋友也不去素贴山。

大胖的大嗓门即刻炸了:"那两个家伙搞什么名堂?不去就不去,他们不去,我去!"

大胖气呼呼地坐上面包车,惠子连忙小跑过去,坐上副驾驶座,面包车朝素贴山一路驶去。惠子很敬业,尽管只有大胖一个客人,她还是不厌其烦地介绍双龙寺为何选址在素贴山的历史传说。

清迈原是兰纳王国的首都,双龙寺的创办人库巴大师让大象背着舍利子在清迈随意地行走,灵性的大象走到素贴山停下不走了,库巴大师就决定选此地建庙。兰纳王害怕库巴大师在民众中的影响比他大,他想把库巴大师赶走,兰纳王扬言说除非梅宾河水倒流,他就让库巴大师在素贴山上建庙。库巴大师毅然跳入梅宾河,口中念念有词,他瘦弱的身体艰难地朝前走,神奇的一幕出现了:梅宾河水真的开始汩汩倒流。兰纳王无法践诺,素贴山从此诞生一座双龙寺。

到了素贴山,惠子老公去停车,惠子陪着大胖朝双龙寺缓步走去。素贴山气候宜人,游人如织,山道边的樱花到处盛开。沿途墙上刻着蜥蜴、硕鼠、苍狗的石雕,一尊白象矗立在前方,白象背上铺着红黄相间的锦缎,上立一尊金光闪闪的佛塔,旁边墙上挂着一块巨大的古代兰纳王国的木雕,图案繁复,雕工精细,形象地讲述那个久远的选址传说。

双龙寺前的千年古树高耸入云,游客络绎不绝地在花房前排队,购买一支支白色长茎像玉兰的花卉,供奉在双龙寺门口的象鼻神前。

大胖与惠子站在山坡上眺望,山下是一大片一大片的橡胶树,惠子告诉大胖,清迈的主要经济收入就靠橡胶,泰国南部的橡胶树是摇钱树,是南部的经济命脉。

阿格坐在美萍酒店一楼餐厅的角落里,一盆紫色的洋兰,衬托着他的落寞和孤寂。面前桌上放着一杯清咖,每个走进餐厅的男人他都会细细打量,等待的人始终没有出现。

他知道那个人在泰国,近些年阿格一直在苦苦寻找,通过国内公安的朋友查到那个失踪的人还活着,公安的朋友给了他一个手机号码:0066834651122,这是泰国的号码,阿格打过无数次这个号码,电话是通的,对方的手机声音持续地鸣响,但始终无人接听。阿格的直觉告诉他,那个人很可能就在清迈,假如是这样的话,按理就应该时常光顾美萍酒店。

阿格五岁时因为一场突如其来的变故,过继给舅舅家,舅舅和舅妈对他视同己出,格外疼爱他。阿格的亲生父亲是轻工业局的局长,"文革"中受冲击,上世纪七十年代末重新出来工作,很快就与阿格的亲生母亲离了婚,净身出户,阿格兄弟俩的生活从此缺失了父亲。按舅舅他们的说法,母亲在"文革"中迫不得已与父亲划清界限,导致后来家庭的破裂,阿格之前似乎也默认这样的说法,直到发生那场车祸,他才一点点明白,那不是事情的原委和真相。

与大多数人一样,阿格记忆的分界线也是在五六岁左右,直到那场车祸突如其来的降临。那次是外地同学来沪,约了几个同窗好友喝酒,阿格因为开车没有喝。酒席结束大家还不尽兴,有人提议去斗地主,于是阿格的沃尔沃载了三个好友,往他家附近的棋牌室驶去。在沪青平公路的一个十字路口,红灯翻绿灯,阿格转动方向盘调头,车身刚刚全部转过来,一辆货车风驰电掣地从后面撞上来,受到猛然撞击的沃尔沃,噌地往前蹿出去几十米,车头嗑在前面一辆小车的尾部上。三个大学同学居然都毫发无损,唯独阿格的脑袋重重撞在方向盘上,当场昏迷过去。

在医院躺了一天一夜,阿格被风箱般的呼噜声吵醒,他睁开眼睛,发觉自己头上扎着纱布,手背输着液,外地来的大学同学躺在一张椅子上呼呼大睡。

一缕夕阳从窗棂透进,阿格浑身感到阵阵清凉,像泡在秋天的海水里,思绪格外的活跃纷乱,他的眼前居然涌现了大片大片的白色百合花,还有蜡地钢窗和百合花簇拥的阳台,一个女人追着一个年轻男子,那个年轻男子一边挣脱女人的拉扯纠缠,一边疾步朝卧室走去,他急速闯进卧室反手猛然闭上门,女人追过去,拼命敲打房门……

阿格出院后曾经咨询过当医生的朋友,经历了一场车祸,他怎么能够清晰地回忆起童年里所有发生的事情。医生朋友支支吾吾,无法解释。后来大胖请一个藏传佛教上师在玉佛寺吃素斋,把阿格叫去陪坐,席间大胖介绍了阿格的情况,请教上师这是怎么回事。身穿黄袍的上师轻声地说了一句:天眼开了。

大胖嗓门响耳朵背,为此建国经常嘲笑他,没听清上师说啥,他大声嚷嚷道:什么什么,什么开了?!上师轻声重复了一遍:天眼开了。见大胖迷惑不解的脸色,随后又补充道,在佛界这是再普通不过的事,修炼到一定境界就会开天眼,天眼开了的人能看到前世的场景,级别更高的人还能看到天国发生的事。

这么说阿格不是通过修炼,而是通过一场意外,使他只能看到童年的情景?大胖大声嚷道。上师沉静地说:是的。并不是每个俗世的人都有开天眼的机会。一桌的人都缄默了,陷入了无语和沉思,对人类未知世界有一种森然的敬畏和恐惧。

美萍酒店的大堂一阵喧哗,一个举着蓝色三角旗的导游身边簇拥着一群中国人,导游在分发参观票,阿格的目光凝视着那杆斜挂的蓝旗。拿到参观票的游客朝餐厅涌来,川流的人群缝隙中,越过那杆蓝旗,阿格看到远处有个穿着黄袍的泰国僧侣在大堂徘徊。那个僧侣很奇怪,这个季节居然围着一条米黄色的长围巾,而且还把大半个脸遮盖得严严实实,只露出一双忽闪的眼睛和光秃秃的脑袋。

阿格的目光紧紧盯着僧侣,终于,僧侣的目光也扫视过来,两个人的目光对接上了,看着看着,阿格突然站起身,冲出餐厅,在蜂拥的人群中推搡前行,那个僧侣见状拔腿往外就跑。

阿格推开酒店的玻璃门,那个僧侣跑得飞快,已下了山坡。山坡上不时有大客车爬上来,遮挡住阿格的视线,阿格气喘吁吁下了山坡,追到街上,嘟嘟车一辆辆从面前穿梭而过,街边的小店铺前聚集着三三两两的欧美游客,阿格瞪着眼睛左右环顾,那个僧侣没了踪影,像是人间蒸发了一般。

四

阿格回到酒店房间，在柚木茶柜里拿出电水壶，拧开一瓶矿泉水的盖子，倒入水壶烧开，给自己泡了一杯绿茶，刚在棕色沙发上坐定，就听到走廊里传来大胖的大嗓门。少顷，房间的门铃猛然炸响，急促的叮咚声催命般响个不停。

阿格打开房门，大胖一头冲进来，脸颊上挂满汗珠，大嗓门声震屋宇，阿格的耳膜顿时感到一阵阵地发颤。

"你们搞什么鬼名堂？说是来泰国旅游的，有名的景点都不去，啥意思啊？"见阿格不语，大胖又问，"你去哪里了？"

"没去哪啊，就在街上转了转。"阿格支支吾吾地说。

"你们都有病啊？我跟你说阿格，双龙寺里有佛祖的舍利子，你不是最信这个的吗？"大胖说。

见阿格嘴里哼哼唧唧，一副心不在焉应付自己的样子，大胖显然感到无趣了，突然想起什么："咦？建国呢，建国怎么还没回来呀？你给他打个电话，我上个厕所。"

大胖从厕所出来，身后传出哗哗的冲水声。见阿格仍然一动不动坐着，大胖把头摇得像拨浪鼓："哎哟，叫你做点事情真难啊，给建国打电话呀！"

"谁想打谁打。"阿格依然一动不动。

"吃错药了。"大胖边说边给建国拨了电话，建国的手机一直鸣响着，但始终没人接听。

连续给建国拨了几次电话，大胖终于也失去耐性，他走到窗前朝下眺望，游泳池旁有几个老外裹着浴巾躺在白色凉椅上，通往酒店大堂的甬道上阒无一人，绿色灌木丛的茎藤覆盖路面。远处酒店的草坪上亮起景观灯，大叶茑萝在黄澄澄的灯影中婆娑摇曳，灯火阑珊处密集高耸的椰树树干伸向空中，天色渐渐暗下来，一股热带植物散发出的馥郁气息在四周氤氲弥漫。

"吃饭去吧！我可是饿了。"大胖说。

他们下楼去酒店餐厅。阿格点的是咖喱炒米粉，大胖点的是菠萝炒饭，再加一份冬阴功汤。

几分钟后侍者端着托盘走来，阿格拿起筷子，把米粉往一只小碗里拨了些许，把小碗推至大胖面前。大胖狼吞虎咽地吃着菠萝炒饭，吃完炒饭再吃米粉，最后把一大碗汤喝了个底朝天。等他们吃完了，建国还是不接电话，也不见他的踪影。

于是两个人走出兰纳酒店,来到街上。沿着兰纳河两岸蜿蜒伸展的街市灯火通明,小商铺、小摊贩鳞次栉比,清迈的夜晚既有现代都市的热闹,又兼具田园乡村的静谧,两者竟然毫不冲突地统一在这座历史悠久的城市里。

阿格与大胖穿过几条马路,来到清迈的闹市区,震耳欲聋的音乐声随即扑面而来,音乐旋转着从粗粝的低音喇叭箱里一阵阵传出,将他们团团围住。原来是一个敞开式的酒吧街,一个区域连着一个区域,每个区域内都站立着若干个褐肤色浓妆艳抹的酒吧女,她们的腰肢随着音乐摆动,或抽着烟,或晃动着手中的酒杯,朝阿格、大胖抛媚眼,勾手指,他们朝里一路走去,走到底是一个泰拳的拳击台,因为没到表演的时间,拳台上空无一人。

返身往回走的时候,突然蹿出几个妖艳女孩,堵住他们,拽住阿格和大胖的胳膊往吧台拉,这时大胖哇里哇啦大声叫起来,因为他看到十米外的地方,居然坐着头发凌乱红脸红脖子的建国。

两人挣脱几个酒吧女的围堵,朝建国所在的方向移动。脸色绯红的建国坐在几个穿着暴露的女孩中间,左拥右抱,前面桌子上密密麻麻竖着一堆啤酒瓶,女孩们轮番与建国玩骰子,建国似乎一直在输,输了就举起一瓶啤酒一干而尽。他已喝得醉眼蒙眬,见到阿格与大胖,手在空中挥舞,大声嚷嚷道:"来来来,快来喝酒!今朝有酒今朝醉!"

阿格与大胖刚落座,两个女孩拿着酒杯就黏上来,另外一只空着的手还在他们的手臂上轻轻抚摸。大胖与旁边的女孩干了一杯,玩起了骰子,大声问:"你去哪里了?我们找了你半天了。"

音乐声浪巨大嘈杂,但大胖的声音依然能穿越突现,阿格暗暗发笑,这是什么样的肺活量啊,跟牛有得一拼。

建国大着舌头说了一句"别提了",然后断断续续说了一串又一串,谁也没听懂,因为建国的声音被音乐声浪一次次覆盖。

"这叫什么阿格你知道吗?北方人叫车轱辘话。"大胖手里拿着骰筒指着建国说。大胖下海前在体制内的单位待过,与北方人打交道比较多。

阿格坐在建国的边上,努力听他讲述,经过仔细分辨,好不容易才听出一个大概线索。

原来建国上回来清迈,住安纳卡拉酒店,认识前台的一个美女,她曾经留学法国,可以与建国用法语交流。她长得像波姬小丝,皮肤极白,是那种在泰国女孩中极为罕见的白,容貌端庄艳丽,她对法国的文化艺术有着极深的理解。那次建国因为带着一个中国女孩,所以只能与波姬小丝互加微信,回中国后他们一直保持密切联系。在网上建国一次次请求波姬小丝做自己的女友，波姬小丝似乎并不拒绝。这次建国来泰国前，特意去恒隆广场给波姬小丝买了个 LV 的包，谁知早上建国兴冲冲赶去安纳卡拉酒店，波姬小丝说她已经结婚了，让建国郁闷的是，她居然嫁了个在泰国的华人。波姬小丝拿出她丈夫的照片给建国看，建国几乎晕倒，一个又黑又矮、相貌猥琐的男人，竟然比波姬小丝矮半个头。这是啥社会？这世界哪有什么公道可言？坐在酒店咖啡吧，看着波姬小丝左手中指戴着一枚硕大的钻戒，建国的心拔凉拔凉的，似有一股冬季的海水残忍地漫过全身。

桌上的啤酒瓶排成了几个方阵，一眼望去有点像缩小的兵马俑，建国依旧不肯善罢甘休，执意不要离去。大胖的骰子也掉入一个怪圈，不停地输，阿格见状只能硬着头皮顶上去，鏖战众吧女。大胖难得喝多了，甩着手臂晃着宽阔的身板，走向毗邻的吧台四顾巡视，俨然像一个视察前线战况的将军。

有两个吧女喝多趴在桌上睡着了，建国眯缝着眼睛左右打量，手掌重重地砸在阿格的肩上，说：

"你、你是我建国、一辈子的、朋友——朋友——"

阿格只能不停地颔首点头："对的，对的。"

"你阿格、是、是一个怀旧的人，昨天你在美萍酒店拿、拿了什么东西，我、我都看见了。你以为、我建国傻呀，你拿了窗台上的一支、百合花，邓丽君的事情，你、你不问我问谁呀？我、我最有发言权了。知道邓、丽、君为什么喜欢清迈吗？她在这里，认识了她的老大，她的贵人，你懂吗？后、后来一手把她捧了个漫天红啊。邓、邓丽君喜欢来清迈，你、你知道为啥？她的妈妈不让她吸毒，你知道吗？这里没、没他妈的人管她。那个法国小赤佬保什么罗，经常打她、欺负她，邓丽君去世的时候脸上全是乌青，95 年我、我在巴黎，什么都知道，小报记者、全写了……"

"邓丽君、跟我们一样，不要看她当年如何、如何的风光，全是、全是过、眼、烟、云！1971 年，她回、回不了台湾，因为她拿的是、国外护照，台湾媒体说她是、间谍。邓丽君临死前呼喊谁？不是什么、保罗，她痛苦中喊叫的是她的妈妈，一遍遍地喊叫，邓丽君跟我们一样，都是、都是这个世界上与妈妈走散的孩子。你知道吗？"

"与妈妈走散的孩子"，这句话深深刺痛了阿格，妈妈或者母亲这个词在阿格的内心里是永远被屏蔽掉的，与母亲的关系可以说是他的一块心病。要说与妈妈走散这句话套在自己身上合适，阿格是跟着舅舅舅妈长大的，套在大胖身上更合适，因为大胖是义父义母带大的，他从未见过自己的生身父母。唯独建国的父母俱在，照理说他不该有这样的感受啊。

建国愈说愈来劲，阿格觉得他似乎并没有醉，脑子非常清晰，他只有频频点头的份儿。有好几次他想打断建国的话，可他还没说话，建国就高声叫起来："听——我——说！"

阿格插不上话，忍俊不禁地想笑，内心里又陡生一丝悲凉。

"阿格你知道的，我是五房、五房隔一子，我们宁波人、讲究这个，要传后的，我肩负着振兴家族的重任，我容易吗我？1999年我回国，阿娘88岁了，你阿格有、有腔调，自己单身，却帮我介绍女朋友，你知道的，我是、是闪婚，生了儿子，完成任务了，对阿娘有个交代，对家族有了交代。"

建国九十年代末回国，说要找人结婚。是阿格安排的饭局，那是圣诞节的晚上，当时阿格的女友带了一个小姐妹来参加饭局。烛光下，建国与阿格女友的小姐妹相谈甚欢。一周后，建国带着那个女孩来阿格的办公室，两个人手牵着手走上楼梯，阿格一下看不懂，有点懵，手忙脚乱不知所措。三个月后，阿格收到了建国的婚礼请柬。九十年代末，还没有"闪婚"这个词，但建国的速度真够快的。

建国的话匣子还在快速转动："我的阿娘去世，我前妻你、你知道的，人不坏，就是作，作天作地地作，没办法，吵啊吵最后还动了手，只能离婚，反正有了一个儿子。我建国失败呀，一辈子都是、为别人活着，完全拷贝我母亲。我母亲生下我后，就与父亲分开住，过年过节才会在一起吃个饭，我不能跟别人说，家丑不外扬，只好藏在心里。去年来泰国，好不容易真心喜欢上一个人，他奶奶的、突然嫁人了！郁闷不郁闷啊！"建国举起半瓶啤酒，跟阿格前面桌上的酒瓶碰了碰，自说自话看也不看，眯着眼睛一饮而尽。

建国喝那么多，掏心窝子的话说了一箩筐，可碍于面子仍然没有和盘托出，到了关键的最后一句踩住刹车，其实建国母亲是工程师，个性倔强，已与拥有设计师头衔的父亲离婚多年。

建国不停地倾诉，一次次地敬酒，阿格每次自己干掉，然后总是找各种理由不让建国喝。一个泰国妹子摇摇晃晃走过来，要挑战建国玩骰子，阿格见状，赶紧替建国挡驾，摇了摇面前的骰筒，示意自己来应战。

阿格居然老是输，别看那女孩脸色绯红，疯疯癫癫，摇头晃脑，毕竟是久经沙场的职业选手。几分钟后，阿格的面前已堆起一排啤酒瓶，酒精的作用在慢慢上头，全身被一股热浪所席卷。阿格正在思忖如何收场，大胖一阵风地不知从什么地方跑回来，眉飞色舞地大声嚷嚷道：

"快走快走！我找到一个价廉物美的好地方，你们肯定喜欢！"

大胖扶着建国走出去，阿格还算清醒，悄悄跑去吧台买了单，账单要一万泰铢，阿格没带那么多现金，收银的老板说微信支付宝都可以，阿格觉着微信不合适，想了想，还是用支付宝结了账。

五

一辆出租停在酒吧街的路边，大胖扶建国坐上车，拼命朝阿格招手，阿格坐上副驾驶座，出租车启动，在夜色下飞快穿越几条街，不一会儿倏地停下。

阿格先下车，朝路边的霓虹灯抬头一望，原来是一个歌厅。大胖扶建国下车，出租司机在车里哇哩哇啦大叫，应该是说他们还没付费，大胖头也不回，潇洒地挥挥手，对阿格说："二十泰铢。"

阿格回转身付钱给司机，岂料司机突然用中文大声说："两百泰铢！"

扶着建国的大胖扭过头来说："不是说好二十泰铢的吗？"

"两百泰铢！"司机愤怒地叫着。大胖板起脸，脱开建国回转身要来跟司机讲理，阿格上前一把推开大胖，快速递给司机两百泰铢，出租车缓缓启动，大胖想起什么，回头大叫：

"前面付的二十泰铢拿回来！"

阿格不耐烦地摆摆手，大胖的头摇得像拨浪鼓，那神情似乎责怪阿格太大方。

三人在歌厅包厢刚落座，一个妈咪走进来，身后跟随一群妖艳的泰国姑娘。妈咪的中文很流利，说老板们随便挑，都可以带走的。

大胖说："啥意思啊？"

妈咪把裸露的肩膀靠近大胖，撒娇地说："老板，一看你就是有素质的人，你懂的呀。"

靠在沙发上的建国已醒来，眼睛巡视一圈，然后指着其中一个高个女孩示意就她了，那女孩迅速落座建国身旁。大胖又指着另一个女孩，叫她坐在阿格的边上，然后对妈咪说：

"我就免了，来一箱啤酒。"

戴着领结的男服务员搬进一箱啤酒，还上了一大盘水果。大胖说我们没点过水果呀，那男服务员说是妈咪送的。

开始点歌，建国先唱了个周杰伦的《菊花台》，大胖在旁边伴唱，他不用话筒，可声音完全盖过建国。大胖频频跑调，歌声与建国不在一个调性上。

两个泰国女孩都会说中文，唱歌却是用泰语。泰语歌悦耳动听，像吴侬软语。

阿格暗暗奇怪，泰国女孩唱歌怎么都有点像邓丽君。

"你是清迈的？"建国问身边的女孩。

"不，我是老挝的。"高个女孩放下话筒说。

"啊？老挝女孩也来泰国打工挣钱？"大胖不失时机地凑过肥胖的身躯来问。

"你们都爱到泰国玩，又不会去老挝玩。"女孩笑嘻嘻地说，似乎很有逻辑。

"那你呢？"大胖指指阿格边上的女孩问。

"我是泰国的。"那女孩回答。她用泰语说了一个地名，大家都不知道是什么地方。

经这么一询问，大家似乎觉着两个女孩的气质确实有所不同，可具体的差异在哪里，又说不上来。

很快一箱啤酒喝完了，男服务员立马又送来一箱。其时大胖正在上厕所，走进房间与男服务员撞个满怀，大胖嚷嚷道：

"你什么意思？谁让你又拿一箱的？"

男服务员笑嘻嘻温和地说："老板，喝酒就要尽兴，喝不完可以寄存的。"

轮到阿格唱歌，他唱的是周华健的《朋友》。大胖又是跟唱，声浪轰然盖过阿格。阿格终于唱完，显露隐隐的扫兴，放下话筒，将杯中的啤酒一饮而尽，说：

"买单。"

泰国女孩走出去叫人，男服务员进来，两个女孩说要去换衣服，走了出去。一直到买完单，她们也没有再进房间，按照店里的规矩小费全包含在账单里，不多不少，两万泰铢。

"你找的什么鬼地方？"看到阿格在买单，建国不由得怒火中烧。

"原先那个在酒吧街口拉客的可不是这么说的。"大胖嘟嘟嚷嚷，低头查看阿格手中的账单。

"那两个女孩呢？"一脸委屈的大胖朝男服务员咆哮。

"我去叫我去叫！"男服务员退出房间。

几分钟后，男服务员重新返回，他谦恭地说："那两个女孩要陪其他客人，我找了个更漂亮的。"

他朝身后挥了挥手，门外娉娉婷婷走进一个身穿黑裙的高个女孩，个子比老挝女孩还要高，皮肤嫩白，长发披肩，胸脯高耸，挎着一个小包，她扭着腰肢走进房间后，侧过身体，款款展示长腿和翘臀，姿态妩媚妖娆。黑裙女孩的身高大概足足有一米八左右。

阿格见建国的眼睛闪烁光亮，就对男服务员说了句："就这样吧。"径自走出歌厅。大胖、建国及黑裙女孩随后鱼贯而出。

在路边拦了辆出租，阿格依旧坐在副驾驶座，建国、大胖和黑裙女孩坐后排，出租车朝酒店驶去。

第二天早上，阿格与大胖在酒店餐厅吃自助餐，建国姗姗来迟。刚落座，大胖的眼睛浑身上下打量，用一种猥亵的口气问道：

"怎么样？幸福了吧？"

谁知建国恶狠狠地说："幸福个屁！都是你弄出来的好事。"

大胖大声嚷嚷道："唉，你这人怎么说话的？兄弟我可全为了满足你的爱好。"

看上去建国似乎窝了一肚子的火，经再三追问，他终于道出原委。

建国说自己昨晚喝醉，回去不停地吐，不记得一共吐了几次，那黑裙女孩一直坐在沙发上玩手机，每次只要建国想吐，还没起身，黑裙女孩就赶紧过来扶他上卫生间，用毛巾给他擦脸擦手，递水漱口，对建国的照顾可谓殷勤周到。

早晨醒来睁开眼睛，建国头痛欲裂，黑裙女孩斜倚沙发玩着手机，大长腿搁在沙发扶手上，她竟然一夜无眠地照看自己，精神很好，脸上不见困倦萎靡的样子。建国则完全处于失忆状态，他忘了眼前这个女孩怎么会进入自己房间的，他的眼光慢慢搜寻到一侧的床头柜，床头柜上是打开喝剩的矿泉水瓶和堆在一起的几块污迹斑斑的白毛巾，他依稀回想起来一些零星碎片，这个陌生女孩居然照顾了自己一个夜晚，这是一种什么样的职业精神？他匆忙下床，从旅行包里快速摸索，好不容易掏出一百美金递给黑裙女孩，那女孩收起美金塞进小包，娉娉婷婷走到门口，拉开房门，一夜无语的她突然回过头来，用雄浑、粗犷、低沉的男人声音蹦出一句："谢谢你哦！"，扭着腰肢走出了房间。

建国傻掉了。

六

四月的清迈气候宜人，碧蓝的天空挂着洁白的云彩。这天下午，美萍酒店门口缓缓驶来一辆香槟轿车，车停稳后，身穿燕尾服戴着白手套的司机推开门，下车后毕恭毕敬地候在轿车旁，侧身面朝酒店大堂眺望迎候。

美萍酒店的大堂里，涌动着一种非比寻常的喜庆气氛，身穿镶着白边红裙的女服务员都簇拥在大堂四周，三三两两交头接耳，窃窃私语。电梯门打开，邓丽君与保罗手牵手款款走出，脸上洋溢着宁谧喜气的神情。邓丽君身穿一袭印着粉色花卉的银白长裙，搭着玫瑰红披肩，高出一头的保罗西装革履，深黑色的西装里穿着白衬衣，搭配一条彩色领带，领带由红蓝黄三色图案构成，玫瑰红与邓丽君的披肩呼应暗合。

大堂内一阵雀跃喧哗，不知谁率先鼓掌，掌声像潮水般席卷而来。早早等候在电梯旁的小伙子比利朝前伸出左手臂，引领邓丽君和保罗走向酒店门口。他们来到香槟轿车前，戴白手套的司机拉开车门，保罗随即上前，用手掌罩住车顶，呵护邓丽君跨入轿车。酒店门口人头攒动，目送一对新人上车入座。

香槟轿车驶向清迈的松德寺。蓝天白云下的清迈街道春风荡漾，绿树环绕，有棕榈和芭蕉，还有金边巴西木、枸杞树以及匍匐在地的肾蕨。时不时有鸟鸣声传来，空气中弥漫一种醉人的甜甜的清新气味。

松德寺矗立在蓝天下，被大块大块的云彩笼罩，白色的佛塔一字排开，两座金色的佛塔侍奉寺庙的两翼，庄严肃穆，远远望去，松德寺就像一幅巨大的宗教画卷。

香槟轿车缓缓停在寺前的草坪上，保罗先下车，躬身又去搀扶邓丽君。司机脚步放轻跟随在后面，一直护送他们走入大殿。

大殿内四壁金碧辉煌，两排立柱气势恢宏，柱面雕刻着无数莲花与神器，笔直地伸向宽阔的屋顶。正前方是一尊青铜佛像，慈祥而不失威严地盘腿而坐，前面围着一排缩小的青铜佛像。欢快的音乐从远处渐渐传来，既带佛乐的肃穆，更具东南亚风情。几十个僧侣鱼贯而出，在邓丽君和保罗面前站成一排，齐声诵读完经文，保罗给邓丽君戴上戒指，两人相拥亲吻。订婚仪式仅仅用了不到半小时的时间，邓丽君携保罗走出松德寺，阳光无比灿烂，草坪上的朵朵碎花随着微风轻轻摇摆。

回到酒店，年轻而忠诚的比利守候在酒店门口，邓丽君走过去附在比利的耳畔，用柔细甜糯的声音与他耳语一番，比利眉开眼笑，转身朝大堂里面高声嚷嚷道：

"保罗夫人回来了！"

随即，身穿裙子的女服务员蜂拥而至，鲜花围绕着邓丽君，白色的百合、红色的月季、蓝色的星星草……邓丽君的脸上挂着满满的幸福，她对保罗轻声嘱咐一句，保罗从裤袋里掏出一厚叠泰铢，吩咐比利去定制一个大蛋糕和香槟酒。这对刚刚订婚的新人要请酒店所有的服务员吃蛋糕。

这天晚上夜深人静时，值班的女服务员在五楼服务台翻看时尚画报，忽听到1502的总统套房传来争吵声。

争吵声愈来愈响，是邓丽君与保罗的声音，他们好像用的是英语。那个女服务员无法相信，平素邓丽君那样温婉柔美的细嗓，竟会发出如此尖利的刺耳呐喊。

1502套房的门忽地打开了,保罗愤怒地冲出来,嘴里一遍遍嘟哝着一个词"麦格的、麦格的!"披头散发的邓丽君追到门口,满脸乌青,套房客厅内凌乱不堪,地上碎玻璃、针头等杂物撒了一地,茶几上放着一堆大麻,女服务员前去劝阻邓丽君,被粗暴地推开,这时候,阿格的眼前突然出现了年轻的比利,他从走廊的尽头飞奔而来,他的脸面朝摄影机的镜头,双手大幅度地摇摆着、比划着,嘴里声嘶力竭地叫嚷道"NO""NO":"这不是真的,这是造谣!彻头彻尾的造谣!"

…………

阿格醒了。浑身大汗淋漓。

窗帷的缝隙透进一道光亮,阿格疲惫地起身,抬头看了看床头柜的电子钟,才是清迈时间早晨六点。他昏昏沉沉睡了一晚上,汗流浃背,掀开薄毯起床去卫生间冲淋,按照计划,今天要去金三角,睡不成懒觉了。

八点不到,惠子已等在酒店门口。惠子老公开来的是一辆面包车,阿格脚步缓慢地走出酒店,惠子微笑着在车门旁等着,阿格居然是最后一个到的。车上除了建国、大胖,还有两个泰国女孩。

惠子跟随阿格上车,然后说很抱歉,今天有两个泰国女大学生一同搭车去金三角。车是他们包的,惠子夫妇明显是赚外快,但看看两个女大学生眉目生动,面带笑靥,建国瞥了一眼阿格,把已堵在喉咙口的话咽了下去。两个女大学生长得像中学生,小巧玲珑,皮肤很白,与肤色黧黑的小泰妹形象毫不沾边。

大胖永远是闲不住的人,听闻惠子的话马上站起来说"欢迎欢迎",魁梧的身躯挪动到两个女学生前,突然冒出一句:"萨瓦迪卡!"

两个女学生被吓一跳,然后笑得前俯后仰,扭作一团。阿格与建国的目光对接,建国皱着眉拼命摇头。

去金三角的路程很远,路况也不好,沿途两侧的树木时现时无,途中尘土飞扬,颠簸不堪。两个泰国女学生玩着手机,一路不停吃着各种零食,其中一个女生笑容迷人地拿着一包芒果干递给邻座的大胖,大胖摆摆手,女生又拿给建国和阿格,他们也不吃。

大胖涎着脸指指女生在看的手机问:"你在看什么?"

女生不明白,建国用英语翻译。女生把手机递到大胖面前,屏幕上展示的是一款新出的苹果手机。

大胖眉开眼笑地用手比划着:"你做我的女朋友,我帮你买。"

泰国女生听完建国的翻译,调皮地连连点头用英语说:"yes,yes,我做你女朋友。"

建国和阿格在旁边起哄，车厢内一时声音鼎沸。

"她还没我女儿大呢。"大胖一脸尴尬地嘟哝着，居然脸红了。

"缩掉了缩掉了，真没有腔调！"建国用暧昧的神情对阿格说。

下午一点多，到达清莱境内，午餐的餐馆对面就是白庙，银白色的建筑群气势巍峨，除了草坪，所有建筑的外立面全是银白色的。草坪上到处挂满空气铁兰，垂下的密须被装饰了老人面具，青叶络石枝丫交错，泛绿的叶片经阳光涂抹呈现一种嫩黄。蓝天白云下，白庙错落的建筑群银光闪闪，恍若梦境。

惠子预先打电话安排好的，所以进入餐馆，已经有张桌子摆放了碗筷，大家一旦坐下，几大盘菜肴和米饭都上了桌。两个泰国女学生胃口很好，风卷残云地吃起来，这边除了大胖基本没动筷子。大盘的泰国料理色彩诡异，加上餐馆里人声鼎沸，阿格、建国一点食欲都没有。

午餐后又上路，行驶两小时后惠子用泰语与老公交流几句，少顷，面包车左拐，进入一条乡村小道，土路高低不平，面包车像是一艘疾驶海面的游艇，一会儿冲高，一会儿坠落。来到一座村寨，面包车停下，惠子招呼大家下车。

在惠子的带领下，大家走入村寨。村寨门口有一个简陋的拱形门楣，门楣旁竖立着两尊木雕神像，造型怪诞戏谑。惠子开始履行导游的职责，她说这个村寨叫长脖子村，两尊木雕一尊是太阳神，代表男人，另一尊当然就是月亮神，代表女人。太阳神拥有不成比例的硕大阳具，一直垂挂到膝盖处，笑眯眯的脸上浮现滑稽古怪的笑容，几绺稀松的发辫挂在光秃秃的脑袋上，月亮神宁静安详，雕着细腰丰臀和一对圆形的巨乳。

长脖子村基本还是母系社会，女人们从小就要在颈脖上套上箍圈，让颈脖挺直抻长，箍圈大都用银铜制成，随着身体的成长发育，箍圈愈换愈高，脖子变得越来越长。脖子愈长的女人愈美、愈骄傲，在村子里的地位也就愈高。

村寨沿途都是一个个小摊位，出售各种手工艺品。一路走去，摊位里的女人脖子一个比一个长，大胖极其兴奋，突然大声嚷嚷，招呼阿格和建国过去，只见一个摊位里的女孩长着漂亮的瓜子脸，整个上半身几乎都是挺拔的脖子，她的手灵巧地来回划拉木锤，一条彩色的长方形围巾已基本织成，不可思议的是她的身体与手再怎么运行，颈脖像一柱挺拔的玉雕纹丝不动，仿佛固定在半空中一样，让人叹为观止。

摊位上摆放着各种工艺品，阿格拿起一尊一尺长的太阳神木雕仔细端详，所有的木雕都有月亮神陪伴，唯独这尊最大的太阳神缺少伴侣。阿格有些好奇，经惠子翻译，长脖女孩说月亮神被人买走了。

阿格抚摸太阳神的身体，若有所思的样子。旁边的建国拿过木雕，不明白阿格为何对这尊木雕如此青睐。大胖的手从下面伸过来，抚摸着木雕下垂的硕大阳具，建国推开大胖的手，大胖一脸坏笑，发出夸张古怪的声音。

阿格付了钱，买下木雕。大胖还要来捣乱，阿格闪身躲过，将木雕塞进拎包，拎包有点小，没法拉上拉链，木雕的头露在外面，满脸喜气，披挂着几束草绳编织的稀松头发。

离开长脖子村后，一个多小时的路程，就到了著名的金三角。湄公河河面宽阔，水流湍急汹涌，金三角是泰国、缅甸与老挝三国毗邻，因河流交汇，形成共管的口岸，影视剧里的缉毒片经常会出现与金三角有关的情节。

惠子带着大家穿上救生衣，坐上木筏。木筏驶向对岸，靠岸处便是老挝境内。上岸后迎面可见老挝的一块界碑矗立在沙地上，界碑上刻有红色的拼音文字。周围开满了一丛丛橙色的万寿菊和姹紫色的夏鹃，远处是一棵棵高大的榕树，粗细不一的虬枝茎须瀑布般从树干上垂挂而下，深扎在泥土里。景点的房屋全由矮木草屋构成，唯有一幢正在建造的钢筋水泥建筑高耸入云，映入众人的视线。

惠子介绍说，老挝现在也搞改革开放，那幢建筑物是一个华人老板投资建造的，建成后将来就是金三角的第一个赌场。

景点四周散落着一些店铺和小摊，天气热，一些赤膊的小孩吃着冰棍。两个泰国女学生坐在矮桌上吃米粉，苍蝇盘旋四周，发出嗡嗡的声响，大胖走过去与她们搭讪，因语言不通，大胖先是扮了个惊讶的表情，然后又用手往嘴里扒拉，两个女学生笑得直不起身。建国皱着眉头，不停挥手呼扇飞舞的苍蝇，拉住阿格的手臂走去参观鸦片博物馆。

落日照在湄公河上，河水波光潋滟，水天一色，一只只长木筏漂浮起伏，偶尔有游艇在水面上飞驰。游艇所过之处留下深陷的波谷，水鸟凌空而下，扎进河中叼啄鱼虾。

惠子招呼大家往回走，在渡口坐上面包车，天色向晚，淡蓝色的暮霭已笼罩四野。归程有几个小时的路程，惠子老公把车开得飞快，一车的人摇头晃脑，瞌睡虫渐渐袭来，昏昏沉沉的气氛弥漫全车。

回到清迈快十点了，面包车停在酒店门口，昏黄的灯光中，阿格、建国和大胖下了车，与惠子他们告别后，三人朝大堂走去。酒店对面的SPA店还闪烁着隐隐的红光，建国忽然提议去做个按摩，大胖立即附和，三人返身穿越马路，走向SPA店。

建国的提议正中大胖的下怀，大胖在国内一周三次保健按摩，一开始是做生意需要，陪客户放松，久而久之，大胖已经习惯性地离不开按摩。而且他与其他男人不一样，每次都只要男技师，手劲则是越大越好，每次给大胖按摩完，男技师基本都是大汗淋漓。

SPA店门面不大，装修却非常考究，背景音乐悠扬地在四周低回。穿着大襟工作服的几个中年妇女迎上来，让客人们换鞋更衣。先冲澡，然后换了薄薄的按摩服。一个人一间包房，包房内点着香薰蜡烛，满屋芬芳。阿格刚要在按摩床上躺下，手机响了。他起身拿手机，走出包房，只看见大胖在走廊里晃悠，大声抱怨空调太冷。

阿格刚接电话，大胖走过来问谁啊谁啊，阿格把手指竖嘴边，制止他出声，大胖没趣地踱回自己的包间。

按摩完三个朋友向酒店走去，坐电梯各自回房间。阿格卸下挎包，准备挂壁橱里，隐隐约约总觉得有什么地方不对，稍稍凝神思忖片刻，发觉挎包里那尊太阳神木雕不见了。

他想起有SPA店的名片，从口袋里掏出名片，用手机给SPA店拨了电话，对方接电话的是女子声音，阿格猜测大概是SPA店的收银员，阿格听到她用泰语在电话里询问一圈，然后对阿格说：刚才有个女技师在更衣室的沙发上看见过木雕，后被一个客人出门时拿走了。

七

在医院的病床上醒来后，阿格第一眼就看到了大把大把的百合花，记忆的宝盒缓缓打开，白色的、粉色的、黄色的花卉像海潮般朝他眼前涌来，让他有一种晕眩的感觉。

百合花一次次开放在阿格的童年时光里。阳台上种满了百合花，屋内角角落落都放满花盆。戴近视眼镜的女人喜欢穿紫色衣服，每天会挤出一块时间，提着花洒走来走去地伺候那些花卉。

阿格从小是过敏体质，每天早晨起来喷嚏不断，百合花有一股幽幽的清香，并不刺鼻，但很奇怪，阿格经常是鼻涕眼泪狂流不止。最在意这件事情的是男人，为此与那个女人不知吵了多少架。印象中最惨烈的场面是男人把房间里的花盆摔碎，碎瓷片与灰泥土撒满打蜡地板，折断的花茎、花瓣尸陈遍地，女人情绪激烈，一定是疯了，冲上去给男人一个耳光，随后两个个子差不多高的人扭打在一块儿。阿格在旁边吓得号啕大哭。后来女人与男人也蹲在地上哭起来，阿格反而停住了哭声，用一双惊恐的眼睛东张西望。

"阿格难道不是你的亲生儿子？"男人一边抽泣一边大叫。

"是我亲生的，你也是我亲生的，你怎么可以这样对我？"女人针锋相对地说，脸上有一种满满的委屈神情。

后面女人与男人的对话阿格就听不懂了。平静下来之后，女人对男人说：

"你不要学你那个忘恩负义的父亲，我们母子三人相依为命，现在你对我最重要，你知道吗？"

"狗屁！你去死吧！快去死吧！"男人突然咆哮起来。

女人的眼睛瞪得圆圆的，转身怒气冲冲地走出了房间。

阿格家住的是新式公寓房，四十年代建造的，高大的梧桐树遮天蔽日，公寓的墙上爬满茑萝。局长走了以后再没回来过，这套房留给了母子三人。女人一个人住主卧，男人住二楼的亭子间，客厅搭一张帆布床，这是阿格的栖身之地。

女人走后男人过来抱住阿格，说：

"不要害怕，我会保护你的！"不知道为什么，后来兄弟俩哭成了一团。

每天都是男人去幼儿园接阿格，回家后男人就开始做晚饭。女人在一个中学当语文老师，每天回家很晚，晚饭后男人起身收拾桌子，拿着碗筷去厨房洗刷，女人会跟过去帮忙，剩下阿格一个人在客厅玩。厨房里传来女人的声音，她一次次催促男人去打电话，"你去打呀！叫你朋友来跳舞呀！"男人从厨房走到客厅，女人紧跟在后面，那情形用沪语说叫作"紧盯黄包车不放"。

男人走来走去躲不过，被逼无奈，只好一副不情不愿的样子拿起电话。

家里的电话也是局长留下的。那时候家里有电话的人家不多，阿格家因为局长的地位才拥有一门宅电。男人打过去的都是公用电话，对方接电话的需要去叫人，通常许久才会回电。男人终于叫好了几个朋友，女人心满意足地去自己房间换衣打扮。女人用蘸了水的木梳把头发梳得铮亮，重新走出卧室的时候神采奕奕、满面红光。

阿格从小都是男人带大的，在他的记忆里，局长离家出走前就没怎么抱过自己。阿格曾经在亭子间的床头柜抽屉里翻出一张照片，是四个人的全家福：局长、女人、男人和阿格。照片上的局长表情很严肃，与生活中一模一样，所有人都叫他局长，包括外人和家人。局长早出晚归，据说管着这座城市的重要命脉——水和电，只要局长在家，就不停有人找上门来求他办事。

男人的朋友们来了，有男有女，有时三四个，有时五六个，女人娉娉婷婷走出房间，精神焕发，殷勤地给大家沏茶倒水，第一时间走过去拉下窗帘，关掉顶灯，只剩壁灯微弱的光影熠熠闪烁。女人掀开手摇唱机的盖子，手摇唱机带着一只古铜色的喇叭，从底座侧面插入一个手柄，上下使劲转动几十圈，贴着圆形红标签的黑色唱片便开始缓缓转动，黄铜色的曲柄唱针转一个身轻轻放在唱片上，针头轻放在黑色唱片上，唱片缓缓旋转，顿时，邓丽君柔软温婉的歌声似乎从云天外传来。

男女翩翩起舞，身体贴得很紧，像小船轻轻摇摆，幅度很小，那时候，女人的脸上被一道红晕笼罩，光彩四射，像个骄傲无比的女皇。某个时候男人似乎意识到什么，急忙过来抱起阿格，将他送到亭子间。男人通常不会马上离开，总会陪自己玩一会儿，阿格有点困了，男人就扶他躺倒在枕上，嘴里会轻轻念叨阿格从小听了无数遍的童谣：摇啊摇，摇到外婆桥……阿格其实能感觉到男人要走，可巨大的困倦像海水一样袭来，他还没来得及反抗，海水就已经将他淹没。

阿格长大后才听说贴面舞这个词，开始他不明白是什么意思，经别人一描述，他马上想起在遥远的童年岁月里，其实他常常与贴面舞不期而遇。

阿格的童年里最开心的一件事就是与男人在一起玩，男人就是他所有的依靠和安慰。有一次在亭子间，阿格胆怯地问身边的男人：你为什么对她那么凶？她对你不好吗？男人问：你说谁？阿格朝楼上努努嘴，男人恍悟，突然双眼冒火，说：不要提她，她就是个神经病！

一年后的某天傍晚，夜幕刚刚降临城市，女人像一只展翅的大鸟毅然从三楼阳台飞身跃下，公寓前面的甬道上鲜血淋漓，脑浆四溅。殷红的细流在方形的水泥石板上左突右蹿，蜿蜒流淌。男人不见了，客厅里两个民警走来走去，阿格躲在角落，成了无人顾及的弃儿。

后来舅舅赶来接走了阿格。之前舅舅接到一个没头没脑的电话，没等舅舅弄清对方的身份，电话已经挂断，发出嘟嘟的蜂鸣声。

在女人的追悼会上，阿格终于见到久违的局长，他依旧是面无表情，像一尊石膏雕像。追悼会尚未结束，局长就准备匆匆离去。临走前他把舅舅叫到大厅门口交谈了几分钟。

从头到尾，男人没有出现。舅舅和舅妈一左一右搀着阿格的小手，阿格哭得泣不成声，笼罩阿格心灵的，与其说是悲伤还不如说是茫然和恐惧更为准确。

阿格从此在舅舅家寄居，数月后男人出现了。那也是阿格最后一次看见男人。一个炎热的夏天，树上的知了叫个不停，在舅舅家门口的一棵香樟树下，男人抱着阿格放声痛哭，阿格长高了，男人抱着阿格的颈脖说他要去国外，以后等他站稳脚跟就来接阿格。从那以后男人再也没有音讯，黄鹤一去不复返。舅舅舅妈抚养阿格长大成人，他们对阿格视如己出、疼爱有加，非常地宠他，一直把阿格培养到大学毕业。有了工作后，在阿格的一再坚持下，他与舅舅舅妈分开住，阿格在市中心一条法国梧桐遮蔽的僻静小路上租了一套房。

舅舅六十岁生日，表哥正好出国，阿格去陪舅舅喝酒，爷儿俩用锡壶烫了古越龙山对饮，四瓶酒下去，舅舅舌头渐渐大了，一直不停地说他年轻时有多少女孩愿意跟他搞暧昧，奇葩的是，每个女人的名字舅舅都清晰记得，如数家珍，娓娓道来，细节都描述得格外仔细。哪个女人会发嗲，哪个女人身体某部位长着一个大痦子，他一五一十绘声绘色地讲述着。

舅舅喝多了，说话的语速有点慢，他告诉阿格，家族基因是一种神秘的东西，它无比强大，他妹妹——也就是阿格的母亲，基本上也继承了家族的血统。

"不能怪她，是家族遗传给她的基因。"舅舅说。

"基因？"阿格眼睛里闪现的是好奇和迷糊。

"对，我们家族的基因无比强大，是人群中的异类，天生身体素质了得，按照今天时髦的话来说就是情种；也不能怪局长，哪个男人受得了自己老婆经常在外面偷人？况且又是一个有地位、有头有脸的人。不怪任何人，所有的都是命，可以说是命中注定。"舅舅非常肯定地说。

后来舅舅摇摇晃晃走进卧室，拿来一个褪色的信封，他的手微微抖动着，从信封里取出一厚叠纸片递给阿格。

"这是什么？"阿格疑惑地问。

"局长每年给你买的保险，上面写了你的名字。他让我在你结婚的那天一起交给你，我年龄大了，想想还是早些给你为好，放在我这里总是一桩放不下的心事。"舅舅说。

"局长？他现在哪里？"

"他在监狱里，山东。你想去看他的话，我有地址。"舅舅端起酒杯浅酌一口，"还有件事要告诉你，局长没进监狱前，你的抚养费他每个月都打在我的工资卡里，一天都没有拖延过。"

有一瞬间，阿格的眼眶似乎湿润了，哽咽着说不出话来，五味杂陈，脑子一片空白。

给舅舅过完生日后不久，阿格通过大胖介绍，去瑞金医院挂了个专家门诊，与一个心理医生进行了非常私密的对话。大胖下海后三教九流的人认识不少，他有种非凡的交际能力，与任何人见一次面就自来熟，马上可以称兄道弟。大胖让阿格拿着一张字条直接去找医生咨询，但阿格到医院后还是在挂号处排队，知趣地挂了一百元的专家号。

"根据你介绍的情况，你母亲患有抑郁症，可能还伴有先天性性亢进的疾病。"

心理医生托了托鼻梁上的眼镜镜框,这样跟阿格说。

"抑郁症?性亢进?"阿格一脸迷惑。

"那个年代,国内对精神心理疾病的研究都比较落后,抑郁症、性亢进都是无人涉及的领域。"心理医生机械而刻板地说。

阿格听得浑身一阵阵发冷,直冒虚汗,他扭动身体坐立不安,脸上的表情非常古怪。

后来他突然起身,不打招呼就准备出门,心理医生追到就诊室门口,递给阿格一张名片,说上面有联系电话,假如有需要的话,随时可以向他咨询。短短几分钟的交谈,心理医生显然有些不好意思。

"我们有行业操守的,绝对会保护个人隐私。"心理医生的脸上溢出一丝微笑。

八

前面是蔚蓝的天蔚蓝的海,一棵棕榈树遮天蔽日,阿格戴着一副墨镜,斜倚在游泳池边的木制躺椅上,光裸的上身盖了一条白色浴巾,建国与大胖在游泳池里扑腾,水花飞溅,池边的绣球花和水带草上挂满水珠,像淋了雨似的微微摇摆。阿格不会游泳,刚才大胖恶作剧,乘他不备将他推下泳池,阿格呛了几口水,水是咸的,游泳池里的水是从大海那边引过来的。

阿格用手机拍了几张海景,又给建国和大胖拍了照,闲躺着有些无聊,他环顾四周,看到几十米处的一个木亭,木亭里似乎有吧台和服务员,陈放着各种饮料和零食。他起身朝木亭走去。

大胖坐在泳池边,看建国表演仰泳。大胖早年干过救生员,各种泳姿都会,比较起来仰泳是弱项。这时,躺椅上的手机响了。是阿格的。手机不停地响,大胖站起身,朝躺椅走去,魁梧肥胖的身躯像企鹅般移动,身上的水滴滚落在绛红色的地砖上。走到躺椅边,他用毛巾擦擦手,拿起了手机。话筒里传出一个男人的声音,用不标准的普通话在跟他打招呼。

"啊?谁啊?阿格先生啊?他走开了,马上就回来。你是他什么人?"大胖的大嗓门穿透力很强,"什么?清迈警方?你们找阿格先生干吗?"

阿格提着几罐啤酒从绛红色的甬道疾步赶来,板着脸一把从大胖手里夺过手机。大胖一头雾水,瞪着眼盯视着阿格。

"嗯,我就是,请说。"阿格把啤酒放在躺椅上,食指搁嘴边轻嘘一下,示意大胖不要说话。

阿格一边接电话一边离开大胖朝草坪走去，甬道和草坪接壤处盛开着紫色的夏鹃花，葳蕤的绿叶覆盖了阿格穿着拖鞋的脚踝。

接完电话，阿格回到泳池边，建国与大胖正躺着喝啤酒。看到他走近，大胖一副不屑的神情，用眼睛的余光斜视着他。

阿格打开易拉罐，仰脸喝了一口。

大胖嘴里嘟嘟哝哝地说：

"搞得神神秘秘的，还怕人偷听电话。"

"没啥问题吧？"建国见阿格不说话，关切地问道。

"没问题啊。"阿格的脸上没有表情，他故意不想满足大胖的好奇心，岔开话题说，"今天我们去哪里吃晚饭？"

建国说还有两天就要离开泰国了，想去一下清迈免税店，还想去下超市，买些鱼罐头、活络油和青草药膏。

"鱼罐头？为啥要买鱼罐头？"大胖好奇地问。

建国说上次来清迈，带回去泰国风味的鱼罐头，老爸超喜欢，这次出来千叮嘱万叮嘱，要他多带一些鱼罐头回去。

大胖没听说过青草药膏，不知道有何用，他关心的是活络油，听建国说泰国的活络油有治愈筋骨酸痛的功效，马上来劲了，放下啤酒罐，站起来立马就走。

建国与阿格对视了片刻，摇摇头，只得拿起手机和毛巾跟上去。

三个朋友回房间换了衣服，在酒店大堂会合，叫了辆出租前往清迈免税店。路上车辆拥挤，气温陡然升高，开着空调，大胖还是热得浑身大汗，他哇啦哇啦叫司机把空调开大一点，棕色皮肤的司机听不懂，面露愠色冷眼相对。后排的建国赶紧打圆场，说前面不远处就到目的地了。

建国熟门熟路，离免税店几十米处叫停出租，付了钱下车，迎面就是一个大超市。

在超市逛了半小时光景，账台排队结账时建国提了一大堆东西，大胖手里攥了四瓶活络油，唯独阿格什么都没有买。建国毕竟有经验，买完单把大胖的活络油塞进自己的袋子，然后将一大包东西寄存在超市，这样逛免税店就不用提着袋子。大胖笑嘻嘻地朝建国竖起大拇指。

免税店的大堂前台人满为患，人流排成几条长队，需要用护照登记后才能入内购物。大胖在队伍中穿梭往来，忙得不亦乐乎，他打听到二楼有免费自助餐，兴奋地跑来跟建国、阿格说，建国斜眼看大胖，说：你不要与我们一起去吃晚饭了？大胖挠挠头，思忖半天，还是不肯放弃这绝佳的机会，央求两人去自助餐厅看一眼。

自助餐厅里人很多，一进餐厅，大胖完全忘了先前所说的"看一眼"，他循着食物长台一路走去，东拿一样西拿一样，啥都要来一点。自己拿不了，还往阿格手中的盘子塞了几样点心。建国看不惯，拉着阿格找桌子坐下，阿格去端了两杯咖啡来，两人慢慢品酌。大胖捧着几盘满满的小山过来，光亮的额头上沁出汗珠。

大胖一边大快朵颐，一边使劲劝诱建国、阿格一起享用。阿格不好意思，用叉子叉了一块火龙果往嘴里送，建国一语不发只喝咖啡。

不一会，建国起身说"我先去化妆品柜台逛一下"，径自走了。

这时阿格的手机响了，他站起来，移步至大玻璃窗台边接电话。

大胖打扫完桌上的食物，回头一看，阿格不见了，用餐巾纸擦擦嘴唇，朝购物区摇头晃脑地走去。

大胖在免税店逛了一圈，没有他感兴趣的东西要买，最后落座在休闲区，休闲区非常宽阔，落地玻璃分隔区域空间，有零星的游人在喝咖啡、吃蛋糕。

大胖叫来服务员，要了蛋糕、咖啡，拿出手机玩微信，他给建国和阿格分别发了休闲区的定位。微信里有很多提示记号，大多是给大胖发的清迈照片的点赞。有一条是女儿发来的，先祝老爸在泰国玩得愉快，后面才是重点，说最近要搞世界音乐的演出，还缺一点排练经费，老爸是否可以赞助一点。大胖的女儿情商高，找个老公入赘，生了两个男孩，其中一个随大胖姓，明明是外孙，女儿却对大胖一口一个你孙子，于是乎女儿一家四口全靠大胖养着，女儿女婿却一门心思扑在世界音乐的普及工作上。

蛋糕吃完，咖啡杯也空了，大胖想找服务员续杯，回头一看，远处的角落里，阿格正与两个身穿短T恤的男人坐在一起交谈，大胖站起来准备朝角落走去，服务员拦住他，说先生你还没有买单哩。

"什么？不是说免费的吗？"大胖很生气地叫道。

"先生，我们这里要买单的。"小伙子塞过来账单。

大胖无奈，只得乖乖地付钱。付完钱抬头一看，远处的阿格与那两个男人在视野里消失了。

天色渐暗，免税店门口人头簇拥，一辆辆大巴接踵驶来，接走一批批游客。大胖走出旋转门，看到大门左侧边上站着建国，一只手夹烟托着眼镜，眯缝着眼，凑在手机屏上上下下巡视。建国对大胖说，他攻略到一家很有名的泰国餐馆，就在免税店附近，走路过去不到十分钟。两人正说着，阿格出现在门口了。

去超市取了购物袋，三人依据导航引路，沿着茂密的高大树丛走着，很快一条大河横亘在前方。泰菜馆是敞开式的一幢木屋，大屋顶傍河而立，大屋檐悬挂的霓虹灯跳跃闪烁，光影四射。一座古旧的木桥架在河面上，桥的一侧簇拥着四处伸展的芭蕉树叶，桥面上有长长的铁索扶栏，人行其上会剧烈晃动。

泰菜馆门口七歪八倒散落停放着一堆自行车，他们下坡踏上木质跳板，跳板连接窄窄的回廊，绕过回廊，便来到餐馆中央的圆吧台，餐桌以吧台为轴心呈扇形向四周分布，屋顶悬挂的铜质吊扇缓缓旋转。餐桌大都是两人座，满目皆是欧美老外，一人带着一个泰妹，轻声密语，神采飞扬。每张餐桌上放着一盏铜油灯，清风徐来，灯光摇曳，弥漫温馨浪漫的情调。

他们找了一张靠河边、可以观赏夜景的四人桌，服务员拿来菜单，全英语的，阿格懒得看，大胖是看不懂，最后只能由建国点菜。

"长得都好难看啊！"大胖突然冒出一句。

"你说什么？"脱了眼镜正俯脸浏览菜单的建国抬起头问。

"他说那些泰妹好难看。"阿格说。

"你们不知道啊，清迈可以租妻的。"建国的表情带着一种神秘感，"老外到这里度假一般都不住宾馆，租一套临时房，租一个泰妹，进进出出都骑自行车。"建国很内行地介绍说。

点完菜之后，夜幕已降临四周。河面上缓缓飘来一长溜祈愿的纸水灯，朝四周漾开一圈圈涟漪，灯影辉映河水，波光粼粼，微风中光影交织、轻轻抖动，构成一幅如梦如幻般的迷人景象。

服务员端着托盘上菜，有白灼基围虾、辣椒草鱼、咖喱空心菜，外加一盘花生米和三瓶啤酒。大胖急不可耐把手伸向盘中，用两个手指夹起一只虾，剥了壳大口咀嚼起来。

建国连连摇头："真是个吃货，在免税店吃了那么多，不曾想你的胃口还那么好。"

大胖的手刚又要伸向盘子夹虾，忽地停在半空中，朝阿格哭丧着脸说："吃自己的还要被骂。"大胖话里的含义很明确，他们此次结伴出游是 AA 呀。

阿格举起酒杯："吃吧吃吧，没人不让你吃。我们一起干一个！"

"还是阿格大气，干杯干杯！"大胖竖起大拇指。

酒足饭饱后，三人打车回酒店，下了出租车，建国与大胖又要去马路对面的 SPA 按摩，阿格没有兴致，说自己想回酒店。建国和大胖穿越马路，朝 SPA 店走去。

阿格进入房间，随手拿起遥控器打开电视，换了几个频道，全是泰语台，好不容易调到一个中文台，居然传来异常熟悉的歌声。荧屏里播的是一部纪录片，讲述一代歌星邓丽君与清迈的故事。

邓丽君坐在摇椅上安静地看书，录音机里放着维瓦尔第的《四季》。高个的、把头发束在脑后的保罗从更衣室走出来，他俯下颀长的腰背在邓丽君的额上轻吻一下，健步走出1502，他要去给邓丽君买CD和水果。保罗走后不久，邓丽君起身去浴室洗澡，等保罗回来他们要去散步，她喜欢每天傍晚时分天气凉爽了，与保罗手牵手散步。在清迈，这是她与保罗每天必做的功课。

大约下午四点多，两个正在VIP服务台闲聊的女职员，突然听见一声惨叫，只见邓丽君赤身裸体从房间里冲出来，扑通一声，重重摔倒在地毯上。她们见状赶紧找来浴巾，裹住邓丽君的身子。喊叫声惊动了休息区的比利，他闻讯赶到，小伙子情急之中给酒店经理打电话。不一会儿经理来了，吩咐比利叫救护车，救护车迟迟未到，经理当机立断，决定用酒店的汽车送邓丽君去医院。

比利和服务员几个人抱着邓丽君坐电梯下楼，酒店经理带门童和女服务员，一起护送邓丽君去医院。

正好是下班高峰期，本来只需要五分钟的路程，汽车足足开了二十分钟，在去医院的路上，脸色发黑的邓丽君一边抓着女服务员的手，一边痛苦地喊叫着"妈妈"，显得那么的无助和绝望。

邓丽君去世后，警察在酒店卧室的化妆包里找到了哮喘喷雾药剂，据警方分析，邓丽君平时把缓解哮喘的喷雾剂放在随手可拿到的地方，那天突然身体不适，找不到喷雾剂，导致慌乱中冲出房间。

在美萍酒店，比利面对记者的追问时伤心欲绝，记者问他保罗是否在殴打邓丽君之后离开了酒店。

比利非常生气，愤怒地说：这全是谎话！说这些谎话的人全是人渣！污蔑、造谣，不知道这些人为何要这样亵渎女神和她的未婚夫？

记者说那为何邓丽君的尸体照片显示，她的脸上伤痕累累？

比利回答说邓小姐可能在找哮喘喷雾剂时摔倒了，或者是体力不支出门时摔伤所致。

那你是否知道邓小姐一直在吸毒？记者接着问。

没有，真的没有啊！比利连连摇头。这全是谣言！谣言！

你凭什么这么肯定？

因为……因为我们经理派人送邓小姐去医院后，我出于好奇，偷偷去1502检查了房间。外面传说的谣言太多，我也时有所闻。房间的角角落落我全部都寻找过、检查过，没有找到任何毒品，没有针筒，没有K粉，连大麻都没有，我可以在佛祖前起誓，请你们相信我！

九

  一大早面包车沿着护城河古城行驶，中世纪式的砖砌城墙在车窗里飞快往后退去，惠子指着前方的斜坡砖瓦门楼介绍说，清迈古城具有700年的历史，共分5个门，从高处鸟瞰，古城的形状酷似一头大象。很长一段时间里，清迈是兰纳王国的首都。

  古城墙消失后开始进入山路，面包车盘旋而上。山道旁树木葱郁，探出的枝丫不断划过车窗，发出犀利的刺耳声响。

  面包车停在半山腰的停车场，惠子领着大家沿山道攀缘，两边是成片成片的参天竹林，阳光透过竹林的缝隙照射下来。爬到山顶就看到了富平皇宫。这座皇宫建于泰国第九代皇帝时期，是皇帝及家眷度假休息的所在地。皇宫所占园林面积并不大，中央是一个大花棚，里面种满了各种花卉，玫瑰、夏鹃、菊花和茶花争相斗艳，一大片兰花盛开如海，红色的、黄色的、蓝色的花蕾次第绽放。大花棚的四周生长着一棵棵亭亭玉立的菠萝蜜树。

  一扇简陋的铁门上了锁，庭院深处伫立着一幢大屋顶的琉璃瓦建筑，惠子介绍说这就是皇帝的下榻处，碰到开放日可以进去参观。大胖拿着手机不停拍照，建国对参观毫无兴趣，他与惠子老公在一座石亭下抽烟交谈。

  惠子是广东潮汕人，来泰国十七八年了，这些年中国人变富裕了，来泰国旅游的游客络绎不绝，购买力超强。他们夫妇自己开了旅游公司，买了车，买了房，膝下育有三个孩子。惠子老公说惠子贤惠，有旺夫运，惠子老公朝空中吐出一口烟圈，神情里透出一种骄傲和满足感。

  阿格和大胖一左一右伴随惠子走来，惠子又在发挥她擅长讲故事的特长，向他们介绍泰国国王在老百姓心目中的崇高地位。

  "你的朋友好有意思。"惠子老公说。

  "你说谁？大胖吗？"建国问。

  "对，他讲话好幽默。他有两百多斤吧？"

  "哪止！三百多。都是吃出来的。小时候穷，没有吃的，现在有钱了，拼命吃。"

  "看起来他活得很潇洒。"惠子老公用一种欣赏的口吻说。

  "也是表面光鲜，其实也是一个可怜的人，他从小跟着义父义母长大，连他的生身父母是谁都不知道。"建国撇着嘴说，小时候他与大胖、阿格都是街坊邻居，所以他对大胖的身世比较了解。

"啊,这样啊。"惠子老公耸耸肩,"按你们中国人的话怎么说的?清官难断家务事?"

按计划下一站参观游览魏功甘景点,他们下山后驱车前往。魏功甘有清迈古城的遗迹。遥远的岁月里,因滨河发大水,人们开始大规模地搬迁至现清迈古城。洪水带来的泥沙掩埋了魏功甘古城,直到十多年前才慢慢被发掘出来,出土的文物甚至包括中国万历年间烧制的青花瓷器。

到达魏功甘,天上下起淅淅沥沥的雨滴。热带地区就是这样,阴晴转换只在短短一瞬间。魏功甘有七八处遗址和一些民居塔楼,散落分布在方圆几里地的茂密森林里。

惠子用手机打电话,一辆泰国传统马车哒哒跑来,惠子把预先准备号的票分给大家,乘坐马车每人200泰铢。待大家坐稳,车夫一甩缰绳,马车噌的一下蹿出去了。前面的道路上随时会出现一堆褐色的马粪,在细雨中冒着热腾腾的水汽。

雨突然大起来,瓢泼大雨倾斜在车篷上,发出沉闷的声响。森林里不断显现的古迹遗址和断墙残壁,仿如一幅幅名画,经雨幕尽情地洗刷,变得迷蒙而遥远。

幼儿园每天都有午睡。这天下午阿格醒来就发觉有些异样,浑身瘙痒难熬,幼儿园老师见他迟迟不起床,过来帮他穿衣服,阿格不让老师碰他,说我痒我痒,小手不停地挠着手臂,老师往上撸开阿格的衣袖,突然惊叫起来:阿格的手臂上密密麻麻显现一大片红色的肿块。

老师开始是给女人打电话的,女人下午上课要上到四点,老师又给男人打电话,男人在海关当报税员,听说阿格病了,找了个顶班的,风风火火赶到幼儿园。男人背着阿格坐公共汽车去儿童医院,一路上男人嘴里像念经一样不停给阿格念着"摇啊摇,摇到外婆桥"。儿童医院人满为患,阿格浑身难受,哼哼唧唧,一个多小时后才看上病。医生给阿格量体温,用听筒检测阿格的胸腔,然后开了过敏的药,嘱咐回去服药后没有好转的话赶快来复诊,假如肿块退了就不必再来。

离开医院回到家,在公寓门口男人想放下阿格,阿格扭怩着死活不从,男人只得气喘吁吁把他背到三楼。男人朝女人的房间走去,他怕阿格受不了客厅里百合花的香味,医生说阿格患的病俗称风疹块,体虚加上过敏导致的。谁知到了女人房间门口,阿格的双腿在男人的背上倒腾,坚决不肯去女人房间。女人有洁癖,她的房间不让别人进,她每天下班,都要在客厅衣帽间换了睡衣才进房的,拖鞋都不穿进房间。有一次阿格睡着了,男人将他放在女人的床上,女人回来后爆发了激烈争吵，吵醒了熟睡的阿格。后来男人把阿格抱走，幼小的阿格很长记性，从此再也没有踏进过女人的房间。

男人只得将阿格轻放在客厅的单人床上，然后去楼下倒来一杯温水，扶着阿格的后脖服下一片药。抗过敏药有催眠作用，男人做完晚饭上楼，阿格已经入睡，红红的脸庞在壁灯的照射下熠熠闪光。

阿格是被尿憋醒的，窄窄的小窗外是黑沉沉的夜色，他不知道什么时候睡到亭子间来的。亭子间不大，十平方米出头，只能放一张三尺二的床、一个床头柜。阿格看见床头柜上放着一杯水和一碗皮蛋粥。

阿格拉开亭子间的门，楼上顿时传来邓丽君压得很低的歌声，三楼客厅的门虚掩着，灯光昏暗。他慢慢沿着木质楼梯拾级而上，门缝里可以看见一条条腿，随着音乐缓慢交叉移动，像大海上的小舢板，时高时低，时浮时沉。

他悄悄绕过客厅的门，朝卫生间轻手轻脚地迂回过去，卫生间在靠左侧的过道里，阿格闪躲进去美美地尿了一泡。他来到立式白瓷洗脸盆前洗手，洗脸盆前有面大镜子，四周的镜面已锈迹斑斑。阿格看见自己幼小紧张的脸庞有些变形，他撸起袖管，身上的风疹块全退了，脸也没有那么红了。他走到浴缸边的毛巾架边擦拭双手，然后轻轻拉开门，轻手轻脚跑过走廊，滑下楼梯，溜回了亭子间。

阿格再度醒来已是深夜。他的风疹块似乎又发作了，浑身奇痒难忍。他的本能告诉他应该继续吃药，他拉开亭子间的门，准备出去找男人。他慢慢爬上楼梯，客厅里的一盏壁灯亮着，那些男男女女已不见踪影，房间里杯盘狼藉、杂乱不堪。

他溜进客厅，通往女人房间的客厅门虚掩着，他跐着脚慢慢走过客厅，来到窄窄的走廊，这时，他看到左侧女人的房间门口的地毯上，有两双鞋像一对并蒂莲一样盛开，像百合花的花瓣柔软地铺展在柚木地板上，一双是女人的，一双是男人的……

十

惠子在大堂等着结账，建国与大胖提着行李先后下楼。足足等了十几分钟，阿格还是没有下来，惠子让酒店总台给阿格房间打电话，没人接。这时前台经理走过来说，你们是等阿格先生吧？他很早已经出门了，他说请你们先去机场，在那里等他。

去机场的路上建国和大胖分别给阿格打电话，始终是忙音。

到达清迈机场，惠子脸上愁云密布，拿着手机看看建国又看看大胖，眼睛里是求助和无奈的目光。关键时刻少一个人对导游来说是最棘手、最头痛的事情。

这时候，建国显示出多年漂泊欧洲处惊不乱的气度，他跟惠子互加了微信，然后告诉她不要慌，万一阿格需要帮助的话，请她务必多多费心。

一直到开始登机，阿格也没有出现。建国和大胖走去头等舱检票口，登机牌被扫描后发出滴的一声，两人步入廊桥，这时，建国的手机突然发出叮咚的响声，有一条微信跳进来，建国掏出手机一看，是阿格发来的短信：

建国大胖：你们先回，我再待几天，泰国警方找到我哥的下落，他是我在这个世界上唯一还活着的亲人，我要留在清迈一段时间。建国说我们都是与妈妈走散的孩子，我们怎么那么不走运，注定要与最亲的亲人走散？事先没打招呼，因为是私事，不想麻烦你们。抱歉！我的朋友。

依次进入机舱，建国与大胖挨着坐，隔着过道空着的位置，应该是阿格的座位。往前十几排的地方，是一个泰国僧侣旅行团，约莫有十几号人，全穿了大襟的浅棕色布袍，一大片光秃秃的脑袋。

飞机在跑道上开始滑翔，忽然腾飞，天空无比蔚蓝，云彩朵朵飘移，清迈的一排排房屋和田野、河流在视线里渐行渐远。

不一会儿，飞机一点点摸高上升，云彩急速地往后飘浮，进入巡航飞行时段，在飞机巨大的轰鸣声中，大胖开始昏昏欲睡，建国的眼睛也开始耷拉下来。

前排的一个光头僧侣站起身，大概是要上厕所，僧侣踅过身，朝机舱后排走去，路过建国和大胖的座位，建国紧闭的眼帘微启，露出隐隐约约的光亮，僧侣模糊的面容倏忽晃过。少顷，建国忽然觉得有什么地方不对头，直起身子，僧侣已飘然而去。建国侧身回头一望，这下让他惊呆了：僧侣的后背挎着一个双肩包，拉链没拉严实，贸贸然露出半截木雕的头颅，诙谐戏谑的造型，有几缕稀松的褐色头发披挂下来，建国清晰记得，在长脖子村见过这尊太阳神木雕，阿格当时买下，后来又在SPA店丢失，无论造型还是刀工，都给建国留下极为深刻的印象。这尊太阳神木雕怎么会出现在僧侣的挎包里呢？

建国松开保险带，站起身朝机舱后面慢慢走去。

卫生间上方的电子屏显示红灯，那个僧侣朝里面壁而站，佝偻着身子，僧侣的个子比建国矮，所以建国非常顺手便从他的背包里抽出太阳神木雕，木雕缓缓上升，忽地露出一张滑稽怪诞的笑脸。

原载《十月》2020年第5期

阴差阳错

杨晓升

如果不是因为刘星生病，有些真相也许永远不会被揭开。

中秋节刚过，第二天刘星腹部突发剧痛，到医院查出肝癌并伴门静脉癌栓。当时刘星的病情已经非常严重，医生说必须赶紧肝移植才能保命。作为妈妈，爱子心切的林书琴没有一点犹豫：把我的肝给儿子！同样爱子心切的父亲刘大山也挺身而出：你算了，我是男子汉，该我的肝给儿子！当着医生的面，夫妻俩争执不下，让在场的医生和周围的人无不动容。

肝移植需要验血匹配，在医生的建议下，刘星的母亲林书琴和父亲刘大山双双都抽了血，医生的意见是你们夫妇俩别争了，先验血，谁的血型匹配谁给儿子献肝，没想到命运再次和他们开了个天大的玩笑……

林书琴

真是撞上鬼了，这么倒霉的事怎么会落到我们家头上？

那天是中秋节，万家团圆的日子。儿子刘星和儿媳许莹在家里吃完晚饭，与他爸爸喝了瓶茅台，之后一家四口还在一起喝了茶、吃了月饼，儿子儿媳便起身告辞，双双要回许莹的娘家去。许莹的父母居住在我们邻县的安乡县城，距离我们家所在的汉寿县城开车也就是一个多小时的车程。刘星是我们家的独生子，许莹是他们娘家的独生女，独生子与独生女结婚成家，双方的父母都是平等的，不能厚此薄彼，都必须照顾到，没办法就只好婆家、娘家两头跑。儿子和儿媳都在常德市上班，常德市管辖着我们家和亲家所在的汉寿和安乡两个县，常德市里有一处儿子和儿媳独居的房子，是他们结婚时按揭、双方父母出资帮助首付购买的。平日里，他们小两口上班都住在常德市里，每逢周末是从市里到县里两头跑，每周一换，一周跑婆家汉寿，另一周跑娘家安乡，逢年过节则是来回跑场，蛮辛苦的，可有啥办法呢，谁叫他们都是家里的独子独女？想当初我们也不愿只生一个，可我和他爸是公职人员，我是保健医生，他爸是公务员，想留住公职就无法多生，谁料到时过境迁，现在放开二胎了，年轻的夫妇可以多生一个甚至可以生三胎了。真是此一时彼一时，只怪我们这一代父母生不逢时。唉，说这个已经毫无意义。

　　还回到我儿子刘星生病这事上吧。中秋节那天晚饭后，儿子陪儿媳离开我们，开车到了安乡县城的娘家，在娘家陪伴娘家父母赏月过中秋，晚上在他们家住下了。我本以为这是他们一个花好月圆的夜晚，谁料到了后半夜，我床头柜上的手机突然叫魂一般狂响起来，梦中被惊醒的我心惊肉跳，赶紧抓起手机一看，发现是儿媳许莹。我问怎么了，发生了什么事？儿媳许莹说刘星的背疼得睡不着觉，问我有什么办法能够缓解。我说家里有止痛片么，如果没有快到附近药店买点，实在没有止痛片也可先用热水和毛巾敷一敷试试。许莹说好吧，那我们先试试看。之后我再没有接到他们来电话，我以为儿子没啥大问题，便又迷迷糊糊睡着了。第二天我因为到单位值班，偏逢上级领导将要到我们单位检查工作，忙得不可开交，没再打电话过问儿子。再说儿子平时虽然忙，但身体正常，能吃能睡能喝能玩，从未听他说过哪儿不舒服，甚至连感冒发烧都很少出现，何况年纪轻轻的能有什么事呢？所以，我也就没太当回事。不料到了第四天，儿媳许莹又来电话，声音急促而且带着哭腔，开口一句"妈呀……"，便抽噎起来，我心一紧，一遍遍催问怎么了，怎么了，到底发生了什么事，许莹你快说呀！电话那头还是只传过来哽咽的声音。我扯起声音继续催，电话那头便传来许莹的哭腔："妈呀，刘星他……他……他在医院检查，医生说他患的是……是肝癌……呜呜……"我一听脑袋"嗡——"的一声，只感觉浑身的血直往上涌，脑袋似乎快要被炸开了。内心也在一遍遍否定：这不可能！这不可能！我一边否定一边在电话里安慰许莹，让她先别急，先别急，大概率可能是医生误诊了。可是放下电话，我心乱如麻，再也无法安心上班了，遂给领导打了电话说了情况，同时跟丈夫刘大山通了电话，两人开车直奔刘星就诊的安乡县人民医院，了解情况后又拉起刘星和许莹，一家四口开车直奔常德市第一人民医院。丈夫刘大山在路上一边找关系联系常德市人民医院的值班大夫，希望能尽快为儿子做复查。常德市第一人民医院是三甲医院，医院硬件和医生水平与县里的人民医院根本不在一个档次，我们希望市第一人民医院的复查能否决县医院的诊断结果。然而，经过两天的等待，复查的结果再一次击碎了我们美好的愿望，我的心在不停流血！

　　流血亦无法阻止悲伤，更无法改变儿子确诊的残酷现实。我只有这么一个孩子，面对现实我绝不能倒下，必须竭尽全力，哪怕砸锅卖铁也要挽救儿子的生命。医生告诉我，刘星的肝癌并伴门静脉癌栓，已经到了晚期，病情非常严重，正常情况他这种病情的患者生命至多只能维持三个月，要想延长并维持儿子的生命，目前唯一的办法只能进行肝脏移植，但这种移植需要血型匹配，手术才能进行。我听了毫不犹豫对主治医生说，这个我懂，我是机关里的保健医生，我是儿子的母亲，把我的肝移植给儿子吧，越快越好。不料我的丈夫刘大山却阻止了我，说要移植也轮不到你，应该是我，医生移植我的吧，请尽快把我的肝脏移植给我儿子，快救救我们儿子！我听罢拦住了丈夫：得了吧你，怎么能是你？丈夫说，我是男子汉大丈夫，天塌下来该我先顶上，当初我说过的话你怎么忘记了？丈夫这话像一股暖流，霎时从我的内心深处掠过，忽然记起这话是当初我俩恋爱定终身时他说过的，也正是凭这句话他彻底打动了我，让我成了他感情的俘虏。眼下恰恰正是救治儿子的危难时刻，他果真挺身而出，让我感动不已，我内心一热，感到自己的眼眶瞬间有热流涌出……

刘大山

　　儿子刘星遭遇厄运、被诊断出肝癌并伴门静脉癌栓，已经到了晚期，我万万没有料到！他这么年轻，打小都是我和他妈妈一起带大的，平日里生龙活虎，能说能笑能吃能喝能玩，怎么就偏偏患癌症了？不应该呀！要患也该是我们这些棺材已经埋了半截的大人呀，老天爷真是不开恩，真太作孽了！

　　自打被诊断出癌症，儿子被病痛折磨得吃不好饭睡不好觉，眼看着日渐消瘦，没几天便像被严霜酷雪打蔫的瓜苗，看着都让我心疼。他妈妈林书琴更是连续好几天吃不下饭、睡不着觉，原本乐观开朗的她仿佛一夜之间丢了魂，没几天也消瘦得变了人样，整个儿看上去都不对了。我担心她的身体，也担心她整天精神恍惚，万一有个三长两短，让她索性请假不上班。不上班的她每天都往儿子住的市第一人民医院跑，后来她索性在医院住下来，与儿媳许莹轮流陪护。

　　为了救治儿子，妻子几乎命都豁出去了，眼下救治儿子唯一的办法就是进行肝移植，妻子毫不犹豫要为儿子捐肝，我能眼睁睁看着她要捐肝却无动于衷吗？当然不能！想当初我经人介绍与她认识并恋爱，她有些勉强，据说她的父母也不大乐意。这也难怪，那时候林书琴是医科大学毕业生，已经在我们家乡汉寿县政府机关当保健医生，工作轻松，收入不少，人长得又漂亮，而我是军人。那时候我还在部队，虽然级别已经是副团，却驻守在千里迢迢的中印边境，虽然待遇不低，但条件艰苦，与印度边防军还时有摩擦，说不定哪天会与对方打仗，会为国捐躯。可我对她是一见钟情，我是回家探亲即将返回部队时经人介绍与林书琴见面的，时间的关系，我们只见了一面，但是仅这一面我便身心摇曳，脑子里被她的音容笑貌彻底占据了，赶赶不走，抹抹不掉。回到部队脑海里全是林书琴，折腾得晚上辗转反侧睡不着觉，我暗暗发誓此生非林书琴不娶。于是，我一遍遍给她发短信，讲我在中印边境的趣闻逸事，讲我对她的印象如何如何好，并告诉她我已经到了转业年限，按照我的条件我将转业到省城长沙的政府机关工作，如果你林书琴同意与我确定恋爱关系，明年我就选择转业到咱们汉寿县城里来，不去长沙了。

  我每天短信的轮番进攻一定程度打动了林书琴，但她回短信说你也太急了吧，咱们刚刚见了一面你就如此表白，我还不大了解你，你也不大了解我，你这样表白不觉得有些草率吗？我立马回复短信，承认我是有些草率，但我确实对你林书琴印象极好，我是喜之切，爱之深，生怕错过了。我还说，假若你对我印象尚可，那我以后利用探亲机会咱们多见面、多接触，让你多了解我如何？我这个建议林书琴竟然同意了，这让我喜不自禁。次年我回家探亲，主动约林书琴。每次约会我都提前到约定地点等她，每次见面分手我都要打车亲自送她回家。不仅如此，我每次聊部队的趣事、青藏高原的风光、中印边境的见闻，聊艰苦环境下战友们的坚守与付出、边防军人的职责与奉献，都深深地吸引着她，因为我发现她每每听我的讲述，她都听得很认真，美丽的眼睛默默地凝视着我，时不时点头，时不时带着微笑，眼里传递出肯定、赞许甚至羡慕。这时候我也感觉到她的感情像正在不断加热的水，逐渐升温了。一次，我趁热打铁，婉转问她：我要是转业不去省城长沙，而选择回到咱们汉寿县城工作，你会同意么？她瞥我一眼，脸颊飞起红晕，而后莞尔一笑：不去长沙回汉寿县城，那你不觉得亏么？我直视她：如果你同意，我就不觉得亏。她避开我的目光，低着头吮吸着我给她买的奶茶，脸颊飞起片片红霞，这时候的她显得更美了，让我不由得春心荡漾。沉默了一会儿，她抬起头，笑着反问我：你不愧是军人，谈恋爱也这么大胆。我问你，你们军人除了胆子大，还有什么？她顿了一下，抿了抿嘴，低着头吮着奶茶，继续说：我是说，你除了胆子大还有什么，你能给我什么？我一听乐了。我说：胆子大是军人应有的基本素质，胆子大总比胆子小更有男子汉气质吧？胆子大意味着责任与担当，意味着危难时刻要挺身而出、冲锋在前。我是军人，转业回到县城政府机关工作，不求大富大贵、飞黄腾达，只求能有一份稳定满意的工作，为父母尽孝的同时，为自己的妻子和孩子遮风挡雨，给妻子和孩子一个安宁温暖的家。我还说，我以为真正的爱情和婚姻，不仅双方要能同甘，还要能共苦，尤其是男人更应该像军人一样，吃苦在前，享受在后。我的这番话显然说到了林书琴心坎里了，她虽然没有明确表态，却久久地凝视着我，眼里含情脉脉，频频发电，传递着爱意，我像喝了一杯美酒，心窦时醉了……

眼下，我们原本幸福的家庭正遭受危难，该我兑现当初恋爱诺言的时候了，我怎么能够退缩、让自己心爱的妻子林书琴去承受皮肉之苦和风险呢？

刘星

真他妈的，这么狗血的事怎么撞到我头上？

我刚刚三十岁，结婚还不到半年，女人还没有享受够，也还未当上孩子他爸呢，我他妈招谁惹谁了，怎么就得了这千不该万不该得的癌症？莫非我前生前世作恶了，这辈子命中注定要遭报应？不可能，绝不可能！我爸我妈，我爷爷我奶奶，我的祖祖辈辈个个都是共和国普通百姓、一等公民，从来就循规蹈矩、善良正直，天地良心，我前世也绝不可能做了对不起祖宗的事，老天爷这回肯定瞎了眼看错人了，怎么可能狠心让我无辜受冤？可是，医院的诊断书却是白纸黑字，明明白白写着"肝癌"二字，我真他妈太倒霉啦！

中秋节当晚我和妻子许莹在娘家陪岳父母赏月吃月饼，正心情愉快享受着亲人团圆的美好时光呢，晚上刚刚上床睡觉，后背便隐隐约约有疼痛感。我没太理会，强迫自己继续睡觉，记得迷迷糊糊刚刚睡着，后背便又一阵阵抽痛，而且越来越厉害，根本无法入睡。我咬紧牙关强迫自己不痛出声，可妻子还是被我忍耐不住的唉叹声惊醒了，她见我疼痛难忍，一边起身帮助我摩挲后背，一边抓起手机给我妈打电话求助，问我妈有啥办法可以缓解我后背的疼痛。由于家里没找到止痛片，妻子便急忙到卫生间接热水拿毛巾，为我的后背做热敷，岳父闻讯也跑到楼下附近的24小时药店购买止痛片。后背敷也敷了，止痛片吃也吃了，虽然稍有缓解，疼痛却未能彻底消除。为了不影响妻子和岳父母睡觉，我只能谎称疼痛减轻了，却一直强忍着，咬紧牙关熬到第二天早晨。天一亮我就叫醒妻子，告诉她我无论如何得到医院检查，看看身体到底出了什么情况。妻子二话没说扶我起来，我们急急忙忙穿衣洗漱，正准备出发，岳母却说人家医院八点才上班呢，现在还不到七点，不如等吃完早饭再去。妻子说刘星疼成这个样子怎么可能吃得下，再说我们得早点去人民医院排队挂号，实在不行我挂急诊吧，反正现在就得走。妻子的果决让我内心顿生暖意，心想患难之际见真情。我与妻子许莹是在参加常德市的一次职工业余歌咏比赛时结识的，我平时喜欢唱歌，许莹也喜欢唱歌，那次我们都代表各自的公司参赛。我从事医疗器械销售，许莹则在一家科技开发公司人力资源部任职。那一次，我上台参赛的歌曲是刘德华的《天意》，许莹唱的是王菲的《人间》。巧的是，那次比赛我的座位紧挨着许莹的座位，虽然那次我俩最终都没有获奖，但是，这次的相遇却成了我俩交往的开始,后来我俩时常约会,再后来她便成了我的妻子。

我结婚才仅仅半年,我俩还没有享受够甜蜜的夫妻生活呢,我怎么就遭此劫难、患了绝症,到底什么原因?打破脑壳我真的都想不明白呀!我上学时是学医的,诊断结果家人不能瞒着我,也不可能瞒住我。我都直截了当问医生了,还告诉医生说我自己是学医的,你们不用瞒着我,我能冷静对待。医生见我如此执着,只得如实告诉我,说我这病已经到了晚期,乐观估计我最多也只能活三个月,唯一能救命的治疗办法也只能做肝移植,可肝移植需要有能够匹配的血型,我是独生子,我只能靠自己的父母对吧?可让自己的父母给我移植肝脏,那不把父母身体给毁了吗,我怎么能够忍心?真要那样,我岂不是成了千夫所指的不孝之子?不能啊,千万不能!真要那样,我不如死了算了。可我是父母的独生子,我要真是死了,将来谁来为我爸我妈尽孝,他们老了谁来为他们养老送终?

老天爷,你可不能作孽啊,你开开恩,想想办法救我吧,我还年轻,我不想死,我真的不想死呀!

林书琴

又一个晴天霹雳!

我和丈夫刘大山验血的结果显示:我是 A 型血,刘大山也是 A 型血,而我儿子刘星是 AB 型。医生进一步让我们做了 DNA 鉴定,结果显示,"不支持林书琴是刘星的生物学母亲",也"不支持刘大山是刘星的生物学父亲",也就是说,我们辛辛苦苦养育了三十年的刘星竟然不是我们自己的亲生儿子?这怎么可能,这怎么可能?这玩笑开得也太大了吧?

面对鉴定结果,我第一时间第一个反应是抵触、否定、拒绝,我对医生嚷嚷起来:大夫你有没有搞错啊,这不可能,这不可能,是不是鉴定仪器出什么问题了?那位年龄与我相仿的男大夫困惑地看着我,又看看我身边的丈夫,反过来问我:要不要重新做一次 DNA 鉴定,或者你们到其他医院去再做一次鉴定?他这一问,像抛过来的一团大棉球,一下子把我的嘴给堵住了。且不说重做一次 DNA 亲子鉴定需要多花一千多块钱,常德市第一人民医院已经是我们市里最好的医院,也是唯一的三甲医院,其他县级医院没法同这所三甲医院比,跑到数百公里外的长沙找省人民医院复查,则远水解不了近火,眼下救儿子的事迫在眉睫,怎么可能为亲子鉴定的事反复折腾,耽误儿子的医治时间?何况如果折腾来折腾去,最终仍认定我和刘大山与儿子刘星的血型不匹配可怎么办?

我一下急得直掉泪，内心在汩汩流血。可有什么办法呢？丈夫见状递过来纸巾，拍着我的臂膀一再安慰我，说书琴别哭了，哭解决不了问题，咱们还是听大夫的吧。他一边说一边向大夫道歉，说大夫实在对不起，我们一家从未遭受如此大的打击，眼下又心急火燎想救儿子。本来我们都以为给儿子献肝做肝移植就可以了，可现在又做不了肝移植，我们接下来该怎么办呢？大夫您快帮我们想想办法吧，我们听您的。

那位主治医生听罢，同情地看看刘大山，又看了看我，说：你儿子病情如此严重，你们以为做医生的不急，就你们家长急，这怎么可能？现在肝移植手术暂时做不了，只好不做了。我们只能按常规治疗方法，用化疗、靶向药和其他辅助方法，尽可能控制癌细胞继续扩散，尽可能减少患者的疼痛，至于肝移植手术，需要尽快想办法找到合适的肝源。其实最好能找到孩子的亲生父母，这是唯一的捷径，也是唯一可靠的办法。理智告诉我们，医生说得对，他是站在我们的角度在寻找解决办法，为我们出主意。可 DNA 鉴定结果显示刘星并非我和刘大山的亲生儿子，那到底谁是刘星的亲生父母，他的亲生父母到底在哪里呢？

刘大山

刘星果真不是我和林书琴的亲生儿子？我们辛辛苦苦将刘星养了整整三十年，帮助他买房娶妻，就盼着抱孙子了，到头来我和林书琴却仅仅是刘星的养父养母？这太荒唐了吧！当初林书琴分娩之前，是我亲自陪着她，送她到条件更好的常德市母婴平安妇产医院的。林书琴怀孕的时候，是在汉寿县人民医院妇产科定期做妊娠检查的，每次检查也都是我亲自陪着，原本分娩也是可以就近安排在汉寿县人民医院的，可我和林书琴都有些不放心，心想这辈子就只能生这么一个孩子，干嘛不到条件更好的常德市母婴平安妇产医院，毕竟母婴平安妇产医院是专科医院，医生、产房和设备等各方面硬件与县一级医院妇产科不可同日而语，如果妻子平平安安顺产倒也罢了，可万一要碰上妻子难产或大出血什么的难事，在常德市母婴平安妇产医院分娩岂不是更保险？我们的这些想法也得到了我爸我妈和岳父母的支持，妻子在常德市母婴平安妇产医院分娩的时候倒是顺产，这让我和双方父母也都松了一口气，可万万没有料到，顺产的儿子怎么变成了别人的儿子呢？

回想起来，三十年前，为确保万无一失，我是通过战友的关系联系到常德市母婴平安妇产医院，并提前三天入住产房的。为此我特意向领导请假，陪妻子一起入住，我们订的是单独的双人间，电视、空调和卫生间等设备一应俱全。时值阳春三月,窗外阳光明媚、万物复苏、花红柳绿,金灿灿的迎春花随风摇曳。看着窗外的美景,我和妻子心情一如眼前明媚的春天,对即将降生的孩子充满期待,也对我们这个小家庭的未来充满美好的憧憬与无限的希望。

妻子分娩的时间是晚上十点,因为宫缩肚痛,并且下身已经见红,妻子被医生提前安排进了产房,我自己在产房外既忐忑不安,又不无激动地等候着,一同在产房外等候的还有另一位与我年龄相仿的男子。他也是陪妻子前来分娩的丈夫。

大约是十点整,产房里接连传出两声婴儿呱呱坠地的哭声,我内心也随之激动、兴奋起来。大约是十点半左右,妻子搂着孩子躺在有轮子的产床上,被推出了产房,同时被推出产房的还有那位与我一同在产房外等候的男子的妻子和孩子。我顾不上多想,迫不及待地迎上前去,激动得俯身拥住妻子和孩子,旁边的护士却一把制止了我,告诉我婴儿和母亲现在抵抗力差,现在还不能亲近。我听罢有些扫兴,却也乖乖地听从护士的嘱咐,立即停止了自己与妻儿的亲昵,浑身却仍兴奋得像鼓足了风的帆船,帮助护士将产床推回到我们自己住的产房。

我清楚地记得,那天晚上的那个时间段,分娩的产妇只有两人,我的妻子和那位陌生男子的妻子,莫非儿子刘星生下来推出产房之前,护士给两个孩子洗澡时已经与对方的孩子错换了?那男人叫什么,那产妇又叫什么,当初我并没有问对方,不知道对方姓甚名谁,更没有与对方互相留下联系电话。如今已经过去三十年时间,人海茫茫,众生芸芸,我们该上哪儿找到他们?即便是好不容易找到对方,人家养的儿子健健康康,我们的孩子目前却是癌症患者,人家不承认也不肯换怎么办?即便是对方良心萌发,承认刘星是他们的亲生儿子,可要让对方捐献肝脏,人家怎么可能同意,毕竟刘星自小不是他们养大的,他们对刘星可能毫无感情,冷不丁让人家捐献肝脏,那不等于杀了人家么?

牛同发

平地起惊雷!

今天上午我刚到公司上班,一个陌生电话便拨通了我的手机,对方说是深圳市南山区华侨城派出所的,让我马上到派出所去一趟。我一听内心扑扑狂跳,像冷不丁擂响了战鼓。尽管老话说,"没做亏心事,不怕鬼敲门",扪心自问,我一平头百姓,向来遵纪守法,也从没干过任何伤天害理的事,可不知怎么的,就像世上的许多人一样,一听到是警察找上门,还是禁不住心惊肉跳。可人家是警察,你再没啥事,让你去,再害怕,还不得不去。我只好同主管打了招呼,说派出所不知有什么事找我，打电话让我去一趟。主管听罢瞪大眼睛，满腹狐疑地瞪着我，调侃说你小子干啥坏事了，嫖娼、赌博还是偷鸡摸狗了？我一听哭笑不得，只得摊开双手苦笑着做无辜状。我说主管你就别开玩笑了，我向你保证，我肯定没干坏事，我也搞不明白他们为什么要找我，可能是要向我了解什么情况吧。趁机我也调侃了一下主管，说主管你放心，万一如果是涉及要调查你，打死我也不会说。主管一听且怒且喜，抡起拳头就要追打我，我哈哈大笑，抱头鼠窜。

虽然与主管开了开玩笑，缓解了我的紧张，可一路上我还是惴惴不安，搞不清派出所找我到底何事。

到了华侨城派出所，我自报姓名，一男一女的两位年轻警察将我请到问讯室。男警察负责问讯，女警察负责记录。

男警察先问我姓名、年龄、籍贯、职业、单位、家庭住址，家庭成员及其年龄。我如实汇报，一一回答。末了他问：你儿子牛自强是什么时间、在哪里出生的？我说儿子一九九一年三月三十日晚上十点，在湖南省常德市母婴平安妇产医院出生。男警察问：你还记得当时与你儿子一同出生的还有其他孩子吗？这个我倒是还清楚记得，我说：当时与我一同在产房外等候的还有另一位年轻男子，与我年龄相仿，后来产房里先后推出两张产床，一张是我妻子和孩子，另一张是那位年轻男子的妻子和孩子。男警察问：除了你们两位的妻子和孩子，你知道当时产房里还有其他产妇在生孩子吗？我答：据我所知，那个时间段应该只有我妻子和那位年轻男子的妻子两个产妇。

男警察听罢亮出了底牌。男警察说：是这样，根据湖南常德警方的请求，我们需要协助常德警方调查了解情况。据常德警方提供的信息，你儿子出生后推出产房的时候，有可能与你说的那位男子的孩子搞混错换了，因为那位男子夫妇已经做了DNA鉴定，结果显示他们养了三十年的孩子并非自己的亲生儿子，常德警方提出，最大的可能是当时在产房里与你的儿子换错了，眼下需要你和你的妻子以及孩子配合做DNA亲子鉴定。你听明白了吗？

警察的话音未落，我就感觉浑身的血像正加热的气流，呼呼地往上涌，我被这股气流一下顶了起来：警察同志，你们这是开国际玩笑吧，这事也太荒唐了吧，这怎么可能、怎么可能？即便真的换错，是他们出院后不小心与其他人换错孩子了吧？完全有这种可能，比如他们的孩子小时候被带到外面玩，回家时与别人的孩子搞混抱错了……

男警察挥手制止了我：同志你先坐下来，你先别急，冷静冷静。我们只是说他们的孩子当初存在与你的孩子混淆抱错的可能，请注意我是说存在"可能"，并没有肯定。但真相到底是什么样，需要你们一家三口配合调查。

他这话我也不爱听。平白无故的，我又没招谁惹谁，再说我们一家三口工作忙着呢，凭什么要我们配合调查。这么一想，我壮着胆子问：警察同志，我忙着呢，我……我能不能不配合，我又没招谁惹谁。

男警察一脸严肃：那可不行！《中华人民共和国宪法》规定，公民有责任和义务配合、协助公安机关调查了解有关案件的真相。

我怯怯地问：那……如果不配合呢？

警察斩钉截铁说：那就是违法。试想一下，如果我们每个公民都拒绝配合公安机关调查，那犯罪分子岂不是都能逍遥法外，那我们的国家和社会哪还有什么安全可言？所以，协助公安机关调查了解真相，其实也是保护自己，维护社会安全稳定。

警察这番话既严肃又入情入理，让我一时无言以对。看来我这一次是被赶鸭子上架，躲不开了……

刘星

那天医生给我做完化疗，我躺在病床上休息，无聊地刷着手机屏幕浏览新闻。一条雷人的标题冷不丁闯进我的视线，引起我的注意《父亲欲割肝救子，却发现28岁儿子非血亲》。我好奇点了进去，心想怎么会这么狗血？新闻写的当事人名字虽然陌生，可照片却是躺在病床上的我和在床边照看我的父母亲，我整个人霎时惊炸了。再一细看，这则新闻除了写的当事人名字不是我和父母，事件发生的地点和来龙去脉同发生在我身上的事情一模一样，只是母亲发现儿子非血亲这一点，让我一时如陷十里雾峰。

联想到一周前父亲和母亲听从主治大夫的治疗方案，在我面前争执抢着要向我捐献肝脏，这几天却静悄悄没了下文，更没再在我的跟前提及此事，尽管我内心已经发誓拒绝父亲和母亲给我捐献肝脏，但眼前这则新闻让我疑窦顿生。莫非这则新闻说的就是发生在我身上的事，我真的不是我爸我妈的亲生儿子？这确实太他妈的狗血了吧？眼前这世界到底怎么啦，世事变幻怎么如此离奇，我就是想破头也想不出这种结果啊！不，不，不，我怀疑眼前这则新闻不是真的，纯粹是记者在胡编乱造吧！这时候我妻子许莹刚好守候在我的身边，见我有些激动，忙问我怎么啦，哪儿不舒服。我揉了揉眼睛，极力想让自己清醒些，以便进一步判断手机里这则新闻到底是真是假。不料敏感的许莹却一把夺过我的手机，迅速浏览起来，眼睛霎时像正打着气的气球，嘴巴也张得像个天坑。我问她：你觉得这则新闻到底是真是假？许莹这才合上她嘴巴，叹了口气，说：这还有假？你瞧瞧，她索性将我的手机递到我跟前，指着手机屏幕显示的那则新闻说：上面是你和爸妈的照片，连新闻留下的求助联系电话都是咱爸的手机号。这回震惊的是我。

我一头栽倒在枕头上，脑子里霎时间如被塞进团团乱麻，怎么也理不出个头绪。震惊之余，我忽然想到必须给我妈打个电话……

林书琴

儿子刘星打我手机的时候，我正在常德市第一人民医院附近的一个派出所等候深圳警方的协查结果。那边的结果还没传来呢，儿子的电话先吓了我一跳，儿子说：妈，你是否接受了记者采访，在报纸发割肝救子的消息了，我怎么会不是你的亲生儿子，太荒唐了吧，是不是我生病了，你和我爸不要我了？儿子电话那头大声嚷嚷，带着愤怒和质问。

我脑袋"嗡——"的一声，眼前霎时金星四射，一个趔趄差点让我摔倒。待定下神来，我冲电话那头的儿子说：儿子你别瞎想，你就是我的亲生儿子，你得了病我急得都直想撞墙，哪怕砸锅卖铁也要给你治病，我和你爸都抢着要割肝救你，你还能不是我们的儿子吗？可医院的检查结果说我和你爸的血型与你都不匹配，肯定是他们的检测出问题了，我才不信呢。可出问题又怎样？不信又怎样？我们不还得想办法救你吗？我接受记者采访发布消息向社会求救，还不是被逼得没办法？所以儿子，我跟你说，你千万别瞎想，现在治病要紧，只要能治好你的病，哪怕将我这条老命豁出去我也在所不辞，你懂吗，儿子？呜呜呜呜……

许莹

刘星给他妈打电话的时候，我刚好守在他病床旁。因为刘星按下的是扬声键，他们母子的通话我听得一清二楚，尤其是他妈一口气说出的那番话，简直如汹涌的水流从她的口中奔涌而出，滔滔不绝，势不可当。那种急切、诚恳几乎是歇斯底里，简直就是在掏心掏肺，说到最后抑制不住悲切的情感，话筒里传来呜呜的哭声，听着都让人心碎。

我一把夺过刘星的手机，一个劲儿安慰说：妈您别急，都是刘星不好，乱说，您千万别往心里去啊。这时候手机却传出"嘟嘟"的声响，显然对方已经挂机了。

这边我只好赶紧安慰刘星。我说刘星，刚才妈说的话那么恳切、迫切，你是你家的独生子，妈和爸怎么可能不爱你这个独生子？不说别的，自打你生病以来，我亲眼见证了爸妈像热锅上的蚂蚁，吃不好饭，睡不好觉，都千方百计想着怎么帮助你治好病。他们俩甚至争着要为你捐献肝脏救你，我看在眼里，暖在心头，感动得都直想哭。有这样好的父母，有这样的家庭，我觉得你简直是像掉到蜜罐里了，我甚至都暗暗为你有这样好的父母和家庭感到骄傲。我敢肯定，爸妈都爱你，而且都是百分之百地爱你，这是不容置疑的。如果你还要怀疑他们不爱你，这太伤他们的心了，你千万别这样啊！医院给他们验血的结果也都是真的，他们两人的血型确实与你都不匹配，验血的经历和结果我也都看得真真切切，谁知道到底出了什么幺蛾子呢！但不管什么原因，眼下治疗要紧，爸妈眼下都在帮助你想办法，哪怕是接受记者采访在报纸上发布求救消息，那也是被迫无奈，也都是真心实意、全力以赴要救治你，你就别再胡思乱想了，安心等待、安心治疗吧。刘星听完我这番话，才渐渐平静下来。但他此刻躺在病床上，神情呆滞，任凭眼角涌出的泪，汨汨地从两边往下淌。看着他无助的样子，我的心都乱了。

我同刘星在市职工业余歌咏比赛上，相识并相爱，结婚才刚刚半年，幸福还没开始呢，怎么眼看着就将进入尾声了？刘星与我一样，平时爱好唱歌、健身、旅游。他性格开朗、乐观，兴趣广泛，他身高一米七五，不高不矮，不胖不瘦，体形匀称，敏捷健朗，平时可啥毛病都没有，甚至没见过他感冒发烧，怎么突然间就患了癌症？我俩怎么就这么倒霉啊，老天爷真是不开恩！谁都知道，癌症几乎等同于绝症，何况刘星的癌症已经进入晚期，这不等于宣判他死刑吗，他才仅仅三十岁呀！老天真是瞎了眼，太不公平了！刚获悉刘星确诊癌症的时候，我顿感浑身发凉，身体发抖，天瞬间黑暗下来，仿佛看到世界末日的来临，我俩共筑的爱巢眼看着就要倾覆坍塌，晚上我俩相拥而泣。刘星大概是因为哭累了，很快也睡着了。可我无论如何却睡不着，看着他苍白疲惫的脸，我不停流泪，眼睛都哭肿了。第二天早晨醒来时，刘星见我眼眶红肿，反倒是摩挲着我的脸安慰起我：莹，别怕，我不会轻易死的，再说我舍不得你，我不想死，我要全力配合爸妈和医生，好好治疗，挺过这个难关。我要好好活下去，我还想与你一起迎接爱情的结晶——咱们的孩子，好吗？真是傻得可爱，他都这样了，还能哄我，真是少有的天真啊！他不说还好，他这么一说，我的眼泪又禁不住扑簌簌往下掉。

刘星得癌症这事，我都不敢同我的娘家人说，我爸、我妈、爷爷、奶奶，所有的亲戚朋友，我都不敢说，也不能说。刘星竟然还那么天真说要孩子呢，癌症患者还能要孩子吗？即便真的生了孩子，这孩子能健康吗？我爸我妈要是知道，肯定打死也不会让我生。可站在我的角度，我眼下可该怎么办呢？老话说，夫妻本是同林鸟，大难当头各自飞。我可不是那样的人，要那样我未免太没良心了。不能，我绝不能，我只能与他站在一起，照顾他，体贴他，帮助他共渡难关，不求别的，只求良心不受谴责……

林书琴

在常德的派出所，警察告诉我，深圳警方终于传来消息：已经查到当初与我同在常德母婴平安妇产医院的产妇王桂香，以及丈夫牛同发和儿子牛自强，并且深圳警方还安排他们做血型检测和 DNA 亲子鉴定，结果显示：王桂香和牛同发的血型都是 AB 型，儿子牛自强的血型是 A 型。也就是说，DNA 鉴定结果不仅"不支持牛自强是王桂香的生物学母亲"，而且牛自强的 DNA 信息与我和丈夫刘大山的 DNA 信息相匹配，他们的儿子牛自强毫无疑问是我的亲生子——天呐，没想到我辛辛苦苦养育了三十年的刘星竟然不是我的亲生孩子，而我的亲生子一生下来不仅被改了姓，还成了别人家的孩子！这也太离奇、太离谱了吧，是谁造成了这样的错误？谁应该为这荒唐的错换孩子负责？

深圳的警方还提供了其他信息：王桂香当初是因为孕期回湖南常德娘家养胎待产，临盆时到常德母婴平安妇产医院生育的。王桂香早年到深圳打工，在那里结婚生子，丈夫也是湖南常德人，他们早已经在深圳置业扎根。但王桂香一直是乙肝病毒携带者，目前也身患肝癌，幸好尚属于早期，目前一直在治疗之中……

深圳警方传来的这一连串信息，像一阵电闪雷鸣、狂风暴雨，劈头盖脸地砸向我，让我惊心动魄，既心潮澎湃，又浑身发凉，内心且忧且喜。忧的是先前发生的一切得到了进一步的验证与证明，我辛辛苦苦养育了三十年的儿子刘星竟然不是我的亲生儿子；喜的是我终于知道我亲生儿子的下落了，而刘星也终于找到了他自己的亲生父母，肝移植的事是否也有希望？他的亲生父母愿意为刘星捐献肝脏么？所有这一切都让我忐忑不安，一时间心乱如麻，眼下我该如何是好？

回想起来，在常德市母婴平安妇产医院生孩子那天晚上，孩子出生后就让护士抱走了，据说是给婴儿洗澡，两个几乎同时出生的男孩前后脚抱去洗澡再抱回婴儿室，一不小心岂不是容易混淆，互相抱错吗？那么这个错的责任方，显然是院方，可当初院方那些护士，怎么就那么糊涂、那么马大哈，这可事关孩子的人生和命运呀！

刘大山

林书琴中午回到家的时候，一副丧魂落魄的样子，像被什么坏人一路追打，总算逃脱躲回家里一样，撞进家门的时候差点儿摔倒，好在我一把将她接进怀里。我一边安抚一边问林书琴，你怎么啦，怎么啦，出了什么事了，怎么成了这个样子？她依然倒在我的怀里不停喘气，过了一会儿才从我的怀抱里挣脱出来，上气不接下气地告诉了我深圳警方传来的一切。听完她这番话，我惊异得目瞪口呆，跌坐到沙发上，掏出烟点燃，发着狠一口接一口地吸烟，像跟烟有仇似的。吸完烟，我狠狠地掐灭烟蒂，总算将事情的来龙去脉理出了个头绪。我说：琴，承认现实吧，眼下要紧的事是救治刘星。我想好了，尽管他不是咱俩的亲生儿子，但咱俩辛辛苦苦养育了整整三十年，不说养了个人，就是养个宠物都会有感情，你说是吧？咱俩与刘星的感情摆在那里，反正是与亲生儿子没什么两样。依我说，眼下咱们要尽快联系刘星在深圳的父母，看他们是否愿意捐献肝脏救治刘星，同时咱们也要尽快到深圳认亲，看看咱们的亲生儿子。再有，咱们与他们两家人错换孩子的事，绝对是常德母婴平安妇产医院的责任，接下来咱们要联合刘星的亲生父母，起诉医院，向医院追责！

我这么一说，林书琴像被打了一剂清醒剂，淡定了许多，清醒了许多。她甚至破涕为笑，对我说你不愧是当干部的，一下就能理出头绪、拿出主意，分析得也有道理。我说，老婆，我不仅是当干部的，还是军人出身呢，危难之际，大是大非面前，岂能乱了方寸？必须要有定力。再说了，我是咱家里的男人，眼下咱家遇到难题，我要是理不出头绪，拿不出主意，我还算什么男人，你说对吧？说这话的时候，我颇有几分得意。

林书琴没像以往一样嘲讽我、打击我，反而是朝我深情一瞥，满意地笑着说：还行，像你当初谈恋爱对我承诺的那样。她这话像撒进我心窝里的一抹蜜，我听着很受用。关键是，她脸上浮现出多日不见的那抹笑容，如梅雨天闪出的一抹阳光，一时间让我感觉到生活虽然多艰，但人生毕竟还有希望。只是她脸上的那抹阳光，昙花一现，稍纵即逝，很快又阴云密布。

她忧心忡忡地问我：这事，可该怎么同刘星说？

我说：生死当头，只能同刘星如实说了，毕竟刘星需要亲生父母给他捐献肝脏，他自己又是学医的，再怎么瞒也不可能瞒住他。再说他也不是孩子了，我想他是能够接受现实的。

林书琴说：可我……我实在是开不了口，我真是舍不得他呀。呜呜……

我搂住她，轻轻摩挲着她的肩膀，安慰说：这事你甭管了，我来告诉刘星。另外，咱们得赶紧联系刘星的亲生父母——噢，对了，你有没有向派出所要刘星父母的电话？

林书琴说有，可"有"字刚一出口，她又低头哽咽、抹泪。我问，你这又是怎么啦，快把电话号码给我呀。我很着急，可林书琴仍磨磨蹭蹭、抽抽噎噎，说，我听你那么一说，怎么那么刺耳、别扭！我"哧"的一声，加力摇她肩膀，我说我说什么啦，我没说什么呀？她抬手挡住我的手，责怪我说，你还说你没说什么？你不是说过"赶紧联系刘星的亲生父母"吗！

"嘻——我以为我说啥了呢，原来你是在意这个，可这已经是现实了呀！"

林书琴怼我：可我听着就是刺耳、别扭！

我哭笑不得，只好边安慰她边继续催她要刘星父母电话。

王桂香

真是活见鬼了，怎么会有这等事？前几天应警方要求，我们一家三口到指定医院做了DNA鉴定，结果竟然被告知：我辛辛苦苦养了三十年的儿子牛自强竟然不是我亲生的儿子，我自己的亲生儿子竟然是在我的老家湖南常德的另一人家家里？这怎么可能？这怎么可能？那天我老公下班回家，说起警方强行要求我们一家必须协助调查，他内心强烈抗拒，可又迫于警方压力不得不配合，虽然我同老公一样一百个不愿意，平白无故生出这么档事谁不闹心啊，可转而一想，既然配合警方调查是宪法规定的公民义务，那就配合呗，再说没做亏心事，不怕鬼敲门，心想非得检查就检查吧，我怕什么呀！所以一家人去医院做鉴定，我内心还是挺坦然的，回来的路上一家人还有说有笑。谁料第二天出鉴定结果的时候，风云突变，警方告知经医院鉴定证明，不支持我是牛自强的生物学母亲，也就是说牛自强不是我的亲生儿子。不仅如此，警方还同时告知，湖南常德要求深圳警方协助调查的那家人，他们那个叫刘星的儿子的DNA鉴定信息与我匹配，是我的亲生儿子，而我的儿子牛自强才是他们的儿子——这也太出乎意料、太离谱了吧？莫非这世界上的石头要开花、太阳要从西边出来？打死我也不信啊！可现在的科学这么发达，医院和警方的鉴定结果又如此言之凿凿，我纵有十个嘴巴也无法反驳呀！事已至此，我只能低下头来承认现实了。

回想起来，当初我怀孕六个月的时候，因为妊娠反应强烈，老公送我回湖南常德的娘家养胎，由我娘一直照顾，直到儿子出生。我生孩子的时候，确实是在常德市母婴平安妇产医院,那天同时被护士推入分娩室、同时生孩子的时候,确实也只有我和另一个孕妇。生孩子的时候我疼得喊爹叫娘,隐约听到另外那个孕妇也时不时大惊小叫。待到孩子生下来时,我才如释重负,仿佛刚刚经历了一场肉体劫难,我感觉自己像被抽去了全部筋血,浑身大汗淋漓,四肢乏力,耳旁却回响着婴儿呱呱坠地的哭声。只听护士说了声"王桂香祝贺你,你生的是儿子",我听罢有了一丝兴奋,挣扎着想抬头看一眼我的孩子,不料却让护士按住了。护士说你不能动,伤口还在滴血呢,孩子被抱离我,前去洗澡了。听护士这么一说,我只好作罢,这时候困意也潮水一样一阵阵袭来,我昏昏沉沉只想睡觉。直到护士唤醒我时,我发现孩子已经被裹得严严实实依偎在我的身边、躺在我的臂弯里,那一刻我困意全消,一波又一波的慈爱和幸福像潮水般阵阵袭来,我浑身都陶醉了。很快,我被护士推出分娩室……莫非就是在那个时候,我的儿子和对方的儿子被护士错换了,这么大的事,不应该呀!真要是这样,那些不负责任的护士也太可恶了!不过这事都过去整整三十年,常德那家人是因为什么原因、怎么发现的?眼下对方都通过警方协查,找上门来了,他们想干什么?所有这一切如一团乱麻塞进我的脑子里,我感觉脑袋发胀,脑子一时乱成了一团糨糊,不知如何是好。

牛同发

自从出了 DNA 鉴定结果,我感觉一块大石突然压到了我心头了,眼前也仿佛冒出一座大山挡住了我们一家的去路。这么多年来,我们一家在深圳生活得平静安稳,虽不像那么多大老板那样大富大贵、举手投足一掷千金,却也已衣食无忧。我们早已经有房有车,我在一家贸易公司做销售,效益不错。妻子王桂香原先在一家商场上班,近年虽然因身体原因提前内退,但每月也还领着四五千元的工资。儿子牛自强计算机专业硕士毕业,在一家网络科技公司当技术员,月工资两万,眼下已经处了一个女朋友,正如胶似漆恋爱,打算今年年底结婚呢。总之,我们一家人的日子正像深圳这座城市一样蒸蒸日上,怎么冷不丁就冒出这么档闹心事,儿子牛自强怎么可能是别人的孩子呢?要不是被警方强制做亲子鉴定,打死我也不信!可这么一档子鉴定,却像是一根搅屎棍,把我们一家平静的生活全搅乱了。我妻子原本就有病,身体长年患乙型慢性肝炎,最近还被查出早期肝癌,自打被警方强制鉴定出这档子事,整天吃不好饭睡不好觉,眼看着没几天就瘦了一圈,真闹心啊。幸好我儿子牛自强倒不把这当回事,那天晚上他回到家里,我和妻子诚惶诚恐地将结果告诉儿子,担心他受不了打击,不料他听了却若无其事,说了声:爸,妈,别听他们瞎扯，什么 DNA、NBA 的，我才不信呢，我从记事的那天起就一直跟着你们，知道是你们辛辛苦苦将我养大，我怎么可能是别人的儿子？鬼才相信！别说只做了一次 DNA 鉴定，就是做一百次，这辈子我也认定了，我就是你们实打实的亲生儿子，别人是抢不走的，这个老爸老妈你们尽可以放心。说完这番话，儿子就径自进了自己的屋，像往日一样鼓捣他的电脑去了。听完这番话，我和妻子都如释重负，甚至暗自庆幸、暗自欣喜，本以为只要自己的儿子认定我和桂香是他的亲生父母，这事也就不了了之了。

不料第二天一早，还没出门上班呢，我便接到一个陌生电话，手机电话显示来自湖南常德，话筒传出来的是一个女声。我稍微犹豫，想了想还是接通了电话，问：谁呀？对方客客气气说：请问您是牛同发先生吗？我说你是哪儿呀，找他有什么事？对方自报家门，说我叫刘大山，在湖南常德，我有重要事情要找牛同发先生本人。我犹豫了一会儿，忽然胡诌说：他这会儿正忙呢，你有什么事，直接同我说吧，我是他的秘书。对方沉吟了一会儿，说对不起这事太过重要，我必须直接同牛同发本人说。我追问说什么事这么重要啊？对方说：非常非常重要，可以说人命关天，事关他亲生儿子的生命。对方这句话像一根无形的丝线，将我的心扯紧了。可我转而想，没准是对方设下的圈套吧，为达到目的故意夸大事态。这么一想，我随意说了声对不起你可能打错电话了，随之关了手机。

没想到这时候老婆却责怪起我，说哎呀你怎么不听一听对方到底发生了什么事。我说老婆你怎么了，多一事不如少一事，人家原本就想找上门来，你要是搭惹上了，没准就是非一大堆，麻烦一箩筐，你不嫌麻烦我还嫌麻烦呢。再说了，我本来就忙得像头驴，哪有时间去应付这些节外生枝的事？我这么一说，一下子将老婆的嘴给堵住了。看她犹犹豫豫、欲言又止的样子，我也不理她，拎起提包出门上班去了。

王桂香

这该死的老公，一辈子都是这么个脾性，无论做什么事都急，刚才耐心一点听对方说完话怎么了？对方说人命关天，到底发生什么事了，会不会是我生的那个儿子——尽管内心上我不能接受他是我的儿子，而牛自强反而不是我亲生儿子的现实——但毕竟医院的 DNA 鉴定都那么说了，万一真的是当初在产房里与对方错换了儿子，我自己的亲生骨肉真的在对方家里可怎么办？没准冥冥之中我那亲生儿子有什么感应，迫切地渴望着寻找他的亲生母亲、希望见到他的亲生母亲哪！俗话说，儿女就是父母的心头肉，是父母的心肝宝贝，以前不知道也就罢了，自从做了DNA亲子鉴定，听医院的医生那么一说，我的心就像闯进一只兔子，从最初的将信将疑到后来的心事重重，反正是吃不好饭睡不好觉，终日不得安宁。我时常想，DNA亲子鉴定早就在世界范围广泛使用，警察破案、婚姻出轨、家庭遗产纠纷什么的，时常听说法院要用DNA亲子鉴定断案判别是非，眼下轮到我们也做了亲子鉴定，莫非就会出错？想想也不大可能。假如是真的，我自己身上掉下的那块心头肉、心肝宝贝，这三十年都生活在别人家里，他生活得好吗？那家人对他到底怎么样？假如他在别人家里缺衣少吃，甚至遭受虐待，喊天天不应，叫地地不灵，我们做父母的却不理不睬，那不是作孽吗？这么一想，我就越觉得不是滋味。冥冥之中，我似乎听到了亲生儿子的呼救声，甚至眼前恍恍惚惚，时常闪现亲生儿子那双哀怨绝望求救的眼睛。看着老公忙忙碌碌，对此事爱理不理、毫不在乎的样子，我感觉男人真是铁石心肠。可我是女人，我是母亲，我不能跟老公一样无动于衷。尽管我爱牛自强，爱现在的儿子，可我也想知道我那个亲生儿子的真相，我甚至恨老公把那个电话草率地挂了。眼下我该怎么办？内心越来越强烈地感到，我多么想见到我的亲生儿子啊！

刘星

我爸和我妈来医院看我的时候，我发现他们的表情有些异样。我爸有些热情，我妈却心事重重。我爸问寒问暖，像个放下身段到医院来看望住院职工的领导。我妈则小心翼翼地跟在我爸身后，时不时拿眼看我爸的脸色，举手投足比平素忽然间少了些自如。只有劝我吃这一点，我妈与以往是一样的，比如他们刚刚带来的酸奶、草莓、香蕉等水果，只是我刚刚做完化疗，浑身疲惫不堪，没半点胃口，根本就不想吃。

待护士离去，病房里安静下来的时候，我爸对许莹说，许莹你累了，你到外面休息一下，散散心，我同你妈替换你，陪刘星说说话。开始我有些不愿意，希望许莹能继续陪我，这两天她是利用周末休息时间接替我妈来的，平日都是我妈在医院里陪伴我、照顾我，也挺累的。自打我得了癌症，许莹平日里除了要上班，晚上下了班或周末休息就跑到医院来照顾我，这一点很令我感动。俗话说，夫妻本是同林鸟，大难当头各自飞。可我亲爱的许莹至今却对我不离不弃，我多么庆幸此生能娶许莹为妻，也发自内心更加爱她。我想，假如此生对许莹无以为报，来生一定百倍偿还。眼下，我爸提醒了我，确实应该让许莹好好休息，可千万别让她累垮了。好在这时候的许莹也很听话,她伏下身抚了抚我的脸庞,深情地望了望我,对我说:亲,那我歇会儿,到外面透透气哦?我说你快去吧。

许莹离开后,我爸我妈双双靠近我的床前,我妈挨着我坐到床沿上,我爸则将一只木凳搬到我床前,郑重其事的样子。我预感到他们有什么重要的事要对我说,于是挣扎着掀开被窝的一角,试图坐起来靠到床头上,不料我妈却一下按住了我,说儿子你别动,你就躺着,你爸有话要对你说。我遂将目光转向我爸。

我爸伏下身子,一只厚实的手伸了过来,在我的脸上不停摩挲,眼睛紧紧地盯着我,像要将我装进他眼睛里。他的手掌是那么的厚实、温暖,他的眼睛又是那么的慈祥、温润,长这么大,我从未见过这种阵势,更从未被他这么对待过。一股暖流忽然间从我的心里涌出,很快传遍全身,我感觉到我爸手里的温暖和慈爱,都快要将我整个儿融化了,弄得我都有些不好意思。我不得不开口说:爸,你是不是有话要对我说,你快说吧。

我爸终于说话了:刘星,自你生病以来,我和你妈可以说是操碎了心,尤其是你妈,可以说是全力以赴、夜以继日在照顾你。我们唯一的想法,就是要尽最大的努力治好你的病,哪怕家里要砸锅卖铁、倾尽全力,我们也会在所不惜,毕竟你是我们辛辛苦苦、一手养育大的孩子。但目前棘手的问题是,你这病到底怎么治疗?医生都说了,最好是做肝移植手术,这没问题,我和你妈都毫不犹豫抢着捐献,按规定血都验了,DNA 鉴定也做了,谁曾想会节外生枝,医学鉴定结果硬是说不认同你是我和你妈生物学上的儿子。这样的结果,对咱们家来说简直就是晴天霹雳,我和你妈一开始都不相信,也不承认,可医院的医学鉴定白纸黑字,无可辩驳。尽管结果如此,我和你妈都认定你就是我们的亲生儿子,你是我们辛辛苦苦养大的,你怎么能不是我们的儿子?即便医学鉴定不承认,我和你妈也会认定你就是我们的儿子,我们爱你,舍不得你,并且肯定会尽最大的努力为你治病,这个你尽可以放心……

听着父亲的这番话,我像站在冰冷的原野上沐浴春日的暖阳,内心深处的坚冰在渐渐消解、融化,情感的暖流由小变大、由缓变急,越来越强烈地冲击着我的内心。当父亲说到"这个你尽可以放心……"时,我终于抑制不住内心汹涌的情感,滚烫的热泪夺眶而出,我禁不住脱口大喊——爸,你别说了,我就是你和我妈的亲生儿子!我喊出的这句话几乎是歇斯底里,一出口便如春雷滚地,将我爸我妈都吓着了,就连门外的护士也惊诧地推门进来,连问,怎么啦,怎么啦,刘星你哪儿不舒服了?我爸连忙对护士摆手,说没事没事。我妈此刻却紧紧地攒紧我的手,另一只手抚摸着我的脸连声说:是的,是的,刘星,你就是我们的亲生儿子。我发现,我妈此时已经是泪流满面。

我爸也说：没错没错，你就是我们的亲生儿子！我和你妈真的爱你，舍不得你，正因如此，我们都在千方百计想着如何为你治疗。可眼下，我和你妈想为你捐献肝脏的路却被堵住了，所以咱们得想想其他办法。什么办法呢？依我看，咱们首先得承认科学，也承认现实，也就是说，虽然我和你妈至死也都认定你是我们的亲生儿子，但我们还得设法找到你生物学上有血缘关系的亲生父母，看看他们能否同意为你捐献并移植肝脏……

我立马打断我爸的话，质问：爸，妈——这到底是怎么回事？我生下来就一直归你们抚养，怎么到头来就不是你们的亲生儿子，这太荒唐了吧？这到底是怎么回事啊，我都犯糊涂了，这么说我是你们从别人家抱养或者是从垃圾堆捡回来的啊！

看我这么急，我妈抢着说：不是的，不是的，刘星，你听我慢慢说……我极力控制住自己，紧紧地盯住我妈，唯恐错失她即将说出的每个字。我说那好，妈，你说吧，我到底是从哪儿来的？

我妈终于一五一十地讲述了当初的生育过程，并说：根据目前警方协查情况，当初生完孩子出院时，两个孩子不小心被错换了。也就是说，我自己生的孩子被错换到你的亲生父母那儿，而你又被错换到我们家里。

我听罢大喊：这他妈的也太荒唐了吧!？我猜想此时的我就像一头受惊的狮子，将我爸我妈吓得不轻。可我顾不上这些了，我仍拼命喊：这惊天的错误到底是谁造成的呀？肯定是他妈的妇产医院，是那些他妈的马大哈护士，要追责、追责、追责！

我爸说：儿子你说得对，肯定要追责，但眼下要紧的是要联系到你的亲生父母，看他们能否同意前来认亲，然后再征求你亲生父母的意见，看是否同意为你捐献肝脏。

听我爸这么一说，我反倒冷静下来。我喃喃自问：我的亲生父母，他们在哪儿，他们会同意认亲吗？献肝，他们能同意么？

我妈说：谋事在人，成事在天。成不成，就看对方了。儿子，实话同你说，我同你爸已经给你在深圳的生父打过电话，手机号是警方给我们的，但接电话的人说是你生父的秘书，我们说事情太过重要，人命关天，让秘书找你生父接电话，但对方推托说你生父忙，没时间接电话，说完就挂了电话。我们再打，就怎么都打不通了。

听罢，我内心咯噔一跳，心想果不其然，纵然是生父，人家还不一定愿意认亲呢，何况是捐献肝脏？

林书琴

　　刘星总算接受不是我亲生儿子的现实了,可他那远在深圳的亲生父母对他来说完全是陌生的,他当然希望能联系上他的亲生父母,哪怕仅仅是认亲或见上一面,至于他的亲生父母是否愿意为刘星捐献肝脏,真的是很难说。虽然儿子是他们生的,但毕竟一生下来就没在他们身边,何况都整整三十年过去了,他们之间除了血缘关系之外,形同陌路,谈不上有任何感情。这个世界上有几个人愿意为形同路人的人做出牺牲、捐献肝脏呢?细想是很难的,除非圣人,除非专门积德行善的仁者,可眼下这个世界上的圣人和仁者又能有几个?天下熙熙,皆为利来。天下攘攘,皆为利往。人生混沌,世道坎坷。芸芸众生当中,利欲熏心者多,乐施好善者少,舍己救人者更是凤毛麟角了。纵然刘星是对方的亲生儿子,可即便一生下来就在一起生活的母子和父子又怎样,就肯定愿意割肝救子吗?我看也未必。这么一想,我也有些绝望。可绝望就放弃,就让刘星等死吗,当然不能,我绝不能眼看着辛辛苦苦养育了三十年的儿子就这么白白等死,哪怕只有一丝丝的希望,我也绝不放弃。人是讲感情的,我家对面的邻居数年前养只宠物狗,狗死了邻居都哭得呼天抢地、哭得死去活来呢,何况我养的是一生下来就同我相依为命的大活人?自打刘星患病,我家已经快花完之前的全部积蓄了,算起来已经有五六十万元,可花的时候我从不含糊,他爸更是为此戒了酒,也戒了烟。他爸还说,钱是身外之物,可儿子是咱们自己的儿子,只要咱们还有一口饭吃,就不能停止给刘星治病,即便是卖车、卖房,咱们也在所不惜!那天听到老公说这番话的时候,我的心暖融融的,既温暖又柔软,感觉都快化了,眼泪禁不住扑簌簌地往下掉。我又一次被老公感动了,内心一千次一万次庆幸这辈子嫁给了他。人哪,甭管有钱没钱,官大官小,在社会上有地位还是没地位,有情有义最重要。尤其是女人,找个有情有义的男人,只要能相亲相爱厮守一辈子,我觉得天天喝稀粥啃干馒头,心里也会是甜的。不过说一千道一万,眼下最要紧的,还是要设法联系到刘星的亲生父母。再说了,我也惦记着那个一出生就与对方错换了的亲生儿子呢,他到底长得啥模样,工作了吗,生活过得好吗?

王桂香

　　正当我埋怨老公那天的草率,身不由己地思念着我那个生下来就几乎未曾谋面的亲生儿子的时候,一个陌生电话打进了我的手机,电话显示来自湖南常德,看号码也从未见过,显然不是我娘家人及亲戚朋友的电话。铃声像急促的警铃一阵急似一阵,我的心被催得怦怦直跳,心想莫非就是那个前来寻亲的电话,我到底接还是不接?不接,会不会从此错失机会?接,会否像老公担心的那样,从此惹出一大堆麻烦?正在我左右为难、犹豫不决之时,那个我连续几天日思夜想的儿子的声音仿佛在一声声呼唤着我,那张哀怨绝望求救的无辜脸庞同时飘到我的眼前。那一刻我的心像被什么猛然扯了一下,疼痛难忍,心一软,滚烫的泪水止不住夺眶而出。一股巨大的勇气促使我痛下了决心,我唯恐对方挂断电话似的,以迅雷不及掩耳之势按下了通话键:喂——您是哪位?

话筒传出的是一个女声,声音怯怯的:"请问,您是王桂香女士吗?"我说我是。

那边说:噢,王女士您好!太好啦,我可算找到您啦。是这样,我是湖南常德汉寿县的林书琴,三十年前咱俩在常德母婴平安妇产医院生孩子,咱俩还是同一天也差不多同一时间生的孩子,而且是被安排在同一个产房。那天的那个时间、那个产房,偏巧生孩子就只有咱们两人,出院时按护士安排咱俩各自带走了孩子,但孩子可能被当班的护士不小心错换了,因为前些天警方和医院的亲子鉴定结果证明,我辛辛苦苦养了三十年的儿子是您的儿子,而您也辛辛苦苦养了三十年的儿子其实是我的儿子。这样的结果太惊人、太难以置信了,听起来就像天方夜谭,开始时我根本不敢相信,我估计您也不敢相信。可亲子鉴定结果白纸黑字,证据确凿,想必深圳的警方也已经告诉您结果和真相。这个天大的错误,到底是怎么造成的,现在我说不清楚,估计您也说不清楚,但妇产医院无论如何肯定是有责任的,这个等咱们以后再慢慢搞清楚。现在我给您打电话,是想听听您的意见,您想不想认您的亲生儿子,哪怕是咱俩之间只是相互之间认个亲,相互之间都见见自己的亲生儿子,您看行吗?

对方说这番话的时候,就像揭开一桩让人担心却不能不揭开,又不得不接受的秘密,自始至终让我听得忐忑不安、心惊肉跳。虽然我能够感觉到,对方说的时候,语气小心翼翼、如履薄冰,似乎生怕我随时拒绝或挂断电话,可她并不知道,我自己其实也听得诚惶诚恐、惴惴不安,以至于对方说完话,我多少还有些不知所措。我怯怯地问,您好,您是常德那边的林书琴女士?对方说是呀!我咽了口唾液,极力镇定自己的情绪,然后问,您真的是当初同我一起在同一所医院、同一个产房、同一个时间生的孩子?对方说是啊,这几天我一直急着找您,不知道您想不想认识您的亲生儿子?同时,我也很想看看我的亲生儿子到底长得啥模样。她似乎说到我心坎里去了,我想毕竟都是女人,也都是做母亲的,都惦记着自己的亲生儿子。我当即说行啊行啊,我也想看看我儿子到底长得啥模样,他现在工作了吗,过得好不好。对方说,你儿子工作了,过得挺好,不过最近他生病了,不大好,急需亲生父母帮忙。

我心一咯噔,随口问:儿子他到底怎么了,生了什么病?对方支吾了一下,欲言又止。我催问她,您倒是说话呀,我儿子到底怎么了?话一出口,我自己都吓了一跳,没想到自己内心已经认同了自己陌生的亲生儿子。对方还是支吾了一下,说反正是不大好,目前还在住院,医生说这病若想治好,最好的治疗方案是肝脏移植,但肝脏移植需要血型匹配,我和我丈夫都是 A 型血,可你儿子是 AB 血型,我们无法给他进行肝脏移植。你们深圳的警方说了,您和您老公都是 AB 血型,若要进行肝脏移植,只好靠您和您老公了。对方说出的这番话像极了大冬天突然打到我心头上的一层冰凌,我内心一紧,赶紧追问:这么严重吗,快告诉我,我儿子到底得的是啥病啊?对方还是支支吾吾,欲言又止。我急了,我说你要不说实话,咱俩就没法再交流了。对方忙说,既然是这样,我只好告诉你了,刘星——也就是你亲生儿子——他得的是肝癌。

我一听,脑子嗡的一声,顿时感觉到浑身的血直往上涌,瞬间仿佛有无数的蚊蝇在我眼前四处乱窜。我脱口大喊,怎么有这等事,我儿子他才多大啊,他才三十岁,怎么就得这个病啦?!对方说,是啊,刚开始我也不敢相信,他这么年轻,我和我老公,甚至我们两家的父母,一向健健康康的,没有得过什么疾病,更没有患过肝病,刘星怎么会莫名其妙得了这种病?打死我也不相信,可事实是他就是得了。既然这一切都已既成事实,眼下说啥也都没用了,要紧的是要想方设法为他治病。之前为了给他治病,我们家前后已经花了五六十万元,我们想虽然刘星不是我们的亲生儿子,但毕竟是我和我老公辛辛苦苦养育了三十年的儿子,人家养个宠物都喜欢得死去活来的呢,何况刘星是个原本生龙活虎的大小伙子,您说是不是?可眼下我们遇到的,还不仅仅是花钱的问题,如果治疗不得法,花再多的钱也只能是冤枉钱。所以,我给您打电话,就是想与您商量一下,如果您和您老公愿意认自己这个亲生儿子,就同我们一起想办法全力救治他,不然他太可怜了。

对方说出的这番话就像射向我的飞镖,镖镖直插我的心头,我心惊肉跳,疼痛难忍,脑海有无数水泡一样,冒出串串问号:怎么有这等事?怎么有这等事?怎么有这等事?……与此同时,我脑子也在高速运转,寻思着怎么回答对方。这回轮到我在电话这边磨磨蹭蹭、支支吾吾了。因为没有马上回答对方,对方不断在电话那头催我:王桂香女士,您倒是说话呀,您到底认不认自己的亲生儿子,到底帮不帮忙救治自己的儿子？对方的催问像擂在我心头上的鼓槌，擂得我心头更加心惊肉跳。我被逼到了墙角，只好匆忙应答。我说对不起林书琴女士，您说的这一切太过突然了，我没有半点思想准备，您得容我想想，何况这事太大了，非同小可，您得容我回家同我老公商量商量。其实，当听到对方说自己和老公甚至双方父母都没有患过肝病的时候，我差点告诉对方我一直患有肝病，已经好几十年了，我一直是乙肝携带者，而且前不久也诊断出了早期肝癌，当初怀孩子的时候就已经是乙肝病毒携带者，幸亏我一闪念控制住了自己，将快要脱口的话给噎了回去。

牛同发

　　傍晚我下班刚刚回到家，妻子王桂香就从厨房里迎了出来，双手还不停地在她胸前的围裙上反复擦拭。没等我放下手中的提包，她就开口说，同发你总算回来了！我反问说怎么是总算，我每天不都是差不多这个时候回来的吗？我看她心事重重、欲言又止的样子，追问说有事吗？她苦着脸说，今天常德那位想认亲的人给我打电话了。我问，你接电话了？她瞟我一眼，嘟囔着说，是啊，我忍不住接了。我追问：结果呢？王桂香说，结果我俩就聊了起来，她说她叫林书琴，当初与我同在常德母婴平安妇产医院生孩子时就在同一个产房，也几乎是在同一时间生的孩子，出院时两个孩子让护士张冠李戴、不小心换错了，问我是否愿意互相认个亲，让咱们与他们彼此都看看自己的亲生儿子。我问：你怎么说？王桂香说：我当即说行啊行啊，我也想看看我儿子到底长得啥模样，他现在工作了吗，过得好不好。对方说，你儿子工作了，过得挺好，不过……她停下来，用忧虑的目光看着我。

　　我追问道：你倒是说话呀！王桂香只好继续说：对方说儿子生病了，病得很重，急需亲生父母帮忙。我一听浑身毛孔紧缩，警觉起来，瞪着眼问：到底得的什么病啊？王桂香怯怯地望着我，嗫嚅着，最终说出我最不想听的两个字——肝癌！我一听脑袋都快炸裂了，我大喊：肝癌，绝症——是想让咱们出钱医治吗？王桂香道：钱倒是没说，但对方要做肝移植，因为他们夫妻血型不配，不能移植，必须是亲生父母。我一听浑身像被火点着一样，一股烈焰喷口而出：你这个臭婆娘，你看看你惹的祸，你这不是没事惹事、引火烧身吗?!我拳头的骨节已经捏得咯咯响，差一点就要挥出去，但最终还是忍住了。王桂香却已经被我骂哭了，一边抹泪一边抽抽噎噎地哭诉：我……我这不是惦记……惦记咱们的亲生骨肉吗？何况是个儿子！虽然……呜……虽然从一生下来咱们就几乎从未见过，但毕竟……呜……毕竟是我自己身上掉下的肉，哪里……呜……哪里像你们男人那样铁石心肠……呜呜……她竟然以退为进，反倒责怪起我来，我一听更是火冒三丈！我责骂道：你这臭婆娘，你倒是心软、倒是好心，你倒是逞能！那好，你逞能你自己去捐献肝脏吧，反正我不捐！

王桂香说：那你不认那个亲生儿子？我气不打一处来：谁说我要认那个亲生儿子了？我一开始就没想认，也不想让你认，可你就是不听。再说了，亲生不亲生，反正打一生下来咱们就没养育过他，就当咱们撒过的尿、拉过的屎好了，还谈什么感情？相反，咱们自小养的是牛自强，虽然牛自强不是咱们的亲生儿子，可咱们都辛辛苦苦养了三十年了呀，你能说你对牛自强没有感情？这么说吧，反正我喜欢牛自强，我认定牛自强就是我的亲生儿子。再说都三十年过去了，将错就错有什么不好？咱们与对方互相认亲了有啥鸟用，莫非咱们用辛辛苦苦养大的儿子牛自强去换对方那个得了癌症的儿子？嗤，难道你脑子注水啊？！我这一连串的话像机关枪一样，冲王桂香哒哒哒就是一梭，打得她晕头转向只顾干瞪着眼，似乎都快要透不过气来，只见她眼泪吧嗒吧嗒直往下掉。待透过气之后，她仍心存不甘，反驳说：你知道……我一直是乙肝病患者，况且又得了癌症，不适合肝移植，要不然我没准就捐了，不是说救人一命，胜造七级浮屠吗？何况那孩子还是我自己身上掉下来的肉。咱们要都不救，那孩子肯定死定了，那不是很可怜吗？想想都让人心碎！眼下他没准日日夜夜眼泪巴拉地盼着咱们去救他呢，作为孩子的亲生父母，咱们难道就这么铁石心肠、袖手旁观、见死不救吗……呜呜……王桂香振振有词，边说边抹泪，那样子可气又可恨。我心想，她怎么就这么死心眼啊！明摆着如果与对方互相认亲，甚至是换回来孩子，我们肯定是吃亏的，毕竟那孩子已经得了绝症，干吗要去自找麻烦？我冲她嚷起来：你这个臭婆娘，脑子果真是进水了。你怎么就不想想，即便你不患乙肝，也不得癌症，你要是将肝移植给那孩子，你以为你还能活呀？你自己的命都不要了？再说了，即便我同意给那孩子捐献肝脏，你就支持了？我的命、我的死活怎么样你也可以不管了？臭婆娘，你真够恶毒啊。我倒要问你，在你的眼里，到底是我的命重要，还是那个从未谋面也谈不上什么感情的孩子的命重要啊？

我注意到，我说出的这番话像一块突然堵到她嘴上的破布，总算将王桂香的嘴给堵住了，此刻她像一只被手电筒光柱照懵了的青蛙，鼓着眼睛呆呆地望着我，半天都说不出话。过了好一会儿，她才又张了张嘴，像想起了什么，哭丧着脸喃喃自语说：唉，这孩子真是太可怜了，当初要不是抱错，一生下来及时打乙肝疫苗，岂不是就不会得这种病？相反，咱们的牛自强出生时原本不用打乙肝的，反倒给打了。这事你应该也记得吧？当初我入院要生孩子时，医生查出我是乙肝病毒携带者，说孩子出生后必须打乙肝疫苗的。你看这事给闹的，因为出生时张冠李戴换错没打乙肝疫苗，生生把咱们那亲生儿子全给毁了，那家妇产医院也真是作孽哪呜呜……呜呜呜……说完王桂香又哭起来，越哭越伤心，痛不欲生的样子，哭声让人心慌意乱。

我忽然意识到，女人毕竟就是女人，自己生的孩子真的像身上掉下的肉，心疼得不行，不像我们男人想得开，真拿她没办法。不过，她的这番话倒是提醒了我：当初那家妇产医院的护士怎么就那么马大哈，生生将孩子给换错了呢？这可是事关两个孩子的一生呀！这也不仅仅是作孽不作孽的问题，简直就是犯罪——对，犯罪——应该告当初那些值班护士和妇产医院的渎职罪，找他们索赔！这么一想，我头脑反倒是清醒起来，也冷静起来，觉得这事还是应该管一管，不能就这么不了了之，毕竟那孩子是我们的血脉。我对王桂香说：臭婆娘，你就知道哭，哭有何鸟用，哭就能治好那孩子的病了？听我这么一嚷，她果真停住了哭，抹了抹眼泪看着我，像不认识似的。我说：让咱俩割肝救那孩子，那都是瞎扯，除非咱俩都不想活了，命都不要了。依我说，真想救，还可以想想别的办法。王桂香的眼睛亮了起来，手一拍问：你有啥办法？快说呀！

我说：当初妇产医院的护士错换了孩子，造成该打乙肝疫苗的孩子没打，不该打疫苗的孩子反而打了，这都是医院和护士的错。严重的是，那个孩子因为没乙肝疫苗，让身体埋下了祸根，他肯定是因为后来感染乙肝病毒最终发展到肝癌的，必须追责，打官司，找医院索赔！王桂香听罢，眼睛放出光来：对呀！至少咱们应该与常德那家人联合起来，一块起诉当初那家妇产医院，让他们赔偿，为孩子讨回公道。

我点头说：我说的就是这个意思。不过我可丑话说在前，我忙着呢，我可没那么多闲工夫去掺和这事。

王桂香说：这你甭管，你不反对我就谢天谢地了，我自个儿与他们联系。

林书琴

度日如年。

与深圳那个王桂香通完电话之后，我忐忑不安、焦躁万分地等待着对方的回复。刘星原本是他们的亲生儿子，眼下又人命关天，等待救治，可他们竟然说要商量，这是我万万没有想到的，真可谓和尚不急太监急！时间在一分一秒过去，每走一秒，无论对刘星还是对我和我老公刘大山，几乎都增加一层无形的煎熬。看着病床上刘星那副清瘦的骨架，那苍白又蜡黄的脸庞，那悲苦绝望的眼神，我仿佛看到他身体里的癌细胞如一群凶神恶煞的白蚁，正一分一秒、一点一滴疯狂地蚕食着他的身体。刘星才三十岁啊，风华正茂的年华，老天怎么就这么不长眼，非要同我们过不去，这到底是谁作的孽呀！

晚上已经过了十点，刘星刚打完针、服完药，正昏昏沉沉睡着的时候，我的手机响了，正是深圳那个王桂香打来的电话。我像热天里忽然被当头浇了一盆凉水，精神为之一振，顿时抖擞起来。我赶紧按下通话键，因生怕吵醒刘星，便一串碎步走出病房到楼道里与对方说话。我的声音多少有几分激动，我说：王女士您好！救治您儿子刘星的事您到底考虑得怎么样？王桂香说：这事我同老公商量了，刘星毕竟是我们的血脉，我们不能不管，肯定要尽力救。我一听心像一只受惊的兔子怦怦直跳，几乎要闯出胸腔。没等她说完我就激动得千恩万谢，说太好啦，太好啦，刘星这回有救啦！我惊呼着，眼眶一热，眼泪激动得就要往外涌。电话那头的王桂香却打断我，说：您先甭激动，我是说我同老公商量了，是同意与你们合力救治孩子，不过可不是您想的和说的那种救法。我愣了一下，急忙追问：那您快说，你们有什么办法？对方沉吟了片刻，说：不瞒您说，我和我老公虽然与刘星血型匹配，但我生孩子之前就得了乙肝，长期服药，前不久还被诊断出患了肝癌；我老公几年前则是患了肾炎，我们俩都是病人，根本就不适合给刘星移植肝脏。

我一听，心里顿时就凉了半截。对方却在电话那头接着说：不过，刘星既然是我们的亲生儿子，我们也不可能袖手旁观、见死不救。想想吧，当初咱们两个孩子生下来，要不是被那些马大哈护士糊里糊涂换错，刘星就不至于忘记打乙肝疫苗。如果刘星当初打了乙肝疫苗，断不可能得如今的这种病。对方这么一说，倒是醍醐灌顶，我想起来了——患乙肝的孕妇生下的孩子，按规定医院一律都会给打乙肝疫苗。我是学医的，这一点常识当然懂。关键是对方这一说让我恍然大悟，刘星的病因原来在于此！之前我和老公想破脑壳都想不明白刘星为何莫名其妙会得这种病，毕竟他这么年轻，我和老公及双方家族，无论是家族史还是当下都没人患过肝病，更没人得肝癌，刘星偏偏一患就是肝病中的重症。

我马上接着对方的话说：对啊，当初医院和护士肯定有责任，必须追责。对方说：是呀，咱们要联合起来告妇产医院和那些护士，让他们赔偿，赔偿款可用于救治刘星。对方这么一说，我倒是开阔了思路，可也忧喜参半，忧的是刘星进行肝移植的希望宣告破灭，喜的是对方、刘星的亲生父母终于和我们站在一起，成为我们的同盟军，接下来将与我们一起向医院索赔。自从刘星患病，我们家已经几乎花光积蓄，再往下恐怕就要卖车卖房子了。找医院索赔，迫在眉睫。

对方话都已经说到这个份上，我赶忙说：王桂香女士，您这个主意好，人多力量大，咱们是应当联合起来，一起状告医院，向医院索赔，而且越早越好、越快越好。不然，我们家就快要倾家荡产，再也没钱救治刘星了。说完，我又试探着问：王桂香女士，那接下来，你们怎么打算，想不想见见你儿子刘星？对方毫不犹豫答：想啊，我特别想，恨不得现在就动身赶到常德看望儿子。对了，刘星目前的精神状况和身体状况，到底怎么样啊？这话像一把刀，一下戳到我的痛处。我咬了咬牙，说：不好，他一直等待救治呢。对方追问：不好？怎么个不好法，你能否说得具体些？我说：一言难尽，你们不是要到常德来吗？来了就知道了。对方沉吟了一下，似乎欲言又止。我却继续追问：你们打算什么时候来啊？我也想看看我那亲生儿子到底长得怎么样，他能否跟你们一起来呀？对方又是犹豫，最后回答说：这个我还说不好，我得回家商量商量。

刘大山

　　林书琴从医院回来，一进家门就迫不及待讲她与深圳那边通电话的事，有忧有喜。忧的是刘星的父母一个是乙肝患者，另一个患了肾炎，身体都不适合为刘星捐献肝脏。喜的是林书琴毕竟已经与刘星的亲生父母联系上，对方也愿意认亲并提出与我们一起共同向当初的母婴平安妇产医院追责索赔。说到索赔，这也是我最近时常考虑的事情，可以说对方是同我想到一块儿去了。想当初，要不是常德母婴平安妇产医院的护士马虎，出院时错换了孩子，怎么会有如今的这种闹心事？如果不是因为刘星患了癌症，孩子错换也就罢了，反正孩子是我们自小养大的，既然养了就会有感情，何况刘星又不呆不傻？不仅不呆不傻，还挺聪明能干，而且已经成家立业，工作还干得顺风顺水。谁会想到一场大病却撬开了原本可能永远被时间和岁月遮蔽的人生秘密呢？眼下，真相总算大白，我们有理由与刘星的父母一起面对现实，想方设法救治刘星，同时彼此都看看自己的儿子。

　　说到我自己的亲生儿子，我脑子里是一片空白，他叫什么名字，长得什么样，眼下过得好吗，结婚成家了没有？儿子认不认我们这对亲生父母？这一切对我和林书琴来说，还都是一个谜。但从内心讲，我们是多么希望早点见到生下来就未曾谋面的亲生儿子！不过，眼下最要紧的，还是要尽早找到合适的律师，再联合刘星的亲生父母，一起起诉常德母婴平安妇产医院，毕竟这家医院造成的错太大了，大到给我们造成了无法弥补的痛苦和损失，简直就是弥天大罪，不可饶恕，必须尽快追责，必须尽早给我们弥补经济损失。不说别的，单就刘星的医疗费，我们可以说已经是倾尽所有了……

王桂香

老公牛同发一向强势、固执，还自私，这是他与我结婚之后才逐渐暴露出来的性格特点。我同他自小生活在常德，是中学同学。想当初恋爱的时候，为了追求我，他对我总是甜言蜜语、言听计从，干什么都顺着我，将自己装扮得像一只温顺的公猫。比方，放学之后俩人偷偷摸摸约好了去看电影，看什么片他从来都不挑剔，全都是顺着我；周末去哪儿玩，也全都是听我的，我说了去哪里他就陪着我去哪里，一副"我随你"的做派。他说了，他不在乎看电影到底看的是什么，也不在乎到哪里玩有些什么可以玩、能玩到什么，他只要能够与我厮守在一起就行。包括毕业后我俩双双没能考上大学，我感到无脸见人，想躲避熟人到一个陌生的地方去。他问我想去哪里，我说去广东珠三角一带，他二话没说到家里拎了一个背包就来找我，说我当你的保镖，你走到哪里我就跟到哪里。如果说我以前与他在一起只是因为彼此间都有一些好感，这回可是被他的侠骨义胆深深地感动了，并且暗自下决心这辈子非他不嫁。他倒是信守诺言跟着我南下了，数年间从顺德、中山、东莞一路辗转，不时变换打工单位一路打到了深圳，总算在深圳找到了比较合意的工作。他在深圳的一家外贸公司做销售，我则在深圳的一家百货商场当售货员，薪水也还都比以前高出近一倍。因为到深圳到得早，没几年我俩的户口也都在深圳落下了，随之我也与他结了婚。不料结婚没多久，尤其是生下儿子牛自强之后，他的性格就完全变了，他变得暴躁、固执、自私、我行我素，有时候还蛮不讲理，甚至习惯了爆粗口，动不动骂我臭婆娘。我惊异于他婚前婚后的这种变化，心里直骂他是个变色龙，对他也极其不满。但为家庭和儿子着想，我每每都咬着牙忍住了，到后来慢慢也就习惯了。我只能暗中感慨，谁让咱自己生为女人呢，既然木已成舟并且结婚生子，自己已经折腾不起了，要真折腾起来最终只能是咱做女人的自己吃亏。基于这种想法，家里的许多事我一般都是迁就他，睁一只眼闭一只眼的，能忍让就尽可能忍让。即便如此，我没料到在对待自己亲生骨肉这件事上，他竟然是如此铁石心肠，如此的固执，如此自私，幸好后来他良心未泯，主张向当初造成孩子抱错的常德母婴平安妇产医院讨说法、打官司，向对方索赔。尽管他工作确实太忙，已经明确表示自己没时间参与此事，但我觉得他只要不反对我已经是谢天谢地了。

既然牛同发明确表示不掺和这事，我只能靠自己了。其实我自己有病在身，多少有些力不从心，幸好身上的肝炎是慢性病，刚发现的肝癌早期也用靶向药控制着，病情目前基本还算稳定。自打知道自己曾经十月怀胎、辛辛苦苦生下来的骨肉竟然一直与我分离，而且已经长达三十年，更揪心的是那骨肉目前还在遭受病魔劫难、折磨，我的心就在哭泣、就在流血。冥冥之中，我感觉那分离的血肉、血脉和神经都是连着我的，他痛我跟着痛，他疼我跟着疼，他麻我跟着麻，反正他身体的一切感觉仿佛都时不时传导给我，让我一直都坐卧不安、寝食不香，恨不得立即能飞到常德那边，看看自己身上掉下来的那坨亲骨肉到底怎么样了。可看着牛同发每天忙忙碌碌、若无其事的样子，我更是感到孤立无助，情急之中，我立即又想到了儿子牛自强——他也被无辜卷进来了，我辛辛苦苦养育了三十年的他怎么突然变成了养子？打死也不可能想到啊，生活真是太荒唐了，简直就是奇幻大片——我儿子牛自强，他真的对他那天外飞来的亲生父母无动于衷吗？他会死心塌地一辈子守着我们这对养父养母吗？

所有这些问号，都需要牛自强本人做出回答。虽然那天当着我和牛同发的面，牛自强已经发誓说过"这辈子我也认定了，我就是你们实打实的亲生儿子，别人是抢不走的"，但他是否能够做到，我心里真是没底。我得找时间同儿子好好聊聊，包括我打算到常德去看望亲生儿子的事，我得事先征求牛自强的意见。万一他反对，我可该怎么办？此刻我的内心像一锅刚煮开的开水，惴惴不安，上上下下不停翻滚，怎么也平静不下来……

牛自强

下班刚回到家，我爸不在，我发现我妈却一副心事重重的样子。见我进门，我妈便迎了上来，问我吃了没有。我说我每天晚上都加班，都是这个时候回到家的，都快到晚上十点了，怎么能还没有吃？我妈又问吃什么，吃饱了没有，要不要我再给你去弄点吃的。她一连串的问号与关心，与平日不大一样，让我心生诧异。我忽然意识到她肯定心里有话，想对我说却又不知从何说起，索性主动问她：妈，你是不是有什么话要对我说？我妈望着我，眉头一阵蠕动，欲言又止。我干脆将话挑明了说：妈，你肯定又在想我是不是你儿子这件事吧？我都明确告诉过你和我爸了，这辈子我也认定了，我就是你们实打实的亲生儿子，别人是抢不走的，这你还不放心吗？除非你和我爸不认我这个儿子了，否则我不会离开这个家，更不会离开深圳。你也不想想，你们在深圳，咱们家在深圳，我工作在深圳，我女朋友也在深圳，我怎么可能离开深圳，除非我脑子注水了啊。我连珠炮般的一番话瞬间将我妈惊着了——不，她是又惊又喜。她眉毛一扬，双眼放出光来：儿子，你都有女朋友了？我说是啊，我不小心都将秘密告诉你了，这下你老人家该放心了吧，哈哈……我妈的眉毛这回终于舒展开来，脸上绽开了花一样的笑脸，末了嗔怪我说，你这坏家伙，你都有女朋友了，怎么不早点说？我说，哈哈，那不是时机未成熟吗，我要是早告诉你，到头来女朋友吹了，我的脸可往哪儿搁？我妈笑着，但很快收敛了笑容，转移了话题。

　　她让我挨着她，坐到沙发上，一只手搭在我肩膀上，亲热地摩挲着，郑重其事地问我：儿子，你上次当着你爸和我，以及今天对我说的这番话，我很感动，我也相信你说的是心里话。尽管科学检测证明了你并非我们的亲骨肉、亲血脉，但我和你爸毕竟养育了你三十年，无论是我们对你，还是你对我们，咱们之间的感情已经无法割舍，你说对吧？我回答说：那当然。我妈满意地点了点头，却又问：那自你知道自己的身世，你难道一点都不惦记自己的亲生父母吗？她这一问，倒将我给问住了，我禁不住低下头，回避着她的目光。不知怎么了，忽然间似有什么东西触碰到我内心的柔软之处，只感觉我的内心的郁结处瞬间也像遇热的冰块一样融化了，一股温热的暖流瞬间从内心迸发出来，很快传导到全身，我感觉自己的眼眶转瞬间湿润了。我妈见我这个样子，也没说话，只是用双手搭住我的双肩，紧紧地捏着，或不停地摩挲。我抬起头来，发现我妈的眼睛此时也是潮湿的，而且已经闪着泪光。

　　我忽然鼓起勇气说：妈，说实话吧，那天知道我的身世，我内心的震惊不亚于雷击，但为了不惊动你和我爸，我极力控制住自己，对你们说出了那番安慰的话，目的是要让你们放心，毕竟你们辛辛苦苦将我养大成人，辛辛苦苦培养我上大学，还读了研究生，让我毕业在深圳找到了满意的工作。我不可能忘记你和我爸的养育之恩，也将发誓要更加努力工作回报你和我爸，将来还会为你和我爸养老送终。尽管如此，当天晚上我还是睡不着觉，翻烙饼一样在床上翻来覆去，久久无法入睡，内心不断纠结着这突如其来的惊人消息，无论如何想象不出为何生活会如此荒唐、人生会如此荒诞，两个刚刚出生、呱呱坠地的孩子，怎么就那么阴差阳错让医院的护士给搞错了，错换至原本不是自己家庭的家庭，以至让各自的父母一直都蒙在鼓里？这确实是太狗血了！可话又说回来，我被错抱到咱们家，由你和我爸抚养，我一点儿也不亏，甚至很幸运。不幸的倒是我那位陌生的弟兄、你们的亲生儿子，他被错抱到我的亲生父母那边，耽误了打乙肝疫苗，以致年纪轻轻的，就染上了重病，这也太惨了吧？我不能不替他感到悲哀，替他感到憋屈并为之打抱不平。还有，我远在湖南常德的那对亲生父母，因此也无辜受累，他们和我那位陌生弟兄，也就是你们的亲生儿子一样悲哀，我同样为他们感到心痛并深深打抱不平。不瞒你说,这些天我除了忙工作,脑子里时常惦记着我那未曾谋面的亲生父母和我那位陌生弟兄、你和我爸的亲生儿子,甚至琢磨着该为他们做些什么、分担点什么。只是这些话,我一直还都是憋在我的内心,没有时间同你和我爸说呢!

说到这里,我发现我妈此刻已经泪流满面,她那只捏着我肩膀的手将我抓得更紧了。她的另一只手边抹着泪边哽咽着说:儿子……你能这么说……妈就放心了。妈……妈原本一直担心你,担心你受不了这次突如其来的打击,没想到你同妈想到一起去了,真不愧是妈的好儿子!眼下,我想尽快联系你的亲生父母,一是协同他们一起与当初你们出生的常德母婴平安妇产医院打官司,起诉医院护士的渎职,让医院赔偿损失;二是尽快到常德去看望我那可怜的亲生儿子。只是我不知道你是否愿意同我一块儿去常德认亲,看看你的亲生父母,也看看你那位未曾谋面的弟兄?

我妈这番话说到我心里去了!我有些激动,我当即抓紧我妈的胳膊,差点叫起来:妈,太好了,你也同我想到了一块儿!不瞒你说,刚刚知道我身世的时候,我就想到了要找机会去看看我的亲生父母,毕竟我是他们所生,身上流淌着他们的血脉,虽然我刚生下来就离开了他们,不知道他们长得啥模样,也不知道他们的境况如何,但我想,无论如何是他们带我来到这个世上。人要讲良心,要知恩图报,作为他们的儿子,我总不能对此无动于衷吧?可另一方面,我内心又很纠结,担心我要是提出来去认我的亲生父母,你和我爸会不会有顾虑,对我会不会有看法和担心。现在看来,我的这种担心是多余的,因为老妈你同我一样,想到了一起,可谓人同此心,心同此理,这真是太好了!老妈,我当然是想同你和我爸一起去常德认亲,咱们什么时候去啊?

我妈说:我随时都可以,这得看你的时间。不过你爸大概不会去,就咱们两人去。

我问:我爸怎么了,他为什么不会去?他不去看看他的亲生儿子吗?

我妈说:谁知道他是咋想的。不管他,不过他支持咱们联合你的亲生父母起诉母婴平安妇产医院,找他们索赔。

我说:好吧老妈,咱们俩一起去也够了。明天刚好是周六,我马上订高铁票,我也打电话问下我爸,我爸要是真不去,咱俩一起去。

我妈满意地点点头。

刘星

度日如年。

癌细胞像千万只疯狂的蚂蚁，日日夜夜、时时刻刻向我的肌体发起攻击，时常让我疼痛难忍，以至于我吃不下饭，睡不好觉。为了击退癌细胞的攻击，医生又安排我做化疗、吃靶向药，敌我双方阵营在我肌体内的激烈交锋、肉搏、纠缠，让我的肌体更加痛苦不堪，难以承受。我时常被它们折腾得痛不欲生、大汗淋漓，仿佛是一座房子突遭地震，地动山摇、山崩地裂之时，房子眼看着将土崩瓦解、摇摇欲坠。一俟地震结束，我身体的大厦已经变成一摊烂泥，晕乎乎软塌塌的，浑身乏力、疲惫不堪，似乎即便吹来一阵微风或哪怕让一只飞奔的蜻蜓撞上，也将无力招架、会彻底倾覆……

不知不觉，我很快昏睡过去。周围陷入了无边的黑暗，世界与我彻底隔绝，眼前似乎有无数双眼睛闪着幽深的蓝光，仿佛无数的幽灵在我的身边游荡，似乎热切地招呼着我，希望我尽早告别人世来到阴间。

迷迷糊糊之际，有人在大声叫我。仿佛是有人将我使劲从泥淖中拉了出来，我气喘吁吁，精神恍恍惚惚，竭尽全力睁开了眼睛，发现眼前是我的妈妈林书琴。此刻的妈妈正略带微笑，关切地注视着我，她大声说：刘星，你快醒醒，快看看是谁来了？话音刚落，妈妈就让出了位置，一个与我妈年龄相仿、脸庞比我妈宽厚的陌生女人面孔罩住了我的视野，那女人也面带微笑，却也夹杂着明显的忧伤和泪痕。她大声叫着我的名字，并对我说：刘星你好，我是你的亲生母亲，当初你在妇产医院生下来，出院时被马大哈护士弄错了，导致咱们母子俩骨肉分离，而且长达三十年。作为母亲，我太对不起你了！……她哽咽起来，还抹了抹泪。而后继续说：现在，我可算找到你了，你现在身体感觉怎么样？你能相信我，愿意认我这个亲妈吗？

这么突然的场面，仿佛一场不曾预料却突如其来的梦境，让我的神经备受刺激，忽然感到浑身不自在，手足有些无措。此刻我的内心和眼神像受惊的兔子，游移不定，我既想看看眼前这个自称是我亲生母亲的女人，又不敢长时间正视她。可她双眼却像亮灼灼的探照灯，逮住了我，久久地凝视着我，我只好鼓足勇气，慢慢地接住了她的目光。这是一张饱满的中年妇女面孔，浓浓的眉毛，慈爱的眼神，脸部已出现皱纹，头发也已掺着几根银丝。她就是我那十月怀胎、历尽千辛万苦将我带到人世来的亲生母亲吗？骨肉分离，这三十年她过得可好？她知道我的境况并且想念我吗？如今我已经身患绝症，她真的愿意认我这个重症儿子吗？……一连串的疑问此刻像吹出的肥皂泡一样从我的眼前冒了出来,五彩缤纷,眼花缭乱,令我犹豫不决,我似乎忽然间失去了应有的判断力。眼前这张陌生中年女人的脸却依然罩住了我,双目久久地凝视着我,焦灼地在等待着我的反应与回答。她的眼神里此刻有疑虑,有慈爱,有忧伤,有友善,有惶惑,有焦灼,更有呼之欲出的满满期待。我忽然感觉自己快要被她灼热的目光融化了,内心此刻也风起云涌、电闪雷鸣,仿佛有炸雷在我的脑际炸响。我慌乱地盯着眼前这张陌生女人的脸,喃喃地问:哦,您……您真的是我的亲生母亲?

不问还好,这一问,仿佛黑云压城,女人的脸此刻就像大雨将降的天穹。听了我的疑问,她悲伤的脸扭曲着,紧咬着唇望着我,使劲点了点头:刘星,是的,我就是你的亲生母亲,你就是我日思夜想的亲生儿子!

听她这么说,我将脸侧向一旁的妈妈——我的养母林书琴,此刻的妈妈表情复杂,又喜又忧,但她接住我征询的目光,朝着我使劲地点了点头,并且坦诚地告诉了我:刘星,是的,她就是你的亲生母亲,我是你的养母。你的亲生母亲特意从深圳赶来看望你了,你还不赶快叫你的亲妈!

我妈的这句话,像让我一下子吃下了一颗定心丸,同时也像打开了我情感的闸门。我望着眼前这张已经罩了我好久的中年妇女的脸,终于抑制不住内心的激动,轻轻地对着她喊了一声——妈。虽然只是轻轻的一声叫喊,我的生母此刻却像被撬动的堤坝,她"哎——"的一声,激动得掩面而泣,情感之水迅疾决堤而出,她忽然扑在我的身上紧紧地搂住了我,一时间泪如雨下。我们母子俩紧紧地搂到了一起,彼此间长久抽泣、哽咽。生母落下的泪水,掉到我的脸上,又淌到我的脖颈里,凉凉的,可我内心却感到一阵阵无与伦比的温暖与温馨……

林书琴

这是一个多么让人肝肠寸断、撕心裂肺的场面啊!

我辛辛苦苦养育了三十年的儿子刘星,此刻称另一位女人为"妈",而且同那个三十年未曾见面的女人紧紧地拥抱在一起,这让我情何以堪?那轻轻的一声"妈",却像一枚飞刀一样击中了我,让我心如刀扎,血往外流,心仿佛瞬间被掏空了。尽管我也已见到了自己的亲生儿子牛自强,但在情感方面,人都是自私的,何况是多年培养的母子之情?我是个有情有义的母亲,无论亲生儿子还是养子,都是我的儿子,我都舍不得,即便刘星如今身患重症,我都不曾放弃,也不愿意放弃,两个儿子我都想要。

可冷静下来，我又想，人家王桂香也是女人，也同样是两个儿子的母亲，我怎么可能，又怎么可以两个都独占呢？无论对她还是对我，彼此都应该是平等的，独占既不现实，也是非分的想法。

事到如今，我想最好的办法，还是彼此认亲，我和她既有养子，也有亲生儿子，这样岂不两全其美？我的这个想法，在我们的感情都冷静下来之后，就同王桂香说了，她使劲点头，说完全赞同。她说她早就这样想了，从深圳来常德的路上原本还忐忑不安，担心我不同意，会抢走她辛辛苦苦养大的儿子牛自强呢，她说没想到你同我都想到一块儿去了。听她这么说，我的心也暖暖的，心想不愧是女人和母亲，天下的母亲都一样，在子女面前，心都是肉长的，除了爱还是爱，哪怕需要付出自己的一切，都会在所不惜。王桂香愿意远道从深圳前来认刘星这个身患重症的亲生儿子，本身不正说明了这一点吗？刚才她还说了，刘星命不好，因为当初医院和护士的过错，让他自生下来就错失了打乙肝疫苗，导致酿成如今的重病，这件事本身就够倒霉、够糟心的了，我们做母亲的，怎么可以对他雪上加霜，肯定要尽全力救治他，即使最终无济于事，也必须让他体会到人世间亲情的珍贵与温暖。王桂香不仅是这么说的，也是这么做的。这不，刚才她让儿子牛自强通过手机银行，将十万块钱转到了我的手机银行里，说是帮助刘星治病的医疗费。她说要转钱给我的那一刻，我像长时间孤军作战的士兵忽然间遇到援军，瞬间激动地哭了。人都说人心齐、泰山移，还说二人同心其利断金，我看这下刘星又有希望了。尽管王桂香说过她和丈夫都身体有病，不能给刘星做肝移植手术，但毕竟在其他方面还能帮助一点，人多力量大吗！原本我还以为王桂香不愿意认刘星这个身患重症的亲生儿子呢，没想到我的担心原来是多余的，这回我压在心头多日的石头也总算落地了。让我略觉奇怪的是，刘星的生父、王桂香的丈夫为什么不与妻儿一块儿前来常德认亲呢？关于这一点，虽然刚一见面我就询问，王桂香也说了，她老公工作忙，领导死活不让他请假，可我还是有些疑惑：这么大的事他的领导怎么能不给通融，这也太过分、太没人性了吧？

让我最高兴的是我终于也见到自己的亲生儿子牛自强了。牛自强长得人高马大、文质彬彬，一看就像他的亲生父亲。与刘星见她生母时的扭扭捏捏不同，一见面他就落落大方地叫了我一声"妈"。这一声"妈"，洪亮、爽朗、清脆，像沁入我心田的一股暖流，瞬间将我内心长久以来的郁结彻底融化了。我"哎——"的一声，激动得泪眼蒙眬，一手握着他的手，另一只手搭着他的胳膊不停摩挲，语无伦次说：儿子，我可总算见到你了，我好想你啊！你一切都好吗，你也工作了吧，你现在在做什么工作，单位效益好不好？……反正我打开话匣子滔滔不绝，像涓涓不息的溪流。

儿子牛自强也紧紧握着我的手，憨憨地笑着，一一回答了我的提问。毕竟是深圳这样的一线城市长大、见过世面的，他一举一动、一笑一颦，都很得体，虽然多少还是有几分生分，但他眼里是满满的善意，看得出他是真心实意要认我这个生母的。这不，回答完我的提问，他反过来开始询问我和我丈夫、他的父亲刘大山，问我们现在生活怎么样，家住在哪儿，身体好不好，还安慰我们说：这段时间为了照顾刘星，爸妈你们都受累了，一定要注意休息、保重身体。他还说，刘星病成这样，这是没有办法的事情，悲伤抱怨都无济于事，还不如我们一起面对现实，尽力而为，一起努力，共同来救治刘星。牛自强的话，几乎是句句入心，字字入理，听得我和他爸一时间如释重负，内心像一下子抹了蜜，频频点头，不由得相视而笑。

而他的养母王桂香此时也站一旁看着我们，一脸慈爱，笑脸盈盈，显然是对牛自强的回答感到满意。

牛自强

见到生父生母之前，我多少有些忐忑，生怕自己内心不能接受。尽管我是他们的亲生血脉，但毕竟生下来就离开了他们，哪怕是一天都没有在他们身边生活过。要说感情，当然是养父养母更深些，毕竟他们有三十年的养育之恩。而对生父生母，迄今为止还只有血脉之恩吧。即使如此，对生父生母我还是心怀感恩的，所以这次也抱着好奇的心情前来常德寻亲。人非草木，孰能无情，何况我是他们的亲生儿子呀！所以，我希望看看将我带到人世间的亲生父母到底长得怎么样，他们的生活境况到底如何。

没想到真正见到生父生母的那一刻，就一见如故，原本的忐忑和生分瞬间便被抛到了九霄云外，仿佛冥冥之中亲生血脉之间就如铁屑遇到磁铁一样，有一种与生俱来的亲和力。与养母王桂香相比，我的生母林书琴长得比较瘦小，但身材相对苗条，皮肤比我养母白皙，眼睛也更有神韵，只是那神韵隐约飘出一丝忧郁。反正见到我时，生母那双眼睛亮闪闪的，说不清是泪光还是亮光，看上去深不见底，忧郁中透着无边的慈爱和眷恋，仿佛是灵魂的窗户，要将我摄入她的心底、留在她的身边。生父刘大山与我的养父相比则高大了许多，他起码有一米七八的样子，壮实魁梧，在矮小居多的湖南人中颇有些鹤立鸡群的意思。难怪以往常有亲戚朋友见到我时对我的养父开玩笑，说你这么个矮父亲怎么生出个高儿子，当时我们也都没往心里去，以为是基因优化了呢。此刻生父就站在我面前，开始的时候他不像我生母那样一见如故，没有距离感。虽然他一直笑吟吟地看着我，眼里也溢出慈爱，但多少还有一丝丝审视和期待的意思。见我大大方方叫了他一声"爸"，他这才顾虑全消，一声"儿子——"的叫喊脱口而出，继而一个跨步上前一把搂住我，搂得好紧好紧，让我感觉到他浑身都是力气。他边搂边抚摸着我，虽然沉默不语，但我能感觉到，他的千言万语都已经汇聚到对我紧紧的搂抱和抚摸之中了，因为松开的那一刻，我发现他的泪水已经溢出眼眶。

此刻的我内心也翻江倒海，感觉口干舌燥，一时都不知道该说些什么。待彼此间心情慢慢平复，我们的话语才逐渐多了起来，开始问寒问暖。我左看看生父，右望望生母，压抑住自己内心汹涌的潮水，安慰说：爸、妈，你们放心，深圳距离常德不远，往后我会经常来看望你们，你们千万要保重身体。话虽然这么说，但看得出他们还都是开心不起来，眼神和脸上依然笼罩着一层难以摆脱的淡淡忧伤。我知道，这忧伤，来自眼下病重的养子刘星。

说到刘星，我内心更是五味杂陈。想当初，我出生时如果不是阴差阳错让妇产医院的马大哈护士张冠李戴错换，留在常德长大、生活甚至工作的应该是我，而从小在深圳长大、生活和工作的应该是刘星。深圳和常德，一个目前是国内屈指可数的一线城市，甚至是全球瞩目的最具活力的城市，一个在国内至多是三线城市，生活环境、工资待遇等各方面与深圳的差距，显而易见。如此说来，我也算是塞翁失马，焉知非福了。可怜的倒是刘星，且不说他生活在常德，比起深圳各方面都存在差距，单说出生时耽误了及时打乙肝疫苗，铸成了大错，酿成了今天的绝症，这本身对他来说就太悲摧、太不公平了！那些可恶的护士啊，人命关天呢，怎么可以如此大意？这简直是草菅人命呀！追责、告状，找当时的妇产医院索赔，肯定是免不了的，也是我和养母此行到常德来的另一项重要任务。

可话又说回来，即使如此，也即使最终索赔成功了，对可怜的刘星来说又有何意义呢？毕竟木已成舟，索赔来的钱至多也就用于分担刘星所需的医疗费罢了，至于刘星最终能否治好，大家彼此都心照不宣，只能是尽力而为、不愧良心罢了。

那天，我在医院的病房里见到刘星的时候，刘星躺在病床上，整个儿看上去像被一场特大霜雪打蔫儿了的瓜苗，没精打采，有气无力，他同我一样三十岁的年龄，本应该有的精气神，都让可恶的病魔无情地抽走了，看着都让人心疼。听长辈们介绍说，我当初是与他同时出生的，长辈们肯定也早已经向他介绍了我的情况。知道我远道从深圳前来看他，此刻的他眼睛朝向我，挣扎着欲钻出被窝坐起来，我抢先一步上前，按住了。我紧紧地握着他的手，安慰他：刘星，我的好兄弟，咱们可是同一个产房、同一天出生的，这可是天大的缘分！虽然咱们彼此阴差阳错被错换了父母和家庭，而且长达三十年时间彼此一直都蒙在鼓里，既成的事实已经无法更改，但咱们之间可以成为兄弟呀，咱们双方的父母也可以成为咱们彼此之间共同的父母，往后咱们之间可以互相走动、互相照应、互相帮衬，你说是不是？

听我这么一说，刘星不停地点头，眼里瞬间也已经噙满泪水，双手紧紧地握住我，千言万语此刻已经尽显在他的表情之中了……

刘大山

真没有想到，我同妻子林书琴与亲生儿子牛自强的见面，比我们原本想象的要顺畅得多，包括他的养母，感觉都是一见如故。尽管刘星的生父未能前来，这点让我们多少有些意外，也不免遗憾，尤其是刘星，在病重的时候却未能见到希望中的生父，肯定不免失望。但仅就王桂香和牛自强而言，他们的到来已经让我们喜出望外，仿佛被困战场多日之后终于见到了援军，内心的希望之灯又被骤然点亮，浑身的力量陡然倍增。虽然还只是短暂的交谈和接触，但王桂香对亲生儿子刘星的认可和关爱，牛自强对我们这对生父生母的承认、抚慰，以及对病中的刘星的体恤与安抚，无不让人觉得他俩都是朴实善良、有情有义的人。特别是儿子牛自强，言谈举止，都很得体，知书达礼，关键是与我和林书琴没有陌生感，看来从小到大是接受过良好教育的，毕竟是深圳这样的大城市长大的孩子。牛自强这样的孩子，虽然自生下来就远离我们，但他能有这样的身体和德行，目前又能在深圳的高科技公司工作，让我和林书琴都心生安慰。即便他如今成了别人家的孩子，可他毕竟也承认我们这对生父生母了，还表示往后会时常来常德看望我们，这就够了。我同林书琴说了，就权当咱们的亲生儿子大学毕业后到深圳工作吧。我这么一说，林书琴也就想通了，毕竟让牛自强放弃养父养母和如今在深圳的工作回常德来，是不可能，也是不现实的。

眼下最棘手、让我们操心的事还是刘星，他毕竟已经身患绝症，他的病到底能否治好？即使有一线希望治好，又该需要多少钱？谁能说得清呢？反正我和林书琴都明白，这肯定是个无底洞，一如茫茫大海找不到航标的油轮，虽然轮机并未停息，还在不停赶路，但机油总有耗尽的那一刻，关键是还不一定能接近目标。即使如此，对于刘星的治疗，我们同样无法放弃，唯有不断花钱治疗，哪怕家里最终砸锅卖铁，弹尽粮绝，穷困潦倒，我们仍然无法舍弃，不为别的，就为求得心安，就为能够对得起刘星这个我们辛辛苦苦养育了三十年的孩子，我们总不能眼睁睁看着他在病魔中孤苦无助、在痛苦中离我们而去吧？假若真是那样，我和林书琴一辈子恐怕都会不得安生。

这次最让人遗憾的事是，刘星的亲生父母虽然找到了，却也无法为刘星做肝移植手术。刘星的生母王桂香一直身患肝病，而且还有早期癌症，身体确实不具备做肝移植手术的条件。刘星的生父据说是身患肾炎，身体同样不具备做肝移植手术的条件。但即使刘星的生父具备条件，他就一定会同意为刘星做肝移植手术吗？恐怕也未必。且不说他是否愿意为自己的亲生儿子捐献肝脏，他连到常德来看望自己的亲生儿子都没有做到呢——这么大的事他说他工作忙，请不了假，谁信呢？这事我私下同林书琴都嘀咕过，都心生疑窦，都觉得不可理喻。

眼下迫切需要做的事，一是另想办法，比如看看能否通过媒体和记者的呼吁，向社会寻找愿意并且能够匹配的肝脏捐献者；二是尽快找到律师，尽快起诉当初酿成大错并给我们两家人带来痛苦的常德母婴平安妇产医院及其渎职护士，找他们讨说法、赔偿损失。好在这个问题上，我和林书琴、刘星、王桂香以及牛自强，都已经同仇敌忾，齐心协力，达成了共识。我们之所以这么做，一是为讨回公道，惩治渎职者，二是讨回妇产医院为此给刘星和我们两家人造成的医疗和精神损失。

王桂香

终于见到我的亲生儿子刘星了！来常德之前，我日思夜想，肝肠寸断，人在深圳，心却早已经飞到常德那边的儿子身边。内心也不停想象着儿子的模样，纵然我知道儿子如今身患重病，可我还是竭力将儿子的模样往好处想。可真正见到的时候，我还是被儿子的模样惊着了，不敢相信这就是我身上掉下的亲骨肉——他脸色蜡黄，面容清瘦，有气无力，没精打采——这哪里是我那仅仅三十岁的儿子应有的模样啊！相比于壮实高大的牛自强，虽然是同龄，这反差也太大了，远远超出我的想象！见到他的那一刻，我瞬间心如刀绞，内心一千遍一万遍在责骂自己、谴责自己，当初是我没有保护好自己的儿子，让马大哈护士张冠李戴了。当初进妇产医院的时候，护士已经明知我是乙肝病患者，按规定我生下的婴儿是应当及时打乙肝疫苗的，可她们一搞错，刘星耽误了本应该及时打的疫苗，而原本不用打乙肝疫苗的牛自强反而是打了，那些马大哈护士简直是在造孽呀！想想如此天大的错误，我内心气得不断颤抖，不停滴血……

稍让我感到庆幸和欣慰的是刘星的养父和养母，尽管刘星已经身患重病，尽管刘星只是他们的养子，但看得出他们像对待自己亲生儿子一样，全力以赴，掏心掏肺，一点也没有要放弃的意思——好人哪！刘星虽然此生不幸，被当初的妇产医院和马大哈护士弄错，种下祸根，但刘星能遇上养父养母这样善良的好人家，也算是不幸中的万幸了。眼看着这对有情有义的养父养母，我内心唯有庆幸与感激。眼下所要做的，唯有全力配合刘星的养父养母，同心同德，同心协力，千方百计救治刘星。可恨我自己的身体，多年来一直身患疾病，自身难保，想救刘星也是有心无力，要不然我就将毫不犹豫地捐献出自己的肝脏，让刘星重获新生，毕竟他是我的亲骨肉，自己的亲骨肉不救还能靠谁救？可恨我那蛮不讲理、无情无义的丈夫，他虽然是刘星的亲生父亲，可从一开始他对刘星就爱理不理，虽然这可能与刘星已经身患重症有关，但不管怎么说刘星也是我同他共同的亲生骨肉啊，眼看着自己的亲生骨肉却见死不救，甚至编造各种理由搪塞，这该是人干的事吗？不能啊，他这样子哪能算是刘星的亲生父亲？天底下哪儿有像他这样的父亲？这要放在以前，我打死都不信啊，可他眼下偏偏就是如此铁石心肠。这"畜生"真是太自私、太过狠心了，这辈子我怎么这么倒霉嫁了这么个"畜生"男人，真是瞎了眼了！

可事到如今，到底该怎么办呢？只能是尽力而为、全力医治了。好在儿子牛自强能通情达理，在对待刘星这个问题上与我同心同德。尽管缺了老公的支持，我们母子俩能力有限，但毕竟两人同心，其利断金，办法总会有的，起码是比起他爸的不管不顾要强吧？不说别的，起码我们母子俩已经先期凑了十万元给刘星治病，起码我们母子俩已经与刘星和他的养父养母达成一致，马上就将联合起来向法院起诉当初给我们造成伤害的常德母婴平安妇产医院及其渎职护士，我们希望尽快向他们讨回公道，同时讨回医院为此给刘星和我们两家人造成的医疗和精神损失。

许莹

世事莫测，人生真是太科幻了！

我丈夫刘星当初竟然一生下来就阴差阳错，与别人家错换了家庭和父母，再有想象力的作家恐怕都难以想到吧。

这两天亲眼看着他们两家人彼此之间前来认亲，看着他们彼此之间大喜大悲、喜怒无常的样子，我像目睹了一出剧情激越、跌宕起伏的人间活剧。虽然如今我也与眼前这两家人有着千丝万缕的联系，但相比于刘星和他们两家人，我至多只是个配角，而他们一个个都是这出人间活剧的主角。

自打我与刘星恋爱、结婚，一直到他身患重症，我的情感也备受煎熬、折磨与打击。从感情上说，毕竟与刘星志趣相投，我是爱他的。但从理智上讲，我知道随着他病情的日渐恶化，我与他的感情之路终将会走到尽头。每每想到这一点，我就心如刀绞，更要命的是孤苦无助，我没有谁可以诉说，刘星不能，他的父母不能，而我的父母亲戚也不能，这苦涩的人生滋味，我还从未尝过。一想到总有一天刘星会离我而去，我的心就在滴血。夜深人静之时，我只能一个人独自哭泣，像一只受伤的小狗独自吮吸肉体和心灵的痛苦。可在刘星面前，我却强忍痛苦，强颜作笑，不断安慰刘星、鼓励刘星，希望他勇敢坚强，力争战胜病魔。我还上网收集有关抗癌的成功例子，给他讲、给他看，希望树立他战胜病魔的勇气和信心。甚至我还言不由衷，时不时鼓励他说，你好好治疗、安心治疗吧，等你治好了病，咱们还要生个白白胖胖、聪明乖巧的孩子呢。明知道这种希望是渺茫的，这辈子恐怕无法实现，但我还是给他灌输这种美好的愿望，为的是让他尽可能乐观、坚强起来。每每这个时候，病床上的刘星就紧紧地抓住我的手，让我伏下身紧紧地拥抱我，他让我感动得泪水涟涟。我发现，只要是我来陪床，只要是与我单独陪伴在一起，他总是最开心和快乐，尽管他眼睛里总抹不掉忧伤。

每次在医院陪床，只要他身体暂无伤痛，精神状态尚好，我都会主动引诱他一起唱歌，什么《心雨》《懂你》《吻别》，什么《知心爱人》《因为爱情》，但他最爱唱的，还是当初我与他一同参加市里歌咏比赛并认识时，他唱的那首《天意》——

> 谁在乎我的心里有多苦
> 谁在意我的明天去何处
> 这条路究竟多少崎岖多少坎坷途
> 我和你早已没有回头路
> 我的爱藏不住
> 任凭世界无情地摆布
> 我不怕痛不怕输
> 只怕是再多努力也无助
> 如果说一切都是天意一切都是命运
> 终究已注定
> 是否能再多爱一天能再多看一眼
> 伤会少一点
> 如果说一切都是天意一切都是命运
> 谁也逃不离
> …………

每当唱这首歌的时候，刘星最投入、最动情。他是用心在唱、用情在唱，竭尽全力，低声处如泣如诉，高潮处歇斯底里。只是他现在的身体已经缺少过去的那种气力，每到高潮处声音往往上不去，如强弩之末，明显已经力不从心，但这时候他的情感像汹涌的潮水，溢满全身，直至浑身颤抖、泪流满面。

而我也禁不住被深深感染，悲伤难抑，泪水禁不住扑簌簌往下掉……

尾声

盛夏的深圳，天热得像个大蒸笼。

晚上十一点，王桂香和牛自强母子俩大汗淋漓，风尘仆仆地下了高铁，从嘈杂拥挤的人流中走出火车站，乘坐出租车，半小时后终于回到深圳福田区翠叠苑居民小区自己的家。从离开深圳到常德整整一周，他们母子俩经历了认亲和官司等大喜大悲的情感折磨，身心已经极度疲惫，都满心渴望当晚回到家里能好好睡上一觉。可当母子俩打开门锁进入家门的那一刻，家里的景象让母子俩瞠目结舌：王桂香的丈夫、牛自强的养父牛同发，与一位陌生女人双双赤身裸体在大卧室的席梦思上，正不亦乐乎、大汗淋漓地做着交欢之合。王桂香见状惨叫一声，当即昏倒在地，他们的家里突然狼烟四起，一派狼藉。牛自强急忙打了120，救护车不到十分钟就赶到了他们家中，牛自强单枪匹马跟着前来抢救的医生和护士下楼，陪着救护车将昏迷的母亲送到了附近医院。牛同发原本也要一块儿上救护车送王桂香去医院的，却让牛自强没好气地往后推了一把，牛同发一个趔趄，后退了几步，差点摔倒。

幸好王桂香身体并无大碍，经过医院急诊室医生一番紧张检查和抢救，她很快醒了过来，第二天她身体便基本恢复正常，医生安排她出院。当他们母子俩回到家里的时候，牛同发已经人去房空。尔后的好几天，牛同发都不见踪影，也没有给家人打过一次电话。

常德方面，刘大山、林书琴夫妇代表两家受害家属委托的律师，已经正式将诉状提交至常德市人民法院，并且已经得到法院受理。他们在诉状中就常德母婴平安妇产医院三十年前值班护士的渎职，向法院提出控告，提请被告方先期赔偿经济及精神损失一百三十八万元，后续赔偿视刘星治疗费用的花销情况而定。

刘大山和林书琴夫妇同时还接受多家报社的记者采访，将刘星的遭遇公之于众，呼吁全社会的好心人关注，希望征集到愿意向刘星捐献肝脏的好心人士。

就在刘大山和林书琴紧锣密鼓、千方百计为刘星的治疗终日忙碌、奔走呼号之时，刘星的病情却急转直下。癌细胞对刘星连续数月的折磨，使得刘星已经元气尽丧，因血压和心率骤降，他已经连续两次被送进 ICU 抢救，万幸两次都死里逃生。但俗话说事不过三，第三次，幸运之神没能再次光顾刘星，当他再次因血压和心率骤降被送进 ICU 抢救时，医生所有的努力都无济于事，三月三十日晚上九时十三分，他的心脏终于停止了跳动。诡异的是，这一天偏巧是刘星满三十周岁的生日，在场的医生和刘星所有的亲人，包括养父刘大山、养母林书琴、妻子许莹及岳父岳母，看着刘星的离去，不无为之唏嘘感慨、悲恸难抑。刘星的生母王桂香和他的同龄兄弟牛自强因远在深圳，没能见上刘星的最后一面，但他们获悉丧讯，都匆匆赶到常德为刘星送别。

刘星三十年短暂的人生及遭遇，就这样大幕闭合、宣告结束。他年轻的生命就如疾风吹落的树叶，飘到地上，汇进淤泥，进入阴间。他是否能像所有的生命传说的那样，浴火重生，凤凰涅槃，进入生命的下一个轮回，重回人间？

谁知道呢。

原载《芳草》2021 年第 5 期

上青海

陈武

1

我赶上一桩巧事儿。

7车6号下铺这个铺位，我在一周前坐过，那是在盐城至北京的火车上。没想到在北京西站至西宁站的普快上，同一个铺位，又重复了一次。这是个好兆头——在没有事先预谋和设计的情况下，随机两次居然买了相同的铺位，这种巧合，真是难得一遇，打个不恰当的比方，堪比艳遇的难度。

前一次坐这个位置是心情愉快的，满怀希望的——我的简单的行囊中，就有我视为生命另一半的吉他——我是来北京唱歌的。

到了北京后，并没有找到唱歌的场所。这当头一棒，委实把我砸晕了。我住在朋友小拙的半地下室里，郁闷了几天，不想回灌云老家。既然回家也是无所事事，何不在小拙这儿多蹭几天、等待机会？但是，小拙的生活也很困难，我们一天三顿都是白米饭，偶尔有个小菜，也不过是拍黄瓜，奢侈时，才搞个醋熘土豆丝或青椒炒鸡蛋来解解馋。按说，我支付宝和微信里还有点钱，抵挡一阵子没问题，可接下来的未知的前途，让我不敢造次。这时候，古影子发在朋友圈的一组信息提示了我，那是她新创作的一首歌，还有她试唱这首歌的视频。我看了她的影像、听了她的歌，不淡定了，何不利用这个时间，写几首我一直想写的歌呢？但是，想到古影子，我心里泛滥起了微微的波澜，心思定不下来，乱了，不能集中精力和思想创作了。古影子是个漂亮的女孩，三十岁左右的样子，唱抒情而粗粝的女低音。民谣中的女低音是很难唱的。她不但敢唱，而且唱出了别样的味道来。据说她的老家在青海湖的另一侧，要越过一望无际的盆地，翻过险峻的荒漠，乘几种交通工具（乡村公共汽车、马、牛），才到达山区草原，一个海拔近四千米的叫拉提的小村里。还据说，村的那边，就是新疆了。古影子家乡的民歌很好听，她也给我们演示过，确实好听，但没有她那沧桑、沙哑的民谣有味。她在北京三里屯酒吧街一个叫阳台上的酒吧做驻吧歌手不到一个月时间，春节就临近了，就回西宁她叔叔家了。因为我回家的车票比她晚了三天，就请她在中8餐厅吃了一顿饭，算是送行吧。我只叫了小拙作陪。饭局上也没说什么分别、伤感的话，因为我们之间还不十分了解，还因为我们知道不久后又会相聚的，有种来日方长的从容。没想到接踵而来的新冠疫情，把我们的生活全部打乱了，首当其冲的便是酒吧、歌厅等娱乐场所。因此我们再见的机会就遥遥无期了。在抗疫五个多月后，也就是上周，我来到了北京——小拙说，听说电影院要开禁了，酒吧开禁还会远吗？又听说，有的酒吧，已经开始营业了，要不了多久，就会像半年前一样热闹了。而那些地下或半地下的酒吧，已经有乐队和歌手在演出了。小拙的话打了折扣——我们费了不少周折，都没有找到所谓地下酒吧（或许压根儿就没有）。看了古影子的视频影像，我们开始怀念过去的生活，开始怀念一起合作过的乐手和歌手，而很多时候，我们都在说古影子。我们对古影子都有很好的印象，我甚至还有点暗恋她，特别是她在视频影像里超水平的发挥和婀娜的身姿，旧日在一起合作的美好时光又呈现了出来。我就给古影子发微信，向她问好，并诉说我们的寂寞无聊和对前途的忧虑。她倒是干脆，说来吧，到西部来，到青海来，夏天是青海最美的季节，或许会有意想不到的收获和惊喜呢。又煽情地说，我在西宁等你们，一起去看青海湖，一起去看青海湖的日落和月光，一起在月光下弹吉他、唱歌、唱诗。我当即就被她说动了心。可小拙不赞成在这个时候出行，一来，他的经济实力不允许；二来，他要抓住有可能出现的、稍纵即逝的工作机会。但我觉得古影子的话很有感召力和吸引力，而且话里有话，暗含着一些潜在的意象，让我对她产生了非分之想——既然工作还没有着落，疫情管控还在继续，既然等待也是痛苦的事，为何不遵从古影子的邀请，来一场说走就走的旅行呢？如果因此而收获了爱情，也是意外的惊喜啊。而小拙也说，你是不是爱上人家啦？我不置可否地笑笑，心想，不去争取一下，怎么能知道呢？就算没有碰撞出爱情的火花来，能在青海湖的月光下唱诗、唱歌、弹吉他，也足够浪漫和抒情了。我听从了内心的召唤，在手机上订了一张硬卧票，登上了远去西宁的列车。

　　找到铺位后我就发现了，和一周前我从家乡来京时所坐的铺位相同。接连两次买了相同的铺位，没有经历过的人很难理解这样愉快的心情。是啊，远方的古影子，是给我带来好心情的原动力，我又打开视频看了看。我喜欢她抱着吉他的样子，喜欢看她穿长裙子的样子，喜欢她把长发随意一绾的样子，也喜欢她抿嘴一笑的样子。她皮肤白皙、细腻、有光泽，有一双浅灰色的眼睛和俊俏的鼻子，如前所述，她充满磁性的嗓音更是入心入肺、感人至深。有了这样的好心情，我就有一种说话的冲动，一种想向别人分享我的快乐的冲动，可我的上铺和对面的三层铺位上都没有人。

列车启动后，才匆忙走来一位年轻的女乘客。她甫一出现，就让我愣了一下，这不是古影子吗？她当然不是古影子了，只是有点像而已。她从另一个车厢走来，拉着沉甸甸的红色行李箱，很急促。她一边走，一边看车厢上的位次号，脸上热气腾腾的都是汗。我觉得她是找5号下铺的，就是我对面的铺位。果然，她在我跟前停下了。

我立即起身，给她让出通道。

她看我一眼，微笑地说声谢谢，又说："请帮帮忙。"

我便帮她把箱子和随身的背包举到了行李架上。她再次说声谢谢，坐到我对面的铺位上了。她一坐下，就从随手拎着的塑料袋里拿出一只精致的小保温杯，还有一些零食，放在小桌上。她在做这些时，动作是麻利的、自然的，也透出优雅和自信。

可能是我帮了她的缘故吧，她饮一口水，问我："去哪里？"

"西宁。"

"真巧，我也去西宁。"她说。声音很好听，口气里有种淡淡的喜悦，但是，和古影子的声音相比，薄了点，轻佻了点，只是那种喜悦是真切的。而我也听出来，这种喜悦并非是因为"真巧"，而是因为"西宁"。是西宁这座城市给她带来的愉悦和快乐，跟和我同行并无关系。然后，她打开手机，和大多数年轻女孩一样，开始刷手机了，涂着指甲油的细细长长的手指不停地滑动着。

2

她一直在刷手机。

我坐在铺位上，悄悄地观察她。如果不听声音，仅从她身形、气质上看，还真的接近于古影子，脸形、眼睛也像，而且越看越像。难道这又是巧合？这加持了我的好心情。试想一下，是古影子的原因，才让我有了这次西宁之行，如果行程中能和另一个古影子相聚于同一节硬卧车厢，并相对而坐（卧），那简直就是天赐的机缘了。她穿着简洁大方，一条板型很修身的深蓝色牛仔裤，一件黑色紧身小T恤，一双白色时尚板鞋，处处透露出古影子的神韵和风姿来，如果把她这身装束换成古影子式的裙装，说她就是古影子，我还真能相信。我知道接下来的旅途还有二十多个小时，要明天下午三点多才到达西宁站。如此漫长的时间，能提前和"古影子"相见，并很投缘地说说话，不仅可以打发旅途的寂寞，还可以练习一下我的状态，让我见到真古影子时感到更加的自然和默契。

她可能感觉到并奇怪我的沉默了，抬头跟我一笑，眼睛又回到了手机上。

我要把我的快乐和她分享，就不顾突兀地没话找话道："啊……真太巧了，一周前，我到北京，也是7车6号下铺，同一个位置。"

她没有搭理我的话，而是继续翻手机。在短暂的停顿之后，她才醒悟似的说："哦？你说什么？"

她对我的话一点也不感兴趣。我这才意识到，在我看来是一桩巧事，好玩的事，有趣的事，对于别人来说，根本就无所谓。同样的道理，我把她当成模拟中的暗恋对象，她不仅没有察觉，不予配合，一副事不关己的样子，还懒得理我了。

但是，我不甘心，又换了一个更为俗套的话题："去西宁出差？"

她的目光终于离开手机，也只是一抬眼，甚至都没有看我，又回到手机上了，含糊其词地说："啊？是啊……"

显然，她还是不想说话、不愿说话。是对陌生人的警觉？还是手机上有更吸引她的东西？我便瞥一眼她的手机。原来，她不过是在回看和朋友的聊天记录。她细长的手指在手机上滑动着，逐条逐条地看，有时候快一点，有时候慢一点。有时候嘴角牵动着，似乎在阅读。我看不清具体的聊天内容，但可以看出来，对方很多时候都说了大段大段的话，她也会回复大段大段的话。她在复习这些大段大段的对话时，脸上藏不住幸福的微笑。随着手机显示屏的移动，停顿，再移动，再停顿，我看到，对话之外，还有照片，一幅的，一连多幅的。有对方发来的，也有她发给对方的。对方发来的，是帅哥，她发给对方的，是美女，就是她自己。有好多次，她会把对方的照片放大，仔细地欣赏。照片上是一个年轻而帅气的小伙子，脑门宽阔，眼睛有神。她在看这些照片时，已经不是微笑了，而是咧开嘴角放开了笑。那是从心底里流露出来的笑，真实，自然，感人。

她发现我在关注她的手机时，并没有刻意躲开，而是把手机放平，让我更清晰地看清屏幕上的帅哥，喜悦而骄傲地轻语道："我男朋友。"

怪不得。我这才恍然，人家正在热恋中，在复习、回味那些百听不厌的情话，在欣赏男朋友的青春靓影，哪有时间搭理你那无聊的话题啊。我便有点暗笑自己了，你以为她像古影子就是古影子啊？

"挺帅啊。"我讨好地夸道。

"谢谢。"

"你男朋友在西宁？西宁是个好地方。"

"嗯……"她神情略有些变化，眼里有暗影一闪。可能觉得刚才对我的态度有点粗枝大叶了，也可能是对我夸奖她男朋友和夸西宁是个好地方的回报，旧话重提地说，"你刚才问我什么来着？"

"我是说，你去西宁出差？"

"不，前边那句。"

前边那句？呵呵，我也觉得相隔一周，买两张相同车厢相同铺位的火车票没有什么好稀奇的，更何况，因为她的怠慢，再说这个，也有点索然无味了。但我还是说："一个小小的巧合而已。"

"哦？"她这才有了一点点好奇。

她既然问了，我也只好又重复了一遍车票的故事。

但是，那种要把喜悦和别人分享的愿望已经下降了很多个百分点，几乎归零了。没想到的是，她又来了兴致，说："哈，这还真是巧。你上一次坐这个位置，身边也是女的？"

我摇摇头。

不过另有一巧，我不想说，即她和我要见的古影子十分相像。还有呢，她是去见男朋友的，我是去见古影子的。虽然古影子还算不上我的女朋友，但通过这次访问，有可能向这个方向发展了。至少，我内心里是有这个愿望的。如此说来，这个巧合，比相同车厢相同铺位更有意义了。

"去西宁旅游？"她对我的行踪也好奇了起来。

我正想着要不要告诉她我此行的真实目的时，手机响了，一看，是古影子来微信了："袁彬，梦想家，你好啊，给你在西宁云台宾馆订好了房间，云台宾馆在东关大街上，你拿身份证直接入住就可以了。你到了先休息一会儿，下午六点左右我去宾馆接你，为你接风。饭后再商量后几天的行程。"

同时发来的，还有云台宾馆的定位图。古影子既叫我真名袁彬，又叫我梦想家，是证明她还记得我，还怀念我们在北京建立起来的情谊。古影子的话，让我想起了那次在中8餐厅的饭局。由于我们年龄相仿，饭局上，各自谈了自己的理想和以后的人生规划。她的理想比较现实，来北京做驻吧歌手并不是她的终极目的。她是要通过这样一种形式，来实现她的作曲家的梦想——拥有一个自己的音乐工作室，制作各种音乐，上传网络，让更多的音乐爱好者传唱她的歌曲。她在北京短短一个月不到的驻吧歌手生涯，反复自弹自唱的十几首歌，都是她自己作曲作词的。她在演唱时，很注重听众的反应，也能谨慎地和听众互动。我和她有过配合，觉得她的词曲，不像来自中国的西部高原，不是高亢、嘹亮、抒情的那种，而是带有明显的美国西部民谣的风格，甚至有刻意模仿的痕迹。但这一点也不影响我对她的好感。在说到我的理想的时候，说真话，我从没有过未来的规划，所谓理想，在我脑子里还比较虚无和缥缈。我灵机一动，顺着她的话轻声道："我的理想是一直能为你的歌伴奏。"这话并不是调侃，当时的那种氛围，也不适合调侃，倒是有着明显的倾慕和追随的意思，也有那么一点点爱的暗示。但是，说完，我还是有点小小的紧张，虽然也是内心的真实反应，但我们的交谊还没到说这个话的份上，明显直白和草率了。但话既出口，也无法收回，况且身边还有小拙。小拙听了，正怪异地偷笑。而古影子也略有尴尬。我赶忙改口说："我的理想嘛……当然有理想啦，就是梦想。对，我喜欢梦想，做一个梦想家，一直在梦想里生活，一直生活在梦想里……没错，就这样。"我的一通话，算是把当时的小尴尬给消解了。事隔这么久了，古影子又旧话重提，是什么意思呢？莫非是对我的倾慕和追随的回应？我心里油然产生了满满的幸福感，立即给她回道："真想马上见到你。"古影子也来了句："还有二十多个小时呢，耐心点，会有你惊喜的。"

又是接风，又是饭后商量行程，又会有惊喜，真是个好兆头啊。

"谁的微信呀？这么开心。女朋友？"看来她也是个好奇心重的人。

"……从前的一个同事——就是她邀请我去西宁玩的。"我差一点就要说"是"了，但是我的话里还是抑制不住内心的甜蜜。

"真好，有人邀请。"她说。

"你不是男朋友邀请的？"

"我呀……"她欲言又止，脸上的笑意渐渐收敛了。

"你男朋友住哪里？来接站吗？"我的意思是，我们都是到西宁下车，她是打车呢还是男朋友来接？已经确定古影子不来接我了。古影子的意思很明白，让我直接去宾馆。那么她呢？如果她男朋友来接她，我可以顺她的车，或者她顺我的车——如果方向差不离的话。

她神情瞬间黯淡了，眼泪也迅速包在了眼里，莹莹地闪着亮光，但还是没有忍住，流了出来，喉咙也响起了哽咽声。还没等我问她悲从何来，她就说："男朋友……我都两天没联系上他了，电话停机了，不，是我拨打的电话不存在了，微信也把我拉黑了……"

"……这样啊。"旁观者的清醒和敏感，加上她的口气和神情，让我对她的男友产生了怀疑，手机停机，微信拉黑，这不正常啊，哪像热恋中的情侣啊？是不是要和她分手啊？

"你谈过恋爱吗？"她期待地望着我。

我一时语塞了。我当然谈过，可她肯定不是要听我的爱情八卦，我扬一下下巴,准备听她继续问。

"你能这样对待你的女朋友吗?对女朋友屏蔽一切联系?"

我突然觉得,她遇到麻烦了。看她悲痛欲绝的样子,我问:"你们认识多久啦?"

"好久。"

"好久是多久?"

"今年一月二十九日认识的——网上认识的,到现在,五个月了。"她清楚地记得初识的时间。

五个月确实不算短了,但也不能算是好久。何况这五个月又在疫情期间,特别是前三个月,更是全国一级响应期,"好久"也是打了折扣的。我进一步问:"你们见过几次?"

"一次也没见过。"她眉头紧锁着,擦了把泪,"这不,上周约好的见面时间……就是后天。他说还要送我礼物的……结果,两天前,突然就……"

她哽咽着,说不下去了,趴到小桌板上,肩膀在轻轻地耸动着。

我觉得她不是遇到一般的麻烦,她是遇到大麻烦了。她的"男友"是故意不见她的。这里有什么猫腻我不知道,但肯定有猫腻的,就是遇上骗子也有可能。

我也不知道怎么安慰她,看年龄,她不应该是那种不谙世事的小姑娘了,至少不比古影子小——说不定还要大一点呢,应该有辨别是非的能力了。可她的心理年龄还是少年,甚至幼稚。难道这就是传说中的"恋爱使人弱智"的箴言?网上认识,从未谋面,在对方拉黑微信、更换手机号码后,还不知道上当受骗吗?还要不远千里地去找他吗?找到了又怎么样?责怪他?央求他?难道她不知道,一个男人拒绝一个女人最狠、最阴的方法就是断绝一切联系吗?爱情的继续和结束,都是有迹可循的,可以有话要说的,继续有继续的话说,结束有结束的话说。从她的情况看,断绝了交往,只有两种可能:一种是骗了她的钱财,或以骗钱财为目的;另一种就是对方还处在婚姻中,无法两全其美。无论哪一种可能,对方的行为都是恶劣的,令人作呕和唾弃的。我有点同情她了,也很想多了解一点经过和细节,帮她分析分析,出出主意,如果涉及钱财问题,还可以报警。

3

她告诉我她叫杨洋。我用家乡方言重复一次,就是痒痒,但并没有给人身上发痒的不适感,相反的,还有几分雅意和喜感。我告诉她我的名字之后,表示想听听她的故事。她没有拒绝我的好奇心，避实就虚地把她的恋爱经过讲给我听了——

她是在网络上认识她"男朋友"的。她的男朋友叫陈彼得（什么平台或什么群里认识的我没有细问），网名叫梦想家彼得（吓了我一跳，古影子也叫我梦想家）。她亲昵地叫他彼得，听起来像个外国佬。他们甫一交往，就陷入了烈焰般的情海中了，就开始了如火如荼的热恋了。梦想家彼得二十八岁，硕士学位，身高一米八二，毕业后自主创业，在西宁开了一家咖啡店。咖啡店的名字也很好听，叫梦想家。梦想家彼得显然也被杨洋的美貌深深地迷恋了，在疯狂的追求中，说了许多情话，每一句情话都击中了她的要害，比如"我愿意为你成为更有成就的人"，比如"你就是我最大的鼓舞和动力"，比如"遇见你是我这辈子最幸运的事"，比如"千百年的等待，回头一看，原来你就在那儿"，等等。每一句话既知性又有感染力，都让她春情翻涌，都让她心房悸动，都让她欲罢不能，她就越加地喜欢听他的这些情话了，每次和他聊天，都让她充满了满满的幸福感。她也愿意向他敞开心扉，一五一十地告诉对方想知道的事，比如她的年龄、她的身高、她的学历、她的兴趣爱好、她爱吃什么不爱吃什么，包括她的职业——她是一家少儿艺术培训机构的法定代表人，这家机构叫"上书房少儿艺术培训学院"，很斯文又很有艺术的名字，专门辅导小学生兴趣爱好的，有钢琴音乐班、形体舞蹈班、油画基础班、篆刻书法班、创意作文班。因为疫情，她的培训机构迟迟开不起来，她也就一直处在赋闲状态中。没想到虽然在生意上无法经营、损失巨大，却在爱情中遇上了这么暖的大暖男，真是意外的惊喜——岂止是惊喜啊，简直就是捡到了大宝贝。唯一让她心有不安的是，她比彼得大三岁。但也正应了中国那句古老的俗语，女大三抱金砖——他居然能够接受她，而且是欣然接受。不久前，西宁的疫情防控管制逐步降级，饭店和茶社、咖啡店等餐饮业基本恢复了正常，梦想家彼得的咖啡店却意外地遇到了困难。由于五六个月没有营业收入，且还要支付大量的房租和人员工资，他现金流断了，顶不住了，便跟杨洋借了四十万块钱，分两次，前一次要发放人员工资，借了十五万；后一次是要交房租，又借了二十五万。杨洋办艺术培训机构也是生意，品尝过缺钱的滋味，就毫不犹豫地借给了他。借钱后，杨洋觉得他们的爱情也进入了一个关键节点，就提出了见面的要求。梦想家彼得不仅爽快地答应了，还说早日见面也是他最大的心愿。双方便约定了见面日期，他还说要给她个惊喜。她问什么惊喜（她以为是求婚戒指），他还卖关子说保密。谁承想，在见面日期日渐临近的时候，彼得突然就失联了。好在她有梦想家咖啡店的地址和照片。她相信他肯定不是故意要关闭手机和拉黑微信。他肯定是遇到问题了，遇到麻烦了，遇到大问题大麻烦了。她相信只要到了他的咖啡店，就能找到他，至少找到答案了。

"他给了你咖啡店的地址?"我问。

"没有……有照片,照片上看到的。"她说,"咖啡店的照片、彼得的照片,都有。"

她快速地滑动着手机屏,给我看一张照片。这是一张咖啡店门脸的照片,照片上有"梦想家"三个黑体字招牌,旁边还有两个宋体小字"咖啡",和一只冒着热气的咖啡杯。我看了看照片,看不出来"梦想家"三个字是 P 上去的,还是原有的。倒是旁边的一个蓝底白字的门牌号,明显是后 P 的。门牌号是"石坡街 18 号"。如果仅从照片上判断,梦想家咖啡店所在的地址是石坡街 18 号。这种造假也太拙劣了。怎奈杨洋信了。她又给我看一张彼得在咖啡店里的照片。要么就是彼得的造假功夫太强,要么就是真的是他在咖啡店的照片。照片上的彼得,手持一个咖啡小托盘,小托盘里是一个精致的小咖啡杯,穿一身考究的深蓝色西装,白色的衬衫很整洁,正休闲地背靠着吧台,荡漾着一脸从容而迷人的微笑。我含糊其词地夸了一句"很好",她也信以为真,说:"帅吧?"我说:"帅。"她就露出甜美的微笑了,又开始滑动手指,欣赏她男友另外的照片了。她难道没有察觉到她遇到麻烦了?我该如何提醒她?

我用手机查一下地图,搜一下石坡街上的梦想家咖啡店。果然不出我的所料,石坡街上根本没有这家咖啡店,别说"梦想家"了,就连咖啡店都没有。倒是古影子为我安排的位于东关大街上的云台宾馆,和石坡街相距不远。

"你明天到了西宁,怎么去梦想家咖啡店?"我问。

"那还不方便?"她很不情愿地从手机上移开目光,"我叫个滴滴快车,直接去石坡街就得了。"

"可是……万一要是没有这家咖啡店呢?"

"我查了,确实没有……以前彼得说过,他的咖啡店是冬天才开业,本想春节期间大赚一笔的,谁承想,不到半个月就遇到疫情了,加上知名度不高,目前还查不到'梦想家'。但石坡街是有的,我到石坡街就能找到'梦想家'了……怎么?"她脸色渐渐严峻起来,眼里流露出一丝紧张和慌乱,"你怀疑……你是说……彼得是骗子?我不相信,他那么优秀,那么诚实,不可能是骗子,他一定是遇到麻烦事了。"

"但愿吧。"我觉得我的目的达到了——原来她也早就有预感,只不过爱情的火焰把她的头脑烧昏了。我得进一步提醒她,作为局外人的提醒,希望能引起她的重视吧,"还是谨慎点好。"

"什么意思?有话直说嘛。"她的口气不太友好,对我对她男朋友的怀疑产生了不满，是真实的不满，她打量我一眼，转移话题道，"你真有一个从前的女同事住在西宁？我要怀疑她是骗子你肯定也不高兴吧？"

杨洋的反击毫无意义，我也不知如何作答了。

"她不是骗子。"我只能这样说。

"既然你那么坚信你的女同事不是骗子，那你凭什么怀疑我男朋友彼得是骗子？"杨洋的目的达到了，又问，"她漂亮吗？你从前的女同事。"

我想说你的男朋友和我的女同事不是一回事，不能这么混淆来对比，想想，算了，说了也许会让她添堵，便回答她另一个问题："是的，很漂亮。"

"你说她住在西宁的叔叔家，是乡下女孩？"

"是的。"

"乡下哪里？"

"海西，海西的西部山区里。"

"海西？"她思索着，"不知道，也是青海的？我知道德令哈。"

"德令哈？那就是海西的首府啊。"

"是吗？这样啊，彼得说过的，他在德令哈有一套别墅，乡下的别墅，挺大的，在青年北路56号16幢，前后都有小院子……我们还计划去别墅住几天呢，路上再看看青海湖，品尝青海湖的美食，看看青海湖的月光，可是……"说到"可是"的时候，她的神情又情不自禁地黯淡了，眼里再次涌满了泪。但她还是在手机里找到了照片，不是一张，是好几张，有别墅的整体，有局部，有内景，有外景，有草坪和绿化带，其中还有一张彼得在别墅前厅里的留影。从照片上看，别墅确实很豪华，院子里的绿化也很美丽。她欣赏着照片，眼泪终究还是没有涌出来，声音悠然地说，"我不相信……这么具体的街道都有了，还有别墅，别墅的门牌号码……有这么傻瓜的骗子吗？你居然说他是骗子……你才是骗子。"

她在说这些话时，我看到她的嘴唇在微微地战栗。

4

第二天下午三点十分，我和杨洋从西宁站出来，叫了一辆滴滴专车，直奔石坡街了。

通过二十多个小时断断续续的交往，我们相对熟悉了。杨洋对我也信任了（我也让她看了我和小拙、古影子的合影和古影子演出的照片，还给她看了我和古影子的聊天记录）。同时我也肯定地告诉杨洋，你受骗了。但杨洋还是将信将疑，冲动大于理性，在错觉里走不出来。由于古影子要到下午六点才到宾馆接我，我便提出和她同行，陪她一起去石坡街的"梦想家"咖啡店——虽然我已经知道那是一家子虚乌有的咖啡店了，但为了证实我的判断是正确的，也为了能帮她挽回点损失（经济上的，情感上的），让她早日醒悟，我多花点时间也算不上什么，就算万一耽误了和古影子的约会，相信古影子也能理解。

在滴滴专车上，杨洋问专车司机，石坡街上有一个叫"梦想家"的咖啡店你知道吗？司机说不知道。司机说西宁这么大，哪能记得这么细啊。司机又说，好在石坡街不长的，你们去找找看吧。

石坡街确实不长，从东关大街岔下去，像一段盲肠，只有两三百米长。我们快速地在街上走了一趟，杨洋望左边，我望右边，没有发现"梦想家"的招牌，连类似的招牌都没有。我们问街上的行人，"梦想家"咖啡店在哪里？被问的人都摇头不知。我发现，杨洋的神情有点慌，情绪渐渐激动起来，她在街上又找了一遍，石坡街18号倒是看到了，是一家已经关停的小超市。杨洋站在18号前，脸色青了一会儿又白了一会儿，感觉很冷的样子，脑门上却沁出许多汗珠，嘴里喃喃地不知嘀咕什么。她肯定失望极了，伤心极了，心情也错乱极了。我听清了，她在说"不可能"。她不停地嘀咕道："不可能、不可能、不可能、不可能……"

"刚才在滴滴车上，我看到路边有个派出所。"我赶紧说。我怕她精神承受不了这样的打击，提醒她，报案吧。

杨洋听到我的话了，空洞的眼神盯着我看，灰白色的嘴唇颤抖着，已经十分疲惫的身体突然一松，拉在手里的行李箱"吧嗒"落到了地上。人也随即瘫了，蹲下来，抱头痛哭，却又并未哭出声音。

我在列车上，已经几次看她反复多次的情绪变化了，在感觉上当受骗时，在相信她的彼得不过是遇到突发情况时，在心存绝望时，在心存希望时，在绝望和希望混淆不清时，她都表现出不同的情绪状态来。像现在这样伤心欲绝、抱头痛哭却哭不出声音的样子，还是头一次。我能说什么呢？我心里也不好受。我担心她出事，因失恋而出事的案例多了。我是个富有同情心的人，可同情心有啥用？同情不能帮她解决任何问题。我想到了报警。对，报警，报警是目前唯一正确的选择。

从我们身边走过的人，都用奇怪的眼睛看我，好像是我欺负了杨洋。甚至有人问我："她是你什么人？"

我当然无法回答。

有人围观了，先是两三个人，后是五六七八个，一看都是当地人。有个像是退休老干部的黑脸汉子严肃地问："你是干什么的？"

听他口气，我好像是个人贩子。

一个五十多岁的胖大妈，双手叉腰，仿佛看出我们之间的关系了，操一口带着浓重西宁口音的普通话，笑嘻嘻地说："闹别扭啦？好好哄哄人家，带女朋友去吃吃好吃的，大老远来西宁——小伙子从哪里来？"

"北京。"我说。大妈和其他人一样，都把我们当成情侣了。大妈的经验可能是，吃能解决情侣之间所有的矛盾。我回应大妈一个微笑，便弯腰在杨洋身边，拍拍她的肩，拉拉她的胳膊，把她披散的长发拢了拢，轻声说："走吧走吧，先住下，咱们再去吃羊肠面，手抓羊肉也行——就吃手抓羊肉吧——走起啦您哪！"

杨洋泪眼蒙眬地让我把她拉起来了，同时也拉起行李箱的拉杆，挽住我的胳膊了——她听到人们的谈话了，在这种情况下，她也学会了掩饰自己，否则，别人会怎么看待我们？万一出现个有正义感的人把我暴揍一顿怎么办？

我回头看一眼大妈。

大妈做了好事，很有成就感，调皮地跟我挤了下眼睛。

"到派出所我怎么说？真丢人……"走了几步，杨洋松开我，小声道，"拖累你了。"

"没事，我给你壮壮胆子。"

派出所很重视，两个年轻的警察接受了我们的报案。

由于有我作陪，杨洋也沉着了很多，不再像先前那样沮丧、灰心和绝望，也不再激动和冲动，细致地回答了警察的各种询问，全力配合警察的各种取证，特别是手机里的聊天内容，还有彼得的十几张照片。当然，警察也问了我是谁，我只能实话实说。最后，警察问她现在住在哪里时，她朝我望。我便替她做了回答，说就住在离这儿不远的东关大街云台宾馆。警察让我们先去住下，等案情有了进展，立即联系她。

到了云台宾馆，入住后，才是下午五点十五分，离古影子约定来接我的时间还有四十多分钟。我放下行李，简单洗漱之后，还是对杨洋不放心。因为路上，她又后悔报案了，又喋喋不休地说万一彼得不是骗子呢？万一彼得被冤枉了呢？万一彼得和她联系上了怎么办？万一彼得被公安局抓到了，而他又不是骗子，会不会误伤了他？杨洋还拿出手机给彼得又拨了一通号，给彼得的微信又发了一通信息，直到彼得的手机继续拨不通、微信还和此前的状态一样时，才不再嘀咕。不嘀咕归不嘀咕，她的状态还是极差，闷闷的，苦苦的，自怨自艾的，一惊一乍的。我猜想，她是心疼被骗的四十万块钱呢，还是害怕失去全情投入的爱情？也许两者都有吧，毕竟四十万不是个小数目，毕竟投入的感情不会轻易地消失。

我给她房间打了个电话。

"喂——"她迅速就接了电话。

"是我，袁彬。"

她一听是我，声调立即低了下来："怎么了？"

"没什么……我一会儿去吃饭了，你要不要跟我去？"

"我最不喜欢的事就是做电灯泡啊，你好好约会去吧，祝你成功！"杨洋真是个细致而敏感的女孩，她知道我大老远地跑到西宁，并不仅仅是为了看看旧日的同事。

我不置可否地笑笑，又说："那你晚饭呢？叫外卖？"

"别管我了，你忙你的吧。这事弄的……不再麻烦你了，我自己能解决的。你是个大好人，感谢你一路上的帮助。对了，我准备去一趟德令哈。"

"去德令哈干吗？太远了。"

"不远，好像就在身边。袁老师，我总感觉这事儿不对，我总感觉彼得是在考验我，他就在某一个地方等我……对，他就在德令哈，在德令哈的别墅里，在烤羊排……肥羊，我喜欢吃肥羊排，流着油的那种……彼得知道的，他跟我形容过。隔着屏幕，他都看到我在流口水了，他还笑话我口水都流到青海湖了。"

"别做梦了。"我觉得这是一个危险的信号，要阻止她，"警察都记下这些线索了，如果这个线索重要，警察会有安排的。再说了，你也可以提醒警察，让他们先查一下彼得在不在德令哈的别墅里。你要相信警察。"

"那……好吧。"杨洋仿佛是在安抚我似的说，"袁老师，你是好人……我会处理好这件事的。祝你约会成功！"

5

傍晚六点不到，不，才五点半，古影子的微信就到了："下来吧，我们在大厅了。"

我立即下楼。

在电梯里我还想，古影子说的"我们"，还有谁？是她男朋友？她没说有男朋友啊，如果是男朋友怎么办？难道就是她说的给我的"惊喜"？我有些忐忑了。随着电梯的下行，我的心也降到了脚底下。好在本来就是暗恋，本来就是心存希望，本来我也是做了两种准备的。就算是她的男朋友，我也觉得正常，也要坦然面对。能来看看她的工作室，看看美丽的青海湖，听听星月下青海湖边的吉他声、歌声，也同样是这次旅行的收获。倒是杨洋不断地多嘴，弄得这次西宁之行，好像是和女友约会似的。

大厅里站着两个女孩，我一眼就认出了古影子。我也被古影子稍稍吓了一下，感觉她就是杨洋新换了一套装束。当然，她不是杨洋，她就是古影子。古影子的穿衣打扮既朴素，又有个性，一身的休闲款，白衬衫的半边衣襟塞在牛仔短裤里，飘逸、清新而活泼。在她身边的女孩，比她略微丰满些，穿好看的浅栗色大长裙子，抹茶绿T恤，扎着马尾巴，大脸，肉肩，属于端庄范儿。如果说古影子是美丽的，那身边的女孩只能说气质不错。她们正在小声地说话。先看到我的是丰满女孩，她侧望向电梯间——感觉比古影子更关心我——她小声说了一句什么，古影子也望过来了，古影子微笑着说："路上还顺利吧？"

不等我回答——在她看来，肯定是顺利的，在列车上能有什么波折呢——对快速走近的我说："这是我同学兼闺蜜汪红红。不是网红的网啊，是汪，三点水的汪，汪红红，大美女一枚。这位就是袁彬，流行音乐人、诗人、歌手，还作曲，听说还画油画对吧？油画发烧友至少。总之，是个大才子。不知道才子前边要不要加多情二字，不过才子都是多情的——开个玩笑啊——走，上车，小恩都等急了。"

除了这个汪红红，还有小恩。小恩又是谁？

简单寒暄过后，我们上车。开车的是汪红红。一听这名字，真的就会想起网红。不过她不是网红的气质，她看起来属于内敛型的。

汪红红开车很老到，很专注。我和古影子坐在后排闲聊。古影子特意介绍了汪红红，说她爱唱歌，嗓子很甜的那种，唱民谣也有一嗓子，是她音乐工作室的编外成员。还介绍了她的身份，原来是警察，警察就够特殊的，女警察就更加特殊了。这还没完，古影子进一步完善了汪红红的履历，她是部队某机构的文艺兵，转业到她们公安系统的，还是西宁公安文联的委员呢。古影子在介绍时，口气是自豪的，带有明显的渲染。而那个还未谋面的"小恩"，也在介绍汪红红时顺理成章、自然而然地附带了出来，居然真的是古影子的男友。

在听到这个消息时，我脑子里还是打了个绊儿，停顿了片刻，同时有一种失望和悲凉混合的、说不清楚的滋味涌上心间，甚至一度有流泪的冲动。如前所述，在和古影子短暂共事的时间里，我就隐约感觉到，我的暗恋是没有结果的。我知道，在这个世界上，有多少人心里都藏着那个爱而不得的人，尽管能有一个合适的身份去见她，终究还是不得不离别，但又非常地想见，也许就是我现在的情状。好吧，不是说好要坦然面对的吗？为什么又不能释怀呢——这也没有什么奇怪的，想想古影子在北京那一个月不到的时间里，除了每天晚上唱几首歌，其他时间并不和乐队的人混，烧烤、啤酒、咖啡什么的也从来不沾，平时都待在她租住的宾馆里——没错，她不像其他人那样，住出租屋，而是住在条件还算不错的世佳精品酒店里。现在看来，她这样做，除了真的是在试试自己的歌在酒吧的反应外，实际上也有她男朋友对她的牵连和吸引——她不会因为唱歌而离开西宁、离开男友的。如此说来，古影子的理性体现在各个方面。

我们所去的饭店叫"三道茶"，是一家网红餐厅，会聚许多时尚的年轻人在这儿欢聚吃饭。我和小恩很快就熟了，可以说是自来熟，这应该缘于他是古影子的男朋友吧，我们不熟就都不自然了。他姓许，一举手一投足，都透出他的精明和干练。我没有叫他小恩，而是叫他小许。我觉得"小恩"这个称呼是古影子的专利。而汪红红叫他许队——到了这时候，我才知道，小许和汪红红是西宁市某区公安分局的同事（或许小许和古影子也是汪红红牵线的呢）。桌子上的菜不是豪放派的西北风格，而是小炒小炖的那种，不仅味道佳，色泽和盘盏都有看相。这么雅的一次聚餐，我突然想到了杨洋。杨洋现在怎么样了呢？情绪应该稳定多了吧？不知道她晚饭吃了什么。早知道是这样的聚会，无论如何也要叫她一起来的，顺便还能认识一下公安的朋友，对她的案子说不定会有帮助也未可知——算了算了，感觉她像是一个事多的人，别再到这儿来个节外生枝。

席间出了一点小意外——开吃不久，小许突然接到一个电话，走了。临走时只跟我挥挥手，连个对不起都没说，更没说离开的原因。古影子显然有点不悦（或故意做给我看的），对汪红红抱怨道："你们公安一直是这样吗？随便一个电话，就把人给叫走了？这可是下班时间！我还指望他陪好客人呢。"

"肯定有急事——咱们工作性质你又不是不知道。"汪红红说，"刑侦那边又离不开许队的，只能怪许队没有口福了。"

古影子说："也好，没有他咱们更自由，来，咱们吃，正好讨论一下明天的计划。"

古影子问我准备待多长时间。听我说了"随便"之后，她便把下一步的安排和行程告诉了我，从西宁出发，沿G109高速一路向西，全是青海湖的景点。来西宁不能不看青海湖，看青海湖不能不吃青海湖的鱼。看风景、尝美食，是主要活动，所以不急着赶，在黑马河镇住一晚，主要是吃鱼。晚上有个月光聚会，品小吃，还有弹吉他、唱歌和献哈达等活动和仪式。在黑马河镇的活动是红红的人脉。古影子在说到这里的时候，汪红红谦虚地笑笑。之后，就是第二天，到达西海首府德令哈，中途可以看看日月山。在德令哈的主要活动是参加古影子另一个闺蜜的唱诗会，地点就在海子诗歌陈列馆门前花园里，馆长也是古影子的朋友。全程都由汪红红开车。古影子还特地强调汪红红是利用了公休假来陪我的。我隐约地觉得，她这话有所特指，为了陪我，专门休了假，意思是特别重视呗。也许呢，并没有其他意思——显而易见的，如果古影子的男朋友许队不能和我们一起同行，她必须要带一个女伴，而有着警察身份的闺蜜汪红红是最合适的人选。席间，自然说到了古影子的音乐工作室，说到了西宁的音乐人和他们的一些趣事，更是说了她自己的远大理想。在这些话语中，自然会涉及小许，涉及他忙碌而辛苦的工作。汪红红会适时地插播古影子和小许恋爱中的许多糗事，她们的笑声也就自然而鬼魅了。我有时候能感受到她们所讲的趣事的笑点在哪里，有时候感受不到。但我喜欢跟着她们一起傻笑，一起分享她们的快乐。

"怎么样？还是小地方好玩吧？"古影子这才要跟我说正题了。

"挺好。"我主要是对她的音乐工作室感兴趣，她有这个才华，加上小许有一定的经济实力，我便带点恭维的口气说，"你不需要挣钱养自己，可以好好做做音乐的。"

"今天来不及了，明天一早就要出发。"古影子说，"等回来，从德令哈回来，我请你到我工作室感受感受。西宁的音乐工作室不多，有意思的更是少之又少，而做民谣的只有我一人，我单枪匹马也没劲的——红红工作又忙，只能偶尔来玩玩。你要能在西宁发展就好啦。在西宁做个音乐工作室，不会要什么成本的，带好你的才华就可以驻下来了，就可以是西部的一颗明珠。将来要是有人写中国民谣史，一定会有你一笔。要不要考虑考虑？"

我感觉古影子是在试探我。而且她在说这个话的时候，汪红红有些过分地端庄了，甚至有点紧张。我明白了，古影子所说的惊喜，很可能就是汪红红，不，肯定就是汪红红，她要在我和汪红红之间牵线搭桥做红娘。汪红红早就知道古影子的这个意思了，而我，不仅被蒙在鼓里，还对古影子抱有幻想，真是傻透了。不过我不能因此而责怪古影子，她是好意嘛。至于汪红红，说真话，我对她没有感觉，不来电。她算不上难看，但也不是出类拔萃的那种，至少不是我喜欢的类型。古影子也是煞费苦心，她不直接说要帮我介绍女朋友，而是拿音乐来诱惑我。古影子知道我的软肋是什么，就是音乐，我的挑剔，我的苦恼，我的欢喜，我的陶醉，音乐就是风向标。当然，在酒吧里做驻吧歌手不算，那是为了生存。我想着如何把话说得既体面，又不失古影子的面子。其实，就在我犹豫的时候，聪明的古影子就知道我的想法了，她又开口道："北京当然更好啦。要说做音乐，北京、上海和广州，是中国流行音乐的重镇，西宁和它们没法比的。先不说这个啦，来，我们干一杯！"

我举起高脚红酒杯（杯子里是西瓜汁），和对面的古影子、汪红红碰了一下。

这顿饭不知不觉就吃到八点多了，话题只有音乐和青海湖的美丽风光。古影子看出了我的倦意，正要做总结发言，正巧小许也打来电话，说他忙完了，已经出发来接古影子了。于是我们约了明天会合的时间，再碰一杯，晚宴就结束了。

古影子再次给了我最后一次机会——她要和小许一辆车走，便安排汪红红开车送我回宾馆。还提醒我和汪红红，让我们加个微信，留个交流方式，以后多聊聊。路上我不敢主动要求加汪红红的微信，怕引起她的误会，只说声感谢的话，便一路无语了。

和汪红红道了再见后，我心里五味杂陈，古影子知道我喜欢她，但因为已经有了许队这个贴心的男友，便好意地要把闺蜜介绍给我，而我对汪红红又不来电。我的失落、失意和心酸、心痛、妒忌，还有爱，相互混杂、啃噬，同时又觉得辜负了古影子的好意，对不起汪红红。带着这样的心情，我回到云台宾馆的房间。

我躺在床上，不想洗漱，也懒得玩手机，两眼呆呆地望着天花板，觉得接下来所有的行程、所有的活动都了无趣味了。

在我模模糊糊要睡着的时候，听到手机正在响。

我摸过手机，看看号码，非常陌生，但铃声很急促（铃声其实和往日一样，之所以感到急促，还是心情所致）。谁打来的？我谨慎地接通了："喂——"

"袁彬吗？袁彬……"杨洋的声音比手机铃声更为急促，"出事了……我的包丢了！"

"包怎么丢了？别急，慢慢说。"

"就是丢了啊……"

"你不在宾馆？"

"不在……我退房了。"可能是接通了电话吧，杨洋的声音缓和了点，"我出来了。"

"怎么退房啦？你在哪儿？"

"在……这地方叫刘家湾……我在刘家湾，我是借别人的手机。袁彬，你要来接我，我在刘家湾的加油站，就是315国道边……他们说，这加油站离三角城不远。"

"你自己不能打车回来吗？"我立即想到她的包丢了，又借用别人手机，"我给你要个滴滴快车吧，你发个定位来……刘家湾，加油站，知道了。你在加油站等着啊。"

"别别别……不是你想的那么简单……你不要叫车，袁老师……你要过来，求你了。"

"怎么啦？要报警吗？"我立即想到她这次特殊的出行，甚至想到她是不是遭到了男友的胁迫。

"别别别，千万别报警……不需要报警，我很自由，就是丢了包，手机丢了……这是我借的手机……你过来就什么都好了。"

"真的没事？"

"没事。快点啊。"

"好，你在加油站等我，叫什么？刘家湾加油站？好的好的，别再乱跑啦。"

6

挂断电话，我在手机上查了地图。吓了我一跳，杨洋说的刘家湾不在西宁市区，而是在离西宁至海晏县的途中。她是怎么跑到那儿的？发生了什么？如果滴滴打车，大约一小时四十分钟就能赶到了，不算太远，但也不是个短距离。现在是晚上十点半，这个点是个关键，还能打到车。打到车就能见到她，再把她接回来。再晚就不好说了。我没有犹豫，立即叫了一辆滴滴专车，直奔刘家湾。

一上车，我就想，相比杨洋遇到的麻烦，我情感上经历的不愉快，就不算什么了。

我给刚才的手机回拨了过去，接电话的是一个女人，她问我："找谁？"

"我是刚才借你手机的那个女人的朋友，她人呢？"

对方说："我哪知道啊？她是个疯子，先逼我借手机给她……谁认识她啊？我当然不想借啦。又央求我，鼻涕眼泪一大堆。我心软，就借给她了。"

"请你再叫她接个电话。"

"你也疯了吧？她早没影子了，我也快到家了。"对方口气极不耐烦。不过她在挂断电话前，又对我说，"她应该还在加油站那儿。"

我一时也判断不出——也许不会出什么大意外吧？但她跑到郊区干什么呢？和她那个叫彼得的男朋友联系上啦？但愿一个小时后，能在加油站那儿找到她。我问滴滴司机："刘家湾有加油站吗？"

"有。"

我心里这才踏实点。但是，一路上，我都想不明白，她好好地待在宾馆等破案不就得了嘛。她那点事说起来挺简单的，就是被骗了，骗子利用了她的感情，骗了她四十万块钱。线索都齐备，案情也清晰，难不住警察的。

滴滴司机仿佛也知道我遇到了什么事，安抚我道："快的，刘家湾我常跑，去三角城的必经之路。"

路况非常好，宽敞、平坦。夜空很干净，夜色中的青藏高原也很神秘。而我无心欣赏车窗外的夜色，那黑漆漆的一望无际的黑，那些格外亮眼的星星，都勾不起我的联想，更不要说诗情画意了。我的心还是急。路上，会追上一些车辆，都是运货的货车。在每超一辆货车的时候，我都嫌我们的车还是太慢了。

刘家湾还是到了，加油站也看到了。加油站的灯光冷冷清清的，灯光下没有车辆，一个人也没有。当我们的车进入灯光照耀的区域时，加油站里的超市门开了，跑出来一个睁大眼睛的女人，我一看就是杨洋。她只把黑T恤换成了白T恤，其他装束没变。滴滴司机的判断也很准确，直接把车开到她跟前了。

"怎么回事？"我一下车就问她，看到她完好无损的样子，松了一口气。

"没有怎么回事。"她轻描淡写地说，"包丢了，手机丢了，就没招了。"

"好吧，上车。"

"干吗？回西宁啊？得了吧，我好不容易到了这儿……"她眼睛眨巴着，既固执又调皮地说，"你有约会，你当然要回的。你借我两千块钱吧，带我去前边的三角城，我要买部手机，然后你就回西宁，你忙你的事好了，我会还你钱的。"

原来只是跟我借钱。真是冤家，让我遇上了这么一个女人。她知道我有现金。还是在火车上时，我买水果，从钱包里拿钱，让她瞥到了。她还挖苦我几句，大意是，智能手机这么发达了，谁还用现金？你不会是退休老干部化装的吧？太老土了。当时我还反驳说，出门在外，现金还是要备的，以防不测。没想到我没有防到不测，倒是方便了她。我掏出钱包，数了两千块钱给她，想了想，又把余下的一千也给她了。她拿着钱，上了车，我也上了车。但是我猛然意识到了什么，她是不是骗子？这一通操作，完全是骗子的套路啊。我心里"怦怦怦"地狂跳几下，侧身看了看她。她一副坦然、平静的样子，实在看不出来是不是骗子。她也看我，一笑道："谢谢啊，有了钱，我明天在三角城买部手机，就什么都有了，我用微信把钱转给你——嘿，看你眼神，不会以为我是个大骗子吧？包真的丢了——等会儿再讲给你听。实话告诉你呀，我要去德令哈，我有直觉，我觉得彼得就在德令哈。"

"去德令哈怎么会在这里？"滴滴司机说出了我的疑问。

"唉，一言难尽。"她叹息着说，主要是说给我听，"我要了个滴滴快车，然后在路边等车，突然就来了一辆车，问我要去哪里。我说德令哈，他就让我上车了——我心急嘛，没有注意看车牌号。车子开了好久，我手机响了，是我要的滴滴快车打来的。这才知道上错了车。本来我要下车的，可司机说，你不就是去德令哈吗？我就去德令哈，便宜，两百块钱可以吧？我是顺路，挣点小钱，你也能少花点，两全其美，不是很好吗？你把滴滴快车退了就行了。我觉得他说得也在理，就跟他走了。可他到了刘家湾，就叫我下车了，让我在路边再等一辆去德令哈的车，还让我付他两百块钱。我当然不干了，三言两句就吵了起来。谁知这家伙是个流氓，见我死活不付钱，开车就跑了，把我扔在这路边。我的包和手机，都落在他车上了。"

"箱子呢？"我问。

"存在宾馆了。"杨洋说，"看这家伙是老手，专吃这行饭的——我在加油站借手机打我自己的手机，已经关机了。"

"报警啊。"我说。

"你就知道报警、报警、报警。报个警耽误我多少事！算了，包里没什么值钱的东西，手机也用两三年了，不可惜，旧的不去新的不来，明天随便先买部手机再说。"

我觉得事情不是她说得那么简单。当车子到达三角城，在一家宾馆门前停下后，我没有跟随滴滴快车回西宁，而是留了下来。我要和她一起处理这件事，说服她不要去德令哈，明天一早好好跟我回西宁，好好在云台宾馆里待着，配合警察破案才是大事。实在不行，我就不和古影子、汪红红旅行了，陪她处理好这件事。

到宾馆又遇到麻烦了——宾馆要求登记住客的身份证。杨洋的身份证在包里，当然也被偷了——宾馆不让住，报出身份证号也不行。

杨洋说："你住吧。"

我当然可以登记入住了，她怎么办？

"你怎么办？"此时已是午夜了，最夜深人静的时候，她肯定是无处可去的，"你要流落街头吗？等明早商店开门，还有八九个小时呢，我们还是要个车，回西宁吧。"

"要么你就在这儿住一夜，西宁我是坚决不回的。"杨洋说着，"噌噌噌"地朝外走。

我跑几步把她拉住了，小声说："我们登记一个房间好了。我问问看行不行。都这个时候了，你拦不到车的。到房间休息一下，明天早上再去德令哈。"

我们又共同回到吧台，我和服务员商量着，拿出我的身份证，登记一间房。服务员看看我们，说："没有标间了，只有大床房，二百八十元。"

办好手续，我和杨洋一起来到房间。房间还不错，只是很闷、很热，还有一股扑鼻的烟臭味。我立即把空调打开，把温度调到十六度。杨洋一脸不悦，她看看床上洁白的被子，又朝卫生间望望，最后望向我，说："怎么睡？"

"你睡大床，我在卫生间待着，反正也快下半夜了。"

杨洋脸上突然露出诡异的笑："真有意思，在火车上，我们俩的卧铺挨着，没想到在这个鬼地方又同居一室了。那只能委屈你了。你洗个澡吧，我下午洗过了。"

我的确想洗个热水澡了，跟着她鬼惊鬼乍地跑来跑去，冲一下肯定舒服的。

但是，我看她说完后，到窗户边站住了。窗户外是一条街道，她在看什么呢？可不要再改主意啊。真是想什么来什么——她转过身，拿了一瓶水，抱在胸前，口气坚定地说："大床让给你了，我还要走。真是傻透了——不是说你呀，我是说我，说我自己——为什么要在三角城买手机？我拦个车，连夜赶到德令哈，明天一早在德令哈买一部手机不就成啦？说不定能和彼得一起吃个早餐，一起挑手机呢。再次谢谢你呀，再见！"

我一听，毛就奓了。这什么人啊？变化也太快了，我好心好意地帮她，她却在不停地捉弄我。我非常恼怒地说："你给别人点尊重好不好？"

她站住了，眼睛眨巴眨巴，带着哭腔说："真对不起，我我我……我心急啊。"

我最见不得别人的眼泪了，一想，站在她的角度，也许是对的——这么一个对爱情执着的人，谁碰上都会感动的。

"……我想尽快知道真相。"她说，声音像气流一样，明显是强忍着心里的悲伤——她实际上还是心存幻想。

"好吧，要走就走吧。我反正要回西宁了。"我只能成全她了，万一她是对的呢？

退房又遇到点小麻烦，本来我以为人还没住下，又没使用任何东西（杨洋拿着的那瓶水又放下了），不会收钱的。但服务员说不行，至少要收个钟点房钱。为了赶时间，我也没有和服务员再争，就按她说的，交了六十块钱。

走出宾馆，杨洋脚下很有劲地往公路边走，我都要快步走才能赶上她。

7

国道 G315 上的货车很多。

我们站在路的右侧，杨洋和我保持有两步远的距离。两步远的距离不算远，换算成米的计量单位可能也就一米不到，可我却感觉非常的遥远。

远处有车辆驶来了，隆隆声持续不断，车灯像两只锐利的眼睛，把黑暗刺穿两个洞，在越来越近、越来越亮的灯光中，杨洋向天空伸直了两条手臂。灯光划过她两条细长的胳膊，从我们身边驶过，向远方驶去，留下"嗡嗡"的回声和浓烈的柴油味。杨洋恶狠狠地"啐"它一口，还恶俗地骂了一句。黑暗中她垂下了胳膊，眼睛却向更远处眺望。她脑子里究竟是怎么想的呢？在从宾馆到国道边上的十五六分钟的行程中，我还是没忍住，再三劝她，劝她别冒失地去德令哈，劝她还是先回西宁。甚至我都说了，我朋友也要带我去德令哈旅行，你可以和我们同行。但她都不为所动。她可能是属于那种固执己见的人吧，也可能是属于一根筋，主要还是因为爱情麻醉了她，或是她被爱情之箭打残了，她的心思只在那个她从未见过的叫彼得的男人身上了。国道边的暗夜里，在城市照过来的微弱的灯影中，我从侧面审视着她，她一点也没有古影子的气质了，如果她扛着镰刀，简直是一尊死神。她把披散的黑发捆了起来，搭在肩膀上，和夜一样的模糊，而她心里的那个男人有可能在她的心里越发地清晰了——她是下决心一定要追个水落石出了。现在我不再劝她了，我已经在心里悄悄地做了决定，如果她拦到了车，我陪她一起走。和古影子只能说声对不起了。我可以把我遇到的情况如实地告诉古影子，我想古影子会理解的——大不了我们在德令哈会合罢了。如果刨去心情和感受，和杨洋奇异的深夜之旅，也算是一场旅行，不同的是，同行者不是古影子和汪红红，也不是沿着海西线去德令哈，而是沿着海北线，和一个受了爱情重创的孤独而痛苦同时又被希望拍晕了的女人同行。且慢，我为什么要这样受苦受累地陪她？迁就她？不陪她会怎么样？明显的，她有可能二次受骗，有可能被抛弃在深夜的戈壁滩中，有可能发生更为不幸的事，就是葬身青海湖也是有可能的。但同时，我也不得不承认，她太像我喜欢的古影子了。我的内心不能撒谎，如果把她换成另一个人，我很可能不会做出这么疯狂的决定。

一辆大货车在我们身边停下了。

杨洋兴奋地跑向车头，大声地喊："去德令哈。"

"上吧。"在轰轰的发动机声中，司机瓮声瓮气地说。

我跟随着杨洋爬进了高高的驾驶室。杨洋在攀爬时，有点费力，我还托了她一下。

大货车重新行驶后，杨洋侧身看向我，眼睛里既有疑惑，又有感谢。最终，她还是跟我微笑了一下，嘴唇动了动，像是在说谢谢。这是一辆破旧的大货车，驾驶室里很脏，有一股怪味，酸、臭、腥、咸混杂。经过一番折腾的杨洋还是那样干净和利索，考究而华丽的 T 恤和牛仔裤在这样的驾驶室里更显出她不凡的品质——她又回来了。

"这时候去德令哈？"大货车司机也在打量着杨洋。

"有急事。"杨洋说，口气是淡漠的。说完觉得不对，转头跟司机附加一个笑，特别生硬，特别勉强。

"男朋友？"

"是……嗯……"杨洋的回答含混不清，先说的"是"里有许多疑点，软绵绵的，齿唇不清，仿佛就是"不是"，后又肯定地"嗯"一声，那就不是了。"嗯"一声又是那般的清晰和明朗。

司机蒙圈地看了我一眼，可能也不知道是还是不是吧。

杨洋也察觉到她的回答有问题了，又朝我一笑道："钟点房才六十块钱？"

我不知道杨洋是什么意思，是故意要引起驾驶员的误解吗？我也只好配合一下道："是啊，六十真的很贵了。"

驾驶员一听，来劲了："啥？有多高档的钟点房要六十块？三十我都不给，马路边这么宽敞呢。"

这个玩笑对我和杨洋来说是肯定开不起来的。杨洋拿胳膊抵我一下，我们俩都不答他了。

大家都不再说话了。我是头一次坐在这么高的货车驾驶室里，视线非常的好，耀眼的车灯照耀下的路面看起来很平，车身却有些抖，听发动机的声音也不正，像在不断地喘息。我担心这破车能不能把我们拉到德令哈。不断的担心让我有些疲倦。我看一眼杨洋，她两眼还是亮晶晶地盯着前方的路，丝毫没有困意。她看对面的来车，看路边的指示牌，也像是对司机不放心。我们从指示牌上看到"海北镇"的路牌了，看到"塔温贡玛"，看到"尼玛哈主"，看到"哈尔盖"，看到了"沙柳河"。这应该都是地名了。车子行驶进一座城市的时候，驾驶员说："这是刚察县了，你们要不要下车方便？"

我们都说不用。

我看了眼时间，已经是深夜两点了。

过了刚察县，行驶不久，也就十来分钟吧，车子突然脱离了主干道，从右侧插上了一条小路。我还没来得及说话，杨洋就大叫一声："这是哪儿？"

我也接着杨洋的话说："怎么下道啦？"

"不绕路的，我熟，这条线我闭着眼都能跑——前边那个村叫达日贡玛，带包货去，反正明天早上到达德令哈。"司机说完，听我和杨洋都不说话，又给自己圆场道，"能挣就多挣点，养家糊口呢。"

乡间小道的路况和国道是不能比的，所谓路，并没有人工建筑的痕迹，就是车轮在荒漠上走出的印痕。高低不平的路影上，分布着许多碎石。卡车发出时大时小的颠簸，我们的身体也随着车身而大幅晃动。杨洋为了避免撞到司机身上，把身体尽量往我这边靠，我们也就时不时会发生碰撞。有几次大的晃动，她直接就抓住了我的胳膊。在经过相对平坦的路段时，杨洋也不放手，还说："你是自找的。"我在心里说，没错。她仿佛听到我心里的声音了，终于有了点歉意，叹息一声。鬼知道她叹息里还隐藏着多少别的意思，也许并非是我认为的歉意。而我是真心对她的任性产生了抱怨。对了，我还没有和古影子说明情况呢。明天汪红红到云台宾馆肯定是接不到我了。我得提前告诉古影子，不用接我了，我们在德令哈会合。但这似乎不太礼貌。实话实说吗？只能这样了。我拿出手机，准备用微信语音告诉古影子。因为打电话显然不合适，时间不对，谁会在深夜两点多打别人的手机呢？谁在深夜两点多还不睡觉呢？我正酝酿着如何表述的时候，大货车突然熄火了。毫无预兆的，既没遇到强烈的颠簸，也没有紧急制动，突然就熄火了。司机一拍方向盘，骂了几句什么，像是用藏语。他再重新发动时，怎么也发动不起来了，发动机像故意和他较劲，只是"呜呜"地呜咽着，一直呜叫着，就是点不了火。

"能修好吗？"杨洋虽然语气平静，可我能听出来那装出来的、克制的平静后面，是多大的焦虑啊。

"修好？那么容易？"司机迅速过了焦虑期，一副认命的口气，"天亮再说吧。我打个电话。你们自己想办法去。"

杨洋刚要发怒。

我迅速碰了她一下，握了握她的手。

她抖开我的手，用嘴唇咬住了愤怒，睁圆了眼睛看我，意思是说，怎么办？

"我们离G315不远吧？"我问司机。

"不远。对，你们往回走吧，到国道上就行了，就拦到车了。我是没办法了。"司机说着，已经拨通了手机。

在司机和一个女人通话的时候，我和杨洋下了车。

我和杨洋都听到了，司机并不是去达日贡玛带什么货的——他在和对方调情——前边就是一个村庄。他在往村子里走。

8

月亮就要下山了，它的余晖洒落在无垠的旷野上，四下里一片迷茫。我和杨洋并排着疾行，脚下响起了"嚓啦嚓啦"的声响，虽然只有两个人的声音，虽然很单调，听起来也是此起彼伏、层次分明，仿佛我们每个人的身后还有声音，那是影子的声音吗？应该吧，如果有人在凌晨两时许的戈壁滩上行走，肯定会有这样的体验。她的脚步声，我的脚步声，她的喘息声，我的喘息声，以及我们影子发出的声音，互相交错着，像是两个人的争吵。我们都不说话。我不想说话，我能说什么呢？我完全是被动的，自找的。她也不说话，她也没有什么可说。这一切都是她造成的。能有我和她同行，事实上她也不需要感谢。在她看来，她并没有邀请或胁迫我同行，因此她不会因为我也遇到了麻烦而产生自责。我也不能责怪她，说到底是我主动要跟着她的。我这样乱七八糟地想着，为她想想，为我想想，为我们想想。我们累得不行，身体已经僵化，脚下也很机械，任由我们脚下的回声任性地跟着我们了。

  杨洋突然放慢了脚步。

  我也停了下来——眼前出现了一条岔路。月光下的岔路分不清主次，一样的宽度，一样地向夜色里延伸，一样地消失在夜色的深处。夜的深处，也一样的静谧、安宁。我们犹豫着，不知哪一条路通往G315，或哪一条路离G315更近。因为这个路口呈"Y"形，从形状上无法分辨，从车辆压痕的深浅上也无法分辨，无论选择哪一条路，都是赌博。我看着手机上的导航，奇怪的是，导航在这里并没有岔路，那就是说，怎么走都是正确的了。我本能地向右边的道走去。因为德令哈在我们的右边，越往右走，当然离德令哈越近了。杨洋做出了和我相反的决定，她在我身后走向了左侧道。

  "咳，我们就不能商量一下吗？"我停下来说。

  "你和我商量了吗？"她却没有停步。

  看来我们两人都有怨气。

  "好吧，"我的语调缓和了下来，我知道现在不是要争个高下的时候，而是要把道理讲明白，"你看啊，我有导航，我知道德令哈在右边，走右道肯定没错。"

  "走右道肯定不是原路，我们是顺着原路返回国道的，大货车不可能从右道下来，虽然它也有可能通到国道，但肯定不是原路。"

  她分析得很有道理，我怀疑我的手机导航了。我继续看着导航，发现我们距离G315不远了。我跟着她走。她又重新焕发了活力，脚下发出有力的"噌噌"声。她身体里究竟有多大的能量啊！她小小的身躯里所储藏的能量难道一直就没有衰竭的时候？走着走着，她脚步放慢了，我也早就犯困了。人不是铁打的。我猜想她也坚持不住了。不知道为什么，我们在大货车上都没有困意，都没有借机睡一会儿，却在急需赶路的时候难以坚持了。然而，更糟糕的事情接踵而来，在互相鼓励甚至互相依偎下没走多久，月亮落山处，出现了一处村庄的模糊影像。

  杨洋愣住了。

我也愣住了。

发现了村庄，才确定我们走错了路。

杨洋呆呆地望着模糊的村庄，望着月夜下红眼睛一样的几盏残灯，松开我的胳膊，腿一软，瘫坐到地上了。

"要是走右道，早就走到国道了。"我说。

"怪我喽？你不是有手机导航吗？你自己都没主意，手机导航都错了，却来怪我。在三角城，我可没邀请你。谁让你跟着我的？像个尾巴一样。要不是你跟着我，我就有可能上另一辆车了，就不会赶上这辆破车了。"她鼓足最后一点力气把怒火发到我的头上，对我的尾随产生了极大的不满。也是，她在三角城拦车的时候，有一辆车停在我们身边，司机伸出半颗脑袋，有了载她的意思。但这个年轻的司机恶狠狠地看了我一眼，又开车走了。在那一刻我感觉那家伙就是嫌我碍事。现在，她要表达的就是这个意思。

"要不是你任性乱跑，我现在还在西宁呢，我还睡在西宁舒服的四星级宾馆里呢。"我也上火了。

"什么叫乱跑？那是我的自由，你管得着吗？"

"是谁打电话让我去刘家湾的？是谁跟我借钱的？"我一句也不让她。

她不说话了。她不说话就躺下了。她终于耗尽了最后一丝体力。她躺着的地方仿佛不是荒漠里的一条土路，仿佛是宾馆里舒适的大床，夜色也瞬间成了遮风挡露的床单和铺盖。

她一躺下，就睡着了，发出了轻微的鼾声。

我心里的那点积怨和火气也消失殆尽了。看着她蜷曲而卧的样子，不知哪来的同情，也不知哪来的怜悯，让我有了点看重她和敬佩她了。难道不是吗？为了一个认定的爱人，为了一个目标，为了一个目标的水落石出，能有这样的决心和毅力，也真是难为她了。

瞌睡和疲劳是有传染的，我在离她一步远的地方也躺下来了。我想把发生的事情从头再捋一捋，可我只想了个开头，就睡着了。

是一阵"突突"而响的拖拉机声把我吵醒的。没错，是拖拉机声，"突突突"地轰叫着开远了。我眨动眨动眼睛，看到新鲜的阳光洒落在我的四周。我睡在阳光里了。天亮了，真正的凌晨了。我一眼没有看到杨洋。我一个挺身跳起来。杨洋确实不在了。她去了哪里？不会化成阳光也不会化成泥土，她一定离我而去了。我下意识地望着太阳升起的地方，我看到了向阳光里开去的拖拉机，看到了拖拉机的车斗里，扶栏而立的，正是杨洋，虽然只是背影，虽然已经开去了两三百米远，我还是一眼就认出了她，白T恤，牛仔裤，长头发，匀称而修长的身形。我冲着她发出了歇斯底里的大喊："嗨——"

我向拖拉机狂奔而去。

拖拉机被我追停了，正好停在一条公路的边上。

原来这就是G315国道。

杨洋坐在一块废弃的界碑上，我坐在地上，背靠着界碑。这段国道风光最美，右边是起伏的荒漠，左边是碧草如茵的绿地，隔着绿地仅百米左右是一条铁路线。这是著名的青藏铁路吗？越过铁路，就是蔚蓝的一望无际的青海湖了，那干净的神一样的水面，那晨光照耀的闪着粼光的蔚蓝，美丽得让人无法言述。我已经用微信语音告诉古影子了，我和杨洋昨天夜里搭乘顺风车去德令哈了，由于走错了道，此时还在路上。我又进一步说，杨洋是我在火车上认识的女孩，她出了点事情，必须陪她一起去。最后我跟古影子强调，你们可以去德令哈，也可以不去，我一个人在德令哈玩玩。如果去了，我们就在德令哈会合。过了一会儿，在手机还剩最后五个电的时候，我告诉古影子，手机马上没电了，到了德令哈我会立即充电，到时联系就恢复了。

我吃了一根黄瓜，杨洋吃了一个西红柿，是拖拉机手送我们的。送蔬菜的是个藏族小伙子。他不仅送我们到G315国道，还送我们好吃的——牦牛肉干和水。对付了早餐之后，我们还储备了一根黄瓜和一个西红柿。看着这两个平常不过的蔬菜，感觉从未有过的富有了。

我离开界碑，站起来，往草地里走了两步。

经过一夜的折腾，我发现杨洋的疲态还没有消除（我的状态也不好），头发凌乱着，衣服上也有了脏迹。此时，她像鸟儿爱惜自己的羽毛一样掸了掸白色的名牌网红旅游鞋，理了理同样牌子的袜子，甚至还有闲情用手指当梳，梳理了飘逸的长发。她如此的悠闲让我深感吃惊。她不再像昨天那样火急火燎了，也不急于拦车赶路了。见到路上不时飞驰而过的各种车辆，她不再像昨天夜里那样两眼放光了。同时，她也不理我了。除了递给我黄瓜时朝我"嗯"了一声，其他时间甚至都没有看过我。但是她的面部表情是平和的，眼神是温润的，不经意间还会露出一丝笑意。我也不想主动和她说什么。她一个人拦车走了，没有叫我，让我很感失落，虽然她解释说是让我多睡一会儿，但我还是不能释怀——这似乎也不是多大的仇恨，还是能原谅她的。既然我已经给古影子留了言，既然古影子已经知道我手机没电了，既然古影子知道我明天会在德令哈，如果她也到德令哈，肯定会告诉我的，我们会如约相见。我也难得轻松下来。手机没电并不是天塌下来的事——杨洋手机被偷，身上除了衣服甚至什么都没有了,她不是照样活着吗?当然,她口袋里还有三千块钱,那也是我的底气。

"一点都不想带你。"杨洋也站到草地上了。她也在眺望着碧波万顷的青海湖,她像是在自言自语。

她是在跟我说话。她眼睛里也碧波涟漪,完全恢复了灵动和活力。从我狂追拖拉机到现在,我们一直在心里较着劲。现在她终于绷不住了。她说不想带我,自然还是在提夜里的事。夜里她把我扔在了那段乡间土路上,自己拦一辆拖拉机走了。如果不是我及时醒来,如果不是我狂追拖拉机,如果不是开拖拉机送菜的藏族小伙子停下来等我,我有可能还在那一带打转,还没有来到 G315 的路边。我希望这不是梦。我想掐掐自己,可我感觉脸上热乎乎的,非常的异样,同时也感到身上硬硬的冷。脸上的热,身上的冷,一热一冷,激灵一下,醒了。

一条又瘦又小的流浪狗怪叫一声,跑了。它跑到不远的地方停下来,转头看我,"汪汪汪"地叫几声,受了委屈一样地夹着尾巴跑走了。

我身边没有杨洋,没有"突突"而响的拖拉机,没有黄瓜和西红柿,更不是在G315 国道边,我还是躺在夜里躺下的地方——刚才真的是一个梦。

"杨洋——"我大叫一声。

刚刚放亮的凌晨一片寂静,我的叫声也显得空洞无力。我努力回忆着,是不是真的有拖拉机从我身边驶过?杨洋是不是真的跟着拖拉机走了。她能去哪里?她还能去哪里呢?德令哈,别墅。我定了定神,拿出手机,看到手机确实要没电了。我按照梦里的话,赶快跟古影子说明了情况,心里这才稍稍安定,才向四下里打量。哈,我看到不远处有一条公路,公路上,一辆一辆的汽车正在疾速地驶过……

9

近午时分,我来到了德令哈。

午后一点,我站在青年北路 56 号的门口,心里既安定又悬空,同时还深感悲哀。这里并不是彼得向杨洋炫耀的别墅区,也不在乡下,倒是一片新城,是坐落在新城的一家全国著名的品牌连锁酒店。

骗子并不高明,而受骗者最傻的地方就是不愿意承认上当受骗,因此也就懒得上网查一查地址的真实性。我心里的安定正是基于这一点,没有虚跑这一趟,虽然历经了各种波折和辛苦,最终还是向杨洋证实了我对骗子的精准判断。可心里的悬空状也是基于这一点,折腾了整整一夜加半天,就是为了证实这个?悲哀吗?还真是，替杨洋，也替自己。

　　古影子已经和我联系上了。我是在太阳普照大地的时候跑到G315国道上的，而且很幸运地拦了一辆奥迪Q6。车上是一家三口，是去德令哈探亲的。他们不但让我搭车，借给我手机充电宝，还让我吃了他们美味的食品充当了早餐。直到这时候，我还想着是不是还在梦境里，毕竟，凌晨的那场梦太真实了，有场景有对话，和现实生活一模一样，让我不得不多个心眼。当确定我确实回到现实生活中时，我觉得和杨洋分手后好运气就来了（也可能杨洋有着和我相同的感受）。古影子适时的来电话也是好运气之一。她开口就问我在哪儿？我说我现在在通往德令哈的G315国道上。她说和那个杨洋在一起吗？我说不，杨洋坐另一辆车先走了。古影子犹豫了一下告诉我，她刚刚在听我的语音留言时，小恩也在身边，"小恩一听到杨洋这个名字，特别特别地敏感，再三地询问我是怎么认识你的，询问你和杨洋是什么关系，小恩真是搞笑，感觉你就像一个大骗子"。我还没想好如何解释，古影子又急促地说："你和杨洋的事我哪里知道啊。唉，这个杨洋到底是什么来头？小恩像是知道了什么，那么感兴趣……你们真的是在火车上认识的？"在听了我肯定的答复后，古影子又说："好吧，小恩所做的工作我也不便打听，他的事既复杂又啰唆，我懒得管他了。但是，不管怎么样，我和红红都要去德令哈和你会合的。我们计划不变，只是游览青海湖要等到回程的路上了。对了，昨天晚饭时，红红对你的印象不错哦。"我觉得她最后这一句才是关键，同时也是古影子进一步在考察我。我不想再接这个话茬了。显然古影子也没指望我接话，我相信她也敏感地懂得我沉默也是一种态度了。古影子停顿了一口气，又说："等会儿把我们要在德令哈住的宾馆发你，你们先去休息会儿。"古影子所说的"你们"，其中就包括杨洋。她是不是误解了我和杨洋的关系？

　　此时，杨洋就在我前边几步远的地方，她可能比我早到也就几分钟的时间吧。她白T恤的后背上脏了一块，肩膀部分也有一抹擦痕，还破了两三个小小的洞，可能是睡在路上时叫沙子硌的。大约伤到了皮肉吧，和T恤上的小洞洞并列的一两点斑痕很可能就是血迹。这倒是和梦里的场景稍有相似。但此时最让她受伤的，可能还不是皮肉，是她的心灵。她一动不动，像雕像一样伫立着；她一动不动，内心一定在翻江倒海。我不想责怪她，也丝毫没有责怪她的意思。到了这时候，她一定什么都知道了。如果我要再说什么，她怎么能受得了？她把我丢在深夜的乡间土路上，独自一人离开，应该有她的打算——她有可能预感到有这样的场景，她怕这样的场景会让我奚落她。或者，她设想的场景完全相反，她心爱的白马王子正在别墅里烧烤等她呢，我跟在她身后算什么？解释起来多麻烦啊。但无论如何，我还是来了。她还不知道我就在她的身后,她还不知道我正在打量她的细腰丰臀,她还不知道她的背影像极了古影子。而我,正在揣摩她现在的心情。她转过身来了。她是猛地转过身来的。她转身的动作有些决绝,有些抛弃一切的果断。她看到我了。她满脸泪痕。她惊诧地跟我睁大了眼睛。我们的目光在半空相撞了一下。她在定定地看了我片刻后,突然扑上来,紧紧抱住了我。然后,她就哭成了泪人。

一辆警车缓缓停在了宾馆门口,我看到这辆警车的车牌号是西宁的。一辆来自西宁的警车会不会和杨洋的受骗案有关呢?

我没有记恨她中途扔下我,也没有责问她为什么要扔下我。我也不想了解她怎么把我扔下的,她又怎么来到德令哈的。我知道,说这些、了解这些已经没有意义了,她的眼泪和拥抱说明了一切。重要的是,她知道事情的真相了。我拍拍她的肩膀,小声安慰道:"走吧,买手机去。"

10

在海子诗歌陈列馆外,我一边调试着吉他,一边看杨洋安静地坐在离我们十多米远的地方发呆。她的确是在发呆,或一直处于倾听或发呆的状态。她的倾听或发呆的状态,是她现在最佳的状态,因为她的案子毕竟还没有结。不过她的情绪已经稳定多了,手机买了,衣服也买了——我陪她买衣服的时候,特意建议她买一条长裙,一条抹茶绿的连衣裙,我觉得她穿上这条裙子,气质会更靠近古影子。她有点不愿意,但还是买了,当然,她又买了几件她自己喜欢的衣服,还买了一个行李箱。她跟我说了,可以和我们一起活动,也可以单独一个人打车回西宁——这要看案子的进展情况。

从西宁带吉他来,是古影子事先就有的计划,或者说是早在古影子的计划之内了。

吉他挺好的,音质上层,手感也佳,但我还是分心了。杨洋的发呆,她的沉默,还有她寂寥的背影,让我不得不平添些许的牵挂。在她身旁是花丛和石头,石头上,刻着海子的一首诗,正巧是那首著名的《日记》——草原尽头我两手空空,悲痛时握不住一颗泪滴。在这片临河的街心花园里,每块石头上都刻着海子的诗。海子诗歌陈列馆不过是普通的三间平房(也卖咖啡和简餐),平房外观简朴而大气,室内的影像设备上反复播放着海子的介绍。墙上也是海子的诗。我和杨洋已经参观过了。很显然,她知道海子,但对海子算不上热衷和迷恋。或者,她还没有完全从失恋加被骗的感情中回过神来。花园边上就是穿城而过的巴音河。在面对明镜一样湛蓝的巴音河时,杨洋曾自言自语地说:"多么干净的河水啊,能死在这里也不错的。"她的话自然吓了我一跳。我正观察她的表情时,她又说:"我才不会像海子那样卧轨呢。"这句话更是吓我一跳,不卧轨,那就是跳河喽?我说:"瞎想什么呢?"她不搭理我了。过了一会儿,还是一副自言自语的口气:"自杀的人最没劲的。要是连死都不怕,还怕活着?"她这句话像是说给她自己听的,也是说给我听的,仿佛表明了她的态度。但总之,她的状态让人多疑。直到古影子和汪红红来了,她才表现出正常人的状态来,寒暄、微笑、互相介绍,还有女孩们之间肉麻的互夸,都让生活有了人间烟火的味道。古影子和杨洋还开起了玩笑,古影子夸杨洋精致,标准的大美人儿,白嫩白嫩、明明白白的漂亮。杨洋对古影子的胡夸海赞显然还不太习惯,但她的回话也颇具威力:"火车上,袁彬老师一直在夸你有才又好看呢。百闻不如一见,果然美丽得让人嫉妒,难怪袁彬老师要不远万里跑来看你了,我要是男的,也不会放过你。"她们两人的对话惹得汪红红想笑又不敢笑。但杨洋话里有话,显然也不是善茬,古影子和汪红红应该都听出来了。我却有点尴尬了,只能傻笑着。汪红红像个助理员一样地拿过吉他,说:"古老师,你和袁彬老师谁唱?"古影子心里开心,好像又落了下风一样,对杨洋说:"杨洋老师唱一曲吧?"杨洋说:"我呀?唱歌呀?我还是算了吧,你们才是一伙的。"于是,又是笑。古影子就接过吉他,调试。于是杨洋便假装赏花,假装看巨石上的诗,退到一边,离我们若即若离地待着了。

  陆续有人来了——古影子还邀请了德令哈的三四个诗人,其中就有她的闺蜜。他们都是当年筹建海子诗歌陈列馆的,并对陈列馆的建设做出了大贡献。我们要在海子诗歌陈列馆的门口唱海子的诗。我虽然久经各种场合,甚至在露天酒吧都唱过歌,但在这种有着特殊纪念意义的地方唱海子的诗还是有点紧张。我准备练习的这首歌就是海子那首著名的《日记》,曲子是古影子配的。当然,我知道,《日记》有很多人配过曲,较有名的是蒋山的那一首《德令哈》,我也唱过。但古影子的配曲,和蒋山的完全不一样,更为柔情,更为悲伤,更深入人心,更让人想起遥远的往事,想起生命中某些无常的时候。我从前唱过,来时又练习了两三次,心里有了底。我还练习了古影子的另一首歌曲。这首歌曲的特殊之处是,不仅词曲出自古影子之手,而且是致敬海子的《日记》,歌名就叫《致敬德令哈》。但是,古影子悄悄告诉我:"这首《致敬德令哈》,让汪红红来唱,你来吉他,我打鼓。红红,可以吧?"汪红红说:"可以。"古影子又说:"红红是一心要唱好这首歌的,已经练了好久了,你们只需在正式演唱前合一次就行了。"我说:"哪有时间合啊?要合吗?"古影子说:"不合也行,你们肯定心有灵犀的。"古影子怕她的话有些露骨,或者她是故意这样露骨,又解释道:"我们都是心有灵犀的。"我看到,汪红红在听了古影子的话后,脸色发生了微妙的变化——她并不高兴再这样暗示了。

活动进行中,德令哈的夜幕降临了。

空气异常的洁净,能明显感觉到奔腾不息的巴音河带来的雪山之水浸润着每一寸夜色和灯色。河畔花园里,夜静风纯,花香四溢,每一块海子的诗石都闪耀着抒情的光,宛如夜色中的一颗颗泪滴。因为我已经唱过了古影子配曲的海子的《日记》了,空气仿佛被委婉的悲伤所凝固。接下来,我和汪红红要合作古影子的《致敬德令哈》,不多的听众更为安静了,他们的目光中除了期待,还有好奇。看起来,汪红红的情绪已经酝酿好了,她手持话筒,面色沉静,眼睛和嘴角牵出的神韵既神圣又庄严。我跟她示意一下,弹出了第一个音符,在一串悲咽、凄哀的前奏之后,汪红红有特质的嗓音在夜色中响起:"今夜,我在德令哈,想起我的姐姐,她还在傻傻等待,突然闯入的火车吗……"

所有人都安静了,都沉浸在音乐和歌声所营造的氛围里。我看到稍稍远离中心的杨洋在歌声响起的一刻,也转过了身,显然她也被音乐和歌声所打动。但是,在歌声接近结束的时候,她被另一件事情所打扰了——我看到她一边接听着手机一边向河边走去。

歌声结束之后都有一会儿了,她才从河边走来。由于灯色朦胧,看不清她的面部表情,从她走路的姿态上能看出她步履的轻快,由此可以判断她心情不错。她的心情的改变,应该从买手机时我就发现了。按照她原来的意思,她准备先买一部便宜点的,配置低一点的,能用就行。是我的一句话改变了她的初衷。我说:"没事,你可以一步到位,我有钱。"我跟她举了一下手机,挺牛气的样子。但我举过手机就后悔了,因为我的支付宝上只有几千块钱,现金又全给了她,万一她要买一部上万块钱的手机怎么办?好在她很低调,买了一部五千多块钱的。有了手机后,她的支付宝和微信等功能就恢复了,迅速就把钱还我了。从那时候开始,她就是一个正常人了,就有了拘谨、害羞、馋嘴、爱美、怕晒和好奇等女孩子固有的特性了,不再提彼得了,也不提被骗的事了,仿佛彼得根本就没有存在过。那么这个电话,是谁打来的呢?警察打来的?但无论如何,肯定是一个好消息。

我一边弹吉他,一边对杨洋的过分关注,引起了古影子的不快。古影子的不快也不是表面上的流露,或者说很隐蔽,只有我能觉察出来。而汪红红沉静的表情和收敛的微笑中,也暗藏着别样的情绪。这都是可以理解的。我是投奔古影子来的,凭空冒出一个杨洋来,扰乱古影子事先设计好的计划和秩序,而汪红红至少会想到,她还没有一个从天而降的杨洋受到我的关注,情绪没有变化也是不可能的。

我看到接打电话回来的杨洋，在我们更近一点的石凳上坐下了。

古影子朝她招手，喊道："杨洋老师，来唱一首吧，唱什么都行。"

可能是接听的电话给她带来某个重要消息的缘故吧，让杨洋把什么都放下了。我看到杨洋抿嘴一笑，站起来，向我们这个临时的舞台走来了。

汪红红高兴地把话筒递给她。

"唱什么歌，杨洋老师？看我和袁彬能不能配上。"古影子看着我，意思是，反正你懂的歌比我多，以你为主啊。

"《乡村路带我回家》。"杨洋说，还把头发甩了一下。

天哪，我暗暗吃惊了，这个歌她也敢唱？这是美国人约翰·丹佛唱红世界的一首歌。杨洋说话的声音有点轻，有点飘，缺乏特色，不像古影子那么浑圆、磁性，她敢唱这首名曲那是真要有勇气的。本来我就觉得，古影子邀请心情极其不佳的杨洋唱歌，就带有点调侃、嘲弄和出她洋相的意思，她还真的上当了。但是，既然她敢唱，配器我还是不成问题的，因为每一个喜欢乡村音乐和西部音乐的人，丹佛的这首歌都不知弹唱了多少遍了。我便酝酿一下情绪，开始弹奏。在简短的前奏之后，响起的是杨洋特质非凡的歌喉。她一开口，就惊艳到我了。她的英语发音是那么的好，节律、气息和情绪的把控更是恰到好处，都是约翰·丹佛的调调。我仿佛看到大片的田野、阳光，风光绮丽的山谷、乡村，仿佛感受到通向故乡的小路和掠过的轻风，感受到那份自由和无忧无虑，感受到那发自内心的怀念、向往和抒情。本来听众只是海子诗歌陈列馆的工作人员和古影子闺蜜带来的几个好友以及少数几个游园的游客，在杨洋的歌声中，又吸引几个路人加入了。

一曲歌了，正当我们还沉浸在美国西部美丽的乡村风光里，正当我们还在消化杨洋的歌声时，我看到远处的小许了。在小许的身边，是一个身穿警服的年轻人，这个年轻人我见过，就是那天接待我和杨洋报案的民警。

小许的突然到来，让我们都感到惊奇。我看到汪红红赶快走过去了。

一定是关于案子的。

果然，汪红红过来把杨洋叫过去了。

我看到他们在交谈。先是小许和杨洋在说话，然后那个身穿制服的民警也说了几句。后来是一脸微笑的杨洋夸张地握了握小许的手，又和另一个民警握手。笑靥如花的杨洋不停地说着什么，看样子，案子破了，应该是关于感谢一类的话。

杨洋向我这边跑来了。

此时她身穿一件孔雀蓝色的连衣裙，裙摆欢快地打在腿弯上，和她的心情非常的切合。

她是来跟我打招呼的。

"袁老师，不好意思，不能和你们一起玩了——我要跟他们一起回去。"杨洋说罢，目光还在我脸上停留片刻，像是感激，又像是嘱咐什么，最后又说了句"谢谢啊"，就算是告别的赠言了。

11

我们在德令哈住了一夜。住下之前，古影子的闺蜜又请我和汪红红吃了夜宵，第二天我们游玩了离德令哈不远的托索湖。在托索湖欣赏美丽的湖景时，我还想着，杨洋的案子也应该结了吧？四十万的损失能讨回多少呢？我没有接到杨洋的任何消息，我也就无从知晓了。午饭后，正当我们准备赶往另一个景点时，汪红红突然接到单位的紧急任务，要她提前结束公休假，我们的德令哈之行也便提前结束了。

我们当即就驱车赶往西宁了。

我们没有按照原定的计划在回程途中游玩美丽的青海湖。我们只能沿着高速公路望一望沿湖的景色，那些湖边碧绿的草地，草地上灿烂的野花，那一望无际的浩渺的碧波，都让人惊叹并心生向往。当然，古影子在路过许多景点时，还不忘给我做了简单而生动的介绍，黑马河、江西沟、天鹅湖、倒淌河、日月山，这些景区在古影子的精彩描述下，一个比一个美丽，一个比一个魅力无穷。

原本，回到西宁后，我可以在西宁多待几天的，西宁的美食还没有好好尝尝，景点也没有好好看看。反正回北京也没有什么事儿，酒吧还不知道何时才能恢复往日的喧嚣，小拙灰暗的、潮霉味呛鼻的半地下室我也不想再住了。但我却提不起兴致，甚至有点索然无味。古影子倒是还有计划，可古影子已经和我原来记忆里的古影子不一样了，再留下的心情也远离了我来时的初衷，还有意义吗？就在这时候，突然接到了小拙的电话。小拙欣喜地告诉我，北京的酒吧已经允许乐队和歌手进驻了。这无疑是一个让人振奋的消息。我立即蠢蠢欲动起来，巴不得立即回到北京，仿佛我回晚了一步，好的酒吧就被别人占领了一样。同时，也是我离开的绝好的借口。

但是，在我刚从德令哈回来的第二天，就告诉古影子我准备离开时，古影子还是惊讶了，古影子说："怎么也要多留两天啊，我好不容易说服汪红红，再抽个时间一起吃吃饭的，怎么说走就走啦？"

我把小拙和我讲的好消息跟古影子复述了一遍，同时也说明北京的工作岗位竞争非常激烈，怕晚一天就会多生变数。

古影子说："北京的机会虽然多，但压力也大，房租啊，交通啊，吃饭啊，等等，费用都奇高，远没有西宁这地方安逸、自在。我觉得，你要是在西宁搞个音乐工作室，绝对有发展前途，或者在西宁找个工作，也是不错的选择。当然，西宁是不能跟北京比的，时尚元素差多了，可是……可是……你还没去我的工作室看看呢。我的音乐工作室还需要你的指点呢。还有啊——我也就直说了，你觉得汪红红这个人怎么样啊？她觉得你心事很重呢。我说要多接触，多了解……你笑什么？瞧你这表情，嘿，看来我是多此一举了。其实不要紧的，交个朋友嘛。"

我说："谢谢你的好意，我真的要走了。"

古影子观察我的情绪，说："你执意要走，也不留你，以后，我们在北京还会见面的。"

这后一句是客套话了。

"这几天……辛苦你啦！"我还是难掩悲伤。

古影子也感觉到了，她轻声道："对不起……"

她的"对不起"含有太多的内涵，但，这就是人生，这就是人世，这就是生活。

我订了一张中午 12 点 35 分西宁至北京西的卧铺车票。

分手在即了。古影子知道我的行程后，一定要请我吃一顿饭——送行的饭。她的理由也很充分，说她当时从北京回西宁时，我也请她吃了一顿，处朋友要讲究对等。但是，吃饭耽误事啊，时间更显紧张了。当吃完饭，她开车把我送到西宁站时，离发车时间只有十五分钟了。我拿着身份证慌忙地通过各种闸口，气喘吁吁地登上列车，还没有找到自己的铺位，就广播停止检票了。真是太险了。我拉着行李箱，往车厢里寻找。列车上的旅客不多，我很顺利就找到我的铺位了。

让我不敢相信的是，古影子居然坐在我对面的铺位上，正仰着脸朝我笑。我脑子瞬间眩晕了，穿越了，随即又清醒了，这哪是古影子？这是杨洋啊，她穿了我建议她买的那件抹茶绿的连衣裙，显得清新脱俗。

"啊？怎么可能是你？"我说。

"怎么可能不是我？"她也乐了，"你以为是谁？古影子？"

"不不不，我以为……"

她歪一下脑袋："谁？你敢说你不喜欢古影子？"

我不说话了。

她思忖了片刻，说："不过古影子的男朋友太优秀了，简直就是神探，就是……

就是当代狄仁杰,就是中国的'福尔摩斯'——他抓住那个大骗子了。我靠,真是太让人没面子了,那个大骗子,居然是个女人,而且是个胖女人,我怎么就那么幼稚呢?哈哈哈,你也不聪明多少……不是打击你啊,你还真的不如许警官,人家那个帅,那个智商,那个优秀,不佩服都不行啊!"

"你也是骗子。"我说。杨洋太得意了,太打击我了,太不把我当回事了,我不能让她如此肆无忌惮。

"骗子?我?你这么高看我?哈哈哈……"她笑得更欢了。她笑着笑着,眼泪就噙在眼里了。她目光定定地看着我,声音突然变了,"我一直在看你的微信,看你朋友圈上传的那些歌,看古影子的影像,也有你的影像,也一直想跟你说声谢谢……我要向你道歉……其实,其实你也是优秀的,可我不想在微信上说,我想当面说。没想到……没想到真的又见着你了……真是太巧了。没错,我想做个骗子,我希望我是……对,我不是骗子,我希望我就是古影子。"

"你唱歌……不差于她的。"

"仅仅是唱歌吗?你真是太健忘了,你不知道我是干什么的?我是搞艺术培训的,音乐这块正是我们培训机构的主打项目,而我,专业就是声乐……怎么样?愿意到我们艺术机构上班吗?昨天我接到教育主管部门的通知了,各种艺术培训机构可以开学了。你要能来,我给你开顶薪。"

这又是一大意外的惊喜了,我简直没用考虑就说:"真的呀?太好啦!"

她扬脸看着我,眼睛再次湿润了,哽咽着说:"……你教会了我很多。"

她站起来,向我身边靠了靠。

这时,火车启动了。火车司机可能是个新手,启动时发出剧烈的抖动,在突如其来的惯性作用下,我们互相没有站稳,拥到一起了。

原载《中国作家·文学版》2021 年第 4 期

万户山

王昕朋

一

接到去万户山街道任职的通知，范小萍几乎一夜未合眼。

干吗呢，像刚放进热锅里的鱼瞎扑腾？老伴张超钢抱怨说，你要怕到万户山干不好，毁了您这个老先进的名声，就直接给区委说呗！我就不信佟书记能用根绳子拴着你的脖子硬拖着你去。

范小萍叹息一声，我干半辈子工作，什么时候和组织讨价还价过？说完，她又翻了个身，轻轻拧着张超钢的耳朵，迫使他转过身来面对着她。超钢，你摸摸我这心，跳得比平时要快，这是不是就叫担心？张超钢"哼"了一声，你呀，再过两年就退休了，去那个烂地方，图啥？我倒是替你担心，担心你被那些小流氓混混给打得满地找牙！

范小萍"哼"了一声，起身在床沿上默默地坐了一会儿。

万户山不是一座山的名字，附近十几里连一个土丘也没有。这里其实是北州市前几年因为周边几个村子拆迁建起的一个大型安置性社区，全社区有一万零一户，时任区委主要负责同志就取了个"万户山街道"的名字。居民成分复杂，矛盾层出不穷，管理相对困难。在范小萍之前，这个社区六年间换了五任街道办党委书记。这五任街道办党委书记中，两名因社会治安、生活环境不达标平调走了；一名因强拆居民乱搭乱建房，被当事人家女主人抓破脸皮，骂到家门口而主动要求辞职；一名因嫁女儿大操大办被居民举报受到党纪处分免了职；还有一名感到工作不好干，主动要求调动。不仅在大龙区，就是在整个北州市的干部中，提到万户山街道，人人摇头，个个叹息。有人嘲讽说，就是把万户山提为正厅级，按政府的机构设置配备干部，也治不好那个地方。在北州市有首形容万户山街道的打油诗：

万户山里住万户，

市民农民不清楚。
八座大门难出入,
马路成了停车库。
一池死水臭半城,
垃圾成山居民苦。
东区骂声还没落,
西区又有棍棒舞。
就是天王老子来,
保准打得哇哇哭。
好男不娶万户女,
好女不敢嫁万户。

　　万户山街道有个在外地工作的干部,国庆节带着老婆孩子回家看望父母,下了高铁排队打的,一连十几辆出租车,司机一听说去万户山,马上摇头摆手,让他和家人感到惊讶。后来,他编了个谎,说了万户山附近的一个地名,才有出租司机让他和家人上车。刚到社区门口,就遇上两个摆地摊的妇女因为争顾客大打出手,围观看热闹的人把大门堵了个水泄不通,等待进入小区的车辆排了一里多路,司机一个个急得直摁喇叭。他过去回家过节,家还在村里,左亲右邻都亲亲热热,这一回他老婆感叹地说,过去听说城中村脏乱差,你这村中城也不过如此!好不容易到了门口,又遇到了烦心事。他家住的楼房门前各种各样的生活垃圾堆成了小山。居民准备过年在门前宰杀鸡鸭乱扔的一地鸡毛、鸡肠子、鸭毛、鸭肠子血水还没干,他女儿吓得捂上了眼睛。而就在这时,楼上不知哪一层哪一家的窗口突然扔下一只黑色塑料垃圾袋,掉到地上"砰"的一声破裂,里边装的空矿泉水瓶跳到了他女儿面前。他老婆抬头看了一眼,低声嘀咕一句:真没教养,和这样的人当邻居,这日子可怎么过?这个干部当天就想找街道办事处领导谈一谈,可街道办事处铁将军把门。才过了两天,他老婆就坚持要提前回去。理由就一条:这堆积的垃圾山一天比一天高,味道一天比一天难闻,让人受不了。

　　那位干部是从事文字工作的,回去后就给市委书记写了一封信,信中简单讲了一下假日回乡的感受,建议加强社区尤其是万户山这种混合型新型社区治理。他动情地写道:平房变楼房,农民变市民,这并不代表就是"安居",真正意义上的安,应当是平安、安定、安全。社区治理是一篇大文章。市委书记阅后批转到全市所有的街道办事处。范小萍作为街道办事处党委书记,也读到了这封信和市委书记的批示。就在这过后不到一周,她接到了到万户山工作的通知。和她谈话的是区委佟书记。佟书记虽然不到四十岁,头却已经秃了一半,额头上的皱纹也像深耕过的地墒沟。他说话慢条斯理,有板有眼,即使在大会上讲话也是这样的状态,有的干部说听他说话就像听说大鼓书的在说书,该急时急不起来,该松时松不下来,一句话:让你没脾气。他简单讲了区委安排范小萍到万户山街道办事处担任党委书记的考虑,然后一口一个范大姐地叫着,动情地说,范大姐呀,您是咱们区、咱们市、咱们省优秀基层党务干部、模范街道办事处书记,治理万户山这重担只有您能挑得起。范小萍本想说自己再有两年就退休了,干不动了,请组织上另派年轻的同志去吧。可是她刚要开口,佟书记笑着摆了摆手说,范大姐,区委研究人选时,大家异口同声推荐您。我还拍着胸脯说,范大姐我了解,对工作从不挑挑拣拣,要是工作好干的地方,她还真不一定去呢!像万户山这样老大难的地方,她绝不会畏惧。她一辈子最喜欢挑战,有担当。咱要多几个像范大姐一样的基层党务干部,工作就不愁了!

  区委书记的话说到这个份上,范小萍的心有点儿热也有点儿激动。她握着佟书记的手,连说了几句:谢谢组织的信任,谢谢组织的信任……

  你就这弱点或者叫软肋,就是经不住几句好话夸。她回家告诉张超钢后,张超钢这样说她。她反驳道:被人夸总比被人骂好吧?就连小孩子也喜欢听好听的。张超钢指着墙上挂着的一个个镜框嘲讽她说,上次女儿回来怎么说你记得不?嘿嘿,这些玩意值钱吗?

  范小萍不高兴了,拍了下餐桌,愠怒地说,张超钢,你别在这给我瞎胡呲!给你一百万,也换不来一张盖着大红印的奖状!说完,她放下筷子,起身进了卧室。张超钢见她生气了,跟着追到卧室,笑嘻嘻地说,老婆,和你开玩笑呢。我这不是疼你吗。你这些宝贝,我每天打扫卫生时都擦一遍。别生气了,吃饭,吃饭去。

  范小萍没理他。他索性把范小萍抱到餐厅,摁在椅子上。范小萍嗔怪地说,看你像啥样,窗帘还没拉上呢……

  上床休息后,张超钢不一会儿就打起呼噜。范小萍一点困意儿也没有,心里十分焦虑。佟书记对她说这事儿急,原来工作的办事处交接手续可以慢慢办,先到万户山街道办事处走马上任。明天就要到那地方上班了,第一个见到的会是什么样的人,第一次碰到的会是什么事儿?会不会……

  第二天一早,范小萍不到五点就下了床,简单梳洗一下就钻到厨房做饭了。过去,都是张超钢早上起来做饭。他听到厨房里锅碗瓢盆叮叮当当的响声,觉得很不习惯,穿着大裤衩子就跑了进来,不容分说夺下范小萍手里的铲子,边把她往外推边抱怨：你是新官上任，想让我失业啊！去，去，桌子上有我帮你找的晚报，有这些日子报道万户山街道的新闻，看看吧，能给你提供点儿参考！

范小萍眼睛一热，搂着张超钢的后腰，在他脖子上亲了一口。

晚报上那些关于万户山街道辖区的新闻，几乎全是负面的：某栋居民楼因水管破裂，大水漫灌，居民投诉到市政府；西南门坏了一个多月，进出车辆要绕道东南大门或其他门，造成社区里车辆严重堵塞；小区一牙科诊所聘用人员技术不过关，误将一位七十多岁老人的一颗好牙当成坏牙给拔掉了，医患之间上演了一出大打出手的闹剧；某栋楼上层男主人与下层女主人搞婚外情，竟然肆无忌惮地在双方家中同居，被下层女主人的婆婆发现，两家闹得满城风雨；一位居民网购游戏被诈骗，损失了两万多……而最多的则是关于这个社区街道环境脏乱差的报道，其中有一篇写道：当初建设万户山大型社区时，建有一个一万平方米的文化广场，现在那里垃圾堆成山，散发着刺鼻的臭气，附近的居民不敢开窗户。有的居民无奈地说："万户山社区原来没有山，现在终于有了座人工堆的垃圾山，名副其实喽！"他们希望政府有关部门加大对社区的环境治理力度，还居民一个美好的生态环境。

对于那些负面新闻，特别是花边新闻，范小萍有些反感，但是对这篇关于环境卫生的报道却怦然心动，反复看了几遍。张超钢把饭菜端上餐桌，用筷子轻轻敲了敲桌面，哎，范书记，该用餐了！她头也没抬，抓起馒头一边往嘴里塞，一边还在低着头看。张超钢在她身后朝报纸上看了一眼，边看边感叹：一个社区里环境太差，对人的心情影响太大了，心情一不好，情绪就很差，一些不该发生的矛盾都可能发生……范小萍愣了一下，激动地猛地站起来，"咚"的一下，后脑勺顶到张超钢的下巴上，疼得他"哎哟哎哟"叫了几声。范小萍向他竖起大拇指，夸奖他说，钢子，你这话有哲理、有见解，我今天才发现我老公还懂得心理学、社会学。你当我的顾问挺合适！

张超钢说，你快拉倒吧，当你的顾问都是学雷锋尽义务。再说，我就这么随口一说。

范小萍：你说得有道理。我想了想，我到万户山第一件事就从环境卫生抓起！

张赵钢：你可想好了！我去过万户山出诊。那个文化广场坐落在新市民居多的十几栋楼之间。不说新市民的素质如何，在农村时长期养成的垃圾随手扔的生活习惯，改变起来要一定的时间。他停顿片刻，叹息一声，又说，他们中有些人没有正式工作，生活条件不如周边邻居好，加上过去在农村没人收他们物业费，一个月几十元钱的物业费不愿掏，甚至故意把垃圾扔那里。要是谁管，就和谁干！

范小萍边听边想边点头。张超钢说完，她好像已经胸有成竹了。她抹了抹嘴唇,抚摸一下张超钢的下巴,关切地问:老公,下巴还疼吗?说完,转身往外走,到了门口又回过头对张超钢说了一句:我最不怕耍刁耍横的!

二

有句俗话说:"越不想让到的,反而到得越快。"耍刁耍横的事让张超钢说准了,也让范小萍真的撞上了。

范小萍还是多年养成的习惯,早上八点上班,提前一个小时到街道走走看看。她到万户山时正好七点钟,办事处还没开门。她皱了皱眉头。在原来的办事处,这个时间大多数同志已经到岗开始工作。

她停好车,直奔文化广场。她以前来过万户山几次,不是开会,就是参加办事处之间的环保卫生、计划生育、治安管理互查,一般深入到具体哪条路、哪栋居民楼的情况很少。这一次身份不同了,工作性质不同了,所以,一路走来她心情沉重。万户山街道太大了,名副其实全市第一个大型社区。范小萍知道这个社区的来历,当初因为市委市政府东迁,建一个新的行政区,就把十几个村庄迁到了这片地方。但是,市财政没有太多资金投入,就由开发商接盘运作,盖一部分可以出售的商品房,用商品房的资金收入,来盖一部分安置房,同时支付一定的拆迁费用。这个社区东西长五公里,南北长三公里,光纵横交错、有名有姓的马路就有二十多条,诸如北京路、上海路、深圳路、泰山路、平安路、丰收路、莱茵路、伦敦路、华尔街路等等。也许做社区规划的人一开始就把居民分为了几个层级,那些高档的、对外销售的商品房附近的马路均以大都市或者洋名字命名,而拆迁安置房附近的马路则以一些小地方的名字命名。

范小萍现在就在丰收路,没走多远就开始眉头紧皱。本来是条双向行车的路,路两边设置有人行道,但一侧停放着各种各样的车辆,有小轿车、电动车、三轮车,让道路一下子变得狭窄,成了单行道。两边的人行道上这儿堆着几小堆垃圾,那儿放着几辆自行车,还有的地方放着乱七八糟的废弃物。路边的草坪更不堪入目,这里一片西瓜皮,那儿几个空啤酒瓶,还有一些垃圾袋也扔在草坪上。有几片草坪被人用铁丝网或者竹子围了起来,里边有的种了菜,有的当鸡圈、猪圈养着鸡和猪,有一处圈起来的铁丝网中拴着几只大狼狗。那几只狼狗看见范小萍过来,竟不约而同地一边冲着她"汪汪汪"狂叫,一边张牙舞爪地做着欲冲出铁丝网的架势。她没有任何心理准备,吓得连忙后退,于是撞倒了一辆电动自行车。自行车上安装的报警设备发出一阵凄惨的呼叫。她忍着腿上的伤痛,弯腰正要把电动车扶起来，身后传来一个女人沙哑的尖叫：电动车没长眼睛，你一个大活人眼睛长错地方了吗？啊？

范小萍回头一看，尖叫声是从二楼一个窗口传出来的。那个女人披头散发、衣冠不整，手里拿着牙刷，嘴边全是牙膏形成的白色泡沫，一看就是刚刚起床正在洗漱。那女人是张方脸，配上一对大眼睛，加上一脸怒气，显得很凶。范小萍知道遇上"难缠头"了，只好忍气吞声，笑着对她说，大姐，我没注意，对不起！

一句对不起就算完了？那儿好几辆电动车，你为啥偏把我家的撞倒？那个女人没完没了，又说，你等着别走，我看看把我的电动车摔坏了没，真摔得折了胳膊腿，你得赔我新的！

这时，有几个行路的驻足观看，从附近楼里走出的几个居民也围了过来。一个六十开外的白头发老头低声对范小萍说，这位大姐，你抓紧走吧。"刘泼泼"是个沾一毛懒四两的主儿，弄不好她真让你赔她一辆新车，就是车没啥事也会喷你一身脏气。

一个身材魁伟、光着膀子的中年男人双手轻轻提起电动车，四下转了一圈，轻轻放下后感慨地说，皮毛也没伤着。

正说着，那个女人已经气冲冲地从楼里大步直奔范小萍而来。范小萍毫不犹豫地迎上前，满面笑容地伸出双手，亲切地说，婆婆大姐，对不起……

范小萍听人称那个女人叫刘泼泼，以为这是邻居对她的尊称，压根没想到是泼妇的泼，是个贬义的称呼。果然，那个中年女人听了，仿佛火上浇油，勃然大怒，伸手就要抓范小萍的头发，范小萍一歪脖子躲过了。她又伸手去抓范小萍的衣襟，这回范小萍不躲，还是笑着对她说，婆婆大姐，您别着急，先看看电动车摔坏没摔坏，如果摔坏了，我赔您一辆新的！

那个中年女人火气很大，的确像一夜没有睡好，憋着一肚子火。她一手用力扯着范小萍的衣襟，把范小萍拉了个跟跄，一手指着范小萍的额头骂道：我泼我泼，我今天就泼给你看看。你是万户山第一个当着众人面骂我泼的！

范小萍这才意识到自己在不明不白的情况下犯了个错误。俗话说："打人不打脸，骂人不揭短。"小偷没被抓住现行不愿意别人说自己是贼，泼妇也不喜欢当众被称为泼。她马上向那个女人赔礼道歉：刘大姐，我错了，把您的名字叫错了！您怎么骂我都接受，绝不还口！

这时，过路的一个年轻女人走上前来，大喝一声：刘欢欢你把脏手拿开！又一把抓住"刘泼泼"的手腕，用力一拧，"刘泼泼"哎哟叫了一声松开了手。接着，她朝"刘泼泼"胸前推了一把，隔开了"刘泼泼"与范小萍，义正词严地说，刘欢欢，你知不知道你在对谁耍泼耍横？这是区委刚派到咱万户山街道办事处的新来的党委书记范小萍！说完，她转身拉着范小萍的手，带着歉意说，范书记，我是这个社区街道办的小冯，原想早点到班上迎接您，没想到……唉，让您一上任就看到万户山不光彩的一面，还受了这么大的委屈。我，我好难过！

哇，真是范书记，过去只在电视上见过。

看着面熟，一下子没想起来。

围观的人们议论纷纷。刘欢欢先是愣了下神，但脸上看不出有恐惧和后悔的表情，反而怒视着范小萍和冯梅子。

范小萍过去开会时见过这位叫冯梅子的姑娘，知道她是全区第一个到基层社区工作的博士、年轻党员。她握着她的手晃了晃，转身笑着向刘欢欢伸出双手。刘欢欢突然倒退了两步，一手捂着胸口，一手指着冯梅子说，姓冯的，冯博士，她姓范的是你们办事处的书记，是你的书记，她管你，可管不了我。你今天当胸打我一拳头，我现在胸口像刀割一样疼，要是我的心脏病犯了，我跟你没完！

冯梅子气得脸色蜡黄、嘴唇哆嗦。旁边一个中年妇女看不下去了，斥责刘欢欢：小冯就是推了你一下，也没用力。你别歪搅胡缠！

哟，没听水响王八就冒出来了！刘欢欢一步跳到那个中年妇女面前，手指着她的额头，气势汹汹地说，别仗着你是上海路富人区的，就高人一等，拍马屁、拉偏架，站着说话不腰疼。

把你的手拿开！那个中年妇女丝毫不怯刘欢欢，我不管富人区穷人区，我讲的是理！

范小萍怕她俩吵起来，引起两个居住区居民之间的矛盾，诚恳地对刘欢欢说，欢欢，我现在送您去医院检查。您要觉得不方便也可以自己去检查。如果您的心脏病真的犯了，我给您赔礼道歉，给您掏医疗费！

刚才那个提起刘欢欢电动车的中年男人鼓着掌对刘欢欢说，刘欢欢你这一大早就遇上喜事了，挨了一拳头，医疗费有地方出了。谁要是揍我两拳头，不，三拳头四拳头，能把这好事给我，我也甘心情愿。恭喜恭喜！你还不感谢人家范书记？

他的话明显是在冷嘲热讽甚至有煽风点火的意思，围观的人反应各不相同。有人鼓掌，有人叫好，更多的人沉默不语。冯梅子四下看了一眼，气得浑身颤抖，反驳那个中年男人，杜刚你这话什么意思？大伙都明明看到了，我就是轻轻把刘欢欢推开，根本就没打她。

刚才斥责刘欢欢的中年妇女高声喊道：我证明！

那个叫杜刚的瞪了她一眼。她也瞪了杜刚一眼，然后转身离开了。刘欢欢好像被打了一针强心剂，一步跳到冯梅子跟前，双手抃着腰围着她一边转圈子，一边滔滔不绝地说，看你长得水灵灵的，跟朵桃花似的，又是博士，怎么也像俺这大老粗一样动手动脚？你没揍我，我傻，自己揍自己，我……

没等刘欢欢说完，刚才那位劝范小萍尽快离开的老头愤愤不平地说，人家范书记都这样高姿态原谅你，不和你计较，你就借坡下驴吧！

刘欢欢四下看了一眼，发现周围没有对她表示同情的眼神，杜刚晃着膀子，快快地走了，于是狠狠地说，你们，你们都是些拍马屁的，平时你们哪个不骂办事处不办好事、不办人事？这回见了新来的书记就吓得尿了裤子。我刘欢欢不怕，不怕！我就在家等着，看她新来的书记能一把火把我家给点了！她边说边往后退，回到楼里去了。

刘欢欢一走，围观的人们也大都离开了，只剩下范小萍和冯梅子，还有刚才劝刘欢欢的那位老人。冯梅子把他向范小萍做了介绍：这位是达跃进……

大跃进？范小萍以为又是绰号，问了一句：您贵姓？

老人嘿嘿一笑，诙谐地说，我这个姓比较少见，很多人都以为达跃进是我的绰号。其实，我姓达，有个名气很大的电影演员叫达式常，我就姓那个达。我在"大跃进"那年出生，所以我爹给我起了这个名字！

范小萍哈哈笑了，跃进这个名字好啊，老哥。

达跃进摸了下满头白发，感叹道：老了，跃不起来，更进不了。

范小萍：老哥您比我大四岁。这么跟您说吧，要是按现在的说法，咱们还都没有跨进老年行列的资格呢！

冯梅子说，达叔是丰收路居委会的党支部书记。

达跃进听了，神情一下子变得既有点惊慌不安，又有点过意不去。范小萍和他握手时，他的目光避开她的目光，无奈地说，给办事处党委丢脸了。在万户山，我们丰收路数得上脏乱差、难管理。范书记上任第一档子烦心事儿就发生在我们这儿，惭愧，惭愧呀！他低着头想了一会儿又说，说真心话，还不如村里好管。人上了楼……他指了指脑袋：这里，没啥改变！就说刘欢欢吧，不犯罪不违法，小毛病，怎么管？很多人都说，只要把刘欢欢的菜园子给平了，万户山环境能改变一半。冯梅子说，达叔，这得有个过程。达跃进抬起头看着范小萍，诚恳地说，范书记，我连续给两任办事处党委写过辞去党支部书记的申请报告。不信您可以当面问问小冯。您今天是第一天上任，千头万绪的事情，我也不给您添堵。等您忙过了这几天，我登门给您送辞职报告去。

范小萍看他说到这里时眼圈泛红，心不禁有些触动。他说完，转身就要离开，冯梅子想去拉他,哎,达叔,您等等,听听范书记怎么说。他头也没回,反而加快了脚步。冯梅子想追他,范小萍拉住她的胳膊,冲她摇了摇头。

冯梅子着急地说,范书记,不能让达叔辞职!丰收路居委会就数他资格老,这没拆迁前他就当过村支书……

范小萍好像已经心中有数,说,我知道,我知道。

冯梅子不解地看着范小萍。范小萍拍了拍她的肩膀说,走吧,梅子,咱们再到文化广场看看。

三

万户山社区的文化广场大约有足球场那么大,在全区所有社区中算是比较大的。前几年区文化局曾在这里举办过全区群众广场舞比赛、歌咏比赛,范小萍带队来过这里。那时她所在的街道办事处是个老社区,楼房中间距离狭窄,十分拥挤,又没有停车场,有块几平方米的空地就让居民占上停车用,所以很羡慕万户山社区这片文化广场。今天一到这里,只看了一眼,心就隐隐作痛。广场的确被各种各样的垃圾占领了,有一件件废弃的家具,一团团扔掉的破棉被、棉衣,一堆堆装修房子换下的旧地板、地砖,一只只被雨淋后已经发烂的空纸箱,缺了两只轮子的旧自行车……五花八门,各种各样,甚至还有两辆报废了的小轿车。让她感到可气又可笑的是,一个旧衣柜上还郑重其事贴着纸条,上边写着主人的姓名、手机号码,堂而皇之地声明:没经本人同意挪用,发现立即报警。由于这些垃圾放的时间过长,经多次风吹雨淋已经发潮发霉,开始糜烂,散发出的酸臭味在空中弥漫,沁入人的心肺,让人有一种窒息的感觉。

冯梅子见范小萍皱着眉头,不安地说,前两任办事处领导中,有的也下过决心,发过狠话,誓言要把这座垃圾山搬走,还广大居民一个好的环境。可是,居民动员不起来,这边要清理了,早有一帮子刘欢欢那样的人如临大敌,严阵以待,拉出拼命的架势。领导怕闹出乱子,丢了面子,影响社区稳定挨批评、受处分,就认了。还有的领导就想安安稳稳做两年"太平官"……

当太平官就别干共产党的事业!范小萍感慨地说。接着又问冯梅子:居民难道看着这堆积如山的垃圾,闻着垃圾散发的刺鼻味道,不厌烦、不难受吗?冯梅子皱着眉头,回答道:我觉得这一问题有几个方面。一是有些居民从农村来,有些破旧家当舍不得扔,老想着不知哪天又能派上用场;二是街道办事处经费紧张,清运垃圾又没有专项经费;三是思想工作不深入、不细致,一道通知下来就让居委会、楼长向居民要清理垃圾的钱，虽然不多，一家就十块八块钱，但很多居民不愿掏……

范小萍沉默了。她了解这其中的难处。像旧家具、旧家电这样的大货件，要出钱请人拉走，有时候价格低了，花钱都难请到。尤其是那些二次使用价值少的垃圾，根本没有人回收。当垃圾吧，近处不敢乱扔乱放，发现了罚款很重。人家帮你清运，总不能赔本吧？她问冯梅子：环卫所呢？冯梅子抱怨道：街道环卫所才不管社区里的环境卫生。铁路警察，各管一段。他们不把这当分内事。

小区没有物业公司吗？他们也不管？范小萍觉得奇怪。

冯梅子：这里的物业公司和街道办事处的领导班子一样走马灯似的换，因为物业费收不上来。

范小萍无奈地笑了笑：成了三不管的难题！

这时，身后传来哐当一声响，两人回头一看，是杜刚。杜刚不知扛了一包什么东西，朝地上一扔，看了她俩一眼，转身大模大样地走了。范小萍和冯梅子走近一看，杜刚扔在地上的那只水泥袋已经散裂，里边的东西都暴露出来，有十几只空了的啤酒罐，有一堆鸡骨头，还有一些厨卫垃圾。冯梅子气愤地说，范书记您亲眼看到了，这就是万户山居民的素质！你要说他吧，那就等着挨骂，挨骂还是好的，碰上"刘泼泼"……

哎，别人这样叫她，咱们不能！范小萍制止冯梅子。

冯梅子说，碰上刘欢欢那样的，踢你几脚也保不准。我有时真想打退堂鼓。

范小萍拍了拍她的肩膀，诚恳地说，梅子，我理解你的心情。

看着时间已快到八点，两人边说边往街道办事处走。这时的小区里已经热闹起来，左边路旁一连几个卖早餐的小摊前都排着长队，一些人站在草坪上排队等候，一些已经买了早餐的人在草坪上或屈腿而蹲，或席地而坐，旁若无人地狼吞虎咽。草坪上扔下的饭盒、餐巾纸、一次性卫生筷、剩饭等一片狼藉，不堪入目。一个四五岁大的男孩在草坪上大便，他的母亲不管不问，还若无其事地和别人说笑。右边路旁修自行车的、修锁配锁匙的、卖旧书的、卖菜的也已开张。让范小萍感到瞠目结舌的是，竟然有两辆拉着西瓜的马车也堂而皇之地占有一席之地……

范小萍一路上一句话没说，走得很快，冯梅子几乎是一溜小跑才跟上她的步伐。进了办公室，范小萍终于忍耐不住感慨地说，这哪里像城市社区，分明像农村菜市场！

哎哟范书记，您眼真尖，看得真准！一个叫何莹的办事处工作人员一边帮着擦范小萍办公室的沙发一边说，要是周六周日和节假日，那就像农村逢会，不能说人山人海，那也是热闹非凡。我听住在您工作过的街道的同学说，他们经常周六周日开着车到咱这地方买菜！一是新鲜，二是便宜……

冯梅子听何莹说得津津有味，不满地瞪了她一眼，内疚地说，何大姐您快别说了，这又不是什么好事，万户山发展到今天这样子，咱们都有责任。

何莹的脸唰地一下红了，刚才还是笑容可掬，瞬间变成怒发冲冠，指着冯梅子毫不客气地说，小冯你是这两届街道书记面前的红人，红得发紫！我是他们不待见的人，边缘化的。他们给我的任务就是接接电话，接待来访，我，我有啥责任？

冯梅子顶撞她说，你难道不是办事处一员？

何莹还要和冯梅子争吵，被范小萍摆摆手制止了，小何，你忙了半天，歇歇吧。小冯，你去看看办事处的同志到齐了没有，咱们开个会。

何莹马上又换了一副笑脸，是，得搞个欢迎仪式，欢迎范书记上任。我昨天就想到了这一点……

冯梅子离开后，范小萍招呼何莹：小何你坐。喝杯茶，咱们俩聊聊。何莹惊慌地连连摆手，我在领导面前站习惯了，您要让我和您平起平坐，我不舒服，也不敢。范小萍看着她紧张而且认真的样子，扑哧笑出了声，小何，有那么严重吗？好吧，我不勉强你。你给我说说，咱万户山社区面貌能不能改变？何莹两眼一动不动地盯着范小萍的脸，捂着嘴干咳了两声，好像借此几秒钟来思考一下如何回答。范小萍不动声色，假装收拾抽屉没有看她。过了一会儿，何莹突然走到范小萍面前，附在她耳朵上低声问道：范书记，您是不是想打退堂鼓？听说您那边还没辞掉……

范小萍站起身，拍了拍她的肩膀，微笑着反问：你这样想？

何莹非常严肃地点了点头。

范小萍又问：那你在这待了几年，为啥没打退堂鼓？

何莹一愣，沉默了片刻，哈哈笑了，自嘲地说，我就一小兵，在哪儿都是干活。

范小萍从她的神情和话语中已经悟出了些问题。她没有再继续往下问，从包里掏出笔和笔记本，一边往外走一边说，小何，我们去和同志们见见面吧！到了门外，何莹站住不动。范小萍看了她一眼，她好奇地问：范书记，您不锁门？

范小萍笑笑，摇了摇头。

何莹也不解地摇了摇头。

四

会议整整开了三个小时,临近吃午饭时才结束。中间有激烈的争吵,何莹和冯梅子都拍了桌子;有长时间的沉默,当范小萍征求大家对社区治理的建议时,与会的人你看看我,我看看你,都不开口;也有一段热烈的讨论,主要是议论到办事处经费、收入待遇、奖金等关系个人利益问题时,何莹的话最多,诸如比别的办事处的同志干得多、累得多,但少领多少年终奖,少得多少福利,同在一个区,感觉是后娘生的。冯梅子有几次想打断何莹的话,范小萍都用严厉的目光制止了她。因为范小萍敏锐地意识到何莹的意见有市场,抑或说受欢迎,如果冯梅子因为这和她发生争执,肯定受到那些支持何莹意见的人的攻击,最后下不了台。

一个叫彭城的说话非常尖锐,也非常直率。他说,对付那些刁民不能心慈手软!该出手时就出手。前任的办事处领导走路都怕踩着蚂蚁,难怪干不成事。

范小萍皱了皱眉头,严肃地说,彭城同志,你这个观点不正确。怎么能把群众称为刁民呢?

彭城委屈地辩解道:范书记您新来乍到,不了解这个社区的情况。有人就是刁民,对他一百个好他不说你好,对他一点不好,他就骂你祖宗八代……

范小萍说,这是个别现象。再说,为什么要让他感觉到有一点对他不好呢?那么这一点肯定是我们工作中的问题。

谁也不能保证工作不出任何问题。再说了,有些问题不是我们能解决的。彭城不服气地说,比方丰收路有个叫杜刚的喜欢打篮球,天天找我吵着闹着在社区建个篮球场。我说篮球场本来就有,被你们当垃圾场了。你让我上哪儿给你找地再建一个篮球场!

彭城的话引起多数人的共鸣,纷纷摆问题讲困难。范小萍一边认真听,一边认真地记。她对面前这些人的思想观点、基本态度渐渐有了认识,虽然不是十分清楚,但也有个八九不离十。毕竟她当了三十多年干部,二十多年是在街道办事处工作,担任办事处主任、党委书记也有近十年,对这些街道办事处干部的心理把握得比较准。她原先的街道办事处一位老科长说过:范书记经验老到,在她面前千万别玩花样。说句不太雅的比喻,蚊虫从她面前飞过,她从声音都能分出是公是母!这话还是张超钢学给她听的。她听了心里觉得有点别扭,但同时又觉得挺舒服。在她看来,80后的冯梅子属于那种胸怀坦荡、敢想敢干的初生牛犊,一心想干出一番事业,但缺乏政治上的磨炼、实践上的锻炼,经验也不足。已近不惑之年的何莹,已有十多年的工作经历,是一路摸爬滚打过来的,上有老下有小,生活负担相对重一些，对个人利益也看得比较重，工作上则四平八稳，不求有功但求无过，能不得罪人就不得罪人。在办事处的干部中，像她这样的同志占的比例相对大一些。还有少数人吃着碗里的想着锅里的，工作不安心，当然也就没有责任心。范小萍刚上任，不愿和这些人搞得对立，那样工作开展起来就会有阻力、有麻烦。但是她也不愿挫伤冯梅子那样一些同志的积极性，毕竟这些同志是她工作上要依靠的中坚力量。想来想去，临散会时她心平气和地说，大家刚才坦诚地交换了意见，都发表了很有见地的建议，给我的第一感觉是同志们都有一颗想改变万户山落后面貌、争创先进的火热的心，有的同志的话给了我很大的信心。

她停顿了一下，目光从冯梅子脸上很快又移到何莹脸上。她发觉这两个人都表现得很坦然、很平静。她想了想，又说，何莹同志提到奖金、福利等问题，我理解她这不是在发牢骚，而是强烈地希望改变这种局面，对这一点我体会比较深。全区办事处的同志年终开会见面时，如果我这个街道办事处书记的奖金比别的街道办事处书记少，我会感到很没面子。她这样一说，把大家的注意力都吸引了过来，几个低头玩手机的也把手机放进口袋里。她知道这些人心里想着什么，于是又接着说，但是，我知道埋怨、抱怨和推诿、推脱都是消极不负责的表现，说难听点是无能的表现。有句话说得好，天上不会掉馅饼。我只会向先进的同志、奖金拿得多的同志学习，来年加倍努力工作，争取赶上先进的同志，甚至要争创第一，把这个面子挣回来。同志们，奖金是和我们的工作绩效挂钩的，绩效不如别人，奖金当然也比别人少。何莹同志提出这个问题，就是希望我这个新上任的党委书记和大家一道把工作搞上去。何莹同志，对不对？

何莹爽快地回答：对，范书记！

有几个人对视一笑。范小萍清楚他们是在嘲笑何莹，马上接着说，来，咱们大家给何莹同志鼓鼓掌！会场上响起稀稀拉拉的掌声，好像被风吹雨打过后的芭蕉一样有气无力。

范小萍宣布散会的话音还没落，一个叫张月的男青年迫不及待地往外冲，由于用力过猛，撞到了正要进门收拾会场的保洁阿姨身上，那个保洁工"哎哟妈呀"叫了一声，捂着胸口蹲在地上。范小萍上前一步，弯腰去扶那位保洁阿姨。何莹也过来帮忙，冲着门外低声骂了一句：又忙着下一个工作去了！

范小萍记住了何莹这句话。吃完午饭散步的时候，她问冯梅子：小冯，张月还有其他兼职工作吗？

什么工作，就是倒腾手机、手表还有些乱七八糟的东西。冯梅子不屑地说，何莹说张月，她自己呢，不也是私下做些小生意吗？！

范小萍惊讶地张大了嘴巴。街道办事处是区政府的派出机构，工作人员是干部编制，不允许兼职经商。一个年轻的干部怎么会这样毫无顾忌呢？精明的冯梅子好像猜透了她的心思，劝她：范书记您别着急上火。我觉得吧，您在会上说得很对，咱怎样对待群众，群众就会怎样对待咱。比方彭城说的事，他要是把这事当回事，还有解决不了的？要是解决了，杜刚他们还会有意见？不是我背后说上任领导坏话，我就觉得办事处从书记到工作人员说得多做得少……

范小萍停下脚步，微笑地看着冯梅子，鼓励她：小冯，接着说，接着说。

冯梅子说，范书记，我说完了。

范小萍说，你刚才说的办事处工作人员都这样吗？

冯梅子说，那当然不是。彭城就是个工作很积极、很上心的同志，就是方法简单一些。最主要的是他有几次想为群众办点实事，受了挫折，渐渐就有些灰心。

范小萍来了兴趣，边走边说，小冯，说来听听。

冯梅子给范小萍讲了一件刚发生不久的事。

上海路和丰收路之间有个环岛。环岛中间有座喷泉。过去喷泉的水一直不停地喷，形成了社区的一道景观。去年，住在上海路的一位做煤炭生意的老板，把喷泉池里的水引到自家一楼的花园浇花，造成喷泉池水几近干涸。有居民向彭城反映后，彭城果断地把那个老板引水用的管子给截断了。结果老板告到办事处领导那里，领导在大会上点名批评彭城做事鲁莽、惹是生非，强迫彭城把引水管恢复。彭城死活不干，和领导闹翻了，年终被评了个"基本称职"。冯梅子最后说，您要是不调来，彭城可能就递交辞职报告了！

范小萍微微一笑，没有表态。不过，她对上任后要烧的第一把火，心里已经有了主意。

下午，范小萍专门找彭城做了一次深谈。办事处的同志只看见她的门关着，彭城进去后谈了一个多小时，至于谈了什么内容则不得而知。第二天上班时，大伙看见彭城手里提了三个篮球，肩膀上背了两个篮球，都用惊讶的目光看着他。张月好奇地问：彭哥，你这是要组织篮球比赛呢，还是贩卖篮球？

一千元钱一个，你要吗？彭城和他开玩笑说，我要是开个汽车过来，你准会说我是倒卖汽车。你小子一脑门子都是买卖！

张月嘿嘿笑了，彭哥，咱万户山的篮球场眼下可是被众人占用着，你总不能在路上打球吧？

何莹嘲讽地说，彭城你可得树牢群众观念，不然的话，到年底别落个"不称职"！

彭城冷笑着说，我不像有的人那样违规违纪，凭啥说我不称职？

何莹一扭头进了办公室，哐当一声用力关上门。彭城敲了敲门，大声说，何姑娘，门又没招你惹你，你欺负它干吗？再说这是公共财物，如果是故意损坏，不光要赔偿，还得给处分，那你年终肯定是不称职！

张月把彭城拉开了，彭哥，别跟她一般见识。走，我陪你打球去。我上大学时可是系篮球队主力。

冯梅子没说话。她在想彭城这个举动，十有八九和昨天范小萍与他谈话有关。

果然让冯梅子猜中了。她到了二楼办公室，打开窗户想透下风，一眼看见彭城、张月和杜刚等几个人在路边商量事情。彭城给他们每人分了一个篮球，杜刚接到手后，做了一个腾跳投篮动作。张月伸出大拇指给他点赞。冯梅子笑笑，心想，这一招如果成功，下边的工作推动起来可能会顺当些。她打开电脑开始起草文稿。

昨天下班时，范小萍告诉她今天上午要去区里开会，安排她做一个社区元旦晚会方案。范小萍再三强调，万户山社区居民身份较为复杂，做方案时要充分考虑这一特点，尽最大努力调动不同群体参与的积极性，最后对她说，住在同一个社区，走同一个大门，这并不表明已经融合了。我觉得文化是促进人们之间融合的一个重要因素。冯梅子赞成范小萍的观点。要是换何莹，一定会当面说出一串肉麻的吹捧范小萍的话。冯梅子只是点了点头。

晚上十一点，冯梅子的手机响了。她爸爸妈妈已经躺下，被手机铃声吵醒。她妈披着衣服从卧室走到她的卧室，不悦地问：这么晚了，谁来电话？是不是万户山那个破地方又出啥事了？她对她妈说，是我们办事处新来的范书记的电话。她妈拉长了脸，嘟哝一句：真是个疯子！

范小萍在电话里叮嘱她，做方案时一定不要把刘欢欢、杜刚这样的人落下了，也一定要把达跃进他们写上去。她说，还有那些租户，也有几千人呢！要让他们也体会到住进万户山，就是到了家。

冯梅子起草的文稿刚开了个头，何莹推门进来了。她见办公室只有冯梅子一个人，开门见山地问：梅子，你说范书记这回到区里，会不会向区领导诉苦？冯梅子头也没抬，一边打字一边回答：等范书记回来，你问问她呗！何莹听出冯梅子话里没好气，也没计较，笑嘻嘻地说，梅子，你虽然来万户山时间不长，可在整个办事处里，你何姐我和你最亲吧？冯梅子笑了笑，还是没有抬头。何莹又说，姐给你说个事，是你个人的终身大事。她说着，用脚后跟把门关上，打开手机微信里一张男青年的照片，送到冯梅子眼前，你看看，就这个大男孩。人长得帅，在机关工作，家庭条件也没得说，父母都是干部，三十五岁了还没处过对象。他爸妈快急死了，托亲戚求朋友帮忙给他介绍对象,女方只要人长得好看,性格温柔脾气好,其他都好说……

冯梅子皱了下眉头,问了一句:我性格温柔吗,脾气好吗?

何莹被她呛了一下,明显有点不高兴,沉默了大约一分钟才又开了口:梅子,不知谁在范书记面前打小报告,昨天我下班走时在走廊碰见她,她问了我一句,还挺忙啊?你听听,她这话里有话吧!

冯梅子说,你回家照顾老人孩子不是忙啊?

何莹想了想,摇了摇头。

冯梅子说,那你下班后还有别的事要忙?

何莹又摇了摇头。她一边往外走一边说:要是让我知道谁在范书记面前告我的状,那她的日子也别想好过!冯梅子抬头看了一眼她的背影,轻轻地哼了一声,又埋头写起文稿。

五

范小萍是从区委会议室被信访局的一位干部喊出来的。她当时心里就扑腾了一下,意识到万户山社区出事了。

范书记,你们社区有人在群里发微信,招呼丰收路居民到篮球场集合,说是上海路居民欺负丰收路的人!那位信访局干部直截了当地说,这不是明目张胆要打群架、破坏社区稳定吗?您得抓紧问一下,千万不能引发重大舆情。

范小萍指了下会场说,佟书记正在传达文件呢!

信访局干部着急地说,佟书记的讲话风格您还不了解呀?"因为"后边有"所以","所以"后边有"必须","必须"后边还有一大堆名词、动词、形容词……这会十二点也结束不了。等您再赶回去,您那社区还不乱成一锅粥了!

范小萍扑哧一声笑了,那我得给佟书记请个假吧!说完,不等信访干部再说什么就返回了会场。

范小萍不是不急,是哑巴吃饺子——心中有数。万户山社区大、人口多,建了两座篮球场。丰收路上的篮球场被那一片的居民分割成若干个物资堆放地,上海路的篮球场被那一片的居民当成了停车场。彭城昨天给她汇报说,他从春节前就开始做上海路那片居民的工作,在一群篮球爱好者的支持下,与那些车主初步达成了"两不停"协议,即周六周日有居民打球,不能把车停在球场,平日里晚上九点前不能把车停在球场。范小萍问他:那停在哪儿?还不是在小区乱停乱放!打球不受

295

影响了，小区秩序却乱了。彭城说那不会，我有办法。范小萍想问他什么办法，犹豫一下又止住了话头。彭城今天是在上海路的篮球场组织篮球比赛，人员是他精心挑选的。他对范小萍保证说不会出大事，但也不能预料会不会出点小事。范小萍叮嘱他：最好别出事。他说，范书记，如果没接到我的电话，不管是谁给您告状，您都不要理。您安心开会。范小萍对彭城不是太了解，但对他的印象是精明能干、稳定老练。所以，她回到会场就没再离开。

　　进了会场，手机都要调到振动或静音状态。范小萍作为办事处主要领导坐在第一排，面对着主席台，不敢看手机。直到散会后到了车上，她才打开手机看了看。屏幕上显示有几个未接电话，有张超钢的，有一位老同事的，有移动公司客服的，就是没有办事处的。翻看十几条信息，其中有两条是何莹发来的。前边一条内容简短，是问范小萍中午回不回办事处吃饭，如果回去吃，她就帮着订餐。第二条内容相对多一些：范书记给您汇报个事。彭城今天上午在篮球场比赛时，把刘欢欢停在一边的电动车给砸倒了。刘欢欢认定他故意把篮球当成足球踢，骂办事处的干部拉着上海路的人欺负丰收路的人，还拉着几个丰收路的女同志到办事处敲您的门，被我给制止了。第三条的内容已简短了：范书记，您放心开会吧！刘欢欢那几个人经过我的斗争和批评教育，都撤了。范小萍见没有彭城的电话和信息，轻轻地舒了一口气。她心里想，这小子看来说话算话。

　　北州市这几年城市基建力度不断加大，修地铁、筑快速通道、建高架桥，从区政府所在地到万户山的一条四车道的主干道，由于施工只开两条，就像一个大胖子一下子瘦了身，身子变苗条了，却更拥挤了。本来二十分钟的车程，她用了四十分钟才到。这时，她已经感到头发晕，后背出汗，身子酸软，双手颤抖。她马上意识到是血糖低了。她患糖尿病十几年了，医生再三叮嘱她平时出门身上带几块糖，以备血糖低的时候应急。可是她今天急着去开会，出门时忘记把装着糖块的小方盒带上。她急切地想回办事处。只要吃上一口饭，就不至于因血糖低导致危险。没想到，刚到社区门口，刘欢欢突然出现了。她张开双臂岔开双腿站在范小萍的车前。范小萍猛地踩了一脚刹车，才没撞到她的身上，自己的嘴巴却碰到方向盘上，疼得咧了咧嘴。

　　姓范的，开门下来，我有话问你！刘欢欢敲着车窗玻璃大声喊道：有种你就从我身上轧过去！

　　范小萍打开车窗，有气无力地说，我现在饿得不行了。有什么事儿，你一会儿到办事处找我。想了想又说，你现在上车跟我回办事处也行！

　　刘欢欢瞪着眼、皱着眉，气势汹汹地说，我一个平民百姓不敢登那个衙门，不然你们办事处的人又说我是上访。

范小萍浑身无力，而且不住地轻轻地颤抖，脸色也变得苍白，被中午强烈的阳光一衬，仿佛涂了一层粉。此刻，她的心里对刘欢欢充满了反感，甚至有些厌恶。怎么还有这样不讲道理、不近人情的人？

这时，后边的车辆已经排成了长队，不断摁着喇叭催促她。一位中年妇女开门下车走过来，敲着范小萍的车窗不满地说，喂，这不是停车场。你停在这儿，还让别人进吗？

刘欢欢说，哎哟，你可别招惹她。人家是万户山街道办事处的书记，一把手呢！

书记更得讲理、讲道德！范小萍认出那个妇女就是前几天见过的，她着急地说，我车上拉着从医院看病回来的老年人呢！

范小萍关上车窗，摁了一下喇叭。刘欢欢就像根树桩立在那儿纹丝不动，使劲拍着巴掌，口吐白沫，大喊大叫。范小萍已经听不清她在喊叫什么，拿出手机拨通了冯梅子的电话，只说了一句：我在西大门……就无力再往下说。

那个妇女好像看出范小萍的身体有状况，匆忙回到自己车上，拿了一盒牛奶和一包饼干，拉开范小萍的车门，往她手里边塞边说，您的血糖低了吧？赶快把饼干吃了，牛奶喝了。她看着范小萍把牛奶喝干，接着，转身去劝刘欢欢。范小萍没听见她和刘欢欢说了什么。刘欢欢好像不买账，对她指手画脚。她也没怵刘欢欢，两手抓着刘欢欢的衣襟，硬是把刘欢欢给拉到路边，然后，腾出一只手向范小萍挥了一下，示意范小萍把车开走。范小萍踩了下油门，车子驶进了社区。她心里愤愤地想：彭城说得有道理，对刘欢欢这种人，光靠说服教育解决不了问题。刚才那个中年妇女一动手，刘欢欢不是也认怂了吗？

冯梅子和彭城骑着自行车赶过来了。范小萍使劲踩了下刹车把车停下，浑身像散了架，瘫软地趴在方向盘上。彭城和冯梅子一起把她挪到后座上。冯梅子剥了块糖放到她嘴里，彭城把车开到了办事处楼下的停车位。冯梅子的眼泪都快要掉下来了，抱怨道：范书记，您家离区政府几步之遥，这么晚了您干吗不回家吃了饭再回来？看看，这多危险！

彭城咬牙切齿地说，这个刘欢欢得好好治一治，杀杀她身上的歪风邪气！

冯梅子说，就是，太过分了！她就像小丑演员，场场不缺席。我听说有人还花钱请她帮着吵架……

范小萍这时感觉好了些，向彭城问道：彭城，上午是不是刘欢欢在闹腾？

彭城说，她不闹腾，万户山还有几个闹腾的？他怕范小萍血糖尚未完全稳定，这个时候不想惹她生气，就安慰她说，范书记，您回去吃点东西，休息一下，下午我再向您汇报。

范小萍说，你说吧。我早点有个思想准备。我怕刘欢欢一会儿找上门来，我说不到点子上，她又得理不饶人！

彭城和冯梅子把范小萍扶下车，一边往楼上走一边将上午发生的事情向她简单汇报。

彭城昨天晚上就和杜刚约好了今天上午搞一场篮球比赛，安排杜刚劝说上海路在球场停车的把车开走。一位停车的上海路居民上午请假在家修下水道，就把车临时停在了路边，后车轮子压了刘欢欢在草坪上种的菜。刘欢欢可能看到球场上有人打球，就朝这边望了一眼。当她看到那辆轿车，又看到彭城带着人在打球时，火冒三丈，提着一把菜刀，嘴里不干不净地骂着就冲了过来，二话不说对着车轮子就砍。彭城向杜刚使了个眼色。杜刚心领神会，上前把刘欢欢手中的刀夺了下来，一用劲又把她推倒在地上。刘欢欢这下恼羞成怒，爬起来就用头朝杜刚身上撞，嘴里还骂着：姓杜的你房子才换到上海路几天，就把自己当个人物了？别忘了你和俺一样是农村拆迁安置过来的。当初跟政府闹拆迁补助时，你一口一个婶子地叫着求我。现在你敢跟我动手动脚了！好，姑奶奶今天就让你打，你有种打死我！

达跃进在一旁提示说，杜刚你别犯傻！打伤她你得给她养老送终，打死她你得给她披麻戴孝……

杜刚说，我才懒得打她，怕脏了我的手。

杜刚返回了球场。刘欢欢不依不饶地跟着进了球场，朝地上一躺，鲤鱼翻身一样在地上打了几个滚，大喊大叫：丰收路的人死绝了没有？上海路的又欺负咱了！有种的过来帮忙！她这么一喊，丰收路那边果然过来十几个人，其中妇女最多。丰收路的一些妇女平时经常在一起议论上海路东家长西家短，打心里嫉妒加羡慕，还夹杂着一些不满。你的生活条件为什么比我好，你家的房子为什么比我家的大，你那一片房价一万，为什么我这片房价才六千……刘欢欢把门前的草坪改成菜园，但她很精明，新鲜的菜一收获就送给她们。吃人家嘴软，拿人家手短。她们就睁一只眼闭一只眼，甚至平常还帮着刘欢欢打理。尤其听刘欢欢喊上海路的欺负丰收路的，她们心里就冒火，围上来后不分青红皂白，有的抢了篮球抱在怀里撒腿就跑，有的昂首挺胸站在篮球架下挡着，有的围着杜刚指指点点理论……场面一度混乱。刘欢欢心眼多，点子多，她故意走到彭城面前，并招呼那些人说，办事处干部在这儿，咱让他给评评理！那些人呼啦一下把彭城给围了起来。达跃进想劝她们离开，被刘欢欢推到了一边，还挨了一顿骂：你是丰收路居委会的书记却不帮自己人。你要是生在日本鬼子侵略咱中国那时候，百分之百是个大汉奸！

杜刚听不下去，也看不下去了，冲刘欢欢举起手，你要是再张口骂人，信不信我打得你满地找牙?!

刘欢欢看着杜刚高高举起的胳膊，肌肉疙瘩上一条条青筋像雕刻的龙，显示着健壮和力量，她眨巴下眼皮，态度一下子软了。刚子兄弟，姐和你无冤无仇，你今天甭老和姐过不去。你虽然房子换到上海路了，可骨子里还是咱丰收路的。说了你也别生气。上海路有人说，丰收路搬到上海路的，打嗝还能闻到红薯面窝窝头的味。我和上海路的人理论，你最好别掺和！

杜刚说，我既不代表上海路那边，也不代表丰收路那边。我就是喜欢打篮球。别忘了我还是你儿子的业余篮球教练。他说这话时看着彭城。彭城觉得他说得有理，向他伸出大拇指表示点赞。刘欢欢眼珠子一转，双手一拍：哟，刚子老弟，原来你是办事处雇来的。我说你怎么不替老百姓打抱不平呢！屁股指挥脑袋呀！这时，一个妇女把她丢在地上的菜刀递给了她。刀在她手里晃了晃，彭城大喝一声：刘欢欢你别胡来！杜刚却脸不变色心不跳，指着脖子对刘欢欢说，来，有种朝这儿砍！

刘欢欢的手在颤抖。

杜刚又把脖子往前伸了伸，冷笑一声说，砍呀，我正想看看脖子上的刀疤啥样子呢！

刘欢欢突然把刀架在自己的脖子上，冲着彭城嚷嚷：你们办事处要是不主持公道，我就死给你们看！

彭城又说了一遍：刘欢欢你别胡来！他边说边朝刘欢欢靠近，想把她手中的刀夺下来。杜刚挺身站在他前边挡住了他，背在身后的手向他摆了几下。

刘欢欢说，你们办事处主不主持公道？

杜刚说，你把脖子割个口子，让血流出来，我替你找办事处要公道！

彭城说，杜刚你也别胡来！

杜刚对刘欢欢说，割呀，怎么不割呀？

刘欢欢四下看了一眼，见周围的人没有一个上前劝阻自己，突然把刀朝杜刚脚下一扔，恶狠狠地说，让我割自己的喉咙，哼，我才没那么傻呢，上你们的当！

范小萍听彭城讲到这里，嘿嘿笑出了声，这个刘欢欢的确不傻！

何莹悄无声息地跟了过来，接上话头：达跃进说过，刘欢欢是丰收路的猴精，比谁都会算计。

到了范小萍的办公室，冯梅子去给她热饭，何莹忙着给她泡茶，嘴却没闲着，嘟哝：这个刘欢欢太不像话！您刚来不到两天她就跟您闹了两回。您心慈手软，要是换前任书记，早修理她了！

彭城哼了一声说，何莹你啥意思？前任书记要真修理她，她还有今天？谁不知道是前任书记把她惯成这样的！

范小萍给彭城使了个眼色，又笑着对何莹说，心急吃不了热豆腐。一个人的转变得有个过程。她的话刚落音，手机响了，拿起一看，是张超钢打来的。她向彭城和何莹挥了挥手，示意他俩去忙自己的事。等到他俩出去，她才摁了接听键。张超钢第一句话就不热不冷：老婆胳膊还能动啊？我刚帮你联系了骨科大夫，打算接你过去接骨呢！范小萍骂了一句：狗嘴吐不出象牙！张超钢哈哈笑着说，老婆，要打架你通知我，别忘了我是特种兵出身！范小萍说，快拉倒吧你，像个党员说出的话吗？！

六

一连几天刘欢欢都忐忑不安。那天她在社区大门前拦着范小萍大闹之后，楼上楼下几个平时和她来往多的妇女突然就不和她来往了，在楼下遇见了也离她远远的，好像她变成了身上长满刺的刺猬。达跃进不怕得罪她，对她实话实说，范书记可是有"铁娘子"之称，你惹了她，那就是惹祸上身。大家都怕受你牵连才远离你！

刘欢欢两眼一瞪，理直气壮地说，她能吃了我？最多咬我两口。我这身肥肉，正愁着怎样减肥呢，让她随便咬！

达跃进说，刘欢欢，你就真的天不怕地不怕？

刘欢欢昂起头，得意地说，现在是当官的怕老百姓。我要是一到区委市委上访，不管有理没理，她这个办事处书记准挨熊！她见达跃进摇头，又说，我不瞒你这个居委会主任。前任那个书记平时咋咋呼呼的吧？他带人要拆我的菜园，我说你拆吧，我现在就去区里上访。你猜怎么着？

达跃进说，没敢动手拆是吧？

刘欢欢说，对呀！你还不知道吧？他有一天晚上还拎了果篮到我家来看我，求我别在社区群里乱发影响稳定的信息……哈哈，我当时真想问他，你怎么不踏平我的菜园了？

达跃进没听她说完就扭头走了，边走边摇头。

不过，刘欢欢嘴上说不怕，心里还是担心。范小萍和办事处那边越是没动静，她心里越没底。她有个多年没来往的同学，住在范小萍原来工作过的社区。她给那个同学打了个电话，当她说到自己把菜刀架在脖子上时，那个同学问她：欢欢你真不怕死吗？她毫不犹豫地回答：只有死了的人才不怕死！那个同学问她：那你为啥把刀架在自己脖子上？她叹息一声回答：我这几年总结出来的经验就是软的怕硬的，硬的怕横的，横的怕不要命的。那个同学沉默了一会儿，诚挚地说，欢欢你要是怕死，就别干不要命的事！范大姐，我们这儿都这么叫她，她可不是被吓唬大的！

　　刘欢欢想打听范小萍会用什么办法整治她，以做到知己知彼。晚上躺在床上，脑子里翻江倒海地想啊想啊，突然一个骨碌跳下床，走到客厅倒了一杯白开水，一仰脖子咕嘟咕嘟喝个精光，兴奋地哼着：刘大哥说话理太偏……她的大儿子双喜揉着眼睛从卧室出来，不满地说，妈，这都几点了，您瞎折腾个啥？她朝大儿子屁股上拍了一巴掌，像个孩子似的调皮地说，你妈不费吹灰之力就想到了个锦囊妙计，能不高兴吗？双喜问：是不拆你的菜园了吗？刘欢欢一愣，脸上的笑容也瞬间消失，着急地问：儿子，你听谁说要拆咱家菜园？双喜摆着手，别，别，是你的菜园，不是咱家……刘欢欢一听更着急了，敲着桌子大声说，好你个小子！我不是你妈？这不是你家？双喜说，你是我妈，这是我家，可那个破菜园子跟我没关系。刘欢欢还没接上话，她的小儿子二喜也从屋里出来了，开口就说，我跟那个破菜园子也没关系！说完就进了卫生间。刘欢欢的心像被针扎了一下，又扎了一下。她用惊异的目光看着双喜。双喜则抬着头望着天花板。过了一会儿，二喜从卫生间里出来，直接进了卧室。双喜背着身子问了一句：没事了吧？没事我睡觉了！没等刘欢欢回答，他人已进了卧室。刘欢欢在客厅里走了几个圈子，想推儿子卧室的门，手触到门上又缩了回来。她愤愤地想：哼，想动我的宝贝菜园子，等着瞧吧！

　　刘欢欢刚才之所以激动，是想起张月和何莹的把柄在自己的手里攥着。张月有一次倒卖手机，一手交货一手收钱时被她看见了；何莹有两次在丰收路居民家中拎着别人送的礼品下楼时被她撞见了。这两个人找谁？她选择了张月。男不和女斗，何况你有短处在我手里！

　　第二天早晨，她被一阵哨音吵醒。从窗户朝外一看，篮球场上有一群孩子正在训练。彭城和杜刚一边一个在指挥。再仔细一看，那群孩子中有一个熟悉的身影，是自己的儿子双喜。这个小兔崽子！她在心里骂了一句，转身进厨房做饭。粥煮上了，馒头馏上了，她又到阳台上择菜，一抬头看见她那片菜园边放了两只半人高的塑料绿皮箱，上边写着三个白色大字：垃圾箱。她一下子火了，手里攥着一把青菜就下了楼，出了楼门就嚷嚷：这是谁干的缺德事？把垃圾箱放菜地里，那菜受了污染还能吃吗?!

她的脚还没踏进菜园,满头大汗的双喜就从球场跑过来拦住了她。双喜一边用袖口擦着额头上的汗水,一边气喘吁吁地问:妈您又要干吗?刘欢欢把他推到一边,去,一边去,没你的事。谁把垃圾箱放我菜园里,老娘就搬到他家的厨房里去!双喜扑上前,双手搂住她的腰,哀求道:妈,您就别做丢人现眼的事了!刘欢欢没理会儿子,用力挣脱他又往前走。让她万万没想到的是,双喜突然跑在她的前边进了菜园,就地躺下,在菜园里打起滚。他的身子滚过之处,一排排菜苗瞬间卧倒。篮球场上的人、四边围观的人,还有从楼上窗口朝下看的人,有的唏嘘,有的嘲笑,有的鼓掌,不少人用手机拍照、录像。刘欢欢心疼菜苗,更心疼儿子,弯下腰想把双喜抱起来。双喜一躲闪,把她也带倒在了菜苗上。她爬起来,无可奈何地坐在菜苗上看着双喜发呆。

范书记来了!不知谁喊了一声。刘欢欢马上变了脸,双手拍着巴掌号啕大哭:这是哪个该挨枪子的挑拨我儿子跟妈作对?你难道没爹妈,是石头缝里蹦出来的呀……她一边哭一边往四下瞅,看见范小萍和冯梅子已到了她家楼下,正准备朝这边走。她心里想:姓范的来得正是时候,我要当面问问她是不是利用我儿子来报复我!

快看,那边二楼窗户朝外冒烟!有人在叫喊。

接着,刘欢欢又听到二喜凄惨的叫声:妈,咱家失火了!她抬头一看,果然是她家的窗户在朝外冒烟。她叫了声:我的个妈呀!一下子跳起来,撒开腿就跑。

彭城也紧跟着她身后朝冒烟的那座楼跑去。

刘欢欢一边跑一边朝自家窗户看,嘴里不停地叫着二喜的名字。五十多米的距离,她仅用了六秒钟。事后有人和她开玩笑说,你那天跑步的速度,可以报名参加世界田径锦标赛了。她家住的是拆迁安置房,没有电梯。她气喘吁吁地跑到二楼,一下子愣住了:站在她家门前的是满面笑容的范小萍和二喜。她没理范小萍,伸手把二喜紧紧抱在怀里,亲儿子,你没事吧?二喜说,是这位阿姨第一个到咱家的!刘欢欢看了范小萍一眼,冷淡地说了一声:谢谢啊!接着把二喜推到屋里,"砰"的一声关上了门,把范小萍关到了门外。

彭城赶到了。双喜回来了。彭城见范小萍一个人待在门外,气愤地对双喜说,看看你妈,连点礼貌都不懂!要不是范书记及时赶到处置,你家还不知出多大的事呢!

范小萍说,也没啥大事。就是人着急出去了,锅底烧穿了。小家伙没经过这场面,吓得不轻!

冯梅子提着几个大大小小的饭盒上来了。彭城问:怎么把早餐送这来了?冯梅子指指刘欢欢家说，范书记怕她家再做早饭来不及，耽误双喜和二喜上学，让我给她家买的。双喜在一旁听着，感动地抹着眼泪，对范小萍说，阿姨，我妈她脾气不好，又自私，可是她心眼不坏。您要是原谅她，我保证帮您做我妈的工作！

范小萍拍拍双喜的肩膀说，双喜，你妈不容易。你以后千万别再小孩子脾气。她接过冯梅子手中的饭盒，递到双喜手里，快回家吃饭吧。记住，无论你妈怎么吵你，你也别再气她！说完，她和彭城、冯梅子下了楼。彭城感叹一声，说了句：虚惊一场！冯梅子说，啥虚惊？二喜那孩子没经验，拿着条干毛巾朝火上抽，毛巾也被烧着了。要不是范书记过来……范小萍咳嗽一声制止了她，转身对彭城说，看来社区居民消防安全知识普及要好好抓一抓，包括孩子们！彭城说好的，我马上就落实。

路过刘欢欢种菜的地方，冯梅子低声说，刘欢欢在楼上看呢！

范小萍停下脚步，看着那片被双喜和刘欢欢辗轧过的菜地沉思了一会儿。冯梅子说，刘欢欢离婚后一人带两个孩子，一个今年中考，一个刚上三年级。她这人自尊心强、要面子，害怕别人知道自己离过婚，特别害怕孩子学习上、心理上受影响，所以苦水往自己心里咽。彭城接上一句：掩耳盗铃！这事左邻右舍谁不知道？梅子你说是不？！冯梅子说，达跃进和丰收路的一些居民对她挺同情。彭城说，对她不守公德的行为进行惩戒不叫同情，是……他见范小萍看自己的目光很凌厉，就没往下说。他心里想，听范书记的话，她私下做了些功课呢！

篮球场上打球的人都已散去，还有几个居民聚在一起议论着刘欢欢。看见范小萍他们走过来，一个上了年纪的妇女大声说，范书记，你们治不了"刘泼泼"，干脆把草坪一块块分了让俺们也种菜吧！

彭城低声告诉范小萍：这个人是从外省来这买房的。

范小萍点点头说，从口音就听得出来。她犹豫了片刻，走了过去，笑着问道：在这儿住习惯了吧？刚才说话的妇女说，住是习惯了，人还不习惯。她开了个头，那几个居民你一言我一语都抱怨开了。有的含沙射影指出办事处和街道管理问题，有的指桑骂槐责怪左邻右舍不好，有的直截了当提出在丰收路和上海路之间隔一道墙，彭城嘲讽地说，柏林墙都倒塌多少年了，你想把万户山分两个世界呀？！一个妇女接上说，你咋不说丰收路那边的人太腌臜！范小萍指着广场上的垃圾山说，这也有上海路的人放的吧？刚才说话的妇女毫不客气地回应说，有。我就把一些用不上该处理的东西扔那儿了！为啥？我心里不平衡。大家的地方，凭什么只能丰收路那边的人霸占？那个在大门口给范小萍牛奶的妇女气愤地说，这广场中间最好也隔道墙，他们过墙就是侵犯……冯梅子说，张红姐您也太夸张了吧？再说了，别人骂人不对，您骂人也是错误呀！那个叫张红的亲切地搂着冯梅子，感叹地说，我看不惯"刘泼泼"那种蛮横不讲理的人。特别是她欺负梅子，我气不顺。

范小萍看了冯梅子一眼。这么多天了，冯梅子在她面前没提过张红说的事。回办事处的路上，她问了冯梅子一句：梅子，刘欢欢对你动过粗？冯梅子笑笑回答：她是腰里装副牌——谁到跟谁来。

回到办事处，范小萍打开电脑时才感觉到右手有点疼，仔细一看，原来是夺二喜手里着火的毛巾时烫的。她把冯梅子叫过来，安排她到超市买只新钢精锅给刘欢欢送去。她给冯梅子钱时，冯梅子哼哼唧唧不愿收，到了门口又嘟哝一句：她刘欢欢凭啥？弄不好又四处说您这个新来的办事处书记让她吓怕了……

范小萍笑了笑。

七

万户山社区要举办元旦晚会的消息是在晚报上发出的。报道是晚报一位记者写的。彭城看到报纸就找范小萍，着急地说，范书记，这事是谁捅给记者的？我看得以泄密处分他！

范小萍笑着问：为啥？

彭城说，这广场上的垃圾不清理干净，到哪儿去办晚会？晚会办不成，岂不是贻笑大方？

何莹正好进来给范小萍汇报工作，马上接上说，这有啥难的？咱附近有家国企，国企里有能装下上千人的大礼堂。我和他们的人熟悉，花点钱租他们的场地不就解决了？

彭城瞪了她一眼，刚要反驳，被范小萍用眼神制止了。范小萍说，不是还有一个月吗？咱们再做做工作，广场实在清理不干净，就用小何说的办法。

何莹说，范书记，那我中午请个假过去找我的那个熟人吃个饭，先做做工作。

何莹走后，彭城冲着她的背影愤愤地说，多好的借口！又对范小萍说，我尽最大努力，但不敢保证。

其实，办事处的人不知道，在晚报上发这个消息是范小萍的一个计谋，记者也是她熟悉的人。果然，第二天早上例会一开始，彭城就兴冲冲地说，嘿，这晚报上发的那几行字的消息挺管用。今天一大早，上海路那边就有人清理放在广场上的垃圾了！

是吗？范小萍故意装作惊讶的样子，问道：他们清理垃圾和晚报发消息有啥关系吗？

彭城说，当然有关系了。我问了几个人，他们说昨晚孩子回家来了，说是看到晚报上的消息了，很高兴，元旦晚上一定回万户山来凑热闹，有的还要带着孩子来。

冯梅子说，他们的父母一听急了，说广场上全堆着垃圾呢！孩子就说，如果有咱们家的那就清理呗。有个家长说，你上中学时骑的自行车我扔那里了。孩子说，赶快捡回来……

办事处的同志都笑了。彭城对何莹说，何莹，哪天你登门拜访那个记者，请人家吃顿饭，好好谢谢人家。我保证范书记会准你假。

何莹说，那你得给我报销啊！

会议一结束，范小萍就招呼大伙：咱们去广场看看吧，帮帮手！

社区文化广场并没有多少人在清理垃圾。虽然有几个居民在那儿忙活，但也都是挑拣一些三轮车上能放下的小东西，像旧锅、旧盆、旧席子，还有一个妇女捡起来后朝丰收路居民的垃圾堆里扔。何莹臭着脸抱怨彭城：看你那个高兴劲儿，我还以为广场上的垃圾山已搬走了呢！彭城反讥道：亏你说是垃圾山，山就那么容易搬呀？老愚公还说过要世世代代移山不止呢！范小萍乐呵呵地说，你前半句是鼓劲的话，后半句是泄气的话，两个半句互相抵消，等于废话。她这时已经发现了问题：广场上这些垃圾是几年里日积月累的，即使居民发动起来，靠着双手清理，别说十天半个月，恐怕两三个月也难清理干净。她正想着，看见达跃进骑着电动三轮车过来了，就迎上前去，跃进同志，您也来清理垃圾？

达跃进说，是呀，搬家的时候，我把散了架的鞋柜和几双不穿的鞋子扔这了。我来把它们拿走。说着，他皱起了眉头，叹了口气，又说，拿走了又扔哪儿去呢？拿回家吧，扔了的东西往哪儿放？随便扔吧，城管看到了要罚款。范书记，大伙都愁这。何莹呛了达跃进一句：你们要是早点把生活垃圾和建筑垃圾、厨余垃圾分类放，今天还要犯愁啊？

范小萍看了何莹一眼，点了点头。

接下来，范小萍就在广场一角临时开了个会，提了个"三个四"工作方案：分成四个片，组成四个组，重点清点大型垃圾、可回收利用垃圾、可燃和不可燃垃圾、有害垃圾四类。同时要求每个片、每个组都要登记造册，能具体到家、到户、到人的尽量详细。任务布置完，各组开始行动。十几个人在堆积如山的垃圾场来回走动，很快就吸引了居民注意。不一会儿，广场四周就围了很多人。多数人是感到好奇，少数人觉得惊讶，个别人冷嘲热讽。

哟，万户山办事处穷成这模样了，让人家新来的书记在垃圾堆里捡破烂卖了换钱！范小萍听出是刘欢欢的声音，没有搭理。彭城却不愿意了，冲着刘欢欢吼了一嗓子：万户山就数你的嘴臭，是不是一大早吃错什么东西了！对彭城憋了一肚子火的刘欢欢借机发泄，巴掌拍得叭叭响，嘴里不干不净地骂道：哟，万户山谁家养了条这么凶的狗，叫起来挺瘆人的……话还没说完，她又哎哟哎哟高声尖叫，原来是杜刚在她屁股上踢了一脚。彭城一脸愤怒，双目圆睁，双拳紧握，看架势恨不得抽刘欢欢几个耳光。冯梅子拉了他一下，用身子挡住了他。被杜刚踢了一脚的刘欢欢转过身来对杜刚发起了攻击，恶狠狠地问：我骂狗与你姓杜的有啥关系？你凭啥踢我？杜刚嬉皮笑脸地说，你不知道我小名叫小狗？你骂人还不兴人家还击？刘欢欢问：你还击就得踢我？杜刚说：我踢你了吗？踢你哪里了？我要真一脚下去，你还能老老实实站在这里！刘欢欢恼羞成怒，不管不顾地拍着屁股大声吼叫：你踢我的屁股……杜刚哈哈大笑：你那屁股，爹妈生你时就给分成两半了，总不能冤枉我吧，刘姨？围观的人群爆发一阵哄笑。刘欢欢知道惹不起杜刚，突然三步并作两步跳到范小萍面前，哭哭啼啼地说，范书记，你是办事处的一把手，你要不为我们平民百姓做主，我就到区政府、市政府去上访！范小萍还未来得及回答，何莹就抢先开了口。她指着刘欢欢说，你别以为范书记好欺负！你那天在门口堵着范书记，气得范书记血糖低了，差点出大事，还没找你算账呢！

范小萍马上意识到，何莹的话有可能火上浇油。她立刻对刘欢欢笑着说，欢欢，不要说得那么严重。杜刚可能是和你开玩笑呢。刘欢欢说，我认识他是谁，敢这样跟我开玩笑！何莹又接着说，刘欢欢你别蹬鼻子上脸。范书记对你不错了，自己掏钱给你家买口新锅……刘欢欢一听就跳了起来，你以为我稀罕那口锅？收买我，不让我说话，没门。我现在就把钱还你！她说着掏出手机，要用微信把钱支付给范小萍。范小萍顺势拉着她的手，又向杜刚招了招手，不急不躁地对刘欢欢说，我马上让杜刚给你赔礼道歉。

杜刚到了刘欢欢面前弯腰撅起屁股，拍了几下，顽皮地说，刘姨，你踢吧，爱踢几下踢几下！

围观的人群又是一阵哄堂大笑。刘欢欢脸涨得通红，两只眼睛瞪得几乎要挤出眼眶。不过，范小萍从她的眼神中看出几分羞愧和几分无奈。她严厉地对杜刚说，杜刚，看你像什么样子？正经点，给你刘姨赔礼道歉！杜刚直起腰，转过身，两只拳头捏得咯嘣咯嘣响，说出的话带着刺：范书记给够你面子了。你要再胡搅蛮缠，在万户山更是臭不可闻！刘欢欢正不知如何回击杜刚，旁边一个人的话给了她提示。那人说，人家杜刚现在替办事处办事，你要能斗得过他才怪呢！刘欢欢"哇"

的一声号啕大哭：办事处借刀杀人！雇人欺负我们孤儿寡母。我就不信共产党的天下没有讲理的地方！她说完就走，走了没多远又回过头来看了范小萍一眼。

刘欢欢你别走！冯梅子和何莹都想去追刘欢欢，见范小萍站着没动，又都停下了。范小萍心里觉得不舒服，但表面上却显得很镇定。她问围观的人：为啥很多人来到这儿捂鼻子皱眉头？有人答：臭气熏天！有人说：我家连窗户都不敢开，一开窗户，那气味让人连饭也不想吃了。范小萍等大家说完，才心平气和地说，我这些天在这儿转了转、看了看，发现堆放了不少有害垃圾，像废灯管、废电池、过期的药片、修理汽车换下来的旧零件、装修房子剩下的油漆等。这些垃圾堆放的时间长了，经过雨水浸泡、风吹日晒，蒸发以后严重污染社区空气，对人的身体特别是老人孩子的健康造成直接危害。我前两天请环保部门来做过检测，在全市所有小区中，咱万户山的空气污染指数排在第一位……达跃进在一旁说，再过几年咱社区的孩子考大学、参军体检都会受影响！

哇，这么吓人?! 有个老太太大声喊道：谁家扔的谁清理，不行就点上汽油一把火给烧了！杜刚说，奶奶您那个主意不行，用火烧行不通。一时间人们议论纷纷，各种意见都有，但基本上都赞成把垃圾尽快清理。范小萍见时机成熟了，心里暗暗高兴，进一步引导他们说，人心齐，泰山移。咱万户山人多力量大，只要大伙一心，事情就好办。

要是刘欢欢、张欢欢、李欢欢出来捣蛋呢？有人担心地说。

我妈说只要别人不欺负俺们，一碗水端平，她就随大流！双喜已经来了一会儿，听到有人说他妈，于是大声喊了一句。杜刚哼了一声说，双喜，你睁大眼睛看清楚了，万户山有几个敢欺负你妈的！双喜仰着脖子，不服气地反驳道：咋没有？前年上海路一个小孩和我弟弟打架，那小孩家长跑到我家门口和我妈吵架，办事处姓张的让我妈给那家赔礼道歉……双喜的话没说完，留在办公室值班的张月就满头大汗地跑了过来，低声对范小萍说，范书记，区委书记要您给他回个电话。范小萍略一思忖说，我这儿有事儿走不开，过会儿吧。张月说，佟书记电话中说马上，好像很急。范小萍说，你给区委办回个电话，就说我现在没时间回佟书记电话。张月迟疑片刻，劝道：范书记，是佟书记亲自打来的电话，说打您的手机您没接，我怕误了大事……范小萍火了，冲张月叫了起来：你这人烦不烦？这么多居民在和我们谈大事，我能转身就走？区里真有大事还不早通知了？再说，啥事比老百姓的事大？她说话的声音虽然不高，但她身边的一些居民听到了。达跃进第一个带头鼓掌，瞬间噼噼啪啪掌声响成一片。

张月转身离开。双喜指着张月对范小萍说，就是他让我妈给那家人赔礼道歉的！何莹在一旁说，上海路那家和张月是亲戚。范小萍若有所思地点点头，然后亲切地拍了拍双喜的肩膀，双喜，你妈说得对。回去给你妈说，我要是不能一碗水端平，她可以向上级反映！双喜挠着头皮，不解地问：您的上级是党中央吗？我妈说党中央的政策好，让下边的人给打折了！范小萍笑了：也可以向党中央反映。

  达跃进好像换了一个人，精神抖擞，腰板笔直。他卷起袖子，慷慨激昂地对围观的居民说，不管丰收路的还是上海路的，今个都听好了。范书记和办事处是为咱们好。谁要是拦着不让清理垃圾，我老达就把垃圾送到他家门口去！杜刚接上说，家门口还影响左邻右舍，干脆直接送他家里！范小萍朝他俩摆摆手，意思是让他俩止住。然后，她诚恳地说，如果我们按照规定，请环保部门来强行清运，那就要对堆放垃圾者进行罚款处理！阻挠的还会加重处罚。办事处的意见是咱们自己错了自己改正。清点后，把垃圾分类，凡是可回收利用的，收入分给居民……

  那不用！一位老太太说，范书记，那就给办事处的同志发辛苦费吧！见范小萍摇头，另一位老太太接上说，留在办事处搞公益活动也行。范小萍示意彭城把办事处商量的意见告诉大家。彭城清了清嗓子，大手一挥说，那大伙就开始干吧！谁家的垃圾堆这儿了谁帮我们清点，觉得还能用的拿回自己家，其他的我们负责分类登记。最后再请大家核验！

  因为是星期六，很多居民今天不上班。彭城说完后，居民们有的说回家换了衣服再来，有的说回家问清楚情况再来，也有的在广场上找起自家堆东西的地方。范小萍这时才回办事处。她一上楼梯，就听见自己办公室的电话丁零零地叫，一直到开了门还在响。她刚接起来，区委佟书记连一句寒暄的话也没说，开门见山地问：老范，你那个广场元旦节前能清理干净吗？她沉吟片刻，思考着怎样回答。佟书记又着急地问：是不是有困难？她这才回答：体量太大，相当于一个小山头。佟书记说，那拉也够拉几天。范小萍没吭声。佟书记也沉默了一会儿才说，小萍啊，只要社区居民拥护，就没有过不去的火焰山。区委支持你。我去参加你们的元旦晚会，还要唱首杨子荣唱的那段《打虎上山》。今天就算电话报名了！

  放下佟书记的电话，范小萍的心一点儿没有轻松，反而觉得压力更沉重。她一口气打了十几个电话，有环保部门的，有废旧物资处理部门的，有垃圾清运队的……她一个一个地说好话，求人家帮忙。其中一个家住在万户山社区的垃圾处理厂员工感动地说，范书记，您是为万户山的老百姓做好事，我保证全力支持！

  当天晚上，分类清点工作一直到八点半才完成了三分之一。范小萍九点多才回家。一进门张超钢就喊了起来：好你个范大主任，怎么变成捡垃圾的了？你自己闻闻你这一身的气味，能把人熏死！他边说边把范小萍朝卫生间里推，关上门后对她说，我今天也当一回搓澡工……范小萍嘿嘿嘿笑了，说了声：讨厌！

八

广场上的垃圾清理光了，地面冲刷干净了，没有人号召，也没有人通知，万户山社区的很多居民不约而同地来到广场上庆贺。达跃进一遍遍吆喝着，临时招呼一群老头老太太在广场一隅跳起广场舞，把广场上的气氛一下子掀起了个高潮。双喜和一群小伙伴在另一隅溜冰，引得很多大人孩子围观。杜刚走来走去，学着某个明星朗诵家的声音喊着：回来了，广场回到人民的怀抱！陪在范小萍身边的冯梅子轻轻碰了一下她的手，示意她朝刘欢欢的那栋楼看，悄声说，刘欢欢在楼上看呢！范小萍点点头说，嗯，我看见了。冯梅子不无忧虑地说，但愿她早一点儿将菜园子还归绿地。她见范小萍一脸春光明媚，好像已经胸有成竹，犹豫了一下问道：书记，您有好主意了？范小萍笑笑，没有正面回答。

范小萍的确有了主意。她在上一个办事处工作时，为了推进社区治理，把退休的老党员、老干部、老教师、老民警、老工人组织起来成立了一个"五老"理事会，协助办事处处理邻里纠纷、家庭矛盾，维护社会治安、环境卫生，组织开展群众性文化活动等，成效很好，受到省、市有关部门表扬。她原想把这个方法移植到万户山社区，彭城一听连连摆手，书记，您那边的经验我们学习过，可学不来。万户山以农村拆迁户居多，邻近的外省市县买房者也占一定比例，居民成分太复杂，根本尿不到一个壶里！那天在家吃早饭时，她把这事儿给张超钢念叨了。张超钢说，老的不好组织你可以组织少的呀！现在不是老管少，是时兴少管老。她一听乐了，捏了一下张超钢的脸颊，老公我请你当顾问算了！张超钢摇头，你这是第二次请我当顾问，对不起，我思想觉悟没你高，不给钱不干！

范小萍来到万户山办事处这段时间忙里偷闲，翻阅了街道居民的信息登记。她了解到张红是个教师，刘欢欢的大儿子双喜就在她的班里。范小萍前天专程到张红家走访，了解双喜在校的表现。张红介绍，双喜从小学到初中读书都很努力，其他方面表现也不错，现在是初二年级一个班的班长，在同学中颇有威望。张红皱着眉头，叹息一声说，这孩子是个和他妈性格不同的人。范小萍接触这孩子几次，对他印象挺好。她把让双喜牵头，组织一个社区少年篮球兴趣小组的想法给张红说了，征求她的意见。张红眯着眼看了她一会儿，笑着说，当年咱中国搞了个轰动世界的小球"乒乓"外交，您现在要搞大球篮球治理，好啊！我敢给您保证，双喜这孩子能干好！

说干就干是范小萍的性格，也是多年的工作作风。她把这件事交给彭城负责。同时，她又安排何莹和冯梅子定制了一批印着"万户山少年篮球队"大红字的球衣。彭城不负所望，只用了一周的时间就把爱好篮球的孩子组织起来，还举行了选拔赛。第一次队会和第一场正式比赛于星期天下午在篮球场举行。何莹说，范书记，我借朋友的敞篷车拉您去检阅吧？冯梅子瞪了她一眼。范小萍笑笑，一语双关地说，我怕站不稳摔下来哈！

离篮球场还有几十米远，冯梅子高兴地喊了起来：范书记您看，这队伍多威武，看了让人提气！范小萍点点头。她心里的高兴劲儿丝毫不亚于冯梅子。这个篮球兴趣小组搞好了，不仅能让作业繁重的孩子们锻炼身体，增强体魄，还能增进家长们之间的了解，增进感情，对社区安定团结发挥作用。她正兴致勃勃地想着，何莹甩过来一句扫兴的话：彭城以后麻烦事多了！这么多孩子，万一张家和李家的孩子争球打起来了，连带着家长也会闹起来……冯梅子说，这也担心那也担心，那就啥也别干了！何莹理直气壮地反驳道：你没看过世界级比赛都有球员场上动武的呀？！冯梅子也反唇相讥：那你就没看到升国旗时球员眼里的泪花？！

篮球场上不论是气派还是气氛都让人欢欣鼓舞、心潮荡漾。两百多个第一批少年球员排成整齐的四队，精神抖擞，士气高昂。男孩子身上大红的球衣和少女队草绿色球衣形成鲜明的对比，仿佛一道缤纷的风景线。球场四周围满了前来观看的居民。范小萍默默计算了一下，有一千多人。她还看到刘欢欢、张红这些熟悉的面孔。何莹大吃一惊，"刘泼泼"也来了！她千万别再捣蛋啊！范小萍充满自信地说，不会，你们看她的眼神就知道。

刘欢欢平时脸上好像涂着一层灰，眼睛里仿佛罩着一团雾，头发蓬乱得如一丛草，衣服不是敞着怀、露着胸，就是搭配混乱。今天却变了一个人，脸上春风拂面，眼睛炯炯有神，头发梳得油光发亮，还穿了条裙子。何莹感叹地说，是变了，像个良家妇女了！

彭城、杜刚及其他几位篮球队教练，队长双喜和几个分队长都站在队列前。看到范小萍和办事处的同志走过来，双喜高声喊道：敬礼！

唰，两百多名球员整齐地举起右手，向范小萍等人行注目礼。这时，谁也没想到的事情发生了。范小萍走到刘欢欢面前，拉住她的双手，诚恳地说，欢欢，给孩子们说几句鼓励的话。刘欢欢一边拼命挣脱一边说，这不行范书记，我算哪棵葱呀？范小萍说您是咱们少年篮球队队长双喜的妈呀！刘欢欢还是不动。范小萍对在场的居民说，居民同志们，咱们欢迎队长的妈妈代表所有队员的妈妈讲话，同意不同意？围观的人们反应不一，有的不解，有的犹豫，有的不服气。杜刚和达跃进理解范小萍的心思，带头鼓起掌。球员们跟着鼓掌。围观的人们见状，也都鼓起掌。哗哗哗的掌声在篮球场的上空如同暴风骤雨般响起。刘欢欢的眼泪一下子夺眶而出。冯梅子趁势用力推了她一下，把她推到了队前。

我，我讲啥呢？刘欢欢哽咽着说。范小萍拍了拍她的后背，鼓励她说，您想到什么就讲什么！双喜用充满期待的眼神看着自己的妈妈。围观的人群中还有一些人在鼓掌。刘欢欢抹了一下眼泪，鼓起勇气大声说了一句：我今天就把菜园子平了，把绿地还给大家！

哗哗哗。球场四周掌声再次响起，而且比上一次更热烈。

不知谁低声说了一句：姓范的这娘们有两下子！范小萍听了，心头涌起一股热浪。

当天晚上范小萍临下班时，冯梅子跑来兴奋地向她汇报说，刘欢欢的菜园子平了，她还自己掏腰包买了些花。范小萍问：那些鸡圈狗屋呢？冯梅子回答：也都拆了平了。这下好了，万户山可以以新的面貌迎接新年了！

这时，张月神情严肃地走进来，递给范小萍一个大信封，范书记，这是我的辞职报告。

范小萍接过来看了一眼，对张月说，小张，我和办事处的同志希望在元旦晚会上看到你！

张月点点头。

九

万户山社区元旦晚会红红火火，非常成功。市电视台搞了现场直播。范小萍在接受电视台记者采访时，只说了一句简短的话：多为群众办点实事，群众就支持你！不少居民用微信给远在外地的亲人直播晚会现场。那位给市委书记写信的干部看了后，又给市委书记发了条微信：这个社区治理的办法值得推广。

元旦过后，突然一个小道消息在万户山传开：上级要来调查范书记了！因为有人告状说，广场上清理的可回收利用的垃圾都让范小萍的老公拉走卖了，赚了不少钱。办事处的同志十分气愤。这不是往范书记身上泼脏水吗？刘欢欢听说后，气得破口大骂：哪个该挨千刀万剐的人干的缺德事，我知道了把他的舌头给割下来喂狗！

（原载《福建文学》2021年第8期）